Boris Pilnjak   Der Salzspeicher

BORIS PILNJAK

DER SALZ-SPEICHER

Roman

Aus dem Russischen
von Alfred Frank

Gustav Kiepenheuer
Leipzig

Originaltitel: Soljanoj ambar

Herausgegeben, kommentiert und mit einem Nachwort versehen
von Dagmar Kassek

ISBN 3-378-00543-2

Erste Auflage
Gestaltung: Dietmar Kunz
Schrift: Concorde
Gesamtherstellung:
Offizin Andersen Nexö Leipzig GmbH
Printed in Germany

Die Philosophen haben die Welt nur verschieden *interpretiert;* es kömmt drauf an, sie zu *verändern.* *K. Marx*

Der steife Karrengaul des bürgerlichen Alltagsverstandes stockt natürlich verlegen vor dem Graben, der Wesen von Erscheinung, Ursache von Wirkung trennt; wenn man aber auf das sehr kupierte Terrain des abstrakten Denkens par force jagen geht, so muß man eben keine Karrengäule reiten.

Fr. Engels

1

Väter und Generationen der Stadt Kamynsk

Nikolai Jewgrafowitsch Babenin, Kreispolizeichef, Sohn eines Kollegienrates aus dem Adelsstand, hatte sein Dasein in einem Infanterieregiment der russischen Armee begonnen, sich zum Leutnant hochgedient, nach Vollendung des achtundzwanzigsten Lebensjahres – das heißt nach Erreichen des Alters, in dem es nach den Vorschriften der russischen Armee Offizieren erlaubt war, in den Ehestand zu treten – eine Gutsbesitzertochter geehelicht, den Dienst in der Armee quittiert, um eine friedliche halbmilitärische Stellung bei der Polizei anzunehmen, den militärischen gegen den zivilen Rang des Hofrats getauscht, war als Stadthauptmann nach Kamynsk gekommen und hatte hier ein Zwillingspärchen, die zum Verwechseln ähnlichen Vera und Nadeshda, sowie den Sohn Nikolai gezeugt. Die Mädchen wurden in dem Jahr geboren, als die Nachricht von der Geburt der siamesischen Zwillinge um die Welt ging, und ihnen zu Ehren wurden Vera und Nadeshda von den Kamynsker Spaßvögeln umgetauft zu Deka und Rodeka. Eine der ersten Kindheitserinnerungen von Nikolai Jewgrafowitschs Sohn – der gleichfalls Nikolai hieß – war der Vater, der über seinem Bett weinte, weil Vater wie Sohn und Deka und Rodeka von der Gerechtigkeit verlassen worden waren – jener Gerechtigkeit, die auf völlig gesetzmäßige Weise den Apotheker Israil Jossifowitsch Schiller zu einem der nächsten Freunde des Polizeichefs gemacht hatte, was sogar dazu Anlaß gab, bei diesem eine liberale Gesinnung zu vermuten.

Zehn Werst weit von Kamynsk entfernt wohnte, wenn er gelegentlich zur Jagd auf sein Erbgut kam, Seiner Majestät Ulan Graf Uwarow, ein Mann mit unbändigen Leidenschaften. In Kamynsk nächtigte der Graf im Adelsklub, mit ihm wechselte dann auch sein Koch in den Klub über, und in den Prunkgemächern versammelten sich – ob vom Grafen eingeladen oder nicht – sämtliche Stammgäste des Klubs zum festlichen Schmaus. Der Kreispolizeichef brachte seine junge Frau mit. Eines Nachts fand Nikolai Jewgrafowitsch in seinem Arbeitszimmer einen kurzen Brief, mit dem ihm seine Frau ade sagte und ihn von ihrem Verschwinden in Kenntnis setzte. Eine Woche darauf wußte man in Kamynsk, daß die Frau des Stadthauptmanns mit dem Grafen, nachdem sie vier Tage auf dessen Erbgut verbracht hatte, nach Paris abgereist war. Als Adliger schrieb Hofrat Babenin dem Grafen einen Brief und forderte ihn zum Duell. Durch dringende Angelegenheiten verhindert, konnte der Graf nicht gleich zum Duell kommen. Anderthalb Jahre später dann erschien er zähneknirschend in der Wohnung des Polizeichefs – bedrückt knirschten die beiden Adligen gemeinsam mit den Zähnen, denn auch der Graf war in Paris eines französischen Marquis wegen verlassen worden. Das Duell fand nicht statt, dafür wurde ziemlich viel Grog mit Zitrone getrunken.

Israil Jossifowitsch Schiller hatte nicht nur einen Namen als Apotheker, er galt als intelligenter Mensch, bezog den ›Westnik Jewropy‹ und war auch Gewerbetreibender. Von besagtem Grafen Uwarow und Adelsmarschall Graf Werejski hatte er Ländereien in Pacht genommen, auf denen er Heilkräuter anbaute, in der Zeitschrift ›Farmazija‹ war darüber ein Artikel von ihm erschienen. Beiden Töchtern hatte Schiller den Namen Margarita gegeben – zu Ehren der Goetheschen Margarete. Israil Jossifowitsch vergaß natürlich nie, daß er Jude war, für die Intelligenzler ein Händler und für die Händler ein Intelligenzler. Er war ein lebensfroher Mensch, Israil Jossifowitsch. Er wollte leben wie alle. War freundlich zu allen, die freundlich zu ihm waren. Bei Laienvorführungen im Adelsklub spielte er Komiker und adlige Väter. Und etwa zur gleichen Zeit, als Babenins Frau nach Paris abreiste, starb Schillers Frau bei der Entbindung des vierten Kindes.

Um die gleiche Zeit, da Babenin und Uwarow Grog tranken zur Erinnerung an ihre treulose Frau und Geliebte, die sie verlassen hatte, kam nach Kamynsk eine Schauspielertruppe, die eine ganze Woche lang im hiesigen Adelsklub täglich ein neues dramatisches Werk darbot, als erstes, wie es die Tradition gebot, ›Verstand schafft Leiden‹. Babenin und Schiller sahen sich die Stücke Tag für Tag an, Babenin von Dienst wegen, Schiller aus Leidenschaft. Und sei es, daß es mit der Truppe zu Ende ging – was mochte sie nur nach Kamynsk geführt haben, wo höchstens alle fünf Jahre einmal Schauspieler hinkamen –, sei es, daß diese beiden trotz ihres jugendlichen Alters den Glauben an die Kunst verloren hatten, jedenfalls trennten sich von der abreisenden Truppe zwei Hauptdarstellerinnen, die in ›Verstand schafft Leiden‹ die Sofja und die Lisa gespielt hatten. Nachdem sie eine Woche lang im Klub gewohnt hatten, zogen sie um – Sofja zu Babenin, Lisa zu Schiller.

Das wurde zum Ereignis in Kamynsk: Babenin war von seiner ihm angetrauten Frau nicht geschieden und konnte nach den Gesetzen des Reiches mit Sofja keine gesetzliche Ehe eingehen. Was war Sofja also, seine Ehefrau? – Ehen aber wurden dem Gesetz entsprechend in der Kirche geschlossen –, seine Mätresse? – Mätressen aber hielt man sich heimlich, versteckte man. Über Schiller wurde weniger geredet – als Jude stand er ohnehin außerhalb des Gesetzes –, der Schatten fiel allein auf Babenin. Babenin?! Babenin konnte Sofja niemandem ›vorstellen‹ und wagte auch bei niemandem einen Besuch.

Der Anglomane und Puritaner Feodossi Lawrowitsch Fedotow, General a. D. und militärisches Haupt, verweigerte Babenin, als er ihm auf einem Spaziergang begegnete, den Gruß.

Adelsmarschall Fürst Vitali Aristarchowitsch Werejski schickte Babenin eine rosa Botschaft, mit der er ihn zu sich bat, und empfing ihn in seinem Arbeitszimmer hinter verschlossenen Türen.

»Hören Sie, Verehrtester, ich spreche privat zu Ihnen, von Edelmann zu Edelmann«, sagte der Fürst verdrießlich und legte das seidene Taschentuch an die Lippen, »Sie sind doch immerhin der Hüter von Ordnung und Sitte, und ... wie soll ich mich ausdrücken? ... eine Schauspielerin ... ich habe eine junge Tochter, Olenka, und Ihre Töchter ... Sehr auffällig, Verehrtester, einfach sittenlos und überhaupt unvernünftig – was für ein Beispiel geben

Sie unseren Töchtern und der Bevölkerung? ... und natürlich wird man Sie in keinem anständigen Haus empfangen ... Ich kann es natürlich verstehen, wir sind alle einmal jung gewesen – hätten Sie sie doch irgendwo im Podol versteckt ... So aber, urteilen Sie selbst – geradezu wie Schiller, und Schiller ... «

Babenin reckte seinen Schnurrbart wie die Brust zum Duell, als er antwortete:

»Euer Durchlaucht, Heuchelei lehne ich ab, und ich wüßte nicht, gegen welche Gesetze ich verstoßen sollte. Wir leben in einem aufgeklärten Zeitalter, und ich werde niemandes Traditionen verletzen. Mich in einem Gotteshaus trauen lassen kann ich in Ermangelung einer gesetzlichen Scheidungsurkunde vorläufig nicht, ich werde es tun, sobald ich sie erhalten habe, die Dame aber, der ich begegnet bin und mit der ich einstweilen eine Zivilehe führe, ist nicht nur eine Schauspielerin, die ihren Beruf übrigens aufgegeben hat, sondern darüber hinaus auch Absolventin des Instituts für adlige Mädchen in Saratow, Tochter adliger Eltern, die, als sie sich ihrer Begeisterung für das Theater ergab, einen entscheidenden Fehler beging, den wir jetzt im Interesse der Gesellschaft gemeinsam korrigieren, so daß ich persönlich mein Verhalten als edelmütig ansehe, und bis zur Erledigung der Formalitäten der Scheidung von meiner alten Frau und der Eheschließung mit der neuen gedenke ich selbstverständlich meine Dame, die ich als meine Braut betrachte, weder in Ihr Haus noch in irgendwelche anderen Häuser einzuführen ... «

»Ja, ja, Väterchen«, sagte der Fürst, »verschonen Sie uns. Sehen Sie, General Feodossi Lawrowitsch will Sie nicht einmal grüßen, und meine Gattin hat sich vor Ihnen in der Küche versteckt.«

Der Fürst machte eine Pause.

»Ich kann es nicht gutheißen, nein«, sagte er lyrisch, »aber – ich verstehe es und ... will vorläufig davon absehen, es weiterzumelden ... auf Grund unserer persönlichen Absprache ... «

Scheidungen gingen im Reich auf dreierlei Weise vor sich: durch allerhöchsten Gnadenbeweis – wenn der Imperator anordnete, die betreffende Person den Unverheirateten wieder zuzurechnen, oder durch Zahlung eines riesigen Schmiergeldes an den Heiligsten Synod oder auf der Grundlage von Zeugenaussagen, die bestätigten, sie, die Zeugen, hätten mit eigenen Augen den Ehebruch beobachtet. Natürlich schickte Babenins ehemalige Frau keine solche Bescheinigung aus Paris. Und natürlich schickte Babenin auch keine seine eigene Person betreffende Bescheinigung an das Synodalgericht, zumal ihm, hätte er es getan, nach dem Gesetz eine Kirchenbuße auferlegt worden wäre, eine Strafe, dreimal täglich hätte er zum Geistlichen gehen müssen, um Reue zu zeigen, und vor allem hätte er zusätzlich zur Kirchenbuße für etwa fünf Jahre das Recht verloren, eine Zweitehe einzugehen. Das Gesetz behagte Nikolai Jewgrafowitsch nicht.

Israil Jossifowitsch hätte den orthodoxen christlichen Glauben annehmen müssen, um eine gesetzliche Ehe mit einer Russin, einer Orthodoxen, schließen zu können, doch er hatte Kinder, und die neue Frau bestand nicht auf der gesetzlichen Ehe.

Zwei Wochen nach dem Gespräch Babenins mit dem Fürsten fuhr Sofja Famussowa in ihrem Schauspielerinnenkleid und mit Sonnenschirm in einem Zweispänner durch das Tor des Babeninschen Hofes und zur Apotheke, um ihre Freundin Lisa zu besuchen.

Israil Jossifowitsch war freundlich zu allen, die freundlich zu ihm waren. Lisa fuhr zu Sofja zum Gegenbesuch.

Sofja und Lisa sah man auf einmal mit Damensattel und Reitkleid. Schiller erwarb für sich einen englischen Sattel. Und Schiller im englischen Sattel, Babenin im Kavallerieoffizierssattel, mit Pferden aus dem Polizeirevier, begleiteten die Damen zum Ziegenberg, zum Fluß, um zu baden und beim Waldgeist in der Hütte Milch zu trinken. Und dann erschienen die Damen mit Fahrrädern – den ersten in Kamynsk; die Vorderräder waren größer als die Hinterräder, es sah aus, als führen die Damen auf gerader Strecke bergauf, und sie zogen aufs Fahrrad extravagante Kostüme an – Jupes-culottes, Hosenröcke.

Weder zu Babenin noch zu Schiller kam jemand, und auch sie gingen beide nirgends hin, sie empfanden sich deshalb sogar als Ausnahmeerscheinungen, obgleich sie schlicht und einfach keiner sehen wollte. Im Herbst, als der Regen alles in Matsch verwandelte, riefen die Schauspielerinnen im Adelsklub einen ständigen Theaterzirkel ins Leben, den sie ›Abendrot‹ nannten. Die Hauptrollen und die Regie übernahmen sie selbst. Schiller spielte adlige Väter. Männer zum Mitspielen fanden sich im Schatzamt, Frauen im Telegraphenamt – alte Jungfern, denn nach den Gesetzen des Reiches durften die weiblichen Angestellten der Post- und Fernmeldebehörde nicht verheiratet sein. Schiller lud Sofja mit Gatten ein, Sofja lud Schiller mit Frau ein – zwangsläufig kam das Gespräch auf die ›provinziellen Sitten‹, die ›Vorurteile‹ der Leute. Die jungen und ungewöhnlichen Ehefrauen veranlaßten ihre Männer zu größter Ordentlichkeit, beide Gatten legten zur Nacht Schnurrbartschützer an, die den Schnurrbärten ihre wackere Form erhielten und Apotheker und Polizeichef große äußerliche Übereinstimmung verliehen. Deka und Rodeka gingen in das städtische Progymnasium, Schiller hatte die ältere Margarita zum Bruder nach Smolensk geschickt. Das Leben verlief wieder geregelt.

General Fedotow übersah Babenin nach wie vor. Er war ein Erzkonservativer, der sich tagtäglich auf den Krieg vorbereitete, er gedachte noch der Zeiten Nikolais I., er hielt sie für richtig, und hatte er auch nicht unter Nikolai gedient, nannte er sich doch selbst einen Nikolaitischen Soldaten. Er hatte bei Plewna gekämpft. Die Aufhebung der Leibeigenschaft hielt er für Betrug – sowohl an den Bauern als auch an den Gutsbesitzern. Er las englische Romane und Kriegsliteratur. Zum General hatte er sich mit seinem Eifer hochgedient. Lange nach Plewna, bevor er in den Ruhestand trat, heiratete er eine alte Jungfer, zeugte einen Sohn, doch sein Leben verlief neben seiner Frau her, die nie einer zu Gesicht bekam. Er schlief auf einem Feldbett, aß Soldatenkost, übergoß sich jeden Morgen mit eiskaltem Wasser und wartete auf den Beginn militärischer Operationen, denn der Krieg war für ihn der natürliche Zustand des Mannes. Sein Sohn lernte bereits in den Windeln das Marschieren. Seine Frau bewegte sich wie ein Schatten. Natürlich führte der General ein streng zurückgezogenes Dasein, und näher als seine Frau, näher als sein Sohn stand ihm der riesige Bernhardiner, der den Wachdienst versah und dreimal täglich aus der Kaserne der Wachkompanie das Kochgeschirr mit dem Essen brachte.

Fürst Werejski hatte im Semstwo als Landhauptmann die Sitten des Adels zu behüten. Rasboischtschin hatte die bäuerlichen Sitten zu behüten. Betroffen sah der Fürst mit eigenen Augen und fand durch Tatsachen bestätigt, daß das Schicksal der Bauernschaft, die er beschützte, seit dem Jahre einundsechzig zerbrochen war – durch die Schuld des Adels selbst, schien ihm. Babenin war kein Maßstab, er stammte nicht von hier und gehörte nicht zu den Gutsbesitzern, und dennoch – diese zivilen Ehen … Wie sollte er den Adel beschützen – und nicht nur beschützen, sondern auch für sein Gedeihen sorgen? Betrübt stellte der Fürst fest: Der Gutsbesitzer verarmte, und verarmend verwilderte er – bis hin zur zivilen Ehe! … Er selbst besaß einen Gutshof mit einem Steinhaus, neunzehn Zimmer groß, mit Säulen. Gebaut hatte das Haus sein Großvater. Der Großvater hatte das ganze Haus geheizt, zu Lebzeiten seines Vaters war das Haus zu einem Viertel geheizt worden, während Vitali Aristarchowitsch überhaupt nicht heizte, er kam nur im Sommer auf sein Gut. Die Freie Ökonomische Gesellschaft propagierte in den sechziger Jahren neue Prinzipien der Landwirtschaft aus dem nur wenig bekannten Amerika – große Saatflächen, bessere Maschinen, chemische Düngemittel. Sie veröffentlichte Ratschläge für die russischen Gutsbesitzer. Natürlich war das sinnvoll – der Fürst wußte sogar über die Theorie der ›Thünen-Ringe‹ Bescheid und hieß sie gut, natürlich war das sinnvoll, dafür gab es ja die Adelsbank – man konnte Darlehen aufnehmen, seine Wirtschaft nach amerikanischem Vorbild ausrüsten, die Siebenfelderfolge einführen, Simmentaler kaufen, eine Eisenbahnstrecke zu seinen Besitzungen bauen, eine Branntweinbrennerei, eine Milchfarm, die deren Abfälle verwertete … Doch irgendwie war es so gekommen, daß das Geld, welches noch der Vater von der Bank geliehen hatte, unbedacht verbraucht worden war, während die Ländereien des Gutes von den Kindern und Enkeln jener Väter und Großväter bearbeitet wurden, die als Leibeigene darauf gearbeitet hatten, unverändert nach der Dreifelderwirtschaft, mit dem einzigen Unterschied, daß die Großvätermushiks, als sie für den Großvaterfürsten arbeiteten, Naturalprodukte ablieferten, die sie auf den Feldern ernteten, während die Söhne und Enkel jetzt an Vitali Aristarchowitsch ihre Pacht in Geld bezahlten. Wenn Vitali Aristarchowitsch durch den Verwalter von den Bauern die Rubel einsammeln ließ, stellte er traurig fest, daß er ›sich in einen Kapitalisten verwandelte‹ – den Kapitalismus aber verachtete er nicht minder als General Fedotow … Vitali Aristarchowitsch litt darunter, daß niemandem irgendwelches exaktes Wissen abverlangt wurde: der Maler Nagorny durfte seine Zeitrechnung mit Friedrich Barbarossa beginnen, ebenso wie General Fedotow das Recht besaß, neben englischen Romanen schon vierzig Jahre tagtäglich die Vita sanctorum zu lesen, wie der Lehrer Bogorodski und der Arzt Kriworotow ihren jeweiligen Leidenschaften frönten – der eine schwärmte für das Tolstoianertum und war unter die Vegetarier gegangen, der andere für Büchner und Ernst Haekkel, weshalb er Infektionen mied und die Erkältung leugnete – die Wahrheit suchte jeder auf seine Weise, und Fürst Vitali Aristarchowitsch Werejski bezog seine Vorliebe für die Epoche Alexanders I. aus Romanen jener Zeit, aus ihren Moskauer und dörflichen Kapiteln. Er fand, damals sei eine ›nichtkapitalistische‹ Zeit gewesen, gemächlich, herzlich wie Karamsin, familiär und philosophisch. Er spielte Klavier, liebte die Dämmerung, liebte Gäste in der Dämmerstunde und Hausmusik. Sein Haus war ausgestattet mit Möbeln aus Alexandrinischen Zeiten. Seine Tochter Olenka unterrichteten die Bonne und die Mutter. Der Fürst deklamierte Apuchtin und Fet. Hatten der Kutscher, die Köchin und die Zimmermädchen von ihm Geld zu bekommen, dann legte er es unter sein seidenes Taschentuch auf die Kante des Küchentisches ...

Ganz anders als Fürst Werejski, der Hüter des Adels, war Afinogen Kornilowitsch Rasboischtschin, der Hüter der Bauernschaft. Landamtmann Rasboischtschin, der keinen Kutscher zu beanspruchen hatte, ließ sich von der Köchin eine Quittung über die Auszahlung ihres Gehalts geben, auf die, da sie Analphabetin war, statt der Unterschrift ein Kreuz gesetzt wurde, welches der in der Küche Dienst habende Aufseher beglaubigte. Für seine Fahrten nahm Rasboischtschin ausschließlich Bauernpferde. Fürst Werejski veranstaltete zweimal im Jahr wohltätige Bälle nach dem Beispiel der Alexandrinischen Epoche, jedoch für zeitgenössische Zwecke – zugunsten der Gesellschaft für Volksabstinenz, zugunsten des Waisenheims, für die Weihnachtsfeier im Mädchenprogymnasium –, und er wußte aus Erfahrung: Jemanden mit der Unterschriftsliste zu Rasboischtschin zu schicken war sinnlos, er würde sich nicht eintragen, sich vor der Liste in der Küche verstecken, sich verleugnen lassen – auf Grund seiner Herkunft von Amtsschreibern aus der Zeit des Zaren Alexej Michailowitsch.

Rasboischtschin behütete die bäuerlichen Sitten im Interesse der Gutsbesitzer und des Staates. Der Landamtmann brauchte solche Worte wie zum Beispiel Krise nicht zu kennen, und Rasboischtschin ahnte nicht einmal, daß sein Amt eigentlich ein Produkt der Krise war. An den englischen und deutschen Börsen fielen die Getreidepreise ganz im Gegensatz zu den Bodenpachtzinssätzen im Russischen Reich – nach menschlichem Ermessen hätte sich der ›Mushik‹ empören müssen, nie hatten die Imperatoren das Pugatschowtum vergessen: diese Feinheiten brauchte Rasboischtschin nicht zu wissen, dafür wußte er sehr genau, weshalb er zur Ablösung der aus Adelskreisen gewählten Friedensrichter nach Kamynsk gekommen war – um mit Strenge für den Schutz des Adels zu wirken. Und er wußte auch, daß bei besagtem Fürsten Werejski in seinem Dorf Werejskoje, wie Rasboischtschin in einem Bericht schrieb –

›... die Dorfbewohnerschaft mehr und mehr ruiniert wurde und Zorn auf Seine Durchlaucht in sich nährte ... in diesem Jahr, das dem Kreis Mißernten bei Getreide und Futter brachte, wandten sich die Bauern von Werejskoje an Seine Durchlaucht mit der nachdrücklichen Bitte, den Pachtzins herabzusetzen, doch ihr wurde nicht stattgegeben, weswegen der Bauer Iwan Nefjodow aus dem kleinen Dorf Tschertanowo drohte, den ‚roten Hahn aufs Dach' zu setzen, eine Beschwerde an Seine Majestät den Zaren zu schreiben ... und aus den dargelegten Gründen von mir zu sechs Monaten Gefängnis verurteilt wurde ... ‹

So schrieb Rasboischtschin über das Dorf Werejskoje, über den Grafen Uwarow, den Herzensbrecher, aber schrieb er:

›... die Dorfgemeinschaft von Uwarowka wandte sich an den Verwalter Seiner Durchlaucht mit der nachdrücklichen Bitte, ihr nach dem Beispiel vergangener Jahre siebeneinhalb Deßjatinen Land zu verpachten, die sich keilförmig in ihr Dorf Uwarowka bohren und überdies so liegen, daß dieser Keil dem Dorf den Zugang zur Tränke abschneidet und es unmöglich macht, das Vieh von Flurschädigung abzuhalten, weswegen vom Kontor des Grafen ständig Strafen verhängt würden. Der Verwalter verlangte 175 Rubel statt bisher 70, als aber die Dorfversammlung, nachdem sie über die Ausweglosigkeit ihrer Lage beraten, sich bereitgefunden hatte, die festgelegte Summe zu zahlen, teilte der Verwalter dem Dorfältesten mit, er habe einen Bericht an Seine Durchlaucht geschrieben, Durchlaucht jedoch befände sich zur Kur in Pjatigorsk und könne keine Antwort auf diesen Bauernvorschlag schicken, woraufhin ein Bauer aus dem Dorf Uwarowka gesetzwidrige Reden führte und aus den obengenannten Gründen von mir zu sechs Monaten Gefängnis verurteilt wurde ... ‹

Landamtmann Afinogen Kornilowitsch Rasboischtschin glaubte nichts und niemandem auf der Welt, nicht einmal seiner Frau, ebenso war er davon überzeugt, daß auch ihm keiner glaubte. Das Essengeld übergab er der Köchin persönlich, seine Frau bekam nicht eine Kopeke von ihm. Mindestens einmal in der Woche, nachts, wenn der Sohn schlief, durchsuchte Afinogen Kornilowitsch dessen Taschen und verprügelte ihn am Sonnabend, wenn er in seiner Tasche einen vom väterlichen Schreibtisch geklauten Bleistift fand. Sonnabend abends und Sonntag vormittags ging Afinogen Kornilowitsch in die Kirche – zur Abend- und zur Mittagsmesse – in Uniformrock und mit Degen. Gäste lud Rasboischtschin vielleicht zweimal im Jahr ein, er selbst ging höchstens einmal im Monat zu Besuch, und zwar ausschließlich zu Leuten seines Standes. Nie sah jemand Rasboischtschin lächeln. Sein Haus war rundum versperrt, und wenn er schlief, dann lagen Dolch und Revolver unter seinem Kissen. Nie hörte jemand von Rasboischtschin einen gesetzwidrigen Satz oder eine verallgemeinernde Bemerkung.

In Kamynsk wußte man: Wenn die Fensterläden in Rasboischtschins Arbeitszimmer Tag und Nacht geschlossen waren, wenn Tag und Nacht die Torpforte verriegelt blieb und Bauernboten sich davor herumtrieben, dann trank Rasboischtschin. Mit rosiger Glatze, absolut akkurat – selbst im Trunk blieb Rasboischtschin akkurat, wenn man einmal davon absieht, daß er, dem Trunk verfallen, in Unterhosen und Unterhemd in seinem Arbeitszimmer saß und im Haus umherlief. Er kam, an den Wänden Halt suchend, zu seiner Frau, kauerte sich vor sie hin und kicherte, unglaublich rot im Gesicht.

»Sie, Madame, träumten von einem Feh für den Winter? Und ich vertrinke das Geld … ich weiß, das ist dumm. Aber ich verdiene es ja auch! … Oder haben Sie, Madame, vielleicht vom Grafen Uwarow und von Paris geträumt? – ich finde, Ihr Gesicht paßt nicht nach Paris … Ich bitte Sie, Madame, hocken Sie sich hin. Bitte! … Sie wollen nicht? … Dann hocke ich mich. So, sehen Sie? hocken Sie sich neben mich, ich bitte Sie, Madame, hocken Sie sich auch hin, und wir kriechen auf allen vieren essen … Ich bitte Sie zu mir herunter. Sie sehen, Madame, ich bin erniedrigt, ich bin einem Schwein ähnlich, ich weine … ich verlange es schließlich als Ihr Mann! … – treiben Sie es nicht so weit wie beim letztenmal! Ja, so, ja … Hören Sie, Madame, es gibt Leute, die an Gott glauben, und welche, die nicht an ihn glauben, es gibt Christen, und es gibt Buddhisten – aber allesamt, und darüber berichtet sogar die Medizin, allesamt sehen sie immer ein und denselben grünen Teufel, den orthodoxen Teufel, der für gewöhnlich aus dem Flaschenhals kriecht, und jetzt kriecht er bei Ihnen aus dem Mund heraus, Madame … ich möchte Sie fragen, warum selbst die Buddhisten den orthodoxen Teufel sehen – wie kommt das bloß?«

Völlig natürlich, daß Rasboischtschin, wenn er nüchtern wurde, Anzeigen schrieb, vornehmlich gegen alle, die er fürchtete und beneidete – und er fürchtete viele und beneidete alle und liebte keinen.

Am allerwenigsten den Vorsitzenden der Semstwoverwaltung Pawel Pawlowitsch Aksakow – sowohl weil er ein wenn auch entfernter Verwandter des slawophilen Schriftstellers Aksakow war, als auch weil er das Konstantinsche Institut für Markscheidekunde in Moskau absolviert hatte und weil die ›Institution‹ der Verwaltungschefs die Semstwobefugnisse beschnitt. Aksakow seinerseits pfiff auf Rasboischtschin. Aksakow pfiff überhaupt auf alles. Er war ein sehr fröhlicher Mensch. Angeblich wohnte er mit seiner jüngferlichen alten Schwester in einem Seitengebäude seines Gutes, weil das Haupthaus abgebrannt war, in Wirklichkeit aber war er ständig im Kreis unterwegs, wo er in jedem Dorf eine Geliebte hatte und Kinder in die Welt setzte. Während seiner Fahrten durch den Kreis lachte er von morgens bis abends mit Baßstimme und war mit allen gut Freund, besonders mit den Geschäftsleuten, denen sein riesiger Haferbart ihn ähnlich machte, mit allen war er sich in allem einig, auch mit dem ›dritten Element‹ und mit den Bauern, niemandem schlug er etwas ab, keinem tat er etwas, sein Lieblingsausdruck war ›pfeif drauf!‹ ... Deshalb waren in seinem Seitengebäude die Fensterrahmen durchgefault, wenn er zu Hause übernachtete, schlief er in einem wattierten Morgenmantel ohne Laken, aß zum Frühstück ein halbes Dutzend Riesenbuletten mit Zwiebel, die seine alte Schwester zubereitete, aß und fuhr mit Staubmantel und gewichsten Stiefeln in seiner Droschke davon – geschäftlich oder zu seinen gebärfreudigen Geliebten.

Das ›dritte Element‹ waren Doktor Iwan Iwanowitsch Kriworotow und der Lehrer Feoktist Feoktistowitsch Bogorodski. Beide betrachteten sich, um mit dem russischen Philosophen Lawrow zu sprechen, als ›kritisch denkende Persönlichkeiten‹.

Der Lehrer Feoktist Feoktistowitsch war unter die Tolstoianer gegangen, er trieb es so weit, im Sommer nichts Gekochtes zu sich zu nehmen, er aß ausschließlich rohes Obst und Gemüse, Möhren und Rüben, weshalb er klapperdürr war, mit einem unwahrscheinlich großen Adamsapfel, und sehr reizbar. Bei Babenin und beim Rittmeister des Gendarmeriekorps Zwetkow erregte er Verdacht, obwohl er sein Tolstoianertum sorgfältig verbarg und die Ideen vom gewaltlosen Widerstehen lediglich unter der Lehrerschaft verbreitete, in einer Weise, daß er das Verbergen seiner Ideen vor der Obrigkeit ebenfalls als eine Möglichkeit verstand, dem Übel gewaltlos zu widerstehen. Feoktist Feoktistowitsch behauptete, die Wurzel des vom Menschen kommenden Bösen liege nicht in dieser oder jener menschlichen gesellschaftlichen Ordnung, sondern in der Natur des Menschen selbst – das heißt, wenn alle, angefangen beim Zaren, Tolstoianer wären und Anhänger des gewaltlosen Widerstehens, dann müßte das Übel verschwinden. Im Sommer, zur Ferienzeit, ging er in die Wälder und auf die Felder, sammelte Blumen, Maiglöckchen, Flockenblumen, Vergißmeinnicht. Seine Lebensaufgabe sah Feoktist Feoktistowitsch darin, auf die Stunde zu warten, da alle Tolstoianer würden, und er suchte, im Einklang mit der Idee des gewaltlosen Widerstehens, diese Stunde näher heranzurücken. Natürlich war er ledig. Seine Hände waren ständig schweißig. Mit ihm zusammen lebte seine leibliche Schwester, eine Witwe, die ihm den Haushalt führte. Ungebildet, zitterte sie vor dem Bruder, vor seiner Bildung, seinem Tolstoianertum und seinem Verstand – ja selbst davor, wie der Bruder ihr das Stück Brot und ihr ganzes ungebildetes Dasein zum Vorwurf machte. Die Witwe hatte eine Tochter, die bei ihrem gelehrten Onkel genausowenig einen Laut von sich geben durfte wie etwa die Frau des Generals Fedotow bei ihrem Mann. Doktor Iwan Iwanowitsch Kriworotow – er wartete ebenfalls auf die Stunde, da wenn schon nicht alle, so doch die ›vernunftvolle Mehrheit‹ ihre Zugehörigkeit zu den, um abermals mit Lawrow und zum Teil auch mit Michailowski zu sprechen, ›kritisch denkenden Persönlichkeiten‹ bewies. Doch den Traditionen der Volkstümler folgend, von Michailowski her, vergaß er in Erwartung dieser Stunde das momentane Leben nicht und war der Ansicht, ›ins Volk gegangen‹ zu sein.

Der Sohn eines Kreisarztes hielt Schtschedrin für den verehrungswürdigsten Schriftsteller. Nach Absolvierung der Kasaner Universität verzichtete Doktor Kriworotow, der von den Wolgabewohnern die Liebe zum Gesang geerbt hatte, auf eine Beamtenkarriere und ging mit Bedacht ins Semstwo arbeiten, in den Kreis. Er hielt das Vermächtnis der Pirogow-Kongresse in Ehren. Er trug einen Havelock und einen schwarzen Hut wie die Sechziger. Morgens ging er in die Klinik, wo er die Tausende von Krankheiten behandelte, an denen das russische Volk litt – Furunkel, Krätze, Würmer, Nachtblindheit, Trachome, Syphilis, Darmgeschwüre, er schnitt menschliche Arme, Beine, Bäuche,

Rücken, besagte Furunkel, Brüche, Sarkome, nähte Wunden, amputierte Arme und Beine, bestimmte Brillengläser und zog Zähne, denn Zahnärzte standen dem ›Mushik‹ nicht zu. Das russische Reich brachte damals seine Kinder nicht in Entbindungsheimen zur Welt, sondern zu Hause, in den Dörfern – in Bauernhäusern, unter Anleitung alter Weiber und Quacksalberinnen, zu völlig ungelegenen Zeiten, um drei Uhr nachts und drei Uhr nachmittags, um zehn Uhr vormittags und zehn Uhr abends, der Doktor fuhr auf Fuhrwerken, die nach ihm ausgeschickt wurden, zu schweren Entbindungen, meist um nur noch den Tod festzustellen. Iwan Iwanowitsch fuhr auch durch den Kreis, wenn Epidemien ausbrachen – Hunger –, auch Flecktyphus genannt, Bauchtyphus, Cholera, Scharlach, Diarrhoe. Außerdem fuhr er zu Obduktionen, wenn im Kreis Leute umgebracht wurden – selbst wenn kein Zweifel bestand, daß der Betreffende gestorben war, weil man ihm den Schädel eingeschlagen hatte, war für das Gericht ein medizinisches Gutachten erforderlich. Wenn Iwan Iwanowitsch zu einem Kranken fuhr, der sich bei einem tollwütigen Hund angesteckt hatte, nahm er in jedem Fall den Tierarzt mit; als dritter war Mischucha Ussatschow dabei: der Tierarzt fing in dem Dorf, wo jemand an Tollwut erkrankt war, alle Hunde ein, Mischucha knüpfte sie unverzüglich auf, und Doktor Kriworotow erläuterte der Dorfversammlung die Besonderheiten der Tollwut, die die Bauern längst kannten; die Ärzte verlangten zwei Helfer und fuhren den gebundenen Tollwutkranken auf dem Bauernwagen davon; die Ärzte saßen abwechselnd bei dem Kranken, die Helfer zwangen ihn auf die Schultern, wenn er tobte; der Kranke wurde zu einem Krankenhaus gebracht, wo er, in eine Einzelzelle gesperrt, nach drei Tagen starb.

Überhaupt liebte Doktor Kriworotow Ordnung. An normalen Tagen, nach den Operationen im Krankenhaus, wenn er um ein Uhr mittags nach Hause gekommen war und gegessen hatte, legte er sich bis zur Abendvisite im Krankenhaus mit der neuesten Nummer des ›Russkoje bogatstwo‹, einer dicken Zeitschrift, hin, um auszuruhen.

Und jedesmal, wenn jemand zu ungelegener Stunde den Arzt holen kam, schrie Iwan Iwanowitsch den Besucher, bevor er ihn anhörte, so an, daß man sich darüber sogar eine Anekdote erzählte. Einmal kam zu solch ungelegener Stunde ein ›Weib‹ mit einem Korb und sagte:

»Herr ... «

Doktor Kriworotow, in Socken, ein Umschlagtuch über der Schulter, die Brille auf der Stirn, winkte mit seinem Buch ab und schrie, daß es auf der ganzen Gasse zu hören war:

»Sprechstunde ist von neun bis eins! Wievielmal muß ich euch das sagen?! An der Tür steht klar und deutlich – Sprechstunde von neun ... «

»Aber Herr ... «, sagte das ›Weib‹.

»Mund halten!« brüllte der Doktor. »Jetzt rede ich, laßt auch mich einen Gedanken aussprechen, laßt auch mich zu Wort kommen! Begreif doch, wenn wir Kultur anstreben und die Arbeit achten wollen, müssen wir zuallererst die Zeit achten lernen ... «

»Aber He... «

»Mund halten!«

Der Doktor begann dem ›Weib‹ eine Lektion zu halten.

Das ›Weib‹ verstummte gehorsam. Der Doktor ließ sich mindestens eine halbe Stunde aus, bis er ermüdete. Da sagte das ›Weib‹ unterwürfig:

»Lieber Herr, ich habe deiner Herrin, wie befohlen, Sahne mitgebracht ... «

»Konntest du das nicht gleich sagen, du Trine!«

Der Doktor schlug erbost die Tür zu und ging sein Pensum fertiglesen.

Privat praktizierte Doktor Kriworotow nicht, er nannte das Trinkgeldwirtschaft und brüllte, was sein Wolgabaß hergab, wenn ihm jemand Geld anbot. Er stellte viel und häufig Überlegungen über Volksgesundheit und Bildung an – Dreiklassenschulen im Semstwo lehnte er prinzipiell ab, an ihre Zweckmäßigkeit glaubte er nicht, war er doch der Auffassung, daß der ›Mushik‹ zuallererst satt und gesund gemacht werden müsse, denn sonst würde er nach drei Jahren Schule, hungrig und vor Hunger krank, ohne ein einziges Buch weder in seinem Haus noch im Dorf, unweigerlich ins Analphabetentum zurückfallen. Nichtsdestoweniger war Iwan Iwanowitsch Kurator der Semstwoschule in dem kleinen Dorf Tschertanowo, jeden Freitag versammelte er bei sich Lehrer, aus Tschertanowo und aus der Stadt – diese Zusammenkünfte trugen die Bezeichnung ›Selbstbildungszirkel‹, hier wurden besonders interessante Artikel und Erzählungen aus dicken Zeitschriften gelesen, die die Lomonossow-Bibliothek beim Adelsklub bezog; über das Gelesene gab es eine kritische Aussprache. In der Semstwoschule von Tschertanowo war es Doktor Kriworotow gelungen, ein warmes Frühstück für die Kinder einzuführen, Filzstiefel und Pelzjacken für die Bedürftigen zu beschaffen. Der Sonnabend war im Semstwo arbeitsfrei, und jeden Sonnabendmorgen brach Doktor Kriworotow zur Schule auf, er schleppte den Projektionsapparat mit, der Eigentum des Semstwo war, um Kindern und Erwachsenen verschwommene Bilder zu zeigen, die er mit eigenen Überlegungen versah – und deswegen erregte er, ebenso wie der Lehrer Bogorodski, Verdacht.

Um zwei Uhr kam sonnabends in der Semstwoverwaltung unter Vorsitz von Pawel Pawlowitsch Aksakow der Hygienerat zusammen, Ärzte aus dem Kreis, man sprach über die Krankheiten im Kreis und den vom Semstwo zu führenden Kampf. Aksakow hatte es eilig und stimmte allem zu. Die Ärzte hielten ihre Reden bis um sieben, und um sieben gingen sie zu Iwan Iwanowitsch speisen, sie aßen, tranken Wodka und sangen Studentenlieder, Bekräftigung revolutionären Geistes – die ›Dubinuschka‹, ›Stirbst du, begräbt man dich, als hättst nicht gelebt du‹ –, mit Wodka begossen mit dem betrunkenen Popen, das Lied ›Transvaal‹ kam damals gerade erst in Arbeitervierteln und hauptstädtischen Schenken auf, bis nach Kamynsk war das Lied noch nicht gelangt. Spätabends verabschiedeten sich die Ärzte, luden sich gegenseitig ein, setzten sich in ihre Tarantasse, Droschken oder Schlitten – je nach Jahreszeit – und fuhren davon in das Dunkel des Kreises, zu ihren Amtsbezirken, in ihre Krankenhäuser, schleppten sich über Feldwege, argwöhnten Unheil in der Finsternis …

Hin und wieder machte sich Doktor Kriworotow, nachdem er die Filzstiefel – seiner Frau, seines Sohnes und seine eigenen, damit die Füße nicht kalt wurden – über der Lampe aufgewärmt hatte, auf den Weg zu Kollegen. Frau und Sohn setzten sich hinten ins Heu, Iwan Iwanowitsch kletterte auf den Kutschbock, versteckte ein Beil zu seinen Füßen, fühlte nach dem Revolver an der Brust. Und sie fuhren über Felder und durch Wälder. Die lichten Waldstücke und vor allem die Schluchten hatten allerlei nicht eben vielfältige Vorkommnisse erlebt. In dem einen Wäldchen war ein Kaufmann umgebracht worden, und die Erben hatten an der Mordstelle ein Kreuz aufgestellt. Hier hatte man einen Gutsbesitzer umgebracht, in jener Schlucht wieder einen Kaufmann, das Kreuz war bereits umgefallen, am gleichen Ort war auch eine Postkutsche ausgeraubt worden. Und dort drüben passierten immer noch Morde. An diesen Stellen nahm Iwan Iwanowitsch die

Zügel in die Linke, fuhr lautlos, die Rechte am Beil. In den Häusern der Bereichsärzte roch es nach dem vertrauten Jod und Jodoform, und nach dem Essen wurde jedesmal die ›Dubinuschka‹ gesungen, natürlich gefolgt von

Aus dem weiten, weiten Lande,
Von der Wolga breitem Strande
Kamen alle wir hierher
Um der frohen Freiheit willen,
Freie Arbeit mag ein jeder sehr!

Sein ganzes Leben und Wirken betrachtete Doktor Iwan Iwanowitsch als ›gemeinnützigen Dienst‹ am Volk, als ›Dienst an der Schuld‹. Daneben war in ihm seit seinem letzten Studienjahr weniger der Traum als die Überzeugung, so könne er beruhigter in die Zukunft blicken: er bekam abzüglich der Beiträge zur Emeritalkasse hundertsiebenundvierzig Rubel siebenundvierzig Kopeken Gehalt und führte monatlich an das Schatzamt siebenundvierzig Rubel siebenundvierzig Kopeken ab, um, nachdem er fünfundzwanzig Jahre lang seinen Dienst an der ›Schuld‹ getan und auf diese Weise dreizehntausendeinunddreißig Rubel plus Zinsen angesammelt hatte, einen kleinen Hof kaufen und auf ›seinem Grund und Boden‹ leben zu können, ohne sich um jemanden kümmern zu müssen und von jemandem abhängig zu sein. Iwan Iwanowitsch beabsichtigte, auf seinem Gut Yorkshire-Schweine zu züchten; als Hauptgang gab es deshalb bei ihm Kascha, aus Sparsamkeit im Interesse seiner künftigen Wirtschaft, und aus dem gleichen Grunde besaß sein Sohn niemals ein zweites Paar nicht abgetragener Schuhe …

Die industrielle Kraft repräsentierte in Kamynsk der Geschäftsmann und Unternehmer Sergej Iwanowitsch Koschkin, Doktor Kriworotows Nachbar, der Zaun an Zaun mit ihm lebte. Sergej Iwanowitsch war ein Kamynsker Nietzscheaner, obwohl er nicht einmal im Traum von Nietzsche gehört hatte. Sein leibeigener Vater hatte es zum leibeigenen Gutsverwalter der Fürsten Werejski gebracht, der Sohn war seinem Vater gefolgt und hatte ihn überholt. Als wagemutiger Mensch fuhr Sergej Iwanowitsch weit mehr als der Vorsitzende Aksakow durch den Kreis, nach Moskau, nach Nishni Nowgorod, kaufte und verkaufte Holz, pachtete und baute Mühlen, baute Krankenhäuser, Schulen, Baracken, Häuser für den Staat, für das Semstwo, für Privatbesitzer, lieferte Schwellen an die Eisenbahn, transportierte ohne Gewissensbisse ganze Wälder ab, unterhielt neben seinem Haus eine Tischlerei – Geld kam mehr als genug zusammen, er trank täglich schon morgens Schustow-Kognak, den Bart schor er zweimal im Jahr, zu Weihnachten und Ostern, er trug Lackstiefel mit Harmonikafalten, zeugte Kinder, kommandierte sein Haus, seine Frau und seine Geliebte Maschucha, Tischler, Zimmerleute, Müller, Holzfäller, hatte es nie eilig, kam überall zurecht.

Als erster brachte er verschiedene Wunder der Technik nach Kamynsk, mit denen er die Fahrräder und die Jupes-culottes der Damen Sofja und Lisa in den Schatten stellte. Er besorgte einen Elektromotor, erleuchtete sein Haus und die Werkstatt mit Elektrizität, die die Bewohner der Stadt verblüffte – es war hell und stank nicht. Als erster brachte er ein Grammophon in die Stadt, und um den Leuten zu zeigen, was er, Koschkin, für Kamynsk bedeutete, gab er bekannt, am Sechsten, zum Dreikönigsfest, werde im Gasthaus der Gesellschaft für Volksabstinenz das Grammophon für die gesamte Stadt kostenlos Musik spielen und Worte sprechen. In der Schenke fanden nicht alle Platz. Koschkin befahl seinen Tischlern, auf seine Kosten die Fenster in der Abstinenz zu entfernen, damit man von draußen zuhören konnte. Die Leute trauten ihren Augen und Ohren nicht, sie sahen unter dem Tisch nach, ob sich der Zauberkünstler dort versteckt hielt. Alle waren verblüfft, debattierten mißtrauisch, doch dann verstummten sie vor Staunen. Koschkin schwor der Einwohnerschaft, daß es sich um keinen Schwindel handele, machte Verrenkungen, drehte persönlich die Grammophonkurbel und hob das Tischtuch hoch, um die Leere unter dem Tisch zu zeigen. Da die Leute die Leibeigenenverhältnisse noch nicht ganz vergessen hatten, neigten sie zu der Annahme, Koschkin betrüge sie doch, bestimmt hatte er einen Zwerg gekauft, der jetzt im Grammophonkasten saß. Nachdem er alle Platten dreimal plärrend abgespielt hatte, ließ er die verdatterten Zuhörer in der Schenke zurück und ging mit seinem Grammophon und einigen geschätzten Bürgern, die er zu sich bat – Oberpriester Ioann, Doktor Kriworotow, Steuerinspektor Mollas – nach Hause, stellte das Grammophon noch viele Male an, trank Kognak, flößte den Gästen Kognak ein, bewirtete sie mit Ferkel in Aspik und philosophierte.

»Wer bin ich denn? Ein ungebildeter Mushik und Sohn eines leibeigenen Lakaien und selber ein ehemaliger Lakai. Aber wer hat dieses Ding hier als erster nach Kamynsk gebracht? Wieder ich ... Zum Drauf-stolz-Sein und zum Drauslernen! Und keiner stört den anderen – tu, was du willst, aber stör mich nicht! Wenn du willst, dann hungere, wenn du willst, dann hol Grammophone her! Hungern will ich nicht, hab ich mir gesagt, nein, das will ich nicht – und ich begann Geld zu machen, ich arbeite und störe andre nicht, die mich nicht stören. Zu tun, Wälder gibt es noch und noch – gehe hin, säge, fälle, handle damit. Mein Vater und ich haben bei null angefangen. Wer das nicht will, der soll hungern, seine Schuld. Und wenn jemand will und nicht kann, ist er auch selber schuld, wozu wurde er als Dummkopf geboren, ich kann ihm nicht helfen. Und stell dich mir nicht in den Weg. Willst du mit mir kämpfen, das kannst du haben, mal sehen, wer wen kleinkriegt: schaffst du's, bist du 'n Kerl, schaff ich's, dann winsel nicht, ich fahr mit dir Schlitten und erlaube dir nicht zu weinen. Keiner schuldet einem andern was, und ich werd mich natürlich nicht unterkriegen lassen, ich wünsche nichts Böses ... Aber ehrlich gesagt, hab ich mich auf dich draufgesetzt und du krepierst unter mir, dann geschieht das dir Esel recht ... Trinken Sie Kognak, liebe Gäste, der ist für Dumme! ... «

Solche Überlegungen stellte Sergej Iwanowitsch Koschkin häufig an, sowohl mit Doktor Kriworotow als auch mit Pawel Pawlowitsch und seinem Freund Jewgraf Karpowitsch Soskow, dem Schankwirt aus Werejskoje.

Ab und zu sagte Iwan Iwanowitsch Kriworotow:

»Aber das ist doch die reinste Hundesohnphilosophie, Sergej Iwanowitsch.«

Koschkin erwiderte gutmütig:

»Ich bin ja auch ein Hundekater!«

Und trotzdem fiel es unserem Sergej Iwanowitsch manchmal unversehens ein, von seinem Haus nicht nach rechts zu Koslows Schenke, sondern links die Straße hinabzugehen, zu Mischucha Ussatschows Garten, er trat ein, suchte sich in Mischuchas Käfterchen Platz zwischen Hunden und Vogelkäfigen, langte eine Kognakflasche aus der Tasche, trank und fragte Mischucha:

»Wozu das alles, hm? ... ich lebe, betrüge, mache andern das Leben sauer, häufe Geld an, schlafe mit zwei Weibern in einem Haus – und wozu das alles, hm? ... «

»Das ist natürlich mal so«, antwortete Mischucha.

»Weiß ich, daß es so ist, aber wozu? Du hier murkst Hunde ab – graust's dir nicht dabei? Wieviel Hundeseelen liegen doch auf deinem Gewissen, so viel wie auf meinem menschliche Tränen, obwohl ich sie ja gar nicht – nein, ich mach mir ja nichts draus ... Und du, du fängst ja außer den Hunden mit den Kindern von Nikita Sergejewitsch auch noch Vögel ein, und von den Hunden behältst du welche, schläfst mit Hunden und Vögeln. Das kann ich nicht kapieren. Erzähl mir, wie das bei dir ist ... «

»Das ist natürlich mal so«, antwortete Mischucha.

»Das sollst du mir ja erzählen, wie das ist – ›so‹. Erzähl mir von den Vögeln. Als kleiner Junge habe ich sie ja auch gefangen, aber du fängst sie bis ins Alter ... Erzähl, was du heute gemacht hast. Erzähl mit allen Einzelheiten, warum du zwar ein Hundewürger bist, aber ein Mensch mit edlem Herzen.«

»Ja, das ist natürlich ... Als erster bin ich aufgewacht, als es noch dunkel war, fing grade an zu tagen. Ich zündete mir eine Papirossa an, die Hunde hörten es und wachten auch auf, fingen Flöhe, begrüßten mich, gingen auf den Hof, weil sie mußten. Noch eher wachte Syssoi die Nachtigall auf, putzte ihr Schnäbelchen, flog auf den Sand, trank Wasser. Ich heizte den Samowar, ging in den Garten Vogelfallen stellen, der Stieglitz geht jetzt an die Kletten ... die Sonne ging langsam auf, dickbäuchig ... «

Und Sergej Iwanowitsch, statt Mischuchas Bericht anzuhören, schluchzte zu seinem Kognak.

Gegenüber von Koschkin auf der anderen Straßenseite wohnte der Kaufmann Korowkin, in einem Steinhaus hinter einem Steinzaun. Viele Jahre schon trat Korowkin früh um sechs auf den Hof, brüllte die Lastpferde an und ging los auf den Markt, zu den Buden für auswärtige Händler, er machte seinen Stand auf und bot gleich viele verschiedene Artikel an, Krummhölzer und Kummete, Hinter- und überhaupt Pferdegeschirr sowie Rindslederstiefel und Ziegenlederstiefeletten mit Gummiumschlägen, Äxte und Spaten, Sägen, Eggen, Tabak, Lampenöl, Petroleum und Salz; Salzhandel betrieben die Korowkins seit den Zeiten, da Großvater und Urgroßvater das Salzmonopol besessen hatten, mit dem Salz hatten sich die Korowkins auch einen Namen gemacht. Hinter Korowkins Verkaufstisch brannten Öllämpchen, der alte hagere Korowkin saß in seinem Büroverschlag und las Zeitungen und viele Bücher. Wenn die Lastpferde abfuhren, traten aus dem Haus, durch das massive Tor – und waren hinter dem Zaun im Garten zu sehen –, ungewöhnlich dicke und verschlafene Frauen auf die Straße. Die Hausherrinnen hatten beim Hausherrn dreimal gewechselt, denn die ersten beiden Frauen waren kinderlos gestorben, und die dritte, die letzte, war siebenunddreißig Jahre jünger als ihr Mann, sie hatte ihm einen Sohn und eine Tochter geboren, Jegoruschka und Lisa, die junge Frau nahm an Leibesfülle zu wie Kostgängerinnen. Zu allen Familienfesten lud Korowkin die Geistlichkeit zu sich, und in dem mit Gummibäumen vollgestellten und mit Läufern ausgelegten, eigentlich unbewohnten ›guten‹ Salon im ersten Stock zelebrierten Priester die Messe. Das Tor wurde in solchen Fällen nicht geschlossen, und die Nachbarn konnten zu Korowkin hereinkommen und im guten Salon beten. Für die Armen wurde an solchen Tagen ein Tisch mit schlichtem, dem Anlaß angemessenem fettlosem Essen aufgestellt.

In Kamynsk gab es Maler.

Der Maler Nagorny war ein Fremdling. Er war hier ganz plötzlich aufgetaucht. Im Frühjahr, zur großen Fastenzeit kam er nach Kamynsk – langbeinig, schwarz- und langhaarig, mit langem Bart, jedoch ohne Schnurrbart, mit schwarzen Augen und einem riesigen Hut. Er machte einen Rundgang durch die Stadt, stieg auf den Berg, hinauf zu den Gärten, stand, auf seinen Stock gestützt, dort lange allein und betrachtete den Raum, bevor er schließlich zum Geschäftsmann Koschkin hinüberging. Koschkin kehrte mit ihm in einem Schlitten, den ein kräftiger Halbbluthengst zog, auf den Berg zurück. Nagorny übernachtete im Adelsklub, aufs Polizeiamt schickte er einen Paß auf den Namen Latrygin. Koschkin verbrachte mit ihm im Adelsklub zwei Tage und Nächte über seinen Zeichnungen, in diesen zwei Tagen kaufte er von den Gärtnern alle Gärten auf dem Berg auf. Latrygin fuhr nach Sankt Petersburg und kehrte mit seiner Frau, mit Staffeleien und Farben auf den Berg zurück, wo Koschkin ein Haus mit Turm hingesetzt und um ihn herum einen dichten Garten gepflanzt hatte. Aus dem Paß der Frau wurde über das Polizeiamt bekannt, daß sie eine geborene Baronesse Wrangel war, die der Maler eine Woche vor seinem zweiten Eintreffen in Kamynsk geehelicht hatte. Drei Monate nach seiner Ankunft wurde dem Maler der erste Sohn geboren, nach fünfzehn Monaten der zweite. Die Baronesse ging im Garten spazieren, der Maler malte im Turm Ritter, die ihm selbst ähnlich sahen. Weder gingen sie zu jemandem noch kam jemand zu ihnen, nicht einmal Briefe an sie gab es. Doch nach siebzehn Monaten, das heißt zwei Monate nach der Geburt des zweiten Kindes, tauchten Briefe auf. Der Postmeister brachte ihren Inhalt unter die Leute. Die Baronesse hatte Briefe an ihre Tante auf die Krim und an den Onkel, der Militärattaché der russischen Regierung in Rom war, geschrieben. Antworten erfolgten nicht. Einen Monat darauf schrieb die Baronesse noch einmal an Onkel und Tante sowie an ihren Bruder in Sankt Petersburg, in die Gardekasernen, bat um Vergebung und flehte um Geld. Der Bruder überwies per Post, ohne Begleitbrief, fünfundsiebzig Rubel. Nach weiteren zwei Monaten schrieb die Baronesse erneut, flehte erneut um Hilfe und teilte mit, sie beginne Hunger zu leiden. Über den Mann und die Kinder schrieb sie nichts. Eine Antwort gab es nicht, doch aus Rom und von der Krim kamen Briefe an den Adelsmarschall Werejski, deren Inhalt der Postmeister nicht unter die Leute brachte. Und ein Brief in französisch traf von der Krim ein – der Postmeister versuchte sich zwei Tage lang mit Wörterbuch an der Übersetzung, ohne etwas herauszubekommen, er sprach bei General Fedotow vor, der warf den Postmeister hinaus und drohte, an den Gouverneur zu schreiben – zur Frau des Fabrikanten Schmutzochs zu gehen, genierte sich der Postmeister, den Brief übersetzte schließlich eine Lehrerin aus dem Progymnasium. Der Brief enthielt Texte der Tante sowie des Onkels und Militärattachés – nach Beratung mit der ganzen Familie sei beschlossen worden, der Baronesse zu verzeihen, niemand solle jemals von ihrem ›Fauxpas‹ erfahren, um ihre Scheidung von ›Herrn Latrygin‹ werde sich die Familie kümmern, ihre Kinder – die es leider bereits gäbe – müßten bei Herrn Latrygin bleiben, an sie würden monatlich fünfundsiebzig Rubel geschickt werden, die Baronesse selbst habe sich auf die Krim zu begeben, auf den Stammsitz der Barone, und dort eine Zeit zu leben, welche die Familie noch festlegen werde. Und zwei Jahre und zwei Monate nach ihrer Ankunft reiste die Baronesse ab – ohne Sachen und ohne Kinder, in einem grauen Mäntelchen, unter einem Schleier, einzig mit einer ledernen Umhängetasche.

Zwei Tage nach ihrer Abreise fuhr der Maler Nagorny mit Bildern nach Moskau – und brachte sie eine Woche später alle wieder zurück, seine Bilder hatte keiner haben wollen. Die Kinder waren inzwischen mit der Amme, einer Gärtnerin mit gewaltigem Busen, allein geblieben.

Eine Woche nach der Abreise der Baronesse trafen auf den Namen ›Seine Hochwohlgeboren Herrn Latrygin‹ telegraphisch fünfundsiebzig Rubel ein – und sie kamen nun monatlich. Zehn Monate nach der Abreise der Baronesse gebar die Gärtnerin mit dem gewaltigen Busen einen Sohn, und Söhne wurden nun jährlich geboren.

Der Maler Nagorny machte ein paar Besuche bei Werejski, Babenin, Rasboischtschin, ja selbst bei Kriworotow – ohne dort Fuß zu fassen, denn er redete in Kamynsk sehr absonderlich klingende Dinge über irgendwelche unausbleiblichen neuen Kreuzzüge, über Askese, über die großen Leistungen der Orthodoxie und das Volkstum, über venezianische Gondeln, über die Renaissance, während er doch mit der Amme schlief. Zweimal wohl kamen Intelligenzler aus Neugier zu Nagorny in den Turm. Von den Wänden hingen schwarze Ritter mit Rüstungen und Visier, imposante feurige Rösser neben der nackten – immer wieder sie – Gärtnerin und Amme; die Intelligenzler sahen es mit Befremden und sprachen über das Wetter, über den Krieg zwischen Engländern und Buren und über das Telegramm Wilhelms II. an den Burenpräsidenten Krüger – dann verschwanden sie. Nagorny lebte in der Einsamkeit und malte Ritter. Die Kinder wuchsen, ohne etwas zu lernen, Hunde durch den Garten jagend, bei der Gärtnerin auf. In das Haus auf dem Berg wurde jeden Monat – für die ganzen fünfundsiebzig Rubel – Buchweizengrütze angefahren, die Säcke grundierte der Maler und verwendete sie für seine Bilder. Zweimal im Jahr kaufte ein geheimnisvoller Mensch Nagorny Ritter ab – Nagorny schickte sie in Kisten mit der Post ab, und per Post bestellte er für das gesamte Geld Farben. Die Kinder entwickelten sich zu Räubern.

Das einzige Haus, wohin Nagorny manchmal ging, befand sich im Podol: dort wohnte der zweite Kamynsker Maler, der Kleinbürger Polkanow.

Vierzig Jahre hatte der Kleinbürger Polkanow hinter dem Ladentisch gestanden, hier im Podol, in seiner ›Handlung‹ gegenüber der Schmiede, Seife, Bindfaden, Nägel, Kerzen hatte er verkauft, später, als sie aufkamen, auch Lampengläser und Petroleum. Er hatte eine Frau und Kinder gehabt, aber sie waren gestorben. Und mit fünfundfünfzig Jahren, nachdem er seine ›Handlung‹ geschlossen, nachdem er seinen letzten Sohn begraben hatte und völlig allein geblieben war, hatte er mit Malen angefangen, die angesparten Rubel und die künftigen Zinsen teilte er auf die gleichen fünfundzwanzig Jahre auf wie Iwan Iwanowitsch Kriworotow, wobei sich allerdings andere Beträge für jeden Monat ergaben – nicht mehr und nicht weniger –, offenbar war er entschlossen, nicht früher und nicht später als mit Achtzig zu sterben, und bis zu diesem Alter führte er bei den Ausgaben die Rubrik ›vorhersehbare Ausgaben‹. Polkanows Tage in seinem hellen Häuschen wurden genau durchgerechnet wie die Jahre: soundsoviel fürs Fegen der Fußböden, soundsoviel Minuten fürs Heizen des Ofens – und die gesamte Arbeitszeit für die Bilder und die Vorbereitung des Materials für die Bilder. Er klebte Schulheftblätter auf die Dicke von Zeichenkarton und die Größe seiner Wand zusammen. Er malte ausschließlich mit Aquarellfarben und ausschließlich Mädchen, hübsche, gebildete, adlige Mädchen in Musselinkleidern mit Röschen. Er fertigte lediglich Kopien an. Er mußte sich wohl als ein begabter Mensch erwiesen haben. Ohne sich daran zu stören, daß die ›Drei Grazien‹ mit dem Apfel des Paris von Tizian gemalt waren, malte Polkanow, der nie Tizians Farben gesehen hatte und nichts von Paris wußte, die Grazien neu, mehr als ein Jahr malte er sie, nicht nur jede Falte, sondern jede Schlinge des Gewebes führte er aus – und schaffte es, ein eigenes Farbempfinden zu entwickeln.

Die beiden Maler – der eine mit breitkrempigem Hut, mit langem Bart, jedoch ohne Schnurrbart, der andere in einem Kaufmannsgehrock, aufgedunsen, grünlich, mit grünlichem Stoppelgrau; der eine endgültig angekohlt durch seine Rittergemälde, der andere mit ruhiger Verschlagenheit – die Maler sprachen über Kunst.

»Genial!« rief Nagorny. »Renaissance! Sie malen die Klassiker neu, indem Sie neue Farben schaffen ... «

Polkanow schaute verschlagen drein und antwortete listig:

»Was ist denn Schönheit? Schönheit ist Jüngferlichkeit und nicht so eine nackte, entschuldigen Sie, wie Sie sie malen, sondern bedeckte Schlichtheit. Ich habe den Glauben an Gott aufgegeben, an nichts glaube ich, aber ich male und bete an, was ich male, und bekreuzige mich, wenn ich nach dem Pinsel greife ... «

»Genial!« rief Nagorny, »und glauben Sie mir, es kommt die Stunde, daß man uns entdeckt wie Rembrandt, daß man zu uns kommt von allen Akademien der Welt ... «

»Das schert mich nicht ... «, sagte Polkanow, »was andere über mich sagen, entschuldigen Sie, darauf pfeif ich ... «

»Wie! Wie!« König Richard II. ... kennen Sie die Geschichte Richards ... ?«

»Die schert mich genausowenig... «

»Aber seine Kreuzzüge ... !«

An Polkanows Haus – im Podol vorbei und zur Brücke führte eine Landstraße, die sich über den für Koschkins Mühle angestauten Fluß schwang. An der Brücke gab es Schmieden mit Pferdeständen, mit Dung und mit Tauben. Die Landstraße stieg bergan zum Kreml. Am äußersten Rande des Otkos, einander gegenüber, standen die Häuser des Fürsten Werejski und des Hofrats Babenin. Durch die Bäume war der Glockenturm der Kathedrale zu sehen. Gleich an der Kathedrale, als Nachbar des Oberpriesters Ioann, wohnte Gendarmerierittmeister Zwetkow. Polkanow betrachtete sich die Welt vom Fuße des Berges, auf den Berg ging er zu einem einzigen Menschen, und ein einziger Mensch außer Nagorny stieg zu Polkanow in den Podol hinab – Gendarmerierittmeister Zwetkow. In Polkanows Häuschen empfing Zwetkow seine Geheimagenten, das war der offizielle Anlaß ihrer Freundschaft. Von Berufs wegen lebte Zwetkow isoliert – und noch isolierter lebte er deshalb, weil er in seiner Jugend die Syphilis gehabt haben mußte. Nichtsdestoweniger war er bei den Kamynsker Junggesellen durch seine riesige Sammlung pornographischer Bildchen bekannt und stolz auf seine Stubenmädchen, die bei ihm alle zwei Wochen wechselten, und nannte sich ›Anzlist‹, was aus dem Lateinischen kommt und ›Mädchenfreund‹ heißt. Polkanow ging zu Zwetkow, um sich an den Bildchen zu erfreuen. Zwetkow kam zu Polkanow – in Zwetkows Vorzimmer versah indessen ein Gendarmerieunteroffizier den Dienst –, um in der Stille des Polkanowschen Hauses und der Bilder die sogenannten Athener Abende zu genießen. Sie legten Geld zusammen – bei Polkanow lief es unter der Rubrik ›vorhersehbare Ausgaben‹ –, um sich Prostituierte aus dem Freudenhaus hier im Podol, ›vom Ufer‹, zu holen – die Prostituierten mußten sich ausziehen, zu viert tranken sie Kognak und tanzten, und das Ganze nannte sich bei Zwetkow Teufelshatz.

Der Maler Nagorny war in Kamynsk ein Fremdling, doch hier gab es auch einen echten Ausländer, den deutschen Staatsangehörigen Karl Gottfriedowitsch Schmutzochs – seltsamer Name. Herr Schmutzochs wohnte in einer Villa hinter Rotdornbäumen, wo sich ein Stück echtes Deutschland entfaltet hatte, wo im Garten zwischen Georginien kahlschwänzige und blutrünstige Doggen umherliefen, zwischen Gewächshäusern für Salat, wie man ihn in Kamynsk noch nie zu sehen bekommen hatte – die Doggen waren berüchtigt für ihre Blutrünstigkeit, die der von Tigern nicht nachstand. Der Deutsche mied die Russen, die Russen mieden den Deutschen. Der Deutsche besaß vor der Stadt am Marfin Brod, wo früher die Leibeigenenmanufaktur gewesen war, eine Seidenweberei. Von seinem Haus unternahm Herr Karl

Schmutzochs – die kahlschwänzigen Doggen voraus – der Bewegung halber Ritte zum Marfin Brod – auf einem Pferd, bei dem Stirnhaar, Mähne und Schweif so gestutzt waren, daß es Ähnlichkeit bekommen hatte sowohl mit den Doggen wie mit dem Deutschen selbst in seinem kurzen Jäckchen, mit Stiefelgamaschen, Jockeimütze und Reitgerte. Zum Marfin Brod fuhr Herr Schmutzochs auch in einem Zweispänner, wenn seine Familie mitkam, die Frau und der einzige Sohn Leopold. Manchmal freilich fuhren Madame und Sohn in der Kalesche, während der Herr selbst auf seinem schweiflosen Pferd hinterdreinritt. Die Wege zwischen den Georginienbeeten in Schmutzochs' Anwesen waren mit Sand bestreut, und Passanten hörten die Schlaggeräusche von Holzkugeln – da spielten Mutter und Sohn Krocket –, und das Rollen von Holzkugeln – da trainierte der Vater zum körperlichen Ausgleich auf der Kegelbahn. Herr Schmutzochs betrat zum Frühstück als erster das Speisezimmer, gleichzeitig erschien aus ihrem Zimmer seine Frau, und für einen Augenblick kam dann auch der Sohn herein, um Papachen und Mamá die Hand zu küssen, der Vater küßte den Sohn auf die Stirn, der Sohn machte einen Bückling und verließ das Speisezimmer. Auf dem Eichentisch sah Mama ein letztes Mal nach der auf Holzspiritus kochenden Kaffeekanne, im Brotkorb lag warmes, geröstetes Brot. Papachen nahm sich zunächst eine Scheibe Schinken, an dem Speck sein mußte. Mit Bestimmtheit wußte man, daß ›in diesem lausigen Rußland‹ weder heute noch morgen jemand kommen, jemand die elektrische Klingel am Haupteingang betätigen würde. Herr Schmutzochs verstand sich ausgezeichnet darauf, gegen sich selbst Carambol zu spielen und zu kegeln. Mit seiner Frau spielte er Dame. Natürlich langweilte er sich, der Herr Schmutzochs. Solche wie er kamen im Russischen Reich herum. Sie machten gegenseitige Besuche – mindestens eine Woche lang. Wenn Schmutzochs Besuch bekamen, dann war er selig. Die Männer reinigten die Gewehre und probierten die Jagdbekleidung an, bayrische Hüte mit Hahnenfedern – sie wollten den Teutonen gleichen, die Europa bekriegt hatten. Mischucha Ussatschow wurde herbeigeholt und bekam – je nach Jahreszeit – den Auftrag, die Laubhütten für die Jagd auf Birk- und Auerhähne vorzubereiten, den besten Entensumpf herauszufinden, ein Wolfsrudel in die Enge zu treiben. Zu Pferde, Federn an den Hüten, begaben sich die Teutonen auf die Jagd. Die Damen, die sich dreimal am Tage umkleideten, endlos Lidschatten auftrugen, fuhren schon am Morgen mit russischen Troikas durch die Stadt und vor der Stadt spazieren, warteten feierlich auf ihre Männer, dachten sich Zerstreuungen und Gerichte für den Abend aus. Einmal nahmen sie das Mittagessen im Garten ein, ein andermal auf dem Ziegenberg. Stets wurden Kostümabende veranstaltet, wo alle Masken trugen. Und natürlich fuhr man zum Marfin Brod, in die Fabrik, wo die Gäste natürlich nicht durch die Gebäude gingen, sondern im Kontor, wie im Forsthäuschen, Erfrischungsgetränke tranken, manchmal auch Sekt und sich an den vortrefflichen Seidenstücken erfreuten – ›französischen‹ für den Verkauf in Rußland, ›asiatischen‹ für den Export nach Europa. Frau Schmutzochs hatte an solchen Tagen besonders tiefliegende Augen. Der Herr war aktiv und fröhlich.

Gottgefällige gab es außer Mischucha Ussatschow noch zwei in der Stadt. Der eine hieß Pensionär, der andere Tiga-Goga. Pensionär war tatsächlich ein Pensionär, ein ehemaliger Beamter, der ganz eindeutig die Syphilis gehabt hatte und gelähmt war, daß er kaum noch ein klares Wort herausbrachte, daß in seinem Gesicht kaum noch ein menschlicher Sinn zu finden war. Krummgezogen, mit toten Fingern, bekam er achtunddreißig Rubel Pension, eine Riesensumme für das Leben eines Kleinbürgers, und zog von Zimmer zu Zimmer, von einem Kleinbürgerhaus zum andern und von einem Skandal zum andern, da er in seinem Bedürfnis nach weiblicher Zärtlichkeit jedesmal über eine der Wohnungsinhaberinnen herfiel. Tiga-Goga war von Geburt schwachsinnig, ein zottiger Halbstummer, der nichts weiter konnte als essen und Angst haben.

In Koschkins Nachbarschaft lebte unter dem Schild ›Verzinne, löte‹ die Schlosser- und Verzinnersippe der Schmeljows. Großvater Artjom Schmeljow schaffte es, wenn er sonntags auf allen vieren aus der Schenke heimkehrte, nicht bis nach Hause und nächtigte oft unter den Fenstern Kriworotows oder Koschkins, im Einschlafen murmelte er friedfertig, in singendem Tonfall:

»Wartet, ihr gottesfürchtigen Leute, wartet! … es kommt die Stunde des Jüngsten Gerichts, es schallt die Posaune von Jericho … wartet nur … !«

2

Stadt der Väter, Städte und Landschaften

Die Stadt lebte, ohne Umgestaltungen erfahren zu haben, vermutlich seit dem siebzehnten Jahrhundert so. Die Moskauer Straße, auch als Große Straße und Marktstraße bekannt, mündete mit dem einen Ende auf den Marktplatz, mit dem anderen verlor sie sich in namenlosen Gäßchen, auf Ödland, in Gärten, in einem Friedhof. Der Marktplatz, eingefaßt durch zweistöckige Steinhäuser, mit seinen Verkaufsbuden, die man seit den Zeiten des Zaren Alexej, als man die Händler als Gäste bezeichnete, auch Gästebuden nannte, mit einer Kneipe, mit der Koslowschen Schenke mit hundertjährigem Pferdedung, grenzte an einen tiefen Graben und an eine darüberführende Brücke. Hinter dem Graben stand auf einem Hügel der Kreml, der nicht mehr existierte, übriggeblieben waren eine nach Bränden dreimal umgebaute Kathedrale, der »heilige« Brunnen, die ehemalige Wasserversorgungsstelle der Burg, und die kahlen Kalksteinwände über der Schlucht. Der Hügel, der steil unter dem Kreml abfiel, hieß Otkos. Unter dem Otkos lag der Podol – ein altertümliches Wort, das sich nur noch in Kiew erhalten hatte, obwohl noch im achtzehnten Jahrhundert als Podol unter anderem der untere Teil des Moskauer Kremls zwischen den Palais und dem Moskwa-Fluß bezeichnet wurde. Der Podol – das waren Gärten, Häuser, Schmieden, eine Mühle, eine Kutschersiedlung, ein Freudenhaus. Hinter dem Podol, hinter dem Klosterhain, in der unübersehbaren Weite der Wälder und Felder, hinter Wiesen lagen Dörfer, Gutshöfe, Werejskoje, Uwarowka. Über dem Podol, im Kreml, in Häusern hinter Säulen und mit Zwischengeschossen, wohnte die Obrigkeit, der Adel, befanden sich die Institutionen der Obrigkeit – die Polizeibehörde, das Gericht, die Amtsräume der Semstwochefs. Um die Kathedrale herum wohnten der Oberpriester, der Glöckner, der Kirchendiener, die Diakone. Im Kreml war es still. Dreimal täglich, in der Morgenfrühe, zur Mittagsstunde und bei Sonnenuntergang, kam aus einem braunen Haus mit weißen Säulen im Kreml der riesige Bernhardiner General Fedotows mit einem Kochgeschirr im Maul heraus, lief zu den Kasernen der Wachkompanie, um von dem Soldatenessen zu holen und es dem General zu bringen – der General rief den Bernhardiner aus seinem Fenster *auf englisch*.

Die Kaufleute wohnten überwiegend am Handelsplatz.

In der Nähe des Handelsplatzes hatte die Semstwoverwaltung ihren Sitz.

Das ›dritte Element‹ – Ärzte, Lehrer, Agronomen, Statistiker – wohnte verstreut um die Verwaltung, die Krankenhäuser und Schulen, das Landwirtschaftslager.

Der Kleinbürger wohnte überall, und eigentlich war es unklar, wovon er lebte.

Seitlich von Kreml und Markt lag eine Straße, auf der man zur Eisenbahnstation gelangte und die jährlich einmal der majestätische Dichter Großfürst Konstantin Romanow benutzte, um zu seinem Landsitz zu gelangen, wenn er durchgefahren kam, warfen seine Handlungsgehilfen die Mützen in die Luft. Von der Seite führte auf diese Straße ein von allen gemiedener Boulevard. Gegenüber vom Boulevard stand ein gelber Koloß, in dessen zwei Hälften sich das Schatzamt und das Gefängnis befanden. Die Straße endete an der Brücke, hinter der das Dörfchen Tschertanowo, die sogenannte Kosakenvorstadt, lag. Seitlich der Brücke, zur Stadt hin, stand an der Schlucht ein alter Salzspeicher. Auf dieser Straße befand sich der Adelsklub. Auf dieser Straße wohnten auch Hausbesitzer.

… Auf dieser Straße wie in der ganzen Stadt pflegten die Angehörigen der verschiedenen städtischen Stände häufiger als zu

Gott in die Kirchen, häufiger als zu Gesprächen in Koslows Schenke zum Kreml auf dem Otkos zu gehen. Bürokraten und Intelligenzler machten ihre Spaziergänge und verneigten sich ehrerbietig, hielten Ausschau auf den Podol, auf die dahinterliegenden Felder und Wiesen, in die Weite, den Raum, den Himmel – besonders im Frühjahr, wenn die Flüsse über die Ufer traten, und im Herbst, wenn am Himmel die Kraniche schrien, die gen Süden zum blauen Meer flogen. Artjom Schmeljow trank, wenn das erste Grün sproß, gern einen auf dem Otkos. Die Jugend und die Liebhaber vereinbarten auf dem Otkos ihre Stelldichein. Die Beamten begaben sich vom Otkos zu Koslows Schenke, um eine halbe Flasche zu trinken und einen ›ordentlichen‹ Happen zu essen. Der Abhang senkte sich zum Westen hin, gen Sonnenuntergang. Iwan Iwanowitsch Kriworotow verstummte, wenn er in den Raum blickte, in den Himmel, das einzige Weitläufige, was es in seinem Leben gab – ebenso, aus dem gleichen Grunde sicherlich, wie in der klassischen russischen Literatur die Natur beschrieben wurde als Loslösen von der Wirklichkeit, Sichversenken in die Gedanken, die Einsamkeit, die Weite… Der Kleinbürger bestellte nach dem Otkos in den Schenken zwei Tee, an fleischlosen Tagen mit wenig Zucker, er trank seinen Tee, führte Gespräche, genoß die Geselligkeit, soziale Bedeutsamkeit und Zusammengehörigkeit der Menschen – er erfuhr Vorkommnisse, stritt, erörterte, gab Urteile ab.

General Fedotow machte zweimal täglich seinen Spaziergang zum Otkos. Unterhalb des Otkos, hinter dem Podol, lebten Bauern, ›Mushiks‹, wie Fedotow sie nannte. Fedotow hatte viele Kompanien kommandiert, und die ›russischen Fronbauern‹, die Mushiks, erschienen ihm alle gleich, bärtig wie unter Zar Alexej, mit Halbpelzen, Pelzmützen und Filzstiefeln aus Alexejs Zeiten. Das war eine falsche Vorstellung, denn jeder Bauer in allen diesen Dörfern unterschied sich von den anderen ebenso wie der Maler Nagorny von General Fedotow: so, wie General Fedotow und der Maler Nagorny gleichermaßen Buchweizengrütze aßen, der eine der Gesundheit, der soldatischen Haltung und der soldatischen Ernährungsweise wegen, der andere aus leidenschaftlicher Verehrung des Rittertums, die ihn bettelarm machte, bestellten die ›Mushiks‹ als Paradox zu ihrer Kaschaverpflegung den Boden nach der Dreifelderfolge, litten Hunger, betrieben verschiedene uralte Gewerbe, kürschnerten, töpferten, flochten Bastschuhe, Körbe für die Herrschaften …

Solche Städte wie Kamynsk gab es in der Rus vielleicht tausend, von Simbirsk, der Heimat Lenins, bis Putiwl, der Stadt des ersten russischen Bauernkriegs, und bis zu hunderttausend Dörfer lagen ringsum im russischen Land.

Da war Moskau, wo der Arbat, die Twerskaja, die Mjasnizkaja *Straßen* hießen und die um sie herum liegenden Gassen ihre *Hinterhöfe* genannt wurden, und wenn man eine Adresse angab, dann sagte man –

›am Arbat, in der Parochie der Kirche zu Mariä Himmelfahrt in Mogilzy, das dritte Haus, dort fragen Sie‹ –

›auf der Mjasnizkaja, hinter der Kirche der Ikone der Muttergottes aus Grebnjowo in der Gasse, dort müssen Sie fragen‹ –.

Damals fuhren durch Moskau die ersten doppelstöckigen Pferdebahnen. Für die Beleuchtung verwendete man in Moskau bereits Petroleum – und zu den Kaiserlichen Theatern und dem Englischen Klub fuhren die ersten Fässer mit ›Beleuchtungsgas‹. In jedem Juni – zur Zeit der Heumahd – erteilte der Stadthauptmann den Hausmeistern die Anweisung, in den Moskauer Gassen Gras zu zupfen, die Twerskaja, der Kusnezki most, die Weiße Stadt waren aus Stein gebaut, doch die *Hinterhöfe* hatten bis zu Alexejs Zeiten ihre Holzhäuser behalten, dazwischen hier und da Gutsbesitzervillen, die Landsitzen ähnelten. Unter Zar Alexej waren Pelze bekanntlich eine Modifikation des russischen Geldsystems – ›vierzig Zobel‹ –, traditionell fuhren seit Alexejs Zeiten von den städtischen Villen zu den Bahnhöfen Bärenpelze, auf den Kusnezki most und zur Twerskaja in den Englischen Klub fuhren männliche Biber und Hermeline sowie die Zobel von weiblichen Pelzumhängen. Diese Leute sahen keineswegs alle gleich aus wie die ›Mushiks‹, sie taten sich etwas auf ihre Biber zugute, und dennoch unterschieden sie sich voneinander nicht mehr als besagte Nagorny und Fedotow, obwohl sie im Englischen Klub Austern aus Ostende und Foie gras aßen und bei Doziar auf dem Kusnezki echte Ritter kauften, die weder mit dem Ritter Fedotow noch mit denen, die Nagorny malte, Ähnlichkeit besaßen. Auf jeden Fall aber erinnerten sie mehr aneinander als Iwan Nefjodow an Jewgraf Karpowitsch Soskow.

Und eine zweite Hauptstadt gab es – die kaiserliche, Sankt Petersburg, glänzend und hart wie ein Gardepallasch. Dort lebten der Imperator, deutsche Bankiers, die Furcht vor England, der Beginn der Freundschaft mit Frankreich, Beamtentum und Garde. Die Stadt war vom Reich erbaut worden – aus Granit, aber auf sumpfigem Gelände. Das Reich baute die erste Eisenbahnlinie. Von Sankt Petersburg durchzogen Eisenbahnlinien das Land nach Moskau, der Ukraine, dem Ural, zu neuen Städten und Siedlungsgebieten, die ganz anders waren als Kamynsk – nach Kriworoshje, Soljansk, Jekaterinoslaw in der Ukraine, im Ural zu den Fabriken von Jekaterinburg. Die Fabriken des Urals waren alle von der gleichen Art: Berge, Wälder, Fluß, Talsenke – in der Talsenke ein Damm, der den Fluß zum See gemacht hat, unterhalb des Damms ein Werk, an den Hängen um den Damm Häuser der Arbeiter, die in den Wald und die Berge vorstoßen. Die ukrainischen Werke stießen ihre Fördertürme und das grelle Rot der Hochöfen in den Himmel…

Aus dem Englischen Klub in Moskau hatten die Biber zweifellos den Eindruck, daß die Arbeiter natürlich alle gleich seien – diese armen Schlucker ohne Haus und ohne Hose auf dem Hintern, die mit ihrem Haus und ihrem Grund und Boden nicht klargekommen waren, hatten alles stehen- und liegenlassen und waren von ihrer Sippe und ihrem Stamm aufs Geratewohl weggelaufen, so wie man in früheren Zeiten zu den Räubern lief, diesen Rebellen ohne Frau und Kinder, und hatte einer eine Frau, dann war es jedenfalls eine Dirne, die genausowenig ein Haus besaß wie der Mann – die waren ›alle gleich‹!

Die Landschaften des Russischen Reichs erstreckten sich weit. Die Gleise des Russischen Reichs stießen zum Gelben Meer, bis nach China vor. Als sie Port Arthur erreichten, gingen in der südrussischen, wie die ukrainische genannt wurde, und in der russischen Hüttenindustrie des Urals die Aufträge aus. Der russische Textilfabrikant stellte fest, daß das ›Dorf‹ keine Textilien kaufte. Der Fabrikant entschied, schuld sei der Arbeiter, selbiger russische ›Mushik‹, der in Scharen aus den Dörfern davongelaufen und bereit war, für Kartoffeln und Brot zu arbeiten.

In Sankt Petersburg, der Hauptstadt des Reichs, hießen die Kaufleute nicht nur Sinebrjuchow, sondern vornehmlich Aiwas, Rosenkranz, San Galli, Nobel, Cheshire, Kruk, Kolbe, Parviainen. Von diesen glanzvollen nichtrussischen Namen zog Sankt Petersburg seine Gleise durch das Reich zu San Donato, der auch Demidow hieß, im Ural, zu den Mogutschis im Norden, zu Witte, auch einem Kaufmann, im Fernen Osten … Und Dmitri Schirokich, Klimenti Obuchows Vetter, hatte aus seiner Kindheit nicht vergessen, wie sein Vater ausgepeitscht worden war.

In der Ukraine war das gewesen, im Werk und in den Gruben

des Marquis San Donato, der auch Graf Demidow hieß, und die Umstände verhielten sich etwa genauso wie im Falle des Polozker Artels beim Bau der Nikolaitischen Eisenbahn.

Die Schicht hatte den Schacht verlassen, und die zweite Schicht stieg nicht hinab, da sie mit äußerster Klarheit erkannt hatte, daß man so nicht weiterleben konnte. Und beide Schichten – und das waren alle, denn jede Schicht arbeitete zwölf Stunden unter der Erde – gingen zum Kontor. Zur gleichen Stunde fuhr am Kontor mit einem Lastschlitten – bei vierzig Grad Kälte – der Landamtmann Maschkewitsch mit dem Polizeioffizier Lewkojew vor.

»Ich bin euer Zar, Gott und Vater!« rief Landamtmann Maschkewitsch.

»Maul halten! Zurück!« rief Polizeioffizier Lewkojew, stieß dem erstbesten Arbeiter, der ihm unter die Finger kam, die linke Faust gegen die Brust und schlug dem zweiten die rechte ins Gesicht.

Die Leute waren zu einem friedlichen Gespräch erschienen. Der Polizeioffizier ließ die Fäuste ›sprechen‹.

Wer weiß von wem, von wessen Händen – von hundert Händen gleichzeitig wurden der Landamtmann und der Polizeioffizier vom Schlitten gezerrt, von Hunderten Armen und Stiefeln geschlagen und getreten, bis der Polizeioffizier und der Landamtmann auf allen vieren krochen, Bücklinge vor der Menge machten – zerlumpt, weinend und die Arbeiter anflehend:

»Verzeiht, um Christi willen, ihr guten Menschen ... «

Ihnen ward verziehen.

Das Betriebskontor war leer.

Die Amtsbezirksleitung stand leer.

Jemand versetzte die Kirchenglocke in österliches Freudengeläut.

Bergwerk und Betrieb lagen, wie es sich gehörte, in einer Talsenke zwischen Bergen, unterhalb der Staumauer und des Sees hinter der Staumauer, die Arbeitersiedlung schob sich zu den Kiefern und Lärchen hinauf, zu den Felsblöcken, wo unter taubem Gestein Hämatite, Martite und Kiese an die Oberfläche traten.

Zwei Tage blieb die Siedlung ohne Obrigkeit, die war verschwunden. Zwei Tage lang spazierten die Arbeiter in Scharen und in Festlaune durch die Siedlung und warteten, wie ihnen der Landamtmann und der Polizeioffizier versprochen hatten, auf die Zulage von zehn Kopeken zum täglichen Arbeitslohn, auf die

Streichung der Strafen und, was die Hauptsache war, auf die Festlegung eines Monatslohns, denn den bekamen die Arbeiter nicht, bezahlt wurden sie nur für die Kubikmeter Erz – eines Lohns für die Zeit, in der sie leer arbeiteten, taubes Gestein wegkarrten, sich zum Erz vorgruben.

Am dritten Tag tauchten auf den Bergen über der Siedlung berittene Soldaten auf, die langsam herunterkamen und auf das Kontor zusprengten. Im nächsten Moment war auch die Obrigkeit von Grube und Werk sämtlich zur Stelle. Der Kreispolizeichef, der zusammen mit den Soldaten eingetroffen war, sagte im Kontor:

»Wir werden peitschen müssen!«

Und eine Viertelstunde später war in der Arbeitersiedlung bekannt, daß es eine Auspeitschung geben würde.

Der Vater war wie alle am Kontor gewesen, als der Landamtmann verprügelt wurde, und hielt diese Prügel für gerechtfertigt, der Landamtmann hatte es ja selbst eingestanden, als er vor den Arbeitern auf dem Bauch kroch, um Vergebung bat und versprach, ihre Forderungen durchzusetzen – zehn Kopeken pro Tag und Bezahlung des tauben Gesteins. Zwei Tage war der Vater fröhlich und glücklich gewesen, zwei Tage spazierte er mit allen durch die Straßen – und Mitscha lief ihm hinterher –, als alle Freunde und Brüder waren und das Leben vollwertig und froh … An ihrem Haus klopfte es noch vor Morgengrauen. Soldaten seien auf dem Bahnhof eingetroffen, hieß es, ein ganzer Zug mit Soldaten. Am Morgen hieß es, die Soldaten hätten sich auf dem Schaitan-Berg versteckt. Dann sprengten sie durch die leeren Straßen.

In der Stube saß der Vater am Tisch – im eigenen Haus wie ein Gast. Eine Nachbarin kam – von hinten, sie war über den Zaun gestiegen – und sagte:

»Sie werden peitschen.«

Die Nachbarin ging. Der Vater sprach kein Wort. Die Mutter schluchzte laut auf.

»Still, du!« fuhr sie der Vater an und setzte sogleich sanft und liebevoll hinzu: »Manjuscha, gib mir Wasser … «

Als ihm die Mutter den Becher reichte, nahm er ihre Hand, hielt sie eine Weile verwundert, als sei es ein unbekannter Gegenstand, in der seinen, und legte sie sich auf den Kopf. Die Mutter weinte nicht mehr. Der Vater saß am Tisch.

Mit reifbedecktem Baschlik trat, ohne zu grüßen, der an der

Straßenecke wohnende Polizist Malafejew ein, riß sich die Eiszapfen vom Schnurrbart, wischte die Hände am Mantel ab, zog ein Papier unterm Ärmelaufschlag hervor, faltete es auseinander, legte es auf den Tisch, fuhr, nach dem Namen des Vaters suchend, mit dem Finger über die Zeilen, machte, als er ihn gefunden hatte, da der Vater Analphabet war, mit einem roten Bleistift ein rotes Häkchen und sagte, ohne sich an jemanden zu wenden:

»Schirokich Alexej. Auf den Hof der Feuerwehr.«

Der Polizist ging grußlos hinaus.

Der Vater saß an die zehn Minuten reglos. Schließlich stand er auf, nahm Joppe und Pelzmütze vom Haken und sagte lächelnd:

»Dann geh ich also, Manjuscha ... «

Die Mutter gab keine Antwort, sie drehte sich zum Ofen weg. Der Vater lächelte noch einmal, ganz und gar verwundert, und verließ die Stube. Die Mutter weinte nicht.

Wieder kam die Nachbarin, diesmal durch die Pforte, und sagte:

»Sie peitschen unterm Feuerwehrturm, jeder darf zuschauen, sie peitschen vor aller Augen, die Räuber, diese schamlosen.«

Die Nachbarin ging. Mitscha sagte zur Mutter, haargenauso lächelnd wie der Vater und seinen Tonfall nachahmend:

»Ich geh dann, Mama ... «

Die Mutter gab keine Antwort.

Draußen knirschte der Frost, und der Himmel war bodenlos. Der Vater – das war das höchste Gesetz, die Gerechtigkeit – und die höchste Liebe natürlich; der Vater – das war das Schicksal: diese Worte standen Mitscha nicht zu Gebote, doch die Empfindung war in ihm. Auf dem Feuerwehrhof hatte man hinter dem geöffneten Tor Bänke aufgestellt. Das Kommando führten ein fremder Polizeichef und ortsansässige Polizeioffiziere, das Auspeitschen besorgten Gendarmen – mit Ruten, Reserveruten lagen auf einem Bauernschlitten in der Mitte des Hofes. Die Polizeioffiziere hielten Listen der Arbeiter in der Hand, mit der freien Hand wärmten sie sich die Ohren, wenn eine Bank frei wurde, riefen sie nach der Liste auf:

»Burkow Nikolai! Dwoinikow Wassili!«

Die Aufgerufenen gingen zu den Bänken, warfen ihre Joppen in den Schnee, jedem zitterten die Hände, wenn er zögernd den Bund löste, und jedem halfen die Gendarmen mit einem doppelten Schlag die Hosen herunterzulassen: einer schlug ihn ins Gesicht, und wenn der Geschlagene die Hände hob, um sein Gesicht zu schützen, zerrte ihm der zweite von hinten die Hosen bis auf die Knie herab. Die Männer legten sich bäuchlings auf die Bank. Ein Gendarm stellte sich an seinem Kopf auf, zwei seitlich. Der Polizeioffizier wiederholte:

»Burkow Nikolai! Fünfundachtzig!«

Die Gendarmen schlugen zu – klatsch, einmal! klatsch, zweimal! Sie hieben wie die Fleischer, wenn sie Fleisch zerhauen. Die Männer schrien und heulten bei den ersten Schlägen, dann verstummten sie wie tot. Manche wurden von den Bänken gestoßen, wenn ihr Maß erreicht war. Manche blieben reglos im Schnee liegen, dann erhoben sie sich auf die Hände, richteten sich auf, zogen die Hosen hoch, gingen mit gesenkten Augen zum Tor, nach Hause, ihre Joppen vergaßen sie im Schnee. Die ›Weiber‹ – Schwestern, Frauen, Nachbarinnen – hoben die Joppen auf und halfen sie ihnen vor dem Tor anziehen, damit sie nicht erfroren.

Und der Polizeioffizier rief:

»Schirokich Alexej!«

Aus dem Munde des Polizeioffiziers stieg Dampf, er legte die behandschuhte Hand an das angefrorene Ohr. Über dem Polizeioffizier, über dem Turm strahlte der Himmel grellblau ...

Mitscha kam vor dem Vater heim. Es war ihm peinlich, dem Vater unter die Augen zu kommen, der Vater würde sich bestimmt schämen, wenn er wüßte, daß der Sohn sein Auspeitschen mitangesehen hatte. Mitscha ging mit schweren Schritten nach Hause, mit den gleichen, mit denen der Vater von Arbeit kam. Mitscha wußte: Zu allem wäre er bereit gewesen – sich für ihn auf die Bank zu legen, für ihn in die Grube zu steigen, die Hand unter den Hahn des kochenden Samowars zu halten –, nichts hätte er gescheut, wenn es dem Vater dadurch leichter geworden wäre ...

Zu Hause hatte die Mutter bereits von diesbezüglich bewanderten Nachbarn erfahren, was zu tun war. Alle Lappen, alle Decken, alle Federbetten und Kissen trug sie zum Bett und schüttelte sie auf, sie holte vom Grund der Truhe getrocknete Himbeeren und Salbei, um Tee zu kochen und Umschläge vorzubereiten, sie lief in die Schankwirtschaft, wo sie ein Umschlagtuch, das sie noch von der Hochzeit aufbewahrte, gegen eine Flasche Wodka verpfändete.

Der Vater betrat die Kammer mit leeren und niedergeschlagenen Augen. Er lächelte schuldbewußt und verwundert. Er stand mit leicht gegrätschten Beinen an der Tür. Er war unfähig, sich zu bewegen. Er fiel nach vorn auf die Hände. Die Jüngsten weinten auf. Die Mutter und der Sohn trugen den Vater zum Bett. Sie zogen ihn aus. Die Mutter hielt den Kopf des Vaters, der Sohn drückte ihm das klappernde Glas mit Wasser an den Mund. Mit aller Kraft spannte er seine Muskeln an – das war das einzige, womit er helfen konnte.

Hinter dem Ural führte die Eisenbahnlinie weiter nach Port Arthur. Dmitris Vater arbeitete in den Gruben des Marquis San Donato. In Sankt Petersburg lebten San Galli, Aiwas, Parviainen. Der Sankt Petersburger Bahnhof ging auf den Newski-Prospekt. Dmitri Schirokichs Mutter war schweigsam. Bei Aiwas und Rosenkranz arbeiteten neben Männern auch Frauen. Wenn sie eingestellt werden wollten, kamen sie vor die Fabriktore und warteten dichtgedrängt auf den Meister, der Meister kommandierte:

»Stellt euch auf, ihr jämmerlicher Haufen!«

Er ging durch die Reihen und wählte mit dem Finger die gesündesten aus, die hübschesten aber nahm er zur Seite und flüsterte ihnen zu:

»Kommst heute abend bei mir vorbei, bring ein Fläschchen mit, was Anständiges, wir besprechen dann die Arbeit!«

Und die Frauen gingen zu dem Meister, wenn der Mann erkrankte, wenn die Kinder krank waren, wenn nichts zu essen da war – sie ließen ihre Kinder auf irgendeiner Spizin-›Datsche‹ zurück, wo sie den ganzen Arbeitstag allein blieben, eingeschlossen, machten sie auf den Fußboden und krochen durch ihre Pfützen, in einer Kammer lebten bis zu fünfundzwanzig Personen, Erwachsene und Kinder, mehrere Familien, manchmal mit Hängepritschen, wie in Güterwagen ›acht Pferde – vierzig Mann‹ – auf jedem Güterwagen war so ein Stempel …

All das verhielt sich etwa genauso wie mit dem Polozker Artel beim Bau der ersten großen russischen Eisenbahn, die die Hauptstädte verband. Die Bahnlinie wurde gebaut, wie sie von Sankt Petersburg aus gar nicht anders gebaut werden konnte – aus Sümpfen heraus, die längst voller menschlicher Gebeine waren. Imperator Nikolai hatte mit dem Fingernagel eine gerade Linie von Petersburg nach Moskau gezogen – das war das ›Arbeitsprojekt‹, die Trasse, und zu der Nagellinie wurden Zehntausende von Menschen geschickt, die natürlich in Regen und Sümpfen lebten, bestenfalls die Erde mit Schaufeln gruben – wenn nicht mit Pflugeisen, die sie an Stöcken befestigten, bestenfalls die Erde in Handwagen und Schubkarren transportierten – wenn nicht in ihren Hemdschößen, sich bestenfalls mit Brot satt essen konnten – wenn sie nicht hungern mußten. Natürlich wurden sie von Gendarmen bewacht, und hin und wieder rebellierten sie. Der Gendarmeriechef Baron Tisengausen schrieb einmal:

›... am fünften Juni 10 Uhr vormittags flohen 80 Arbeiter aus dem Gouvernement Witebsk, Kreis Polozk, weil der Bauunternehmer Kusmin ihnen keinen Lohn zahlte. Leutnant des Gendarmeriekorps Anissimow nahm mit Unteroffizier Simenzow ihre Verfolgung auf, nach 15 Werst holten sie sie an einer Stelle ein, wo sie rasteten. Keinerlei Drohungen und Versprechungen vermochten die Arbeiter zur Umkehr zu bewegen – mit Knüppeln und Stöcken bewaffnet, mit Hurrageschrei zogen sie weiter, wurden jedoch, von den Gendarmen verfolgt, gezwungen, zu einem Sumpf abzubiegen ... ‹

Die Nikolaitische Bahnlinie wurde von den Kreisen gebaut, aus allen Kreisen wurden Leute zusammengetrieben – die Polozker, die aus dem einzigen Grund geflohen waren, weil sie grausamen Hunger litten, wurden bis auf den letzten Mann von den Gendarmen eingefangen, Baron Tisengausen schickte Staffeln in alle Amtsbezirke, durch die das rebellische Artel kam, die Leute wurden wie die Hasen gejagt, man fing sie in Scharen und einzeln, alle wurden auf den Bauplatz zurückgebracht, und alle fanden sie hier den Tod.

Hinter der Brücke am Salzspeicher, die Kamynsk von Tschertanowo trennte, lebten in dem Dörfchen Tschertanowo Bauern, der Schneider Frei lebte dort, die Familie des Eisenbahners Obuchow, und weiter weg, hinter dem Dorf, zogen sich die Bahngleise hin, auf denen Züge nach allen Gegenden des Russischen Reichs rollten. Der Eisenbahner Artjom Obuchow war ein Vetter Alexej Schirokichs, nach Kamynsk hatte ihn die Eisenbahn verschlagen. In der Kaserne, die von der Eisenbahn gebaut worden war und wo die Obuchows wohnten, in dem fünfwändigen, das heißt zweigeteilten Holzhaus, wohnten in der zweiten Hälfte Saisonarbeiter, vorwiegend Frauen, die in Artels aus den hungernden Gouvernements kamen, im Winter fegten sie Schnee, im Sommer entfernten sie das Gras unter den Schwellen und verlegten Steine. Es waren junge und kräftige Frauen, überwiegend ›Dirnen‹, wie man damals sagte; Witwen und Soldatenfrauen, aus den Dörfern hergetrieben durch die Not. Sie hatten einen schlechten Ruf. Wenn sie Arbeit bekamen, aßen sie sich mit Brot und Kartoffeln satt. Sie besaßen alle natürlichen menschlichen Instinkte. Eine wie die andere waren sie Analphabeten.

Kräftig, jung und satt, herausgerissen aus ihren Dörfern und dem gewohnten Leben, schmutzig, staubig oder durchnäßt, schweißig – in die Banja an der Station Kamynsk durften die Frauen nur alle zwei Wochen –, bändelten sie mit den Männern an, sangen obszöne Scherzliedchen, mit denen sie die Männer lockten, und nachts weinten sie manchmal alle zusammen laut heulend verzweifelte Irrsinnstränen.

In Tschertanowo lebten Bauern – und sie lebten ähnlich wie die Bauern von Werejskoje und Uwarowka, über die Landamtmann Rasboischtschin schrieb. Die einen wie die anderen von unterhalb des Berges wußten, daß auf dem Berg in der Stadt lauter Herrschaften wohnten, unterschiedlicher Art und Würde, doch allesamt Besitzer und Besitzerinnen – und Klimenti Obuchow wußte außerdem von seinem Vater noch ein Wort, das diese Herrschaften betraf, ein verbotenes Wort – Ausbeuter. Liebe oder Achtung brachten die Bewohner von Tschertanowo allen diesen Herrschaften natürlich nicht entgegen – nicht einmal Doktor Iwan Iwanowitsch Kriworotow, der um diese Liebe warb, indem er die Schule von Tschertanowo unter seine Kuratel nahm, eine ›Zauberlampe‹ mitbrachte, wissenschaftliche Geschichten über Leben und Länder verschiedener Menschen, außer den russischen, erzählte. Ein-, zweimal stellten die ›Mushiks‹ Iwan Iwanowitsch die von Herzen kommende Frage: Wie steht es mit Land? Unsere Wiesen sind uns doch durch die städtischen Assanierungsfelder weggenommen worden, bis vor unsere Häuser fahren sie den Dreck aus der Stadt, das wir ihren Stadtmief riechen dürfen, und wenn wir jetzt auf die Wiesen fahren, müssen wir einen Bogen um die Hunde machen, verwildert sind die Hunde auf der Müllkippe und fallen die Leute an ... wir würden diese Felder umpflügen, Gemüse anbauen, die Stadt mit Kraut und Gurken versorgen ... wie steht es also mit diesen Assanierungsfeldern?

Doktor Iwan Iwanowitsch schwieg sich dazu aus, zog die Schultern hoch, sagte leise:

»Diese Angelegenheit liegt außerhalb meiner Kompetenz, Herrschaften!« Iwan Iwanowitsch sprach die ›Mushiks‹ mit ›Herrschaften‹ an, und noch leiser, wie ein Verschwörer, fügte er hinzu: »Wenn ihr wollt, daß ich Kurator eurer Schule bin, die Frühstücksversorgung regele, den Unterricht und die Lehrbücher beaufsichtige, dann stellt mir nicht solche Fragen, dafür bin ich nicht kompetent, meine Herren!

Was aber soll der ›Mushik‹ mit Kompetenz anfangen, wenn das kein russisches Wort ist? Was sollen ihm wöchentlich einmal nebulöse Bilder und Frühstück für die Kinder, wenn er kein Land und folglich nichts zu beißen hat, wenn er sich dauernd was einfallen lassen muß, um nicht vor Hunger zu verrecken? Und die ›Mushiks‹ dachten bei sich:

Zwar ist er nicht wie Rasboischtschin, der den Leuten weder in die Augen sieht noch grüßt, oder wie Aksakow, der eine Verbeugung erwidert und einem in die Augen sieht und es nachts mit den Dirnen auf der Darre treibt, sich sonst aber um nichts kümmert – beide sind sie dazu da, den ›Mushik‹ an Händen und Füßen zu binden –, bloß weit hat sich Doktor Iwan Iwanowitsch von ihnen nicht entfernt, wenn er auch die Furunkel der Bauern behandelt. Iwan Iwanowitsch fuhr nach Tschertanowo zu seinem eigenen Vergnügen und zum eigenen Vorteil, der für die Leute von Tschertanowo ›nicht kompetent‹ war.

Wanjatka Nefjodow, Wassjatka Barsukow und Jegorka Zarjow wußten ebenso wie Klimka Obuchow: Der Morgen begann vor Tagesanbruch, wenn die Mutter aufwachte, den Ofen heizte und kochte – im besten Falle Kartoffeln, manchmal auch nur Wasser; die Kinder wimmelten, von Flöhen geplagt, auf dem Ofen oder auf der Hängepritsche, und zwar schliefen sie in den gleichen Sachen, in denen sie herumliefen, auf den nackten Ziegelsteinen oder auf den kahlen Brettern, alle auf einem Haufen; wenn sie sich von der Pritsche herabfallen ließen, liefen sie hinters Haus oder in den Kuhstall ihre Notdurft verrichten – Aborte gab es an den Bauernhäusern im ganzen Kreis nicht einen; auf der Vortreppe spritzten sie sich eiskaltes Wasser ins Gesicht, das sie zunächst in den Mund nahmen, um es auf ihre Hände fließen zu lassen; zu essen bekamen sie bestenfalls Kartoffeln mit Salz, im allgemeinen aber Murzowka, das heißt ein wenig Kartoffeln, ein wenig Brot, ein wenig Zwiebel und in Wasser zerriebene Salzgurken, und dazu ›Tee‹, das heißt gebrühten Salbei oder Lindenblute. Im Haus lebten im Winter außer den Menschen unter dem Ofen und in einem Verschlag hinter dem Ofen Hühner, ein Kalb, Ferkel, Lämmer, in Harn und Gestank. In den Häusern saßen ständig überzählige Mäuler über der Murzowka. Und jeder wußte:

Hände hat man, aber zu tun gibt es nichts für sie, und keiner sagt einem, wie man für sie eine sinnvolle Betätigung finden könnte – Hände, Beine, einen Kopf hat man, aber dem ›Mushik‹ sind Hände und Füße gebunden, und der Kopf denkt besser nicht, die Augen sehen besser nicht, denn zu machen ist sowieso nichts! Wahrhaftig, wenn man wenigstens diese Assanierungsfelder umpflügen könnte, was für Gemüseschläge ergäbe das, nicht nur Tschertanowo, auch die Stadt würde satt, und den Dreck aus der Stadt, den müßte man doch trennen, der würde doch ganz umsonst abgefahren werden, das eine auf die Felder, der Müll zur Filimon-Schlucht, die wird ja sowieso ausgespült!

Wanjatka Nefjodow hatte aus seiner frühen Kindheit in Erinnerung behalten, wie sein Großvater, Mutters Vater, starb und ihm, Wanjatka, die Lippe gespalten wurde, wovon er eine Narbe fürs ganze Leben zurückbehielt. Großvater hatte keine Söhne, nur Töchter gehabt – Warwara, Wanjatkas Mutter, und Tante Darja. Verheiratet worden waren Warwara und Darja bei sich in Tschertanowo, sie wohnten nur durch ein Haus getrennt. Der Großvater, der schon lange vorher die Männer für seine Töchter bestimmt hatte, blieb mit seiner Alten allein in seinem Haus am Dorfrand zur Bahnlinie hin wohnen. Die Töchter besuchten den Vater selten, nur an den Feiertagen. Noch seltener kamen die Enkel zu ihm. Noch seltener ging der Großvater zu seinen Töchtern. Dann starb die Großmutter, Großvater Jegors Frau, und sofort wurde in Tschertanowo bekannt: Großvater Jegor will der Alten in den Tod folgen.

Der Großvater besaß das Haus, einen Wallach mit Geschirr, eine Kuh mit Kalb, eine Truhe mit Habe, Schuhwerk, Kleidung und noch so einiges aus dem Haushalt, der Großvater war reich. Und die Mutter ging am Sonntag Großvater Jegoruschka holen, damit er mit ihnen zu Mittag aß.

Der Großvater kam – im Sommer mit Filzstiefeln und Schafspelz –, nuschelte mit zahnlosem Mund, aß Fladen mit Sauermilch, bekreuzigte sich viel. Nach dem Essen wurde er vor der Rasenbank ins Gras schlafen gelegt, in die Sonne, zugedeckt mit seinem Pelzmantel. Der Vater und die Mutter waren sehr freundlich und hielten die Kinder an, den Großvater schön zu grüßen und ihm ja nicht einen Bissen zu mißgönnen. Wanjatka führte Großvater, nachdem er ausgeschlafen hatte, zum Austreten hinters Haus, Großvater stützte sich auf Wanjatkas Schulter.

Wochentags, wenn alle arbeiteten, trug die Mutter den Kindern auf, immer mal beim Großvater reinzuschauen, ihn zu fragen, ob er vielleicht etwas brauche, ihn zu grüßen.

Dann kamen Tante Darja und ihr Mann zur Mutter, und sie kamen nicht einfach so – Tante Darja hatte sich mit ihrem Umschlagtuch ausstaffiert, Onkel Nasar die neue Schirmmütze aufgesetzt. Die Mutter fachte den Samowar an und machte sich zu schaffen, als wären Darja und ihr Mann von weit her gekommen und nicht aus dem übernächsten Haus. Wanjatka flitzte los, um den Vater aus der Schlucht zu holen, wo er Weidengerten zum Korbflechten schnitt. Der Vater eilte im Galopp nach Hause zurück und staffierte sich ebenfalls festlich aus, mit dem Jackett, das er in der Stadt für Körbe erstanden hatte. In dem Haus braute sich ein Gewitter zusammen.

Sie setzten sich hin zum Teetrinken. Die Mutter gab jedem eine frische Gurke mit Salz.

Wanjatka verzog sich auf den Ofen.

»Papa will sterben«, sagte Tante Darja und bekreuzigte sich.

Alle bekreuzigten sich.

»Der Himmel sei ihm gnädig«, sagte Onkel Nasar.

»Vielleicht lebt er noch«, sagte die Mutter.

»Kaum!« sagte Tante Darja. »Du sollst ihn ja schon zum Essen eingeladen haben, erzählen die Nachbarn, schon Fladen gebacken haben, geschlafen hat er bei dir ... «

»Na und«, sagte die Mutter, »es ist doch wohl keine Sünde, seinem Vater Essen vorzusetzen.«

»Das war nur nebenbei bemerkt«, meinte Tante Darja. »Aber mich hast du nicht dazugeholt.«

»Ich glaube, ich habe gesehen, daß er auch zu dir ging«, versetzte die Mutter darauf.

Eine Weile schwiegen sie.

Onkel Nasar strich sich eindruckshalber den Bart, ließ muthalber einen Krächzer vernehmen und sprach wohlbedacht:

»Man kann es drehen und wenden wie man will, für Papa ist die Zeit gekommen zu sterben, und für uns, seine Verwandten, ist es Zeit, ernsthaft zu überlegen, wem was zufallen soll. Du hast ihn schon zu dir eingeladen, nun, und meine Darja steht dir auch nicht nach. Ich denke, wo wir alle seine Verwandten sind und er keine anderen hat, sollten wir gütlich, ohne Betrügerei ... Die Nachbarn erzählen, du willst ihn ganz zu dir locken – wenn er stirbt, gehört also alles dir ... So macht man's nicht unter Verwandten.«

Im Haus herrschte Gewitterstimmung – jeden Moment konnte es losdonnern. Aller Augen waren wie Nadeln.

Eine Pause trat ein.

»Und wie denkst du's dir, Nasar Parfjonytsch?« fragte der Vater und versteckte die Hände unter dem Tisch.

»Ich, Iwan Lukjanowitsch, ich denke, wir sollten uns gütlich einigen, wie unter Verwandten, nach der Zahl der Seelen. Seelen habe ich sieben mit mir, du hast sechs mit dir, Kinder habe ich also fünf und du vier... Das Haus verkaufen wir also an die Silkows, sie wollen auseinanderziehen, und das Geld... «

»Falsch gedacht!« rief die Mutter, »ich bin im vierten Monat, und vielleicht bekomme ich noch sieben Kinder, Papa aber stirbt nur einmal!«

»Nun, ein Punkt wäre damit wohl besprochen«, sagte Onkel Nasar, »Papa hat zwei Töchter, und sie sind die Haupterbinnen, da wird das Haus an die Silkows verkauft, sie wollen auseinanderziehen, und das Geld halbe-halbe geteilt ... Jetzt der zweite Punkt – das Vieh und der Wallach. Du, Iwan Lukjanowitsch, befaßt dich mit Körben, flichtst Körbe zum Verkauf, ein Pferd hast du nicht und hast du nie gehabt. Ich dagegen lebe von meiner Wirtschaft, meine Stute taugt zu gar nichts, kriegt kaum die Beine vom Fleck... Du aber hast kein Pferd und hast nie eins gehabt. Und ich denke mir, 's wär gottgefällig, was willst du mit einem Pferd, du flichtst Körbe... Überlaß mir, 's wär gottgefällig, Papas Wallach, und nimm dir die Kuh... «

Onkel Nasars Pupillen hatten sich träumerisch geweitet wie bei den Katzen in der Dunkelheit. Die Pupillen des Vaters wurden noch mehr zu Nadeln.

Und der Donner brach los.

»Das ist also deine gottgefällige Lösung?« sagte der Vater in die Stille, »ich lebe mein Lebtag ohne Pferd, und du willst mir meinen letzten Traum nehmen. Ein Gauner bist du, Nasar Parfjonytsch, weiter nichts, und räuberst am hellichten Tag – deine Stute ist acht Jahre alt, aber du hättest gern zwei Pferde ... Ein Gauner und Räuber bist du seit jeher gewesen und wirst du immer sein, ein Buschräuber!«

Aus einer gütlichen Einigung zwischen den Verwandten wurde nichts, der Vater und die Mutter verabschiedeten Tante Darja und Onkel Nasar mit ein paar kräftigen unguten Worten. Onkel Nasar und Tante Darja blieben ihnen bei ihrem Abtritt nichts schuldig.

Drei Tage lang überschütteten die Schwestern sich über den Nachbargarten hinweg mit den schlimmsten Ausdrücken und piesackten den Großvater durch unaufhörliches Aussenden der Kinder – ob er nicht vielleicht etwas brauche, ob er nicht zu Abend essen kommen möchte.

Zwei Wochen später starb der Großvater in seinem Haus. Wie er starb, hatte niemand gesehen. Wahrscheinlich nachts, man fand ihn tot an der Türschwelle auf dem Fußboden – wahrscheinlich wollte er von der Bank, auf der er schlief, ins Vorhaus zum Eimer trinken gehen und war nicht so weit gekommen.

Einen Sarg, frische Hosen und ein Hemd hatte der Großvater vorsorglich bereitgehalten.

Tante Darja und die Mutter gingen in festlichen Röcken und Blusen, obschon barfuß, zum Haus des Großvaters, zogen die neuen Röcke aus, krempelten die Ärmel der festlichen Blusen hoch, schürzten die Unterhemden bis über die Knie, holten Wasser vom Brunnen, heizten den Ofen, wärmten das Wasser, wuschen den Großvater, kleideten ihn in die ungetragenen Hosen und das Hemd, legten ihn in den Sarg, den Sarg stellten sie auf den Tisch, dann wuschen sie sich selbst, kämmten sich und zogen wieder ihre festlichen Röcke an. Die ganze Zeit heulten Tante Darja und die Mutter so laut, daß sie viele Häuser weit zu hören waren, und die Frauen, die an Großvaters Haus vorbeigingen, weinten ebenfalls heulend, während die Männer die Mützen abnahmen und sich zum Haus hin bekreuzigten. Die Mutter und Tante Darja verhielten sich friedlich zueinander, schimpften und beschuldigten einander nicht, und einige Male – als sie den Großvater vom Fußboden auf die Bank hoben und ihn auszogen, als sie sich selbst zum Arbeiten auszogen, als sie den Großvater angekleidet im Sarg auf den Tisch stellten, fielen sie einander, nun ohne Wehgeschrei, bittere Tränen vergießend, in die Arme, legten einander den Kopf auf die Schulter und weinten.

Zur Beerdigung fuhr man den Großvater mit seinem eigenen Wallach.

Hinter dem Wallach her gingen alle Verwandten und die Schwägerschaft, die Männer ohne Mützen, die Frauen mit lautem Wehgeschrei, bis zur Kirche, man trug den Sarg in die Kirche hinein und betete dort kurz. Der Glöckner schlug zur Totenmesse – von unten, ohne auf den Glockenturm zu steigen – die Glocke. Der Sarg wurde wieder zum Fuhrwerk getragen, dazu sang man das ›ewige Gedenken‹. Der Pope und der Küster verabschiedeten den Sarg an der Kirchenvorhalle. Zum Friedhof ging es durch die Filimon-Schlucht, im Bogen um die städtische Müllhalde. Man ließ den Sarg ins Grab hinab, sang mit eigenen Kräften das ›ewige Gedenken‹, weinte, die Frauen wehklagten laut, dann wurde das Grab zugeschaufelt.

Auf dem Rückweg setzten sich – unheilverkündend – Onkel Nasar und Tante Darja auf die eine, die Mutter und der Vater auf die andere Seitenstange des Wagens. Wanjatka hockte sich dazwischen, um eine feierliche Fahrt anzutreten.

Im Dorf dann, direkt gegenüber dem Haus, das Onkel Nasars Haus von dem Wanjatkas trennte, lenkte der Vater den Wallach nach rechts zu seinem Haus, doch Onkel Nasar packte die Zügel und riß den Wallach nach links zu seinem Haus. Der Vater versetzte Onkel Nasar einen Fußtritt, stieß ihm den eisenbeschlagenen Absatz seines Schuhs ins Rückgrat. Onkel Nasar fiel vom Wagen. Die Mutter und Tante Darja fuhren einander in die Haare, um nicht vom Wagen gestoßen zu werden. Gegenüber dem Haus, das die Schwestern trennte, lag noch vom Winter aufgeschichtetes Holz. Onkel Nasar packte zwei Scheite und stürzte auf den Vater los. Ein Scheit traf Wanjatka im Gesicht. Wanjatka kam im Krankenhaus bei Doktor Iwan Iwanowitsch zu sich, als der Arzthelfer seinen Kopf hielt und Iwan Iwanowitsch mit einer krummen Nadel und einem Seidenfaden Wanjatkas Lippe nähte ... Den Wallach bekamen auf Anordnung des Amtsbezirksvorstehers seine Eltern.

Doktor Iwan Iwanowitsch war Kurator der Schule von Tschertanowo. Das kleine Dorf Tschertanowo, die sogenannte Kosakenvorstadt, gehörte zum Amtsbezirk Werejskoje, Amtsbezirksvorsteher war schon das elfte Jahr ein Freund des Geschäftsmanns Koschkin, Jewgraf Karpowitsch Soskow, Wirtshausbesitzer und ›Pächter‹. Sowohl Nasar Parfjonowitsch als auch Iwan Lukjanowitsch hatten ein paarmal an Doktor Iwan Iwanowitsch die von Herzen kommende Frage gerichtet, wie es denn mit den Assanierungsfeldern stünde, und Doktor Iwan Iwanowitsch hatte leise geantwortet, daß er für solche Fragen nicht kompetent sei. Die Schule unterstand dem Semstwo, dem Vorsitzenden Aksakow, doch zu ihrem Vorgesetzten machte sich jeder, der dazu Lust hatte, sowohl Fürst Werejski als auch Landamtmann Rasboischtschin und Amtsbezirksvorsteher Soskow. Als Lehrer arbeiteten an der Schule Grigori Wassiljewitsch Sosnin und Nadeshda Andrejewna Gorzewa.

Grigori Wassiljewitschs Vater hatte als Leibeigener beim Militär gedient, selbst ›Mushik‹ geblieben, kannte er den ›Mushik‹ wie seine eigene Person, kleidete sich auf bäuerliche Art, sprach mit Nowgoroder Akzent, hatte eine Parzelle der landwirtschaftlichen Gesellschaft Tschertanowo in Pacht, besaß ein Pferd und eine Kuh, pflügte den Boden selbst, lebte still, las viele Bücher – alles im Leben erreichte er aus eigener Kraft. Jewgraf Karpowitsch Soskow mied Sosnin und behandelte ihn als ›Mushik‹.

Nadeshda Andrejewna Gorzewa hatte das Gymnasium und die Lesgaftschen Frauenkurse absolviert – sie hätte besser in den Hauptstädten gelebt. Am ersten Sonntag ihrer Ankunft versammelten sich unter ihrem Fenster ›Mushiks‹, die einen setzten sich ins Gras, die anderen blieben stehen. Der Vorarbeiter klopfte ans Fenster, bat die ›Frau Lehrerin‹ herauszuschauen und trat zurück. Nadeshda Andrejewna ging zu den Versammelten hinaus.

»Wir möchten Sie zur Ankunft beglückwünschen, Euer Gnaden«, sagte der Vorarbeiter.

Die ›Mushiks‹ nahmen die Mützen ab, traten von einem Fuß auf den anderen.

Nadeshda Andrejewna dankte den Versammelten.

»Also, zur Ankunft, also«, sagte der Vorarbeiter und lächelte, »also, wir möchten Sie beglückwünschen. Der Dorfälteste hat uns beauftragt, die Brücke instand zu setzen, Bretter auszuwechseln, Erde aufzuschütten, wo's nötig ist, den Wasserlauf zu säubern. Kann doch sein, daß Sie mal die Brücke benutzen, wir bringen Ihnen auch Brennholz, räumen den Schnee, die Weiber helfen Ihnen im Garten, wenn's not tut. Für die Brücke brauchen wir Nägel ... Wieviel Sie geben können, dafür beglückwünschen wir Sie, Sie brauchen sich also nicht weiter zu kümmern.«

Nadeshda Andrejewna gab ihnen Geld für die Brücke.

Bis in die späte Nacht hinein grölten an diesem Abend an der Brücke betrunkene Stimmen ›der letzte Tag ist heut gekommen‹. Am Morgen kamen andere ›Mushiks‹, noch zahlreicher, sie saßen ebenso im Gras, riefen ebenso nach Nadeshda Andrejewna.

»Ja, also, wir möchten Euer Gnaden zur Ankunft beglückwünschen ... Wir haben uns gedacht – einen Eimer ... «

»Was für einen Eimer?« wollte Nadeshda Andrejewna wissen.

»Na, ist doch klar, ›Zarenwodka‹, zum Beglückwünschen. Also, auf Ihr Wohl möchten wir trinken. Gestern haben Sie für ein Viertel gegeben, aber wir waren nicht auf der Brücke ... «

»Aber ich habe doch für Nägel Geld gegeben!«

»Dazu sagt man so ... Und damit also alle gleich bekommen, wie's in der Gemeinschaft sein soll, kostet's Sie einen Eimer. Und in den Laden laufen, das macht bei uns immer Nasar Parfjonytsch, er hat flinke Beine ... Auf Ihr Wohl wollen wir also trinken, auf Ihre Ankunft.«

Geld für Wodka gab Nadeshda Andrejewna nicht.

Tags darauf erschien der Amtsbezirksvorsteher, er fuhr auf den Hof, band das Pferd an, rief im Flur:

»Ist jemand Getauftes im Haus!?«

Er reichte Nadeshda Andrejewna die Hand und stellte sich vor:

»Soskow, Jewgraf Karpowitsch, der Machthaber hier am Ort, he-he ... Ich wollte mal reinschauen, um mich bekannt zu machen, es heißt, Sie kämen aus der Hauptstadt. Auf gute Bekanntschaft dann. Wie man so hört, sind die Mushiks sehr zufrieden – fast das ganze Dorf hat die Nacht durchgefeiert, und wer's verpaßt hat, der nimmt es übel, daß er leer ausgegangen ist ... «

»Aber ich habe doch gar kein Geld für Wodka gegeben ... «

»Ich denke, vorläufig brauchen Sie auch keins mehr zu geben, sonst kriegen sie sich noch in die Wolle, man muß sie streng halten ... und wenn's wieder mal ist, bei der Heumahd zum Beispiel, dann verlangen Sie, daß es ohne Betrug auf alle gleich aufgeteilt wird.«

»Aber ich hab es doch für Nägel gegeben«, sagte Nadeshda Andrejewna.

»Ach was, Nägel, ist doch klar, daß sie's für Wodka wollten. Gib den Leuten Geld, und sie schaffen es in den Laden ... Ich persönlich mag keinen gekauften, ich ziehe mir Ebereschenschnaps vor ... «

Dann suchte sie der Vorsitzende der Semstwoverwaltung Pawel Pawlowitsch Aksakow auf. Er wollte keinen Wodka. Er scherzte und sprach von der Natur, von den landschaftlichen Schönheiten des Kreises und schlug vor, daß sie sich ohne Aufschub mit ihm diese Schönheiten ansehen fuhr.

Nach Soskow und Aksakow kam der offenkundig aufgeregte Dorfälteste angelaufen, er dankte für den Wodka und meinte, besser hätte es ihn nicht gegeben, ängstlich erkundigte er sich, wovon Soskow und Aksakow gesprochen hätten, und erzählte, wie lieb die Dorfgemeinschaft Nadeshda Andrejewna gewonnen habe, wie er, der Dorfälteste, in den Amtsbezirk zu Soskow und von da in die Stadt zu Rasboischtschin gerufen worden sei, wie man ihm aufgetragen habe, ein wachsames Auge zu haben und gegebenenfalls Meldung zu machen, und deshalb sei er hier, weil die Dorfgemeinschaft sie so liebgewonnen habe und weil sie gegebenenfalls selbst Berichte an den Dorfältesten geben könne, damit er wisse, was er weiterzumelden habe ...

Nach dem Dorfältesten klopfte am Abend der Lehrer Grigori Wassiljewitsch Sosnin an Nadeshda Andrejewnas Tür, setzte sich ans Fenster, sah hinaus und sagte, ohne sie anzublicken:

»Sie würden besser in der Hauptstadt leben und sich daran erfreuen ... Aber Sie sind hergekommen, um hier als Lehrer zu arbeiten. Ich bin auch Lehrer, doch eigentlich bin ich Bauer, Nadeshda Andrejewna, ich weiß, wovon ich rede, ich lebe hier ebenso wie Sie, nicht nur, um mir mein Stück Brot zu verdienen ... Wenn Sie hier leben und als Lehrerin arbeiten wollen, dem Bauern Wissen vermitteln und nützlich sein, dann merken Sie sich: Geben Sie den Bauern niemals etwas. Nicht deswegen, weil das Mildtätigkeit ist und wegen Ihrer Nägel die Männer nachts ihre Frauen verprügelt haben, sondern weil Sie sich mit Ihren Almosen niemandes Achtung erwerben werden, man wird Sie immer noch mehr ausnehmen, Sie für beschränkt, für ein ›verschrobenes Fräulein‹ halten. Ihnen wird niemand etwas schenken, so sind die Regeln, und Sie sollten dem Rechnung tragen und keine Ausnahme bilden. Und außerdem: Sie haben den Bauern Geld für Wodka gegeben – und nur darum ist Soskow zu Ihnen gekommen, statt sich darauf zu beschränken, den Dorfältesten in die Amtsbezirksverwaltung zu bestellen – und nicht wegen dem Ebereschenschnaps kam er, den Sie ihm vorsetzen sollten, der Ebereschenschnaps war Nebensache – er kam, um Sie persönlich in Augenschein zu nehmen: was da wohl für eine komische Gestalt aus der Hauptstadt zu uns gekommen ist, die eine Hochschule absolviert hat und dem Mushik so zu Gefallen ist – wenn's bloß mit Wodka wäre, nein mit Nägeln! – sehr verdächtig. Und nicht auf eigene Initiative ist Soskow gekommen, sondern bestimmt auf geheime Anweisung Rasboischtschins oder Zwetkows. Aus dem gleichen Grund kam auch Asakow. Dem ist es gleichgültig, ob Sie Verdacht erregen oder nicht, darauf pfeift er. Aber Sie sind eine junge Frau, hübsch und alleinstehend, und plötzlich verhalten Sie sich anders als alle übrigen. Er hat sicherlich einen psychischen Defekt, Aksakow – er ist damit beschäftigt, den Frauen nachzulaufen, aber Sie brauchen nur mit ihm eine Fahrt durch den Kreis zu machen – am nächsten Morgen ist der Schulzaun mit Teer vollgeschmiert, eine Woche später kommt Soskow angefahren und schlägt fast die Tür Ihres Zimmers ein, und nach zwei Wochen bekommen Sie von der Semstwoverwaltung, wo Aksakow den Vorsitz führt, auf Drängen des Vaters Oberpriester und des Landamtmanns den Wolfspaß mit Entlassung ... «

Grigori Wassiljewitsch verstummte, schaute weiter zum Fenster hinaus und lauschte in die Stille.

»Ich bin nicht einverstanden mit Doktor Iwan Iwanowitsch«, sagte Grigori Wassiljewitsch leise. »Er meint, unsere Arbeit sei palliativ, seiner Ansicht nach müssen die Bauern zunächst satt gemacht und von der wirtschaftlichen Knechtschaft befreit werden. Das ist alles richtig, aber immerhin geben wir den Menschen einen Hoffnungsschimmer ... und schließlich muß man sein Gewissen unbefleckt halten, kann sich doch nicht zum Aufseher oder Beamten hergeben ... «

In jenen Jahren sprach man viel von den Säften der Erde, von der Macht der Scholle über den ›Gott im Herzen tragenden Mushik‹, von der mystischen Liebe des ›Gott im Herzen tragenden Mushiks‹ zum Boden, zu seinen Schluchten, Wäldern, Untiefen, Hainen ... Jewgraf Karpowitsch Soskow, riesenhaft, sommersprossig und rothaarig, unternahm Rundfahrten zu den Dorfältesten seines Amtsbezirks, gefiel sich als Vorgesetzter, und als Amtsbezirksvorsteher fuhr er als Untergebener in die Stadt zum Adelsmarschall, zum Semstwovorsitzenden und zum Landamtmann. Seit etwa zwanzig Jahren unterhielt er bei sich in Werejskoje ein Wirtshaus, wo hinter den Schanktischen die Frauen seiner Söhne standen, wie diese von ausgesuchter Leibesfülle. Wegen seiner amtlichen Obliegenheiten saß Jewgraf Karpowitsch in seinem Wirtshaus halb wie ein Gast. Ebenfalls an die zwanzig Jahre war es her, seit Jewgraf Karpowitsch begonnen hatte, in der Umgebung Land aufzukaufen und von Fürst Werejski zu pachten, auf diesem seinem Boden war er ebenso halb Gast, denn die Bewirtschaftung und die Mushiks hatte er seinem ältesten Sohn überlassen. Selbst zu Hause, in dem der Gesundheit wegen aus Holz gebauten Obergeschoß über der Wirtsstube, war Jewgraf Karpowitsch halb ein Gast ... Und dennoch – das größte Vergnügen bereitete es Jewgraf Karpowitsch, wenn er nach Hause gekommen war, ein Schwitzbad in seiner Banja genommen, fünfzehn Glas Tee getrunken und fünfzehn Schweißausbrüche gehabt hatte, gegen Mitternacht auf die hintere Vortreppe und auf den überdachten Hof hinauszutreten, zu lauschen, ob alles still, ob niemand beim Räubern war, zu hören, wie die Kühe aufstießen und wiederkäuten, wie die Eber und Sauen im Schlaf grunzten, wie sich die Schafe wetzten, wie die Hühner auf ihren Gelegen mit den Flügeln raschelten – laut zu husten, damit all dies Getier seinen Herrn spürte, damit die Hähne erschrocken loskrähten und die Hühner gackernd einfielen, damit die Eber aufquiekten, damit die Kühe und die Schafe aufwachten, damit der Zuchthengst den Herrn mit freundschaftlichem Wiehern begrüßte, damit sich all das verschlafen regte, Gestank verbreitete, Harn ließ, im Dung liegend losschmatzte – damit der Herr mit Wohlbehagen fühlen konnte: Meins! satt, naturgegeben, mir allein gehörig! – Natur, Erde! – meins!

... Über dem Podol lag in der Stadt der Otkos. Der Hang fiel nach Westen ab, und die Menschen auf dem Otkos verstummten, wenn sie in den Raum schauten, in den Himmel, in das einzige, was sie in ihrem Leben nicht beengte.

Die Stadt mußte wohl unter den Zaren Iwan entstanden sein, zur gleichen Zeit wie Moskau, und bis jetzt trug sie die Spuren des siebzehnten Jahrhunderts, des Beginns der Romanow-Dynastie.

Der eine oder andere auf dem Otkos erinnerte sich an den Beginn der Romanow-Zeit. Es hatte die Bauernkriege Bolotnikows, Iwan Saruzkis, des zweiten Pseudo-Demetrius, Stepan Rasins, Bulawins, Jemeljan Pugatschows, die Bauern-Revolten um das Jahr zwölf des ›Vaterländischen‹ Krieges, die Revolten um die Bauernbefreiung, die ›Cholera-Revolte‹ und die gegen die Herren gerichteten Aufstände Ende des Jahrhunderts gegeben – an sie erinnerten sich die Bauern um Kamynsk. Der die Tradition seiner Vorfahren wahrende Vertreter der Löter- und Verzinnerzunft in Kamynsk wußte durch seine Großväter, daß es den Juni-Aufruhr in Moskau unter dem friedfertigen Alexej im Jahre 1648 gegeben hatte, den Pskower Aufruhr von 1650, die ›Kupfer-Revolte‹ von 1662 – alles unter dem friedfertigen Alexej, und so war es bis zum Anbruch des letzten Jahrhunderts weitergegangen. Auf dem Otkos erinnerte man sich flüsternd daran, daß es keine einzige Zarenherrschaft ohne Blutvergießen gegeben hatte. Peter hatte seinen Sohn umgebracht – ein Sohnesmörder. Katharina hatte zwei Imperatoren umgebracht, ihren Gatten und Iwan Antonowitsch – eine Gattenmörderin. Der ›gesegnete‹ Alexander hatte Paul umgebracht – ein Vatermörder. Nikolai ›der Prügler‹ vergiftete sich – ein Selbstmörder. Alexander II. wurde von den Narodowolzen umgebracht – hingerichtet. Nikolai II. begann seine Regentschaft mit der Chodynka ... Sehr wenige begriffen die Kette der Ereignisse: ›Kupfer-Revolte‹ von 1662 – Strelitzen-Revolten unter Sofja und Peter, Revolten von Katharinas Soldaten zur Pugatschow Zeit, Revolte des Semjonowkoje-Regiments, Revolte des Tschernigow-Regiments, Revolten von Militärsiedlungen. 14.Dezember 1825. Semlewolzen. Narodowolzen – Alexander Uljanow – ab 1876 jährliche Studenten-Unruhen ... Und ab 1844 – Arbeiter-Unruhen, die von Lepjoschkins Baumwollspinnerei im Kreis Dmitrow ausgingen. 1865 – Arbeiter-Unruhen bei Tichon Morosow in Orechowo-Sujewo, 1860 – desgleichen bei Konschin in Serpuchow, 1870 – in der Krenksholm-Manufaktur. 6. Dezember 1876 – erste Demonstration von Arbeitern und revoltierenden Studenten im Russischen Reich in Sankt Petersburg an der Kasaner Kathedrale. 1878, 1879. Studenten und Arbeiter, der Weber Pjotr Alexejew, der Tischler Stepan Chalturin – Sheljabow, Sofja Perowskaja, Vera Figner ... Für diese – sehr wenigen – Leute auf dem Otkos hatte bereits in den achtziger Jahren der Name Marx einen Klang ... In den letzten vier Jahren des Jahrhunderts streikten im Russischen Reich eine halbe Million Arbeiter, im Westen und im Osten, im Norden und im Süden. Alle diese Berechnungen stellte der Statistiker Nil Pawlowitsch Wantroba an.

Und neben diesen Daten eine Angabe – nach den Berechnungen des amerikanischen Generals Lee führte die Menschheit in den letzten dreitausendvierhundert Jahren ganze zweihundertvierunddreißig Tage keine größeren oder kleineren Kriege! ... Zu Beginn des Jahrhunderts gelangte ein Lied auf den Otkos, das Lied –

›Transvaal, Transvaal, mein Heimatland ... ‹

Dieses Lied sang das ganze Rußland der Arbeiter und Handwerksgesellen, als die Buren auf jener Hemisphäre, wo es Herbst im Frühling und Frühling im Herbst ist, zu Brüdern wurden ... In jenem Jahr gab es eine Verwirrung mit der Jahrhundertfeier: war 1900 oder 1901 der Beginn des neuen Jahrhunderts? – in der Winterskälte des Russischen Reichs wurde das Jahr 1899 mit der gleichen Festlichkeit verabschiedet, wie man das Jahr 1901 begrüßte.

In Moskau lebte der Advokat Wantroba – wie er das neue Jahrhundert begrüßte!

Advokat Wantroba war Spezialist in Fragen der ›Unterdrückung‹, er vertrat in Arbeiter- und Bauernprozessen die Interessen der Arbeiter- und Bauerngemeinschaften. Er und seine ›Gehilfen des Rechtsanwalts‹ reisten durch das ganze Reich. Wantroba wohnte in zwei Wohnungen – auf dem Arbat in der Mariä-Himmelfahrts-Gasse an der Mariä-Himmelfahrts-Kirche in Mogilzy und in seiner Winterdatsche im Peterspark auf der 4. Wjatskaja, und nie wußte jemand genau, wo sich der Advokat gerade aufhielt, ob auf dem Arbat, im Peterspark oder auf einem Prozeß in Tambow. Seine Familie wohnte auf der Datsche. Vater und Kinder verkehrten auf ungewöhnliche Weise miteinander – durch Schriftwechsel an den Wänden. An der Tür des väterlichen Arbeitszimmers stand, mit Rotstift geschrieben, in Großbuchstaben –

›Der Vater ist das Oberhaupt der Familie!‹ –

und seitlich stand, mit Tintenstift geschrieben, in nicht weniger großen Buchstaben:

›Papi! Vergiß nicht die drei Rubel fürs Theater am Sonnabend!‹

›Wie der Herre, so's Gescherre‹, verkündete die Diele von ihrer Wand.

Söhne hatte Wantroba fünf, Töchter vier.

Auf die 4.Wjatskaja kamen zu Wantroba Abgesandte aus den Dörfern und Fabriken, sie warteten tagelang.

»Seid ihr also hergekommen, hat's euch nicht gehalten? Wie, meint ihr vielleicht, ich werde mich umsonst für euch anstrengen? Erzählt, wir lassen uns was einfallen, wie wir da rauskommen. Also einfach nichts zu wollen. Seid schon allesamt ausgepeitscht worden, aber der Boden ist trotzdem eurer ... So. Das Auspeitschen kann man natürlich nicht rückgängig machen, aber den Boden – den holen wir zurück ... He, Söhne! Serjoga, Shenka! ist da eine lebendige Seele!? – kommt her und schreibt die Leiden der Leute auf.«

Auf der 4.Wjatskaja gab der Vater zusammen mit den Kindern eine Manuskript-Wochenzeitschrift unter der Losung ›Aus dem Sarg erhebt sich der Trommler!‹ heraus. Die Mutter fungierte als Sekretär der Zeitschrift. An ihrer Zimmertür stand –

›Bitte, sagte Sobakewitsch‹.

Nicht ein heiler Stuhl war im Haus.

In der Mariä-Himmelfahrts-Gasse am Arbat waren bei Wantroba Empfindsamkeit und Wärme zu Haus. Allgemein wurde angenommen, Wantroba empfange hier Verklagte, doch zumeist war Wantroba hier mit befreundeten Junggesellen zusammen – Verklagte fingen ihn vorwiegend in den Klubs ab, im Englischen und im Kommerziellen.

Die Industriellen begannen ihre Reden so:

»Jegor Palytsch, hör mich einen Moment an ... «

»Mach schon, Zeit ist Geld«, antwortete Jegor Pawlowitsch.

»Das weiß ich, darum geht's ja auch. Meine Leute sind zu dir gelaufen ... Stimmt schon, ein Kessel ist geplatzt, welche hat's verbrüht, zwei sind tot, einem hat's den Arm abgerissen ... Aber ich bin ja nicht dabeigewesen ... Geh doch bitte nicht zu scharf ran ... vor Gericht.«

Im Englischen Klub begannen die Reden anders.

»Gestatten Sie mir die Ehre Ihrer Bekanntschaft ... Dürfte ich Sie zum Abendessen einladen ... Chablis oder Mosel?«

Das Verabschieden des alten und das Begrüßen des neuen Jahrhunderts geschah bei Jegor Pawlowitsch Wantroba mit Vehemenz, zwei Neujahrsfeste hintereinander, überall, auf der 4.Wjatskaja, in Mogilzy, in den Klubs, er hielt flammende Reden über den Fluch der Jahrhunderte und über das Licht des Fortschritts des neuen Jahrhunderts.

Wantrobas jüngerer Bruder Nil Pawlowitsch arbeitete im Kamynsker Semstwo als Statistiker. Vielleicht als einziger in Kamynsk verstand er, warum die russischen Arbeiter und Handwerksgesellen zu Beginn der Jahrhundertwende das Lied ›Transvaal‹ sangen und warum das Geschehen in Transvaal die russischen Arbeiter betraf. Doch das neue Jahr begrüßte er bei Nikita Sergejewitsch Moldawski. Das war vor Anbruch des Jahres 1900. In der Nacht gingen alle bei Moldawski Versammelten, nachdem sie das Jahrhundert verabschiedet hatten, auf den Otkos, um in den Raum zu blicken. Nil Pawlowitsch war Student gewesen. Im letzten Jahr des Jahrhunderts, im Februar neunundneunzig, ging über alle russischen Universitätsstädte ein – gesamtrussischer – Studentenstreik hinweg, der Nil Pawlowitsch aus der Universität trieb und halb verbannt nach Kamynsk führte. Nachts sangen die ehemaligen Studenten – Doktor Kriworotow, Mollas, Kazaurow, Wantroba – bei Nikita Sergejewitsch –

Mit Schnaps sind wir geboren,
Mit Schnaps werden wir sterben,
Mit Schnaps wird man uns begraben
Und mit einem betrunknen Popen!...

sie sangen und wußten: Reich, ›gestreifte Werstpfähle‹, ›Mushiks‹ – und Transvaal.

Hinter Kamynsk zogen sich Eisenbahngleise entlang. Seit der Aufhebung der Leibeigenschaft stießen die Gleise zur Steinkohle, zum Eisenerz von Tagil, Jekaterinburg, Jekaterinoslaw, Kriwoi Rog vor. An der Wende der Jahrhunderte erlebten die Gleise und die Gleisindustriellen eine Zeit des Gedeihens wie Kletten auf Ödland. Für das landwirtschaftliche Rußland dagegen hatten die Statistiker der Chikagoer, der Londoner und der Hamburger Getreidebörse – 1882 bereits – eine weltweite Krise der Landwirtschaft ermittelt. Als Ergebnis der Krise trat zutage: Hunderttausende russischer Bauern verließen ihr Land, um in die Fabriken und Werke zu gehen und dort um ›Christi willen‹ zu arbeiten – für ein Stück Brot, um nicht Hungers zu sterben; der Grundbesitzer ließ den Boden brachliegen und verpfändete ihn, da er nicht einmal günstige Verkaufsmöglichkeiten besaß, bei der Adelsbank neu und stöhnte über den ›Jahrhundertbeginn‹; ihren Vorteil zogen im Dorf allein Jewgraf Karpowitsch Soskow und Sergej Iwanowitsch Koschkin, Soskow übernahm für einen Pappenstiel Land vom Grundbesitzer und von den Obschtschina-Leuten, die zu den Fabriken davongelaufen waren, Koschkin fällte Holz. Die Krise endete mit Beginn des Jahrhunderts. Das Getreide verteuerte sich an der Hamburger Börse, in London-City, in Chicago und in Argentinien – und es wurde auch an der Sankt Petersburger Börse teurer. Das Reich war für Europa der erste Roggen- und Weizenlieferant – nach dem Getreidepreis stiegen auch die Bodenpreise auf das Doppelte. Der Grundbesitzer lebte auf – der ›Mushik‹ wurde endgültig ruiniert: weder konnte er Land pachten, wo ihm das eigene nicht reichte, noch Getreide kaufen, wo es sich in dem unbekannten Hamburg verteuert hatte – selbst Jewgraf Karpowitsch und Koschkin waren unzufrieden. Die ›Mushiks‹ liefen in neuen Scharen in die Städte. Die russischen Eisenbahnen stießen nach Mittelasien und Transkaukasien vor, durch ganz Sibirien stießen sie von Moskau bis zum Hafen Dalni und bis nach Port Arthur vor. Die russische Hüttenindustrie stellte Schienen her – die Sibirienstrecke verhalf ihr zu doppelter Größe. Und plötzlich, als die Gleise Port Arthur erreicht hatten, gingen der russischen Hüttenindustrie die Aufträge aus, und die Aktien von San Donato fielen. Die Arbeiterströme brachen sich an den Schlössern der Fabriktore. Die Bauernscharen flohen aus den Dörfern, und der zweite russische Industriekapitalist – der Textilfabrikant –, der hauptsächlich für Asien, aber auch für das eigene Reich arbeitete, der Textilfabrikant stellte fest, daß das russische Reich, das russische Dorf nicht mehr kaufte, nicht konnte, verzichten mußte … Der russische Bauer und der russische Arbeiter fühlten sich wie die Buren, da sich der russische Grundbesitzer und der russische Industrielle als noch schlechter entpuppten als für die Buren ›der Engländer‹ mit seinen ›Gemeinheiten‹. Am 19. Februar des ersten Jahres des neuen Jahrhunderts gingen in Charkow die Arbeiter in einem Demonstrationszug für die Revolution auf die Straße. Am 23. Februar wurde ihre Aktion vom Moskau der Weber aufgegriffen. Im März gingen auf den Newski Prospekt die Petersburger Metallarbeiter, zur gleichen Zeit gingen auf den Golowin-Prospekt die Tifliser Arbeiter. Nicht weniger aufsehenerregend als die städtischen Arbeiterdemonstrationen flammten um diese Zeit Gutshäuser auf; um Kamynsk, weiter weg, im ganzen Reich loderten nachts Feuer, über Feldwege eilten Polizeisoldaten, um den Landamtmann Rasboischtschin zu beschützen, der die Bauern eines Dorfes samt und sonders zur Züchtigung verurteilte und zu Hause, hinter geschlossenen Fensterläden, Berichte ans Gouvernement und an das Ministerium des Innern schrieb:

›... wie Eurer Exzellenz seinerzeit bereits berichtet, zählt das Dörfchen Iwankowo 581 Seelen, besitzt jedoch lediglich 22 Deßjatinen 113 Quadratsashen Land, so daß sie bis auf das Hofland zur Zeit über keinen Grund und Boden verfügen. Im Zusammenhang mit der allgemeinen Bodenverteuerung beabsichtigte die Kollegienassessorin Scheweljowa, Gutsbesitzerin in Iwankowo, die Bodenpacht zu erhöhen. Die Dorfgemeinschaft erklärte, ihr fehlten die Mittel, und trat mit der Gutsbesitzerin in Verhandlungen ein. Und plötzlich, aus unbekannten Gründen, nachdem sie sich zuvor noch an den Geistlichen des Dorfes Borodino wegen einem Bittgebet gewandt hatte, sich darauf berufend, daß ‚der Zar nicht zulassen wird, daß das Volk vor Hunger stirbt', erschien sie vollzählig, zu Fuß und mit Wagen, mit Beilen und Gabeln, auf dem Gut der Kollegienassessorin Scheweljowa, zerstörte die Scheunen und teilte alles darin Befindliche zu gleichen Teilen unter sich auf, führte sämtliche Pferde und das Vieh hinaus und steckte das Gut in Brand. Nachdem ich mich mit einer Abteilung Polizeisoldaten unter Leitung des Kreispolizeichefs Babenin unverzüglich an den Ort des Geschehens begeben und zunächst die gesamte männliche Bevölkerung des Dörfchens Iwankowo ausgepeitscht habe, überstelle ich zur Verfügung Eurer Exzellenz zwecks Aburteilung die im folgenden näher bezeichneten drei Aufwiegler, und zwar ... ‹

Oder er schrieb:

›... im Dorf Snetkowo entfällt eine Vierteldeßjatine auf eine Seele männlichen Geschlechts, und nicht eine Kuh gibt es ... ‹

3

Kinder der Väter, die Generation

Die Mutter brachte ein Kind zur Welt. Die Mutter neigte sich über den Sohn. Sie hatte leuchtende Augen, die in die Zukunft blickten, die den Tod vernichteten, die sich einzig das Schöne wünschten. Das Kind sog an der Mutterbrust. Nach einem halben Jahr konnte das Kind sitzen. Nach einem Jahr konnte das Kind gehen. Und vom ersten Lebensmonat an erwarb sich das Kind Wissen. Nach zwei Jahren, wenn sich ein Fremder dem Kind näherte, wich es zurück und rief streng:

»*Er* will nicht!«

Und wenn es zum Vater oder zur Mutter auf den Arm wollte, gebrauchte es die Worte:

»Nehmt *ihn*!«

Und wenn es um etwas Wohlschmeckendes bat:

»Gebt *ihm*!«

Man mußte verstehen, daß sich bei dem Kind bereits sein eigenes *Ich* bemerkbar machte, jenes *Ich*, das in der Folgezeit eine ungeheure Schicksalsrolle spielen sollte, zunächst der Welt entgegengesetzt, später in sie eingeordnet.

Alles beginnt mit Absoluta: absolut sind Mutter und Vater, das

Fenster, zu dem das Licht hereinfällt, die Sonne, die Kälte, sie sind stofflich wie Holzgegenstände – alles endet mit der Zerstörung der Absoluta. Zwei Jahre vergehen, drei, fünf, sieben – und es beginnt eine Zeit des Messens an der ursprünglichen Kindheit – bedeutungsvoller als der Tod der Mutter oder des Vaters, stärker als Krankheiten ist die Herausbildung des eigenen Ichs – hier ist der Anfang, denn am eigenen Ich wird sehr vieles gemessen. Erfolgt die Herausbildung des Ichs mit neun Jahren – dann ist die Umgebung, unter der dieser Neunjährige aufwuchs, schlimm und menschlich anormal; erfolgt die Herausbildung mit dreizehn Jahren, dann ist es normal; verzögert sie sich bis siebzehn, ist es beängstigend für diesen Siebzehnjährigen und beschämend für seinen Vater ... *Ich* wurde geboren (*ich* erinnere mich nicht daran), *ich* erblickte die Sonne, *ich* rief nach der Mutter: aus dem Nichtsein ist das *Ich* zum Mittelpunkt geworden, um den alles Sein kreist – das *Ich* bildet den Mittelpunkt des Seins, das Sein geht vom *Ich* aus, das *Ich* ist erkannt, das *Ich* ist eingeordnet, das *Ich* bildet den Mittelpunkt. Und es kommt die Stunde, da diese bewußt gewordene Empfindung weicht, der Einsicht Platz macht: nein, das *Ich* bildet keineswegs den Mittelpunkt, ein ebensolches *Ich* besitzt jeder Mensch, das *Ich* steht in keinerlei Gegensatz – das *Ich* ist lediglich ein Element und hat sich um andere Elemente zu bewegen, bestenfalls ist es beigeordnet, bei der überwältigenden Mehrheit jedoch einfach untergeordnet. Mit neun Jahren bedeutet diese Herausbildung eine anormale, ›zerstörte‹ Kindheit. Achtzehn Jahre ist ein Alter für Unfertige.

Es folgt ein Erkenntnisprozeß. Jeder, der in das Zimmer zurückkehrt, in dem er seine frühe Kindheit verbrachte, wird, wenn er seitdem nicht dort gewesen ist, vor allem durch seine Größe in Staunen versetzt: dem Erwachsenen stellt sich das Zimmer als kleiner dar, exakt um dasselbe Vielfache, um das er seit seiner Kindheit größer geworden ist – vierzig Schritte machte er in seiner Kindheit von Ecke zu Ecke, jetzt legt er diesen Weg mit sieben Schritten zurück, in seiner Kindheit reichte er nicht bis zum Fensterbrett hinauf, jetzt überragt er den oberen Flügel! ...

Dies durch den Traum der Kindheit – wie sich zum erstenmal die Lichtempfindung einstellte; die Zimmerecke; das Lichtstück, das erste, im Gedächtnis gebliebene, er kletterte wahrhaftig auf das Fensterbrett, setzte sich, spielte. Die Mutter – dieses riesige, warme, für ihn sorgende, ihn behütende, unendlich geliebte Etwas. Der Vater – er entfernt sich irgendwohin ins Unbekannte und kommt von da, bringt das Recht auf Leben mit. Dann der erste Schnee draußen und das erste Frühlingstauwetter. Und das *Ich* ist bereits eine Vielzahl von Begriffen – Wärme, Kälte, Licht, Dunkel. Dann wachsen die Räume – Hof, Umgebung des Hauses, Gasse –, und die lebenden Gegenstände nehmen an Umfang zu, neben der Mutter, dem Vater, den Brüdern, der Großmutter gewinnen Nachbarsleute und Nachbarstiere Gestalt, und die Tiere sind verständlicher als die Leute. Noch ist nicht klar, was lebendige Wesen nun genau sind, das *Ich* sagt bereits wesentlich mehr als ›Mama‹ und ›Papa‹, es betrachtet ein Bild, auf dem ein Schlitten zu sehen ist und auf dem Schlitten Kinder, und es schreit:

»He! nehmt ihn mit! fahren!«

Das Bild schweigt. Er kann es nicht verstehen und sagt gekränkt:

»Ohne ihn! allein! fahren ... ! Böse – allein!«

Er spricht mit der Katze unter Zuhilfenahme seines ganzen Wortschatzes, mit vollem Vertrauen, und kann nicht verstehen, weshalb die Katze schweigt.

Und viele Gerüche kennt er bereits – den Geruch des Schlossers Schmeljow wird er nie mehr vergessen, so wie sich ihm in seiner Kindheit der Geruch des Brotes fürs ganze Leben einprägte, ohne daß er ihn später noch wahrnahm, wie alle Gerüche, die sich vielfach wiederholten. Die Nächte kamen viel später als die Begriffe des Winters und des Sommers – nicht die eisigen Winterabende, die sich blau auf die Fenster legten, sondern die Nächte schlechthin, natürlich die im Frühling, lauterfüllt, weitläufig, duftend und mit hellklingendem Vogelgesang ...

Im letzten Jahrzehnt des vorigen Jahrhunderts wurde die Generation geboren, die den Weltkrieg und die Revolution auf sich nehmen sollte. Mit ihrem erwachenden Bewußtsein hörte die Generation, wie man ›Transvaal‹ sang, wie die Väter mit dem Beginn des Jahrhunderts durcheinanderkamen und ihn zweimal feierten – irgendwo war durch den Traum der Kindheit hindurch von den ›Cholera-Revolten‹ und vom Hunger an der Wolga zu hören.

Doch das erste, was dem Generalssohn Grischka Fedotow neben der Entstehung des eigenen *Ichs* von den lebhaften Erinnerungen der Kindheit im Gedächtnis geblieben war, das war der mit hochgerissenem Gesicht strammstehende Bursche und der ihn anbrüllende Vater – und daß das Brüllen des Vaters und das tote Gesicht des Burschen etwas Natürliches bildeten.

Nikolai Babenin, Sohn des Kreispolizeichefs, erinnerte sich wie seine Zwillingsschwestern Deka und Rodeka an die Polizisten in der Küche und den Vater im Kinderzimmer, der auf dem Fußboden saß und weinte, weil sie alle – der Vater und die Kinder – von der Mutter verlassen worden waren – nachts, ohne Uniform, mit Hosenträgern, barfuß saß der Vater auf dem Fußboden an der Tür zum Arbeitszimmer, riß die Gardinen von den Leisten, trommelte mit den bloßen Fersen auf den Fußboden ...

Einer der ersten Begriffe – nach dem ersten Erwachen des Bewußtseins – war für Ippolit Rasboischtschin, den Sohn des Landamtmanns, daß es ›Mushiks‹ gab, die man nicht weiter als bis zur Schwelle lassen durfte, sonst konnte man sich Läuse einhandeln, und daß es sich bei allen ›Mushiks‹ durch die Bank um Spitzbuben, Steuerhinterzieher und Zotenreißer handelte – das war schon immer so gewesen, und so hatte es seine Ordnung.

Eines der ersten Worte Andrej Kriworotows war ›Patient‹, eines der ersten Dinge, die er erfuhr – daß die überwiegende Mehrheit der Menschheit – die ›Patienten‹ – schon immer krank gewesen war und krank bleiben würde, daß sie schon immer behandelt worden war und weiter behandelt werden würde – ebenso wie Mischucha Schmeljow zusammen mit seinen Brüdern als eines der ersten Worte ›Auftraggeber‹ aufgenommen hatte und wußte, daß die Menschheit mit Eisen, Blech und Kupfer lebte, mit Töpfen, Kuchenblechen, Schlössern, Riegeln, Samowaren und Lampen, die zur Freude des Vaters und des Großvaters ständig kaputtgingen.

Wassjatka, Wanjatka, Mitja, Petja und Kolja – die Söhne des Geschäftsmannes Koschkin – hatten sich alle als erstes die Werkstatt eingeprägt, in der die Handwerker Türen und Rahmen, Tische und Bänke anfertigten und dabei auf ihren ›Herrn‹ schimpften, ohne sich vor den kleinen Kindern zu genieren. Von frühester Kindheit an hatten Wassjatka und Wanjatka gespürt, wer die eigentliche Herrin im Hause war, Vaters Geliebte, die Haushälterin Maschucha, welche von Mutter Anna Potapowna, die sich ebensowenig vor den Kindern genierte, beim Tee in der Küche mit friedlichen Worten gescholten wurde:

»Ein Katzenvieh, die reinste Hündin bist du, Maschka, schläfst mit meinem, aber gebären tust du nicht, dafür darf ich mich für euch quälen, Jahr für Jahr ein Kind, ohne Pause ... «

Für Leopold Schmutzochs, den deutschen Fabrikantensohn, war einer der ersten Begriffe das Russische und die Russen, und alles, was russisch war, das mußte schlecht sein, ganz anders als bei den Kindern Schillers, für die das Russische und die Russen den Inbegriff des Schrecklichen bildeten, denn die Schillers waren Juden.

Der erste, der seinen Altersgenossen grobe Ausdrücke beibrachte, war Jegorka Korowkin, der Kaufmannssohn, der mit drei Jahren, nachdem er auf dem elterlichen Hof den Fuhrleuten gelauscht hatte und von den Mamas, diesen Gnadenbrotempfängerinnen, auf die Straße ausgerissen war, mit hängendem Kopf unter seiner Generation umherlief und den ungewöhnlichen Sprachschatz der Fuhrleute wiederholte, um ihn nicht zu vergessen – er wurde von seiner Mama, der Gnadenbrotempfängerin, aufgegriffen und vom Vater zur Abschreckung für alle am Tor gezüchtigt.

Wie schon die Kindergeneration im vorangegangenen Jahrzehnt hatte auch diese Mischucha Ussatschow und Nikita Sergejewitsch Moldawski zu Freunden.

Im Frühjahr entwickelte die Generation Leidenschaften, die sie von den Älteren übernahm – Knöchelspiel, Stöckchenschlagen, Schlagball. Und im Herbst kam mit seiner riesigen Gestalt der Hunde- und Vogelfänger Mischucha Ussatschow zur Geltung.

Mischucha hatte im Semstwo eine schändliche Aufgabe zu erfüllen. Er war verpflichtet, in Kamynsk alle streunenden oder entlaufenen Hunde einzufangen, sie in den Hundezwinger in seinem Garten zu bringen und sie drei Tage zu behalten – für den Fall, daß sich der Besitzer des Hundes besann –, wonach er die Hunde aufzuknüpfen und abzuhäuten, ihnen das Fell abzuziehen hatte, um es an die Tataren Sadderdinow zu verkaufen, die daraus Mützen und Kragen machten. Aus Mischucha Ussatschows Garten kam stets Hundegeheul, und bei Tagesanbruch außer dem Geheul und Gewinsel auch die heiseren Laute gewürgter Hunde, die an den Ästen der Apfelbäume hingen. Bei den Erwachsenen hieß Mischucha der Hundehenker, und trotzdem mochten ihn nicht nur die Kinder. Er stand völlig allein da, ohne Frau, ohne Mutter, ohne Bruder. Neben den Hunden, die im Hundestall darauf warteten, mit Aufknüpfen an die Reihe zu kommen, hatte Mischucha seine eigenen, die mit ihm zusammen lebten und schliefen, die die Kadaver der aufgeknüpften Hunde fraßen – von Hundekennern wurden sie als die besten Hunde in der Stadt und in der ganzen Umgebung bezeichnet: zwei Windhunde, zwei Jagdhunde, ein Setter und einzigartig auf der ganzen Welt – der absolut rassenlose und menschlich kluge Funtik.

Im Umgang mit Menschen konnte Mischucha nur radebrechen – mit Hunden dagegen sprach er wie ein Poet, und wie ein Poet sprach er mit Kindern über Hunde, über Tiere, über Vögel, über Fische, über ihre Gewohnheiten und ihr Verhalten. Er trank niemals, Mischucha, aber im Herbst machte er den Eindruck eines Betrunkenen – jeden Herbst war das Semstwo drauf und dran, ihn zu entlassen: er vergaß, die streunenden Hunde einzufangen.

Morgens, wenn sich die Kinder bei ihm einfanden, war er schon von der Jagd zurück. An der Schwelle lagen zufrieden die Hunde, die heute mit auf der Jagd gewesen waren, an der Tür hing an Nägeln die Beute. Mischucha erzählte von Tau oder leichtem Nachtfrost, vom ersten Morgenlicht, von Lichtungen und Jungholz. Er holte faserige, reife, aber noch nicht abgetrocknete Walnüsse aus seinen Taschen und verteilte sie an die Kinder. Die Kinder und er waren gleichberechtigt. An den Fenstern in seiner Stube und draußen vor den Fenstern hingen Käfige und Fallen mit Zeisigen, Stieglitzen, Staren, Drosseln und der in der ganzen Stadt berühmten Nachtigall Syssoi. Im Vorhaus lagen Äpfel, die man essen konnte, ohne zu fragen. Sie waren gleichberechtigt, Mischucha und die Kinder. Und Mischucha nahm die Kinder mit zu dem, was er weiter zu erledigen hatte – in den Wald, wo er die morgens stehengelassenen Steinpilze und Reizker vor fremden Augen mit trockenem Laub versteckt hatte; in den Erlenhain, wo der Zeisig lebt, und aufs Ödland zu den Kletten, wo der Stieglitz sein Revier hat; auf die Hanffelder zu den vor Tagesanbruch aufgestellten Fallen und Schlingen, zu den in der Frühe gefangenen Vögeln. Die Ödflächen, die Wälder, die Erlenhaine und die pilzreichen Schluchten waren Mischuchas natürliche Ergänzung. Er betrachtete den weißen Flaum am Schnabel eines hübschen Stieglitzes, den er soeben gefangen hatte, zeigte ihn allen, und alle entschieden gemeinsam – ein Männchen! Der Tag spendete die Gerüche der untergehenden Sonne, des geschnittenen Hanfes, der unters Hemd gesteckten Antonowka-Äpfel. Alle wußten, daß alle Freunde waren, Mischucha aber der erste Freund und Anführer …

In der Dämmerung machte sich Mischucha auf zu Koslows Schenke – dorthin ging er stets mit ehrfürchtiger Ängstlichkeit und dem klaren Bewußtsein seiner Nichtswürdigkeit. Die Kinder gingen nach Hause.

Der Sohn erzählte der Mutter, wie sie mit Mischucha Ussatschow ein Stieglitzweibchen gefangen hatten, wie Mischucha zwei Hasen und einen Iltis abgeschossen hatte, daß außer den Stieglitzen schon die Meisen da seien, bald werde es Winter, und dann kämen die Dompfaffen, am Morgen habe es gefroren – und manch eine Mutter gab dem Sohn eine Kopfnuß und entrüstete sich über den vertanen Tag – schämte er sich denn nicht, sich mit dem Hundehenker abzugeben!?

Nikita Sergejewitsch tauchte immer zum Winter auf – und dann für viele Jahre, Freund der Kinder. Er war Matrose, Nikita Sergejewitsch, Kapitän zur See a. D. Wie Mischucha Ussatschow hatte er weder Frau noch Kinder. Er lebte allein. Mit ihm lebten uninteressante Personen. Der alte Mann wußte alles, für ihn gab es keine Geheimnisse. Er war ein lichter Mensch, so licht wie sein Haus. Er war ganz und gar gut – und ganz und gar streng. Er setzte sich ganz und gar für die Wahrheit ein. Sein Garten und sein Haus gehörten allen. Bis ein Uhr verhielten sich Kinder und Erwachsene, die zu Nikita Sergejewitsch kamen, stumm – Nikita Sergejewitsch arbeitete in seinem Zimmer im Zwischengeschoß. Von eins bis drei ging er mit den Kindern zum Fluß, die Kinder spielten dort Gänse und Schwäne; war es Winter, dann ging er mit den Kindern Schlittschuh laufen oder vom Berg hinab Schlitten oder Ski fahren – Skier für alle, die keine besaßen, machte Nikita Sergejewitsch selbst auf der Werkbank in seinem Arbeitszimmer, Skier konnte sich jeder holen, der keine besaß, nach dem Skilaufen war er verpflichtet, sie abgewischt in den Flur zu stellen, damit sie bereitstanden für einen anderen, der noch nicht gefahren war. Von drei bis halb fünf blieb Nikita Sergejewitsch in seinem Zwischengeschoß allein. Von halb fünf bis sechs erzählte Nikita Sergejewitsch den Kindern alles, was er von den Meeren wußte, auf denen er gefahren, von den Menschen, die er gesehen, von den Büchern, die er gelesen, und die Kinder konnten ihn nach allem fragen, was sie wissen wollten. Um sechs kamen Erwachsene zu Nikita Sergejewitsch. Halb zehn legte sich Nikita Sergejewitsch schlafen. In diesem Haus – dem einzigen in Kamynsk – wurde die Außentür für die, die darin gern gesehen waren, nie verschlossen, damit die Erwachsenen jederzeit eintreten, im Eßzimmer unter einer Serviette Milch finden und auf dem Sofa nächtigen konnten. Er war licht und streng, Nikita Sergejewitsch, und zur ersten Bedingung seiner Freundschaft machte er Wahrheit und Vertrauen. Wenn zum Beispiel ein Ski zerbrach, was war einfacher, als zu sagen, weiß ich nicht, hab nichts gesehen, hab diese Skier nicht angerührt – aber so darf man sich auf keinen Fall verhalten;

niemand konnte genau sagen, wer es getan hatte, aber alle Kinder wußten, daß es doch passiert war: einer hatte Nikita Sergejewitschs Thermometer kaputtgemacht, ein zweiter einen Ski zerbrochen, und keiner von beiden hatte es zugegeben –

Was da los war! was da los war! Wie Nikita Sergejewitsch sich darüber ärgerte!

Was eigentlich gewesen war, wußten die Kinder nicht, weil gar nichts gewesen zu sein schien, aber sie wußten: Hast du einen Ski kaputtgemacht, hast du in Gedanken mit dem Taschenmesser ein Kreuzchen in den Tisch geschnitten, ohne die Verwerflichkeit dieser Tat zu ahnen, hast du aus Versehen mit dem Ball die Lampe unter der Decke getroffen – geh schnell und sag Nikita Sergejewitsch, daß du es gewesen bist, bist du beim Haschen zu wild gewesen und hast deinen Spielgefährten umgerannt – sag es Nikita Sergejewitsch, er wird nicht böse werden, nicht das zerschlagene Fensterglas bedauern, deine Offenheit und Wahrheitsliebe werden ihn zufriedenstellen. Nikita Sergejewitsch hielt sich wie auf dem Meer streng an die Ordnung – selbst wenn ein Erwachsener vor eins zu ihm kam, hatte er stumm dazusitzen und Nikita Sergejewitsch nicht bei der Arbeit zu stören. Wahrhaftig, es ist langweilig und fällt sehr schwer, schweigend dazusitzen, was kann es Nikita Sergejewitsch schon ausmachen, wenigstens halb eins aus seinem Arbeitszimmer herauszukommen, man könnte ihn ja rufen – aber diese Möglichkeit besaß auch ein Erwachsener nicht –

Was da los wäre, was da los wäre!

Es sollte schon vorgekommen sein, daß einer Nikita Sergejewitsch ohne schwerwiegende Gründe aus seinem Arbeitszimmer im Zwischengeschoß herausrief – Nikita Sergejewitsch habe den Rufer grußlos, ohne ein Wort zu sagen, beim Arm genommen und aus dem Zimmer geführt.

Lügner und Müßiggänger ließ Nikita Sergejewitsch überhaupt nicht in sein Haus, und ebenso hielt er es mit den Erwachsenen, die gegen ihre Überzeugung verstießen. Nikita Sergejewitsch achtete jedermanns Überzeugung, er war für die Freiheit der Überzeugung, doch ebenso verachtete er jeden und wies ihn aus seinem Haus, der keine Überzeugung besaß oder, schlimmer noch, sie wechselte. Er selbst besaß eine strenge Überzeugung, und er war ein prinzipienfester Diener seiner Überzeugung – das wußte jeder in der Stadt, vom kleinen Kind bis zum Erwachsenen.

Nikita Sergejewitschs Überzeugung kannte niemand genau, zumindest nicht viele, und die Kinder hatten überhaupt nur eine dunkle Ahnung, was Überzeugung war, obschon sie die Ungewöhnlichkeit der Überzeugung spürten. Wann und unter welchen Umständen der Kapitän zur See in den Ruhestand getreten war, wußte keiner genau, und Nikita Sergejewitsch schwieg sich darüber aus – nicht einmal sein Alter war genau bekannt, der alte Mann wurde nicht älter, blieb licht, sauber, wie soeben erst von seiner Kapitänsbrücke herabgestiegen.

Landamtmann Rasboischtschin und Polizeichef Babenin untersagten ihren Söhnen kategorisch, zu Moldawski zu gehen. Olenka Werejskaja war nur hin und wieder bei Nikita Sergejewitsch, um die Weihnachtsferien herum, wenn er lebende Bilder inszenierte mit Gedichten, die die Kinder auswendig lernten. Babenin grüßte Moldawski befremdet, Fedotow und Moldawski – zwei Militärs außer Dienst – tauschten kühle Ehrenbezeigungen. Rasboischtschin und Moldawski taten, als bemerkten sie einander nicht.

Babenin und Rittmeister Zwetkow verfügten über ›verläßliche Informationen‹, die wer weiß woher kamen und sich so phantastisch ausnahmen, daß der Polizeichef und der Gendarm in der Tat Veranlassung hatten, befremdet zu sein: ein Adliger war er und ein wohlerzogener Mann, das war klar, nicht arm, auch klar; mit Kindern spielte er, auch nichts Besonderes, andere rasierten aus Langeweile Katzen oder züchteten Levkojen; alles mögliche Gesindel ließ er bei sich wohnen und schloß sein Haus zur Nacht nicht ab, nicht sehr klar, aber mochte noch angehen – doch wie es hieß, schrieb der Kapitän zur See a. D. zweimal jährlich untertänige Briefe an seine Majestät den Zaren – wie sollte man das verstehen!? Weder Babenin noch Zwetkow hatten diese Briefe je zu sehen bekommen, doch von dem Gesamteindruck ausgehend, den sie von Nikita Sergejewitsch hatten, glaubten sie fest daran, und flüsternd tauschten sie die Vermutung aus, Durchschriften der untertänigen Briefe gingen unter der Kamynsker Intelligenz von Hand zu Hand, und jeder Brief konnte nur befremden: untertänige Briefe an den Zaren, und zugleich, ›weiß der Himmel‹, was Moldawski dem Zaren schreiben mochte, allein bei dem Gedanken bekam der Kreispolizeichef eine Gänsehaut: an den Zaren darüber, wie bettelarm die Bauern waren, an den Zaren darüber, wie die Gutsbesitzer verrohten, wie gaunerhaft und nur auf ihren Vorteil bedacht sie sich verhielten, an den Zaren über die Fäkalienfässer und überhaupt über den hygienischen Zustand Kamynsks und der Bevölkerung in der Umgebung der Stadt, über Trachome, Krätze, über Unterernährung! ... Babenin hatte diese

Briefe nicht gesehen, doch er war überzeugt, daß Nikita Sergejewitsch so schrieb, mit solcher Wahrheitsliebe und Herzlichkeit, so realistisch, daß einer nur versuche, einen solchen Brief zu beanstanden, nimm mal den Leuten so einen Brief ab – Moldawski wird auch darüber schreiben, wie man ihn behindert, und an wen schreibt er – an den Zaren selbst! Und der Zar ... ob die Briefe ihn erreichen oder nicht, jedenfalls heißt es, Moldawski würde welche schicken. Und der Zar ... womöglich liest er tatsächlich, daß Hofrat Babenin die an ihn gerichteten Briefe durchsieht und beschlagnahmt – von Babenin bleibt kein nasser Fleck! Babenin wußte, daß Moldawski vor allem für Offenheit und Wahrheit eintrat – diese Wahrheit aber war es, was Babenin vor allem fürchtete; möglich gar, daß er sich in seiner Angst die Legende von den Briefen an den Zaren, von denen in Kamynsk tatsächlich das Gerücht ging, selbst ausgedacht hatte. Nachts überlegte er manchmal, allein mit sich: Doch nicht etwa nur aus Wahrheitsliebe schreibt Moldawski an den Zaren? Was gibt es doch für glückliche Menschen, sie können ehrlich denken und leben, ohne die Wahrheit zu fürchten!

Nikita Sergejewitsch ging mit den Kindern auf den Ziegenberg, zum Fluß, aufs Feld, in den Klosterhain – zu den gleichen Stellen, zu denen auch Mischucha Ussatschow mit den Kindern ging. Auf den Spuren Mischuchas wurde Poesie geboren, auf den Spuren Nikita Sergejewitschs wuchs das Wissen – das heißt die gleiche Wahrheit wie die Poesie. Nikita Sergejewitsch erzählte, wie die Blumen blühten und bestäubt wurden, wie Wasser zu Eis wurde, warum Wasser zu Eis wurde und warum Mischucha Ussatschow zu glauben war, obwohl er nichts wußte.

Die Väter von Nikolai Babenin, Fedotow und Ippolit Rasboischtschin schrien:

»Wie!? – zu diesem Hundeknecht und mit diesen Knechtskindern, diesen Straßenjungen, und das mein Sohn!?«

Und in der Tat, Grischka Fedotow, Rasboischtschin und Babenin erkannten sehr bald, daß sie Adlige und die übrigen Knechte waren, nicht ihresgleichen und nicht der rechte Umgang für sie. Sie gingen auch jeder nur einmal mit zu Mischucha Ussatschow. In einer Kinderschar, die Knöchel und Schlagball spielte, paßten sie schlecht. Sie unternahmen lieber Ausritte – mit eigenen Pferden, zu Hause aßen sie getrennt von den Erwachsenen, sie durften nicht viel herumrennen und mußten sich, gegen ihren Willen, zweimal täglich die Zähne putzen.

Von Jegorka Korowkin und den Koschkin-Brüdern wurde kein Zähneputzen verlangt, ebensowenig wie von den Schmeljows, sie trieben sich herum wie alle Schmeljows, wußten jedoch, daß ihre Welt die Kaufmannschaft und die Zünfte waren, daß ihre Väter Handel und Geschäfte betrieben, und deshalb – obwohl Babenin und Werejski Nichtstuer waren, gehörten sie zum Adel, zu den gebildeten Leuten, denen Achtung gebührte, während Mischka Schmeljow ein Handwerkerkind war, Achtung hatte er keine zu beanspruchen. Die Räuberkinder des Malers Nagorny putzten ihre vortrefflichen Zähne ebenfalls nicht.

Der Arztsohn Andrej Kriworotow durfte befreundet sein mit Leopold Schmutzochs und mit Margarita Schiller, mit Schmeljow, mit den Koschkins. Eng befreundet war er mit Klimenti Obuchow aus Tschertanowo. Er hätte mit Grischka befreundet sein können, wenn der nicht sieben Jahre älter gewesen wäre – immerhin ein Militärssohn. Er mußte – wie der Vater – ein negatives Verhältnis haben zu Nikolai Babenin – Polizei! – und zu Ippolit Rasboischtschin – Reaktion! –, aber er durfte es nicht – wie der Vater – zeigen und konnte sogar mit ihnen verkehren.

... Das geschah so viele Male, wie Menschen auf die Welt kamen, daß die Mutter sich mit leuchtenden, in die Zukunft gerichteten Augen über das Kind neigte. Und diese Mütter gaben später ihren Kindern Kopfnüsse und riefen:

»Ach, du Strafe Gottes!«

Die Welt wurde immer weiter, weiter und umfangreicher. Die Welt wurde russisch. Mit als erstes lernten die russischen Kinder die russischen Geister kennen. Wie in der frühesten Kindheit die Realität von den Bildern herabgestiegen war, so stiegen jetzt von der Realität die Geister herab und bildeten sich jenseits der Realität heraus, und der oberste von ihnen – streng, böse, unverständlich und dreieinig – war Gott. Als Andrej Kriworotow in die Semstwoschule kam, sechsjährig in die erste Klasse, wurde er der göttlichen Dreifaltigkeit wegen aus der Schule gejagt. Der Geistliche erzählte:

»Gott Vater, Gott Sohn und Gott Heiliger Geist ist ein einiger Gott, aber dreifaltigen Gesichts.«

Die Tierklinik besaß neuerdings eine in Spiritus eingelegte Mißgeburt: ein Kalb mit zwei Köpfen, und so fragte Andrej von seiner Bank den Geistlichen:

»Also ist Gott eine Mißgeburt?«

Gott wurde von den Geistlichen verwaltet, der Hauptverwalter war Protopop Vater Ioann, seine Götter wurden in der Kremlkathedrale gehalten, unsichtbar traten sie von hier, beschützt durch die Eltern, den Weg durch die Stadt an. In der Umgebung der Kirchengötter und in der Umgebung Vater Ioanns lebte Gottes Hauptfeind, der ständig mit ihm Händel suchende Teufel. Neben Gott und dem Teufel gab es neutrale Halbgötter und Halbteufel, die in keiner festen Beziehung zu Gott und zum Teufel standen. In jedem Haus wohnte unter dem Ofen und in finsteren Winkeln ein Hausgeist, er wohnte auch im Pferdestall. Im Fluß lebte der Wasser-, im Wald der Waldgeist. Diese Götter lebten ohne Verwalter. Manche von ihnen lebten als reale Personen: auf jener Straße lebte die Hexe Newerowa, eine Zauberin, die Zähne besprach; eine richtige Hexe war anscheinend Koschkins Hauswirtschafterin Maschucha, die den Hausherrn Sergej Iwanowitsch betört hatte; der Forstwart Danila auf dem Ziegenberg, Mischucha Ussatschows Freund, war ganz offenkundig ein Waldgeist; die Zigeuner und vor allem die Zigeunerinnen erwiesen sich allesamt als Zauberer; in jeder Wodkaflasche saß ein grüner Geist ... Und Geheimnisse, überall Geheimnisse, geheiligte Geheimnisse, staatliche Geheimnisse, Familiengeheimnisse, Handelsgeheimnisse, Festtagsgeheimnisse, die Schmeljows hatten ein ganz besonderes Geheimnis – das Verzinnen von Samowaren! All das war ein Gewissensgut und wurde auf das Gewissen aufgepackt wie das Heu auf den Wagen. Ein Gewissen mußte jeder besitzen, in dem von Gott festgelegten Maß. Gott war unverständlich und bereitete Ungelegenheiten. Und alle wußten vom Wagen des Gewissens: Seine schmutzige Wäsche wäscht man nicht vor allen Leuten, es ist nicht einmal gut zu erzählen, was für Kascha es zu Mittag gab, überhaupt ist es besser zu schweigen – und ganz und gar notwendig ist es, alles für sich zu behalten, was zu Hause geschieht, wenn man schon davon erzählt, dann nur, um damit zu prahlen – solche Buchweizengrütze ist die beste auf der Welt. Sowohl der Sippe wie auch Gott und dem Gewissen zuliebe. Den Menschen mißtraut man besser, nimmt sich vor ihnen in acht und meidet sie – gerade wegen Gott, wegen der Sippe und wegen der Buchweizengrütze – mein Name ist Hase ... Die Begriffe Lügen und Heucheln sind völlig geheimnisvoll, niemals weiß man, wann es gut ist zu schwindeln und die Mutter einen dafür lobt und wann man von ihr eine Kopfnuß bekommt. Der Sohn kommt nach Hause und behauptet:

»Weißt du, Mama, Mischucha Ussatschow will nächste Woche einen Tiger abschießen, Jegorka hat es gesagt!«

Und die Mutter sagt darauf:

»Schwindler!«

Zu Papa Kriworotow oder zu Vater Koschkin kommt ein Mann, der Vater oder Papa herausbittet – und es tut sich Unbegreifliches: ist es ein Patient, der zu Kriworotow, oder ein Bauer, der zu Koschkin will wegen einer Schuld, und der Sohn sagt, Vater sei zu Hause, dann erntet er eindeutiges Mißfallen, doch möchte Kriworotow ein Gast sprechen oder Koschkin ein Bauernabgesandter wegen Waldverkauf, und der Sohn sagt, der Vater sei nicht zu Hause, dann erntet er ebenfalls eindeutiges Mißfallen! Das ist alles sehr geheimnisvoll – Heuchelei, Lüge, Geheimnisse – und unheimlich!

Und wer weiß woher kam plötzlich die sichere Erkenntnis dessen, wie in Kamynsk aus kleinen große Mädchen wurden. Die Sonjas, Katjas, Lipas von dieser oder jener Straße waren letzten und vorletzten Sommer noch barfuß, nur im Hemdkleidchen, mit bloßem Kopf, mit aufgerissenen Händen umhergelaufen – den Winter über verschwanden sie in den Häusern und wurden bis zu jedem Frühjahr ein Stückchen größer. Und plötzlich bekamen sie zu Ostern Blusen und schmucke Röcke genäht, man kaufte ihnen hohe Schuhe mit Knöpfen, Strümpfe mit Gummis, spitzenverzierte knielange Schlüpfer. Um die Schultern legten sie sich Musselintücher. Die Katjas und Lipas hatten jetzt richtige Zöpfe, einen oder zwei. Und nicht mehr rennend und nicht hüpfend, sondern langsam, Arm in Arm mit ihren Freundinnen, gleichmütig und ernst in einem ernsten und flüsternd geführten Gespräch gingen die Fräulein spazieren zum Kreml auf dem Otkos oder sich inmitten der österlich-festlichen Menge der Erwachsenen am Anblick des Podol erfreuen.

Das *Ich* wurde geboren, das *Ich* rief nach der Mutter, das *Ich* erblickte die Sonne, das *Ich* bildet den Mittelpunkt … Als erste in dieser Generation – vor allen, sehr früh – spürte Anjuta Kolossowa, daß sie durchaus nicht der Mittelpunkt war, daß alle ein ebensolches und weitaus gewichtigeres *Ich* besaßen, Anjuta Kolossowa, die Tochter einer Weberin, ein stilles Mädchen, das einzige, das in Mischucha Ussatschows Gesellschaft geduldet wurde. Sie wohnte auch in Ussatschows Garten, in der ehemaligen Banja, hinter den Apfelbäumen, an denen Mischucha die Hunde aufknüpfte. Mit ihrer Mutter war sie arm, an den Vater, der bei einem Hochwasser ertrunken war, konnte sie sich nicht erinnern. Ihre Mutter arbeitete am Marfin Brod bei Schmutzochs. Sie hieß Klawdia – ihren Vatersnamen kannte keiner. Keiner brauchte Klawdia. Der Marfin Brod lag vier Werst von Kamynsk entfernt – hinter dem Podol und hinter dem Fluß. Klawdias Mann war hier am Marfin Brod ertrunken. Tagtäglich überquerte Klawdia auf einem Steg den Fluß an der Stelle, wo ihr Mann ertrunken war. Zwölf Stunden arbeitete sie täglich. Sie bekam monatlich zehn Rubel vierzig Kopeken – vierzig Kopeken pro Tag –, und wie Mutter und Tochter davon lebten, leuchtet ein. In winterlichen Schneestürmen, bei Herbstregen und bei Frühlingsgewitter ging Klawdia die vier Werst zum Marfin Brod, in der Fabrik angekommen, stellte sie sich an den Webstuhl und kontrollierte die Schiffchen, die Seide mit Gold- und Silberfäden zu schwierigsten Mustern webten. Die Temperatur in der Fabrikhalle lag ständig über vierzig Grad, aus dem Kesselhaus wurde ständig Abdampf hineingeleitet, damit die Luft heiß und feucht war, wie das Seidengarn und der ›Produktionsprozeß‹ es brauchten. Seide und Brokat bekamen eine ausgezeichnete Qualität. Nach den zwölf Stunden am Webstuhl kehrte Klawdia durch die Furt, an der zusammen mit dem Mann ihr Lebenssinn untergegangen war, nach Hause zurück. Die Tochter saß lange Stunden allein auf der Schwelle der verfallenen Banja im Garten, die Mutter arbeitete, mit Anna blieb Mischucha. Mischucha konnte zufällig lesen und schreiben, nach dem Willen der Mutter brachte er Anna praktisch schon mit drei Jahren das russische ABC bei, das die Mutter nicht beherrschte, von dem sie jedoch genau wußte, daß es das Leben verbesserte. Bei Muße erzählte er Anna:

»Der Wolf zum Beispiel ... er räubert in der eigenen Umgebung nicht, er geht woandershin fressen, bis zu dreißig Werst weit. Er bewacht sogar seine Herde gegen fremde Wölfe. In alten Zeiten waren die Hirten sogar froh, wenn es in der Gegend eigene Wölfe gab – sie beschützten die Herde vor fremden Wölfen ... Und weißt du, Anjutka, wo der Hund herkommt, mein Funtik zum Beispiel, der klüger ist als der Adelsmarschall Fürst Werejski? In alten Zeiten waren die Hunde, wie jetzt die Wölfe, auch wild. Der Hund hört, daß sich zum Beispiel ein Tiger oder Elefant nähert, gegen die er nicht aufkommt, und aus Angst beginnt er zu bellen – der Mensch vernimmt es und ist auf der Hut, um den Elefanten zu bezwingen, der Hund hat alles gesehen und gehört, und er begreift: er muß auch beim nächstenmal bellen. Und umgekehrt: der Hund hat gebellt, der Mensch hat seine Vorkehrungen getroffen, um den Tiger zu bezwingen, er verhält sich still; macht zu dem Hund ›pst!‹, der Hund begreift, daß Bellen nicht immer angebracht ist. Und als drittes: der Mensch erlegt den Elefanten, was er braucht, das nimmt er sich, den Rest wirft er weg – der Hund frißt sich satt, Böses, sieht er, hat er vom Menschen nicht erfahren, er folgt ihm von allein … Und jetzt der Wolf – was ist der Wolf? Der Wolf ist ein Räuber und ein Unglück für die Menschen! Und wer ist schuld daran? Laß mir Zeit, und ich finde ein gemeinsames Interesse mit dem Wolf heraus, ich befasse mich mit ihm, mache aus ihm einen Funtik, mit mir zusammen zu sein, wird er interessanter finden, als in den Wäldern herumzusuchen … Nimm die Hunde – die einen knüpfe ich an Ästen auf, mit den anderen schlafe ich auf einem Bett wie mit nahen Verwandten … Ich sage dir doch, Anjutka, der Wolf geht zu einer fremden Herde fressen, am eigenen Ort räubert er nicht – bei diesem Punkt muß man anfangen, um den Wolf gelehrig zu machen …«

Das *Ich* wurde geboren, das *Ich* erblickte die Sonne … – als Anna begriff, daß sie keineswegs den Mittelpunkt bildete, daß ihr *Ich* nicht nur beigeordnet, sondern einfach untergeordnet war, zu der Zeit konnte sie bereits lesen und schreiben, und sie trug sehr viele Bücher von Nikita Sergejewitsch zu sich in die verfallene Banja – und da begann auch ihre Freundschaft mit Klimenti Obuchow. Klimenti, Sohn eines Eisenbahners, wußte durch seinen Vater, ebenso wie Anna, daß ihnen niemand helfen würde. Bei der Bahnstation war das Lokomotivdepot, Klimentis Vater arbeitete im Depot. An der Station wohnten Leute aller Eisenbahnbereiche, die an der Strecke ihren Dienst versahen, die das Raumgefühl verloren hatten, die alle in die Ferne der Gleise schauten, in eine Ferne, die, im Gegensatz zu der des Otkos hinter dem Podol, nicht das Gefühl der Einsamkeit aufkommen ließ – deshalb, weil sie den Raum vernichtete. Die Eisenbahn war Tag und Nacht in Betrieb, und Tag und Nacht waren an den Blockstellen, in den Depots, in den Bahnhofsdiensträumen Menschen auf ihrem Posten, die die Energie der Bewegung miteinander verband. Die Bahnlinie führte weit weg von Kamynsk, nach allen Orten des Russischen Reichs, Klimenti Obuchow wußte durch seinen Vater, daß ihnen niemand helfen würde – und während er in dem halbdunklen Dienstraum, wo die Lampen der Schaffner lediglich auf die Beine Licht warfen, die Gesichter hingegen als zweitrangig im Dunkel ließen, auf den Vater wartete, prägte sich ihm fürs ganze Leben das Gefühl des Raums, der Bewegung ein, einer riesigen, weit von Kamynsk entfernten Welt – ein gewaltiges Miteinander- und Untereinanderverbundensein der Arbeit und der Angelegenheiten – des Vaters und der Kollegen seines Vaters.

4

Der Krieg, nach General Fedotow der ›natürliche Zustand des Mannes‹

Die russischen Eisenbahngleise erreichten das Gelbe Meer, stießen bis Port Arthur vor. Die russische Zarenfamilie beabsichtigte, Holzkonzessionen am Jalu, in Korea, zu realisieren. Nicky fuhr zu Besuch zu Willy, das heißt, der russische Imperator fuhr zum herzlichen Wiedersehen mit dem deutschen Kaiser, Nikolai zu Wilhelm, der Zweite zum Zweiten. Die weltweite Krise ging zu Ende. Im Frühjahr, seit Ostern, und im Sommer 1902 brannten im ganzen Russischen Reich Gutshäuser und wurden Speicher von Gutsbesitzern geplündert. Im Sommer 1903 ging über den gesamten Süden des Reichs, von Odessa bis Baku, eine Welle von Arbeiterstreiks hinweg, zweihunderttausend Menschen streikten. Zu Ostern inszenierten die Krämer, die sich bald darauf im ›Bund des russischen Volkes‹ organisierten – jene soziale Abart des Menschen, die eine ganze Zeit später in Deutschland und Italien den Faschismus hervorbrachte –, zwei Tage lang zusammen mit der Polizei im gesamten Süden Gewalttätigkeiten gegen die Juden, sie mordeten und verkrüppelten Hunderte von Menschen, plünderten und schändeten über tausend Häuser – nach diesen Pogromen war es, daß in einer ungeheuren Welle die Arbeiterstreiks einsetzten, in den Städten ging das Licht aus, versiegte das Wasser, verschwanden die Zeitungen, die Brötchen in den Bäckereien, das Salz in den Läden, auf den Bahnhöfen kamen keine Züge mehr an, und die Vorsteher blieben ihren Büros fern – die Judenpogrome hatten nichts gebracht.

Plewe, Minister des Innern, enttäuscht von den Pogromen, brachte einen ›kleinen siegreichen Krieg‹ ins Gespräch – zur Ermunterung des nationalen ›Geistes‹ und zur Verbesserung der zaristischen Holzkonzessionen am Jalu. In den Zeitungen war davon die Rede, daß die Japaner erstens Heiden seien, das heißt Halbmenschen, und zweitens ›gelbhäutig‹, das heißt eindeutig keine Menschen; überhaupt war über die Japaner in Rußland nur wenig bekannt – irgendein Journalist der ›Nowoje wremja‹ zeichnete die ›Geschichte‹ der Herkunft des japanischen Volkes auf – dessen natürliche und historische Quellen sozusagen: Die Japanischen Inseln waren, der Information des Journalisten zufolge, unbewohnt gewesen, Affen, Makaken genannt, lebten dort, bei den Chinesen aber war damals ein Gesetz in Kraft, nach dem kleine Gauner und Diebe, die wegen der Geringfügigkeit ihrer Vergehen nicht die Todesstrafe verdient hatten, einfach ins Meer geworfen wurden; die meisten ertranken, doch einige erreichten, auf Trümmern zerschellter Schiffe schwimmend, die Japanischen Inseln; da es auf den Inseln keine menschliche Bevölkerung gab, fingen sich diese Diebe als Frauen Makakenweibchen ein; aus dieser Vermischung chinesischer Diebe mit Affen war, wollte man dem Journalisten der ›Nowoje wremja‹ glauben, das japanische Volk entstanden. Den Spitznamen ›Makaken‹, den die Japaner diesem Journalisten verdankten, wurden sie nicht mehr los. In den Zeitungen stand, die Japaner seien von fabelhaft kleinem Wuchs, halb so groß wie die Russen, und ein Kosak könne es in bezug auf seine Kraft mit sieben Japanern aufnehmen. In den Zeitungen wurde auch erklärt, die Russen würden die Japaner ›in die Pfanne hauen‹. Der militärische Sieg stand von vornherein fest, man brauchte nur den Termin anzusetzen, zu dem es dem Reich genehm war, die Japaner zu vernichten.

Die Japaner aber erwiesen sich als echte ›Spitzbuben‹. Sie warteten nicht, bis der russische Imperator kam, um sie ›in die Pfanne zu hauen‹.

Der Januar war schneereich, bereits im Dezember setzten Stürme ein, die den Schnee an Häuserwänden, an Zäunen, in Schluchten anwehten. Die Weite unterhalb des Otkos im Podol gleißte so, daß man sich an dem Schnee die Augen schneiden konnte. Kamynsk lag unter Schnee wie das ganze Reich.

Am 23. Januar zogen die Japaner ihre Diplomaten aus Sankt Petersburg zurück – der russische Imperator erließ ein Manifest an das Volk über ›Heimtücke‹, die Zeitungen riefen schrill nach der Pfanne.

In der Nacht vom 26. zum 27. drangen japanische Zerstörer mit russischen Hoheitszeichen, die die russische Admiralität aus angeborener Fahrlässigkeit nicht verändert hatte, in den Hafen Port Arthur ein und schickten zwei der besten russischen Kriegsschiffe auf den Meeresgrund.

In Kamynsk tobten die Schneestürme seit Dezember, gewaltige Schneewehen türmten sie auf. Zwischen der Stadt und Tschertanowo lag eine Schlucht, über die Schlucht führte eine Steinbrücke, an der Brücke und an der Schlucht standen zur Stadt hin links der Salzspeicher, der noch aus der Zeit des Salzhandels den Korowkins gehörte, rechts die Zäune der Kürschner Sadderdinow. Die Schlucht wehte es zu. Bis ans Dach des Salzspeichers stöberte es die Schneewehen hoch.

Iwan Iwanowitsch Kriworotow wohnte jenseits der Sadderdinowschen Zäune, um die Ecke. Sein Sohn Andrej war schon neun Jahre, er bereitete sich aufs Gymnasium vor, lernte zu Hause, war aber, dem volkstümlichen Willen des Vaters entsprechend, hauptsächlich mit Kindern aus Tschertanowo befreundet – vor allem mit Klimenti Obuchow, der älter war als er. Von der Mutter bekam er Unterricht mal im Einmaleins, mal in den Zehn Geboten, und natürlich eiferte er, von den Eltern angeleitet, diesen nach – wenn der Vater seinen ›Selbstbildungszirkel‹ hatte, dann versammelten sich bei Andrej Kinder aus Tschertanowo, Andrejs Mutter las ihnen ›Ruslan und Ludmila‹ von Puschkin, ›Taras Bulba‹ und ›Abende auf dem Vorwerk bei Dikanka‹ von Gogol vor sowie Mayne Reid und Jules Verne. Natürlich waren alle, angefangen bei Andrej, gleichzeitig Ruslans, Ostaps und Habichtskrallen; Farlaf war das Allerletzte und ein Schimpfwort.

Und am ersten Sonntag des Russisch-Japanischen Krieges machten sich die Tschertanowoer Ruslans zusammen mit Ruslan Andrej in der Morgenfrühe, mit Schaufeln bewaffnet, auf zum Salzspeicher, um in den Schneewehen ihr Port Arthur zu bauen. Beim Bauen stellte sich heraus, daß die Schaufeln allein nicht genügten – auf dem Hof der Kriworotows besorgte man sich ein Faß und einen Schlitten und brachte in dem Faß Wasser zur Baustelle. Die Festung wurde so gebaut, wie Festungen auf Illustrationen zu Ruslan und Taras dargestellt waren. Aus Schnee wurden Mauern errichtet und mit Wasser begossen, um sie unbezwingbar zu machen. In die Schneewehen unter den Mauern grub man Höhlen. In den Höhlen legte man einen Vorrat von Geschossen an, das heißt in Wasser getauchten und vereisten Schneebällen – sie hießen ›Feuerwaffen‹. Bereitgelegt wurden in den Höhlen auch Keulen, Schwerter und Lanzen, ›blanke Waffen‹ – das heißt Besenstiele und Zaunspfähle.

Im Verlaufe des Tages brach der Krieg aus – ohne Kriegserklärung. Gegenüber, an der äußersten Ecke des Sadderdinowschen Zauns, zum Hause Andrej Kriworotows hin, ging ein Vorposten seiner Fertigstellung entgegen. Der Vorposten war ein Hinterhalt. Aus diesem Hinterhalt, im ersten mit blauen Flecken endenden Gefecht, wurden zwei Stadtjungen beschossen, die friedlich den Berg herabrodeln wollten.

Bis zum Abend war die Festung vollendet.

Gegen Abend meldeten Kundschafter, daß in der Stadt auf dem Platz, dem kleinen Boulevard gegenüber dem Gebäude des Schatzamtes und des Gefängnisses sowie dem Adelsklub, von den Stadtjungen ein eigenes Port Arthur errichtet werde.

Am Abend kam es zum ersten Zusammenstoß zwischen den Armeen. Die Tschertanowoer rückten gegen das städtische Port Arthur, die Städter gegen das von Tschertanowo vor – man prallte aufeinander, bewarf sich mit Eisbällen – zum Handgemenge kam es nicht –, rief einander zu:

»He, ihr Japaner! wenn wir euch kriegen, haun wir euch die Fresse voll!«

Die Woche verging hauptsächlich mit Wachestehen und Ausbau der Festungen. In dieser Woche kamen aus dem Fernen Osten neue Meldungen: die Japaner hatten sich, vor allem durch ihre geringe Körpergröße, als weitaus beweglicher herausgestellt als die Russen – die Zeitungen berichteten, die Japaner hätten in den und den durchweg nicht russisch bezeichneten Gegenden die und die Entfernungen zurückgelegt und seien an den und den durchweg nicht russisch bezeichneten Orten gelandet – und zum Ende der Woche verstand es sich von selbst, daß die Tschertanowoer auf Grund ihrer zahlenmäßig geringeren Kräfte gegenüber der Stadt die Japaner und die Städter die Russen waren.

Die erste Schlacht fand am darauffolgenden Sonntag statt, nach den Mittagsgottesdiensten in den Kirchen. In die Tschertanowoer Schule gingen neben den Tschertanowoern auch die Igumnowoer und die Odinzowoer, die sich auf die Seite der Tschertanowoer stellten. Seit früh wurden kleine Ausfälle von denen unternommen, die von ihren Müttern nicht zum Mittagsgottesdienst geschickt worden waren und die nicht zu Hause auf das sonntägliche Essen nach der Messe warteten. Gegen zwölf hatten sich die Russen, das heißt die Städter, in großer Zahl versammelt.

Die Städter gingen zum Angriff vor, um Port Arthur zu nehmen.

Die Tschertanowoer hielten dem Sturmangriff stand. Die vereisten Mauern erwiesen sich als unbezwingbar. Die Eisbälle der Tschertanowoer hinterließen hübsche blaue Flecken, freilich hinterließen ebensolche Eisbälle ebenso hübsche blaue Flecken in den Tschertanowoer Gesichtern. Die Russen verteilten sich einen Ballwurf weit um die Festung und stellten das Schießen ein. Die Ruslans stellten das Schießen ebenfalls ein, um ihren Geschoßvorrat zu schonen. Ausfälle der Ruslans schieden als Möglichkeit aus, da sie zu wenige waren. Der Krieg zog sich in die Länge, wurde sogar langweilig.

Zu diesem Zeitpunkt, gegen ein Uhr, kamen den Tschertanowoern die Odinzowoer und die Igumnowoer zu Hilfe, die in der Mittagsmesse gewesen waren – sie kamen mit Lanzen und Keulen und mit ihren Schultaschen, die vollgefüllt waren mit der besten aller ›Feuerwaffen‹ – vereisten Pferdeäpfeln. Von der Brücke stürzten sie sich mit Hurrageschrei auf die Russen und ins Handgemenge. Die Festung unternahm einen Ausfall.

Sein Hurra erschien jedem Ruslan am lautesten. Feuerwaffen waren jetzt nicht mehr zu gebrauchen. Es klang in den Ohren, aus den Augen sprühten Funken, aus den Nasen floß Blut, von den Stockschlägen, die wahllos die Arme, die Schultern, die Köpfe trafen, das gab blaue Flecken und Schrammen, die im heldenhaften Kampfeseifer nicht weh taten.

Wahrscheinlich dauert kein Handgemenge länger als eine Minute – die Städter wankten und rannten die Straße hinab zu ihrem Port Arthur. Wahrscheinlich hat jeder Rückzug verheerende Auswirkungen – die Städter bekamen Keulenhiebe in den Rücken und in den Nacken, mit Eisbällen wurden ihnen die Mützen weggeschossen.

Die Schlacht war zugunsten der Tschertanowoer entschieden.

Das städtische Port Arthur eroberten sie zwar nicht, doch die städtischen Straßen gehörten ihnen, das städtische Port Arthur war belagert und unternahm keine Ausfälle. Beide Seiten zollten dem Gegner Respekt. Gut fochten bei den Städtern die Schiller-Brüder, gut focht Nikolai Babenin, nicht übel auch Leopold Schmutzochs, er warf die Eisbälle treffsicher und am weitesten von allen, noch besser wich er den gegnerischen Eisbällen aus, und nicht nur das, er fing die feindlichen Bälle auf, als spiele er mit einem Gummiball, und warf sie sofort zurück nach dem Feind. Bei den Tschertanowoern focht am besten der bullige Barsukow, wenn er zuschlug, hielt sich keiner auf den Beinen, am tapfersten aber zeigte sich Andrej Kriworotow, er hatte keine Angst vor blauen Flecken und verstand sich am besten aufs Ärgern, er schrie solche Sachen, daß selbst die Städter lachten. Alle zusammen schlugen sich die Tschertanowoer geschickter als die Städter.

Der Tag endete mit scherzhaften Bemerkungen vor den Mauern Port Arthurs wie in ›Taras Bulba‹.

Noch eine Woche verging, schon wehten Februarstürme.

Die Stadt beschloß, die Auseinandersetzung für sich zu entscheiden.

Am nächsten Sonntag sammelten sich die Regimenter seit früh und nach der Mittagsmesse. An den Ecken standen Spähtrupps. Ausfälle unternahm weder das eine noch das andere Port Arthur.

Die Ruslans zeigten sich weniger beherrscht. Sie nahmen Aufstellung nach Dorfabteilungen und marschierten gegen das städtische Port Arthur los mit drohendem Geschrei:

»He, ihr Russen! wenn wir euch kriegen, haun wir euch die Fresse voll!«

Da wagten die Russen von den Mauern des städtischen Port Arthurs einen Ausfall, und gleichzeitig sprang hinter Koschkins Zaun hervor, aus dem Hinterhalt, mit einem Pfahl von einem Sashen Länge, bärtig und menschenunähnlich, der Schwachkopf Tiga-Goga. Mit dem Pfahl um die eigene Achse wirbelnd, streckte der bärtige Stadtidiot die Japaner dutzendweise zu Boden. Die Tschertanowoer, Igumnowoer und Odinzowoer flohen zu ihrem Port Arthur. Die ihnen im Nacken sitzenden Russen brachen in die Festung ein, allen voran Tiga-Goga.

Auf der Brücke machten die Sadderdinowschen Kürschnerlehrlinge und die Freischen Handwerksgesellen mit einer Ziehharmonika gerade ihren Sonntagsspaziergang. Als die Burschen sahen, daß in das Kinderspiel Tiga-Goga eingegriffen hatte, entschieden sie, daß das ›kein Spiel‹ mehr sei, und sie warfen sich auf Tiga und auf alle, die ihnen unter die Finger kamen.

Der Sieg, ein totaler Sieg, gehörte den Tschertanowoern – das russische Port Arthur wurde genommen und geschleift, die Mauern mit Lanzen zerstochert, die Höhlen durch Daraufherumtrampeln zum Einsturz gebracht.

Andrej Kriworotow kam mit eingerissenem Ohr und in höchstem Maße glücklich nach Hause, mit fabelhaften Projekten für künftige großartige Gefechte. Der Vater schickte ihn unverzüglich ins Hinterzimmer, das er zur Strafe nicht verlassen durfte. Die Mutter wusch dem Sohn das Ohr mit Borwasser und tat Jodoform darauf.

Als es dunkel geworden war, fuhr vor Kriworotows Haus ein Schlitten mit Bärenfell. Vom Schlitten stieg Polizeichef Babenin und klingelte am Haupteingang – er zog am Draht, daß in der Diele das Waldaiglöckchen schepperte. Andrej, der zur Strafe ohne Licht saß, erkannte den Polizeichef, schlüpfte in den Flur, öffnete die Tür und sagte ehrerbietig:

»Guten Abend!«

Der Polizeichef überhörte den Gruß und durchschritt feierlich den kalten Flur, der nach Klo roch. In der Diele nahm den Polizeichef der Vater, Doktor Iwan Iwanowitsch, in Empfang.

»Guten Abend, Iwan Iwanowitsch!« sagte Babenin.

»Guten Abend, Nikolai Jewgrafowitsch! Bitte schön, ins Wohnzimmer«, sagte Iwan Iwanowitsch und fügte hinzu: »Ich wollte gerade zu Ihnen.«

»Vermutlich in der gleichen Angelegenheit«, sagte Babenin, »das freut mich sehr.«

Sie traten ins Wohnzimmer, setzten sich an den runden Tisch, zündeten sich jeder eine Papirossa an, lächelten einander zu.

»Ich komme zu Ihnen wegen unserer kindlichen Einwohnerschaft«, sagte der Polizeichef.

»Aus dem gleichen Grund wollte ich Sie aufsuchen«, sagte Iwan Iwanowitsch.

Sie lächelten wieder und zogen an ihren Papirossy.

»Mein Sohn Kolja ist soeben mit einem Veilchen nach Hause gekommen ...«

»Und mein Andrjuscha mit einem eingerissenen Ohr ... «

»Natürlich«, sagte der Polizeichef, »kann ich nächsten Sonntag Schutzleute am Salzspeicher und auf dem Boulevard aufstellen, obwohl ich als Militär eigentlich nichts gegen militärische Kinderspiele habe. Doch darum geht es gar nicht. Worum es geht – wie finden Sie das! – die Bauernkinder des Dörfchens Tschertanowo nennen sich selbst Japaner! Wo bleibt da der Patriotismus, frage ich Sie! Und dazu kommt, daß ein Häufchen Bauernjungen aus dem Dörfchen Tschertanowo, die sich Japaner nennen, systematisch die Stadtjungen besiegt … Unzulässig, so was! Wie sieht denn das aus?«

»Ja, das ist zweifellos peinlich«, sagte Iwan Iwanowitsch.

»Ich gestatte mir aus zwei Gründen, Sie zu behelligen, Iwan Iwanowitsch«, sagte der Polizeichef. »Erstens ist nach meinen Informationen der Anführer von seiten der Kinder des Dörfchens Tschertanowo Ihr Sohn Andrjuscha, der einzige Junge intelligenter Eltern, und folglich, da er sich ebenfalls zu den Japanern rechnet, kann auf Sie, Iwan Iwanowitsch, der bedenkliche Schatten fehlenden Patriotismus fallen. Zweitens sind Sie, Iwan Iwanowitsch, Kurator der Schule von Tschertanowo … Sie werden verstehen, Iwan Iwanowitsch – jetzt, in Kriegszeiten, da alle Stände der russischen Gesellschaft in ihrem patriotischen Geist zusammenstehen, wäre ein Eingreifen der Polizei in Kinderspiele, zudem militärischen Charakters, eine peinliche Angelegenheit … Wenn ich Sie bitten dürfte, Iwan Iwanowitsch, mit den Lehrern der Schule von Tschertanowo privat Rücksprache zu nehmen … oder vielleicht auch die Mushiks zusammenzunehmen und sie zu ermahnen …, dann könnte ich mich mit unserem Gespräch begnügen, Iwan Iwanowitsch, und brauchte nächsten Sonntag weder auf dem Boulevard noch am Salzspeicher Posten aufzustellen …«

Iwan Iwanowitsch stimmte Nikolai Jewgrafowitsch in allem zu.

Sie rauchten noch eine Papirossa, sprachen als Patrioten über den Krieg, über die Dreistigkeit der Japaner, über die Gründung einer Rotkreuzgesellschaft in Kamynsk, die, initiiert durch Nikolai Jewgrafowitsch, die Absicht hatte, unter der Bevölkerung eine Geldsammlung zum Kauf von Karren für den Verwundetentransport durchzuführen – sie sprachen über den bevorstehenden Sieg und trennten sich dann.

Der Sohn wurde wieder in das dunkle Zimmer geschickt. Der Vater schimpfte ihn aus – was, zum Teufel, sollte das, jetzt durfte er sich mit dem Polizeichef herumärgern! … Dann beruhigte er sich und ging zu Nikita Sergejewitsch über den Krieg reden. Die Mutter, die sich an die Anordnungen des Vaters hielt, ließ Andrej nicht aus dem Hinterzimmer heraus, doch er bekam Besuch von Klimenti, und im Kerzenschein, um des Vaters Anordnung nur halb zu verletzen, las sie Andrej und Klimenti aus den ›Kindern des Kapitäns Grant‹ vor.

Am nächsten Tag, nach der Sprechstunde im Krankenhaus, machte sich Iwan Iwanowitsch, ohne geruht zu haben und folglich düsterer Stimmung, auf den Weg nach Tschertanowo. Die Schule betrat er nicht, da er kein Prinzip fand, von dem ausgehend er mit den Lehrern sprechen konnte, sondern ging weiter zum Dorfältesten und sagte streng zu ihm:

»Meine Ehrerbietung, Sidor Naumowitsch. Was soll das, hm? Urteile selbst! ...«

»Haben die Ehre!« sagte der Dorfälteste. »Haben die Ehre zu fragen, welchen Punkt Sie berühren.«

»Na, diesen Kinderkrieg da. Weiß der Himmel, was das soll – rennen herum, brüllen, schlagen sich gegenseitig mit Stöcken, nennen sich gegenseitig Japaner ... Sich die Fresse vollhauen – ist das vielleicht Kindersache? – das ist Offizierssache, Freund, und nicht die von Kindern, sollen sich die Offiziere ruhig gegenseitig die Visagen vollhauen!«

»Ihnen geht es also um den Punkt, wie die Kinder Port Arthur spielen? – Tatsächlich, sie laufen alle mit blauen Flecken rum«, sagte der Dorfälteste und seufzte erleichtert. »Und wir dachten schon, Sie haben was Ernstes.«

»Ganz recht«, sagte Iwan Iwanowitsch, »um den Kinderkrieg geht es ... Ich wollte mit Ihnen bereden, Sidor Naumowitsch, was wir da tun können – Sie machen sich ja noch gegenseitig zum Krüppel ... Und mein Sohn, heißt es, ist der erste Anführer?«

»Ihr Andrjuscha spielt bei ihnen tatsächlich den Ruslan, immer vorneweg.«

»Also, was meinst du dazu, Sidor Naumowitsch?«

»Die Sache ist ganz einfach«, sagte der Dorfälteste. »Man braucht nur alle Eltern anzuweisen, ihren Söhnen eine ordentliche Tracht Prügel zu verabreichen, entweder im voraus am Sonnabend oder am Sonntag direkt vor ihrer Schlacht.«

»So!?« sagte der Doktor.

»Ja, ganz einfach. Sind sie vertrimmt, vergeht ihnen die Rauflust. Man weiß ja, wie das ist mit der Züchtigung ... Und du, Iwan Iwanowitsch, wirst als erster prügeln müssen, um allen ein Beispiel zu geben, Anschauungsunterricht.«

»So!?« sagte der Doktor.

»Ja, ganz einfach.«

Eine Weile schwiegen sie.

»Und ich wollte ihn den Sonntag über in die Kammer einsperren«, meinte der Doktor nachdenklich.

Wieder schwiegen sie.

»Na schön! Gib den Eltern einen Wink, den Kindern aber sagt vorläufig nichts«, sagte der Doktor streng, rückte streng seine Mütze zurecht und ging zerstreut, ohne ein Abschiedswort, davon.

Für die neue Schlacht wurden neue Kräfte zusammengezogen, die Stadt und Tschertanowo zählten ihre Recken. Am Sonntag, lange vor Ende der Mittagsmessen, sammelten sich bei den Port Arthurs die Abteilungen. Doktor Iwan Iwanowitsch ließ an diesem Tag die Sprechstunde ausfallen. Andrej verließ gegen sieben Uhr, als der Vater noch schlief, das Haus, und ging auf kürzestem Weg zur Festung.

Als die Regimenter gefechtsbereit standen, erschienen auf der Brücke Doktor Iwan Iwanowitsch und der Dorfälteste Sidor Naumowitsch. Doktor Iwanowitsch rief, zur Festung gewandt:

»Andrej, komm doch mal her!«

Der Sohn ging mit zwiespältigen Gefühlen auf seinen Vater zu – stolz, all die Kinderaugen auf seinen Schultern zu spüren, mit denen er ehrenvoll vor seinen Vater zu treten hatte, und von der Angst beherrscht, der Vater könnte, wie versprochen, ruhig, jeden Widerstand ausschließend, sagen: »Nach Hause!«

Der Vater erwartete den Sohn schweigend. Der Sohn kam heran. Und schweigend versetzte ihm der Vater plötzlich – zum erstenmal in seinem Leben – einen Schlag ins Genick, daß ihm die Mütze auf die Nase rutschte. Er rückte sie zurecht, nahm den Sohn beim gesunden Ohr und machte sich schweigend mit ihm auf den Weg nach Hause.

Durch die Abgründe der Schande hörte Andrej, wie der Dorfälteste Sidor Naumowitsch rief:

»Söhnchen, komm mal her!«

An diesem Tag wurden die Japaner vom ganzen Elterndorf verprügelt.

Doktor Iwan Iwanowitsch führte seinen Sohn am Ohr, fast ohne es zu berühren, mit größter Behutsamkeit – vor seinem eigenen Gewissen konnte er sagen, daß er dem Sohn nicht weh getan, daß er ihm den Genickschlag allein zur Ermunterung der Bauern versetzt hatte, aus demokratischer Gesinnung, bewußt getroffen hatte er nur die Mütze des Sohns, nicht aber den Kopf, damit die Mütze dem ›Helden‹ auf die Nase rutschte – und ebenso wußte der Sohn vor seinem Gewissen: mit blauen Flecken übersät war er letzten Sonntag nach Hause gekommen, der ganze Körper hatte ihm weh getan, doch er, Andrej, war glücklich gewesen – der Vater schleppte ihn am Ohr nach Hause, ohne ihm weh zu tun, doch wie schmerzhaft war das, ein tödlicher Schmerz zermarterte sein ganzes Wesen.

Um vier Uhr trat an diesem Tage im Gebäude der Semstwoverwaltung auf Initiative des Fürsten Werejski und Babenins die Initiativversammlung zur Gründung der Kamynsker Rotkreuzgesellschaft zusammen, und zur Diskussion stand der Vorschlag Nikolai Jewgrafowitschs, unter der Bevölkerung Geld zu sammeln zum Kauf von Karren für den Verwundetentransport.

Am Abend versammelten sich in Doktor Kriworotows Wohnung die Intelligenzler und verabschiedeten den Agronomen Dmitri Klimentjewitsch Lopatin, der zur Mandschurischen Armee einberufen worden war. Es erschien ein völlig unbekannter und unwirklicher Dmitri Klimentjewitsch – in Offiziersuniform. In der Diele legte er Militärmantel und Papacha ab und hängte Revolvertasche und Säbel daneben. Als es schon dunkel geworden war, bekam Andrej Besuch von Klimenti Obuchow und Wanjatka Nefjodow – Klimenti war in Tschertanowo als einziger nicht verprügelt worden. Die Freunde trösteten sich damit, daß ganz Tschertanowo verprügelt worden war. Als die Gäste im Speisezimmer Platz genommen hatten, konnten sie sich in der Diele an einem richtigen Säbel und Revolver satt sehen – sie taten es so ausgiebig, daß Andrej sogar leichter ums Herz wurde.

Im Speisezimmer wurden Reden gehalten. Traurige Worte sprach Nikita Sergejewitsch – darüber, daß die Japaner Rußland besiegen würden, daß es ganz danach aussähe. Andrej, Wanjatka und Klimenti hockten an der Tür, und alle drei freuten sich darüber, daß die Japaner siegen würden – das geschieht den Städtern recht! ... Dann nahm Iwan Iwanowitsch das Wort, er sprach lange und unverständlich.

»Also«, schloß er seine Rede, »der Wahrheit muß man ins Auge sehen. Ich bin überzeugt, daß Dmitri Klimentjewitsch aus diesem Abenteuer heil und unversehrt zurückkehren wird. Und dennoch, wie dem auch sei – mögen die Gebeine der auf den mandschurischen Feldern Gefallenen das Unterpfand für eine lichte Zukunft unserer Erde sein, die mannigfaltig und reich, doch uneingerichtet ist!«

Die mandschurischen Felder erschienen natürlich genauso ungewöhnlich wie die Wörter Jalu, Nagasaki, Ito, Togi – und über weißen russischen Gebeinen kreisten dort nackthälsige Mayne Reidsche Kondore...

Iwan Iwanowitsch ging nach seiner Rede zum Haupteingang und in die Küche, lauschte auf den Frost, korrigierte die Gardinen in Wohnzimmer und Speisezimmer – und im Speisezimmer wurde das Lied angestimmt:

Feindliche Stürme durchtoben die Lüfte …

Unverhofft erklang an der Vortreppe Schellengeläut, Schlittenkufen quietschten – mit einer Troika fuhr der ebenfalls einberufene Gutsbesitzer Wachruschew vor, ebenfalls in Offiziersuniform. Durchs ganze Haus war das Poltern seines Kavalleriesäbels und das Klirren seiner Sporen zu hören. Er bat um Erlaubnis, nicht erst abzulegen. Er küßte im Vorbeigehen der Hausherrin die Hand. Er kam, um sich zu verabschieden, er wollte mit Dmitri Klimentjewitsch Lopatin den Tag der Abreise zum ›Schauplatz der Kriegshandlungen‹ verabreden, um sich nicht drei Wochen im Zug langweilen zu müssen. Im Mantel, mit Sporengeklirr eilte er ins Speisezimmer, man füllte ihm ein Glas. Mit trüben Augen warf er einen Blick in die Runde und rief halb warnend-zornig, halb zornig-ironisch:

»Auf den Glauben, den Zaren und das Vaterland!«

Er leerte das Glas auf einen Zug, schmetterte es gegen den Fußboden und verschwand, sprang gleich von der Vortreppe in den Schlitten und rief dem Kutscher im Fluge zu:

»Los, du Gelbgesicht! – zu Werejski!«

An Kamynsk vorbei fuhren lange Züge nach dem Fernen Osten mit ein, zwei gelbblauen Wagen erster und zweiter Klasse, roten Güterwagen mit weißen Aufschriften ›vierzig Mann – acht Pferde‹ und offenen Wagen, auf denen abgedeckte Kanonen standen. Auf den Bahnhöfen liefen die Soldaten ins Buffet heißes Wasser und Wodka holen, aus den Güterwagen plärrten Lieder, hauptsächlich –

Den letzten Tag, o Freunde,
kann heute feiern ich mit euch …

In den Personenwagen standen hinter riesigen spiegelnden Fensterscheiben Flaschen. Neben den Flaschen spielten Offiziere in aufgeknöpften Uniformen Karten. Aus diesen Wagen kamen keine Lieder.

Die Züge fuhren auf Witteschen Gleisen dahin. Und über dieselben Gleise kamen aus dem Fernen Osten unwahrscheinlich anmutende Gerüchte – über ein Kuckucksspiel der Offiziere zum Beispiel: in fernöstlichen Nächten und in der Langeweile der gelbhäutigen Umgebung betranken sich die Offiziere mit Punsch und Grog, Offiziersgetränken, löschten im Zimmer das Licht, banden allen bis auf einen die Augen zu – dieser eine lief im Zimmer umher und rief ›Kuckuck‹, und alle übrigen schossen aus ihren Revolvern nach dem Kuckucksruf. Über diese Gleise kamen auch Gerüchte über völlig ungewöhnliche, ausgefallene Diebstähle, Verkäufe, Raubüberfälle im Fernen Osten – ›homerischer‹ Ausmaße. Wer Homer war, wußte Andrej Kriworotow.

Die Februarschneestürme wurden von den Märzbächen abgelöst, längst schon waren in Kamynsk die Saatkrähen eingetroffen. In einer Märznacht fand man an vielen Zäunen in Kamynsk – selbst an den Toren der Kasernen der Wachkompanie, wo sich die Einberufungsstelle befand, ja an den Haupteingängen bei Werejski und Fedotow – ein Gedicht, das ganz offenkundig auf der ›Reneo‹ der Semstwoverwaltung abgezogen worden war –

Zogst mir ein Los fern der Meinen.
Brustwerte ... Tauglich! du grienst ...
Stehst da zum Steineerweichen –
Kommst doch zum Zarendienst!
Freilich, die Söhnchen der Reichen
Schmieren wen wo immer leicht,
Schaffens, zu Haus stets zu bleiben.
Du gehst dafür, ist ja gleich!
Wenn auch in Tränen wie Flüssen
Dein Weib, deine Mutter zerfließt –
Werden sich dreinschicken müssen,
Not tut der Zarendienst!
Im Heer liegt die Stärke des Zaren,
Bajonett führ und Flinte geschickt,
Streng und heroisch verfahre
Mit deinem Bruder Mushik.
Läßt sich der Arbeiter einfalln,
Frei nun zu atmen, mit Lust,
Nicht zu krepieren, nicht reinzufalln,
Ziel ihm genau auf die Brust.
Wenn du dran denkst hin und wieder,
Mit welcher Mühe und Not,

Den Hunger zu stilln, deine Brüder
Bringen den Ihren das Brot,
Wie man sie knechtet und ausquetscht,
Wie der begüterte Mann
Tränen und Schweiß ihnen abpreßt, –
Nah sind die Deinen dir dann.
Denkst wohl auch: »Jeder muß sehen,
Wie er dies Joch selber trägt!«
Dein Herz möchte stillestehen,
Scham deine Wangen beschlägt.
Den Mut treibt dir aus das Gewissen,
Nicht hebt sich die Bruderhand schnell …
Halt an den Eid dich beflissen –
Schlage den Bauern-Rebell! …
Zwar hat, den Eid abzulegen,
Dich mit Gewalt man gebracht,
Christi Geboten entgegen
Haben ihn Popen erdacht …
Sah nicht den Adel sich laben
Der Pfaff an des Volkes Kraft,
Hat er zu Grab nicht getragen
Die Opfer der Leibeigenschaft?
Hat nicht der Pope mit Gleichmut
Gefesselte kirchlich getraut?
Wenn man im Stall einen totschlug,
Weshalb ward er niemals laut?
Sah auch nicht, wie sie für Rüden
Die Bauern tauschten pro Stück …

An jenem Morgen begab sich Polizeichef Babenin zu Rittmeister Zwetkow und mit diesem weiter zu Adelsmarschall Werejski, anschließend fuhren Werejski, Zwetkow und Babenin in die Semstwoverwaltung zum Vorsitzenden Pawel Pawlowitsch Aksakow.

Pawel Pawlowitsch zog die Schultern hoch und sagte fröhlich: »Ich kapier das nicht! Die ›Reneo‹ ist tatsächlich von der Verwaltung. Die Abzieherei besorgt der Verwaltungswächter Nikolai, der alte Knaster. Ich habe ihn mir vorgeknöpft – er sagt, er hätte weder gestern noch vorgestern auf der ›Reneo‹ Abzüge gemacht. Ich kenne diesen Knaster – er lügt nicht, davon bin ich überzeugt … Und das Gedicht, das ist, unter uns gesagt, ganz glaubwürdig gemacht, nicht ohne Humor.«

»Pawel Pawlowitsch«, sagte der Fürst sanft, »von der Glaubwürdigkeit dieses Gedichts im Krieg zu sprechen … Der Rittmeister und Nikolai Jewgrafowitsch haben völlig recht – dieses Gedicht stiftet Aufruhr … Ich möchte Sie bitten, Pawel Pawlowitsch, ihr … Vervielfältigungsgerät zu versiegeln …«

An diesem Tag schrieben sowohl der Fürst als auch Babenin und Zwetkow das Gedicht in ihren Berichten an die Instanzen sorgfältig ab, ebenso sorgfältig schrieb es außer ihnen auch Afinogen Kornilowitsch Rasboischtschin ab – nicht in einer Meldung, sondern in einer Anzeige. Zwei Tage später meldeten Zwetkow und Babenin an das Gouvernement, daß –

›… in Koslows Schenke unbekannte Personen, höchstwahrscheinlich Arbeiter aus dem Eisenbahndepot, das obengenannte Gedicht zur Melodie des Liedes ›Brüder, zur Sonne, zur Freiheit‹ zu singen versuchten …‹

Am gleichen Tag, in der Dämmerung und zu unüblicher Stunde, um in der Stille unbemerkt zu bleiben, erschienen bei Iwan Iwanowitsch Kriworotow der Tschertanowoer Dorfälteste Sidor Naumowitsch Kopytzew und der Korbmacher Iwan Lukjanowitsch Nefjodow, Wanjatkas Vater – sie kamen über den Hof zur Küche herein, nahmen die Mützen ab, verbeugten sich und sagten:

»Wir möchten zum Herrn, sag ihm, Leute aus Tschertanowo sind da … «

Iwan Iwanowitsch bat sie ins Speisezimmer. Die Bauern blieben, die Mütze in der Hand, an der Tür stehen.

»Nehmen Sie Platz, meine Herren«, sagte Iwan Iwanowitsch.

»Lassen Sie nur, es geht schon so … « sagte Sidor Naumowitsch.

»Nehmen Sie Platz, habe ich gesagt«, fuhr Iwan Iwanowitsch sie an. »Legen Sie ab. Nastja, Tee!«

Die Bauern zogen eilig ihre Halbpelze aus, legten sie an der Tür nieder und setzten sich an den Tisch, auf den Stuhlrand.

»Was kann ich für Sie tun?« fragte Iwan Iwanowitsch. »Ich freue mich, Sie bei mir zu Gast zu sehen … Nastja, reichen Sie zum Tee Weißbrot und Butter! Also, meine Herren?«

»Wir kommen übrigens natürlich ohne Punkt, wir gingen grad vorbei und beschlossen, zu Ihnen reinzuschauen …«, sagte Sidor Naumowitsch. »Nachzufragen, wie es bei Ihnen mit dem Heu steht – wie man hört, haben Sie sich ein neues Fohlen gekauft, und Ihre Kuh ... «

Darauf reagierte Iwan Iwanowitsch lebhafter:

»Heu brauche ich tatsächlich, bis zum Frühjahr reichen zwei Fuhren nicht ... Was soll es denn kosten? – ist es gutes, Wiesenheu?«

»Wir verkaufen ja keins, wir fragten bloß so ... «, sagte Sidor Naumowitsch. »Unser Heu ist längst alle, seit Weihnachten füttern wir Stroh. In diesem Punkt ist nichts drin ...«

Eine Weile schwiegen sie.

»Sie, Iwan Iwanowitsch, machen den Kurator unserer Schule, dafür schulden wir Ihnen großen Dank, und ich mach den Dorfältesten – bin bestimmt worden, und nun plage ich mich ab ... « Sidor Naumowitsch verstummte. Dann sagte er: »Die Bengels haben wir damals, als sie Krieg spielten, wie Sie befohlen hatten, alle verprügelt ... «

Wieder trat Schweigen ein.

Endlich sagte Iwan Iwanowitsch streng:

»Folgendes, meine Lieben – hört auf, drum herum zu reden, ich seh doch, daß ihr was habt, also sprecht, was euch konkret herführt. Und daß wir die Jungs alle verprügeln, das war abgesprochen.«

»Das meinen wir ja, daß es ausgemacht war«, sagte Sidor Naumowitsch. »Und was Konkretes haben wir nicht, Krieg ist es, die Mushiks werden in den Krieg getrieben – da fiel uns das Prügeln wieder ein ... Vielleicht haben Sie auf den Straßen, an den Zäunen das Gedicht über die Rekruten gelesen?«

»Was für ein Gedicht?«

»Na, so ungefähr – ein hartes Los zogst du ... «

»Habe ich gelesen. Warum?«

»Ach, nichts ... ist nicht zu hören, wer es verfaßt hat? Bei uns in Tschertanowo ist es auch geklebt worden, ein paar von den Alten haben es auswendig gelernt ... Interessant, wer so ein Gedicht verfassen kann – haben Sie nichts gehört?«

»Nein, ich habe nichts gehört, ich weiß es nicht und will es nicht wissen, und auch euch würde ich es nicht raten!«

»Wir fragten natürlich bloß so ... Es geht auf den Frühling zu ... «

Sidor Naumowitsch und Iwan Lukjanowitsch tranken jeder eine Tasse Tee, drehten die Tassen um und legten den Rest des abgebissenen Zuckers auf den Tassenboden – Brot und Butter hatten sie nicht angerührt. Sie dankten, verbeugten und entschuldigten sich.

Und gingen.

Sie gingen schweigend, den Blick zur Erde gerichtet, ohne sich umzusehen, sie nahmen nicht den Weg über die Brücke, sondern durch die Schlucht, über das Feld. Auf dem Feld machten sie halt, sahen sich um, warfen sich einen unfrohen Blick zu.

»Als ob der's einem sagen würde.«

»Er weiß es, aber sagen tut er's nicht!«

»Wenn man's wüßte, wenn man's bloß wüßte, dann könnte man hingehen und fragen ... Sie schreiben in Versen, sprechen aber nicht aus, was denn nun zu tun ist – was soll der Mushik tun, um die Wahrheit zu finden und nicht vor Hunger zu verrecken!?«

»Er sagt es nicht ... «

»Aber man hört doch, von unsren Leuten hier, daß es auf der Verwaltungsmaschine geschrieben ist... Man müßte rausbekommen, wer es geschrieben hat, dann könnte man sich erkundigen, damit man sich zusammentut, damit es einem erklärt wird ... «

Iwan Lukjanowitsch verstummte. Die Traurigkeit wich aus seinem Gesicht. Die Augen nahmen einen bösen und entschlossenen Ausdruck an. Er sagte:

»Er sagt es nicht! ... ach, diese Unwissenheit! ... Augen hat man, einen Kopf hat man, Hände hat man, Kraft hat man – ach, diese Unwissenheit! ... – vielleicht laufen sie hier ganz nahe herum, suchen uns – aber man findet sie nicht. Na, was sagst du jetzt den Leuten, wo sie uns beide ausgeschickt haben? ... Ich könnte meine beiden Augen packen und dran ziehen, um die Unwissenheit rauszuzerren!«

Etwa zur gleichen Zeit bekam Afinogen Kornilowitsch Rasboischtschin überraschenden Besuch von einem Studenten.

Ippolit, Rasboischtschins Sohn, ein einsames und nichtsdestoweniger neugieriges Wesen, das bereits Nikolai Babenins Freund sein durfte, erfuhr von der Ankunft des Gastes am Morgen durch die Köchin, als Papa und Mama noch schliefen: in der Nacht sei er eingetroffen, völlig unvermutet, und schlafe jetzt im Wohnzimmer auf dem Sofa, er sei aus derselben Stadt wie Papa, aus seiner Heimat ...

Ippolit schlich sich ins Wohnzimmer.

Auf einer Stuhllehne hing eine abgetragene und zerknitterte, Vaters Uniformrock ganz und gar unähnliche Studentenjacke, daneben lagen zerknitterte blaue Hosen aus feingewebtem Wollstoff mit zerrissenen Stegen. Der Stuhl verdeckte das Gesicht des Studenten. ›Student‹ war ein geheimnisvolles Wort.

Ippolit machte auf den Zehenspitzen einen Schritt zur Seite, um den unverhofften Gast betrachten zu können, und erschrak, erstarrte am Orte des Vergehens, als ihn wache, fröhliche Augen ansahen. Der Gast machte, Ippolit nachäffend, ein zu Tode erschrockenes Gesicht und winkte ihn geheimnisvoll mit dem Finger zu sich. Ippolit trat gehorsam näher.

»Wie heißt du?« fragte der Onkel.

»Ippolit … Polja … «

»Aha. So. Ippolit? Das Pulver hast du noch nicht erfunden?«

»Nein«, antwortete Ippolit erschrocken.

»Das sehe ich«, sagte der Student. »Rauchst du?«

»Nein …«

»Auch nicht heimlich mit deinem Freund? – kein einziges Mal?«

»Ein einziges … «

»Du schwindelst, achtmal hast du geraucht. Ich seh's dir an den Augen an: du scheinst mir ein Schwindler zu sein. Wie sieht's aus – bist du ein Volkstümler, ein Anarchist oder womöglich gar ein Sozialdemokrat?«

»Weiß ich nicht.«

»Aber diese Worte kennst du?«

»Nein, auch nicht … «

»Aha. So. Ich bring sie dir bei. Geh und such eine Papirossa für mich.«

Ippolit – die Weltordnung geriet völlig aus den Fugen – ging in das für ihn verbotene Arbeitszimmer des Vaters und kehrte mit leeren Händen zurück.

»Das ist da abgeschlossen.«

»Wo?«

»Bei Papa … «

»Aha. So. Versteht sich! Ich dachte, du hättest eigene… « Der Student kramte in seiner Hose, brachte aus der Tasche drei Kopeken zum Vorschein. »Lauf in den Laden und kauf welche – für drei Kopeken zehn Stück ›Geläut‹ oder ›Troika‹. Zum Vater kein Sterbenswörtchen. Ich gewöhne dir jetzt gleich das Rauchen ab.«

Die Weltordnung war aus den Fugen: ohne vor der väterlichen Prügel Angst zu haben, ging Ippolit zum erstenmal ohne Erlaubnis auf die Straße. Ein adliger Junge – und in den Krämerladen!

Leonti, der Gast, lag, wie er gelegen hatte, als Ippolit zurückkam. Die Eltern schliefen noch.

»Na, zünd dir eine an«, sagte Leonti. »Nein, nicht so. Rauch wie ich. Ziehen mußt du. Tiefer. Mit vollem Mund. So ... Jetzt nimm eine zweite. So ... Was? – dir wird schlecht? – rauch trotzdem. Du wirst blaß? – kannst nicht? – schlecht ist dir?«

»Ja ... «

»Hör auf und merk dir – wenn du noch mal rauchst – ich seh's dir an den Augen an –, zwinge ich dich, fünf Papirossy hintereinander zu rauchen, und wenn dir speiübel wird, ich zwinge dich trotzdem, und außerdem sage ich's deinem Vater. Geh und trink kaltes Wasser. Morgen bringe ich dir bei, wie man das Pulver erfindet.«

Ippolit war dicklich, rotwangig, rundgesichtig. Die vom Vater geschaffene Weltordnung war aus den Fugen geraten. Der Studentenonkel machte auf ihn einen rätselhaften und großartigen Eindruck. Ippolit fügte sich dem Onkel, der Kopf drehte sich ihm tatsächlich vor Übelkeit, doch die Papirossy banden ihn an den Studentenonkel, unterwarfen ihn seiner Herrschaft.

Der Vater war erwacht und piepste mit dünner Tenorstimme aus dem Schlafzimmer:

»Matrjona, Wasser ins Waschbecken ...!«

Der Vater ging im Morgenmantel, noch bevor er seinen Kaffee getrunken hatte, ins Wohnzimmer zu dem Studenten und schloß die Tür hinter sich. Ippolit setzte sich auf die Truhe in der Diele – am Hoffensterchen und an der Tür zum Wohnzimmer.

»Leonti Wladimirowitsch«, sagte der Vater, »jetzt sind keine Ferien, wir haben eine angespannte Zeit, das Reich befindet sich im Kriegszustand. Gestern nacht bin ich nicht dazu gekommen, Ihnen diese Frage zu stellen, Sie haben immerzu Scherze gemacht – weshalb haben Sie die Universität verlassen? Das muß ich unbedingt wissen.«

Onkel Leonti schwieg – wahrscheinlich rauchte er und zog an seiner Papirossa.

»Ist es Ihnen peinlich, das zu sagen?« fragte der Vater.

»Nein, nicht sonderlich – sonst wäre ich wohl kaum hierhergekommen«, antwortete der Onkel und setzte mit gleichmütiger Stimme hinzu – »Ich bin hierher ausgewiesen worden unter Polizeiaufsicht.«

Jetzt verstummte der Vater, bevor er losschrie, wie er ›Mushiks‹ anzuschreien pflegte:

»Wie!? auf welche Weise!?«

»Sehr einfach – wie man Leute ausweist.«

Der Vater fragte flüsternd:

»Sie ... wie ist das zu verstehen, Sie sind dann wohl ein Volkstümler oder – wie heißt das? – ein Marxist?«

»Das ist zweitrangig.«

»Nein, das ist von größter Wichtigkeit! ... Sie kennen doch meine Dienststellung! ... Ich muß wissen, was Sie ... «

»Afinogen Kornilowitsch, ich habe es bereits gesagt – ich bin ausgewiesen unter Polizeiaufsicht. Von ihrer Dienststellung habe ich erst gestern erfahren – durch Sie. Sie haben doch einmal an der Universität studiert. Ich kannte Sie aus Ihrer Studienzeit in unserem Städtchen. Hier aber habe ich keine Menschenseele ... Landamtmann, das bedeutet auch eine Art Polizeistellung – damit hatte ich nicht gerechnet! Ihnen dürfte also klar sein, daß man mich erstens bereits ausreichend in mehr oder weniger scharfer Form verhört hat und Sie sich deshalb dieser Mühe kaum zu unterziehen brauchen, und zweitens steht schon in der Bibel, daß auch Steine schreien können, und ich dachte mir, daß Sie, obwohl Sie ein Amt bekleiden, immerhin ein Landsmann sind. Die Frage ist klar. Die Nächte sind noch kalt und feucht, draußen ist es naß, und jetzt haben wir frühen Morgen. In einer Viertelstunde kann ich Ihr Haus verlassen, besser gesagt: ich kann nicht, sondern muß es verlassen, denn was soll ich tun – nun, mit Steinen, die nicht schreien ... Vergessen Sie nicht, daß auch ich, als Ihr Landsmann, ein mehr oder weniger scharfes Verhor veranstalten kann ...«

»Wie das?« fragte der Vater.

»Sehr einfach – im Namen der elementaren menschlichen Ehrlichkeit Ihres Vaters, Ihrer Schwestern und Ihrer jüngeren Brüder, die bei uns in der Heimat ein Bettlerdasein fristen – wie hoch ist der Anstand, nun, beispielsweise in der Arbeit eines Landamtmannes, zu veranschlagen? ...«

Jemand von den beiden Landsleuten schlug die Faust auf den Tisch. Hinter der Tür kehrte Stille ein.

»Ich bitte Sie«, flüsterte der Vater, »ich bitte Sie, Herr ... «

Leonti fiel dem Vater mit dessen eigener Stimme ins Wort:

»... Herr Scherstobitow – ich bitte Sie, mein Haus zu verlassen ... Das wollen Sie doch sagen?«

»Nein, wozu dermaßen schroff?« sagte der Vater verwirrt – wahrscheinlich ebenso verwirrt wie Ippolit, als ihn der Studentenonkel ganz unverblümt nach dem Rauchen gefragt hatte. »Im Speisezimmer wird der Tee bereitet ... «

»Nein, gar nicht schroff, sondern logisch«, sagte Scherstobitow gleichmütig. »Ich ziehe mich jetzt an und gehe. Sagen Sie Ihrer Polizei hier für alle Fälle, daß sie mich nicht unnötig behelligen und schikanieren, immerhin habe ich bei Ihnen eine Nacht verbracht ... Geben Sie mir zwei Papirossy, denn meine sind alle, und die beiden hier wollen wir als Medizin betrachten ...«

Ippolit glaubte die Truhe unter sich wegrutschen zu fühlen.

Der Onkel fuhr fort:

»Die wollen wir als Medizin betrachten ... Ich ziehe mich jetzt an und gehe in die Stadt mir ein Dach über dem Kopf suchen. Wenn Sie möchten, können Sie mitkommen zum Gendarmen und zum Polizeichef – wie heißen Sie doch gleich, Zwetkow und Babenin? Ich muß mich ihnen vorstellen, und Sie können mich eigenhändig übergeben ...«

Der Vater eilte fast im Galopp, mit beiden Händen den Morgenmantel über dem Bauch zusammenhaltend, ohne Ippolit zu bemerken, ins Schlafzimmer. Von dort rief er:

»Ippolit, hier, bring die Papirossy dem Onkel!«

Onkel Leonti, der den Vater veranlaßte, nach Papirossy zu laufen wie Ippolit, war rätselhaft und großartig.

»Onkel Leonti«, flüsterte Ippolit mit Verschwörermiene, »am besten, Sie wohnen bei Nikita Sergejewitsch Moldawski, dort wohnen lauter anständige Leute – Revolutionäre ... «

»Aha. So ... Das Wort ›Revolutionäre‹ kennst du also?«

»Ja ... «

»Woher?«

»Von Papa ... «

»Und was bedeutet es, dieses Wort?«

»Papa nennt sie Schufte, aber aus seinen Worten geht hervor, daß sie anständige Leute sind ... «

Onkel Leonti und der Vater verließen gemeinsam das Haus.

Der Vater kehrte allein zurück. Aus seinem Arbeitszimmer rief er mit furchterregender Stimme:

»Frau, Wodka! Aus der Mandschurei kommen wieder unerfreuliche Nachrichten!«

5

›... Im Namen der elementaren menschlichen Redlichkeit! ...‹

Die Stadt hatte ihr Ereignis – in die Stadt war ein Verbannter – ein Revolutionär und Marxist – gekommen – und der verbannte Marxist war zu Nikita Sergejewitsch Moldawski gezogen, und der Revolutionär bot sich an, Privatunterricht zu erteilen.

Die Damen Babenina und Schiller – die ehemaligen Schauspielerinnen – erzählten ihren Männern beim Mittagessen, sie hätten beim Spazierengehen Nikita Sergejewitsch getroffen, der sie mit dem Studenten Scherstobitow bekannt gemacht habe. Babenin tunkte den Schnurrbart in den Teller. Schiller reagierte aufgeregt – er überlegte, wenn der Student Scherstobitow tatsächlich ein Revolutionär sei, folglich ein Mensch ohne Vorurteile, und ein positives Verhältnis zu Zivilehen habe, dann könne man ihn doch zu sich einladen, zuvor müsse man jedoch einen Besuch bei ihm machen ...

Andrej Kriworotow, Klimenti Obuchow und Anjuta Kolossowa waren bereits aus dem Alter heraus, da es nichts Wundervolleres geben konnte, als im März das Fließen eines Baches zu beobachten, sein Dahinströmen, wie er unter dem brüchigen Eis hervorkam, eiskalt, durchsichtig, das Sonnenlicht reflektierend – den

Bach entlangzugehen, ihm an schwierigen Stellen behilflich zu sein, dem Bach folgend den Platz zu überqueren bis zur Schlucht, bis zur Brücke, hinter der, von der Sonne zernagt, die Reste von Port Arthur schmolzen – auf der Brücke stehenzubleiben, dem Bach weiter zu folgen war nicht möglich, hatten sich doch in der Schlucht bereits zahlreiche Bäche vereinigt, sie eilten rauschend dahin, sie waren schon stärker als Klimenti und Andrej – auf der Brücke stehenzubleiben, doch in Gedanken mit dem Wasser weiterzulaufen – bis zur Oka, bis zur Wolga, zum Kaspisee ... und dort, im Kaspisee, in erbarmungsloser Hitze, in glühender Sonne, würde vielleicht dieser Wassertropfen, der soeben unter der Brücke durchgeflossen war, sich als Dampf in die Luft erhebend, vom Wind nach Kiplings Indien getragen werden oder zurück hierher in den Himmel bei Kamynsk, um seinen Weg aufs neue zu beginnen ...

Klimenti Obuchow, Anjuta Kolossowa, Michailo Schmeljow – der Schlossersohn – und Andrej Kriworotow gingen nach der Schule zu Nikita Sergejewitsch, die Pfützen auf dem Platz und die Wasserfälle im Kreml überließen sie ihrem Selbstlauf. In Nikita Sergejewitschs Haus herrschte um diese Stunde lautlose Stille. Es war gegen drei, die Sonne stahl sich allmählich in das leere Wohnzimmer.

Über den Flur entlang ging wortlos ein Mann mit Studentenjacke, und die Kinder flüsterten alle wie aus einem Munde –

»Er ... !«

Nikita Sergejewitsch unterhielt sich oben in seinem Arbeitszimmer mit Erwachsenen. Punkt drei kam er zu den Kindern.

»Nikita Sergejewitsch«, sagte Andrej, »Sie sollen einen Revolutionär in Ihrem Hause haben.«

»Ja, in dieses Haus ist ein verbannter Student gezogen«, sagte Nikita Sergejewitsch.

»Zeigen Sie ihn uns«, sagte Mischucha Schmeljow.

»Gut«, sagte Nikita Sergejewitsch und rief zur Treppe hin, die in das Zwischengeschoß führte: »Leonti Wladimirowitsch!«

Die Treppe herab stieg jener Student, der über den Flur gegangen war. Er gab allen die Hand und setzte sich aufs Fensterbrett wie ein Ataman.

»Bekannt gemacht haben wir uns also, Genossen«, sagte er. »Was für ein Programm habt ihr für die nächste Zukunft? – nun, Fische fangen natürlich, mit Netz, in Strudeln, ich bring's euch bei. Natürlich Knöchelspiel, sobald die Erde abgetrocknet ist,

›Zeisig‹ und so was. Vorher noch – fast hätte ich's vergessen – haben wir den Eisgang, jeden Tag kann er beginnen. Sobald es losgeht, kommt alle zusammen, bringt alle eure Freunde mit, wir gehen auf den Ziegenberg – so heißt er wohl? –, entfachen Feuer und sehen uns das Hochwasser an. Na, und im Sommer? – denkt bitte alle zusammen nach und macht Vorschläge. Und jetzt, wenn ihr könnt, gehen wir spazieren, ihr zeigt mir die Stadt und ihre Sehenswürdigkeiten.«

Sehenswürdigkeiten waren den Kindern bisher keine aufgefallen, und darüber hatten sie nichts zu erzählen – aber durch die Stadt führten sie den *Genossen Leonti* voller Eifer und erzählten alles, was sie wußten. Hier wohnt der Schuhmacher Galkin, wenn er betrunken ist, prügelt er gern mit dem Spannriemen. Hier wohnt der Pensionär, belästigt immer die Frauen. Dort hinter den Rotdornbäumen wohnt der deutsche Fabrikant Schmutzochs, er züchtet kahlschwänzige Doggen. Auf dem Berg wohnt der Maler Nagorny, er malt Ritter und ißt Buchweizengrütze.

Als die Kinder an diesem Abend nach Hause gingen – Michailo, Anjuta, Andrej, Klimenti, Wanja Koschkin, Anton Kazaurow –, nannten sie einander Genossen. Das Hochwasser stand auf dem *Programm* – die Kinder debattierten über das nie gehörte Wort und die nie gehörte Sache – das *Programm*.

Im Frühjahr – damit der Sommer für den Fluß und die Felder zur Verfügung stand und der Herbst in Reserve war, falls sie durchfielen – hatten Andrej Kriworotow, Wanja Koschkin und Anton Kazaurow die Aufnahmeprüfungen fürs Gymnasium abzulegen, und dazu mußten sie in die nächste Gouvernementsstadt fahren. Vater Kriworotow ließ die Mutter im Beisein des Sohnes wissen, er beabsichtige, zum Studenten Scherstobitow zu gehen und ihn zu bitten, den Sohn auf die Prüfungen vorzubereiten, und er tue das aus grundsätzlichen Erwägungen, erstens, damit der Sohn sichergehe, die Prüfungen zu bestehen, und zweitens, um der Idee der Revolution in Person des Verbannten zu helfen.

Andrej ging von nun an in Nikita Sergejewitschs Haus um sieben Uhr abends und um neun Uhr früh, das heißt zu Zeiten, um die dort keine Kinder waren.

Und Andrej wurde des Märchens teilhaftig, von dem Mutter und Vater offenbar wußten, doch ihm nie erzählt hatten – dabei existierte dieses Märchen schon lange, seit Nikita Sergejewitsch nach Kamynsk gekommen war. Nikita Sergejewitschs Haus war, wie sich herausstellte, nicht einfach nur ein Haus, sondern eines, in dem es eine *Kommune* gab, in dem man in einer *Kommune* zusammenlebte. Allein schon das Wort ›Kommune‹ klang nach Märchen – ein Kommunen-Haus! Leer, wie die Kinder geglaubt hatten, mit uninteressanten Leuten, doch in Wirklichkeit sonnenhell, war Nikita Sergejewitschs Haus, wie sich herausstellte, von Leben erfüllt, von Menschen eines geheimnisvollen Inhalts, ungewöhnlichen, prächtigen Menschen!

Im Eckzimmer unten wohnte und saß alle Abende unter einer Lampe über seinen Büchern Ilja Iljitsch Stramynin – nicht nur Kontorist in der Schmutzochsschen Fabrik, sondern auch Kommunenmitglied.

In dem anderen Eckzimmer unten wohnte und wühlte sich durch Papierberge der Statistiker Nil Pawlowitsch Wantroba, von dem vorher schon bekannt gewesen war, daß er alles wisse, der sich aber plötzlich ebenfalls als Kommunenmitglied entpuppte.

Ebenfalls unten, im Zimmer hinter dem Eßzimmer, wohnten nicht einfach die Tschertanowoer Lehrerin Nadeshda Andrejewna Gorzewa, die aus dem Dorf hierhergezogen war, und die Arzthelferin aus dem Semstwokrankenhaus Jelena Sergejewna Wolgina, sondern Kommunenmitglieder.

Oben, neben Nikita Sergejewitsch, wohnte der Genosse Leonti.

Und es gab keinen Abend, da nicht Gäste gekommen wären und in der Kommune übernachtet hätten – Lehrer und Ärzte aus dem Kreis, Arzthelfer, Förster, Agronomen. Und jeden Abend erschienen Städter unterschiedlicher Stände.

Alle, die im Hause wohnten, lebten als Kommune zusammen. Nikita Sergejewitsch war nicht das Oberhaupt, er war der erste unter gleichen. Gegenüber Erwachsenen war er schweigsam – er hörte ihnen meist mit liebevoller Aufmerksamkeit zu. In der Kommune gab es keine Dienerschaft – die Kommunenmitglieder machten nach Dienstplan die Zimmer selbst sauber und kochten Essen. Nikita Sergejewitsch fegte täglich den Schmutz, den die Kinder hereintrugen. Er hatte es den Männern beigebracht, und sie wischten die Fußböden mit einem Scheuerlappen wie die Schiffsdecks. Geld wurde für eine gemeinsame Kasse zusammengelegt, und daraus wurden Bücher bezahlt und Stoff für die Kleidung der Kommunenmitglieder – für alle außer Nikita Sergejewitsch, der schon viele Jahre seine Seemannsuniform trug –, Zeitschriften bestellt und je ein Sack Zucker und Mehl. Jelena Sergejewna und Nadeshda Andrejewna nähten für sich selbst

Kleider und für die Männer Hemden, abends, wenn die Männer im Eßzimmer beim Samowar vorlasen. Jeder in der Kommune hatte seine festen Arbeitszeiten, und wenn die Tür zu seinem Zimmer abgeschlossen war, nützte auch kein Klopfen. Nikita Sergejewitsch pflegte zu sagen ›mein Haus ist meine Festung‹, doch die Türen zur Kommune wurden nicht verschlossen. In der Kommune arbeitete immer jemand, und abgesehen von den Stunden, da die Kinderstimmen durchs Haus hallten, und der Zeit von sechs bis acht Uhr abends, da sich alle im Eßzimmer erholten, herrschte Arbeitsstille. Von der Luft im Haus, von der Sauberkeit der Zimmer, vom Klang der Stimmen ging stets eine anregende Atmosphäre aus.

Wie sich herausstellte, war es schon sehr lange so in diesem Haus, seit Nikita Sergejewitsch nach Kamynsk gekommen war. Die Bewohner wechselten, zogen welche aus, kamen neue, manche zogen mehrmals ein und aus – Nikita Sergejewitsch blieb, ohne zu altern, immer offenherzig, licht, gütig, streng und unauffällig unter den Erwachsenen ...

Andrej saß an einem Tisch, über den ein riesiges rotes Löschblatt gebreitet war. Daneben auf dem Fensterbrett saß Leonti Wladimirowitsch.

Leonti Wladimirowitsch sagte:

»Neunmal neun – wieviel ist das? Bieg zwei Finger an jeder Hand ein, die übrigen spreiz. Die gekrümmten addier, die gespreizten multiplizier. Wieviel ist das?«

»Neunundvierzig«, antwortete Andrej und fragte: »Sie haben gestern im Eßraum erzählt, ich hab's nicht ganz verstanden – von den Leuten in der Kommune ... «

Leonti Wladimirowitsch sagte:

»Siebenmal sieben ist neunundvierzig, du Dussel, neunmal neun ist einundachtzig. Sieh auf meine Hände, wenn du's nicht einpauken kannst, obwohl einpauken gar nicht übel wäre ... Stell dir vor, alle Menschen, die ganze Menschheit fertigt lauter vernünftige und nützliche Dinge, kein Pulver zum Beispiel und keine Pistolen, und bringt sich nicht gegenseitig um, die Menschen vermehren sich und machen Tische, Stühle, Hosen, Stiefel, Häuser, Pferdewagen, Straßen – und das alles in Fabriken, wo eine Maschine pro Tag so viele Stühle schafft wie hundert Leute nicht an einem Tag, und alles, was sie gemacht haben, bringen sie in solche riesigen Scheunen, hundertmal größer als euer Salzspeicher ... Jetzt unternimmt zum Beispiel Schmutzochs Ritte und hat seinen Spaß am Jagen, während dreihundert Arbeiterinnen für ihn arbeiten – er verdient am Tag, nehmen wir mal an, fünfhundert Rubel, während Klawdia Kolossowa, Anjutas Mutter, dreißig Kopeken bekommt. Teil doch mal fünfhundert Rubel durch dreißig Kopeken ... So aber werden alle gleich bekommen. Du hast heute acht Stunden gearbeitet, ich vier – jede Arbeit wird gleichermaßen geachtet, die des Tischlers wie die des Mathematikers – wir gehen beide in die riesige Scheune und nehmen uns für unsere Arbeit, was wir brauchen: du einen Schrank und ich eine Aufgabe. Wer nicht arbeitet, soll auch nicht essen, wie der Apostel Paulus sagte – mit Ausnahme der Schwachsinnigen, die keine Schuld haben, daß sie als Mißgeburten zur Welt gekommen sind. Und da man nur vernünftige Sachen machen wird, werden sie gut sein – und die Leute werden vernünftig arbeiten, sie werden nur so viele Sachen herstellen, wie sie brauchen, Überflüssiges und auf Vorrat wird nicht gemacht, damit nichts liegenbleibt. Auf diese Weise brauchen die Leute nicht zwölf Stunden zu arbeiten wie bei Schmutzochs oder Koschkin, sondern acht, sieben, sechs oder noch weniger. Die restliche Arbeitszeit kann für Bücher, fürs Einmaleins, fürs Theater verwendet werden – und alle werden klüger werden. Da die Menschen für sich selbst arbeiten werden, alle aber gut leben möchten, werden sie die Sachen so herstellen, daß alle – auch Klawdia Kolossowa und Mischucha Ussatschow – es zu Hause nicht schlechter haben als Koschkin, sogar besser, Hosen und Stühle werden alle haben wie Fürst Werejski, und ihre Röcke werden noch schöner sein als die von Deka und Rodeka. Es wird weder Grafen noch Barone geben, weder einen Uwarow noch einen Werejski, alle werden gleichberechtigte Bürger und Genossen sein. Und als Genossen werden sich alle zueinander herzlich und ehrlich verhalten. Weil niemand mehr wie Klawdia Kolossowa oder Kusma Schmeljow, Mischkas Vater, von früh bis in die Nacht schuften, sondern Bücher lesen und die Arithmetik nicht schlechter erlernen wird als du, werden alle, wie ich dir bereits einzutrichtern versucht habe, Puschkin kennen und wissen, wie aus Wasser Dampf entsteht, woher der Donner kommt und warum er rollt und warum die Menschen gleichberechtigt sein müssen. Alle werden Genossen sein, und alle, die das anfangs nicht wollen, die sperren wir ins Irrenhaus – dann werden alle noch ehrlicher und klüger als wir beide ... Kapiert? Siebenmal sieben ... Rechne an den Fingern.«

In der Kommune bekam Andrej ein Zeitgefühl. In der Kommune lebte man nicht einfach – in der Kommune gab man der Zeit einen Sinn, lebte nach der Zeit, erwartete die Zeit, klagte die Zeit an, wußte die Zeit zu schätzen. Die Zeit wurde danach bewertet, was sie erbrachte, danach, was nicht nur an einem Tag, sondern in einer Stunde geschafft worden war. Die Menschen lebten in Bewegung.

Nach dem Unterricht fiel es Andrej schwer, das Eßzimmer zu verlassen. Jelena Sergejewna – oh, wie schön ist sie mit ihren munteren Augen und ihrem guten, ja, guten dunkelblauen Tuchkleid –, sie ist nicht einfach müde von den vielen im Krankenhaus angelegten Verbänden und vom Nachtdienst, sie hat den Menschen geholfen, zu ihrer Arbeit zurückzukehren – sie ist müde, weil sie die ganze Arbeit auf sich nahm, die sie den Menschen zurückgab und die verloren wäre, ginge sie nicht nachts von Krankenbett zu Krankenbett – und kann man das denn als Müdigkeit bezeichnen, wenn all das ein *Mittel* ist, wie sie in Andrejs Beisein sagte ... Der Kontorist Ilja Iljitsch Stramynin – er sitzt über den Büchern, um die versäumte *Zeit* aufzuholen, Wissen zu erwerben und ein würdiges Mitglied der Kommune zu werden, um dieses Wissen der *Zukunft* zurückzugeben ... Und der schweigsame, lichte, bis zur Strenge gütige, bis zur Gütigkeit strenge Nikita Sergejewitsch, der dieses Haus geschaffen hat ...

Leonti Wladimirowitsch sagte:

»Genug gelernt und geredet – geh nach Hause schlafen. Morgen um neun büffeln wir die Heilige Schrift, die begreift man nur durch Büffeln!«

Er hätte längst gehen müssen. Damit er seine Freunde auf der Brücke antraf auf den Prellsteinen am Salzspeicher, ehe sie auseinandergingen, weil es schon spät war. Die Prellsteine standen nicht, sie lagen an der Brücke, vor wer weiß wie vielen Jahren vom Semstwo zur Brücke gefahren, abgeladen und vergessen. Die Steine in der warmen Sonne machten diese Stille zu einem ausgezeichneten Kinderklub.

Andrej sprach auf den Prellsteinen hart wie ein Prophet und geheimnisvoll wie ein Zauberkünstler:

»Du, Genossin Anka, und du, Genosse Minka, ihr werdet in eurem Haus besser leben als Koschkin und Schmutzochs, und anziehen werdet ihr euch wie Vitali Aristarchowitsch und wie Deka und Rodeka, und Vitali Aristarchowitsch wird kein Fürst mehr sein. Alle werden gleichermaßen arbeiten und nur vernünftige Sachen machen, und deine Mama, Genossin Anka, wird genausoviel Gehalt bekommen wie Schmutzochs, und über die Hälfte des Tages wird sie zu Hause sitzen und Bücher lesen, um ihren Rücken gradezubiegen.«

Klimenti schwieg, verwundert schwieg Anjuta. Auch Wanjatka Nefjodow schwieg.

Mischucha Schmeljow sagte erstaunt:

»Oh!?«

Jegorka Korowkin sagte:

»So siehst du aus!« Und zeigte Anjuta die Feige. »Daß du so lebst wie Koschkins oder wir!«

Anton Kazaurow sagte:

»Woher willst du das wissen? – sie sind bestimmt nicht dümmer als du, und dein Vater mit seinem Kaufmannswanst ist genauso ein Flegel wie Schmeljow. Genosse Minka kann ja reich werden und hat dann mehr als dein Vater.«

Andrej Kriworotow sagte:

»Aber nein, reich werden ist nicht gut, im Gegenteil, unser Salzspeicher wird hundertmal so groß gemacht, alle tragen hin, was sie herstellen, und alle nehmen sich von dort, was sie verdient haben. Wer dabei stört, der kommt ins Gefängnis!«

»Der Salzspeicher gehört uns«, sagte Korowkin. »Ob wir ihn hergeben oder nicht, das wird sich noch zeigen.«

»Da stecken wir dich ins Gefängnis.«

»Da melde ich's Kolka Babenin.«

»Da hauen wir dir wegen Petzerei die Fresse voll.«

Wanja Koschkin sagte überlegt:

»Was willst du schon gegen alle ausrichten? Ich, Andrjuschka und Antoschka, wir gehen im Frühjahr an höhere Schulen, sie ins Gymnasium, ich an die Handelsschule, danach werden wir Studenten, und alle Studenten sind Rebellen.«

Mischucha Schmeljow fragte streng:

»Wann wird denn das sein, daß alle gleich bekommen?«

»Na ja ... wenn der Krieg gegen die Japaner zu Ende ist ... «

Korowkin ereiferte sich:

»Was – bist du wieder für die Japaner, wie im Winter, als wir Port Arthur gespielt haben!? hat dich dein Vater zuwenig vertrimmt!?«

Andrej wurde verlegen. Klimenti sagte streng zu ihm:

»Was soll das Gequatsche!?«

Sonst hatte Klimenti geschwiegen.

… Wieder saß Andrej an dem Tisch mit dem riesigen Löschblatt, daneben auf dem Fensterbrett saß Leonti Wladimirowitsch. Er sagte:

»Und jetzt pauke ›Vöglein kennt, von Gott geborgen, / Keine Mühsal und kein Leid, …‹ «

»… ›Und sein Nestlein ohne Sorgen / Baut sich's nicht für lange Zeit.‹ … Ich hab das irgendwie nicht verstanden – wann wird denn das sein?«

»Was denn?«

»Wenn alle anfangen, alles in diese Scheunen zu tragen und Klawdia Kolossowa genausoviel bekommt wie Schmutzochs.«

Leonti Wladimirowitsch antwortete nicht gleich und ohne zu scherzen:

»Genau kann ich dir das nicht sagen. Was Schmutzochs betrifft, mit dem werden wir uns bald auseinandersetzen, aber wann wir die Scheunen bauen – das wird nicht so bald sein … Doch wir werden sie bauen. Und was wir tun müssen, um sie möglichst bald zu bauen, das will ich dir sagen. Nie darf man so leben, daß man auf morgen verschiebt, was man heute erledigen kann, und auf dieses Morgen darf man nicht warten. Man muß gebildet und ehrlich sein, und mit allem, was jeder von uns kann, muß man helfen, daß das Morgen möglichst bald kommt. Ehrlich, mutig und überzeugt muß man sein, man muß wissen, daß dies – das heißt deine Speicher – ganz bestimmt sein wird, man muß es wissen und sich dafür einsetzen.«

»Nikita Sergejewitsch weiß es auch und wartet nicht?« fragte Andrej.

»Ach, Nikita Sergejewitsch! … er weiß es, setzt sich ein und wartet – wartet schon mehr Jahre, als dein Vater alt ist … Wie schön, wenn er es noch erlebt … «

Andrej kam nicht von dem Eßzimmer los, längst war es Zeit, zu den Steinen zu gehen, doch Nikita Sergejewitsch nahm gerade die Winterfenster heraus – aus dem Garten würde der Frühling hereinfließen, der Geruch nach Erde, nach Frühling würde das Eßzimmer ausfüllen – und Andrej kratzte zusammen mit Leonti Wladimirowitsch bis zum Dunkelwerden die Verschmierung weg, bis sich die Fenster öffnen ließen, bis Leonti Wladimirowitsch sagte, daß es Zeit sei zum Schlafengehen.

Andrej stieg durchs Fenster in den Garten dem Frühling entgegen, ging über den abgetrockneten Weg durch den Garten, blieb bei Nadeshda Andrejewna hängen, half ihr ein Blumenbeet umgraben. In den Garten trat Leonti Wladimirowitsch, einen Wacholderstock in der Hand, mit dem er seine Spaziergänge durch die Stadt machte, und sagte:

»Du treibst dich immer noch hier herum? – ab mit dir!«

Zusammen mit Andrej ging er zur Pforte hinaus.

»Wo willst du jetzt hin?«

»Zu den Prellsteinen.«

»Das liegt auf meinem Weg.«

Bei den Prellsteinen war kein Mensch. Leonti Wladimirowitsch ging weiter, in die Dunkelheit, zum Salzspeicher. Andrej setzte sich an den Prellsteinen nieder, in der Hoffnung, einer seiner Freunde würde noch kommen. Die Prellsteine trennte ein Platz von dem Salzspeicher, der Salzspeicher stand erhöht. Andrej sah lange Leonti Wladimirowitschs Kopf vor dem Hintergrund eines Himmels, der grün war wie das unbewegte Wasser eines Teichs. Die Brücke passierte Artjom Obuchow, Klimentis Vater, er machte halt, sah sich nach allen Seiten um und wandte sich dem Salzspeicher zu, Leonti Wladimirowitsch nach, und auch sein Kopf war lange vor dem grünen Himmel zu sehen. Andrej sah, daß noch jemandes Kopf von der anderen Seite, von der Bahnstation her, über den Himmel glitt, und er glaubte in den Ruinen des Salzspeichers eine Sekunde lang ein Streichholz aufflammen und verlöschen zu sehen. In dem Moment stieg Klimenti vom Grunde der Schlucht auf die Brücke zu den Prellsteinen.

»Dein Papa und Genosse Leonti sind grade zum Salzspeicher gegangen, wirklich!« rief Andrej.

»Was schwindelst du, daß es die ganze Straße hört?« antwortete Klimenti.

»Ich schwindle nicht, ich habe sie selber gesehen – die Köpfe am Himmel.«

»Hast du sie gesehen, was schreist du dann so rum?«

Klimenti setzte sich neben Andrej, bedächtig wie ein Greis.

»Lernst du die ganze Zeit und liest Bücher?«

»Ja.«

»Und ich stecke die ganze Zeit auf der Station ... Hast du interessante Bücher?«

»Sehr interessante ... Genosse Leonti sagt: wann genau es sein wird, weiß er auch nicht, aber was man tun muß, hat er mir genau gesagt. Man darf nicht alles auf morgen verschieben, was man heute erledigen kann ...«

Über die Brücke kam noch jemand – Grigori Wassiljewitsch

Sosnin, der Lehrer aus Tschertanowo. Andrej verstummte. Grigori Wassiljewitsch blieb eine Weile an der Brücke stehen, bevor er zum Salzspeicher abbog.

»Komm, wir sehen mal nach«, sagte Andrej flüsternd.

»Was gibt's da zu sehen«, sagte Klimenti. »Was quatschst du dauernd rum und steckst deine Nase in Dinge, die dich nichts angehen ... Was steht denn in den interessanten Büchern?«

Andrej verließ die Prellsteine, als es endgültig dunkel geworden war und er Klimenti alles Gelesene erzählt hatte. Klimenti blieb allein. Er stützte die Ellbogen auf die Knie, verschränkte die Hände ineinander, legte den Kopf darauf und hielt dösend Wache in der Frühlingsnacht – bis sich sein Vater, der Hammerschmied Woronow aus dem Depot, Grigori Wassiljewitsch, Ilja Iljitsch Stramynin und Leonti Wladimirowitsch einzeln vom Salzspeicher auf den Rückweg machten.

Leonti strich Klimenti über den Kopf.

»Nun? nicht eingeschlafen? ... Hat Andrej hier mit dir gesessen?«

»Hat er ... quatscht dauernd rum.«

Tags darauf, als Andrej vor dem Löschblatt saß, sagte Leonti Wladimirowitsch fast mit den gleichen Worten wie Klimenti:

»Übrigens, Andrej, du solltest nicht herumquatschen.«

»Ich quatsche überhaupt nicht«, antwortete Andrej. »Nikita Sergejewitsch hat uns übrigens immer gelehrt, daß man nur die Wahrheit sagen und denken soll ... «

»Die Wahrheit – das stimmt«, sagte Leonti Wladimirowitsch, »bloß ist die Wahrheit nicht für alle die gleiche. Einem Freund, einem Genossen, für den die Wahrheit dasselbe ist wie für dich, mußt du immer alles sagen, ohne etwas zu verbergen, sonst bist du ein Verräter. Einem Feind darfst du nie etwas sagen, sonst bist du wieder ein Verräter. Klar? Und wenn du nicht gleich weißt, wer ein Freund und wer ein Feind ist, dann schweig erst mal und frag mich, ich bin dein Freund, das heißt, ich werde dir immer nur die Wahrheit sagen ...«

Im Mai legten Andrej Kriworotow, Iwan Koschkin und Anton Kazaurow ihre Prüfungen ab, sie bestanden sie, fuhren jedoch im Herbst nicht zum Schulbesuch in die Gouvernementsstadt: über dem Reich braute sich die Revolution zusammen, alle Welt erwartete sie.

Im Fernen Osten kam es im Mai zur Schlacht bei Tschurjongtschon, und die russischen Truppen wurden geschlagen. Im Juni gab es die Schlacht bei Wafanggou, und die Russen wurden geschlagen. Am 15. Juli fiel der Minister des Innern von Plewe ebenso wie sein Vorgänger einem Bombenanschlag zum Opfer. Am 12. August bereiteten die Japaner der in Port Arthur stationierten russischen Kriegsflotte eine entscheidende Niederlage. Am 24. August begann die Schlacht bei Liaoyang, die russischen Lager wurden vernichtet. In der Nacht vom 8. zum 9. Oktober erntete Admiral Roshdestwenski das Gespött der ganzen Welt, als er in der Nordsee englische Fischer für Japaner hielt und auf sie schoß, hauptsächlich aber seine eigenen Schiffe traf. Im Oktober stellte sich Kuropatkin wieder zum Gefecht und wurde an der Schahe geschlagen. Am 6. November trat in Sankt Petersburg der eigenmächtig einberufene Kongreß der Semstworepräsentanten zusammen und eröffnete das Gespräch über die Verfassung. Im selben Monat November berief Imperator Nikolai unter seinem Vorsitz eine Beratung über die Einführung einer Volksvertretung ein und beschloß sie – mit Sekt, doch mit keiner Vertretung.

Der Winter brach herein. Ein neues Jahr stand vor der Tür – 1905.

Am 12. Dezember gab Seine Majestät Nikolai unklare Versprechungen über künftige staatliche Reformen ab. Am 20. Dezember, kurz vor Weihnachten und Neujahr, ergab sich Port Arthur mit allen Truppen, Geschützen und Flottenresten den Japanern. In Rußland wurde ein altes patriotisches Soldatenlied gesungen, das mit den Worten begann:

Bei Poltawa ist's gewesen,
Freunde, eine große Schlacht,
Wo wir unter Peters Fahnen
Den Schweden haben Beine gemacht.

Plötzlich erklang überall, auch in Koslows Schenke, nach der Melodie des Poltawa-Liedes:

Bei Port Arthur ist's gewesen,
Freunde, schändlich diese Schlacht,
Wo Togas, Nogas, Kamamuras
Die Höll' uns haben heiß gemacht.

Durch Kamynsk kamen Züge aus dem Fernen Osten, die Verwundete brachten und – ›homerische‹ – Neuigkeiten – über Offizierssaufereien, über den Zerfall der Armee, über Dieberei und Korruption.

Das neue Jahr brach an. Um das Dreikönigsfest hielt sich starker Frost.

Am 3. Januar trat in Sankt Petersburg das Putilow-Werk – Produzent von Waffen und Hüttenerzeugnissen – in den Streik. Am 9. Januar wurden in Sankt Petersburg auf dem Platz vor dem Winterpalais Arbeiter erschossen, am gleichen Tag wurden in Piters Arbeitervierteln die ersten russischen Barrikaden errichtet.

Der 10. Januar war in Kamynsk sehr frostig, der Ofenrauch stieg in dicken Säulen zum Himmel, die Zeitungen kamen in der Dämmerung. Und in der Dämmerung schien es, Sankt Petersburg liege nicht Tausende von Werst von Kamynsk entfernt, sondern ganz in der Nähe.

Babenin suchte Werejski auf.

»Euer Durchlaucht, haben Sie gehört?«

»Ja, mein Lieber!«

»Revolution.«

»Zum Unglück ist es so, tatsächlich ... «

In Zivil, das heißt verkleidet, im Schutz der Zäune kam Rittmeister der Gendarmerie Zwetkow zu Werejski.

»Revolution, Euer Durchlaucht.«

»Ja, mein Lieber.«

»Euer Durchlaucht, wie wäre es mit Préférence?«

Rasboischtschin schloß das Tor ab, verschloß und verriegelte alle Türen im Haus, schloß sich in seinem Arbeitszimmer ein, rief seiner Frau durch die Tür zu, er sei nicht zu Hause, und holte Wodka aus dem Schrank, trank aber nicht.

Doktor Kriworotow nahm den Kopf seiner Frau in die Hände, legte ihn auf seine Schulter, neigte den seinen auf ihre Schulter und brach in Tränen aus.

In Koslows Schenke und in der Gesellschaft für Abstinenz saß man die ganze Nacht bis zum Morgengrauen schweigend wie auf dem Bahnhof. Nach Tschertanowo gelangten die Petersburger Neuigkeiten um eins, als das Licht in den Häusern bereits gelöscht war – ein Fenster nach dem anderen wurde wieder hell. Die Leute schliefen nicht.

Das Land der Fabriken und Werke antwortete auf den 9. Januar mit einer Streikwelle, die über das ganze Reich hinwegging; am 4. Februar zerriß im Moskauer Kreml gegenüber dem Arsenal eine Bombe den Onkel des Imperators und Thronfolgers – Großfürst

Sergej. Am 11. Februar begann die Vernichtung der russischen Armeen bei Mukden, abgeschlossen war sie Ende Februar, als im ganzen Reich gestreikt wurde …

Im neuen Monat März flossen neue Bäche unter tauendem Schnee zum Salzspeicher und weiter zur Wolga, zum Kaspisee, in die Unendlichkeit. Klimenti Obuchow sonderte sich von den Freunden ab, steckte die ganze Zeit auf der Bahnstation, abgesehen von den Stunden, die nach der Verordnung des Jahres siebenundsiebzig die städtische Schule in Anspruch nahm. Die Gleise vernichteten die Räume, brachten Neuigkeiten aus allen Gegenden des Reiches. Moskau streikte. Die Rigaer und Warschauer Erschießungen waren bereits vorbei. Die Südwest-Eisenbahn streikte. Auf der Station Kamynsk wurde über den Allrussischen Eisenbahnverband beraten – Initiator war Artjom Obuchow. Im sonnigen Mai verhallte der Gefechtslärm bei Tsushima als Totenklage für das Russische Reich. In Moskau bereitete die Intelligenz den Bund der Bünde vor. In Iwanowo trat der erste Arbeiterdeputiertenrat der Welt zusammen. Willy, das heißt der deutsche Kaiser Wilhelm II., riet Nicky, das heißt dem russischen Imperator Nikolai II., den Krieg zu beenden; der amerikanische Präsident Roosevelt schickte den Japanern und den Russen eine Vermittlungsnote. In Łódź kam es zu einer richtigen Schlacht zwischen Polizei und Arbeitern. Im Schwarzen Meer meuterte die ›Potjomkin‹.

6

Die Revolution der Väter

Am 6. Oktober stellten, der Kasaner Eisenbahn folgend, die Eisenbahnen im ganzen Russischen Reich die Arbeit ein, wodurch sich sofort die Räume wieder auftaten und die Welten getrennt wurden. Der Eisenbahntelegraph verstummte. Im Streik standen Sosnowizy an der Grenze zu Deutschland und Aschchabad an der Grenze zu Persien, Tiflis in den Subtropen und Archangelsk nördlich des Polarkreises, Müller und Schuhmacher, Schneider und Bäcker, Metallarbeiter und Weber, Advokaten und Richter, Buchhalter und Kassierer – alle, alle, und in erster Linie die Arbeiter.

Bereits im Januar hatte Polizeichef Babenin an seine Vorgesetzten geschrieben:

›... weiterhin habe ich die Ehre, Eurer Durchlaucht mitzuteilen, daß die Revolution in Kumynsk für den Hauptteil der Bevölkerung der Stadt und des Kreises wahrlich nicht ungefährlich ist, bedenkliche Fakten gibt es auf Schritt und Tritt, und zu bewältigen wären sie für mich nur unter der Voraussetzung, daß Eure Durchlaucht mir wenigstens eine Hundertschaft Kosaken schickt ... ‹

Rittmeister Zwetkow schrieb:

›... und zweitens habe ich die Ehre, Eurer Durchlaucht zur Kenntnis zu bringen, daß die Revolution in Kamynsk und im Kreis mir im wahrsten Sinne des Wortes aus den Händen gleitet, da sämtliche Schichten der örtlichen Bevölkerung und Gesellschaft revolutionär gesinnt sind und neue Agenten anzuwerben unmöglich ist, alle Welt aber meine Agenten, sowohl die Gendarmerieunteroffiziere als auch die geheimen, kennt, und wo sie erscheinen, verstummt alles, meine in Zivil auftretenden Unteroffiziere wurden ein paarmal nur deshalb verprügelt, weil sie sich auf meine Anweisung verkleidet hatten, denn einige von den Leuten glauben, daß auf Verprügeln Uniformierter eine Strafe stehe, auf Verprügeln Verkleideter aber eine andere, geringere. Auf Grund des Dargelegten habe ich die Ehre, Eure Durchlaucht zu ersuchen, im Regierungsinteresse zu meiner Verfügung frische Geheimagenten zu entsenden, die der hiesigen Bevölkerung nicht bekannt sind ... ‹

Seit der Zeit, da an den Kamynsker Zäunen das Lied ›Zogst mir ein Los fern der Meinen‹ auftauchte, waren an diesen Zäunen viele Dutzend Gedichte und Proklamationen hinzugekommen, Dutzende von Büchern, Heften und Zeitschriften durch Kamynsker Hände gegangen. Bereits im November 1904 war Pawel Pawlowitsch Aksakow nach Sankt Petersburg auf den Kongreß der Semstworepräsentanten gefahren und hatte danach nicht ohne Verlegenheit von den Sankt Petersburger Semstwobanketten erzählt.

Im Februar wurden die Kamynsker ›Radikalen‹ zum erstenmal aktiv. Am 18. Februar hatte Imperator Nikolai einen nebulösen Erlaß über die ›Einbeziehung der würdigsten, das Vertrauen des Volkes genießenden, von der Bevölkerung ausgewählten Menschen in die Ausarbeitung und Erörterung der gesetzgeberischen Projekte‹ herausgegeben.

Einen Tag nach Eingang der Zeitungen mit dem Erlaß versammelten sich im Gebäude des Adelsklubs die Mitglieder der Kamynsker öffentlichen Lomonossow-Bibliothek. Unter den Teilnehmern waren Fürst Werejski, Aksakow, Babenin, selbst Landamtmann Rasboischtschin, selbst der Kaufmann Grigori Jeleasarowitsch Korowkin, Ärzte und Lehrer, vollzählig die Kommune Nikita Sergejewitschs. Eine Genehmigung des Polizeichefs für die Versammlung war nicht eingeholt worden. Auf der ›Tagesordnung‹ stand:

›1. Frage der Übergabe einer Resolution an die Regierung zur Verbesserung des Bibliothekswesens in Rußland gemäß Ukas vom 18. Februar.

2. Aktuelle Angelegenheiten.

Initiativgruppe‹

Zum Versammlungsleiter wurde Pawel Pawlowitsch Aksakow gewählt, zum Sekretär Leonti Wladimirowitsch Scherstobitow. Die Redner sprachen über alles Mögliche, nicht nur über Bücher, denn um alles stand es schlecht. Nach den Reden zu urteilen, beabsichtigte man tagelang zu beraten.

Scherstobitow, der auch ums Wort bat, faßte sich kurz und verlas heiter eine Resolution der Initiativgruppe. Die Resolution war heiter, sie enthielt alles, von der Unhaltbarkeit der monarchistischen Ordnung – angefangen bei der fehlenden Gewissens- und Redefreiheit – bis zur Notwendigkeit des Achtstundentages, der dem Arbeiter wenigstens eine Stunde für das Buch bringen würde.

Der Resolution folgte Schweigen.

Dann meldete sich der Kaufmann Grigori Jeleasarowitsch Korowkin zu Wort. Er äußerte den Gedanken, die Resolution enthalte viel Überflüssiges, was mit der Bibliothek nichts zu tun habe, und drohte, die Versammlung zu verlassen, wenn der Versammlungsleiter den offenkundigen Übermut nicht unterbinde.

Von den Plätzen erklangen Rufe, anderthalb Dutzend:

»Wir bitten darum! Wir bitten darum!«

»Worum?« fragte Grigori Jeleasarowitsch Korowkin streng.

»Daß Sie gehen!«

»Dann bleibe ich«, sagte Korowkin, puterrot, und setzte sich, beide Hände an den Stuhl gekrampft.

Als Rasboischtschin mit kleinen Schritten und lautlos zur Tür ging, rief Scherstobitow:

»Landsmann, nicht ausreißen! Nehmen Sie wieder Ihren Platz ein und bilden Sie sich!«

Aksakow schlug vor, die Resolution zugrunde zu legen, aber ihn und den Fürsten Werejski zu beauftragen, sie zu redigieren. Scherstobitow schlug heiter vor abzustimmen. Zunächst wurde abgestimmt, ob abgestimmt werden sollte oder nicht, das Ergebnis waren 47 Ja- und 6 Nein-Stimmen bei 7 Enthaltungen. Dann wurde über die Resolution selbst abgestimmt, und sie wurde ohne Korrekturen angenommen mit 47 Ja- gegen 6 Nein-Stimmen bei

7 Enthaltungen. Für die Resolution stimmten nicht nur Schiller, nicht nur seine zivile Frau, sondern auch Babenins Frau. Die Resolution wurde mit Beifall angenommen.

Nach dem Beifall erhob sich Rasboischtschin von seinem Stuhl und sagte blaß:

»Ich bitte im Protokoll zu vermerken. Ich enthalte mich der Stimme als Staatsbeamter, der außerhalb der Politik zu stehen und ausschließlich über die Einhaltung der Gesetze zu wachen hat ... «

Im Mai bekam Babenin doch noch fünfundzwanzig berittene Kosaken geschickt. Hinter der Tschertanowoer Schlucht übten sie sich auf dem Feld im Reiten, um es nicht zu verlernen, und zerhieben wild schreiend mit ihren Säbeln Ruten oder Lehmfiguren, in der Abenddämmerung und nachts dann ritten sie zu zweit durch Kamynsk und die Umgebung. Gendarmerierittmeister Zwetkow und Kollegienrat Babenin wußten Bescheid, konnten aber niemand dingfest machen, weil es keine Verräter gab: Auf dem Ziegenberg, im Klosterhain, im Sagorsker Wald, bald hier, bald da kam es zu Maifeiern, Zusammenkünften und Versammlungen, Zeitungen und Bücher wurden vorgelesen, über die Zukunft debattiert – eine Revolution, die über Wälder und Haine, über die Wiesen und den Fluß schwappte, als sei die Natur ein Zusatz zur Revolution. Zwetkow und Babenin wußten, daß jemandes Hand die Vorgänge lenkte und beschleunigte – und diese Hand bekam man nicht zu fassen, ihre Spuren verloren sich möglicherweise im Hause Moldawskis, ihre Spuren führten ganz bestimmt zum Eisenbahndepot. Die Kosaken suchten im Wald nach der Revolution. Am 1. Mai blieben die Arbeiter des Eisenbahndepots der Arbeit fern. Am 1. Mai blieben, zum erstenmal seit ihrem Entstehen, seit den Tagen des ›vaterländischen‹ Krieges, die Frauen der Schmutzochs-Fabrik der Arbeit fern. Gestreikt wurde auch in der Semstwoverwaltung. Die Leute zerstreuten sich in den Nachtigallenhainen und auf den Wiesen mit ihren ersten Blumen. Die ›Hand‹ war deutlich zu spüren.

Auf der anderen Seite des Kremlplatzes, gegenüber von Moldawskis Haus, stand das Haus Zwetkows. Leer und stumm stand dieses Haus. Zu zweit verließen jeden Tag in der Dämmerung Gendarmerieunteroffiziere den Hof und kamen mit Lehrern, Schriftführern der Verwaltung, Eisenbahnarbeitern, Arbeiterinnen der Schmutzochs-Fabrik zurück – sie brachten Grigori Wassiljewitsch Sosnin, Artjom Obuchow, Klawdia Kolossowa – den einen bot Rittmeister Zwetkow Papirossy aus einem silbernen Zigarettenetui an, auf die anderen schrie er ein, drohte mit Sibirien. Nachts schrieb der Rittmeister:

›... in Erfüllung der Anordnung Eurer Durchlaucht ... werden keine Agenten geworben, die Unruhen in anderen Städten und die Presse aber verderben die hiesige Bevölkerung immer mehr. Gegenwärtig zum Beispiel sammelt die ganze hiesige Bevölkerung öffentlich Geld zur Unterstützung der Arbeiter von Łódź, obwohl Łódź anderthalb tausend Werst entfernt liegt ... ‹

Babenin meldete:

»... am heutigen Tage nach sechs Uhr abends, als die Tagesschicht in der deutschen Fabrik von Herrn Schmutzochs das Fabrikgelände verließ und die Nachtschicht zusammengekommen war, um an die Arbeit zu gehen, erschienen am Tor unter den Frauen ein unbekannter Mann und eine Frau, nach den vorliegenden Angaben vermutlich der verbannte Student Scherstobitow und die Arzthelferin Wolgina, mit einem aus unbekannten Personen bestehenden Begleitschutz. Die Unbekannten sprachen ihre Vorderleute an, warteten, bis die Hinteren nachgerückt waren und die Menge dichtgedrängt stand, stiegen auf einen Bretterstapel und wandten sich an die Frauen mit Reden empörenden Inhalts im Geiste der in letzter Zeit in Kamynsk herauskommenden Proklamationen, zum Teil zitierten sie daraus ganze Sätze im Namen der bolschewistischen Fraktion der SDAPR, warfen Flugblätter in die Menge und verteilten drei Exemplare der Zeitung ›Wperjod‹, die nicht beschlagnahmt werden konnten ...«

In derselben Nacht teilte der Polizeichef mit, daß der gleiche Agitator im Lokomotivdepot eine Rede gehalten hatte.

Am darauffolgenden Tag schrieb der Polizeichef an den Gouverneur erneut über jene Agitatorin, die an der Brücke von Marfin Brod einen Menschenauflauf verursacht hatte:

›... wobei sich die Arbeiterinnen ruhig verhielten, doch bei den Worten über den Achtstundentag ertönte Hurra-Geschrei. Die Unbekannte schwang sich aufs Rad und verschwand in unbekannter Richtung ... ‹

Babenin besaß eine angeborene Vorliebe für das Préférencespiel, Ferkel mit Buchweizengrütze, Polstermöbel im Stile Alexanders III. und Romane des Grafen Salias; er betrachtete sich sogar als Liberalen, seit er in ziviler Ehe mit einer Schauspielerin zusammenlebte. Er hatte es sehr schwer, Babenin. Er behielt es für sich, daß selbst seine Frau, mochte sie auch seine zivile Frau sein, ihn hinterging, zusammen mit ihrer Freundin, der zivilen Frau Schillers – sie besuchte das Haus Moldawskis und verbrachte Stunden dort. Sein Sohn Nikolai war ihm entglitten und grölte die ›Marseillaise‹ durchs ganze Haus. Einziger Trost waren die Töchter. Nachdem sie das Progymnasium absolviert hatten, blieben sie wegen der Revolution zu Hause. Für die Revolution zeigten sie keinerlei Leidenschaft, ihre Leidenschaft galt Grischa Fedotow, dem Sohn des Generals, der das Kadettenkorps absolviert hatte und sich nun vor der Junkerschule erholte. Grischa fuhr mit den Zwillingen Boot und machte mit ihnen Spaziergänge am Fluß.

Werejski schrieb:

›... bisher hat die Gärung noch nicht endgültig um sich gegriffen, doch sie wird es unausbleiblich tun ...‹

Der Akzisebeamte Kazaurow veranstaltete im Adelsklub eine Beamtenversammlung und schlug vor, sich der Partei der Volksfreiheit anzuschließen, sprach von der Bulygin-Duma, davon, daß sie freilich nur ein Freiheitsschwänzchen bedeute, aber immerhin Freiheit. Von seinem Platz rief ihm Scherstobitow zu, der uneingeladen zu der Versammlung erschienen war:

»Na schön, ein Schwänzchen! – aber wenn Sie diesen Schwanz hinaufkriechen, an welcher Stelle der Regierung finden Sie sich dann wieder!?«

Am 6. Oktober begann der gesamtrussische Eisenbahnerstreik, und am selben Tag, nach sechs Uhr morgens, als Schichtwechsel in der Schmutzochs-Fabrik war, gingen beide Schichten in Regen und Nebel über den Fluß zu einer Wiese, wo eine Vollversammlung der Arbeiterinnen stattfand und die Fabrik in den Ausstand trat. Als Abgesandter der Arbeiterinnen ging der Kontorist Ilja Iljitsch Stramynin in die Fabrik. Er überbrachte Herrn Schmutzochs die Forderungen der Arbeiterinnen in dreiundzwanzig Punkten. Am gleichen Tag peitschten in der Stadt die Kosaken sieben Frauen, die in der Schmutzochs-Fabrik beschäftigt waren, mit der Nagaika aus.

Andrej Kriworotow wachte an diesem Tag erst spät auf – die Aufnahmeprüfungen fürs Gymnasium hatte er bereits vor einem Jahr abgelegt, in diesem Jahr war auch in Kamynsk ein Gymnasium eröffnet worden, doch Unterricht gab es keinen – wegen der revolutionären Zeiten. Draußen fiel grauer Nieselregen. Im Speisezimmer rührte der Vater, laut mit dem Löffel klappernd, den Tee im Glas um – offenkundig verstimmt durch seine Unentschlossenheit. Im Hause wußte man bereits von dem Eisenbahnerstreik und von dem Streik in der Schmutzochs-Fabrik, und der Vater stellte Vermutungen an. Andrej hatte bereits von den Parteien gehört und wollte entweder Sozialdemokrat oder Sozialrevolutionär, überhaupt Revolutionär werden, klare Vorstellungen über diese Fragen besaß er noch nicht: der Vater sprach mit seinem Sohn nicht über diese Themen, Fragen der Parteien gingen ihn nichts an, um so weniger seinen Sohn, dazu war er noch zu klein, und bei Leonti Wladimirowitsch hatte Andrej nach den Prüfungen keine Stunden mehr; Leonti Wladimirowitsch war sehr beschäftigt, ihn traf man fast nie in der Kommune an, oder er war ständig von Erwachsenen umringt – und selbst mit Klimenti Obuchow, dem Freund, konnte sich Andrej nicht ordentlich aussprechen; Klimenti steckte die ganze Zeit auf der Bahnstation und hüllte sich in Schweigen, ihre Freundschaft war offensichtlich am Erlöschen; Klimenti warf ihm dauernd vor, er würde herumquatschen, aber ein Geheimnis für sich zu behalten war für Andrej tatsächlich etwa das gleiche wie eine heiße Kohle in die Hosentasche zu stecken ... Draußen nieselte es. Andrej setzte sich ins Speisezimmer dem Vater gegenüber und rührte, wie der Vater, geräuschvoll den Tee um.

»Nicht so laut, Söhnchen«, sagte der Vater.

»Streik! – ganz groß!« sagte Andrej. »Papa, was wird jetzt werden?!«

Iwan Iwanowitsch schwieg eine Weile, dann antwortete er ärgerlich:

»Ich bin nicht der Prophet Hesekiel, um auf dumme Fragen zu antworten, ob etwas ganz groß ist oder nicht ... Und du steck deine Nase nicht in Dinge, die dich nichts angehen. Bist noch zu jung dafür! Trink Tee, solange welcher da ist, und mach nicht so laut.«

Ein unwahrscheinlicher Dreck war draußen. Zu tun gab es zu Hause absolut nichts, und herumsitzen war sinnlos. Sich den Streik ansehen schien notwendig. Alle diese Tage waren ungewöhnlich, man wußte einfach nicht, was man tun sollte, und deshalb tat Andrej auch nichts, nicht einmal vor Langerweile. Er hatte große Lust, Klimenti zu sehen, ihn zu befragen, ihm seine Gedanken anzuvertrauen, mit ihm zur Schmutzochs-Fabrik zu gehen und sich anzusehen, wie gestreikt wurde. Andrej begann, sich in der Diele Mantel und Schuhe überzuziehen.

»Wo willst du hin?« fragte der Vater.

»Spazierengehen.«

»Bei dem Dreck?«

»Du sagst doch selbst, daß es keine Erkältung gibt ... «

»Die Erkältung als solche gibt es tatsächlich nicht, aber ein unterkühlter Organismus bildet den günstigsten Nährboden für die Entwicklung von Infektionsbakterien ... Bleib zu Hause.«

»Ich will zu Klimenti, Karten spielen.«

»Schick Nastja, daß sie ihn holt.«

Andrej hängte den Mantel wieder auf und setzte sich ans Fenster, um zu malen – er wartete, bis sich der Vater wieder in sein Patiencelegen vertieft hatte, zog sich leise an und ging in den Matsch und den Nieselregen hinaus nach Tschertanowo. Die Straße lag leer. Klimenti war nicht zu Hause. Wanjatka Nefjodow traf er auch nicht an, er war in die Stadt gegangen. Andrej beschloß, allein nach Marfin Brod zu gehen, durch die Stadt. Er gelangte zum Kreml. Die Straßen lagen auch hier leer und naß. Am Abhang zwischen Kreml und Podol waren zwei berittene Kosaken postiert. Etwas weiter, unter dem Vordach einer Kapelle, standen Beobachter. Ein bärtiger Kosak versperrte Andrej den Weg und rief streng:

»He, Gymnasiastenbürschlein, wohin!?«

»Ich? Spazieren.«

»Na, dann spazier woanders lang. So was, Spaziergänge im Regen!«

Andrej trat unter das Vordach der Kapelle. Die Leute unter dem Vordach standen naß, argwöhnisch, böse, gaben sich jedoch einen gleichmütigen Anschein.

»Natterngeschmeiß das«, sagte der Schuhmacher Galkin so, daß alle es hören konnten, bis auf die Kosaken. »Alle Wege haben sie abgesperrt, nicht mal das Jungchen lassen sie durch ... «

Den Berg herauf, vom Podol, stiegen, müde, durchnäßt bis auf die Haut, dreckverschmiert bis an die Knie, Frauen, ein gutes Dutzend, Arbeiterinnen aus der Schmutzochs-Fabrik. Unter ihnen war Klawdia Kolossowa, Annas Mutter. Die Füße der Frauen rutschten in dem Schlamm aus, die Frauen gingen langsam, mühsam. Die Kosaken ritten auf die Frauen zu.

»Halt!« schrie der bärtige Kosak. »Keinen Schritt weiter! Zurück!«

»Woher?« fragte kurz und boshaft der junge bartlose Kosak, dem der Haarbusch unter der Mütze hervorquoll, und ritt gegen die vorderste der Frauen los.

»Was soll das, unverschämter Kerl«, sagte die Frau, die vor dem Pferd zurückprallte und ausrutschend mit den Händen in den Schlamm griff.

»Woher?« fragte leise der Kosak mit der Tolle. »Von der Fabrik?«

»Woher sonst? – von der Fabrik, aus der Katorga!« rief die Frau, während sie versuchte, sich aufzurichten.

»Aksanow, schlag zu!« sagte der Bartlose, beugte sich aus seinem Sattel hinunter und versetzte der Frau, die vor seinem Pferd niedergefallen war, einen Hieb mit der Nagaika.

Die Kosaken peitschten die Frauen auf die Schultern und ins Gesicht. Die Frauen schrien. Sie rannten rückwärts, nach Podol, rutschten, stürzten. Die Kosaken verfolgten sie den halben Berg.

Die Leute unter dem Kapellenvordach rührten sich nicht. Der Schuhmacher Galkin flüsterte mit bleichen Lippen:

»So ein Geschmeiß, Gott verzeih's mir, ich halt das nicht aus ... «

Andrej kam völlig zerschlagen nach Hause. Sein Unterkiefer zitterte, und er mußte gähnen, daß ihm die Tränen kamen. Unbemerkt schlich er sich in sein Zimmer. Im Zimmer war es finster durch den Regen. Hastig wechselte er die Unterwäsche und schlüpfte mit einem ihm unverständlichen Wohlbehagen in eine alte Hose und ein ebenfalls vor dem Gymnasium getragenes Hemd. Sein Kiefer hörte nicht auf zu zittern. Wenn es doch zu Hause wie vor dem Gymnasium gewesen wäre. Der Vater kam herein und fragte streng:

»Wo warst du?«

»Ich? ... nirgends ... bin zu Klimenti gegangen, er ist nicht zu Hause... Papa, bitte, kannst du nicht mit mir Schach spielen, und darf ich die Lampe anmachen? ...«

»Was zitterst du so? Ich habe dir doch gesagt, daß du naß werden kannst. Nimm eine Aspirin. Ich habe keine Zeit zum Schachspielen.«

Andrej legte sich aufs Bett, das Gesicht zur Wand, und weinte. Alles ringsum war so hoffnungslos schlecht und öde.

Dann erschienen – heimlich hatten sie sich aus ihren Häusern geschlichen – Mischucha Schmeljow und Iwaschka Koschkin – heimlich schlichen sie sich in Andrejs Zimmer.

»Was da los ist, was da los ist!« sagte Mischucha, »die Kosaken haben auf dem Berg die streikenden Frauen gepeitscht!«

»Geschieht ihnen ganz recht!« sagte Iwan.

»Quatsch!« sagte Mischucha. »Leb du mal wie sie. Die ganze Stadt weint um sie!«

»Ach nein! die ganze Stadt habt ihr auf euerm Hof! Mein Papi hat zu dem alten Korowkin gesagt – geschieht ihnen ganz recht, und der alte Korowkin meinte – es kommt noch ganz anders!«

»Weiß ja jeder, daß dein Korowkin ein Schwarzhunderter ist!« sagte Mischucha giftig.

Andrej schwieg, auf dem Bett liegend, damit sie seine verweinten Augen nicht sehen konnten.

Iwan sagte versöhnlich:

»Jungs, ich habe von meinem Vater neue Karten bekommen, wir machen ein Spielchen – jeder mit seinen Trümpfen ...«

An diesem Tag traten in ganz Rußland die Eisenbahnen in den Streik.

Die Nacht davor hatte Klimenti nicht geschlafen. Seit dem Abend bewachte er, unter der Brücke postiert, den Salzspeicher, in dichtem Nebel und Nässe. Aus dem Speicher ging man gegen Mitternacht auseinander. Leonti Wladimirowitsch, Nil Pawlowitsch Wantroba und Ilja Iljitsch Stramynin, in fremden Mänteln, völlig durchnäßt, fuhren auf Fahrrädern durch den Morast nach Marfin Brod. Der Vater, der Hammerschmied Woronow, der Lehrer Sosnin und mit ihnen Klimenti gingen nach Tschertanowo, Grigori Wassiljewitsch in die Schule, der Vater, Woronow und Klimenti zu ihnen nach Hause. Die Mutter verhängte in der Küche das Fenster, drehte den Lampendocht herunter. Alle drei – Klimenti, Woronow, der Vater – zogen ihre Schuhe aus, ließen sich trockene Socken geben. Die Mutter heizte den Samowar, stellte Sülze und Schwarzbrot auf den Tisch. Sie aßen und wärmten sich mit Tee auf. Sie taten es schweigend. In der zweiten Stunde traf mit seinem Fahrrad Leonti Wladimirowitsch ein, allein, bis zu den Brauen mit Schmutz bespritzt – gierig, die Hände am Glas wärmend, trank er Tee, aß Sülze. Die Mutter bot auch ihm trockene Socken und ein Hemd an – er zog sie an. Sie machten sich fertig.

»Solltest das Jungchen zu Hause lassen«, sagte die Mutter.

»Laß nur, wir können ihn brauchen«, antwortete der Vater, runzelte die Stirn, umarmte zärtlich seine Frau. »Du ... du mußt keine Angst haben! Er soll ruhig wissen, was Sache ist.«

Auf dem Feld, im undurchdringlichen Dunkel, peitschte ein schrägfallender Regen. Voraus brannten die Stationslichter, brüllten und fauchten die Dampflokomotiven. Der Regen verursachte ein Kältegefühl, doch durch das Laufen wurde ihnen warm. Die Füße versanken im Lehm.

Sie gelangten zum Depot. Im Depot konnte von Schlafen keine Rede sein, es wimmelte von hellwachen Menschen. Alle Schichten hatten sich hier versammelt. Woronow und der Vater gingen ins Büro, kamen zurück, entfernten sich mit Leonti. Klimenti blieb am Tor. Jemand rief, und es klang wie suchendes Rufen im Wald:

»Feuer lööscheen!«

»Genossen, jetzt, in diesem Augenblick, bleiben in ganz Rußland die Züge stehen, und die riesige Armee der Eisenbahner nimmt den Kampf auf – auch wir, als Arbeiter des Bahnhofsdepots ... « sprach der Vater, Artjom Obuchow.

Den Vater überschrie eine entschlossene, fröhliche Stimme:

»Wissen wir! Wozu noch die Reden! gebt das Pfeifsignal! anfangen! ... Der Streik geht los!«

Eine Lokomotive pfiff, dann wurde es ganz still. Der Streik hatte begonnen. Der Regen rauschte. Klimenti stand am offenen Tor. Ernste Menschen gingen an ihm vorbei. Aus den Lokomotiven wurde die Schlacke herausgeworfen, die Feuerung gelöscht, die Schlacke sprühte goldene Funken. Klimenti blickte in die feuchte Dunkelheit, in die die Menschen davongingen, und sah das ganze Russische Reich, in dem die riesige Armee der Eisenbahner auf allen Gleisen die Züge anhielt. Er dachte nicht daran, daß irgendwo ganz nahe und dennoch in der gewaltigen Tiefe seines Bewußtseins und seines Herzens ein großer Stolz auf seinem Vater lag, der mit lauter Stimme die Genossen zur Revolution, zum Handeln gerufen hatte ...

Das Depot leerte sich. Ans Tor stellte sich die Wache. Der Vater, Woronow und Leonti Scherstobitow kamen lange nicht aus dem Büro, und als sie herauskamen, gingen sie zum Bahnhofsgebäude, zum Dienstraum, ohne Klimenti zu bemerken. Klimenti verstand sehr wohl, daß die Dinge, um die sie sich zu kümmern hatten, weitaus wichtiger waren, als auf ihn zu achten, und Stolz erfüllte ihn, *daß er an diesen Dingen teilhatte*. Klimenti stand allein da und fühlte sich eins mit allen, er hatte es überhaupt nicht nötig, die anderen auf sich aufmerksam zu machen.

An diesem Tag traten die Eisenbahnen in ganz Rußland in den Streik.

Gegen Mittag dieses Tages ging auf den Hügeln hinter Tschertanowo das Gut des Grafen Werejski in Flammen auf, loderte mit schwarzem Rauch.

Auf der Station Kamynsk ließen die Eisenbahner allein Militärzüge aus dem Fernen Osten durch, die die demobilisierte Armee beförderten. Die Offizierswagen betraten Leute in kurzen Handwerkerjacken und tief in die Stirn gezogenen Schirmmützen; sie forderten die Offiziere auf, die Waffen herzugeben, sonst würden die Züge nicht weiterfahren und man würde ihnen die Waffen abnehmen mit Hilfe der Soldaten, die mit den Zügen schnell nach Hause wollten. Die Offiziere gaben die Waffen her. Die Züge fuhren weiter. Gegen Abend dann kamen alle fünfundzwanzig Babeninschen Kosaken auf die Station geritten und peitschten zwei Arbeiter, die im Buffet erster Klasse saßen und erzählten, was für eine Angst die Offiziere vor den Einsatzkräften gehabt hätten. Zu dieser Stunde saßen in einem Bahnwärterhäuschen, eine Werst von der Station, Woronow, Artjom Obuchow und Sosnin mit tief in die Stirn gezogenen Schirmmützen und wärmten sich am eisernen Öfchen. Den Ofen heizte Klimenti. Der Arbeiter Zweljow kam herein und sagte:

»Die Kosaken sind auf der Station, durchsuchen alles, zwei Leute haben sie gepeitscht.«

Die in dem Wärterhäuschen Sitzenden erhoben sich, holten unter der Bank Säbel und Revolver hervor und entfernten sich von der Bahnlinie, noch weiter weg von der Station, aufs Feld, in die Dunkelheit. Klimenti steckte in jede Hosentasche einen Revolver. In der Dunkelheit trennten sie sich. Woronow und Zweljow kehrten zu ihrem Dienst in das Wärterhäuschen zurück.

»Wenn wir gebraucht werden«, sagte Artjom, »dann weißt du, wo wir sind, dort bei Leonti ...«

»Ach, ein Kosakengewehr müßte ich haben, damit würde ich ihnen zeigen, wie man Leute prügelt!« sagte Zweljow und wandte sich der Station zu.

Die ganze Zeit peitschte ein schrägfallender Regen. Wieder gingen sie über das kalte Feld durch den Lehm. Voraus war undurchdringlicher Nebel, hinten brannten die Stationslichter. Wie aus dem Boden gewachsen, tauchten plötzlich zwei Schritt vor ihnen aus der Dunkelheit zwei Menschen auf.

»Wer kommt da!?« wurde aus der Dunkelheit gerufen.

»Und wer steht da?« fragte Artjom Obuchow.

Aus der Dunkelheit wurde glücklich gerufen:

»Artjom, Obuchow, du!?«

»Ja, ich.«

»Von der Station?«

»Von der Station.«

»Grigori Wassiljewitsch, der Lehrer – du auch!? das hätten wir eher wissen sollen – bist du's wirklich!?«

Aus der Dunkelheit näherten sich der Dorfälteste Sidor Naumowitsch Kopytzew und Iwan Lukjanowitsch Nefjodow.

»Von der Station? vom Streik?« fragte der Dorfälteste froh und befahl Iwan Lukjanowitsch: »Wanjuscha, da sind sie, siehst du, Offizierssäbel haben sie bei sich – erklär dich ihnen!«

Iwan Lukjanowitsch hockte sich hin, lauschte, beugte sich zur Erde, um Ausschau zu halten, daß kein Fremder in der Nähe sei, und flüsterte glücklich:

»Habt ihr gesehen, Uwarowka ist abgebrannt? – wir haben es in Brand gesteckt, ich! Uwarowka ist abgebrannt, tü-tü – wir, ich ...! Und als es dunkel wurde, sind wir hierhergekommen. Unsere Leute sind hier auf dem ganzen Feld, aus Tschertanowo, aus Odinzowo, aus Igumnowo, von allen Seiten bewachen wir die Station – alle, die von der Station mit Offizierssäbeln kommen, sind welche von uns, Streikende ... Also, erklär dich und frag nach.« Iwan Lukjanowitsch erhob sich, seine Stimme gewann an Festigkeit: »Niedergebrannt haben wir's. Ich bestreit's nicht. Macht großen Spaß, Wanzen zu vertilgen!« Seine Stimme klang froh. »Ich sage dir, Artjom Iwanowitsch, ich will mich dir erklären, und dir auch, Grigori Wassiljewitsch – das hätten wir wissen sollen. Wir sind zum Doktor gegangen – euch haben wir gesucht. Wir mußten uns erkundigen. Ohne die Städter geht's nicht, bei jemand was durchdrücken, für jemand eintreten – wer Land braucht, wer unser Brot ißt –, daß wir zusammen was unternehmen. Wir haben unsere Leute in die Schenke geschickt, zu Moldawski – euch haben wir gesucht, damit wir zusammen was unternehmen. Gemeinsam handeln müssen wir, drum haben wir beim Gutsherrn Feuer gelegt, ich bestreit's nicht, macht Spaß, aber räuchert man die Mücke auf der einen Seite weg, setzt sie sich einem auf die andre. Man muß sie im Teich ersäufen, damit Schluß ist ... Sagt uns alles, wir wollen gemeinsam handeln. Sagt ihr's?«

»Wir sagen's.«

Da hockte sich Sidor Naumowitsch auf die Erde, sah sich um und stieß mit zwei Fingern einen Pfiff aus, laut wie ein Pferdedieb.

»Was tust du!?« riefen da Artjom Obuchow und der Lehrer Sosnin.

»Ich sammle meine Leute, sie liegen hier auf dem Feld, bewachen die Station. Habt keine Angst. Wenn hier auf unserm Feld ein Fremder dazwischen ist oder selbst wenn alle Kosaken des Polizeichefs hier aufkreuzen – unsre Leute haben ihre Gabeln bei sich, wir stechen sie in der Dunkelheit auf unserm Feld alle ab ... Ich sammle alle, damit gleich alle zuhören und es keinen Streit gibt.«

Aus der Dunkelheit versammelten sich die Bauern. Sie kamen lautlos heran, als wüchsen sie aus dem Boden, mit Beilen, mit Gabeln, mit Sensen. Ihre Gesichter trugen einen feierlichen Ausdruck. Sie stellten sich im Kreis auf. Neben Klimenti stellte sich Wanjatka Nefjodow, als kenne er ihn nicht.

Der Lehrer Grigori Wassiljewitsch Sosnin sagte:

»Iwan Lukjanowitsch hat es richtig ausgedrückt – räuchert man die Mücke auf der einen Stelle weg, setzt sie sich auf eine andere: ist dem Gutsbesitzer sein Haus angezündet worden, bekommt er auf der Bank eine Anleihe, er baut sich ein neues Haus, und das Geld wird den Bauern abgenommen ...«

Klimenti ging mit seinem Vater. Wieder bezog er seinen Posten, als der Vater zum Salzspeicher ging – hielt Wache. Leonti Wladimirowitsch fuhr mit dem Fahrrad zum Speicher, zu Fuß gingen Ilja Iljitsch Stramynin, zwei Arbeiterinnen aus der Schmutzochs-Fabrik und zwei Kommunemitglieder, die Gorzewa und die Wolgina ...

Am nächsten Tag traf Andrej Klimenti zu Hause an. Klimenti schlief auf dem Ofen, dabei war es schon nach elf. Andrej bekam ihn selbst mit Rütteln kaum wach. Während Klimenti sich wusch, saß Andrej im Mantel am Fenster.

»Na, grüß dich«, sagte Andrej.

»Grüß dich.«

»Wo steckst du bloß die ganze Zeit? Der Regen, gestern bin ich hier gewesen, ich habe ein neues Buch, ich wollte mit dir zum Marfin Brod laufen, damit wir uns die Streikenden ansehen – die Kosaken haben mich nicht durchgelassen ... ich habe gesehen, wie sie Klawdia Kolossowa, Anjutas Mutter, mit der Nagaika schlugen ... Weißt du, ich bin nach Hause gekommen und habe niemandem erzählt – ich klapperte mit den Zähnen vor Kälte –, wie sie geschlagen wurden ... Mama erzählte, Nikita Sergejewitsch hätte gesagt: Die Revolution ist ein Gewitter, das alles erfrischt … na, wie bei einem Gewitter – davor ist alles still, stickig, staubig, man kriegt keine Luft, aber geht das Gewitter vorbei, mit Krach, Donner, Blitzen, Regengüssen, wird die Luft anders, alles wird erfrischt, und alle atmen leicht …«

»Manche werden erfrischt und manche nicht«, sagte Klimenti.

»Bestimmt ist in Moskau Gewitter«, sagte Andrej nachdenklich. »Wo warst du gestern?«

»Bei Iwaschka Nefjodow, wir haben Karten gespielt.«

»Du schwindelst ja, bei Iwaschka bin ich gestern auch gewesen, er war nicht zu Hause … Mischka und Wanjuschka kamen dann zu mir, wir haben ein Spielchen gemacht – jeder mit seinen Trümpfen … Sag mir, Klim, ist das ein Gewitter?«

»Für manche ja, für manche nein … Kein Gewitter, sondern Kampf. Die alte Welt geht zu Ende, die neue Welt kämpft mit der alten … Kapiert?«

»Nein.«

»Geh, frag deinen Vater.«

»Hab ich schon, aber er wird böse …«

Am gleichen Tag kamen nach Tschertanowo Polizeichef Babenin mit zwei Kosaken, Landamtmann Rasboischtschin, Amtsbezirksvorsteher Soskow. Es goß in Strömen, das Dorf lag leer und stumm. Die Obrigkeit betrat das Haus des Dorfältesten Kopytzew. Sidor Naumowitsch machte tiefe Bücklinge.

»Guten Tag, Sidor«, sagte Jewgraf Karpowitsch Soskow streng. »Was soll das, hm?«

»Haben die Ehre!« antwortete der Dorfälteste. »Haben die Ehre zu fragen, welchen Punkt Sie berühren.«

»Hast du etwa nichts gehört? Auf dem Gut Seiner Durchlaucht des Grafen Uwarow ist Brand gelegt worden …«

»Also geht's Ihnen um den Punkt, daß das Gut des Herrn Grafen Uwarow abgebrannt ist?« sagte Sidor Naumowitsch erleichtert und merklich froher. »Ich dachte schon, es geht um die Abgaben … die Leute zahlen nicht! Was den Brand betrifft – tatsächlich, ja, unbegreiflich …«

Draußen standen inzwischen bei der gummibereiften Kalesche und den Kosaken die beiden Jungen Klimenti Obuchow und Wanjatka Nefjodow – neugierig betrachteten sie den Gummi auf den Rädern und die roten Kosakenbiesen.

»Peitschen, das ist natürlich Herrenwille, Tschertanowo kann man auspeitschen und Igumnowo und Odinzowo, aber ich kann mir wirklich nicht vorstellen, wer es nötig hätte, beim Gutsherrn

Feuer zu legen. Unsere Mushiks kümmert das übrigens gar nicht – der Gutsherr ist also abgebrannt, nun, helf ihm Gott, wenn die Mushiks schon Gespräche führen, dann über den Punkt, wie sie ihre Abgabenfristen einhalten können ... über den Brand aber – gibt es vielleicht wenige, die abbrennen?«

Am selben Tag, dem Siebenten, versammelte sich in der Semstwoverwaltung das ›dritte Element‹, es wurde eine Resolution verabschiedet:

›1. Den Militärchargen, die an der Spitze der Kosakenabteilung stehen, erklären wir unsere tiefe Entrüstung.

2. Den Polizeichargen, die durch ihr taktloses Vorgehen auf der Bahnstation und in der Stadt eine Panik ausgelöst haben, erklären wir unsere tiefe Entrüstung.

3. Der Stadtverwaltung, die die Kosaken in der Stadt Kamynsk aufgenommen hat, erklären wir unsere tiefe Mißbilligung.‹

Spätabends suchte Landamtmann Rasboischtschin mit Rittmeister Zwetkow Babenin auf. Der Rittmeister schwieg. Rasboischtschin sprach flüsternd und sehr sanft:

›Ich persönlich enthalte mich als Staatsbeamter politischer Betätigung, aber Sie können als Privatmann handeln und alle Personen, die die Resolution unterschrieben haben, über das Stadtgericht wegen Beleidigung Ihrer Person zur Verantwortung ziehen ...‹

Babenin war sehr verstimmt, er gab Rasboischtschin völlig recht, doch leider betrachtete er sich als Amtsträger, und deshalb hielt er es für erforderlich, zunächst seinen Vorgesetzten in Kenntnis zu setzen und seine Weisungen zu erbitten.

Noch aus dem vorigen Jahrhundert gab es neben der Gesellschaft für Volksabstinenz bei der Kathedrale in Kamynsk die Gesellschaft der Kirchenfahnenträger, deren Vorsitz Grigori Jeleasarowitsch Korowkin führte. Auch ihn suchten Zwetkow und Rasboischtschin am gleichen Abend nach Babenin auf. Zwetkow schwieg. Afinogen Kornilowitsch sagte vertraulich:

›Obgleich ich mich als Staatsbeamter der Politik zu enthalten habe, komme ich nicht um die Erkenntnis herum, und der Herr Rittmeister besitzt dazu direkte Weisungen von oben, daß es Zeit ist, das Handeln der wahrhaft russischen Menschen zu organisieren. Die Polizei erweist sich angesichts des Aufruhrs als machtlos, der Polizeichef ist sogar für revolutionäre Ideen empfänglich, ganz zu schweigen vom Vorsitzenden der Semstwoverwaltung, und selbst Fürst Werejski zeigt sich infolge seiner angeborenen Weichherzigkeit machtlos ... Der russische Thron ist in Gefahr. Die russischen Menschen müssen für den Schutz des Zaren, des Vaterlandes und des Glaubens sorgen wie Minin und Posharski ...‹

Die Schwarzhundertschaft zum Gedenken an Minin und Posharski wurde in Kamynsk von Kaufleuten, Gartnern, Verwaltern, zwei Wirtshausbesitzern und einem Freudenhausinhaber gemeinsam mit der Geistlichkeit gegründet. Ungewohnt an einem Freitag läutete Oberpriester Vater Ioann mit der Glocke der Kathedrale Sturm, und aus der Stadtverwaltung wurde die Fahne des Kamynsker ›Bundes des russischen Volkes zum Gedenken an Minin und Posharski‹ in die Kathedrale getragen und hier aufgestellt, dazu wurde eine Prozession veranstaltet. Nach der Prozession versammelten sich die Organisatoren bei Korowkin im Salon hinter Gummibäumen und schrieben eine Anzeige:

› ...fügen wir die hier am Ort verfaßten empörenden Proklamationen und Resolutionen bei und bitten Dich, Väterchen unser Herr Generalgouverneur, auf die niederträchtige Partei der Arbeiter und unfertigen Studenten sowie der schuftigen Rasnotschinzen zu achten, die unnütz staatliches Brot vertilgen ... Die Schufte tauchen überall auf, wo sich Menschenmengen ansammeln, propagieren offen ihre Ideen und schreiben Resolutionen vor den Augen der Polizei, die derartige Niederträchtigkeiten nicht zu bemerken scheint. Indessen führen diese Sittenverderber ein offenes Leben und versammeln sich wer weiß wo sowie im Hause des Kapitäns zur See a.D. Moldawski und bei Apotheker Schiller, dem Jidden, der offen in ungesetzlicher Ehe mit einer Schauspielerin zusammenlebt, und schließlich im nahegelegenen Wald auf dem Ziegenberg sowie auf der Wiese gegenüber der deutschen Fabrik und im Eisenbahndepot, wo die Leute völlig den Verstand verloren haben und sich zu Streiks verleiten lassen ... Dabei gibt es, neben dem Haus von Moldawski, in der Stadt offensichtlich eine geheime verbrecherische Organisation, die ...‹

In diesem Stil waren etliche Seiten gefüllt. Der letzte Satz und die Unterschriften lauteten:

› ...derartige Beispiele gibt es bei uns in Kamynsk in übergroßer Zahl, und das fahrlässige Verhalten der Polizei verwundert uns aufs höchste, deshalb beschließen wir, selbständig zu handeln und Dich in Kenntnis zu setzen, Väterchen unser Herr Generalgouverneur. Hilf und rette das russische Volk vor den schrecklichen agitatorischen Zielen!

Patrioten der Stadt Kamynsk zum Gedenken an Minin und Posharski, treue Zarendiener, die Hochachtung für die Regierung hegen, und Erfüllungsgehilfen ihrer Vorgesetzten – im Namen des Vaters und des Sohnes und des Heiligen Geistes. Amen!‹

Der Telegraph schwieg. Bei der Eisenbahn ruhte der Verkehr. Bis zur Gouvernementsstadt waren es statt hundert Eisenbahn-Werst hundert zu Fuß. Ihre Anzeige schickten die Erzengel-Michael-Bündler auf Pferden in die Gouvernementsstadt. Über die Wersten verbreiteten sich Gerüchte. In Kamynsk ging das Petroleum aus. Gerüchte und Nebel hinderten die Stadt am Schlafen, und die Leute blieben nicht gern allein. Schnee fiel noch nicht, doch mancher hatte den Eindruck, die Stadt sei unter Schneewehen begraben. Schon hatten die Bäume ihre Blätter verloren, doch anderen schien es, die Erde blühe ... Die Stadt war herausgenommen aus dem Futteral des Gewohnten.

Und plötzlich setzte sich der Telegraph in Gang, überall, gleichzeitig – in Kirchen und Verwaltungen, auf Plätzen und in Schenken wurde das Zarenmanifest über das Verfassungsgeschenk verlesen. Die Stadt, befreit von jeglichen Futteralen, gewann den Eindruck, sie gehöre sich selbst. Wieder, wie die Nachricht über den 9. Januar, kam das Manifest am Abend nach Kamynsk. Wieder nahm Doktor Kriworotow den Kopf seiner Frau in die Hände, legte ihn auf seine Schulter – und weinte, weinte vor Freude. Wieder waren Babenin und Werejski verstimmt. In Koslows Schenke und in der Teestube der Gesellschaft für Abstinenz wurde die ganze Nacht nicht geschlafen, man sang revolutionäre Lieder. Alles war sanft, fast hautnah zu spüren wie in einer Oktobernacht, und sehr viele, die allermeisten fühlten sich frohgemut wie im Mai des Hochwassers.

Nach dem Recht der Versammlungs- und Redefreiheit fiel in Kamynsk zum erstenmal ein lautes Wort – Meeting –, und zum Meeting versammelte sich in der Semstwoverwaltung die gesamte männliche Einwohnerschaft der Stadt.

Pawel Pawlowitsch Aksakow rief mit Tränen in der Stimme:

»Mützen ab vor dem Gnadenbeweis des Zaren!«

Der kurzsichtige Statistiker Nil Pawlowitsch Wantroba, eine Mappe mit Papieren unterm Arm, gab die Kosten ›des Unterhalts des kaiserlichen Hofes‹ Nikolais II. im Vergleich zu den Kosten ausländischer Höfe bekannt, teilte dann mit, wieviel Goldrubel pro Arbeiter- und Bauernseele in Amerika, England und Rußland aufgewendet wurde, ging sodann zum Bau der Sibirischen Eisenbahn, den Holzkonzessionen in Korea am Jalu, den Kosten des Japanischen Krieges über, sprach von den eigentlichen Ursachen sowohl des Krieges wie der erlittenen Niederlage.

Nil Pawlowitschs Rede klang wie eine Totenmesse auf der Hochzeit des Manifests.

Aus der Menge ertönte eine hitzige Stimme:

»Nieder mit der Monarchie!«

Aus der Menge ertönte eine verstellte Stimme:

»Hilfe! sie greifen dem Zaren in die Tasche!«

Von draußen flogen durch die Fenster zum Rednertisch unter den Zarenbildern Steine. Einer traf Aksakow am Kopf. Er fiel bewußtlos zu Boden. Der bleiche Babenin riß den Säbel aus der Scheide, schwenkte ihn über seinem Kopf, um niemanden zu treffen, und brüllte:

»Bitte auseinandergehen!«

Das Volk lief vor den Ziegelsteinen des wahrhaft russischen Volkes auseinander.

Die wahrhaften Russen schlugen den Weg zum Garten und zum Haus Moldawskis ein.

Vor dem Zaun an Moldawskis Tor traten den wahrhaften Russen zwei Männer in Handwerkerjoppen und mit tief in die Stirn gezogenen Schirmmützen entgegen, die Hände in den Taschen.

Jemand aus der Schwarzhundertschaft sagte mit lautem Flüstern:

»Das sind die, die den Offizieren auf dem Bahnhof die Waffen abgenommen haben, aus dem Depot!«

Die wahrhaften Russen blieben stehen. Einer der beiden, die ihnen entgegentraten, nahm zögernd seine Hand aus der Tasche, darin war eine Mauser. Der Mann sagte zögernd:

»Zieht weiter. Keinen unnötigen Lärm.«

Die wahrhaften Russen gingen weiter – zum Platz – und zerschlugen auf dem Platz Fenster, Türen, Gläser, Möbel in Schillers Apotheke, veranstalteten einen Judenpogrom, um nicht hinter dem übrigen Schwarzhunderterrußland zurückzustehen.

Hinter dem Podol erstreckten sich über viele Dutzend Werst Wiesen. Weit hinter Kamynsk beschrieb der Fluß eine riesige Schleife. Am fernen Horizont, hinter den Wäldern waren an klaren Tagen die Säulen des weißen Hauses des Fürsten Werejski zu sehen. Zu der Stunde, da Steine in die Fenster von Schillers Wohnung flogen, da seine Apotheke verwüstet wurde, flammte hinter dem Podol, hinter den Wiesen an zwei weitentfernten Stellen unheilkündender roter Feuerschein auf. Es brannten die Gutsgebäude Werejskis und eines noch unbekannten Eigentümers …

Zwei Tage darauf brachten die Zeitungen die Meldung vom Matrosenaufstand in Kronstadt. An diesem Tag versammelten sich in der deutschen Fabrik auf Schmutzochs' Anordnung die Arbeiterinnen. Schmutzochs hielt den Arbeiterinnen eine Rede – und direkt von der Versammlung, zu Pferde, die Reitgerte in der Hand, mit Stiefelgamaschen, in Begleitung zweier Lakaien, eilte er zu dem entkräfteten Babenin. Babenin lag da, ein essiggetränktes Handtuch auf dem Kopf. Schmutzochs schrie – im allgemeinen und im besonderen an Babenin gerichtet:

»Ich bin Deutscher, ich bin kein Russe! Ich pfeife auf Ihre Revolution! Ich habe verlangt, daß meine Arbeiter aufhören mit dieser Revolte! Sie reden mit mir wie mit einem Flegel! Ich wollte meinem Kontoristen einen Schlag versetzen – da hätten mich die Weiber fast in Stücke gerissen. Meinen Bevollmächtigten und Landsmann Herrn Schulz fuhren sie in einer Karre weg, auf die sie geschrieben hatten ›er lebte als Sünder – ab mit ihm zum Schinder!‹ … Vors Gericht diese Bande!«

»Väterchen, mein lieber Karl Gottfriedowitsch«, sagte Babenin sanft und wehmütig, »ich bestreite es nicht, das ganze Land hat sich schuldig gemacht, obwohl es weh tut, einem Ausländer so etwas zu sagen … Was kann ich denn ausrichten!? Die beste Maßnahme wäre natürlich, das Ganze zu verbieten, aber … wie soll ich das anpacken? Sie sind doch kein Zeuge, sondern der Geschädigte. Machen Sie Zeugen ausfindig. Ich habe mit Zwetkow über Fälle dieser Art gesprochen, er lehnt es ab, Zeugen zu erfinden, und echte zu finden ist unmöglich, sie sind alle Mitbeteiligte … Polizisten werden verprügelt … Sie wollen wissen, wer die Schuld trägt? – Jetzt ist etwas Neues dazugekommen – Gutshäuser gehen in Flammen auf. Das ist ernster als Ihre Fabrik. Wenn sich die Mushiks alle erheben, dann sind wir verloren … dann geht alles kaputt, wie es in Ihrer Sprache heißt!«

»Aber ich bin schließlich ein Deutscher!« schrie Herr Schmutzochs. »Und ich pfeife auf Ihre Mushiks!«

»Ich sehe mich außerstande, Ihnen zu helfen. Machen sie Zeugen ausfindig. Wenden Sie sich an den ›Bund der wahrhaft russischen Menschen‹ ...«

Schmutzochs verfiel plötzlich in langes Schweigen, dann fragte er ohne Geschrei, vertraulich:

»Vielleicht sollte ich ihnen tatsächlich etwas zulegen und den Arbeitstag verkürzen? Sie verdienen tatsächlich wenig.«

Babenin antwortete erfreut:

»Tatsächlich, legen Sie etwas zu, Väterchen Karl Gottfriedowitsch – was ist einfacher!? Wahrhaftig, wir ziehen ihnen das Fell über die Ohren wie Sidorows Ziegen ...«

»Wem?« fragte Schmutzochs argwöhnisch, denn angesichts seines Familiennamens machten ihn alle Redensarten mit Tieren argwöhnisch.

»Nun, so heißt das bei uns – Sidorows Ziegen, eine russische Redensart«, sagte Babenin.

»Ach ja, habe ich gehört«, antwortete Schmutzochs. »Ich überlege es mir bis morgen, und wahrscheinlich lege ich den Arbeiterinnen Lohn zu.«

Deka und Rodeka Babenina zeigten keine Leidenschaft für die Revolution – ihre Leidenschaft galt Grigori Fedotow. Nikolai Babenin grölte in der Küche und im Pferdestall die ›Marseillaise‹. Nikolai Jewgrafowitsch schlief infolge der Revolution nächtelang nicht, Verstand und Gefühle waren völlig verwirrt bei ihm. Seine zivile Frau Sofja Wolynskaja verbrachte alle Abende in der Kommune. Nikolai Jewgrafowitsch hatte zwei Aussprachen mit seiner Frau – und beide Male mußte er schwere Schläge einstecken. Die Schauspielerin Sofja Wolynskaja sagte zu ihrem Gatten:

»Nikolai! Uns verbindet keine gesellschaftliche Position, sondern ein gemeinsames Gefühl freier Liebe, solange du dich mit mir nicht trauen läßt. Laß dich mit mir trauen, führ mich in die Gesellschaft ein, verschaff uns eine gleichrangige gesellschaftliche Position, dann kannst du von mir verlangen, daß ich dir eine gesellschaftliche Stütze bin – sonst werde ich wohl verlangen müssen, daß du mir folgst und dich von deinen Epauletten trennst!«

Nikolai Jewgrafowitsch zwirbelte bedrückt seinen Schnurrbart.

Am Abend des 21. Oktober verwüstete Korowkin mit seiner Schwarzhundertschaft Schillers Apotheke. Über den voraussichtlichen Pogrom war Babenin nicht verständigt worden. Die Nachricht erreichte ihn zu Hause, nach dem Skandal in der Semstwoverwaltung, als die wahrhaften Russen die Apotheke plünderten und roter Feuerschein über den Gutsgebäuden Werejskis und der Kollegienassessorin Scheweljowa aufstieg. Das Haus war verwaist. Seine zivile Frau blieb nach der Versammlung und dem Anschlag auf die Semstwoverwaltung aus. Draußen trappelten die Pferde der Polizeisoldaten. Er mußte sein Pferd besteigen und mit den Polizeisoldaten, hol's der Teufel, mitten in der Nacht zu den Brandstätten der Güter sprengen, wo man hinter einem Strauch hervor noch abgeschossen werden konnte. Im Schlafzimmer, vor der Frisierkommode seiner Frau, betrachtete sich der Stadthauptmann lange im Spiegel. Noch einmal kam der Wachtmeister herein und meldete ein zweites Mal, das Pferd sei gesattelt.

Der Polizeichef kehrte erst im Morgengrauen von den Brandstätten zurück, wo er Polizeisoldaten mit Polizeioffizieren zurückgelassen hatte. Seine Frau hatte nicht zu Hause übernachtet. Das hatte es schon einmal gegeben – als seine ihm angetraute Frau nicht zu Hause übernachtet hatte, weil sie mit dem Grafen nach jenem Gut durchgebrannt war, das dann als erstes in Flammen aufging, ängstlich sah Babenin auf seinem Schreibtisch nach, ob da kein Brief seiner zivilen Frau liege. Was er fand, war eine Nachricht von Werejski. Er bat ihn, nach seiner Rückkehr unverzüglich, ohne den Morgen abzuwarten, zu ihm zu kommen.

In Werejskis Arbeitszimmer saßen in Tabakrauch und Angst die angetrunkenen Werejski, Zwetkow und Aksakow, die die Nacht ohne Schlaf verbracht hatten. Babenin wußte nur wenig zu berichten: in der Nähe der Güter war niemand gefaßt worden, gebrannt hatten lediglich die Herrenhäuser, an den Brandstätten hatte man niemanden angetroffen, selbst das Gesinde aus den Wohnhäusern, die nicht brannten, war vor den Polizeisoldaten davongelaufen; um die Brandlöschung kümmerte sich keiner. Werejski hielt das Taschentuch an die Lippen und erzählte, wie er im Zwischengeschoß des nunmehr niedergebrannten Hauses zum erstenmal einen Frauenhals geküßt habe, gebaut habe das Haus sein Großvater, ebenfalls nach einem Brand, nach den Franzosen im Jahre zwölf. Zwetkow schwieg. Die Gardinen im Zimmer hielten das Tageslicht völlig fern, im Zimmer blieb es Nacht.

Babenin verließ Werejski zusammen mit Aksakow. Auf den Straßen war ein alltäglicher Herbstmorgen. Es nieselte.

Aksakow fragte leise:

»Wußten Sie vorher von dem Pogrom?«

»Nein«, antwortete Babenin, »weder bei Schiller noch auf den Gütern ...«

»Nun, wegen der Güter wußte niemand etwas, aber wegen Schiller war Werejski informiert. Organisiert haben den Pogrom Zwetkow und Rasboischtschin, Zwetkow auf geheime Anweisung von oben«, sagte Aksakow leise und finster, und nach einer Pause fügte er hinzu: »Die Sache nimmt ernste Formen an, Güter werden in Brand gesteckt, Judenpogrome inszeniert. Das ist kein Spaß mehr. In Verbindung mit dem Schiller-Pogrom muß ich Sie warnen – weder Ihnen noch mir wird vertraut. Nehmen Sie das zur Kenntnis. Denken Sie daran, wenn Ihnen Ihr Dienst etwas bedeutet. Wir können ja in der Tat nicht mit den Revolutionären gehen.«

Pawel Pawlowitsch Aksakow, Sohn eines Dekabristen, sprach wie ein Verschwörer. Babenin, seelisch verwirrt, bat ihn, mit zu ihm hereinzukommen, einen Kaffee oder ein Glas Wodka zu trinken nach der schlaflosen Nacht – Babenin blieb nicht gern allein, ihn verlangte es nach einem offenen Gespräch über die Revolution und die Pogrome. Aksakow hatte es eilig. Sie verabschiedeten sich, sahen sich um. An der Ecke hing an einem Zaun, naß vom Regen, das gedruckte Zarenmanifest vom 17. Oktober – und daneben ein zweites, ganz offenkundig auf der ›Reneo‹ der Semstwoverwaltung geschrieben:

›Proletarier aller Länder, vereinigt euch!

Wir, von der Bajonette und der Nagaikas Gnaden Nikolai der Zweite und Letzte, Tributzahler Japans, Pogrominszenator in Odessa, in Rostow, im Baltikum, im Kaukasus, in Sibirien, Schlächter von Sewastopol und Kronstadt, Henker Polens, Wortbrüchiger gegenüber Finnland, Vollbringer zahlloser weiterer Schandtaten, tun allen unseren geknechteten Untertanen kund und zu wissen ...‹

Das Manifest hatte die gleiche Länge wie das Zarenmanifest.

Aksakow und Babenin lasen das Manifest schweigend, ohne Kommentar und ohne sichtliche Erregung, rissen es nicht ab. Sie verabschiedeten sich noch einmal. Aksakow ging zum Geschäftsmann Koschkin – neue Scheiben für die Semstwoverwaltung in Auftrag geben, nachdem sie bei dem Meeting der Schwarzhundertschaft eingeschlagen worden waren.

Babenins Wohnung war verwaist. In der Küche schlief der diensthabende Polizeiwachtmann mit der Köchin auf dem Ofen, der Kutscher war noch nicht aus dem Pferdestall auf die Hängepritsche in der Küche umgezogen – niemand störte die Köchin und den Diensthabenden. Deka und Rodeka schliefen ebenfalls. Nikolai hatte bereits das Haus verlassen. Das Bett seiner Frau war unberührt geblieben.

Babenin knurrte durchs Haus:

»He, wer ist da!?«

Der Wachtmann kam vom Ofen herunter.

Babenin flüsterte bedrückt:

»Draußen ist Revolution, und du liegst mit Weibern auf dem Ofen, du Schuft!? – zieh aus!«

Der Wachtmann zog dem Polizeichef die schmutzigen Stiefel von den Füßen und trug sie hinaus zum Putzen. Babenin legte sich auf das Sofa im Arbeitszimmer, rauchte unbeschuht, aber in Uniform – einschlafen konnte er nicht.

Seine Frau kam um die Mittagszeit heim, ging ins Schlafzimmer, schlug mit allen Türen, schloß jede gewissenhaft und geräuschvoll hinter sich. In schlimmer Vorahnung verhielt sich das Haus still. Der Kreispolizeichef ging auf Zehenspitzen, in Socken, zum Schlafzimmer, klopfte, bekam keine Antwort, klopfte noch einmal, wartete einen Moment, machte die Tür auf. Seine Frau stand mit dem Rücken zur Tür. Schrank und Kommode waren geöffnet, auf zwei zusammengestellten Stühlen sah er einen geöffneten Koffer, verstreut über Bett, Fußboden, Sofa lagen Kleider, Hüte, Wäsche, wie vor einer Abreise. Der Polizeichef erstarrte.

»Sonja«, sagte er.

Seine Frau antwortete nicht, drehte sich nicht um.

»Sonja ...«, sprach er sie noch einmal an. »Was tust du, Liebste?«

Seine Frau antwortete nicht. Die schlimme Ahnung wuchs.

»Was tust du, Sonja?« fragte der Polizeichef traurig.

Seine Frau antwortete rasch, laut, verächtlich:

»Was ich tue!? – sehr einfach! – ich suche Wäsche und Kleider für Lisa aus! Sie denken, Sie werden Pogrome veranstalten, und ich lasse meine Freundin ohne Kleid!? Wie schändlich, schändlich, schändlich, schämen Sie sich denn nicht, Nikolai Jewgrafowitsch!? Sie sind hier der Ordnungshüter, und vor Ihrer Nase raubt man unschuldige Leute aus! Wie schändlich! Ich gebe alles Lisa ab! – Scheren Sie sich hinaus! Ich verkaufe mein Gewissen an niemanden! Scheren Sie sich hinaus ...!« Und die Schauspielerin Sofja Wolynskaja stampfte mit den Füßen und fiel in keinem gespielten, sondern dem allerechtesten Anfall weiblicher Hysterie aufs Bett. »Mag ich ein Nichtsnutz sein, eine unbegabte Schauspielerin und Mätresse, aber ich bin auch ein Mensch! Hinaus, hinaus ...!«

Der russische Wortschatz enthielt die Wörter ›Samojede‹, ›Syrjane‹, ›Sarte‹, ›Kleinrusse‹. Die russische Sprache hatte als die gesetzmäßige Sprache des gesamten Russischen Reiches und der darin lebenden Völker zu gelten. Diejenigen, die als ›Samojeden‹ bezeichnet wurden, was bedeutet, das sie sich selbst aufessen, nannten sich eigentlich Nenzen. Diejenigen, die man als Kleinrussen bezeichnete, um den Gegensatz zu seiner Großartigkeit als ›Großrussen‹ zu betonen, nannten sich Ukrainer. Das Wort ›Syrjane‹ besitzt in der Sprache der Komi die Bedeutung des Verdrängten, Gejagten, während das Wort ›Sarte‹, das für Usbeken wie Tadshiken und Turkmenen verwendet wurde, ›gelber Hund‹ bedeutet. ›Gelber Hund‹ nannte das Reich Tadshiken, Usbeken und Turkmenen zusammengenommen, während Karelen, Finnen, Esten und Letten zusammengenommen als ›Tschuchonen‹ bezeichnet wurden. Für die Juden gab es, ebenso wie im Falle der ›Sarten‹, als zweites Reichswort ›Jidden‹.

Israil Jossifowitsch Schiller war bei Minsk geboren, im jüdischen ›Siedlungsraum‹, mit sechs Jahren hatte er den Talmud gebimst, um später alles Gelernte zu vergessen bis auf Anekdoten, doch half ihm das Büffeln, mit Glück und Geschick eine Apothekerlehre aufzunehmen, zwei jüdische Erzählungen zu schreiben, sie in einer jüdischen Zeitung zu veröffentlichen, das Pharmazeuten-Examen zu bestehen, zwei Dutzend russische Romane zu lesen, ein Patent der Kaufmannsgilde zu erwerben, mit fiktiven Wechseln seinem Onkel im fernen Großrußland die Apotheke abzukaufen, mit den besten Absichten nach Kamynsk zu kommen, sich hier zu assimilieren und nicht nur die Apotheke zu unterhalten, sondern – zum Gedeihen der Medizin – Heilkräuter auf Schlägen anzubauen, die er vom Grafen und vom Fürsten pachtete, in der Zeitschrift ›Farmazija‹ Artikel über Heilkräuter zu schreiben, komische Rollen in Laienaufführungen zu spielen. Natürlich hätte er gern nicht nur komische Rollen gespielt und nicht nur in Laienaufführungen. Er wollte wie alle sein. Als Bourgeois, der gern ein Intellektueller gewesen wäre, freute er sich über alle, die sein Haus besuchten, war froh, jedem entgegenkommen zu können, der ihn um einen Gefallen bat, und doppelt freute er sich, wenn er einem anderen nichts schuldig blieb. Er war stolz, eine Schauspielerin zur Frau zu haben ... Ob er nun ein Usbeke ist, das heißt ein ›Sarte‹, oder ein ›Syrjane‹ oder ein ›Tschuchone‹, ganz egal – ein Mensch, der sich nichts zuschulden kommen ließ, abgesehen davon, daß ihn Mutter und Vater als ›Sarte‹ oder ›Tschuchone‹ in die Welt setzten – ein Mensch, der wie alle sein möchte, wie alle leben möchte – dieser Mensch sieht durch sein Fenster eine rasende, wie wahnsinnige Feindesmeute auf sein Haus zukommen, obwohl er sich doch nichts hat zuschulden kommen lassen ...

...Das Ungewöhnliche – die Verliebtheit, unvermutet, präsent von den allerersten Tagen der Herausbildung des kindlichen Ichs an ... In seiner frühen Verliebtheit möchte der kleine Junge sehr oft ein Mädchen sein – die, in welche er verliebt ist –, in ihre Haut schlüpfen, sich in sie verwandeln, sie werden, um ideal zu sein wie seine Empfindungen von ihr, um zu empfinden, wie sie empfindet, um aufzuspüren, herauszufinden, nachzuprüfen, was das Ideale enthält, wie das Ungewöhnliche und Geliebte, das offenkundig Bessere lebt, denkt, fühlt, zum Fenster hinaussieht, Tee mit Milch trinkt – nicht so wie alle Menschen und nicht so wie er, der sich verliebt hat und einstweilen weder etwas von Liebe weiß noch das Wort ›Verliebtheit‹ kennt. Im Alter von neun Jahren spüren Mädchen in Gegenwart von Jungen, in die sie verliebt sind, Erstarren. Im Alter von neun Jahren überkommt Jungen in Gegenwart von Mädchen, in die sie verliebt sind, Tollheit. Sind sie allein, können kleine Jungen stundenlang darüber nachdenken, wie wundervoll es wäre, wenn er, Ippolit oder Andrej oder Klimenti, in Margaritas oder Oljas oder Anjas Haut schlüpfen könnte – beklemmend und süß ist es, daran zu denken, denn – wie läuft man dann, man kann sich ja das zarte Knie stoßen, sich weh tun? Wenn Margarita oder Olja dabei sind, die einen unerträglich schüchtern machen, befällt einen Frechheit und Übermut, man kann einfach nicht stillsitzen, unmöglich, dazu fehlt einem die Kraft; ist es im Garten, muß man auf den Zaun klettern oder auf einen Baum, bis zum Wipfel hinauf, und von da, aus gefährlicher Höhe, schreien, um auf sich aufmerksam zu machen; ist es zu Hause, dann muß man auf den Schrank oder unter den Tisch kriechen und von dort irgend etwas singen, was einem gerade in die Kehle kommt, die ›Warszawianka‹ und ›Kam der Ruhm‹! ... – In Kamynsk lebten – wie man sich damals dort ausdrückte – zwei alte adlige Fräulein Liebich, Martha und Alma Heinrichowna, die seinerzeit das Institut für adlige Mädchen absolviert hatten, nicht heirateten und eine private – wie man damals dazu sagte – Vorschule für adlige Kamynsker Kinder unterhielten, die ›Liebich-Klassen‹ hieß und in der alles mögliche unterrichtet wurde – Musik, Französisch, Sticken, Zeichnen, natürlich gutes Benehmen und Höflichkeit nach Institutsregeln, Tanz; in den ›Klassen‹ wurde Vorbereitungsunterricht für die achte Klasse der Mädcheninstitute und für die siebente der Kadettenkorps erteilt, für die achte und siebente deshalb, weil in den Instituten und Korps, um die Ausnahmestellung des Adels zu unterstreichen, die Zählung der Klassen nicht mit der ersten, sondern der letzten begann; in der siebenten Kadettenklasse wurde das gleiche Wissen über die Zehn Gebote und die vier Regeln der Arithmetik vermittelt wie in der ersten Klasse des Gymnasiums, für das die adligen Fräulein ebenfalls adlige Kinder vorbereiteten. Die Revolution brachte Kamynsk eine Neuerung: das Mädchenprogymnasium wurde im Herbst 1905 in ein Ministerialmädchengymnasium umgewandelt, und neu eröffnet wurde ein klassisches Gymnasium – ein Jungengymnasium, mit den ersten beiden Klassen, jedes Jahr sollte eine weitere Klasse dazukommen. Die Gymnasien störten die Liebich-Fräulein nicht. Die ältere Margarita Schiller stand in diesem Jahr vor dem Abschluß ihres Gymnasialbesuchs in Smolensk, war jedoch nicht nach Smolensk gefahren, sondern in Kamynsk geblieben, da der Unterricht in den Gymnasien auf Grund der revolutionären Zeiten nicht weitergeführt wurde. Die jüngere Margarita bereitete sich in den ›Klassen‹ bei Martha Heinrichowna auf die Prüfungen für die erste Klasse des Kamynsker Gymnasiums vor, während sie bei Alma Heinrichowna Musik- und Deutschunterricht nahm. Ippolit Rasboischtschin ging bereits ins Gymnasium, doch er lernte bei Alma Heinrichowna Französisch, gutes Benehmen und, wie Margarita, Musik und Klavier. Er war verliebt, soweit er zurückdenken konnte. Einfach hatte er es nicht, Ippolit Rasboischtschin, nicht einmal in die ›Klassen‹ ging er allein, er wurde von der Köchin hingebracht, und von ihr oder von der Mutter abgeholt. Bis zum Sommer bekam er den Baschlik umgebunden, damit er sich nicht erkältete. Er war drei Jahre älter als Margarita, aber sie holte niemand ab, und den Baschlik band sie um oder nicht, je nach Wetter. Allein entfernte sich Ippolit von dem Haus – und auch das nur mit Erlaubnis der Mutter, ohne daß der Vater es merkte –, wenn er zu Olja Werejskaja oder zu Kolja Babenin wollte. Selbst zum Fluß im Sommer und auf die Eisbahn im Winter ging Ippolit ausschließlich mit der Mutter, selbst im Sommer hatte sie Angst, er könnte sich erkälten, und beim Schlittschuhlaufen mußte er einen maßgeschneiderten langen wattierten Mantel tragen. Und dennoch stürzte Ippolit im Unterrichtsraum, wenn Margarita zu Alma Heinrichowna hereinkam, hinter die Bank und schnitt greuliche Fratzen, und beim Schlittschuhlaufen, obwohl ihm der Mut fehlte, Margarita die Hand zu reichen – denn wie konnte er vor aller Augen Margaritas Hand berühren!? –, warf er sich ihr doch im Aufwärmraum zu Füßen und schraubte ihr die ›Schneewittchen‹-Schlittschuhe an, auf dem Eis flog er wie ein Wirbelwind und wie ein Keiler vor ihr her, in seinem mollig warmen langen Wintermantel, im Rückwärtslauf, mit gigantischen Schritten, was tat er nicht alles, um ihre Aufmerksamkeit auf sich zu lenken. Und in der Diele der ›Liebich-Klassen‹ steckte er beim Anziehen in Margaritas Ranzen ein Päckchen. Es war ein sehr ungewöhnliches Päckchen – ein Kuvert, darin ein zweites, ein drittes, fünftes, selbstgemacht aus Heftpapier, mühsam zusammengeklebt mit Gummilösung. Im letzten Kuvert lag ein mikroskopisch kleines Zettelchen mit den Worten:

›Margaritalein ich l d Ippolit‹

Tags darauf steckte Margarita in Ippolits Ranzen ein ebensolches vielfach zusammengeklebtes Päckchen, das ein Zettelchen enthielt mit den Worten:

›Ich auch‹

Das war im letzten Frühjahr gewesen.

...Gegen das Glas flog ein Stein, das Glas zerbrach. Gegen das Glas flog ein zweiter Stein, das Glas zerbrach, und vom Tisch fiel eine Vase – Israil Jossifowitsch hatte diese Vase vor etlichen Jahren seiner Frau als Geschenk zum Namenstag gekauft, als Geschenk zum orthodox-christlichen Feiertag zu Ehren des Engels, der den Menschen nach den christlichen Glaubensregeln beschützte – die Vase fiel zu Boden und zerbrach. Aus dem Geschirrschrank ging ein Glasregen nieder. Am Fenster stürzte der Tisch mit den Blumengläsern um. All das war jahrelang gesammelt worden, für das Leben, wie bei allen. Ein Stein schlug gegen die Petroleumlampe, die Lampe lohte auf und verlosch. In dem Moment, als die Lampe verlosch, erstarrten an der Tür die Augen der älteren Margarita, allein ihre Augen, fragend – warum? Unten zerkrachten Säure- und Ätherflaschen wie Bomben –

...Vorsicht, Vorsicht, der Äther kann doch explodieren ...!

Der Säure- und Äthergeruch erreichte das Obergeschoß, er biß in die Augen. In der Tür erschien der Gehilfe im weißen Kittel. Er hielt Israil Jossifowitschs Söhne Isaak und Jossif an der Hand.

Der Gehilfe sagte, ihn in die Wirklichkeit zurückholend:

»Was denken Sie sich denn, Israil Jossifowitsch? wollen Sie, daß man Sie umbringt oder mit Ihrem Haus verbrennt!? – sie schlagen schon die Türen ein, die ich versperrt habe!«

Die Kinder – die ältere Margarita und die neunjährige jüngere, die Söhne Isaak und Jossif – preßten sich an den Vater als ihren Schutz, ihre Rettung. Unten am Haupteingang tobte die Meute.

»Wo ist Lisa?« fragte Israil Jossifowitsch in die Wirklichkeit.

»Sie ist vom Meeting zusammen mit der Babenina weggegangen.«

Der Gehilfe warf den weißen Kittel ab, darunter trug er eine Weste. Ein neuer Stein flog gegen das Fenster. Die Meute unten grunzte.

Die finstere Treppe. Der finstere Hof, an der Hütte heulte kurz der Hund auf. Der finstere Garten, unsichtbare Baumäste, der Zaun. Die Kinder, alle vier, jeder hielt sich am Vater fest, konnte ihn nicht loslassen. Am Zaun die Kinder, alle vier, sie hielten den Vater umschlungen. Der Gehilfe, mit weißen Armen unter der Weste, blieb am Zaun stehen, sperrte ihn gegen die Kinder ab.

»Die Kinder können sich erkälten, Israil Jossifowitsch. Haben Sie daran gedacht, wo wir uns für die Nacht verstecken sollen? – oder haben Sie nicht daran gedacht, daß sie uns mitten auf der Straße umbringen können?«

Die Kinder preßten sich an ihren Schutz, den Vater, umschlangen ihren Schutz, behinderten die Bewegungen und die Gedanken des Vaters.

»Wo ist Lisa?« fragte Israil Jossifowitsch.

»Das haben Sie schon gefragt. Vermutlich befindet sie sich bei Nikita Sergejewitsch. Sie ist Russin, sie werden sie nicht umbringen.«

»Sie ist Russin, sie werden sie nicht umbringen«, wiederholte Israil Jossifowitsch. »Vielleicht bringt man auch uns bei Moldawski nicht um?«

»Richtig – ja! Halten Sie sich hier hinter den Stachelbeersträuchern versteckt. Ich gehe mich erkundigen. Wenn sie hierherkommen, verstecken Sie sich im Nachbargarten, bleiben Sie versteckt, bis ich zurück bin ... Betreten Sie um Gottes willen nicht die Straße.«

Der Gehilfe stieg über den Zaun und verschwand.

In den Bäumen, im Zaun, im Gesträuch am Zaun hielt sich nächtliche Oktoberstille verborgen – der Gehilfe war mindestens eine Stunde, vielleicht ein Jahrhundert, vielleicht auch nur zwanzig Minuten unterwegs, während die Kinder, alle vier, an ihren Schutz, den Vater, gepreßt standen, seine Bewegungen, seine Gedanken umklammerten, solange der Gehilfe weg war, rührte sich weder der Vater noch die Kinder, nicht ein Wort brachten sie hervor.

...Die Kindheit, der Talmud im Heder, die Pharmazieprüfungen ... wie kommt es, daß der Äther nicht explodiert ist? ... bloß gut, daß er nicht explodiert ist, sonst wäre die ganze Straße in Flammen aufgegangen ... Lisa ist eine Russin ...

Hinter dem Zaun näherten sich laute Schritte.

»Wo?«

»Hier.«

»Leise.«

Auf dem Zaun tauchten vier auf. Der Gehilfe saß auf dem Zaun in einem fremden Mantel, der ihm zu weit war.

»Israil Jossifowitsch, wo sind Sie? – gehen wir, kommen Sie, ich helfe den Kindern«, sagte Leonti Scherstobitow. »Ihre Frau ist außer Gefahr. Auch Sie sind außer Gefahr, notfalls schießen wir die Schufte über den Haufen.«

Hinter Scherstobitow standen Nil Pawlowitsch Wantroba und der Arbeiter Woronow. Die jüngere Margarita wurde über den Zaun gereicht. Hinter dem Zaun lag die leere Straße. Plötzlich schien es, die Luft auf der Straße und die Luft hinter dem Zaun durchspülten die Lungen auf unterschiedliche Weise. Sie gingen durch dunkle Gassen und über Ödland. In Moldawskis Garten gelangten sie vom Podol her. Scherstobitow trug die jüngere Margarita auf dem Arm. Sie betraten das Haus. Im Licht der Lampen wurde Schillers Gesicht totenblaß, er hatte sich die Stirn verletzt, durch einen Glassplitter oder einen Ast im Garten, das Blut in dem Riß war verkrustet. Schiller – er lächelte zuvorkommend, als Mann von Welt sozusagen, sein Lächeln besagte – ach, diese unnötige Belästigung, entschuldigen Sie, daß ich Sie belästige, es ist ja nichts weiter!

Ins Zimmer folgte Schiller niemand außer seiner Frau. Ohne seine Frau zu bemerken, wahrscheinlich auch ohne die Kinder wahrzunehmen, begann Israil Jossifowitsch die Kinder auszuziehen, alle auf einmal, von der älteren Margarita bis zum kleinsten, ihnen die Sachen aufzuhaken und aufzuknöpfen, die Schuhe auszuziehen. Seine Hände zitterten. Israil Jossifowitsch sprach:

»Jetzt ziehen sich die Kinderchen schön aus, waschen sich, putzen sich die Zähnchen und gehen schlafen, und sie werden ruhig, ganz ruhig schlafen, und der Papa erzählt ihnen ein Märchen, und die Kinderchen werden ganz gesunde und kluge Kinder sein, und sie werden gleich einschlafen.«

Lisa, die Russin – seine zivile Frau – schrie auf und lief zur Tür. Israil Jossifowitsch schickte ihr einen verwunderten Blick nach. Die ältere Margarita, halb ausgezogen, stürzte aus dem Zimmer, um Wasser für die Stiefmutter zu holen.

An der Pforte zur Straße, auf dem Hof vor dem Haus, ging die ganze Nacht – Hände in den Taschen – Nil Pawlowitsch Wantroba auf und ab. Am hinteren Zaun im Garten, über dem Abhang zum Podol, ging – Hände in den Taschen – die ganze Nacht bis zum Morgengrauen Artjom Obuchow auf und ab. Bei Tagesanbruch kam Scherstobitow zu Obuchow heraus.

»Alles ruhig?«

»Ja.«

Im Osten weit hinter den Flußwiesen leuchtete der Himmel lila. Der Feuerschein der Gutshöfe verblaßte. Der Frost hatte graublauen Rauhreif über die Landschaft gebreitet.

»Gehen Sie schlafen, Artjom Iwanowitsch. Durchgefroren ...? Und nehmen Sie die untere Straße, damit Sie nicht gesehen werden.«

»Ganz schön kalt.«

Eine Weile schwiegen sie.

»Wennschon – dennschon. Hart auf hart. Ich habe jetzt die Schillers schlafen geschickt ... und mit Nikita Sergejewitsch gesprochen – oh, was für ein hochsinniger Mensch! Kämpfen muß man, Artjom Iwanowitsch. Waffen müssen wir uns besorgen, soviel wie möglich.«

»Das denke ich auch. Jetzt sofort ... oder einen edlen Tod sterben.«

»Gehen Sie schlafen, mein Lieber, ich übernehme die Wache. Wantroba ist von Ilja Stramynin abgelöst worden ... Waffen müssen wir besorgen. Sie hätten sehen sollen, wie Schiller seine Kinder schlafen legte! Nikita Sergejewitsch sagte mir eben: ein Revolutionär sein – das bedeutet Redlichkeit, ein Revolutionär sein – das bedeutet Vernunft, ein Revolutionär sein – das bedeutet vernunftvolles, redliches Handeln, ein Revolutionär sein – das bedeutet Überzeugung, alles Beste macht den Revolutionär aus, alles Beste gehört zum Revolutionär, ein Revolutionär sein – das bedeutet natürlich Kühnheit, hinter dem Revolutionär steht die Revolution, sie ist Überzeugung, Vernunft, Redlichkeit, Handeln, hinter der Revolution steht das neue wunderbare Land neuer wunderbarer Dinge und Menschen ...! Ich habe ihn angeschrien, und er begreift nicht, daß das alles stimmt, daß Revolutionär sein aber zuallererst und vor allem bedeutet zu handeln, das ist der Kampf der einen Welt gegen die andere! Kampf! Hart auf hart!«

... Zum Haus führten durch die Kamille im Garten hinter dem Hof – zur Kommune – in jenem Frühjahr, Sommer und Herbst nicht wenig neue Pfade. Das Haus war licht wie immer, Nikita Sergejewitschs Uhr ging wie gewohnt. Das Haus war jetzt voller Menschen und noch mehr voller Taten. Vom Abend bis zum Tagesanbruch strahlte das Haus hinter den Bäumen mit allen seinen Fenstern. Im Frühjahr pflanzte Nikita Sergejewitsch mit den Kindern hinter der Terrasse Levkojen, Tabak, Reseda, Heliotrope, Astern; im Garten wuchsen verwilderte Apfel-, Sauerkirsch- und Traubenkirschbäume, Flieder, Jasmin, Maiglöckchen, Iris, Kamille – und von den Schneeglöckchen im Frühling bis zu den Astern im Herbst war das Haus mit den geöffneten, nachts erleuchteten Fenstern von den Düften der Traubenkirsch-, Sauerkirsch- und Apfelbäume, des Flieders, der Maiglöckchen, des Jasmins, der Levkojen, des Tabaks, der Kamille erfüllt, und Nikita Sergejewitsch schien es, als ergänzten die Düfte das Bild der Revolution. In der Kommune wußte man immer von dem, was nicht in den Zeitungen stand, das Allerneueste und Allerbemerkenswerteste. In der Kommune wurde die Revolution über die Räume, über die Mitteilungen und Worte die Revolution hinweg auf den realen Kamynsker Boden umgesetzt. In der Kommune fand sich immer das neueste Buch, und in jenem Jahr gab es Bücher, die man einfach kennen mußte. In die Kommune kamen, um neue Luft zu atmen, um die Einsamkeit zu bezwingen, hier ein, zwei Stunden zu verbringen, den Abend oder Morgen, wenn die Abende wie Tagesanbrüche erschienen, vor allem junge Leute. In der Kommune trafen sich nicht nur Leute aus der Stadt und dem Kreis, auch aus dem Gouvernement fuhr man in die Kommune. Jeder, der die Kommune besuchte, hatte die hier geltende

Ordnung und Zeiteinteilung zu akzeptieren. Möglich, daß die Kommune in jenem Jahr die Verbandstelle der Revolution bildete. Sicherlich war sie der Seismograph der Revolution. Zuallererst war jeder Ankömmling verpflichtet, sich über die Vorgänge zu informieren, um danach selbst zu bestimmen, welche Rolle er seinen Kräften entsprechend spielen konnte bei dem, was zu tun war. Möglich, daß die Kommune in jenem Jahr das Lager der Revolution bildete – jeder, der in die Kommune kam, brachte mit, was er mitbringen konnte. In der Kommune fühlte sich jeder als Mensch und wollte nützlich, mutig und ehrlich sein. Sicherlich war die Kommune die Wasserscheide der Revolution in Kamynsk.

Wer sich an das Durcheinander mit der Jahrhundertwende erinnerte – ob das neue Jahrhundert 1900 oder 1901 begonnen hatte –, an den Grundsatz ›mein Name ist Hase‹ und das Kamynsker ›Gewissen‹, das aus dem Futteral der Zeit herausgefallen war, der brachte in die Kommune mit, was er konnte. Die Lehrer brachten ihr Wissen über das Dorf, die Semstwoleute ihr Wissen über das Semstwo.

In die Kommune kamen Lehrer und Ärzte, Kontoristen, Arbeiter von der Bahnstation, Arbeiterinnen von Schmutzochs – selbst der Maler Nagorny, selbst Schiller, selbst die Damen Schiller und Babenina. – Natürlich Iwan Iwanowitsch Kriworotow, natürlich der Tolstoianer Bogorodski.

Jenes Jahr – von den Frösten des 9. Januar bis zu den verblühenden Astern des Manifests – brachte in der Tat ebensoviel und gleichermaßen Tausende, Millionen klangvoller kalter Bäche, wie im März der tauende Schnee sie bringt.

Der älteste Sohn Nagornys war bereits sechzehn, und er war vom Vater fortgegangen, war bei der Kommune eingezogen, hatte die Pflichten des Gärtners und Hausmeisters übernommen. Er wich nicht von Leonti Scherstobitows Seite, und wenn Scherstobitow wegging und ihm nicht erlaubte mitzukommen, las er hingerissen die Bücher, die Nadeshda Andrejewna Gorzewa für ihn daließ. Und der ältere Nagorny, der Maler, stellte plötzlich alle seine Ritter, die Rüstungen zur Wand und seine nackten Frauen weit weg in die Ecke und malte nicht weniger hingerissen, als sein Sohn in den Büchern schmökerte, gewiß zum erstenmal in seinem ganzen Künstlerleben einen Arbeiter mit Hammer, jenen Arbeiter, dessen Reproduktion auf Postkarten lange als Denkmal des Jahres 1905 in Rußland in Umlauf war Nagornys einziges Werk, das nicht bei ihm im Turm blieb. Der Maler erschien in der

Kommune wie der Sohn. Er wollte alles tun, was man ihm auftrug, er wollte Malstunden geben, er hängte an die Wände in der Kommune Plakate über die Zukunft und Karikaturen auf die Vergangenheit, auf die alte Welt, die ihn nachts in seinen Träumen im Turm nicht losließ.

General Fedotow, jener, der sich einen Nikolaitischen Soldaten nannte, das heißt einen Soldaten Nikolais I., der Nikita Sergejewitsch nie anders als kühl grüßte – selbst er war zweimal im Begriff, zur Revolution einzubiegen, wie ihm schien, zweimal hielt er schon den Ring an Nikita Sergejewitschs Pforte in der Hand. Er wollte einfach so, nicht als Militär, zur Kommune kommen, allen die Hand drücken und ebenfalls einfach so, nicht als Militär, mit Nikita Sergejewitsch, einem ehemaligen Militär, über den englischen Parlamentarismus und über den Parlamentarismus ganz allgemein sprechen; er dachte daran, sich mit dem Seemann Moldawski darüber zu verständigen, daß es England seinem englischen Parlamentarismus verdankte, zum Beherrscher der Meere geworden zu sein. General Fedotow hielt zweimal schon den Ring der Pforte in der Hand und trat nur seines Sohnes wegen nicht über die Schwelle der Kommune. Der Sohn war bereits erwachsen, er wartete auf eine Vakanz in der Nikolaitischen Kavallerieschule, der Sohn sagte zu seinem Vater, er hatte bereits das Recht, es ihm zu sagen:

»Schäm dich was, Vater!«

Koschkin, Sergej Iwanowitsch, nachdem er eine Flasche Kognak ausgetrunken hatte, wechselte dreimal den Weg und ging, statt zu Mischucha Ussatschow, in Richtung Kommune, näherte sich dem Zaun, blieb stehen, sah über den Zaun, stand unentschlossen, winkte zerknirscht ab – und kam zu Doktor Kriworotow, jedesmal mit den gleichen Worten:

»Zu den Revolutionären wollte ich, hab aber kehrtgemacht – hatte Angst, sie würden mich nicht reinlassen, mich fragen, wie ich mich zu ihnen verlaufen hätte, und überlisten kann ich sie nicht ... Was wird dabei rauskommen, erklär mir das, Iwan Iwanowitsch! ... Richtig, alles richtig. Korowkin setzt seine Schwarzhunderter dagegen in Marsch – ist das vielleicht eine Sache? Korowkin ist doch nichts weiter als ein Schuft, genauso wie Rasboischtschin, ihr Prophet. Ist ja wahr, das Reich ist angefault. Und das sind auch solche – Aksakow, der Vorsitzende in Weiberdingen, oder Werejski – wie ein Fräulein mit Taschentüchlein, das sind keine Dummköpfe, Spitzbuben sind das, Iwan Iwanytsch, leben wie die Katzen in der Sahne, wie ich ... Ist doch eine Schande, sich dieses Rußland mitansehen zu müssen. Traurig und zum Totlachen!

Ja ... zu Nikita Sergejewitsch wollte ich und habe vorher kehrtgemacht ... Richtig! alles richtig! Und weil's richtig ist, muß ich, der Kater Sergej Koschkin, um nicht zusammen mit Aksakow und Korowkin in dieser Sahne zu ersaufen, diese ganze Sahne dem Studenten Scherstobitow überlassen ... Ich bin's aber gewohnt, auf Daunen zu schlafen – die reinste Sahne, und ich bin's gewohnt, meinen Kognak zu schlürfen wie der Kater die Sahne ... Ich pfeif' drauf, wer wohin will. Ich kann mit allen, wie's am besten für mich ist. Ich habe Hemmungen, dem Herrn Studenten in die Augen zu schauen – ich seh ja, daß er kein Dummkopf ist, und wie die Laus zerquetschen kann ich ihn nicht. Ich weiß nicht, wie ich mich verhalten soll. Sag mir, Iwan Iwanowitsch, wie ich höre, gibt's so ein Buch, damit ich meine Berechtigung habe? – oder läuft's wirklich dahin, daß der Student die ganzen Mushiks und die lieben Arbeiter bequatscht, und dann los, nicht lange gefackelt, bau deine volle Revolution, wie's dir dein Gewissen sagt, und ich darf, wenn du mir meine Sünden vergibst, als Obermüller in meine ehemalige Mühle? Da kann ich mich ja gleich ins Grab legen, aber ich möchte zufrieden weiterleben ... Wer zerquetscht wen?«

Die Tschertanowoer Bauern kamen nicht mehr zu Iwan Iwanowitsch Kriworotow, zum Kurator der Tschertanowoer Schule – weder Sidor Naumowitsch Kopytzew noch Iwan Lukjanowitsch Nefjodow. Plötzlich aber erschien Jewgraf Karpowitsch Soskow, Amtsbezirksvorsteher, Wirtshausbesitzer von Werejskoje, Koschkins Freund, er erschien in der Dämmerung und unbemerkt wie damals Sidor Naumowitsch und Iwan Lukjanowitsch bei Iwan Iwanowitsch erschienen waren, er kam durch die Küche, bekreuzigte sich, Nastja führte ihn ins Speisezimmer.

»Nehmen Sie Platz«, sagte Iwan Iwanowitsch. »Was kann ich für Sie tun? Nastja, Tee!«

Jewgraf Karpowitsch nahm würdevoll Platz, seufzte, den Tee schlug er nicht aus.

»Wir sind übrigens vorbeigegangen, dachten uns – sehen wir doch mal zum Doktor rein, vielleicht braucht er was aus der Landwirtschaft, Heu oder Kartoffeln für den Winter ...«

»Heu brauche ich«, sagte Iwan Iwanowitsch, »und gutes muß es sein, Wiesenheu. Haben Sie welches?«

»Aber sicher! Für Sie finden wir immer welches, wie sollten wir's nicht finden.«

»Preis?« fragte Iwan Iwanowitsch streng.

»Sie nehmen ja aus Überzeugung keine Geschenke an«, sagte Jewgraf Karpowitsch und seufzte. »Wie kann dann der Preis aussehen!«

»Geschenke nehme ich grundsätzlich nicht an. Wieviel?«

»Wir einigen uns schon ... Der Markt sagt uns den Preis. Unser Heu ist erste Güte.«

Sie tranken jeder ein Glas Tee.

»Ich habe eine kleine Frage an Sie, Iwan Iwanowitsch, wie soll ich's sagen, im Vertrauen ... Sie wissen ja selber – die Zeiten ...«

»Was für eine Frage?«

»Ich könnte natürlich meinen Vorgesetzten Landamtmann Rasboischtschin fragen, aber Sie haben ein besonderes Intresse, und Sie sind gebildet, haben kein Intresse für Grund und Boden ... Boden ...! 's wird wohl nicht anders gehn, Boden wird man dem Mushik abgeben müssen. Das kann man dem Herrn Landamtmann nicht sagen – sie haben ihr eignes Intresse ... Der Mushik ... mir sagt der Mushik natürlich nichts, aber ich durchschaue ihn – der Mushik reißt sich von der Deichsel los, das läßt sich nicht verbergen ... Boden! Anders wird's nicht gehn, Boden muß man ihm abgeben ... Aber wie ...? Ohne Abkauf kann man's nicht machen – ich zum Beispiel habe bißchen was an Boden, aber ich habe ihn gekauft, da steckt mein Geld drin. Und der Mushik will es für umsonst – ich und meine Vorfahren, sagt er, haben seit je drauf gearbeitet, der ist längst bezahlt ... Und die Herren wollen nicht mal was von Abkauf hören, ihnen geht's nicht nur um die Einkünfte, sie haben, sagen sie, auch ihre Adligenehre ... So ist das mit dieser Frage, nächtelang schlaf ich nicht, wälz mich in meinem Bett, Angst kriegt man dabei, daß man sich was antun könnt ...«

Und Iwan Iwanowitsch, der mit den Bauern aus Tschertanowo grundsätzlich nicht über Bodenfragen sprach, kam, für ihn selbst unerwartet, mit Jewgraf Karpowitsch ins Gespräch über die Landwirtschaft und das Landleben. Iwan Iwanowitsch philosophierte lange über die Stufen der Entwicklung der Arten – nach Darwin – wie der Entwicklung der menschlichen Beziehungen, auf Grund deren neben der Parzellierung des Grund und Bodens das Wachstum der Latifundien erfolgt. Dann äußerte er einen philosophischen Standpunkt über Arbeit in der Landwirtschaft, wo die Arbeitsergebnisse immer eindeutig erkennbar, wo der Mensch und seine Arbeit nicht vom Menschen und erst recht nicht von der Obrigkeit, sondern ausschließlich von der Natur und seinen eigenen Händen abhängig seien. Zu guter Letzt erzählte Iwan Iwanowitsch, daß er persönlich als Arzt und Mann des öffentlichen Lebens, nicht unbemittelt und allseits geachtet, den Traum hege, im Alter ein kleines Gut zu kaufen, sich für immer dort anzusiedeln und Yorkshireschweine zu züchten ...

»Und wenn kein Boden verkauft wird?« fragte, ermüdet von der Philosophie, Jewgraf Karpowitsch und seufzte.

»Was soll das heißen?« fragte Iwan Iwanowitsch streng.

»Das ist es doch – die Mushiks reden darüber, daß der Boden, genau wie die Luft, niemand gehören soll – für die Luft bezahlt niemand ... Sie werden ja, entschuldigen Sie, auf Ihre alten Tage den Schweinestall nicht selber ausmisten wollen? Arbeitest du aber nicht selber, dann geh runter vom Boden, gib ihn denen, die mit ihren eigenen Händen arbeiten ... Darüber reden die Mushiks, und darum geht's mir mit meiner Frage ...«

»Das kann nicht sein!« sagte Iwan Iwanowitsch streng und autoritär.

»Sie reden ...«

»Geschwätz!«

»Und wenn doch? Dann kann ich ja zusammen mit den Gutsbesitzern den Strick nehmen, dabei hab ich für die Gutsbesitzer überhaupt kein Intresse, ich bin auch ein Mushik ...«

»Kann nicht sein!«

»Und wenn doch ...?«

Die Damen Schiller und Babenina brachten in die Kommune ein, was sie nur konnten. Sie organisierten in der Kommune Theaterkurse für die Arbeiterkinder, wo Nikita Sergejewitsch den Halbwüchsigen klassische Stücke vorlas und Sofja und Lisa sie unterwiesen im Gedichtvortrag, im Sprechen von Monologen, in Mimik, Bewegung – das war auch ein Beitrag zum Fundus der Revolution, denn Leonti Scherstobitow und Nil Pawlowitsch Wantroba sprachen ebenfalls mit den Halbwüchsigen, schlugen Brücken vom ›Revisor‹ zum Reich. – Die Kurse besuchten auch Anna Kolossowa und Klimenti Obuchow; Klimenti kam von der Bahnstation, um einzutauchen in die Welt der Brüder Moor, des Königs Lear, Hamlets, Tschazkis. Abends, nach dem Unterricht, gingen Anna und Klimenti zu zweit bis zur Pforte von Mischucha Ussatschows Garten. Manchmal, wenn es noch nicht spät war, begleitete Klimenti Anna unter den Bäumen bis zur Tür der Hütte. Manchmal, wenn die Sterne schienen, setzten sie sich auf die Vortreppe der Hütte. Die überalterten Apfelbäume rochen nach Waldmoder. Anna saß nachdenklich und sorgenvoll neben Klimenti. Sein Bewußtsein war erfüllt vom Donner der Nachrichten, die auf der Station eingingen, vom Hamletschen ›Sein oder Nichtsein‹. Er mochte die Hamletschen ›Worte, Worte, Worte‹ nicht – er besaß ein Empfinden für das Vorankommen der Dinge, bedeutsamer Dinge. Anna war bei ihm. Klimenti erzählte ihr von der Vermittlungsnote Roosevelts, von der Erschießung der Łódźer Arbeiter, von der Meuterei auf dem Panzerkreuzer ›Potjomkin‹ – alles, was er auf der Station zu hören bekam. Und gemeinsam sprachen sie über Leonti Scherstobitow. Anna verstand es zuzuhören. Leonti Scherstobitow, Nil Pawlowitsch Wantroba, Wolgina, Gorzewa waren als Mitglieder der Kommune – davon wußte nicht nur Klimenti, davon wußte auch Anna – Mitglieder der SDAPR, ihrer bolschewistischen Fraktion. Das durfte keiner wissen. Noch weniger durfte jemand wissen, daß dieser Fraktion auch Klimentis Vater, Woronow, Sosnin, Stramynin angehörten. Sie und ihre Genossen hatten im ganzen Reich den Eisenbahnerstreik organisiert. Sie entwaffneten Offiziere in Soldatenzügen. Sie zwangen Schmutzochs, sich bei seinen Arbeiterinnen zu entschuldigen. Sie schrieben und druckten, was Klimenti dann an die Zäune klebte – Proklamationen mit genauen Hinweisen, was zu tun war, um diese Hütte, die sich Russisches Reich nannte und in der man nach dem Prinzip ›mein Name ist Hase‹ lebte, ins Wanken zu bringen. Mit ihnen waren Genossen in der ganzen Welt. Und es entwickelte sich eine unermeßliche Welt der Aktion, des Kampfes, des Sieges, einer neuen Gerechtigkeit der Proletarier, der Arbeiter.

7

Alte Welt – neue Welt

Demobilisiert kehrten aus dem Fernen Osten der Agronom Dmitri Klimentjewitsch Lopatin und der Gutsbesitzer Wachruschew zurück. Lopatin entledigte sich sofort der Offiziersuniform und zog in die Kommune. Der Gutsbesitzer Wachruschew sauste eine Woche lang in seiner Offiziersaufmachung durch Kamynsk mit einer Goldfuchs-Troika, deren Schweife der schmutzigen Jahreszeit wegen hochgebunden waren, trank den Wodka aus Wassergläsern, führte sich sehr laut auf, erzählte, an allem sei Roosevelt schuld, noch eine Woche Krieg, und die Russen hätten die Japaner zerquetscht wie die Küken, prahlte, wie er die Schlachten genossen hätte, als die feindlichen Kugeln ihn wie Bienen umsummten und er die Feinde in Stücke haute. Nach dieser Woche ließ sich Wachruschew im Hause des Kaufmanns Korowkin nieder, in die Einsamkeit seines Stammsitzes zurückzukehren, verspürte er nach den Bränden in Uwarowka und Werejskoje nicht das geringste Verlangen. Bei dem Kaufmann – und besonders bei der jungen Kaufmannsfrau – herrschte an Alkohol kein Mangel, der Gutsbesitzer Wachruschew klirrte mit seinen Sporen durchs Haus, beschützte es mit seinen Sporen vor ›Jidden‹ und ›Rothundertern‹, verließ es nur, wenn er zu Zwetkow wollte, um über den Krieg zu reden und wieder zu trinken, und zu seinem jungen Freund Grigori Fedotow, um über die Chinesinnen und die Koreanerinnen zu plaudern.

In jener Nacht, da die Schillers nach dem Pogrom bei Moldawski übernachteten, saßen die Frauen bis zum Morgengrauen im Eßzimmer beim Samowar: Jelena Sergejewna Wolgina und Nadeshda Andrejewna Gorzewa, die den Kindern Schillers ihre Betten überlassen hatten, Sofja Wolynskaja und Jelisaweta Andrejewna Sorina-Schiller, denen ihre Häuser verlorengingen. Israil Jossifowitsch Schiller stand die ganze Nacht bei seinen Kindern. Im Zwischengeschoß, in seinem Arbeitszimmer, ging Nikita Sergejewitsch zwischen Schreibtisch und Werkbank, Werkbank und Sofa, Sofa und Schreibtisch auf und ab. Die Decken im Zwischengeschoß waren niedrig, Nikita Sergejewitschs Kopf verschwand hinter Rauchschwaden, die unter der Decke schwebten. Auf dem Sofa saßen im Türkensitz, die Augen zur Decke gerichtet, Leonti Scherstobitow und, die Ellbogen auf die Knie gestützt und die Augen gesenkt, Grigori Wassiljewitsch Sosnin.

Sie warteten auf das Ende der Nacht und schwiegen übermüdet.

Nikita Sergejewitsch flüsterte hin und wieder:

»Wie gräßlich, wie gräßlich!«

Nikita Sergejewitsch ging zwischen Schreibtisch und Werkbank, Werkbank und Sofa, Sofa und Schreibtisch auf und ab. Zweimal wohl setzte er sich an den Tisch. Auf ein großes Blatt Papier schrieb er eine lange Logarithmenformel – er nahm Logarithmentafeln, berechnete Logarithmen und Wurzeln, beharrlich, wie manche Patiencen legen. Am Tisch hing in Augenhöhe ein verblichenes Foto Vera Figners.

Vor Tagesanbruch gab es ein kurzes Gespräch. Im Osten graute es noch kaum. Scherstobitow erhob sich, trat zum Fenster, blieb stehen, fragte laut und mit einer Stimme, die keine Müdigkeit verriet:

»Nun, wie steht es, Nikita Sergejewitsch, alles beim alten – ›kritisch denkende Persönlichkeiten‹, ›abwarten‹, persönliche Ehrlichkeit und Kraft bricht Stroh?«

»Wieso fragen Sie danach?« erwiderte Nikita Sergejewitsch.

»Nun, die Sache wird ernst, es geht hart auf hart, ohne Aufschub.«

»Aber Sie müssen doch begreifen, daß sie uns zerschmettern,

daß sie alles zerstören werden, was wir geschaffen haben, übrig bleiben die Korowkins und Soskows, alle übrigen degradieren zu Halbtieren ... Sie müssen sich selbst bewahren, Leonti. Das Volk und die menschliche Ehre brauchen Sie. Sie schießen uns zusammen, sie vernichten uns, begreifen Sie das doch!« Nikita Sergejewitsch war am zweiten Fenster hinter dem Schreibtisch stehengeblieben. »Sie können doch der Erfahrung meines Alters und meines ganzen Lebens nicht mißtrauen wollen.«

»Ich muß ihr mißtrauen. Ihr Alter ist kein Argument. Ich bin überzeugt, daß es eine Wahrheit und eine Ehre für alle nicht geben kann. Ihrer einen Wahrheit folgend, werden ein Aksakow und ein General Fedotow es noch fertigkriegen, sich Ihrer Revolution anzuschließen. Für Sie ist Revolution Gewitter, Erfrischung, für mich dagegen ist sie Kampf. Mag sein, daß sie uns alle zusammenschießen und aufhängen, aber ich weiß auch, daß Korowkin, Soskow, Schmutzochs, Werejski und mein lieber Landsmann nicht allein bleiben werden, wie sollten sie sonst andere unterdrücken und schmarotzen können – also wird es auch solche wie uns geben. Und wir – wir bleiben auch, und sei es über den Galgen, durch unser Beispiel ... Was meinst du, Grigori Wassiljewitsch?«

Sosnin antwortete leise, ohne sich zu bewegen:

»Ich denke, daß sie uns persönlich zerschmettern werden, aber unsere Sache nicht. Vielleicht schaffen sie es auch gar nicht, uns zu zerschmettern.«

»Vielleicht schaffen sie es auch gar nicht, hören Sie das, Nikita Sergejewitsch? Haben Sie das gehört – wenn nicht heute, so werden sie morgen geschlagen. Was mich betrifft, so war ich schon immer dafür, nicht auf morgen zu verschieben, was heute getan werden kann. Hart auf hart! ... Und dann ... Auch Sie müssen begreifen, Nikita Sergejewitsch, für mich ist es beschämend zu warten, ich weiß doch genau, daß es so nicht weitergehen kann, nicht weitergehen darf! Haben Sie gesehen, wie Schiller seine Kinder schlafen gelegt hat? – und Schiller ist nicht mein Freund, Schmutzochs steht ihm näher. Mag es neue Verbannung, Katorga, den Galgen bedeuten – seien Sie mir nicht böse, Nikita Sergejewitsch, für mich ist es beschämend, noch länger zu warten, ich schäme mich vor Schillers Kindern ... Es muß sein. Wennschon – dennschon!«

Nikita Sergejewitsch ging, Rauchschwaden hinter sich herziehend, im Zimmer auf und ab.

»Und dennoch – Ehrlichkeit. Und dennoch – Güte ... Und dennoch – Gewitter! ... und – ja, mein ganzes Leben!« sagte Nikita Sergejewitsch.

»Passen Sie auf, daß Sie nicht allein bleiben!« rief Leonti.

Nikita Sergejewitsch senkte den Kopf, nach einer Pause sagte er:

»Ja, ich sehe, wie Sie mich verlassen ..., und das ist nicht das erstemal in meinem Leben.«

Ebenso leise wie Nikita Sergejewitsch sagte Leonti:

»Ehrlichkeit und Güte und sogar Gewitter ... Nicht wir verlassen Sie, sondern Sie verlassen die Zeit. Der Arbeiter weiß nichts mit Ihnen anzufangen, dabei sind Sie ein in höchstem Maße ehrlicher Mensch. Der Arbeiter will nicht warten, und Zigarren rauchen lernt er dann, wenn er welche hat. Und der Arbeiter will nicht warten, bis Sie ihm etwas geben, er nimmt es sich selbst! – Passen Sie auf, Nikita Sergejewitsch, daß wir nicht eher dorthin gelangen, wohin Sie Ihr ganzes Leben gehen!«

Leonti trat vom Fenster zurück, nahm einen Revolver aus dem Bücherschrank, verließ das Zimmer, ging hinunter in den Garten. Am Zaun über dem Abhang ging – Hände in den Taschen – Artjom Obuchow auf und ab. Graublauer Rauhreif lag über die Landschaft gebreitet.

»Also alles wie gehabt?« fragte Artjom Obuchow und lachte, »Gewitter!?«

»Ja.«

»Es hat Frost gegeben in der Nacht ... nach Gewitter sieht es nicht aus.«

Nach Einbruch der Dunkelheit versammelten sich an diesem Tage in der Ruine, im Keller des Salzspeichers, Scherstobitow, Obuchow, Woronow, noch zwei aus dem Depot, Sosnin, Stramynin, noch zwei aus der Schmutzochs-Fabrik, Wolgina, Gorzewa, Wantroba. Draußen fror es. Im Keller hielt sich noch die Sommerwärme, es roch modrig. Man hockte auf der Erde. Die Arbeiter rauchten Machorka. Man scherzte. Feierlichkeit herrschte keine. Auch keine Furcht. Dafür Frohsinn und Tatendrang. Man sprach darüber, wie Waffen zu besorgen wären.

... Bei Schmutzochs klingelte es in der Dämmerung. Die Tür machte das Stubenmädchen mit weißem Häubchen auf. Wortlos traten vier Männer ein, einer blieb in der Diele, einer ging in die Küche, zwei ins Arbeitszimmer.

Über dem Sofa an den Wänden, zwischen den Schränken, über

dem Kamin hingen Winchester-Büchsen und Mauser-Pistolen, Lütticher ›Drei Ringe‹ und gezogene Heym-Drillinge – der ganze Jagdwaffenpomp, auf den sich Schmutzochs vor seinen Gästen etwas zugute hielt.

Schmutzochs fand man im Billardzimmer, er schrie:

»Wer wagt es!? Mich geht das alles nichts an, ich bin Ausländer!«

Er bekam zur Antwort:

»Halt! Regen Sie sich nicht auf, nehmen Sie die Hände hoch. Wo haben Sie Ihre Waffen, außer denen, die an den Wänden des Arbeitszimmers hängen?«

Schmutzochs wurde über die Maßen rot und blaß, Hals und Ohren liefen lila an.

Fünf Minuten später erklärte Schmutzochs geradezu begeistert und auf jeden Fall liebedienerisch, wie man mit deutschen Pistolen umging und worin sich das deutsche und das russische Offiziersprinzip, mit einer Pistole auf ein Ziel zu schießen, unterschieden – die Deutschen rissen die Waffe hoch und schossen, wo sie den Gegner trafen, war egal, während die Russen stets auf den Kopf zielten, um einen tödlichen Treffer anzubringen, und ihr Ziel verfehlten.

Zu Babenin kamen sie in der Nacht. Babenin schlief im Arbeitszimmer, getrennt von seiner Frau. Keiner hörte, wie sie das Haus betraten. Sie rüttelten Babenin an der Schulter, er fragte schläfrig:

»Sonja?«

»Nein«, erhielt er zur Antwort. »Wo sind die Schlüssel vom Schreibtisch und vom Schrank? Bleiben Sie liegen.«

Zwanzig Minuten lag der festgenommene Babenin in Schlafsachen reglos auf dem Sofa, inzwischen sammelten die Unbekannten, mit ihren Taschenlampen leuchtend, die Waffen mit einer Sicherheit ein, als hätten sie vorher gewußt, wo sie versteckt lagen. Dem ausgekleideten Babenin wurde sogar die Pelzmütze abgenommen ...

Die Leute gingen. Das Haus lag still. Auf Zehenspitzen schlich Babenin in die Küche. Die heruntergedrehte Lampe qualmte. Auf dem Ofen schlief neben der Köchin mit herabhängenden bloßen Füßen der Schutzmann. Auf der Bank lagen der Polizeimantel, die Schirmmütze, das Koppel, von dem der Säbel abgeschnallt, die geöffnete Revolvertasche, aus der der Revolver entnommen war, unter der Bank lagen die Stiefel, über die rote Schaben krochen. Die Leute waren durch die Küche hereingekommen und hinausgegangen.

Babenin schlich sich an den Schutzmann heran. Das Knie gegen den Ofen gestemmt, riß er mit aller Kraft an dessen Füßen. Der Schutzmann flog die zwei Arschin herunter, schlug mit dem Gesicht gegen die Bank und stand im nächsten Moment schniefend vor dem Polizeichef stramm.

Babenin zitterte vor Wut und fand keine Worte.

»Wo ist dein Revolver, du Hornochse!? Wo ist dein Säbel, du Stinktier!? Krepieren sollst du, aber zeig sie mir auf der Stelle!«

In rasender Wut schlug Babenin dem Schutzmann mit aller Kraft ins Gesicht, bis er auf allen vieren zur Bank kroch und von der Bank, der leeren Revolvertasche und dem abgeschnallten Portepee ins Vorhaus und auf den Hof.

Der entkräftete Babenin ging zu seiner Frau. Sie schlief. Er weckte sie.

»Hast du nichts gehört?«

»Nein.«

»Weißt du, daß wir ausgeraubt worden sind?«

»Nein.«

»Hast du auch nirgends was von meinen Waffen erzählt?«

Die Frau sah ihren Mann verächtlich an.

»Vielleicht habe ich es!« sagte sie.

In der Tür zum Schlafzimmer erschien Nikolai, der dem Vater gefolgt war. Er sah zum zweitenmal in seinem Leben, wie der Vater auf dem Fußboden saß, in Unterhosen, wie er hysterisch, wie von Sinnen, mit den nackten Fersen auf den Fußboden trommelte.

... Die Verliebtheit kommt zu den Kindern mitunter in dem Alter, da sich zum erstenmal das Ich meldet, die Verliebtheit, das Ungewöhnliche. Im Hause des Landamtmanns Rasboischtschin brach ein neuer Morgen an. Die Mutter hatte angeordnet, Ippolit solle an diesem Tag das Haus nicht verlassen, nicht einmal, um auf den Hof zu gehen – solche Anweisungen gab es seit Tagen, mit Angst vor Erkältung waren sie nicht zu erklären. In der Frühe, noch vor dem Hellwerden, war der Kaufmann Korowkin zum Vater gekommen, sie schlossen sich im Arbeitszimmer ein, die Köchin schickten sie nach Rittmeister Zwetkow aus, doch Zwetkow war bei Werejski. Am frühen Morgen kamen Polizeisoldaten auf den Hof geritten, und, umringt von ihnen, fuhr der Vater in der Droschke des Fürsten Werejski davon. Da erzählte die

Köchin, die Semstwoverwaltung sei verwüstet worden und auf dem Markt die Apotheke Schillers, außerdem seien die Gutshäuser Werejskis und Uwarows niedergebrannt worden – der Vater sei losgefahren, um die ›Mushiks‹ zur Ruhe zu bringen, und die Schillers seien wie vom Erdboden verschluckt.

Awdotjas Bericht klang heftiger als der biblische Donnerschlag am hellichten Tag –

Margarita! Margarita Schiller! Insgeheim, ohne es sich selbst einzugestehen, fühlte Ippolit bisweilen, wie er sich – wenn auch mit roten Ohren und in langem wattiertem Mantel – in Margarita verwandelte, diese Empfindungen bereiteten körperliche Wonne, sie waren das Beste im Leben, da allein schon der Name – Margarita – das Herz erschauern machte ...

Mehr erzählte Awdotja nicht. Ippolit hielt es nicht auf seinem Platz. Zu Hause bleiben konnte er nicht, er mußte zu Kolja Babenin gehen und alles über Margarita in Erfahrung bringen – Margarita konnte, durfte nicht vom Erdboden verschluckt sein! – niemand besaß ein göttliches Recht, zuzulassen, daß Margarita vom Erdboden verschluckt wurde! – und wie konnte das sein, ›vom Erdboden verschluckt‹!?

Ippolit zog lautlos seinen Mantel an, doch schon kam die Mutter aus dem Schlafzimmer, stampfte wie der Vater mit dem Fuß auf und schrie wie er:

»Daß du mir ja nicht rausgehst!«

Von Erkältung konnte gar keine Rede sein. Die Zeit wurde leer und sinnlos. Ippolit saß am Fenster, das auf die Straßenpforte sah. Gegen zwei fiel Nieselregen, der Wind trieb das nasse Laub über den Hof, die Hühner verschwanden im Hühnerstall. Gegen vier hörte der Regen auf, und wahrscheinlich fror es wieder. Von der Mutter kam kein Laut aus dem Schlafzimmer. Ein paarmal stimmte Awdotja in der Küche die ›Lutschinuschka‹ an und verstummte erschrocken, da ihr einfiel, daß die Hausherren durch kein Gewinsel gestört werden wollten. Das Mittagessen wurde schweigend eingenommen. Die Mutter hatte Migräne.

Die Mutter rief aus dem Schlafzimmer:

»Awdotja, heiz die Öfen!«

Awdotja polterte mit dem Brennholz im Wohnzimmer und sagte:

»Jeden Tag kann der Sprühregen in Schnee übergehen. Es wird Winter ...«

In der Dämmerung schlug an der Pforte das Glöckchen an. Die

Mutter ging rasch in die Küche und schloß die Tür hinter sich, Ippolit verstand nur das Satzende:

» ... dann machst du nicht auf!«

Es klingelte noch einmal.

Awdotja unterhielt sich über den Zaun, öffnete lange nicht, tat es dann doch.

In der Pforte stand Leonti Scherstobitow.

Der Student Leonti war kein einziges Mal hiergewesen, seit er Ippolit des Rauchens überführt und es ihm tatsächlich abgewöhnt hatte.

Awdotja wollte den Studenten offenbar nicht einlassen, sie versperrte ihm den Weg – er nahm sie bei den Schultern, schob sie beiseite und ging durch die Küche ins Haus. Die Mutter empfing Leonti erschrocken wie einen Fremden, forderte ihn nicht einmal auf abzulegen. Sie sagte:

»Mein Mann ist nicht zu Hause, und ich habe Migräne, ich liege ...«

»Macht nichts«, antwortete Leonti, »legen Sie sich wieder hin. Ich warte.«

Er zog den Mantel und die abgetragenen Galoschen aus, ging, als sei er hier zu Hause, ins Wohnzimmer und setzte sich aufs Sofa. Die Mutter schlug laut die Schlafzimmertür zu. Leonti schloß müde die Augen. Ippolit hatte er nicht bemerkt, Ippolit saß wie gelähmt vor dem Wunderonkel. Zehn Minuten vergingen, der Onkel schlief anscheinend. Ippolits Knie waren abgestorben. Ippolit wollte sich lautlos auf seinem Stuhl zurechtsetzen – da schlug Leonti die müden Augen auf, sah Ippolit vor sich, seine Augen nahmen erst einen frohen, dann einen furchtbar strengen Ausdruck an.

Leonti fragte grimmig, wie damals wegen des Rauchens:

»Das Pulver hast du noch nicht erfunden?«

»Nein«, antwortete Ippolit ergeben.

»So. Schade. Mit Rauchen hast du aufgehört?«

»Ja.«

»Ist auch besser. Erinnerst du dich, ich fragte, was du bist – ein Volkstümler, ein Anarchist oder ein Marxist?«

»Weiß ich nicht.«

»Aber diese Worte kennst du?«

»Ja. Papa sagte zu Mama, daß du ein Marxist bist, und dann sagte er noch, daß alle Revolutionäre Schufte sind und du wärst auch einer ...«

»So hat er sich ausgedrückt?«

»Ja.«

»Da hat dein Papa geschwindelt.«

»Ich glaub ihm ja nicht.«

»Solltest du auch nicht. Wir beide haben uns ein ganzes Jahr und sechs Monate nicht gesehen, und du bist immer noch kein Revolutionär!«

Onkel Leontis Augen erloschen, wieder waren sie sehr müde und schläfrig, gleichgültig. Der Onkel schlummerte wieder, die Augen hatte er geschlossen.

»Onkel!« flüsterte Ippolit.

Leonti öffnete ein müdes Auge.

»Was ist?« fragte er gleichgültig.

»Onkel, wo ist Margarita?«

»Was für eine?«

»Margarita Schiller. Awdotja sagt, sie sind vom Erdboden verschluckt ...«

Leonti öffnete beide Augen. Ippolit glühte, als hätte er zwanzig maßgeschneiderte wattierte Wintermäntel an.

»Geschwindel«, versetzte Onkel Leonti langsam und fragte rasch und wieder grimmig, wie nach dem Rauchen: »Und was sagt dein Papa über die Schillers?«

»Daß sie Jidden sind.«

»Und du glaubst ihm?«

»Nein ... Wo ist Margarita?«

Leontis Augen leuchteten fröhlich auf, gar nicht mehr schläfrig, sondern übermütig. Noch grimmiger sagte er:

»Ach, du Schelm, du Spitzbube! Ich durchschaue dich, noch acht Meter tief unter der Erde seh ich alles, du brauchst dich gar nicht zu verstellen. Ich weiß alles von Margarita.«

»Woher?« fragte Ippolit und wurde blaß.

»Bist du sehr verliebt?«

»Ja ...«

»Geh mal auf den Zehenspitzen, damit es niemand hört, und sieh nach, was Mama und Dunjascha machen – dann reden wir.«

Der bleiche Ippolit ging lautlos, kehrte lautlos zurück, flüsterte:

»Sie können es nicht hören.«

Leonti ging fröhlich, übermütig und gar nicht mehr müde im Zimmer hin und her.

»Hör zu – und zu niemandem ein Sterbenswörtchen. Sonst erzähle ich alles Margarita. Du kennst diese Worte nicht, Marxist zum Beispiel, und kannst dir nichts darunter vorstellen – das ist schade, weil dir dein Papa über sie genauso was vorschwindelt wie über Margarita ... Du bist also mächtig verliebt, du Schelm?«

»Ja ...«

»Hast du Mayne Reid oder bei wem noch über Indianer gelesen?«

»Ja ...«

»Willst du Margarita retten?«

»Ja!«

»Margarita und ihre Freunde sind überfallen worden – nicht von Indianern oder Räubern, sondern von ganz gewöhnlichen Schurken ...« Onkel Leontis Augen blickten prüfend, nicht übermütig. »Damit du's weißt, Ippolit, wenn jemand von unserm Gespräch erfährt ... Gib mir dein Ehrenwort, ich richte es Margarita aus.«

»Ehrenwort. Ich sag es keinem, nie!«

»Ich glaube dir. Das Pulver hast du noch nicht erfunden ... Aber für den Kampf gegen Schurken braucht man Waffen. Wieviel Pistolen, Revolver, Gewehre, und vor allem, wieviel Patronen hat dein Papa?«

»Drei Revolver und ein Gewehr. Ein Revolver ist unter seinem Kissen, einer auf dem Schrank, einen trägt Papa immer im Mantel bei sich, und das Gewehr ist an der Wand im Arbeitszimmer ...«

Der Onkel führte Ippolit ans Fenster.

»Siehst du die Bank da unter dem Apfelbaum, am Zaun, die hintere da?«

»Ja, seh ich.«

»Trag gleich heute nacht alle drei Revolver und das Gewehr unter diese Bank. Und vergiß die Patronen nicht! Du und Kolka Babenin, ihr habt euch doch bestimmt schon Revolver eurer Väter geholt, um heimlich damit zu schießen?«

»Ja.«

»Eben. Seh ich dir an. Wenn du ertappt wirst, sag, du wolltest damit spielen. Wenn dein Vater Verdacht schöpft, streit alles ab, und wenn er dich totprügelt. Wenn du gar nicht aus dem Haus rauskommst, dann schließ die Tür am Haupteingang zur Nacht auf – ich komme nachts selber. Klar? Wiederhole. Gib mir noch mal dein Ehrenwort. Du mußt schweigen wie ein Grab. Wiederhole ...!«

Onkel Leonti ging, ohne seinen ›Landsmann‹, den Landamtmann, abgewartet zu haben. Awdotja verriegelte und verschloß die Pforte.

Es wurde dunkel.

Zum erstenmal in seinem Leben sah Ippolit einen Sinn. Zum erstenmal in seinem Leben hatte Ippolit vor niemandem und vor nichts Angst, nicht einmal vor seinem Vater. Zum erstenmal in seinem Leben beherrschten Ippolit Leidenschaften – darunter die Leidenschaft des Hasses gegen die Schurken. Zum erstenmal in seinem Leben war das Wort *Liebe* laut ausgesprochen worden, denn damals, vor langer Zeit, als das Zettelchen ›ich l d‹ geschrieben wurde, sprach er es nicht laut und gegenüber keinem zweiten Menschen aus, und er hätte es sogar abstreiten und sagen können, ›ich l d‹ bedeute ›ich lerne dichten‹. Onkel Leonti war großartig und unbegreiflich!

Und in der ersten Viertelstunde nachdem der Vater heimgekommen war, während er sorgfältig die Riegel an den Toren und Haustüren überprüfte, während er sich wusch – die Mutter legte inzwischen die Wäsche bereit, und Awdotja wärmte das Essen – und sich dann, im Schlafrock, mit der Mutter ins Speisezimmer zurückzog, trug Ippolit, die Gesetzmäßigkeit der List befolgend, die eindeutig ein Produkt des Selbsterhaltungstriebs ist – sterben, aber nichts verraten –, die Revolver, die Patronen, das Gewehr und sogar den Dolch in den Garten unter die Bank und deckte sie mit einer Bastmatte zu ... Der rotbäckige, dickliche, schlaffe Junge betrat das Speisezimmer, kaum daß der Vater nach dem Waschen das Schlafzimmer verlassen hatte. Der Junge suchte die Zärtlichkeit der Mutter. Der Vater sagte streng:

»Was lungerst du bei den Erwachsenen herum? – geh ins Kinderzimmer, es wird auch schon Zeit zu schlafen!«

»Mama, gib mir bitte Milch, dann geh ich mich waschen«, sagte der liebe Junge. »Gute Nacht, Papi und Mami!«

Eine Stunde nachdem Rasboischtschin heimgekommen war, erschienen zwei Mann, ein Erwachsener und ein Halbwüchsiger, am Zaun, gingen an ihm entlang, kamen zurück.

»So, Klimenti, steig mir auf die Schultern, zieh dich hoch«, sagte Leonti Scherstobitow.

Klimenti Obuchow schwang sich auf den Zaun.

Zwei Stunden nachdem Rasboischtschin heimgekommen war, huschten Gespenster durchs Haus. Der Landamtmann, im Schlafrock, eine Kerze in der Hand, hinter ihm seine Frau und Awdotja, ebenfalls mit Kerzen, scheuten vor den eigenen Schatten zurück, und der Landamtmann kreischte mit Fistelstimme:

»Leise, leise, nicht aufs Klo gehen, er hält sich dort versteckt!

Wo ist das Beil oder ein Brecheisen!? Nein, nicht auf den Hof … Dunja, haben Sie die Türen zum Boden und zur Kammer kontrolliert? … Ach, was hat Scherstobitow damit zu tun, du sagst doch, er ist weder im Arbeitszimmer noch im Schlafzimmer gewesen, wo du mit Migräne gelegen hast, und Awdotja hat hinter ihm zugemacht, und außerdem hatte ich meinen Browning die ganze Zeit bei mir … Er ist bestimmt zum Ausspüren hiergewesen! Leise, leise! Dunja, sehen Sie unter dem Sofa im Wohnzimmer nach. Was stehst du herum!? Warst du schon im Kinderzimmer?«

Im Kinderzimmer schlief der kleine rotbäckige dickliche Gymnasiast und lächelte glücklich im Traum. Auf dem Stuhl neben dem Bett lagen, wie Papa es verlangte, die akkurat an den Bügelfalten zusammengelegten Gymnasiastenhosen …

Dem Offizier und Gutsbesitzer Wachruschew wurden die Waffen einfach auf der Straße abgenommen. Er hatte Kamynsk nicht verlassen, da er Angst vor dem Dorf hatte und Korowkins Haus beschützte. Er kam von einem Treff mit Zwetkow. Leise wurde ihm gesagt:

»Hände hoch, Herr Offizier.«

Wachruschew beeilte sich, die Hände zu heben. Der Revolver wurde ihm aus der Tasche genommen, der Säbel abgeschnallt.

»Sie sind doch wohl demobilisiert, Herr Offizier?« bekam er gesagt. »Die Epauletten tragen Sie unberechtigt.«

Ihm wurden die Epauletten abgerissen.

»Jetzt traben Sie los mit Schellengeläut, wie in der Troika!« hieß es.

Der Gutsbesitzer Wachruschew lief tatsächlich im Galopp los.

Im Reich nahmen die Judenpogrome ihren abscheulichen Lauf. Am 28. Oktober erhoben sich in Kronstadt die Matrosen, am 2. November wurde der Aufstand vom Zaren niedergeschlagen. Durch die Betriebe gingen Proteststreiks gegen die Erschießung der Kronstädter Matrosen. Als Echo erhob sich, bald den Tod findend, im Schwarzen Meer Leutnant Schmidt.

… Weit nach Mitternacht kam Leonti Scherstobitow nach Hause, in die Kommune. Nikita Sergejewitsch schlief nicht – zur Unzeit klopfte er bei Leonti. Sie schlossen hinter sich die Tür zu Nikita Sergejewitschs Arbeitszimmer.

»Setzen Sie sich, Leonti …«

Nikita Sergejewitsch trat schweigend zum Fenster. Draußen brauste in der Nacht der Wind.

»Leonti, Sie und Ihre Genossen, Sie entfernen sich weiter und weiter von mir. Sie sprechen in meinem Beisein schon nicht mehr über Ihre Angelegenheiten. Ich weiß, die Waffen nehmen Sie den Leuten in der Stadt ab, doch Sie schweigen darüber ...«

Leonti schwieg.

»Jetzt ist es schon spät, ich würde Ihnen gern am Morgen, mit frischem Kopf, ganz sachlich über mein ganzes Leben und über alle meine Gedanken erzählen, damit wir einander verstehen. Ich habe jetzt auf Sie gewartet, um Sie zu fragen, warum Sie sich von mir entfernen. Sie schweigen, Leonti?«

Leonti antwortete nicht gleich.

»Nicht wir entfernen uns, nicht ich mich von Ihnen, sondern Sie entfernen sich von der Zeit, von den Ideen und von den Aufgaben dieser Zeit – oder sie entfernt sich von Ihnen, ich weiß es nicht ...« Leonti schwieg eine Weile, dann sagte er hart: »In ein, zwei, drei Tagen beginnt in Moskau der bewaffnete Arbeiteraufstand – Sie sind natürlich dagegen? Hören Sie: es beginnt – der bewaffnete – Aufstand – der Arbeiter ... Ich und meine Genossen, wir fahren nach Moskau. Damit ist alles gesagt.«

Nikita Sergejewitsch trat rasch vom Fenster zurück und blieb in der Mitte des Zimmers stehen.

»Das ... das ist entschieden?«

»Ja.«

»Er wird vorbereitet?«

»Ja. Und wir fahren. Sie halten das für ein sinnloses Unterfangen? Wie soll Ihnen Artjom Obuchow vertrauen, der auch nach Moskau fährt, obwohl er fünf Kinder hat?«

Leonti sprach mit fester Stimme.

Nikita Sergejewitsch kehrte zum Fenster zurück, das Gesicht dem nächtlichen Dunkel zugewandt.

Sie schwiegen.

»Ich fahre mit Ihnen, Leonti«, sagte Nikita Sergejewitsch.

Leonti hob den Kopf, richtete seinen Blick auf Nikita Sergejewitschs Greisenrücken, seine Augen nahmen einen zärtlichen Ausdruck an.

»Ich fahre mit Ihnen«, wiederholte Nikita Sergejewitsch.

Leonti erhob sich vom Sofa – fröhlich, gar nicht müde – trat zu Moldawski, umfaßte von hinten seine Schultern und sagte:

»Also in Wirklichkeit doch mit uns, mit den Arbeitern, dem Proletariat, für die Zukunft der arbeitenden Menschheit!? kein Gewitter, sondern Wasserscheide der Welten!? nicht Volkstümlerbewegung, sondern Marxismus!? ...«

Nikita Sergejewitsch drehte sich nicht zu Leonti um.

»Der Aufstand beginnt übermorgen, morgen nacht fahren wir los. Sie bleiben besser hier – wir kehren zu Ihnen zurück und schicken unsere Genossen, wenn es sich erforderlich machen sollte, die Wunden zu lecken. Jelena und Nadeshda, sie fahren auch nicht – behüten Sie sie, guter alter Mann! ... Und das lange Gespräch ... ich habe so lange nicht geschlafen, ich lege mich jetzt hin, ich möchte bis morgen ausschlafen. Und wenn ich zurück bin, erzählen Sie mir Ihr Schicksal. Ich weiß, was Sie mir jetzt gesagt haben, das ist sein Abschluß. Seien Sie mir nicht böse, Vater – übermorgen ist der Aufstand!«

... Am 6. Dezember begann in Moskau der bewaffnete Arbeiteraufstand.

In der Nacht vom 4. zum 5. fuhr über den Grund der Schlucht zur Rückseite des leeren und verfallenen Salzspeichers, der an der Brücke zwischen Kamynsk und Tschertanowo stand, ein Schlitten, der vom Pferd des Lehrers Grigori Wassiljewitsch Sosnin gezogen wurde. Eine schwarze Nacht mit erstem Schneetreiben hatte sich herabgesenkt. Der Salzspeicher stand lautlos, leer und verfallen. Von der Brücke, von dem öden Platz davor, von der Sadderdinowschen Gasse, von Tschertanowo her versammelten sich an der Rückseite des Salzspeichers Menschen, die alle einzeln kamen. Ihrer waren nicht viele. Sie waren schweigsam. Als letzter kam Klimenti von der Brücke herüber.

Aus der Ruine des Speichers trugen die Menschen einen Sack zum Schlitten, halb mit Revolvern, halb mit Kartoffeln gefüllt, ein großes Stück Sackleinwand, in das statt Netzen Gewehre gewickelt waren, noch ein Stück Leinwand, das ebenso vernäht war, wie Wanjatkas Vater, Iwan Lukjanowitsch Nefjodow aus Tschertanowo, seine Körbe vernähte, um sie nach Moskau zu schicken.

Das Pferd ging über den Grund der Schlucht zu deren Ausgang, zu den Feldern. Vor und hinter dem Schlitten her gingen Späher. Am Ausgang der Schlucht, in einem Erlenhain, hielten die Menschen das Pferd an, sammelten, verabredeten, verabschiedeten sich.

»Sie, Artjom Iwanowitsch, fahren, wie abgesprochen, mit dem Zug zur Zwischenstation Uwarowka, sprechen dort noch einmal mit den Genossen und stoppen irgendeinen Güter- oder Militärzug, wir sind in etwa drei Stunden dort, nehmen den unteren Weg, da ist es ruhiger. Sollte auf der Station etwas sein – Kosaken oder so –, dann warnen Sie uns«, sagte Leonti Scherstobitow.

Der hochgewachsene Nikita Sergejewitsch, anderthalb Kopf größer als Leonti, nahm die Pelzmütze ab, umarmte und küßte alle Genossen.

Leonti Scherstobitow fror mit seiner Studentenmütze im Wind – klein, wie mit vor Kälte geplustertem Gefieder. Nikita Sergejewitsch küßte ihn als ersten.

Nikita Sergejewitsch stand mit gesenktem unbedecktem Kopf da.

Die Nacht war sehr schwarz, noch nicht endgültig winterlich. Das Pferd zog an, die Menschen setzten sich in Bewegung. Nikita Sergejewitsch blieb, sich im Dunkel auflösend, allein zurück.

»Genossen!« rief Nikita Sergejewitsch aus dem Dunkel, »ich wünsche Glück, Genossen!«

»Vergessen Sie Nadeshda und Jelena nicht!« antwortete Leonti aus dem Dunkel.

An einer Wegkreuzung löste sich Artjom Obuchow vom Schlitten und verschwand im Dunkel. Die Nacht lag sternenlos und schwarz, leichter Schnee trieb dahin und ließ die Menschen frösteln.

Als letzter ging ein Halbwüchsiger hinter dem Schlitten her. An der zweiten Wegkreuzung sagte der Halbwüchsige:

»Genosse Leonti, Genossen! Erlauben Sie mir, mit nach Moskau ...«

»Nein, Klim, besser nicht. Du bist noch zu jung, mein Lieber ... Du wirst noch gebraucht werden, du bist doch der Älteste in der Familie, du mußt sie großziehen, wenn uns etwas zustößt ... Klawdia Kolossowa ist für die Nacht in der Kommune geblieben, geh zu Anjuta, behüte sie ... Geh, mein Guter! Wenn ... sollte etwas sein – fahr in den Ural zum Onkel, frag in der Kupferhütte nach Foma Talyschkow, sag, deinem Vater hätten sie den Schädel eingeschlagen ...«

Klimenti Obuchow löste sich vom Schlitten und verschwand im Dunkel. Es war Mitternacht. Klimenti ging an seinem Haus in Tschertanowo vorbei, über die Brücke am Salzspeicher, durch eine totenstille Gasse mit mitternächtlich dunklen Fenstern. Mischucha Ussatschows Garten lag leer und lautlos. Die Tür der Hütte stand offen. Anjuta schlief. Klimenti setzte sich an den Tisch am Fenster, legte den Kopf auf den Tisch.

»Mama?« rief Anjuta.

»Nein, ich bin es, Klim ... Sie sind fort. Leonti Wladimirowitsch sagte – sterben, das ist noch nicht so schlimm wie als Hundesohn leben ... Schlaf, Anjuta, deine Mutter ist in der Kommune geblieben ... Sie haben mich nicht mitgenommen ... Vater und Leonti Wladimirowitsch sagten – wenn ... sollte etwas sein, in der Kupferhütte lebt Foma Talyschkow ...«

Im Haus war kein Laut zu hören, als Nikita Sergejewitsch zurückkam. Im Eßzimmer saßen, eng umschlungen, die Arzthelferin Jelena Sergejewna Wolgina und die Lehrerin Nadeshda Andrejewna Gorzewa zusammen am Ofen und wärmten sich. Am Tisch schlummerte die Weberin Klawdia Kolossowa.

»Sind sie fort?«

»Ja, fort ...«

Die ganze Nacht bis zum Morgengrauen brannte in Nikita Sergejewitschs Arbeitszimmer das Petroleumlicht, unter der Decke schwebten blaue Rauchwolken. Riesige, offenkundig nicht aufgehende und unlösbare algebraische Formeln mit vielen Stellen vor und hinter dem Komma schrieb Nikita Sergejewitsch, logarithmierte sie, zog die kompliziertesten Wurzeln, stopfte auf solche Weise sein Gehirn mit Zahlenlogik voll. Zum erstenmal seit seinem Eintreffen in Kamynsk – vor vielen Jahren – waren in dieser Nacht die Hofpforte und alle Türen des Hauses verschlossen, und die ganze Nacht froren gegen Nikita Sergejewitschs Willen auf dem Hof Vater und Sohn Nagorny ebenso wie Mischucha Ussatschow und seine Hunde.

In den Nächten vom 5. zum 6., vom 6. zum 7., am 8., 9., 10., 13., 15. blieben die Türen zur Kommune fest verschlossen. Jelena Sergejewna und Nadeshda Andrejewna gingen auf Arbeit, kamen nach Hause und mußten lange an die Pforte pochen. Nikita Sergejewitschs Tage liefen nach Zeitplan ab, in den Kinderstunden kam er aus seinem Arbeitszimmer in den Saal hinunter, doch die Kinder blieben aus, dagegen saß er die Nächte hindurch ohne Zeitplan an seinem Schreibtisch, schrieb und löste riesige außerordentlich komplizierte, unlösbare mehrstündige Logarithmenaufgaben. Vor seinen Augen hing das verblichene Foto Vera Figners.

In der Nacht vom 16. zum 17. – in der dreizehnten Nacht –, lange nach dem dritten Hahnenschrei, schlug von der Gartenseite gegen Nikolai Sergejewitschs erleuchtetes Fenster kaum hörbar ein Schneeball, ein zweiter. Nikita Sergejewitsch öffnete die Lüftungsklappe. Ein riesiger Mond schien. Eine riesige Nacht trat in das Zwischengeschoß ein mit Frost und Grabesstille. In den Mondesschatten hinter den Fichten hielt sich ein menschlicher Schatten verborgen.

»Wer ist da?« fragte Nikita Sergejewitsch leise.

»Machen Sie auf, und bitte so, daß es keiner hört.«

Hinter den Fichten hervor kam Grigori Wassiljewitsch Sosnin auf das Haus zu, in einer fremden Joppe.

Nikita Sergejewitsch machte die Tür auf. Schweigend umarmten sie sich. Schweigend gingen sie in das Zwischengeschoß, ins Arbeitszimmer. Sosnin schloß hinter sich die Tür, setzte sich auf das Sofa, senkte den Kopf, starrte auf den Fußboden.

»Aus Moskau?«

»Ja.«

Sie schwiegen.

»Leonti Wladimirowitsch Scherstobitow und Dmitri Klimentjewitsch Lopatin sind auf der Presnja gefallen – sie feuern mit Artillerie. Nil Pawlowitsch Wantroba ist verwundet und in der Hand der Polizei. Ilja Iljitsch Stramynin ist verhaftet. Artjom Iwanowitsch Obuchow ist durch einen Schrapnellsplitter am Bein verwundet worden, ich habe ihn von den Barrikaden nach Hause gebracht, um ihn nicht der Polizei zu überlassen.«

Sie schwiegen.

»Nil Pawlowitsch und Ilja Iljitsch wird man identifizieren, morgen schon können sie hiersein ... Schicken Sie alle weg, die sich retten müssen ... ich ... ich habe die ganzen Nächte nicht geschlafen, ich gehe nach Hause schlafen ...«

An der Pforte sagte Nikita Sergejewitsch:

»Hören Sie, bleiben Sie hier, ich lasse Obuchow herholen ... Die Bauern, Iwan Nefjodow, sie wissen, daß Sie in Moskau waren, sie werden Sie verraten ...«

»Die Bauern?« fragte Sosnin. »Mich? Obuchow? Niemals werden sie uns verraten, niemals – diejenigen natürlich, die von uns wissen ...«

Eine Stunde später, zur Unzeit, stieg aus dem Schornstein über Nikita Sergejewitschs Haus Rauch auf – Jelena Sergejewna, Nadeshda Andrejewna und Nikita Sergejewitsch verbrannten Papiere.

Der 18. Dezember fiel auf einen Sonntag – der Sonnabend war also der 17., Tag des Abendgottesdienstes. Der Lehrer Bogorodski betrachtete sich als Tolstoianer und ›kritisch denkende Persönlichkeit‹, er verbreitete unter der Lehrerschaft – gereizt – die Ideen vom gewaltlosen Widerstehen, er war eitel, er litt seit langem an Schwindsucht, hatte einen riesenhaften Adamsapfel, eine eingefallene Brust und feuchte Hände. Er war ledig, mit ihm zusammen wohnte seine leibliche Schwester, eine Witwe, die wegen allem vor dem Bruder zitterte – wegen ihres Stücks Brot, wegen ihres Daseins –, vor seiner Größe und Bildung; sie hatte eine Tochter, die keinen Laut von sich geben durfte, wenn der kranke und denkende Onkel zu Hause war. Im Sommer, während der Ferien, ging der Onkel über die Felder und sammelte Blumen. Er war ledig, er litt an Tuberkulose, allen unverheirateten Lehrerinnen in Kamynsk machte er Anträge, hielt um ihre Hand und ihr Herz an – er wurde abgewiesen. Er hatte auch Nadeshda Andrejewna Gorzewa und Jelena Sergejewna Wolgina Anträge gemacht, von beiden war er abgewiesen worden. Er ging in die Kommune, als alle dorthin gingen. Am 17. abends, zu der Stunde, als in den Kirchen der orthodoxe Abendgottesdienst stattfand, klopften an Lehrer Bogorodskis Tür zwei Gendarmen. Eine Viertelstunde später traten aus dem Schultor der Lehrer Bogorodski und zehn Schritt dahinter zwei Gendarmen. So, zehn Schritt auseinander, gingen sie den Weg zu Zwetkows Haupteingang. Der Rittmeister war schön wie Adonis und zuvorkommend wie ein wahrer Freund. Die Hände des Lehrers schwitzten grausam. Den Lehrer und den Rittmeister trennte der Schreibtisch.

»Möchten Sie eine Papirossa? ... Sie rauchen nicht ... Ein Glas Wein? ... Schade. Tee? mit Zitrone? mit Gebäck? – Sie sind aber auch ...! Also, Sie wissen Bescheid, und Sie wissen auch, weshalb Sie hier sind ... mir ist alles bekannt! Ich möchte Ihnen lediglich aus der Not helfen, als Tolstoianer ...«

Der Lehrer war bleich und stumm. Über ihm krachten Donnerschläge. Er sagte:

»Wenn ... wenn Sie mir Ihr Ehrenwort geben, daß Ihnen alles bekannt ist ... alles unter uns bleibt ... ich als Mensch, der dem Bösen nicht mit Gewalt widersteht ...«

»Sie haben mein Wort als Offizier.«

»Wenn ... wenn niemand je etwas erfährt ... Nein, nicht doch, nicht doch ... Ich will prinzipiell und ehrlich, als ... als ... gegen das Böse ...«

»Ist doch klar – absolutes Geheimnis. Also ...?«

»Ich ... kein Geheimnis, sondern die Wahrheit ... nein, ein Geheimnis auch, doch, ... ich muß nur ehrlich alles sagen und die Wahrheit ... Über Moldawski? – er ist, wie Sie wissen, ein ehemaliger Offizier, er schweigt immer ... Über die Wolgina und die Gorzewa? ... was sie betrifft ... Jedenfalls, Sie verstehen ... ich möchte ganz ehrlich ... Jedenfalls, den Streik in der Schmutzochs-Fabrik haben der Student Scherstobitow, der Kontorist

Stramynin und … und die Lehrerin Gorzewa zusammen mit … mit der Arzthelferin Wolgina … organisiert … Ich möchte prinzipiell …«

»Vielleicht nehmen Sie doch Tee, mit Gebäck? … Vielleicht brauchen Sie Geld für Ihre Behandlung? … Wozu sich so aufregen! – das ist nichts weiter als ein Freundschaftsbeweis und, wenn Sie so wollen, eine kleine Aufmerksamkeit. Mit unseren Freunden müssen wir schonungsvoll umgehen … Sie lehnen einen Decknamen kategorisch ab? Aber das ist die beste Konspirationsform … schade! … Also, ich höre weiter. Scherstobitow, Stramynin – der Eisenbahnarbeiter Obuchow?«

Der Lehrer Bogorodski ging. In der Diele stieß er auf Korowkin. Korowkin begrüßte ihn als Freund.

Zwetkow sagte:

»Na ausgezeichnet. In Zukunft treffen Sie sich bitte mit Grigori Jeleasarowitsch und unterhalten aus Gründen der Konspiration die Verbindung zu mir über ihn …«

Korowkin besah sich die Leere der Straße, bevor Bogorodski hinausging.

Korowkin blieb. An diesem Tag hatte Zwetkow bereits in der Dämmerung einen Unteroffizier nach dem Podol zu Polkanow, dem Kleinbürger und Maler, geschickt und gebeten, für den Abend eine Teufelshatz zu organisieren, Prostituierte aus dem Freudenhaus kommen zu lassen. Grigori Jeleasarowitsch Korowkin war für die Teufelshatz nicht eingeplant gewesen – er kam und ging nicht mehr. In herzlicher Dankbarkeit lud Zwetkow ihn ein mitzukommen.

»Oh, mein Alter und – nach dem Abendgottesdienst … ich werde nur mal einen Blick …« sagte Korowkin und ging freudig mit.

An den Wänden bei Polkanow hingen Bilder – Polkanows Vorstellung von menschlicher Würde und Schönheit.

Die Prostituierten mußten sich nackt ausziehen und alles tanzen, was von ihnen verlangt wurde. Am Morgen saß Zwetkow in der Wanne und schrubbte sich mit Bürsten. Aus Moskau traf ein chiffriertes Telegramm ein, das die Aussagen des Lehrers Bogorodski ergänzte.

Und am Abend des 18., am Sonntag, donnerten Schläge an Moldawskis Pforte.

Die Pforte wurde aufgeriegelt.

Der Haupteingang wurde geöffnet.

Ins Haus stürzten Gendarmen.

Im Hause befanden sich Nikita Sergejewitsch, Jelena Sergejewna, Nadeshda Andrejewna, Klawdia Kolossowa. Zwetkow nahm eine Durchsuchung vor. Er hatte einen selbst ausgestellten Haftbefehl gegen Wolgina und Gorzewa bei sich. Jelena Sergejewna und Nadeshda Andrejewna standen am Ofen im Eßzimmer, ruhig und gefaßt.

Zwetkow sagte zu Nikita Sergejewitsch:

»Also, Kapitän zur See – die Revolution ist zu Ende? Sie bedauern es natürlich, daß wir in einem Land mit strengen Gesetzen und Verordnungen leben, die mir im Moment die Möglichkeit nehmen, gegen Sie den einen oder anderen Gesetzesparagraphen zur Geltung zu bringen, sonst hätten sie das Vergnügen – ich kann es nicht verhehlen, so beschämend ich es als russischer Offizier gegenüber einem russischen Offizier außer Dienst auch empfinde –, mir zusammen mit Ihren Damen zu folgen.«

Nikita Sergejewitsch wandte sich wortlos ab.

Klawdia Kolossowa, vor allem bekannt als eine in jeglicher Hinsicht arme und vom Schicksal benachteiligte, ungebildete, schon mit dreiundzwanzig Jahren, als ihr Mann ertrank, zur Greisin gewordene Frau, die ihr ganzes Leben zu niemandem mehr als einen Satz gesagt hatte, meist immer nur ›ja‹ oder ›nein‹ – Klawdia Kolossowa schrie voller Verachtung, Furchtlosigkeit und Haß auf:

»Ach, diese Schurken, was tun sie bloß! Daß deine Augen sich nicht schämen, deine Mitwelt anzusehen! Sie anzuspucken wär zuwenig! Ein Mensch mit Anstand, Offizier, sagst du – überleg doch mal – die einzigen ehrlichen Menschen, die man hier findet, so hübsche, kluge Mädchen – und du willst sie verhaften! Ach, du satter Kater, du willst ein Mensch mit Anstand sein! Hast du wenigstens ein Fünkchen Scham oder nicht!? Uch, du gestriegelter Kater!«

»Wer?« fragte Zwetkow kurz.

»Was wer – ich? Ich bin der allerletzte Mensch, nicht einen einzigen Tag habe ich einen Lichtschimmer gesehen, außer mit diesen Hübschen, Klugen, und du willst sie mir klauen, aber ich sage dir und weiß nicht – nicht bloß den Staub von ihren Schuhen zu lecken, nicht mal meine Sohlen bist du wert!«

»Festnehmen!« rief Zwetkow.

»Nimm mich fest, satter Kater, Herr Offizier! Nimm mich fest, schlimmer kann's nicht kommen.«

Nikita Sergejewitsch blieb allein.

Das leere Haus blieb nach allen Seiten geöffnet.

Der Aufstand in Moskau war niedergeschlagen.

An dem Abend, als Doktor Iwan Iwanowitsch Kriworotow davon erfuhr, umarmte er seine Frau wie am ersten Tag der Revolution und legte ihr den Kopf auf die Schulter, doch Tränen vergoß er keine.

Am gleichen Abend wurde in Koslows Schenke der Korbmacher Iwan Lukjanowitsch Nefjodow aus Tschertanowo verhaftet. In der Stunde, als die Nachricht vom Ende des Moskauer Aufstandes die Schenke erreichte, erhob sich dieser schmalbrüstige Mann mit den verblichenen Augen und dem struppigen Bart, der betrunken schien und doch keinen Tropfen Alkohol getrunken hatte, über den Köpfen der Anwesenden, und seine verblichenen Augen leuchteten auf mit phosphoreszierendem Licht, als er die Hände vorstreckte und flüsterte, daß es alle hören konnten:

»Allen sage ich es, der Welt sage ich es – Uwarowka, Werejskoje und auch alle anderen Güter habe ich in Brand gesteckt, ich allein und sonst niemand. Bindet mich für alle ...«

Er wurde gebunden. In der Schenke gab es eine fürchterliche Schlägerei, denn die Mehrzahl der Wirtshausgäste wollte Iwan Nefjodow nicht der Polizei überlassen.

8

Die Väter stellen das Gleichgewicht wieder her

Fürst Werejski schrieb eine Nachricht an Babenin und bat ihn zu sich. Babenin kam.

Werejski empfing Babenin nicht einmal im Arbeitszimmer, sondern im Empfangsraum, stehend, kaum daß er ihn begrüßte. Lange zerdrückte der Fürst sein Taschentuch in den Händen.

»Mein Lieber, ich spreche privat, als Adliger zu einem Adligen ... Sie sind doch der Hüter von Ordnung und Sitte, und ... wie soll ich es nennen? ... Ich habe bereits mit Ihnen darüber gesprochen ... eine Schauspielerin, mit der Sie zusammenleben und ... und die Moldawski besuchte ... Man hat Ihnen die Waffen abgenommen ...«

»Euer Durchlaucht, Waffen hat man vielen abgenommen ...«

»Ja. Selbst mir. Aber ich bin keine Militärperson ... Ich stelle die Frage prinzipiell ... Die Dame muß Ihr Haus verlassen. Unverzüglich, auf der Stelle. Andernfalls werden Sie Ihren Abschied einreichen müssen ... Ich spreche privat, als Adliger zu einem Adligen ...« Werejskis Stimme war noch sanfter geworden. »Nun, wenn Sie Ihre Leidenschaft nicht bezähmen können ... holen Sie sich eine gewöhnliche Dirne ins Haus ... oder Sie können sich ja auch eine neue Dame zulegen, bloß weiter weg, lassen Sie sie wenigstens in Tschertanowo wohnen ...«

Babenin hörte betrübt zu und sagte betrübt:

»Euer Durchlaucht, sie verläßt mich von allein.«

Der Fürst nahm diese Worte mit sanfter Freude auf und rief mit sanfter Stimme:

»Sie verläßt Sie von allein!? Na ausgezeichnet, na ausgezeichnet, mein Lieber! In welche blauen Lüfte löst sie sich denn auf?«

»Frau Wolynskaja«, sagte Babenin traurig, »wünscht nicht, mit mir als Polizeichef zusammenzuleben, und hat bereits ein Zimmer bei dem Maler Latrygin-Nagorny gemietet ...«

»Bei Latrygin!? Haben Sie auf beide ein Auge, mein Lieber ...«

... Kognakbeschwert und aufgeregt kam Sergej Iwanowitsch Koschkin zu Doktor Iwan Iwanowitsch Kriworotow gelaufen – von der Tür aus rief er:

»Ich hab's gefunden! da ist es!«

»Was haben Sie gefunden?« fragte Iwan Iwanowitsch barsch.

Koschkin schwenkte ein Buch.

»Das Buch habe ich gefunden. Erinnern Sie sich? Sie sagten, man muß eine Berechtigung für sich finden. Richtig, alles richtig! Hier ist es, dieses Buch, Friedrich Nietzsche, Werke, ›Also sprach Zarathustra‹ heißt es – vom Übermenschen –, ›was fällt, das soll man auch noch stoßen‹ steht da ... Von mir ist hier die Rede. Nichts mit Gewissen also! Ich wollte immerzu zu Nikita Sergejewitsch, dachte, mir könnt was entgehn, jetzt will ich nicht mehr. Richtig, alles richtig, traurig und zum Totlachen, nichts mit Gewissen also – und selbst über die Frauen steht hier, daß man für sie die Peitsche braucht. Hier steht alles vom Übermenschen, genau das Richtige für mich. Was fällt, das soll man auch noch stoßen. Für die Frau die Peitsche. Mit einem Wort – nieder mit den Schwachen! Zerquetschen wie die Laus!« Koschkin holte erleichtert Luft, wischte sich den Schweiß von der Stirn. »Und Sie, habe ich übrigens gehört, organisieren sich mit Aksakow und Kazaurow als Kadetten, als konstitutionell-demokratische Partei?«

»Ich bin prinzipiell parteilos«, sagte Iwan Iwanowitsch barsch, »aber mit den Kadetten sympathisiere ich – die Blüte der Intelligenz.«

»Schade«, sagte Sergej Iwanowitsch.

»Was schade?«

»Buch hin, Buch her, vom Übermenschen, meine ich, also zur Rechtfertigung der Räuberei auf offener Straße, aber schlau verhalten muß man sich, eine Partei muß man machen, und zwar eine Kadettenpartei. Denn das wird uns nicht so einfach durchgelassen werden.«

»Was?«

»Ist doch klar – die Revolution. Den Studenten Scherstobitow haben sie beseitigt, den Eisenbahner Artjom Obuchow werden sie aufhängen oder in die Katorga schicken, die Arzthelferin entweder in die Katorga oder in die Verbannung – nun, Schwarz wird davon nicht Weiß, die Wahrheit haben sie auf ihrer Seite. Man muß sich schlau verhalten, um heil durchzukommen. An ihre Stelle werden andere treten, anders kann's gar nicht sein – und bei den Korowkins und Werejskis eher als bei den Kadetten –, ich möcht aber zufrieden sterben ... Machen wir eine Partei, Iwan Iwanowitsch, eine Kadettenpartei, aus Schlauheit, als Übermenschen. Sie sind ein anständiger Mensch, Sie werden nichts klauen.«

»Ich kann nicht«, antwortete Iwan Iwanowitsch. »Ich bin prinzipiell parteilos.«

»Schade ... ich wollte ja auch 'n paar Rubelchen für die Partei lockermachen. Muß ich's also mit Aksakow, mit Pawel Pawlowitsch, aushandeln? Schade, mit Ihnen wär's besser, zwischen Nachbarn und ohne Betrug. Für Pawel Pawlowitsch sind die Hauptsache die Weiber, Geld werde ich ihm nicht anvertrauen ...« Sergej Iwanowitsch seufzte nachdenklich. »Das Buch von Friedrich Nietzsche, wenn Sie wollen, kann ich's Ihnen geben, zur Erbauung, lesen Sie's. Nichts mit Gewissen also! Ich habe gleich zehn Stück gekauft, für Bekannte. Advokat Wantroba, der Bruder vom toten Nil Pawlowitsch, hat es mir in Moskau zur Erbauung empfohlen ... Zu Aksakow also? Traurig und zum Totlachen!«

»Verzeih mir, Sergej Iwanowitsch«, sagte Kriworotow, »aber du bist doch wohl so was wie ein prinzipieller Schurke.«

»Was hast du denn gedacht?« fragte Koschkin, »bloß mit dem ›prinzipiellen‹, da bin ich nicht einverstanden!«

... Die Schauspielerin Sofja Wolynskaja war auf den Berg zum Maler Nagorny gezogen. Nagorny grundierte in seinem Turm eine Leinwand, auf die er nicht einen Arbeiter schlechthin, sondern einen Arbeiterritter malen wollte, und an die Wände waren die alten Rittergemälde zurückgekehrt ...

Über zweieinhalb Monate, bis zu den Frösten um das Dreikönigsfest des neuen Jahres 1906, stand auf dem Marktplatz das Haus mit dem an einem einsamen Nagel hängenden Schild ›Apotheke Schiller‹ und dem verrutschten Doppeladler verlassen und verwüstet, und in diesen zweieinhalb Monaten wurden auf den Straßen in Kamynsk weder Israil Jossifowitsch noch seine Kinder, noch seine Frau, noch der Gehilfe Naum Solomonowitsch Heifez je gesehen. Schnee wehte es in das verwüstete Haus auf dem Platz, um das die Städter einen Bogen machten. An den Markttagen kamen Bauern mit Heufuhren und mit Holz auf den Platz – das Haus diente als öffentliche Bedürfnisanstalt.

Israil Jossifowitsch war nach einigen Nächten bei Moldawski zum Bruder nach Smolensk gefahren, doch dort rechnete man mit Pogromen, er fuhr weiter nach Moskau, doch dort verweigerte man ihm die Anmeldung, er erregte Verdacht und lief Gefahr, verhaftet zu werden – er kehrte nach Kamynsk zurück in der Absicht, zeitweilig irgendwo zwei Zimmer zu mieten, doch nirgends wurden welche vermietet. Es blieb als einzige Möglichkeit, die Kinder einzeln auf Bekannte zu verteilen, die die Gäste nur ungern aufnahmen – man traute sich tagsüber nicht auf die Straße.

Und während der Fröste um das Dreikönigsfest suchte Israil Jossifowitschs Gehilfe, Naum Solomonowitsch Heifez, im Übergangsmantel zwei Kamynsker Behörden auf, eine staatliche und eine öffentliche – die Kanzlei der Kreispolizei und die Stadtverwaltung, beide mit ein und derselben schriftlich formulierten Frage: ob dem Apotheker Schiller gestattet wurde, ein neues Patent für 1906 zu erwerben.

Im Polizeikreisamt war Babenin der Chef, in der Stadtverwaltung Korowkin. Naum Solomonowitsch drang nicht bis zu ihnen vor und führte nicht mit ihnen Gespräche, sondern mit Abteilungsvorstehern, das heißt, er führte gar keine Gespräche, sondern übergab jedem Abteilungsvorsteher einen Antrag mit einem hineingelegten ›Roten‹, das heißt einem Zehnrubelschein. Die Abteilungsvorsteher versprachen nachzudenken und bestellten ihn für den nächsten Tag. Am nächsten Tag erklärten die Abteilungsvorsteher, es müsse je ein neuer Antrag an die Behörden geschrieben werden, und machten Andeutungen, was, wieviel und für wen in die neuen Anträge hineinzulegen war.

Tags darauf brachte Naum Solomonowitsch für Israil Jossifowitsch eine Anordnung folgenden Inhalts:

›H. Pharmazeuten I.J. Schiller.
Anordnung.

In Anbetracht dessen, daß Sie im abgelaufenen Jahr 1905 Inhaber der Apotheke in der Stadt Kamynsk waren und von Ihnen keine Abmeldung der genannten Apotheke erfolgte, diese jedoch seit Oktober vergangenen Jahres außer Betrieb ist und sich in einem hygienewidrigen Zustand befindet, Gestank verbreitet und nicht den Vorschriften der Stadtordnung von Kamynsk entspricht, ordnet die Polizeikreisverwaltung an, daß zur Vermeidung eines Strafgeldes die Apotheke binnen zehn Tagen instand zu setzen und zur Nutzung durch die Bevölkerung zu öffnen sowie künftig in einem der Stadtordnung entsprechenden Zustand zu halten ist.

Kreispolizeichef Hofrat Babenin.
Abteilungsvorsteher Kollegienregistrator Wintow.‹

Und am Morgen ging Israil Jossifowitsch in Begleitung von Naum Solomonowitsch, ohne die Passanten zu beachten, zum erstenmal seit über zweieinhalb Monaten am Tage, zum erstenmal in dieser Zeit in Richtung Apotheke, um sein Haus zu besichtigen.

Die Tür zur Straße, eine Glastür, war herausgerissen und verschwunden. Nicht nur das Unter-, auch das Obergeschoß war ein einziger stinkender Abort. Die Wände gaben den Scharfsinn von Kloaufschriften wieder. Lange stand Israil Jossifowitsch an der Schwelle zum Schlafzimmer – hier war seine erste Frau, die Mutter seiner Kinder, gestorben. Vom Schlafzimmer ging Israil Jossifowitsch zum Kinderzimmer, lehnte sich an den Türpfosten. Auf der herausgerissenen, aber nicht gestohlenen Tür waren mit einem blauen Bleistift ein großes Mädchen, zwei Jungen und ein kleines Mädchen abgebildet, Gesicht und Haare waren bei allen rot ausgemalt. Vor etwa vier Jahren hatte dieses Bild die kleine Margarita gemalt – der Vater mußte sie damals ausschimpfen, aber die Tür abzuwaschen, hatten sie also vergessen ...

»Israil Jossifowitsch«, sagte Naum Solomonowitsch heftig, »ich habe Ihnen doch gesagt, daß Sie besser nicht hierhergehen, solange ich nicht dagewesen bin. Ich kümmere mich doch selbst um alles und besorge jemanden, der den Auftrag übernimmt! Wenn Sie wieder die Nerven verlieren und anfangen zu weinen, kann auch ich im Irrenhaus landen!«

»Wissen Sie noch, Naum? Auf diesem Bild hat die kleine Margarita sich, die ältere Margarita und die Jungen dargestellt, und wenn sie es mir nicht selbst gezeigt hätte, wäre es gar keinem aufgefallen, denn die Tür öffnete man zum Flur zur Truhe hin ... Und ich habe die Kleine damals bestraft ...«

In seinem Schlitten fuhr Sergej Iwanowitsch Koschkin an der Apotheke vor:

»Ach, diese Hundesöhne, sieht das aus! Alles vollgesaut – ach, diese Übermenschen! Aber macht nichts, gibt Schlimmeres, Israil Ossipowitsch, erst mal hauen wir Holz rein, damit's durchwärmt und trocknet ... selbst die Ofenklappen haben sie geklaut!? – nein, diese Übermenschen!«

Drei Wochen lang wurde die Apotheke instand gesetzt. Das erneuerte Schild kam wieder an seinen Platz, mit Doppeladler – ›Apotheke Schiller‹. In den Fenstern nahmen die Glaskugeln wieder ihre Plätze ein, am Eingang flammte die Gaslampe auf.

Und hinter den Verkaufstisch traten in weißen Kitteln Israil Jossifowitsch Schiller und Naum Solomonowitsch Heifez – in Erwartung der Kunden.

Als erste erschien ein ›Weib‹ mit Schafshalbpelz und Umschlagtuch, bekreuzigte sich und sagte:

»Gib mir, um Christi willen, Borax für drei Kopeken, die Schaben piesacken die Kinder, 's ist nicht zum Aushalten ... Dich haben die also noch nicht endgültig erledigt? Christus sei mit dir!«

Der Lehrer Bogorodski kam Thiokol bestellen, er stützte sich mit den Ellbogen auf den Verkaufstisch und sagte, sich umblickend:

»Gratuliere, gratuliere – was für eine Gemeinheit, wie?«

Naum Solomonowitsch antwortete sehr laut, beinahe drohend:

»Sie sind doch der allererste Tolstoianer hier und halten sich an das gewaltlose Widerstehen!«

Oben in der Küche hatte Lisa – die Schauspielerin Jelisaweta Andrejewna Sorina –, mit Schürze und aufgekrempelten Ärmeln, nach einem ganzen Tag Reinemachen den Petroleumkocher – da ein Küchentisch fehlte – auf einen Hocker gestellt und kochte, davorkauernd, Kartoffeln, auf einem zweiten Hocker bereitete sie Hering zu. Neben Jelisaweta Andrejewna kauerten beide Margaritas und Sofja Wolynskaja, gewesene Babenina.

... Drei Monate vergingen ohne irgendwelche Nachricht, der vierte begann, der fünfte, seit Jelena Sergejewna, Nadeshda Andrejewna und Klawdia Kolossowa verhaftet worden waren. Nikita Sergejewitschs Haus, von allen, selbst von den Kindern verlassen, stand leer und still. Doch dann tauchte an Nikita Sergejewitschs Pforte ein Handschlitten auf, gezogen von Mischucha Ussatschow, Klimenti Obuchow und Anjuta Kolossowa. Hoch oben thronte auf übereinandergetürmtem Hausrat, Vogelbauern, Fallen und Schlingen der Käfig mit der Nachtigall Syssoi. Mit der zweiten Fuhre wurden aus Mischucha Ussatschows Garten Hundestrohsäcke, Töpfe, Schürhaken herbefördert, obenauf lag ein verzinnter Samowar. Danach brachte Mischucha alle seine berühmten Hunde in Nikita Sergejewitschs Garten, die zwei Windhunde an der Koppel, die zwei Jagdhunde, den feurigen Setter und den einzigartigen Funtik. Nikita Sergejewitschs Haus füllte sich mit Vogelgezwitscher und mit Hundegeniese, das von der ungewohnten Luft kam.

Mischucha Ussatschow sagte zu Nikita Sergejewitsch:

»Wir quartieren uns bei Ihnen ein, solange Klawdjuscha im Gefängnis ist – machen unsern Kram zusammen, geben Anjutka Unterricht. Ich kümmere mich um den Haushalt, Anjutka lernt – ich fürchte, das ist nichts für Sie, Nikita Sergejewitsch, so allein, ohne eine menschliche Seele. Der Mensch soll nicht ohne eine lebende Seele sein, Nikita Sergejewitsch! Allein lassen kann ich Sie auf keinen Fall!«

Der Februar verging. Mischucha Ussatschow grub Gräben durch den Schnee zwischen Haupteingang und Pforte. Jeden Abend kam durch den Graben Klimenti Obuchow ins Haus – sein Vater saß wie Annas Mutter im Gefängnis, beide warteten auf den Prozeß. Anna wohnte in Nadeshda Andrejewnas Zimmer – direkt unter Nikita Sergejewitschs Arbeitszimmer. Oben in seinem Arbeitszimmer saß Nikita Sergejewitsch über mathematischen Formeln. Im Eßzimmer unterhielt sich Mischucha mit Funtik ...

Klimenti war trocken und wortkarg. Wortkarg war auch Anna. Klimenti und Anna lasen sich gegenseitig aus den Büchern vor, die Leonti Wladimirowitsch dagelassen hatte. Neujahr hatten sie zuletzt nicht gefeiert. Ob es gesagt wurde oder nicht – mit der Revolution war es aus, sie war in den Untergrund gegangen, um ihre Wunden zu zählen und neue Kräfte zu sammeln ...

Als Widerschein der Revolution loderten das ganze Frühjahr, den ganzen Sommer und den ganzen Herbst im ganzen Riesenreich Gutshäuser – mit unheilvollen Feuersbrünsten rebellierte das bäuerliche Rußland, und über Feldwege, durch Schluchten, durch Feuersbrünste sprengten Kosakenhundertschaften – um ›Mushiks‹ auszupeitschen, Dörfer anzuzünden und mit Schrapnellkugeln zusammenzuschießen; aus Städten, aus Fabriken, über Flüsse, Eisenbahnlinien und Landstraßen – nach Norden zum Weißen Meer, nach Osten zum Ochotskischen Meer, nach Süden bis hinter das Kaspische Meer –, in Gefängnisse, auf Etappen, in die Verbannung, die Katorga, trieb das Reich ehrliche Leute – und hängte, hängte und hängte, denn ob es gesagt wurde oder nicht – mit der Revolution war es aus.

Babenin eilte mit Polizeisoldaten und mit Rasboischtschin von Dorf zu Dorf. Zu Hause teilte er die Zimmer neu ein, sein Arbeitszimmer verlegte er in das bisherige Zimmer der Töchter, das Schlafzimmer schaffte er ab, in das bisherige Schlafzimmer kamen Deka und Rodeka, sein bisheriges Arbeitszimmer erhielt Nikolai. Vera und Nadeshda – die Zwillinge Deka und Rodeka – sahen völlig gleich aus, zum Verwechseln, so daß selbst der Vater niemals eine allein rief, um sich nicht zu irren. Die Schwestern ergänzten sich fabelhaft. Die eine konnte nicht ohne die andere sein. Als sie ins Progymnasium gegangen waren, hatte die eine die Hausaufgaben nur in Russisch, die andere nur in Französisch gemacht, jede antwortete in ihrem Fach für beide, denn die Lehrer konnten sie nicht auseinanderhalten – beide hatten das gleiche Wissen. Beide fühlten sich sowohl mit Vera als auch mit Nadja angesprochen. Wenn sie sich unterhielten, begann die eine einen Satz, und die zweite beendete ihn. Nach Schulabschluß blieben sie untätig zu Hause, sie spielten ein wenig Klavier, ein wenig sangen und lasen sie, sie schliefen viel, stickten gern. Zwar prägten sie sich keine Gesichter, keine Haar- oder Augenfarbe ein, doch erinnerten sie sich unfehlbar an die Farbe von Stoffen und an die Form und Farbe von Kämmen und Schuhen. Außer durch ihre Beinamen – Deka und Rodeka – waren sie in ganz Kamynsk durch ihren ungewöhnlichen Gang bekannt, so weit spreizten sie die Schuhspitzen und so dicht beieinander hielten sie die Fersen, daß alle sich wunderten, wie sie sich auf den Beinen hielten und wieso sie sich nicht die Fersen wund liefen.

In Nikolai Jewgrafowitschs Augen waren seine Töchter ein Beispiel für alle. Sie allein zeigten keine Leidenschaft für die Revolution, nicht einmal für Laienaufführungen. Ihre Leidenschaft galt Offizieren, jungen Gutsbesitzern – und vor allem Grigori Fedotow. Als Nikolai Jewgrafowitsch von Sofja Wolynskaja verlassen wurde, hatte ihn das nicht so mitgenommen wie der Weggang seiner ›gesetzlichen‹ Frau zum Grafen Uwarow. Auf Werejskis Rat hin nahm er ein Stubenmädchen ins Haus und hörte auf, sich den Schnurrbart zu färben. Er war sehr viel im Kreis unterwegs und legte großen Wert auf die Stunden zu Hause, dem Umherfahren zog er die häusliche Bequemlichkeit mit Fehjacke und Hasenfellstiefeln vor. Bei seinem Sohn Nikolai sah Nikolai Jewgrafowitsch einmal Kiplings ›Dschungelbuch‹, er nahm es ihm ab, um sich zu überzeugen, daß es sich um keine umstürzlerische Lektüre handelte. Er las das ganze Buch, und plötzlich, zu seiner eigenen Überraschung, packte ihn die Leidenschaft, er kaufte, die Hinweise seines Sohnes befolgend, zur eigenen Benutzung – und stellte sie in den Bücherschrank neben die Werke des Grafen Salias, schloß sie vor dem Sohn weg – die gesammelten Werke von James Fenimore Cooper, Thomas Mayne Reid, Jules Verne, Kipling, Seton-Thompson, verschlang diese Bücher, las sie mehrfach.

Der Sommer der bäuerlichen Feuersbrünste auf den Gütern ging dahin, und eines Abends im Spätherbst, als Nikolai Jewgrafowitsch in Fehjacke und molligwarmen Hasenfellstiefeln auf einem wilden Mustang die Sierra Nevada entlangsprengte, den Lasso schwingend in wilder Verfolgung eines blutrünstigen Indianers, der eine weißgesichtige Farmerstochter geraubt hatte, traten Deka und Rodeka ins Zimmer, blieben an der Tür stehen, fielen beide zugleich mit gesenkten Köpfen auf die Knie.

Bei seinem wilden Ritt durch die Prärie zu den Felsen bemerkte der Vater die Töchter nicht gleich, doch als er sie bemerkte, hatte er gleich eine ungute Ahnung. Und tatsächlich war etwas Schlimmes geschehen. Auf den Knien liegend, bekannten die Töchter ihren Fehltritt. Nicht nur körperlich, sondern auch seelisch völlig gleich, von Geburt an verwechselt, von Geburt an gleich erzogen, aufgewachsen mit den gleichen Kleidern, dem gleichen Wissen und den gleichen Leidenschaften, hatten sie sich beide mit gleicher Kraft in den Junker Grischa Fedotow verliebt. In sie beide, die völlig gleich waren, die nicht nur den gleichen Körper und die gleiche Seele, sondern auch die gleiche Stimme und die gleichen Kleider besaßen, die einander nicht eigentlich ergänzten, sondern halbierten und zugleich doch ein untrennbares Ganzes bildeten, in sie beide zugleich hatte sich der Junker Grischa Fedotow verliebt. Wie sich herausstellte, sprach der Junker Grischa Fedotow ebenfalls von ›Revolution‹, allerdings lediglich von ›sittlicher‹ Revolution, von ›alles verzehrenden Momenten‹, von ›Ekstasen‹ und von ›freier Liebe‹ – Grischa hatte die jungen Damen bereits im vergangenen Sommer durch die umliegenden Felder spazierengeführt, in der unheilschweren Stille des Oktober-Generalstreiks hatte er es dahin gebracht, die Mädchen heimlich mit in sein Zwischengeschoß zu nehmen, ohne daß der General etwas davon merkte, und ohne daß der Polizeichef-Papa etwas merkte, stieg er durch das Fenster zu den Mädchen ins Schlafzimmer, wenn der Papa die ›Mushiks‹ zur Ruhe brachte. Deka und Rodeka empfanden eine für die andere, jede wollte und mußte gleiches und in der gleichen Weise erfahren wie die andere – Geheimnisse konnte es zwischen den Schwestern keine geben, weder in ihrem Denken noch in ihrem Tun. Die Mädchen bekannten dem Vater auf den Knien, daß sie beide, gleichzeitig, von Grischa Fedotow schwanger geworden waren, ihre Schwangerschaft hatte bereits den siebenten Monat erreicht, so daß Vera und Nadeshda außerstande waren, sie länger zu verbergen, Grischa aber war nach Sankt Petersburg abgereist an die Nikolaitische Kavallerieschule und konnte sie nicht heiraten, einerseits weil er Junker war und andererseits weil er sie beide gleich liebte, die gesetzliche Ehe aber nur mit einer schließen konnte ... Der Mustang – nicht zum erstenmal in Babenins Leben – verlor den Halt und stürzte von den Felsen der Sierra Nevada auf die Erde ...

Im Herbst des vergangenen Jahres war die ältere Margarita Schiller nach Smolensk gefahren, um den Besuch des Gymnasiums zum Abschluß zu bringen, und an dem Tag, da Vera und Nadeshda vor dem Vater auf den Knien lagen, erhielt Israil Jossifowitsch aus Smolensk einen Brief, der einen Hinweis bildete auf eine entfernte und nichtsdestoweniger verhängnisvolle Verbindung im Schicksal Schillers und Babenins. Der Bruder teilte aus Smolensk mit, Israil Jossifowitschs Tochter, die ältere Margarita, sei mit zwei Freundinnen aus dem Gymnasium von Offizieren des in Smolensk stationierten Regiments auf einen naheliegenden Gutshof gelockt, bis zur Bewußtlosigkeit betrunken gemacht, von den Offizieren vergewaltigt und infiziert worden und habe sich auf dem Dachboden seines Hauses erhängt ...

Hofrat Babenin brachte seine beiden Töchter nach Moskau, in das Entbindungsheim auf der Soljanka 12 – über ihre Kinder wurde nichts bekannt. Deka und Rodeka kehrten nicht mehr nach Kamynsk zurück. Lange danach wurden sie in Moskau bei Mure & Mérilise, einem Moskauer Riesenkaufhaus, gesehen – Vera und Nadeshda arbeiteten dort als Mannequins in der Damenkonfektionsabteilung. Ihre Aufgabe bestand darin, neue Kleidermodelle vorzuführen. Ihr Gang hatte aufgehört, so ungewöhnlich zu sein wie in Kamynsk.

Zu der Zeit, da Vera und Nadeshda vor dem Vater auf den Knien lagen und Margarita irgendwo auf einem staubigen Dachboden hing – in jenen Tagen sah man vom Otkos aus hinter dem Podol, hinter den Wiesen keine Feuersbrünste mehr lodern. Der Otkos war leer wie Nikita Sergejewitschs Haus. Und nach langen Monaten der Stille versammelten sich in Nikita Sergejewitschs Haus die Intelligenzler. Nikita Sergejewitsch war nicht der Gastgeber.

Anwesend waren: Doktor Iwan Iwanowitsch Kriworotow mit Frau und Sohn, Anton Antonowitsch Kazaurow mit Frau und Sohn, Ignati Leontjewitsch Mollas mit Frau – überhaupt hatten alle Frau und Kinder mitgebracht; anwesend waren auch Nagorny und Sofja Wolynskaja sowie Lehrer und Ärzte aus dem Kreis; auf eine Viertelstunde kam sogar Pawel Pawlowitsch Aksakow vorbei, und völlig unverhofft gesellte sich den ganzen Abend Sergej Iwanowitsch Koschkin dazu. Die Tafel war über die ganze Länge des Eßzimmers gedeckt. Das Decken der Tafel hatten Sergej Iwanowitsch Koschkin und die Veranstalterfrauen übernommen. Alle waren festlich gekleidet. Pawel Pawlowitsch Aksakow und die Ärzte erschienen im Gehrock mit weißer Halsbinde. Es ging festlich zu, Mischucha Ussatschow nahm in der Diele die Mäntel ab. Auf den besten Platz, den Ehrenplatz am Tisch, wurde – zum erstenmal in seinem Leben in Kamynsk – Israil Jossifowitsch Schiller mit Frau, Söhnen, der kleinen Margarita und dem Gehilfen gesetzt. Er war sehr aufgeregt. Und als erster nahm Iwan Iwanowitsch Kriworotow das Wort zum Trinkspruch.

Iwan Iwanowitsch erhob sich feierlich, korrigierte Schnurrbart und Halsbinde, wartete, bis sich aller Augen auf ihn richteten, und sagte:

»Ich will mich kurz fassen, meine Herrschaften! Ihnen allen ist der Zweck unserer Zusammenkunft bekannt. Wir sind heute zusammengekommen, um Israil Jossifowitsch Schiller feierlich nach Amerika zu verabschieden. Ja, Israil Jossifowitsch hat beschlossen, nach einem neuen Glück zu suchen – wünschen auch wir es ihm! Israil Jossifowitsch hat beschlossen, das Glück im demokratischsten Land der Welt – in den Nordamerikanischen Vereinigten Staaten ausfindig zu machen. Israil Jossifowitsch sucht nach einer neuen Heimat, verläßt für immer Rußland, das ihm also nicht zur Heimat geworden ist ...« Iwan Iwanowitsch machte eine Pause. »Ich möchte betonen – das ihm also nicht zur Heimat geworden ist ... Ich will nicht verhehlen, meine Herrschaften – Israil Jossifowitschs Abreise ist ein großes Ereignis in unserem Leben. Und wer von uns, meine Herrschaften, als er von Israil Jossifowitschs bevorstehender Abreise hörte, wäre ihm nicht in Gedanken gefolgt? – wer hätte nicht den unermeßlichen Atlantischen Ozean und dahinter das unermeßliche, ungewöhnliche, demokratischste Land der Welt vor Augen gehabt, das zu Recht als die Neue Welt bezeichnet wird? Ich wiederhole – die Neue Welt ... Und wer von uns hätte nicht gern Israil Jossifowitschs Platz eingenommen, ich würde sagen, ohne ihn zu beneiden – und vor allem ohne Israil Jossifowitsch deshalb zu beneiden, daß er eine Heimat finden will, die seinen Überzeugungen entspricht ... Ich habe versprochen, mich kurz zu fassen. Bevor ich das Glas erhebe, möchte ich unterstreichen und sagen, daß ich glücklich wäre, wenn Israil Jossifowitsch keinen Grund hätte, seine alte Heimat zu verlassen, und wir keinen Grund sähen, ihn um seine neue Heimat zu beneiden ... Also, meine Herrschaften, ich erhebe das Glas. Auf Israil Jossifowitschs Glück, das für uns unerreichbar ist! auf seine neue Heimat! – hurra!«

Alle riefen hurra und tranken stehend.

Sergej Iwanowitsch Koschkin, der schon einen getrunken hatte, während die Flaschen auf der Tafel verteilt wurden, sagte:

»Was redest du drum herum, Iwan Iwanowitsch?! Sprich frei heraus, haben doch sowieso alle verstanden. Daß du amerikanische Verhältnisse in Rußland haben möchtest, denn bei dieser Aufhängerei werden nicht nur die Juden, sondern bald auch die Russen aufschreien über ihr Mütterchen Heimat. Ich zum Beispiel würde mit Vergnügen Amerikaner werden, wenn ich Amerikanisch verstehen würde ... Dort, hört man, leben lauter Kaufleute ... Hurra auf die amerikanischen Kaufleute im Russischen Reich! Hurra, sage ich?!«

Sergej Iwanowitschs Hurrarufen schloß sich niemand an. Sergej Iwanowitsch hatte mit seinen deplazierten Worten das ganze Programm der Festreden anläßlich der gesellschaftlich bedeutsamen Abreise Schillers und der Intelligenzlerzusammenkunft durcheinandergebracht.

»Und wenn es so wäre«, sagte Kriworotow sehr ungehalten zu Koschkin, »daß Sie doch immer die Idee vulgarisieren müssen, Sergej Iwanowitsch ...«

Mit den Festreden wurde es nichts, und auch mit der gesellschaftlichen Demonstration im Rahmen des Zulässigen wurde es nichts. Sogar einen Skandal konnte es geben: Koschkin kannte sich vielleicht nicht genau in den amerikanischen Verhältnissen aus, doch dafür kannte sich in ihnen Anton Antonowitsch Kazaurow aus, der zu der Zeit zu den Oktobristen tendierte, und er war imstande, den Abschiedsabend für Schiller mit einem skandalösen Abtritt zu verlassen. Übrig blieb allein der Fakt, daß Bekannte einen Bekannten verabschiedeten. Gerührt und verwirrt zeigte Israil Jossifowitsch allen seinen Auslandspaß. Er reiste nicht mit der ganzen Familie ab, sondern mit seiner Frau und der jüngeren Margarita – die Söhne ließ er mit Naum Solomonowitsch zurück, dem er auch die Verwaltung der Apotheke überließ – für alle reichte das Geld nicht, zuerst mußten in Amerika eine Wohnung und Arbeit gefunden werden, danach wollte Israil Jossifowitsch alle übrigen – die Söhne und Naum Solomonowitsch – nachholen.

Man trank, aß Ferkel in Aspik und Eis – und ging nach Hause. Hinter den Zäunen stand der Mond, Hunde bellten. Irgendwo weit hinter Nacht und Ländern plätscherte der Atlantische Ozean ... Nikita Sergejewitsch war nicht der Gastgeber des Abends – und er war sehr betrübt an diesem Abend.

Schiller reiste ab.

Nach drei Monaten traf von ihm ein Brief ein, der sich wie ein Märchen anhörte, kaum zu glauben. In New York hatte er keine Arbeit gefunden und war, dem Rat kundiger Leute folgend, nach Blumenfeld in Illinois gefahren, woher dieser Brief denn auch kam und in dem er mitteilte, Arbeit habe er immer noch nicht, doch am Morgen dieses Tages sei er in einer Milch- und Mehlhandlung hier am Ort gewesen, um sich mit dem Bürgermeister der Stadt, Besitzer dieses Ladens und von jüdischer Nationalität, aus Minsk gebürtig, bekannt zu machen ...

Von dem Tag, da Vera und Nadeshda vor dem Vater auf den Knien gelegen hatten, bis zur Abreise Schillers nach Amerika – all die Monate und das ganze Jahr hängte, hängte und hängte das Reich, schirmte sich mit Galgen gegen die Revolution ab. Als erster Mann von Kamynsk ging Grigori Jeleasarowitsch Korowkin durch die Stadt – trocken, ausgemergelt, mit lila Händen, die ihrem Aussehen nach hätten heiß sein müssen, sich jedoch kalt anfaßten wie bei einem Toten.

Auch nach Kamynsk berief man eine auswärtige Sitzung des Standgerichts ein, um Urteile zu verhängen. Zur Verhandlung wurden nur wenige zugelassen – selbstverständlich Korowkin, als Zeuge. Als Zeuge vor Gericht geladen wurde auch der Lehrer

Feoktist Feoktistowitsch Bogorodski. Ohnehin schon gelb, wurde er binnen eines Tages Koschtschej dem Unsterblichen ähnlich, trocknete an dem Tag, da er seine Zeugen-›Aussage‹ machte, völlig aus. Das Gericht verkündete die Urteile: Wolgina und Gorzewa – ›Verbannung zur Ansiedelung‹ – je fünf Jahre Ostsibirien, Artjom Iwanowitsch Obuchow, ›Kleinbürger‹, der –

›... in einer Reihe von Fällen bewaffneten Waffenraub verübte, so bei dem Adelsmarschall Fürst Werejski, dem Fabrikanten und ausländischen Staatsbürger Schmutzochs ...‹,

›sich aktiv am bewaffneten Aufstand in Moskau beteiligte‹,

›... das heißt unter Berücksichtigung des Paragraphen ... des Strafgesetzbuches ...‹

wurde zum Tode durch den Strang verurteilt.

Zur gleichen Zeit erhielt Klawdia Kolossowa auf dem Verwaltungswege drei Jahre Verbannung.

Der erste Zeuge vor Gericht war Grigori Jeleasarowitsch Korowkin und von der Gerichtsverhandlung, aus der ›treuuntertänigen‹ Zeugenaussage Korowkins, am Abend des Tages, an dem der Lehrer Feoktist Feoktistowitsch Bogorodski vor Gericht geladen war – aus dem Gerichtssaal sickerte die Nachricht durch, daß der Lehrer Bogorodski ein Provokateur war, ein Verräter ... Der Tolstoianer ging in letzter Zeit tatsächlich in Korowkins Haus ein und aus, zusammen mit dem Gutsbesitzer Wachruschew, mit dem er Schach spielte – und nicht nur der Tolstoianer ging ein und aus, sondern ebenso seine Schwester, die Witwe, die mit ihrer Tochter zu Korowkins junger Frau kam, um sie in ihrer Müßigkeit zu zerstreuen und ein Auge auf den ungebärdigen Gutsbesitzer zu haben.

An den Verhandlungstagen hing Leichengeruch über Kamynsk.

Vor knapp drei Jahren waren an der Kamynsker Brücke über die Schlucht nach Tschertanowo und am Boulevardzaun in der Stadt gegenüber dem Schatzamts- und Gefängnisgebäude Port Arthurs gebaut und russisch-Tschertanowoer Kriege geführt worden ... Jegorka Korowkin, Grigori Jeleasarowitschs einziger und geliebter Sohn, der sich nach des Vaters prinzipiellem Wunsch nicht am Gymnasium beworben hatte und die städtische Vierklassenschule besuchte, inszenierte in den Tagen des Standgerichtsprozesses – als russisch-japanisches Spiel – in Mischucha Ussatschows verlassenem Garten unter seinem Vorsitz ein standrechtliches Verfahren gegen die Nichte des Lehrers und Tolstoianers, die Tochter dessen verwitweter Schwester, die sechsjährige Mascha, die mit ihrer Mutter zu Jegors Mutter kam; das Standgericht befand Maschas Zugehörigkeit, gleich Artjom Obuchow, zur bolschewistischen Fraktion der SDAPR als erwiesen und verurteilte sie zum Tode durch den Strang – und Jegorka henkte Mascha an einem Apfelbaum im Garten Mischucha Ussatschows, an einem jener Apfelbäume, an denen Mischucha Ussatschow seinerzeit streunende Hunde aufgeknüpft hatte ... Das Mädchen fand den Tod.

In Kamynsk, nach Süden hinter dem Podol, nach Norden, ringsum breitete sich Leichengeruch aus. Seit jeher hütete man sich, wenn man durch die russischen Kreise, Amtsbezirke, über Feldwege und durch Schluchten fuhr, vor der Dunkelheit, bekreuzigte sich fromm, hielt ein Beil unter dem Kutschbock bereit, dachte immer daran, daß die Waldstriche und vor allem die Schluchten voll der nicht eben mannigfaltigen Geschehnisse waren, irgendwann war in jenem Wäldchen ein Kaufmann, in dieser Schlucht ein Gutsbesitzer ermordet, da und dort eine Postkutsche und ein Branntweinhändler ausgeraubt worden, und hier an dieser Stelle geschahen immer noch Morde. In jenem Jahr kamen zu den alten Geschehnissen neue hinzu. Korowkin, Grigori Jeleasarowitsch, Jegorkas Vater, war der erste Mann in Kamynsk, Vorsitzender der ›wahrhaften Russen‹, und er war Kaufmann. Und zu den Geschehnissen kam ein weiteres hinzu: im Klosterhain gleich hinter Kamynsk, genau gegenüber der kleinen Schlucht am Kloster, wohin der Kaufmann Grigori Jeleasarowitsch Korowkin fuhr, um zu Gott zu beten, wurde er ermordet, und die Mordtat beging nicht irgendein nächtlicher Räuber, sondern der Lehrer und Tolstoianer Feoktist Feoktistowitsch Bogorodski, der Diakonssohn – er tat es nicht aus Rache für die Nichte, die der Sohn des Kaufmanns aufgehängt, sondern weil der Kaufmann in der Standgerichtsverhandlung den Lehrer verraten hatte – der Lehrer und Tolstoianer sei ein Geheimagent der Polizei, ein Provokateur gewesen.

Zur gleichen Zeit starb – völlig unerwartet – der Landamtmann Afinogen Kornilowitsch Rasboischtschin. An dem Tage, als in Kamynsk bekannt wurde, daß Korowkin ermordet worden war, ermordet durch Bogorodski, ging Afinogen Kornilowitsch, der Sieger, eilig in sein Arbeitszimmer, legte sich aufs Sofa und rief, daß es im ganzen Haus zu hören war:

»Frau, Wodka!«

Drei Tage lang trank Afinogen Kornilowitsch ein Glas nach dem anderen, ohne sich von dem Sofa zu erheben, und starb an Herzinfarkt. Rasboischtschins Sarg folgte niemand außer seiner Frau und seinem Sohn. Eine Woche darauf verkaufte die Frau das Haus hinter dem Zaun und kaufte ein anderes, kleineres, aber zweigeschossiges, um das Obergeschoß zu vermieten. Sohn Ippolit gab mit dem Tage des Begräbnisses seines Vaters den Besuch des Gymnasiums auf.

Neujahr feierte in jenem Jahr niemand.

Noch zwei Briefe kamen von Israil Jossifowitsch – Arbeit konnte er in Amerika nach wie vor nicht finden. Adressiert waren die Briefe an das Haus Nikita Sergejewitschs, das verstummte Haus ...

9

Die Generation bereitet sich auf das Leben vor

Das einzige real erscheinende Ergebnis, das die Revolution Kamynsk gebracht hatte, war das klassische Jungengymnasium mit obligatorischem Lateinunterricht und Griechisch auf Wunsch der Eltern.

Gymnasium – das sind lange Flure, rechts und links die Türen der Klassenzimmer, zur ersten Vorbereitungsklasse, zur zweiten Vorbereitungsklasse, zur ersten, zweiten, dritten und so bis zur achten – zu den Haupt- und Parallelklassen. Klassenzimmer – das sind Bankreihen, auf den Bänken jeweils zwei Schüler. Durch die Bänke gebildete Gymnasiastenreihen. Die Haare der Gymnasiasten waren alle gleich geschnitten – nach Nummer eins. Die Gymnasiasten trugen Uniformen, alle die gleichen – graue halbmilitärische Tuchjacken, die Hosenbeine waren nicht in Stiefelschäfte gesteckt, die Jacken mit einem Koppel gegürtet, auf dem Koppelschloß war ›K.G.‹ eingraviert – Kamynsker Gymnasium. Akkuratesse in bezug auf das Koppelschloß war der Akkuratesse der Offiziere in bezug auf die Epauletten annähernd gleichzusetzen. Auf der Straße waren die Gymnasiasten ebenfalls alle gleich gekleidet – graue offiziersmäßig geschnittene

Drapémäntel mit Nickelknöpfen wie bei Militärbeamten und weiß eingefaßte blaue Kragenspiegel. Als Kopfbedeckung trugen die Gymnasiasten weiß eingefaßte blaue Schirmmützen nach Offiziersart mit Nickelkokarde, bestehend aus zwei Lorbeerblättern und dem ›K.G.‹ dazwischen. Zur Uniform gehörte, ebenfalls für den Winter, wie bei den Offizieren ein mit Silberband besetzter Baschlik. Andere Kopfbedeckungen wurden nicht getragen, und deshalb fiel im Winter bei Frösten unter 25 Grad Réaumur wie in den Militärkasernen der Unterricht aus, damit sich keiner die Ohren anfror. Zur Uniform der Gymnasiasten gehörte auch ein Tornister für die Schulbücher und das Frühstück nach Art der Tornister der Napoleonischen Grenadiere, jedoch nicht mit Bärenfell wie bei den Franzosen, sondern mit Robbenfell. Die Gymnasiasten hatten im Klassenzimmer auf Kommando aufzustehen und sich zu setzen. Jede Klasse hatte einen Klassenleiter und einen Aufseher – Offizier und Unteroffizier. Die Klassenkompanien unterteilten sich in die Züge der Haupt- und Parallelklassen. Das Gymnasialregiment führte die Gymnasiasten nach Bankgliedern und Klassenkompanien vorwärts zu den Fortifikationen der privilegierten russischen Berufe. Ein junger Mann, der das Gymnasium absolviert hatte, wurde bei Antritt des Staatsdienstes, ohne daß er eine Universität auch nur einmal von innen gesehen hatte, sofort auf die erste Stufe in der staatlichen Beamtenleiter – den Kollegienregistrator – gesetzt.

Das zweite reale Ergebnis war für Kamynsk im Herbst 1905 das Kino ›Der Große Stumme‹, das auf Initiative Iwan Iwanowitsch Kriworotows und Sergej Iwanowitsch Koschkins und auf Kosten des letzteren durch die Gesellschaft für Volkswissen eingerichtet wurde.

Andrej Kriworotow, Iwan Koschkin, Anton Kazaurow, Ignati Mollas, die Schiller-Brüder, Leopold Schmutzochs, Nikolai Babenin, Ippolit Rasboischtschin und viele andere folgten, in Reih und Glied der Klassen marschierend, ihren Lehrern in den blauen Ziviluniformen in eine bessere Zukunft. Ippolit Rasboischtschin und Nikolai Babenin fielen freilich bald aus: Rasboischtschin gab den Besuch des Gymnasiums sofort nach dem Tode seines Vaters, in Trägheit verfallend, auf, und Babenin wurde ungeachtet aller Beziehungen seines Vaters wegen Faulenzerei, Schuftigkeit, Disziplinlosigkeit und wegen seiner Einsen aus dem Gymnasium hinausgeworfen, in die Gouvernementsstadt zum Kadettenkorps versetzt, wieder hinausgeworfen und vom Vater nach Moskau geschickt, wo er – ebenfalls durch die väterlichen Beziehungen – als Polizeirevieraufseher unterkam. Leopold Schmutzochs fuhr im Pferdewagen zum Gymnasium, der Kutscher trug eine mit Pfauenfedern geschmückte Pelzmütze.

Die Jahre bewegten sich in Kompanien voran wie die Klassen – 1906, 1907, 1908, 1909, grau wie Gymnasiastenmäntel, einander gleich wie die Mäntel, bald vergessen wie die Gymnasiastenbank. Der russisch-japanisch-Tschertanowoer Krieg gehörte der Vergangenheit an, und es war wie in Novembertagen, wenn abends noch Herbst, beinahe noch Sommer ist, die Astern noch nicht abgefallen sind, am nächsten Morgen aber sich der Winter eingestellt hat – in den Bänken saßen menschliche Individualitäten, die sich selbst bereits für erwachsen hielten, sich schamhaft oder lyrisch an den russisch-Tschertanowoer Krieg erinnerten und an alles, was davor gewesen. Jeder hatte die Revolution auf seine Art aufgenommen und erlebt – und auf seine Art hatte er sie für die Zukunft bewahrt, hatte gar nicht anders gekonnt. Iwan Koschkin brachte es zum Klassenbesten, er kannte sich im gesamten Unterrichtsstoff aus, er kannte sich überhaupt in allem aus, über alles hatte er gelesen – er trug einen gestärkten Kragen wie Leopold Schmutzochs, und wie sein Vater sprach er vom Übermenschen und davon, daß ›alles erlaubt‹ sei, im Unterschied zu seinem Vater war er jedoch höflich und ordentlich.

Andrej Kriworotow hatte sich von seinen Freunden verabschiedet – von denen, die nicht mit ans Gymnasium gingen. Mischucha Schmeljow hatte sich zunächst zum Vater und zum älteren Bruder an die Werkbank und ans Herdfeuer gesetzt, um zu schlossern, zu verzinnen, zu löten – und plötzlich, als der Vater starb, war er mit dem älteren Bruder ein richtiger amerikanischer Businessman geworden, hatte das Schild ›Verzinne, löte‹ gegen das ungewöhnliche und kurze ›Maxim‹ ausgewechselt. Wanjatka Nefjodow, der Sohn des Tschertanowoer Korbmachers, hatte sich, nachdem sein Vater Iwan Lukjanowitsch, dem nicht nachgewiesen werden konnte, daß er die Gutsbesitzerhäuser angezündet hatte, nach Mesen verschickt und sein Haus beschlagnahmt und zugunsten der zu Schaden gekommenen Gutsbesitzer versteigert worden war – Wanjatka hatte sich nach Moskau abgesetzt.

Und im düsteren Dezember des Jahres 1907 verabschiedete sich Andrej Kriworotow von Klimenti Obuchow, dem treuen Freund und Anführer aus früher Kindheit – jener Zeit, da Andrejs Mutter ihnen beiden, Klim und Andrej, den ganzen Gogol, den ganzen Puschkin, Mayne Reid, Walter Scott ... vorgelesen hatte. Seit jener Zeit war Klimenti nur selten bei Andrej gewesen. Die Revolution war für ihn zu etwas Größerem geworden als das Gymnasium für die Gymnasiasten. Aus der Revolution war Klimenti, sechzehnjährig, nicht mehr als Halbwüchsiger, sondern als Erwachsener hervorgegangen – Klimenti hatte die Revolution in der Vernichtung des Raums auf der Bahnstation durchlebt, mit dem Vater und den Genossen des Vaters, mit den Aktionen des Kommunisten Leonti Scherstobitow, er hatte die Revolution mit dem Vater mitgemacht – und dafür mit dem Tod des Vaters am Galgen bezahlt. Klimenti war jetzt der Älteste in der Familie, ihr Ernährer. Als Erwachsener kam er zu Andrej, um sich zu verabschieden. Im Ural, in den Gruben lebte Klimentis Onkel, leiblicher Bruder seiner Mutter, Alexej Schirokich, und Klimenti machte sich auf in den Ural, um nicht Hungers zu sterben – dort lebte auch Foma Talyschkow, zu dem ihn – sollte etwas sein – Leonti Scherstobitow geschickt hatte.

Andrej war schon vierzehn. Er kannte bereits Turgenjews ›Rauch‹ und die ›Dämonen‹ von Dostojewski, soeben hatte er die ›Sieben Gehenkten‹ von Leonid Andrejew und Arzybaschews ›Sanin‹ gelesen. Er lag mit sich im Widerstreit, Andrej – der Klassenlehrer im Gymnasium verlangte, die Haare müßten nach Nummer eins geschnitten sein, wie bei Petschorin wahrscheinlich, aber Mark Wolochow und bestimmt auch Sanin hatten ihre Haare lang getragen – Petschorin gefiel Andrej sehr, sein Gymnasiastenkoppel zog er – auf Petschorinsche Art – zusammen, daß es ihm das Blut abschnürte, aber wegen seiner Haarlänge mußte er sich tagtäglich Bemerkungen des Klassenleiters anhören – und ließ sie doch nicht schneiden. An dem Abend, als Klimenti zu Andrej kam, wollte Andrej ins Kino, Olja Werejskaja würde auch dasein.

Klimenti und Andrej setzten sich in Andrejs Zimmer. Andrej schwieg ganz so, wie in schweren Augenblicken alte Männer schweigen. Klimenti verhielt sich ungezwungen.

»Gehängt?« fragte Andrej.

»Gehängt« antwortete Klimenti.

»Gehängt ...«, wiederholte Andrej. »Wirst du ihn rächen?«

»Werde ich ...«

»Hör zu, Klim ... Erinnerst du dich an Leonti Wladimirowitschs Reden, er hat mit uns gesprochen wie mit grünen Jungs. Weißt du noch – den Salzspeicher in ein öffentliches Lager umwandeln, alle werden sich kleiden und satt essen können wie

Schmutzochs ... Du weißt, was jetzt in den Zeitungen steht – von den Sozialrevolutionären, den Menschewiken, den Bolschewiken ... Entschuldige, ich möchte dich fragen – glaubst du daran, daß die Wahrheit auf der Seite der Revolution ist, daß sie siegen wird?«

»Ich glaube es nicht, ich weiß es.«

»Hör mal ... Nimm die ›Sieben Gehenkten‹ oder ›Seekrankheit‹ von Kuprin – hast du das gelesen? Was hat die Revolution denn gebracht – Galgen, Verbannung, Streit – was hat die Revolution deinem Vater gebracht? Findest du das nicht schrecklich?«

»Nein.«

»Der Mensch lebt nur einmal – denk an Lermontow, in ›Valerik‹ – ›Armseliger Mensch, was will er denn mit seinem Streben? ... Hell ist das hohe Himmelszelt, Platz gibt's für alle in der Welt, er aber steht sein ganzes Leben im Kampf und ringt so ohne Ruh und immer furchtlos – doch wozu?‹ – ist es nicht in der Tat einfacher, wie die Sonne zu leben ...?«

Klimenti gab keine Antwort.

»Als die Revolution begann, warst du auf einmal verschwunden, kamst überhaupt nicht mehr zu mir, dabei hatte ich so viel gute Bücher«, sagte Andrej. »Sag mir doch, was hat dir die Revolution gebracht? Ich erinnere mich vor allem daran, wie die Kosaken die Frauen verprügelt haben, die Schmutzochsschen Arbeiterinnen im Kreml – wie soll ich's dir erklären ... es war einfach schrecklich ...«

Klimenti antwortete nicht gleich.

»Und ich erinnere mich vor allem ... Du fragst, warum ich nicht zu dir kam? Am besten erinnere ich mich, wie im Depot eine Stimme rief: ›Wozu noch die Reden! Gebt das Pfeifsignal!‹ – wie die Lokomotive pfiff und der Streik begann, wie der Streik begann und wie ich sicher war, daß er in ganz Rußland begann, daß es für ihn keine Räume gibt – und wie ich sicher war, daß wir siegen werden ... Und du kommst mir mit ›Valerik‹ – als ich damals zwei Nächte nicht geschlafen hatte, erschienst du und sprachst von der Revolution – Gewitter, Reinigung ...!« Klimenti machte eine Pause. »Verzeih mir, merk dir für dein künftiges Leben – für dich war die Revolution eine Abwechslung, für mich dagegen eine Aufgabe, verzeih mir die Wahrheit, du wirst sie brauchen können ...«

»Und du glaubst, daß die Revolution tatsächlich siegen wird?«

»Ich glaube es nicht, ich weiß es, und laß dir gesagt sein – sie wird nicht nur, sie muß einfach siegen, anders nicht«, sagte Klimenti. »Hier, siehst du meine Hand? Ich drücke meine Finger zusammen zur Faust ... – physikalisches Gesetz. Und siegen werden die Bolschewiki. Mögen alle behaupten, daß Schwarz Weiß heißt – Weiß wird dadurch nicht Schwarz. Als Kopernikus sagte, daß sich die Erde um die Sonne dreht, hat man ihn verbrannt – aber die Erde dreht sich trotzdem. Ich glaube es nicht, ich weiß es. Und alle, die es wissen, können gar nicht anders, sie müssen es glauben, sonst sind sie entweder Idioten oder, und sogar wahrscheinlich, Schurken. Leonti Wladimirowitsch hat vereinfacht, als er mit uns sprach, aber er hat es uns so eingetrichtert, daß wir's begriffen. Denk dran.«

Andrej schwieg.

»Weißt du noch«, sagte Andrej, »ich bereitete mich damals mit Leonti Wladimirowitsch aufs Gymnasium vor. Nach dem Unterricht wartete ich bei den Prellsteinen, und an mir vorbei gingen Leonti Wladimirowitsch, dein Vater, der Lehrer Sosnin und noch jemand zum Salzspeicher. Die Brücke mit den Prellsteinen liegt in einer kleinen Senke, der Speicher steht auf einem Hügel – und lange sah ich am grünen Himmel Leonti Wladimirowitschs Kopf ... So hat er sich mir für immer eingeprägt ...«

Andrej – in Uniformmantel und Schirmmütze mit Kokarde ›K.G.‹ – begleitete Klimenti ein Stück. Sich trennen in der Jugend bedeutet keinerlei Bewußtwerden des Verlustes. Andrej wollte an diesem Abend ins Kino – die Freunde aus Kinderzeiten verabschiedeten sich mit Händedruck. Andrej merkte nicht, daß er sich für immer von Klimenti verabschiedete. Klimenti wußte es – allein schon dadurch, wie Andrej ihn begleitete.

Es war düsterer Dezember. Und es war ein düsterer Abend, mit Schnee und Sternen.

Klimenti ging zu Nikita Sergejewitsch.

In der Küche, von seinen Hunden umringt, trank Mischucha Ussatschow Tee.

Nikita Sergejewitsch saß in seinem Arbeitszimmer am Tisch.

Klimenti kam in der Zeit der Erwachsenen, und Nikita Sergejewitsch empfing ihn als Erwachsenen. Zum Abschied umarmten sie sich dreimal – der Abschied machte ihnen den Verlust bewußt.

Ippolit Rasboischtschin hatte seinerzeit ›Margaritalein ich l d‹ geschrieben – wie viele Millionen Male war so etwas in der Kindheit geschrieben worden? – Klimenti ging zu Annas Zimmer. Anna war nicht im Zimmer. – An der Pforte, im Pelz, den Kopf in ein Umschlagtuch gehüllt, wartete Anna auf Klimenti – auf den

Moment, da er Nikita Sergejewitschs Zimmer verlassen würde, damit weder Nikita Sergejewitsch noch Mischucha ihr Abschiednehmen sahen. Oben leuchteten die Sterne. Sie war immer schweigsam, Anna. Ihre Augen betrachteten alles, was sie umgab, immer fest und streng, sehr streng. – *Ich* bin geboren, *ich* habe die Sonne erblickt, *ich* habe Mama gerufen, *ich* bin der Mittelpunkt – sie hatte als erste in jener Generation dieses Gefühl verloren ... Milliarden von Malen – genau so viele, wie es auf Erden Menschen gab, blickte die Mutter, über ihr Kind geneigt, mit leuchtenden Augen in die Zukunft, die den Tod bezwang – und wie war es möglich, daß die gleichen Mütter später das Schicksal verfluchten, – ihr eigenes und das ihres Kindes? ... Mit leuchtenden Augen beobachtete Anna die Sterne, ihre Augen waren glücklich, sie blickte in die Zukunft, die sich jetzt vollziehen mußte. Klimenti kam sehr lange nicht, und unter den Pelz stahl sich der Frost. Anna stand reglos. Es war düstere Nacht. Und endlich knirschte der Schnee unter Klimentis Schritten zwischen Vortreppe und Pforte. Anna reichte Klimenti die Hand, sie sagte entschlossen und flüsternd:

»Du hast auf mich in meinem Zimmer gewartet, ich habe auf dich hier gewartet. Ich weiß alles, Klim. Wir werden uns sehr lange nicht sehen – und ich habe beschlossen, dir zum Abschied zu sagen, Klim, daß ich dich liebe ... Ich liebe dich für immer. Wenn du mich brauchst, wirst du mich rufen, Klim. Wir gehören zusammen.«

Nicht Klimenti umarmte Anna, sondern Anna umarmte Klimenti, sie schlug ihr Umschlagtuch auf und erhob es über ihm wie ein Dach, nahm ihn auf wie in ein Haus. Sie war stark und war bereits ein junges Mädchen, sie preßte sich nach Mädchenart mit ihrem ganzen Wesen an Klimenti und küßte ihn. Im Dunkel unter dem Tuch flüsterte sie, nach Frauenart ermattend:

»Für immer?«

»Für immer!« antwortete Klimenti.

Hoch am Himmel strahlten die stummen und kalten Wintersterne. Zum letztenmal in seiner Jugend passierte Klimenti die Brücke, die Kamynsk von Tschertanowo trennte und unter der im Frühjahr wilde Bäche dahinstürmten ... – ... Zu derselben nächtlichen Stunde, weit im Nordwesten von Kamynsk, in der Nacht der Ostseeschären, war ein anderer Mensch dabei, Rußland über das unter seinen Füßen knirschende Eis zu verlassen. Hinter ihm zurück blieben Sankt Petersburg, die Datsche ›Vaasa‹ im finnischen Kuokkala, Styrs Udde in der waldigen und felsigen Tiefe

Finnlands, die Finnhütte in Ågelby. Ihm auf den Fersen war die Polizei, Haus für Haus, Tag für Tag sank hinter ihm zurück – immer weiter fort mußte er in den Untergrund gehen. In Petersburg hatte jede Nacht eine neue Bleibe gefunden werden müssen – doch man durfte die Revolution nicht aus den Augen verlieren, mußte sich mit den Genossen treffen, sich auf den Parteitag vorbereiten. Am 27. April 1906 war die Staatliche Duma eröffnet worden, und am 8. Juli wurde die Duma auseinandergejagt, in Kronstadt und Sveaborg flackerten Matrosenaufstände auf, die erstickt wurden. Die Spitzel waren einem nicht mehr auf den Fersen, sie packten einen am Ärmel. Man durfte die Revolution nicht aus den Augen verlieren, man mußte mit den Menschen arbeiten und für die Proletarier schreiben. Er verbarg sich in Finnland, in dem entlegenen, riesigen, leerstehenden, im Walde verlorenen Sommerhaus ›Vaasa‹; vor ihm hatten in ihm terroristische Sozialrevolutionäre gewohnt und Bomben gebaut. Im tiefen Kiefernwald wohnten mit ihm auf ›Vaasa‹ neben seiner Frau die Leiteisens, die Bogdanows und Dubrowinski, alles Bolschewiki. Die Polizei wußte noch nichts von ›Vaasa‹ – und die Tür des Hauses wurde zur Nacht nicht verschlossen, im Eßzimmer blieben über Nacht Milch und Brot auf dem Tisch, das Sofa wurde hergerichtet – für Genossen, die nachts kommen konnten. Zu dem im Walde verlorenen Haus brachte ein Postler von der benachbarten Eisenbahnstation die Post, und nachts fuhren Leute, die nicht wollten, daß sie jemand sah, die Pakete aus Petersburg herüber und nahmen welche dorthin mit. Man mußte arbeiten, man mußte schreiben, um der Revolution Anleitung zu geben. Am 20. Februar 1907 trat die Staatsduma zum zweitenmal zusammen und wurde am 3. Juni auseinandergejagt – am selben Tag versammelten sich zu Beginn der Nacht die bolschewistischen Deputierten der Staatsduma in ›Vaasa‹. Von ›Vaasa‹ mußte er weg, die Polizei durchkämmte die ganze Umgebung. Er hatte wochenlang weder geschlafen noch gegessen – und seine Frau brachte ihn tiefer ins Landesinnere, nach Styrs Udde, in eine Gegend ›wilder als wild‹, worauf sie nach ›Vaasa‹ zurückkehrte und die Archive verbrannte, so viel, daß der Schnee ringsum schwarz wurde von der Asche, indessen er, ihr Mann, in den ersten Tagen von Styrs Udde von Knipowitschs Kindern den Spitznamen ›Kokser‹ bekam – vor Übermüdung schlief er fortwährend ein, unter der Fichte, bei den Steinen, im Speisezimmer, morgens, tagsüber, abends – nachts aber schlief er nicht. Er mußte arbeiten, schreiben, gegen den Boykott der dritten Einberufung kämpfen. Die Polizei kam nach Styrs Udde – er war in Ågelby untergetaucht. Nachdem er sich ausgeschlafen hatte, schrieb er über die Agrarfrage, wog mit allem seinem Wissen die Erfahrungen der Revolution ab. Die Polizei suchte in ganz Finnland nach ihm, ›Vaasa‹ war längst verwüstet, Styrs Udde längst verlassen – er mußte arbeiten, auf keinen Fall, nicht eine Tausendstelsekunde lang durfte er daran denken aufzugeben, sich dem Sieger zu unterwerfen, denn einen Sieger gab es nicht. Die Polizei näherte sich Ågelby. Er mußte weiter. Weiter waren das Meer, das Ausland, Schweden. Die Eisenbahnstationen und die Schiffsanlegestellen waren ihm verschlossen, voller Polizei. Die Grenzen wurden von Polizeipatrouillen überwacht. Er mußte über das Eis entkommen, von Insel zu Insel, durch die Schären, um dort irgendwo auf offenem Meer von einer menschenleeren Insel aus mit dem Boot ein in See stechendes Schiff zu erreichen. Die finnischen Genossen halfen, zwei finnische Bauern gingen mit ihm über das Eis, um ihm den Weg zu weisen. Es war in der Nacht, als Klimenti von Anna Abschied nahm. Es war Dezember, doch das Eis bildete noch keine geschlossene Fläche. Die beiden finnischen Bauern hatten jeder ein Glas Kognak getrunken, um beherzter ihr Leben zu riskieren. Von einer Insel zur anderen gingen sie drei Kilometer über das Eis. Das Eis erzitterte unter den Füßen, knirschte, gab nach, eisiges Wasser spülte hoch. Einer der Finnen brach in der finsteren eisigen Weite in Tränen aus, da er den Tod vor Augen sah.

»Schämt ihr euch denn nicht, Genossen!? Nehmt euch zusammen!« sagte Lenin. »Zu dumm, so zugrunde zu gehen!«

Er mußte arbeiten, mußte die Erfahrungen abwägen – nicht eine Tausendstelsekunde lang durfte er zweifeln, denn alles Wissen und alle Lebenserfahrung, alles Empfinden und alle Begriffe von Gerechtigkeit, Vernunft, Ehre bekräftigten die Richtigkeit seines Tuns ... Hinter dem Granit der Inseln wogte die eisige Ostsee. Ein niedriger Himmel senkte sich auf die Gesteinsblöcke der Schären und auf das Eis herab. Hinter ihm blieb Rußland zurück, das er auf keinen Fall für immer verließ ... – ... Neunundachtzig Jahre davor, im Mai, war am Rhein, in der Stadt Trier, in einer Rechtsanwaltsfamilie ein Junge geboren worden, der Karl Heinrich genannt wurde. Bei der Abschlußprüfung im Gymnasium schrieb der Siebzehnjährige:

›Aber wir können nicht immer den Stand ergreifen, zu dem wir uns berufen glauben: unsere Verhältnisse in der Gesellschaft haben einigermaßen schon begonnen, ehe wir sie zu bestimmen imstande sind.‹ …

Doch er selbst bestimmte – beginnend mit diesem Satz aus seiner Jugend – sein Verhältnis zur Gesellschaft durch den ungeheuren Willen seines Verstandes. Zur gleichen Zeit nahm der achtzehnjährige Student, Sohn eines jüdischen Rechtsanwalts, die Hand seiner Gefährtin fürs Leben, einer jungen Frau, die vier Jahre älter war als er, einer Schönheit und Aristokratin, die den Namen Jenny von Westphalen trug, in seine Hände. Der Großvater dieser jungen Frau war Geheimrat des Großherzogs von Braunschweig, Stabschef der herzöglichen Armee, königlicher Politiker, ihr Vater war Regierungsrat und Bevollmächtigter des preußischen Kanzlers in Trier – die zweiundzwanzigjährige Jenny heiratete einen achtzehnjährigen Studenten, dessen Großvater ein jüdischer Rabbiner war. Sie verlobten sich ohne Wissen ihrer Eltern. Sie war seine Poesie. Er machte sich auf, Wissen zu erwerben und das Recht im Leben. Sie ließen sich sieben Jahre nach ihrer Verlobung trauen, er ging auf die Sechsundzwanzig zu, sie auf die Dreißig. Sieben Jahre warteten sie auf ihre Ehe. Ihr Leben lang war diese Ehe ein großartiger, höchst würdevoller menschlicher Bund … Und jetzt, auf der Brücke, unter der im Frühjahr das Wasser dem Kaspischen Meer entgegenströmte, flüsterte Klimenti – vor dem Eintritt ins Leben, nach der Hinrichtung des Vaters – nicht für den Tod, sondern fürs Leben in die Dezembernacht:

»Ja, Anna, für immer!«

… Und jener Mensch verließ mit siebzehn Jahren Trier. Er wußte sehr viel, jener Mensch, und sein Leben lang erwarb er neues Wissen. Neben Hebräisch und Latein, der Sprache der mittelalterlichen Gelehrsamkeit, beherrschte er Deutsch, Englisch und Französisch auf dem Niveau von Muttersprachen, und er lernte sogar slawische Sprachen, Russisch. Als zwanzigjähriger Student wurde er in den Berliner Doktorenklub junger Philosophen aufgenommen, dessen jüngste Mitglieder, Bauer und Köppen, zehn Jahre älter waren als er. Er studierte Hegel und die Geschichte der Philosophie, Aristoteles, Spinoza, Leibniz und Kant. Bereits zwei Jahre vor der Eheschließung reichte er in Jena seine Dissertation über die Differenz der demokratischen und epikureischen Naturphilosophie ein und wurde einem gesellschaftlichen Stand in Deutschland zugeordnet – Doktor Marx. Er war bereits der führende Kopf im Doktorenklub, Junghegelianer wie Bruno Bauer, Arnold Ruge, Max Stirner, Ludwig Feuerbach. Er schrieb philosophische und publizistische Artikel – der Vierundzwanzigjährige übernahm zusammen mit dem vierzigjährigen Ruge die Leitung bei der demokratischen ›Rheinischen Zeitung‹. Die Zeitung wurde von der preußischen Regierung verboten, und da entschied dieser Mann, für den die Türen aller deutschen Universitäten hätten offenstehen können, daß er mit Deutschland brechen müsse, im Interesse seiner Überzeugung und seiner Sache – er schrieb:

›In Deutschland kann ich nichts mehr beginnen. Man verfälscht sich hier selbst.‹

Es war im Frühling des Jahres seiner Heirat. Im Sommer ließ er sich mit Jenny von Westphalen trauen und verließ mit ihr Deutschland, seine Heimat. Er und Ruge gaben in Paris die internationale demokratische Zeitschrift ›Deutsch-Französische Jahrbücher‹ heraus; zur Mitarbeit luden sie Louis Blanc, Pierre Leroux, Proudhon, Heine, Herwegh, Jacobi, Bakunin, Revolutionäre der europäischen Welt, ein. Marx arbeitete; Ruge schrieb, Marx arbeite sich krank und gehe nicht vor drei, vier Uhr zu Bett.

Marx war dabei, den Sozialismus von der Utopie zu befreien. An Hand der Geschichte Frankreichs studierte er die Geschichte der menschlichen Beziehungen und ergründete die Gesetze des Klassenkampfs. Die preußische Regierung ersuchte über ihre Botschafter die französische Regierung um Auslieferung der deutschen Emigranten an die deutsche Polizei. Guizot entsprach dem zur Hälfte: Marx, Ruge, Börnstein, Bernays erhielten die regierungsamtliche Anweisung, Frankreich zu verlassen. Marx ging nach Belgien, nach Brüssel. Im Jahr des belgischen Exils fand er einen Freund – einen Freund, der ihm nicht weniger bedeutete als seine Freundin und Frau Jenny von Westphalen, einen Freund fürs Leben, bewundernswertes Beispiel einer menschlichen Freundschaft, einer Freundschaft Gleichgesinnter, gleichen Wollens und Wirkens – Friedrich Engels, dessen Arbeit die von Marx fortführte und ergänzte. – Und hier, auf der Brücke, dachte Klimenti über seine Freundin, über seine Freundschaft nach …

Zu zweit beschlossen Marx und Engels ein Buch zu schreiben, um die Rechnung mit ihrem früheren philosophischen Gewissen zu begleichen.

Den ersten Band dieses Buches – ›Das Kapital‹ – schrieb Marx in seiner endgültigen Form einundzwanzig Jahre später, die folgenden zwei Bände stellte Engels nach Marx' Tod fertig, doch damals, im Frühjahr 1845, wurde in Brüssel die Frage des Gewissens entschieden: Kommunismus, Dialektik des Klassenkampfes und der Klassenentwicklung, wissenschaftlicher Sozialismus; Hegels Dialektik trat aus der Welt der Ideen in die Welt des Handelns. Zur gleichen Zeit, am 1. Dezember 1845, legte Karl Marx die preußische Staatsbürgerschaft ab, ohne als Weltbürger eine andere anzunehmen ...

Ruge ging Marx' Entwicklung nicht mit und wandte sich gegen ihn. In Brüssel sammelte sich um Marx die kommunistische Kolonie. Zu Marx nach Brüssel kam der Uhrmacher Josef Moll aus London vom Londoner ›Bund der Gerechten‹ mit dem Vorschlag, Marx solle dem ›Bund der Gerechten‹ beitreten, denn dieser habe seine Ansichten übernommen – es entstand der ›Bund der Kommunisten‹, dessen Mitglieder Engländer, Belgier, Franzosen, Deutsche, Italiener, Polen waren – der erste Vorbote der Internationale. Marx und Engels wurden vom ›Bund der Kommunisten‹ beauftragt, gemeinsam ein Manifest über das Programm des Bundes zu schreiben, und sie verfaßten das ›Kommunistische Manifest‹, den Entwurf des Kommunismus, der mit den Worten beginnt:

›Proletarier aller Länder, vereinigt euch!‹

Das war im Jahre 1847. Am 24. Februar 1848 fiel in Frankreich – in der Revolution – der König. Die Revolution griff auf Belgien über. Am 13. März siegte die Revolution in Wien. Am 18. März siegte die Revolution in Berlin. Am 1. März reiste Marx aus Brüssel ins revolutionäre Paris ab. Der Revolution folgend, fuhr er nach Deutschland. Ab 1. Juni erschien in Köln, herausgegeben von Marx, die ›Neue Rheinische Zeitung‹, und die von Marx geleitete ›Demokratische Gesellschaft‹ wurde ins Leben gerufen ...

Die Reaktion siegte in Deutschland ...

Den rheinischen Kommunisten wurde der Prozeß gemacht. Marx hielt eine Verteidigungsrede, die einen Akt der Anklage gegen Feudalismus und Obskurantismus darstellte, jedoch solche Überzeugungskraft besaß, daß die Geschworenen die Kommunisten freisprachen.

Am 10. Dezember 1848 wurde der Pseudo-Bonaparte zum Präsidenten der Republik Frankreich gewählt. Der preußische König überstand die Revolution wie Nikolai II. im Jahre 1905. Am 10. März 1849 entdeckte die Polizei plötzlich, daß in Köln ein Mann lebte, der dort als Ausländer kein Wohnrecht besitze.

Am 11. März wurde Marx aus Deutschland ausgewiesen. Zur elterlichen Mitgift Jenny Marx' gehörten silberne Bestecke – Marx trug sie für zweihundert Gulden in die Frankfurter Pfandleihe. Jenny verließ Deutschland mit den Kindern und mit diesen Gulden in die Ungewißheit und Mittellosigkeit, während Marx und Engels sich aus Frankfurt auf die Barrikaden und Schlachtfelder des Badischen Aufstandes und von da – als Emissäre der Aufständischen – nach Paris zum Kampf gegen Bonaparte begaben. Sie wurden unterwegs verhaftet, Marx und Engels. Marx gelangte nach Paris, als die Royalisten die Auseinandersetzung für sich entschieden ...

Marx fuhr in sein drittes und letztes Exil – nach England, nach London. Das Russische Reich war dabei, die ungarische Revolution niederzuwerfen. Der Uhrmacher Moll fiel in der Schlacht an der Murg. In London versammelten sich die Mitglieder des ›Bundes der Kommunisten‹, die Reaktion war in der Offensive – der ›Bund der Kommunisten‹ spaltete sich, zerfiel. Das war am 15. September 1850. Marx und Engels hielten zusammen, dem Kommunismus wurden sie nicht untreu. Engels fuhr nach Manchester, um zu arbeiten und Geld zu verdienen – Marx blieb mit seiner Familie allein in London zurück. Marx' Kommilitonen und Jugendgefährten stiegen nach der bürgerlichen Revolution von 1848 auf, reüssierten, wurden Universitätsrektoren und Museumsdirektoren, Staatsanwälte, Minister ... Im November 1849 wurde dem Ehepaar Marx das vierte Kind geboren, Guido. Aus der ersten Londoner Wohnung der Marx', die sie der Wohnungsinhaberin abgekauft hatten, wurden sie einfach auf die Straße gesetzt, weil sie das Geld zwar der Wohnungsinhaberin, diese aber für sie nichts an den Hausbesitzer gezahlt hatte – sechs Jahre lebten sie danach mit den Kindern in zwei Zimmern in einer sumpfigen Gasse am Soho Square hinter dem British Museum. Marx schrieb an einen Freund nach Frankfurt und bat ihn, die silbernen Bestecke in der Pfandleihe auszulösen und unverzüglich zu verkaufen, alles bis auf das silberne Tafelbesteck der kleinen Jenny, der ältesten Tochter, das sie von den Großeltern geschenkt bekommen hatte. Die ältere Jenny, Frau und Mutter, krankte in den Sumpfnebeln des Soho Square, rieb sich im tagtäglichen Kampf um das Lebensnotwendigste auf. Marx schrieb im Februar 1852 an einen Freund:

›Seit einer Woche habe ich den angenehmen Punkt erreicht, wo ich aus Mangel an den im Pfandhaus untergebrachten Röcken nicht mehr ausgehe und aus Mangel an Kredit kein Fleisch mehr essen kann.‹

Jenny Marx, Frau und Mutter, schrieb:

›Ostern desselben Jahres 1852 erkrankte unsere arme kleine Franziska an einer schweren Bronchitis. Drei Tage rang das arme Kind mit dem Tode. Es litt so viel. Sein kleiner entseelter Körper ruhte in dem kleinen hintern Stübchen; wir alle wanderten zusammen in das vordere, und wenn die Nacht heranrückte, betteten wir uns auf die Erde, und da lagen die drei lebenden Kinder mit uns und weinten um den kleinen Engel, der kalt und erblichen neben uns ruhte. Der Tod des lieben Kindes fiel in die Zeit bitterster Armut. ... Da lief ich in der Angst meines Herzens zu einem französischen Flüchtling, der in der Nähe wohnte und uns besucht hatte. Ich bat ihn um Hilfe in der schrecklichen Not. Er gab mir gleich mit der freundlichsten Teilnahme 2 £, und mit ihnen wurde der kleine Sarg bezahlt, in dem mein armes Kind nun jetzt in Frieden schlummert. Es hatte keine Wiege, als es zur Welt kam, und auch die letzte kleine Behausung war ihm lange versagt ...‹

Marx schrieb:

›Meine Frau ist krank, Jennychen ist krank, Lenchen hat eine Art Nervenfieber. Den Doktor kann und konnte ich nicht rufen, weil ich kein Geld für Medizin habe. Seit 8–10 Tagen habe ich die family mit Brot und Kartoffeln durchgefüttert, von denen fraglich ist, ob ich sie heute auftreiben kann.‹

... Und dennoch! Marx stand früh auf, ging ins British Museum arbeiten, arbeitete dort, bis die Bibliothek geschlossen wurde, kam nach Hause, als die Kinder beim Einschlafen waren, und arbeitete noch bis tief in die Nacht hinein zu Hause. Alles Beste auf dem Erdball, was vor ihm geschrieben und vollbracht worden war, hatte er studiert. Alles, was auf dem Erdball vor sich ging, war ihm bekannt. Er war Geist und Hirn der I. Internationale, Führer der Arbeiter auf dem ganzen Erdball. Er hatte das ›Kapital‹ geschrieben. Jeden Tag, jede Stunde seines Lebens arbeitete er für eine bessere Menschheit, er tat es auf Kosten seiner Ernährung und seines Schlafs. Frau und Kinder nannten ihn Mohr. Sein Denken war aufs Handeln gerichtet. Seine Gedanken in die Wirklichkeit umzusetzen mußte zur Sache der Menschheit werden.

Klimenti verließ Kamynsk, um in den Ural zu fahren, in eine Gegend, wo Arbeiter unter Tage nach Erz gruben, in eine Gegend, wo der Statistik jener Jahre zufolge jährlich je tausend Bergleute alle drei Tage eine schwere Verletzung oder ein Todesfall zu verzeichnen war, wo dreitausend Sashen unter der Erde in tiefster Finsternis, ein Lämpchen auf dem Kopf oder an der Brust, Arbeiter nach Erz gruben – von sieben Uhr früh bis sieben Uhr abends, um niemals die Sonne zu sehen.

Im Ural, im Werk und in den Gruben des Fürsten San Donato, der auch Graf Demidow hieß, auf der Wagulsker Straße am Schaitan-Berg wohnte in einem dreifenstrigen Haus die Familie des Bergmanns Schirokich. Eine der ersten Erinnerungen seines Sohnes Dmitri war, wie sein Vater ausgepeitscht wurde, für immer hatte sich ihm eingeprägt, wie er, der Sohn, zu allem bereit gewesen wäre – sich für den Vater auf die Bank zu legen, für ihn in die Grube zu steigen, seine Hand unter den Hahn des siedenden Samowars zu halten – alles, wenn nur dem Vater davon hätte leichter werden können. Jetzt war Dmitri über Sechzehn. Er arbeitete bereits im Bergwerk. Ein Brief war aus Rußland eingetroffen – Tante Arina, Vaters Schwester, wollte kommen, mit den Kindern, nachdem ihr Mann gehängt worden war. Den Brief hatte sein Vetter Klimenti geschrieben. Mutter und Vater weinten um den Verwandten, als sie den Brief erhielten, und beratschlagten über die Mitversorgung der Verwandten – das Jahr fünf war vorbei, das Brot war wieder knapp bei den Arbeitern –, und sie beschlossen, die Verwandten aufzunehmen. Dmitri schrieb den Antwortbrief.

Und die Verwandten kamen.

Vater Alexej Nikolajewitsch und Sohn Dmitri borgten sich vom Nachbarn das Pferd und fuhren zur Bahnstation. Bruder und Schwester hatten sich achtzehn Jahre nicht gesehen, sie trafen sich als Verwandte und doch miteinander Unvertraute, sie konnten die Tränen nicht zurückhalten. Mutter Maria Nikitischna hatte Fischpiroggen und Tee mit getrockneten Himbeeren zubereitet. Mutter Arina Nikolajewna brachte trotz der Not nach dem Tod ihres Mannes Geschenke mit: für Maria Nikitischna ein Umschlagtuch, für Alexej Nikolajewitsch einen von ihrem Mann hinterlassenen neuen Uniformtuchmantel, wie ihn die Eisenbahner trugen, für Dmitri, Klimentis Rat folgend, ein Notizbuch.

Bei Tee und Piroggen saßen sie als Verwandte und miteinander Unvertraute. Mutter Arina Nikolajewna erzählte das wenige, was sie vom Moskauer Aufstand, dem Prozeß und der Hinrichtung ihres Mannes wußte. Vater Alexej Nikolajewitsch erzählte von den Streiks des Jahres fünf, von den Versammlungen hinter dem Roten Stein, über die Strafaktionen der Kosaken und der Polizei, vor wem von den Nachbarn man sich in acht nehmen mußte und wem man vertrauen durfte, und sie weinten zusammen als Verwandte und hatten Scheu voreinander, da sie erst vertraut werden mußten.

Mutter Maria Nikitischna erzählte:

»Es war allerhand los! Ich bin selber zu Demonstrationen gelaufen, was gab's nicht alles! ... Jetzt haben sie mit den Kosaken nicht genug, die Direktion – Inguschen haben sie hergeholt. Wollen's uns zeigen. Und worauf sie so kommen – sie zahlen kein Geld, wie in der Leibeigenschaft – Bezugsscheine kriegt man. Direktor Brüge sagt, ist kein Geld da, das fünfer Jahr hat zuviel gekostet, wenn wir die Saldinsker Bahnstrecke verkauft haben, dann können wir Lohn zahlen, und gestern hat er gesagt, ein Haus in Petersburg würden sie verkaufen, um den Arbeitern ihren Lohn auszuzahlen, so arm ist Demidow geworden ... Sie verteilen Bezugsscheine, die auf dem Markt keiner haben will. Man kommt hin, der Händler fragt: ›Auf Bezugsschein?‹ – ›Ja.‹ – ›Ich kaufe deine Bezugsscheine für zwanzig Kopeken pro Rubel!‹ Ein andrer ist so gnädig und sagt: ›Hast du Bezugsscheine für viel? Für fünfzehn Rubel? – Brauchst bestimmt Mehl? – nimm Konfekt dafür!‹ Du bittest ihn, gehst ihm um den Bart, feilschst – er gibt dir einen Beutel, und für den Rest, für neun Rubel, drängt er dir überlagerte Dauerwaren auf ... Was machen manche von unsern Leuten? Sie gehen ins Kontor und erzählen ihnen was – bei dem einen ist die Kuh krepiert, bei dem andern ist der Ofen eingestürzt, sie betteln und bekommen Geld ... Ich hab mir auch was ausgedacht, bin zum Popen gegangen und hab gesagt: ›Schreib mir ein Scheinchen, Väterchen, ich hab einen Toten zu Haus‹ – deinen Mann meinte ich, sagte natürlich nicht, wie's zusammenhing – ich gab dem Popen einen Rubel, er hat's gemacht ... So können wir dich bewirten fürs Seelenheil ...«

Die Frauen umarmten sich und weinten. Beim Tee wurde ein bedächtiges Gespräch geführt, allein unter den Erwachsenen.

Dmitri und Klimenti gingen nach dem Tee hinaus. Klimenti hatte noch nie ein Gebirge gesehen und schaute nach oben.

»Hast du uns den Antwortbrief geschrieben?« fragte Klimenti.

»Ja. Warum?«

»Kennst dich aus in der Rechtschreibung.«

»Du auch.«

»Ich habe von dir, seit ich geboren bin, immerzu von Vater und Mutter gehört. Es gäbe so einen wunderbaren freien und hohen Ural, und im Ural hätte ich einen Bruder, der Dmitri heißt ... Ich weiß nicht warum, aber es war für mich immer ein schönes Gefühl ... Ich dachte an dich als meinen Freund ...«

Es war Mondschein. Die ansteigende Straße lag unter schwerem Schnee. Unten, am Staudamm, brannten die elektrischen Lampen der Gießerei, elektrische Lampen brannten auch auf den Bergen, an den Halden.

»Und von Foma Talyschkow hast du nichts gehört?« fragte Klimenti beiläufig.

Dmitri stutzte.

»Von wem?«

»Foma Talyschkow, Arbeiter in der Kupferhütte.«

»Warum fragst du?«

»Hier gibt's so einen, im Zug wurde von ihm gesprochen.«

»Wer hat von ihm gesprochen?«

»Ach so, Arbeiter ...«

»Den gibt's wohl ... ich weiß nichts weiter.«

»Zeig mir, wo er wohnt.«

»Ich weiß auch nichts weiter ... Auf der Tagiler oder der Napolnaja ...«

Tags darauf klopfte Klimenti in der Dämmerung an ein ebenerdiges Haus in der Napolnaja-Straße.

Hinter der Tür wurde gefragt:

»Wer ist da?«

»Wenn ich mich richtig erinnere – den Kopf haben sie ihm eingeschlagen ...«

Die Tür wurde aufgemacht. Ein hochgewachsener Arbeiter sagte, wobei er Klimenti prüfend ansah:

»Kann mich irgendwie nicht erinnern ...«

»Leonti Wladimirowitsch Scherstobitow kennen Sie doch?«

Schrecken malte sich im Gesicht des Arbeiters.

»Aber er ...«

»Sie sind Genosse Talyschkow?«

»Ja.«

»Leonti Wladimirowitsch ist tatsächlich während des Moskauer Aufstandes ums Leben gekommen, ich bin für ihn hier, zwei Jahre habe ich gebraucht ...«

Für den übernächsten Tag, nachdem er Talyschkow kennengelernt hatte, am Sonnabend zur Zeit des Abendgottesdienstes, damit es nicht auffiel, bekam Klimenti eine Einladung zur Parteiversammlung. Zu Hause sagte er, er gehe spazieren. An der Tagiler, Ecke Napolnaja-Straße wartete Talyschkow auf ihn. Zu zweit gingen sie, ohne ein Wort zu wechseln, einige Schritt getrennt, aufs Feld hinaus und zu den Bergen. Die Versammlung fand in einer verfallenen Ziegelei statt, in der Brenngrube, ohne Licht, im Dunkeln. An die vierzig Mann waren zusammengekommen, man sprach über das Bezugsscheinsystem der Kapitalisten, über den Kampf dagegen, verlas den Entwurf eines Aufrufs gegen die Bezugsscheine, beschloß, ihn zu vervielfältigen. Den Vorsitz führte Talyschkow – Genosse Foma. Neben Klimenti glomm eine Papirossa auf, und er erkannte seinen Vetter Dmitri – er rückte zur Seite. Man ging erst spät auseinander. Einzeln, zu zweit, ohne sich umzudrehen. Klimenti trat nach Dmitri hinaus, hielt sich ein kurzes Stück hinter ihm, dann holte er ihn ein und legte ihm fest die Hand auf die Schulter. Dmitri erschrak nicht, er wandte sich um – sein Gesicht drückte Härte aus, die Härte wich der Freude.

»Klim, du!?«

»Ja, ich!«

Ein später Mond schien. Auf dem leeren Feld standen sich zwei glückliche Menschen gegenüber und sahen einander glücklich in die Augen.

»Freunde!?«

»Freunde!«

»Warum hattest du dich dann so!?«

»Und warum du ...?«

»Ich habe dich doch nach Genossen Foma gefragt!?«

»Und woher kanntest du ihn!?«

»Bolschewiki also, Brüder!?«

»Na klar!«

»Freunde!?«

»Freunde!«

Die Brüder sahen einander glücklich in die Augen.

Dmitri sagte:

»Du erzähltest, seit du geboren bist, hättest du immerzu von mir gehört, du hättest einen Bruder Dmitri. Mir erschien es damals unpassend, deine Worte zu wiederholen, aber jetzt sage ich es dir als meinem Freund. Bei mir war es auch so: ich habe einen Bruder Klim, er lebt in Rußland – das war ein schönes Gefühl ...

Und jetzt habe ich einen Freund gefunden! Du hast mich gelobt – daß ich mich in der Rechtschreibung auskenne. Sieh mal!« Dmitri zog ein zusammengefaltetes Blatt Papier unterm Hemd hervor und zeigte es ihm. »Der Aufruf, über den wir gesprochen haben. Den ziehen wir zusammen ab, machen die Fehler raus, wo wir uns in der Rechtschreibung doch auskennen!«

»Ich habe dich mit Absicht auf der Versammlung nicht angesprochen, obwohl ich dich sah, habe dir mit Absicht von hinten auf die Schulter geklopft – den Menschen erkennt man am besten, wenn man ihm von hinten die Hand auf die Schulter legt, ein Feigling zuckt selbst in der Sonne zusammen, das Fell bebt ihm ... Du hast nicht gezuckt!«

Klimenti packte den Bruder unter den Achseln, hob ihn hoch, drehte sich mit ihm um die eigene Achse, setzte ihn in den Schnee, schlug ihm auf die Schultern –

»Jetzt beginnen andre Zeiten!«

Die beiden Freunde spazierten an diesem Abend lange durch die Frostnacht, stiegen hinauf in die Berge, zu den Kiefern, in den Schnee, weit weg von den menschlichen Behausungen, damit niemand ihre Worte hörte. Jeder wollte alles von sich erzählen, damit der Freund teilhatte an dem, was ihn beschäftigte. Über Anna jedoch sagte Klimenti kein Wort. Sie waren sehr froh zusammen, die beiden Brüder, Freunde, Gesinnungsgenossen. In dieser Nacht noch, als alle eingeschlafen waren, fachte Klimenti die Lampe an und schrieb an Anna – über den Freund ...

Foma Talyschkow fand für Klimenti Arbeit in der Kupfergießerei an den Martinöfen. Und die Partei – Foma Talyschkow und die Genossen – fand für Klimenti ein Zimmer, in dem unter den Dielen der Hektographkasten versteckt war. Mutter Arina Nikolajewna blieb mit den jüngeren bei Bruder Alexej, sie ging als Sortiererin auf die Halden. Wie in Leonti Wladimirowitschs Zimmer war bei Klimenti der Tisch mit einem riesigen, ganz sauberen Löschblatt bedeckt, Bücher lagen darauf, eine Tischlampe hatte sich Klimenti gekauft. Draußen verstrichen mit Vierziggradfrösten in schwerem Schnee die Uralnächte. Bis spätnachts machten sich Dmitri und Klimenti mit dem Hektographen zu schaffen. In graublauen Morgendämmerungen ging Klimenti zu den Martinöfen. An Feiertagen und in der Freizeit sprachen Dmitri und Klimenti über Jakow Swerdlow, über Leonti Scherstobitow, über die Revolution, über die Zukunft, über das Jahr fünf im Kamynsker Depot. Klimenti schrieb an Andrej Kriworotow und bat um

Bücher – Andrej schickte den Arzybaschewschen ›Sanin‹, er teilte mit, dieses Buch sei verboten. Genosse Andrej – Jakow Michailowitsch Swerdlow – schickte Klimenti, als er hörte, er suche Bücher, einen ganzen Karton mit hervorragenden Werken.

Einen Monat nach Klimentis Ankunft, im Februar, kam Genosse Foma Talyschkow ums Leben. Er war auf dem Heimweg von Maslennikow, sie hatten eine Versammlung bei ihm im Kartoffelkeller, unterm Haus, gehabt, gegen zwölf waren sie auseinandergegangen. Unweit seines Hauses wurde eine Hochzeit gefeiert, es ging fröhlich zu, eine Ziehharmonika spielte. Am Tor stand ein Bekannter, der Luft schnappte, er lud ihn ein, mit hineinzukommen. Talyschkow ging mit, blieb aber nicht lange. Als er das Haus verließ, um nach Hause zu gehen, bekam er vor dem Tor einen Schlag von hinten auf den Kopf. Er verlor das Bewußtsein. Man schlug ihn mit Holzkloben und trat ihn mit Füßen. Von dem Hochzeitshaus schleppte man ihn fort, damit dort keiner etwas merkte und ihm zu Hilfe kommen konnte. Vor dem Tor seines Hauses ließ man Talyschkow liegen. Geschlagen hatten ihn verkleidete Polizisten – und sicherlich hielten sie ihn für tot. Entdeckt wurde er von seiner Frau. Zu Hause erlangte er am dritten Tag das Bewußtsein, und langsam besserte sich sein Zustand – da holte ihn am zehnten Tag die Polizei aus dem Bett und ins Gefängnis, wo er starb. Zur gleichen Zeit wurde Maslennikow verhaftet. Genosse Andrej – Jakow Michailowitsch Swerdlow – hielt sich in Jekaterinburg verborgen. Klimenti und Dmitri schrieben zu zweit die Wahrheit über den Tod des Genossen Talyschkow, druckten sie auf dem Hektographen und verstreuten sie in der Siedlung. Und in jener Nacht, da sie, voller Empörung und Haß, dieses traurige Flugblatt über den Genossen Foma druckten, erzählte Klimenti Dmitri von Anna, von seiner Liebe … Die Gardine an Klimentis verschneitem Fenster und die Lampe auf seinem Tisch wurden zu Erkennungszeichen für Treffs – an Stelle von Talyschkows ebenerdigen Fenstern … Der Vetter Dmitri war sein Freund.

In Kamynsk zogen die Gymnasiasten unterdessen, nach Klassen ausgerichtet, in Reih und Glied, weiter mit den Kompanien der Jahre – 1907, 1908, 1909, 1910, grau wie die Gymnasiastenmäntel, bald vergessen wie die Bänke.

10

Die Generation lernte im Gymnasium

Die Klassen bewegten sich voran in Kompanien. Jene Jahre ließen wirklich wenig im Gedächtnis zurück.

Andrej Kriworotow war – durch seinen Vater – eine Ausnahme im sozialen Temperaturgefälle von Kamynsk: seine Kindheit war dahingegangen mit Tschertanowoer Freundschaften, und sein bester Freund war Klimenti Obuchow gewesen, das Gymnasium führte ihn in eine neue Umgebung, in der seine besten Freunde Iwan Koschkin und Leopold Schmutzochs waren. Freundschaft halten konnte Andrej auch mit Anna Kolossowa und Olenka Werejskaja.

Das Gymnasium brachte eine strenge Ordnung mit sich. Aufwachen mußte man immer früh halb acht, jeden Tag zur gleichen Zeit. Nach der Uhr mußte man sich waschen, trinken und essen. Zehn Minuten vor neun nahmen die Gymnasialkompanien in der Aula Aufstellung zum gemeinsamen Gebet, und bis zwanzig nach zwei dauerte der streng geregelte Unterricht. Mittagessen gab es zu Hause um drei. Nach dem Essen blieb eine halbe Stunde zum Spazierengehen, danach waren bis sechs die Hausaufgaben zu erledigen. Von sechs bis acht konnte man spazieren, lesen, zu einem Freund gehen. Im Kamynsker Gymnasium sollte jedes Jahr eine neue Klasse hinzukommen, jetzt war das Gymnasium selbst noch neu, Andrej und seine Klassenkameraden hatten keine älteren Schulgefährten, die sie sich zum Beispiel nehmen konnten – Traditionen entstanden neu, aufgebaut durch die spärlichen Erzählungen der Väter und die Lektüre von Büchern, in denen sich Traditionen studieren ließen, nicht nur von Garins ›Gymnasiasten‹, sondern auch von Pomjalowskis ›Bursa‹.

Am schwersten war das erste Gymnasialjahr, als man dauernd vergaß, daß man vor dem Lehrer strammzustehen hatte, wenn er einen ansprach, daß man ihm, abgesehen vom Unterrichtsstoff, nie die Wahrheit sagen durfte, daß man sich mit allen Tricks Fünfen verdienen und sich vor Zweien hüten mußte, daß man Tag für Tag ganz pünktlich im Gymnasium zu erscheinen und in Gegenwart anderer zu lernen hatte ... Im ersten Gymnasialjahr, als Andrej stolz war auf seine glänzenden Gymnasialknöpfe, zog er doch sehr gern zu Hause, besonders an feuchten Abenden, besonders bei abendlichem Schneesturmgeheul, seine Flanellhosen aus Vorgymnasialzeiten und das Hemd mit dem bunten Gürtel an und las mit untergeschlagenen Beinen am Tisch, bei der Lampe, ohne auf die Zeit zu achten, soviel er Lust hatte und nicht wieviel der Tagesplan vorsah. Beim Buchlesen blieb die Zeit stehen und wuchs in die Räume hinein, die durch die Bücher geweitet wurden – überhaupt war die Zeit im Gymnasium sehr lang. Im ersten Gymnasialjahr wartete Andrej sehr auf den Frühling und den Sommer, um so leben zu können, wie er vor dem Gymnasium gelebt hatte; der Sommer kam, und plötzlich stellte sich heraus, daß die Zeit nicht zurückzuholen ist, und die Gymnasialordnung errichtete einen hohen Zaun, der Andrej von Tschertanowo trennte. Es zeigte sich, daß die Zeit mit den Gymnasialgefährten zu verbringen natürlicher und angemessener war. An schönen Tagen gingen die Gymnasiasten in ihrer Freizeit auf den Otkos, in den Kreml, dahin kamen auch die Gymnasiastinnen. Bei Matschwetter versammelten sich die Gymnasiasten im Lesesaal der Lomonossow-Bibliothek, tuschelten und störten alle, so daß sie im Lesesaal als Plage galten – dahin kamen auch die Gymnasiastinnen. Nikita Sergejewitsch und Mischucha Ussatschow blieben in der Vergangenheit zurück. Bevorzugter Treffpunkt war das Kino, der ›Große Stumme‹. Der erste Sommer nach dem Gymnasialjahr brachte die Erkenntnis, daß das Leben drei Komponenten besaß: dieses Gymnasialjahr, alles, was vor dem Gymnasium real gewesen war, und das in Büchern Gelesene, wobei das in Büchern Gelesene realer erschien als das Leben und das Gymnasium, doch das eine wie das andere und das dritte erfuhren keine Ergänzung …

Vor dem Gymnasium, noch bei Nikita Sergejewitsch, im Jahr der größten Tschertanowoer Freundschaft, um die Zeit der russisch-Tschertanowoer Kriege, vor den lebenden Bildern der Butterwoche hatten die Kinder bei Nikita Sergejewitsch Versteck gespielt. Lange Zeit nähten die Kinder Kostüme und entspannten sich beim Versteckspiel. Die Kindergesellschaft war ungewöhnlich, sogar Olenka Werejskaja machte mit, die von Iwan Iwanowitsch Kriworotow über den Fürstenpapa eingeladen worden war und Papas und Mamas Kostüme mitgebracht hatte. In der Diele verkroch sich Andrej hinter den Pelzen an der Garderobe, da stand schon jemand, der sich versteckt hielt – Andrej spürte mit seiner Wange die Wärme der Wange des Nachbarn. Der Nachbar rührte sich nicht.

»Wer bist du?« fragte Andrej flüsternd.

»Olja«, flüsterte der Nachbar, ohne sich zu regen. »Und du bist Andrjuscha?«

»Ja …«

Reglos und stumm standen sie so lange, bis man sie fand. Welches Glück – diese Berührung ihrer Wangen.

Ein paar Tage später, am Tage der lebenden Bilder, sagte Olenka im Beisein ihrer Väter zu Andrej:

»Wenn Sommer ist, kannst du zu uns in den Garten kommen Krocket spielen.«

Und im Frühjahr, bereits nach den Prüfungen im Gymnasium, klopfte Andrej, in Gymnasiastenmütze und Uniformhosen, an die Pforte des Fürstenhauses.

»Ich möchte bitte zu Olja«, sagte Andrej zum Hausmeister.

Der Fürstentochter wurde, wie in Romanen, der Besucher gemeldet. Sie spielten Krocket. Andrej brachte es nicht, ihm fehlte die Kraft, sein Schläger rutschte ab, und Oljas Ball rollte, wie zufällig, von Andrejs Schläger getrieben, in die Position, die Olja brauchte – es war ein Vergnügen, Oljas Bälle zu treiben. In seinem Alten Testament hatte Andrej auf der letzten Seite schon lange, bunt ausgemalt, ›Fürstentochter O. W. …‹ eingetragen – ›Fürstentochter‹ – wie geheimnisvoll!

Die Jahre schritten voran in Klassenkompanien. An jenem Tag, an dem Klimenti sich von Andrej verabschieden kam, hatte Andrej – bereits ein waschechter Gymnasiast und ein Mensch der Tradition, mit einer Stimme, die vom Hahn zum Baß wechselte – auf dem Heimweg vom Gymnasium absichtlich einen Abstecher zum Otkos gemacht, wo er Olenka traf, die mit ihrem Papa spazierenging, er verbeugte sich, dabei zweimal seine Mütze korrigierend, was ›warte auf ein Zeichen!‹ bedeutete – und Olenka strich sich als Antwort zweimal über die rechte Braue, was ›bin heute im Kino‹ bedeutete.

Um sechs kam unerwartet Klimenti. Viertel acht trennten sich Klimenti und Andrej. Halb acht betrat Andrej das Kino. Außer Olja Werejskaja und ihren Gymnasialfreundinnen waren Iwan Koschkin und Ippolit Rasboischtschin da. Ippolit, Iwan und Andrej saßen eine Reihe hinter Olja und ihren Freundinnen, scherzten, machten den Gymnasiastinnen wohltuende Bemerkungen, besonders tat sich Ippolit hervor. Nach der Vorstellung ging Andrej, wie gedacht, Olja begleiten. Hinter ihnen trat Ippolit Rasboischtschin in den Frost hinaus, in Zivilmantel, mit Glacéhandschuhen und mit Spazierstöckchen. Er lüftete seine stutzerhafte Lammfellmütze und sagte, die Hacken zusammenschlagend:

»Gestatten Sie auch mir, in Ihrem Gestirn zu sein, Olga Vitaljewna!«

»Bitte«, antwortete Olenka.

Andrej rührte sich absichtlich nicht vom Haupteingang weg, sondern wartete auf Iwan Koschkin und die Gymnasiastinnen, um dann schon lieber mit allen zu gehen – und verpaßte den Moment, da Ippolit wie ein waschechter Stutzer Olenka unterfaßte und weiß der Teufel in was für einer Sprache, Russisch war es jedenfalls nicht, einer Schelmensprache, sagte sich Andrej, ein Gespräch über den Inhalt des Pathé-Films anknüpfte. Olja wurde von ihren Freundinnen umringt, Andrej ging mit Iwan. Andrej konnte es nicht mit ansehen, wie Olenka und Ippolit Arm in Arm gingen, er schaute zum Himmel hoch, stolperte, schaute nach unten, stolperte wieder, schaute wieder zum Himmel. Droben waren Sterne – die, welche zur gleichen Stunde Anna Kolossowa betrachtete. Und Andrej sagte, ohne selbst zu wissen warum:

»Ljolja, bleiben Sie einen Moment stehen! ... Sehen Sie das Licht der Sterne? Von den einen braucht das Licht drei Jahre bis zur Erde, von anderen hundert Jahre, von noch anderen Tausende und sogar Millionen von Jahren ... Wir betrachten den Himmel und sehen das Licht von Sternen, die vielleicht schon lange, Tausende von Jahren, erloschen sind ... Aber sie strahlen. So ist es manchmal auch mit den Menschen ...«

»Oh und ach!« sagte Ippolit schelmisch-galant.

Andrej verstummte und senkte den Kopf, damit keiner merkte, wie er rot geworden war, daß ihm die Tränen kamen.

Ippolit schlug einen Spaziergang zum Otkos vor, sie spazierten über den Otkos.

An der Pforte ihres Hauses, nachdem sie sich bereits verabschiedet hatte, sagte Olja plötzlich:

»Ach ja, Andrjuscha, ich habe noch Ihren Balmont-Band, Sie bekommen ihn gleich zurück.«

Nachdem Olja den ganzen Weg Arm in Arm mit Ippolit gegangen war, war der Balmont-Band Garantie für ein Wiedersehen und ein klärendes Gespräch gewesen, und das ›bekommen zurück‹ klang nach Beerdigung. Olja brachte das in die ›Nowoje wremja‹ eingewickelte Buch. Es faßte sich kühl an wie eine Leiche.

Auf dem Rückweg, als sie allein geblieben waren, sagte Iwan:

»Was guckst du zu? Ljolja bekommt zu Hause Unterricht, Ippolit bekommt nirgends welchen, er besucht sie tagsüber, wenn wir im Gymnasium sind, und sie waren schon zweimal zusammen spazieren. Was guckst du zu? – wenn du es nicht schaffst, ihn in Ljoljas Augen lächerlich zu machen, würde ich ihn an deiner Stelle in eine dunkle Ecke locken und ihm die Fresse polieren!«

Andrej gab keine Antwort. Es fror. Droben leuchteten Sterne, die vor tausend Jahren gestorben waren. Zu Hause müßte er vor dem Schlaf die Geschichte der Assyrer und Babylonier büffeln. Der in die ›Nowoje wremja‹ eingewickelte geliebte Balmont-Band ließ ihm die Arme absterben – Andrej warf ihn aufs Bett, möglichst weit weg. Auf dem Tisch lag, aufgeschlagen, nicht ausgelesen, Turgenjews ›Adelsnest‹. Andrej schloß die Tür, um nicht gesehen zu werden, kniete sich auf den Stuhl, was ihm der Vater nicht erlaubte, und versenkte sich, die Fäuste gegen die Wangen gestemmt, in das Schicksal Lisa Kalitinas. Die Zeit blieb stehen – daß er die Geschichte nicht weitergelernt hatte und daß er morgen halb acht aufstehen mußte, geriet über dem Roman in Vergessenheit. Gegen Mitternacht war der Roman ausgelesen. Andrej klappte das Buch zu und weinte Tränen zorniger Traurigkeit. Mit dem Fuß stieß er zornig den Balmont-Band auf den Fußboden, die ›Nowoje wremja‹ ging auf, aus dem Buch fiel ein Foto, das auf ein Passepartout geklebt war. Olja lächelte freundlich von dem Foto. Auf die Rückseite hatte sie geschrieben: ›Für Andrej zur Erinnerung von der Fürstentochter Ljolja‹. Andrej weinte wieder – laut, diesmal vor Glück ... Die Bücher zeigten mehr Realität als das Leben. Halb acht war es am nächsten Morgen noch dunkel. Dreiviertel neun war es im Klassenzimmer noch immer nicht richtig hell. Die Zimmerwände erschienen grau. Der weiß gestrichene Zaun draußen und der Himmel waren grau. Die Gymnasiastenjacken waren bleifarben. Andrej hatte im Gehen die Geschichte der Assyrer und Babylonier gebüffelt. Zu Hause, in Andrejs Kammer, hing über dem Tisch Olja Werejskajas Foto ...

Bücher waren für Andrej real wie das Leben. Zwei Leseratten gab es in der Klasse – ihn und Iwan Koschkin. Iwan las ganz anders als Andrej. Bücher waren für Iwan wie Fruchtbonbons, von denen man ganze Büchsen leer essen kann, jederzeit, die jedoch nicht das Brot ersetzen. Iwans Leben war auch wie Fruchtbonbons. Das Koschkinsche Haus war geräumig, satt, ohne Frische. Das Leben spielte sich in der Küche ab, wo Mutter Anna Potapowna ständig Kulebjaki, Kohlsuppe, Kascha und Gänse zubereitete und ständig an der Haushälterin, dieser ›Hexe‹ und Geliebten ihres Mannes, herumnörgelte, der sie vorwarf, nicht zu gebären, sondern fett zu werden. Die Zimmer im Haus wurden selten gelüftet. Das Haus lebte nach zwei verschiedenen Ordnungen: wenn der Hausherr zu Hause war, und wenn der Hausherr nicht zu Hause war. Wenn der Hausherr zu Hause war – ewig halb angezogen, ungewaschen und ungekämmt –, war allein seine Stimme zu hören, richtete sich alles ausschließlich nach seiner Stimme, lebte das Haus ausschließlich für ihn, und es roch im Haus nach Kognak. Wenn der Hausherr nicht zu Hause war, lebte jeder für sich, aus der Küche war vielstimmiger Gesang zu hören, und der fettige Schmutz nahm in den Ecken noch mehr zu. Iwan war nicht der älteste Sohn – er war der einzige, der ›den Bildungsweg‹ ging, die einzige Ausnahme im Haus. Wer weiß auf welcher Grundlage, hatte Iwan für sich die Ordnung des jungen Herrn eingeführt – eine echte eigene Ordnung. Seine älteren und jüngeren Brüder wohnten und schliefen, die Wodkafläschchen vor dem Vater verbergend, alle in einem Zimmer – Iwan war in die Hauptträume gezogen, in das Zimmer neben dem Wohn- und dem vom Vater nicht benötigten Arbeitszimmer, nach und nach hatte er dann Wohn- und Arbeitszimmer mit Beschlag belegt, so daß sich der Vater kaum noch in sein Arbeitszimmer traute und, nachdem er das Zimmer aufgegeben hatte, das Iwan bezog, entweder bei Maschucha oder bei Anna Potapowna schlief. Bis auf eine Viertelstunde genau wußte jeder, womit Iwan gerade beschäftigt war. Das Mittagessen gab es für alle um zwölf – Iwan aß neuerdings getrennt von den anderen, und Maschucha deckte separat für ihn im großen Speisezimmer, mit Serviette und Tischtuch. Iwan war sehr penibel mit seiner Kleidung, mit Dreizehn hatte er angefangen, gestärkte Krägelchen und Manschetten zu tragen, seine Hosen waren stets tipptopp gebügelt. Mit Vierzehn legte sich Iwan eine englische Frisur zu mit Mittelscheitel und pomadisiertem Haar – er hatte sich beim Vater durchgesetzt, und dreimal in der Woche, um sieben Uhr früh, kam zu ihm der Friseur Jegor Karpowitsch, nach seinem Aushängeschild ›Eugène‹, der bisher zwei Leute in der Stadt aufgesucht hatte – Werejski und Babenin, denn Aksakow ging selbst zu Eugène in den Frisiersalon. Iwans Hände waren ohne Kraft, mit vorzüglich gefeilten und stets sauberen Nägeln. Hochgewachsen war Iwan, hager, hübsch. Wortkarg, besonnen, stets höflich. Iwan war der Beste in der Klasse, hatte durchweg die Note Fünf. Auf den Gymnasialbällen war er der beste Tänzer. In den ›Liebich-Klassen‹ nahm er zusätzlichen Französisch- und Deutsch-Unterricht. Die Gymnasialgefährten mochten Iwan nicht, schmeichelten sich jedoch bei ihm ein. Selbst sein Vater Sergej Iwanowitsch hatte Angst vor ihm. Die Gymnasiastinnen verliebten sich heftig in Iwan. Und Iwan las Bücher. Es war unbegreiflich, wie er es schaffte, so viel zu lesen. Seit den ersten Gymnasialjahren hatte er es gelernt, höchstens sechs Stunden pro Tag zu schlafen. Kaum saß Iwan in seinem Zimmer am Tisch, in der legeren Pose des Nichtstuers – schon hatte er ein Buch in der Hand. Zu ihm allein im Haus gelangte man nicht durch die Küche, sondern durch den Haupteingang. Seinen Besuchern bot er stets Landrin-Fruchtbonbons an, die er ständig vor sich stehen hatte und lutschte, wenn er las. Neben den Büchern verbrachte Iwan seine Zeit mit Mädchen. Er las alles, was ihm in die Hände kam – und ebenso machte er den Mädchen den Hof, Mitschülerinnen wie Kleinbürgerfräulein, die älter waren als er, Telefonistinnen von der Post und Stubenmädchen der Nachbarn, wobei er den Beamten des Schatzamtes und den Schreibern aus der Behörde des Generals Feodossi Lawrowitsch Fedotow Konkurrenz machte, ja sogar einer Gymnasiallehrerin machte er den Hof.

Iwan war ein Jahr älter als Andrej.

Andrej stürzte sich von einem Buch aufs andere, von jedem neuen Helden jedes neuen Buches war er hingerissen, in jedem entdeckte er eine Verwandtschaft mit seiner Person. Er hatte es bereits geschafft, sich nicht nur als Onegin und Petschorin, sondern selbst als Puschkin und Lermontow zu fühlen. Jedes neue Buch bot Andrej Stoff für endlose Gespräche und Betrachtungen. Andrej stritt gern. Iwan bewältigte ein größeres Lesepensum als er. Andrej beneidete ihn. Iwan las Bücher so, wie er Telefonistinnen umwarb und Fruchtbonbons lutschte. Hatte Andrej ein Buch gelesen, dann schrie er aufgeregt:

»Hast du Ibsen gelesen, ›Baumeister Solness‹?«

»Ja, natürlich«, lautete Iwans eindeutige Antwort.

»Was findest du an diesem Typ? Welche Schlußfolgerungen ziehst du für dich selbst?«

»Nicht schlecht, ganz interessant.« Iwan zeigte keinerlei Gemütsbewegung. »Das Übliche.«

Sicherlich waren es Ibsen und Hamsun, die Andrej mit Leopold Schmutzochs zusammenbrachten. Nachdem er sich an ihnen satt gelesen hatte, fühlte er sich als Skandinavier. Er ging allein auf den Ziegenberg und entzündete Feuer wie Leutnant Glahn. Leopold war in der Klasse ein Einzelgänger. Als einziger kam er mit Pferd und Kutscher ins Gymnasium gefahren und kehrte in ein unbekanntes Leben zurück. Auf der Straße, auf der Eisbahn und auf dem Otkos war er nie ohne seine Mutter zu sehen. Das würdevolle Haus der Schmutzochs, das durch den Rotdorn und die Doggen von der Außenwelt abgeschirmt wurde, war ein Ausländerhaus, das einzige in Kamynsk. Und Andrej, streng wie Leutnant Glahn, sagte in einer Pause zu Leopold:

»Wieso willst du nie, daß ich mal zu dir komme?«

»Bitte schön, aber gern«, antwortete Leopold sehr bereitwillig, »kannst gleich heute mitkommen, zum Mittagessen. Ich mache dich mit meiner Mutter bekannt. Wir fahren bei dir vorbei, damit du deiner Mutter Bescheid sagen kannst ...«

»Fehlt noch!« antwortete Andrej. »Wir fahren so.«

Andrej fuhr los – wie Glahn in die Zivilisation. Über die Sauberkeit und die peinliche Ordnung im Haus war er dann doch erschrocken. Beim Mittagessen quälte er sich mit Messer und Gabel ab, kam nicht zurecht und schielte zu Leopold, wie der aß. Leopold zeigte ihm seine Bücher zeitgenössischer russischer Dichter, die in Brokat aus der väterlichen Fabrik gebunden waren. Ihre Freundschaft nahm ihren Anfang.

Leopold war schon fünfzehn. Er hatte die Gesundheit seiner Mutter geerbt, einer Schweizerdeutschen, deren Muttersprache Französisch war. Leopolds Muttersprache war weder Deutsch noch Französisch, sondern Russisch. Er sprach akzentfrei, bildete jedoch die russischen Sätze nach der französischen Grammatik. Eben erst war Alexander Bloks Name bis nach Kamynsk gedrungen, und Andrej Kriworotow glaubte eine Ähnlichkeit zwischen Leopold und Blok zu erkennen. Leopold sah aus wie ein Mädchen, mit Grübchen am Kinn, mit mädchenhafter Wangenröte, körperlich gehemmt wie ein Mädchen; längst hatte er verlernt, Schneebälle zu werfen, wie er es im russisch-Tschertanowoer Krieg getan hatte. Andrej Kriworotow behauptete bei den Betrachtungen, die er mit Leopold anstellte, es gebe Menschen, die bis ins Alter eine gewisse Schuld dem Leben gegenüber fühlten, manche glaubten, nie ein Lebensrecht zu besitzen, und daß sie lebten, bereitete ihnen ein ständiges Schuldgefühl. Leopold hingegen ahnte seit frühen Jahren unbewußt, wo sein Lebensrecht begann und endete, ein Recht zu leben, besaß er einfach deshalb, weil er lebte. Das Leben hinter den kahlschwänzigen Doggen und den schlanken Rotdornbäumen, hinter dem Hausmeister in der weißen Schürze und hinter den Stubenmädchen mit den weißen Häubchen, das bereits aufgehört hatte, ihm wie ein Ibsensches Leben zu erscheinen, brachte Leopold – nach Andrejs Einschätzung – keinerlei Ereignisse, er war zum Lyriker geboren, lauter in Tun und Trachten. Gemeinsam lasen sie Gedichte zeitgenössischer Dichter, von Balmont und Brjussow. Andrej mochte philosophische Gespräche. Sie beide, Leopold und Andrej, waren in dem Alter, da bei den Jungen die Liebe und alles, was damit verbunden ist, mit an erster Stelle steht. Andrej stellte fest, daß das Erwachen der männlichen Instinkte, des Geschlechtstriebes und der Todessehnsucht, bei Leopold unmerklich und komplikationslos verlief. Andrej hatte schon eher bemerkt, daß Leopold dem Thema Stubenmädchen, das die Gymnasiasten, besonders die Schiller-Brüder und Anton Kazaurow, gern anschnitten, aus dem Wege ging. Selbst zu Hause, wenn sie allein waren, unterbrach er Andrejs erotisch-philosophische Reden:

»Ach, Quatsch, ist doch uninteressant.«

Andrej wurde rasch mit den Traditionen des Hauses hinter den kahlschwänzigen Doggen vertraut. Papachen kegelte und spielte Schach gegen sich selbst – als Muskel- und Gehirntraining, dann fuhr er vormittags in die Fabrik. Zu Weihnachten mußte mit der ganzen Familie nach Moskau gefahren werden, damit man sich alle Inszenierungen der Moskauer Theater ansah. Die Ferien des Sohnes mußten in Deutschland verbracht werden, damit er die Heimat nicht vergaß. Der Sohn hatte ›Staryje gody‹, ›Russkaja mysl‹ und ›Apollon‹ abonniert. In Ledereinbänden standen in Leopolds Bücherschrank die Symbolisten – die Russen und die Franzosen Baudelaire und Verlaine. Sein Lieblingsdichter war Blok.

Es war eine Familie von Menschen, die ihre Heimat verloren und keine Heimat gefunden hatten. Das Haus war geräumig, von russischer Wärme, Behaglichkeit spendend für gemächliche russische Abende, für russischen Tee, für die Bücher der Mutter und des Sohnes. Der Vater übte morgens auf der Kegelbahn und setzte sich um halb zehn in den Schlitten mit Bärenfell –

»Nun, guten Morgen!« sagte er auf deutsch zu dem frostbereiften Iwan, dem russischen ›Muschik‹, der über zehn Jahre auf Schmutzochs' Kutschbock saß. Der Apfelschimmel trug den Herrn zum Marfin Brod, der Herr atmete die Luft und den silbrigen Schnee der Weiten. Im Büro erteilte er seine Anweisungen und machte sich gelangweilt auf den Rückweg. Bereift von den Weiten und den schrägen Strahlen der roten Sonne, warf der Herr in der warmen Diele den Biberpelz dem Stubenmädchen mit Häubchen in die Arme. Im Waschbecken stand warmes Wasser bereit. Im Speisezimmer nahm die Frau den Deckel von der Suppenschüssel, aus der heiße Dampfschwaden quollen. Gewaschen und mit Eau de Cologne besprengt, betrat Herr Schmutzochs das Speisezimmer, um das Mittagessen zu zelebrieren. Er küßte seiner Frau die Hand, sie küßte ihn auf die kahle Stirn. Dann folgte bei Herrn Schmutzochs das Arbeitszimmer mit der schrecklichen Langeweile der Untätigkeit – bis zum abendlichen Tee, bis zum Abendessen, dem Baden vor dem Schlafengehen. Er hatte sich sogar, der Herr Schmutzochs, nach dem Jahr fünf mit Fürst Werejski, mit Zwetkow und mit dem Direktor des Jungengymnasiums, dem Latinisten Walde, angefreundet. Immer häufiger verließ er, der Herr Schmutzochs, Kamynsk, um nach Moskau zu fahren, nach Sankt Petersburg und ebensolchen Städten wie Kamynsk, zu ebensolchen Deutschen, die heimatlos waren wie er selbst. Tagtäglich trank Herr Schmutzochs von Mittag bis zum Schlafengehen eifrig Bier, das er sich extra aus Bayern kommen ließ. Er war sehr penibel und säuberlich, der Herr Schmutzochs. Er war sogar ein wenig geizig. Richtigen Luxus erlaubte er sich nur, wenn er Besuch von Landsleuten bekam – dann schreckte ihn kein noch so teurer Einfall, dann veranstaltete er Bälle und Jagden.

An solchen Tagen erwachte auch Frau Schmutzochs aus ihrer Erstarrung, kleidete sich festlich, lächelte, amüsierte sich ... Doch für gewöhnlich war sie allein. Herr Schmutzochs war ihrer genauso überdrüssig geworden wie sie seiner. Sie zählte fünfunddreißig Jahre. Sie glaubte, sie sei glücklich – mit dem Haus, dem Mann, dem Kind, ihren Pflichten und Sorgen, die sie nicht hatte. Sie hatte einen einzigen, im ersten Jahr ihrer Ehe geborenen Sohn, weitere Kinder konnte sie nicht bekommen. Sie war viel untätig. Frau Schmutzochs hatte schrecklich viel unausgefüllte Zeit, doch sie besaß eine ›gesellschaftliche Stellung‹. Morgens und in der Abenddämmerung spielte sie Klavier. Mit dem Sohn und hinter dem Sohn her lief sie Ski auf den Feldern und in den Bergen der Umgebung. Gemeinsam liefen sie Schlittschuh. Gemeinsam gingen sie auf dem Otkos spazieren. An sonnigen Tagen riecht es auf dem Otkos – im Februar – durch die Sonne bereits nach März. Nachmittags konnte man den Podol und die Felder hinter dem Podol über riesige Entfernungen überblicken, und Licht und Schnee waren so scharf, daß sie in die Augen schnitten. Auf dem Otkos benahm der Frost mitunter den Atem, schlug sich als Rauhreif nieder, der Rauhreif setzte sich auf die Wimpern, und ein sich entfernender Wagenzug, der auf dem Podol zwanzig Werst weit zu sehen war, konnte Frau Schmutzochs' Willen entführen, wie im Frühjahr und Herbst Kranichschreie den menschlichen Willen aus Kamynsk entführten – dieses Gefühl hatte sie ...

Zusammen mit dem Sohn paukte sie das Einmaleins in Russisch, als er sich auf das russische Gymnasium vorbereitete, statt nach Deutschland zu fahren, um dort auf die Schule zu gehen, weil die Mutter nicht ohne ihn bleiben konnte. Von den ersten Gymnasialjahren des Sohnes an stand die Mutter mit ihm auf, um ihm Kaffee vorzusetzen und eigenhändig das Frühstück fürs Gymnasium zurechtzumachen mit einer kleinen Süßigkeit als Überraschung. Jeden Tag wartete sie auf die Stunde, da ihr Sohn zu Hause sein mußte. Sie kam in sein Zimmer und stellte sich an den Ofen. Der mädchenhafte Sohn ging wie der Vater im Zimmer auf und ab. Die Mutter befragte ihn nach Lehrern und Fächern. Sie lernte mit dem Sohn die russische Grammatik und Gedichte Bloks, half ihm, Maeterlinck im Original zu lesen. Gemeinsam gingen sie in den Stunden der Erholung an die frische Luft, auf den Otkos, auf die Eisbahn, Ski laufen in der Umgebung.

Andrej Kriworotow war lärmig, romantisch, gesprächig. Begeistert von allem, was er gelesen hatte, brachte er, gleich seinem Vater, Belinski und die Sechziger mit den russischen Stiefeln durcheinander, überzeugt von Pissarew, lehnte er Puschkin ab: von niemandem überzeugt, schwärmte er für Baudelaires ›Blumen des Bösen‹. Mit ästhetischem Empfinden wie der Vater, kannte er viele Gedichte Brjussows und Balmonts auswendig, deren Bücher unter dem Bett aufbewahrt wurden, denn Vater Iwan Iwanowitsch machte sich lustig über seinen Sohn und drängte ihm die nicht gelesenen Buckle und Büchner auf. Freundschaft faßte Andrej wie Belinski auf – als Brüderlichkeit, als Schwur, als Selbstlosigkeit: zwischen Freunden gibt es keine Geheimnisse, der eine muß bereit sein, alles für den anderen zu tun und für ihn hinzugeben. Er nahm eine abnorme Entwicklung, Andrej; Petschorin wurde von Hamsuns Leutnant Glahn besiegt, und von der dritten Klasse an trug Andrej seine Gymnasiastenuniform stets ohne Gürtel und die Haare wie Mark Woloch, was ihm im Gymnasium viel Ungelegenheiten bereitete. Nach den Gesetzen der ›Bursa‹ von Pomjalowski verachtete Andrej das Gymnasium. Nachdem er die ›Bursa‹ gelesen hatte, träumte er von ›Pfimfen‹, das heißt von Gemeinheiten, die man den Lehrern antun konnte. Mit Leidenschaftlichkeit dachte er sich welche aus. Und der Beginn seiner Freundschaft mit Leopold wurde durch eine ›Pfimfe‹ befestigt.

Eines Tages schlich er sich heimlich durch die Küche in Leopolds Zimmer und versteckte etwas unter dem Bett. Mit seinem fünfzehnjährigen Baß, der durch alle Zimmer drang, verlangte er von dem Stubenmädchen ein dreifarbiges Kuchenband, und als er es erhalten hatte, bat er Frau Schmutzochs, verlegen hüstelnd und seine nihilistischen Haare schüttelnd, das Zimmer zu verlassen. Frau Schmutzochs ging hinaus. Andrej schloß die Tür und zog feierlich ein in Zeitung eingewickeltes Pferdebein unterm Bett hervor, Huf mit Knochen bis zum Knie, mit von den Hunden übriggelassenen Fleischresten, alles von Rauhreif durchfrostet. Auf Leopolds Tisch breitete er, nachdem er die Fotos von Blok und von der Mutter beiseite geschoben hatte, ein mitgebrachtes Stück Papier aus der Konditorei aus, schlug sorgfältig das Bein ein und schlang das Band darum, wie man es in der Konditorei tat. Leopold war verwundert – über Andrej wie über das Pferdebein. Andrej erklärte, heute sei der Namenstag des ›Klassikers‹

Sega und er, Andrej, beabsichtige, dieses Bein Sega als Geschenk zu bringen mit einer Visitenkarte von Rektor Walde, die er aus dem Rektorat entwendet hatte, das heißt eine ›Pfimfe‹ zu inszenieren. Mit Sega tobte ein alter Krieg wegen Balmont und Blok und wegen Gogol in Brjussows symbolistischer Sicht – Gogol wurde zum Symbolisten erklärt, für Andrej war er ein Symbolist, während Sega all das als Dummheiten abtat. Andrej hatte Segas wegen bereits zu leiden gehabt, nachdem er ihm einmal eine schriftliche ›Pfimfe‹ geschickt hatte, ein Spottpoem, das mit den Worten begann:

Unser armes, armes Segalein,
knirschend wie ein Holzbein ...

Der Verfasser des Poems wurde an der Handschrift ermittelt und kam nur knapp am Ausschluß vom Gymnasium vorbei.

Leopold betrachtete entsetzt das Pferdebein. Er versuchte, Andrej den Streich auszureden, der für ihn das endgültige Aus im Gymnasium bedeuten konnte, erinnerte an die Geschichte mit dem Poem, zuckte verächtlich die Achseln und argumentierte, daß das alles weder mit dem Symbolismus vereinbar noch geistreich sei.

Andrej blieb unbeirrbar. Leopold vermochte nichts auszurichten – er fügte sich. Die Gymnasiasten verließen das Haus mit dem Pferdebein in der Konditoreiverpackung. Das Pferdebein wurde zum Schicksalsereignis für den ›Großen Stummen‹. Das Stubenmädchen des ›Klassikers‹ Sega mußte Andrej und Leopold unweigerlich erkennen. Sega selbst konnte aufmachen – der Skandal schien unausbleiblich.

Leopold sagte mit gleichmütiger Stimme:

»Ich habe heute beim Spazierengehen Ljolja Werejskaja gesehen. Du sollst ins Kino kommen.«

»Zu welcher Vorstellung?«

»Zur zweiten.«

Die Gymnasiasten gingen ein Stück.

»Wie spät ist es denn jetzt?«

»In zehn Minuten fängt die Vorstellung an.«

Die Gymnasiasten gingen noch ein Stück.

»Hast du Geld mit?«

»Ja, warum?«

»Ich hab keins ... Ich überlege, ob wir nicht erst ins Kino gehen und dann das Bein wegbringen.«

»Gehen wir.«

In der Wärme des Kinos weichte das Bein auf. Andrej legte es ins Fenster hinter dem Vorhang kühl. Ljolja kam nicht ins Kino. Andrej wurde traurig. Das Bein blieb im Kino, im Foyer hinter dem Vorhang auf dem Fensterbrett – zur Verwunderung der Reinemachefrau. Am nächsten Tag war das Abenteuer mit dem Pferdebein in der ganzen Schule bekannt, und lange Zeit hielt es von da an jeder Gymnasiast, wenn er sich auf den Weg ins Kino machte, für seine Pflicht, allen möglichen Plunder hinzutragen, Lumpen, abgetragene Schuhe, Kartons mit Müll – in solchen Mengen, daß Sergej Iwanowitsch Koschkin, Inspirator des Filmwesens in Kamynsk, zu Direktor Walde fuhr und eine Warnung aussprach – entweder das Kino werde geschlossen, oder die Gymnasiasten bekämen eine Rüge.

Die ›Pfimfe‹ mit dem Bein tat Andrejs und Leopolds Freundschaft keinen Abbruch. Iwan Koschkin beteiligte sich nie an den ›Pfimfen‹. Der Frühling kam, der Sommer ging dahin. Iwan entdeckte bei seinem Vater einen Packen Bücher – zehn noch verschnürte Exemplare von Friedrich Nietzsches ›Also sprach Zarathustra‹. Ein Exemplar überließ er Andrej – Glahn war vergessen, doch dafür ein Schopenhauer-Band gekauft worden ... Die ganzen Sommerabende ließ sich Andrej über die wahre menschliche Freiheit aus, er war zu dem Schluß gelangt, die wahre Freiheit werde durch rudimentäre Instinkte des Gewissens eingeengt und folglich müsse man Wege finden, sich des Gewissens zu entledigen und die ganze Moral allein nach dem Verstand auszurichten. Bekümmert, daß er ein Gewissen besaß, und auf der Suche nach Wegen, es zu vernichten, entschied er, daß mit dem Gewissen schleunigst Schluß zu machen sei – man mußte etwas stehlen oder einen Menschen ausrauben oder umbringen. Leopold teilte Andrejs Überzeugung. Und überraschend bot auch Iwan Koschkin an, bei der Beseitigung des Gewissens mitzumachen – er war bereit zu Mord oder Raub. Er wollte sich selbst prüfen, wie er sagte – Diebstahl erschien ihm unästhetisch. Sie beschlossen, einen Mord, schlimmstenfalls einen Raubüberfall zu verüben. Andrej wurde beauftragt, ein Mordobjekt zu finden.

Es war bereits Herbst. Im Gymnasium hatte der Unterricht begonnen. Andrej teilte den anderen im Unterricht über die Bank hinweg mit, er habe einen Mann gefunden, den man ausrauben oder ermorden könne. Am Abend trafen sich die Gymnasiasten bei Leopold zur Erörterung der Einzelheiten. Alle drei hatten ihren Vätern Revolver entwendet. Ein paarmal gingen alle drei hinter den Ziegenberg schießen üben. Dann zogen sie eines dunklen Abends los zum Raubüberfall. Iwan machte den Anführer, er zeigte nicht die geringste Aufregung. Auch Leopold war nicht aufgeregt. Andrej hatte Beklemmungen. Sie stiegen zum Podol hinab, machten einen Bogen um den Klosterhain, gelangten zur Straße, die zum Marfin Brod führte. Es war dunkel und kalt ... Andrej hatte erkundet, daß hier jeden Abend ein Mann vom Marfin Brod zum Klosterhain spazierenging, die Hände auf dem Rücken, den Stock zwischen den Schulterblättern. Es war beschlossen worden, ihn umzubringen oder ihm Mantel, Uhr und Geld abzunehmen.

Ein Mensch tauchte aus der Finsternis. Die Gymnasiasten stellten die Revolver auf ›feu‹. Leopold und Andrej sollten ›Hände hoch!‹ rufen ...

Ihnen entgegen kam ein Mann, kerzengerade, die Hände auf dem Rücken. Die Gymnasiasten gingen auf ihn zu. Der Unbekannte starrte Leopold ins Gesicht, und in dem Moment, als die Gymnasiasten schon ›Hände hoch!‹ rufen wollten, sagte er höchst ehrerbietig:

»Guten Abend, Herr Leopold, was machen Sie denn hier?«

Leopold antwortete höflich:

»Guten Abend, Herr Klinker!« – und lüftete die Mütze.

Es war der neue Verwalter in der Schmutzochs-Fabrik, Papachens rechte Hand, kürzlich war seine Frau an Tuberkulose gestorben.

Der Verwalter ging vorbei. Die Gymnasiasten standen betroffen. Einen Bekannten zu ermorden und auszurauben war unästhetisch und gefährlich. Die Polizei und die Eltern konnten es erfahren, und das war bei der Befreiung vom Gewissen nicht einkalkuliert. Leopold und Iwan schimpften Andrej aus. Andrej kratzte sich hinter dem Ohr. Unzufrieden gingen sie nach Hause. Andrej überlegte schuldbewußt, wesentlich sei nicht der Fakt, sondern das Erkennen des Fakts, um so mehr als vieles sich so dumm verhält wie ein Fakt.

Als seine ewige Muse betrachtete Andrej Olenka Werejskaja, doch das hinderte ihn nicht, sich in Gymnasiastinnen zu verlieben, manchmal sogar in mehrere zugleich, so daß er nicht einmal wußte, in welche er eigentlich verliebt war – das kam daher, daß Olenka selten aus dem Haus durfte, und zu ihr kommen konnte man nur sommers auf den Krocketplatz, denn im Haus fiel einem der Papa mit seinen endlosen Erzählungen lästig. Andrej konnte kein Geheimnis für sich behalten. Alle seine erregenden Geheimnisse mußte er loswerden, wie es sich gerade ergab, bei Iwan natürlich, bei Leopold, bei Frau Schmutzochs – ebenso vehement wie die gelesenen Bücher und die Ungerechtigkeiten im Gymnasium. Iwan war völlig verschlossen. Leopolds Geheimnisse waren simpel, gewöhnlich und kurz – wenn die Mutter nicht im Zimmer war, stellte er sich an den Ofen auf der Mutter Platz, wärmte sich die Hände und erzählte die simpelsten Sachen. In Gymnasiastinnen verliebte sich Leopold nicht. Leopold löste für Andrej Mathematikaufgaben. Andrej schrieb für Leopold Russischaufsätze. Ein unabdingbarer Bestandteil ihrer Freundschaft war die Freundschaft mit Frau Schmutzochs. Leopold kam nie zu Andrej, erst recht war Frau Schmutzochs nie im Hause der Kriworotows. Andrej gefiel die unrussische Stille des Schmutzochsschen Hauses sehr.

Ungeachtet der ›Pfimfen‹ brachte es Andrej im Unterricht im Gymnasium fertig, sich in seiner Bank zu voller Länge zu erheben und zum Physiklehrer Neshdanow zu sagen:

»Jewgeni Iwanowitsch, Sie haben mir im Quartal eine Drei in Physik gegeben. Ich bitte Sie, mir eine Zwei einzutragen, denn ich weiß selber, daß mein Wissen nur eine Zwei verdient ...«

Der Physiker Neshdanow korrigierte Andrejs Bitte entsprechend die Noten, der Literaturlehrer Sega dagegen schrie, wenn ihn Andrej ebenfalls bat, seine Noten zu verändern:

»Wie!? was!? – is weiß selber, was is zu geben habe, wenn is will, gebe is eine Vier, wenn is will, eine Eins!«

Das Gymnasium schritt voran in Reih und Glied der Klassen. Die Jahre schritten voran in Kompanien. Friseur Eugène kämmte Iwan Koschkin nicht nur einen Mittelscheitel, er kratzte ihm bereits den Flaum vom Kinn. Die Schiller-Brüder rasierten lange schon ihre Bartstoppeln – der Schiller-Vater schrieb schöne Briefe aus Amerika, doch Arbeit konnte er nicht finden, und die Söhne warteten mit Naum Solomonowitsch Heifez nun schon Jahre darauf, daß Israil Jossifowitsch sie zu sich holte, ohne bei ihrem Warten zu bemerken, daß sich in dem halbleeren Obergeschoß über der Apotheke längst der Hundegeruch der Verlassenheit ausgebreitet hatte. Die Generation erstieg das Plateau der siebenten Klasse. Ein neuer – und goldener – Herbst kam. Im Gymnasium gab es einen Lehrerwechsel im Französischunterricht, an Stelle des Kalkstein-Franzosen Monsieur Ionis erteilte

Mademoiselle Valentina Alexandrowna Gogolewa Französisch. Sie war ganze zweiundzwanzig Jahre, soeben erst hatte sie die Berlitz-Kurse in Moskau absolviert. Sie mietete ein Zimmer bei Schillers im halbleeren Obergeschoß. Die Schiller-Brüder rasierten sich von nun an sorgfältiger und zogen es vor, zu Hause zu sitzen. Im Hause wurde es sauberer. Valentina Alexandrowna brachte die erste Kunde von Anna Achmatowa. Ebenfalls von ihr kam die erste Kunde von Igor Sewerjanin. Sie war häßlich, Valentina Alexandrowna, mit langer Nase, mit einem großen Mund und dürr, doch sie duftete nach einem ungewöhnlichen Parfum, immer dem gleichen – als einzige in der Stadt malte sie sich Fingernägel und Lippen mit Zinnober an, sie besaß nichtprovinzielle Kleider. In ihrem Zimmer bei Schillers brachte sie eine Goya-Reproduktion an. Unter den Gymnasiallehrern wirkte sie wie eine Ausnahmeerscheinung. Die Intelligenzler billigten ihre Kleider und ihre Finger nicht. Sie mußte in der Tat sehr vereinsamt sein, wenn es sie nach Kamynsk verschlagen hatte. Sie ging zum Maler Nagorny – er lachte hysterisch auf, als sie die Rede auf Gauguin brachte, ein zweites Mal ging sie nicht zu ihm.

Es geschah in der großen Pause. Die diensthabenden Lehrer und die Gymnasiasten gingen im Hof und im Garten spazieren. Auf den Gartenwegen raschelte das abgefallene Laub unter den Füßen. Es war ein goldener Mittag mit leichtem Frost. Valentina Alexandrowna ging, absichtlich mit den Spitzen ihrer Lackschuhe das Laub vor sich herschiebend, allein den Weg entlang. In respektvollem Abstand folgten ihr Andrej Kriworotow und Iwan Koschkin. Andrej begann laut zu deklamieren:

Ich stieg hoch auf den Turm, und die Stufen erbebten,
Und die Stufen erbebten unterm Tritt meines Schritts …

»Sie kennen Balmont?« fragte Valentina Alexandrowna und blieb stehen.

»Natürlich«, antwortete Andrej.

»Und überhaupt die Symbolisten?«

»Ja …«

»Mit den Symbolisten geht es bereits zu Ende«, sagte Valentina Alexandrowna. »Haben Sie die Akmeisten gelesen?«

»Wen?« fragte Andrej zurück und wurde verlegen.

»Ich kenne die Achmatowa«, sagte Iwan.

Am selben Tag noch holte Andrej sich von Iwan das soeben erschienene Achmatowa-Bändchen und büffelte es vor dem Schlaf. Am nächsten Morgen, ohne die große Pause abzuwarten, deklamierte er vor Valentina Alexandrowna:

Doch nicht gelöscht die Kerze hat
Der Mensch vor Tag, die Saiten sangen ...
Der Morgen erst fand ohne Macht
Sie auf des Lagers schwarzen Samten ...

»Von wem ist das«, fragte Andrej aus Rache dafür, daß er vom Akmeismus nichts gewußt hatte.

»Von Innokenti Annenski«, antwortete Valentina Alexandrowna stolz.

Andrej war verwirrt und sagte mutlos:

»Der Literaturlehrer Sega kennt das nicht, und für ihn ist es Unsinn ...«

Valentina Alexandrowna lachte als Gleichgesinnte in der Verachtung gegen Sega.

In der großen Pause, wiederum im Garten auf dem raschelnden Laub, begann Andrej, neben Iwan gehend, in respektvollem Abstand zu Valentina Alexandrowna, die Achmatowa zu rezitieren.

»Sie kennen es schon auswendig?« fragte Valentina Alexandrowna.

»Schon lange«, sagte Andrej.

»Spiel dich nicht auf – glauben Sie ihm nicht, Valentina Alexandrowna, er hat es über Nacht gebimst, um bei Ihnen Eindruck zu machen«, sagte Iwan verschlagen.

»Kann auch sein!« gab Andrej treuherzig zu.

Valentina Alexandrowna lachte. Sie sprachen über zeitgenössische Dichter. Andrej bekam Valentina Alexandrowna zu fassen, sie hatte Baudelaires ›Schönheit‹ in Ellis' Übersetzung vergessen. Valentina Alexandrowna sagte leicht unwillig und verschlagen:

»Das ist beinahe schon Klassizismus, diese ›Schönheit‹, obwohl Baudelaire natürlich kein Klassiker ist – und nur deshalb ist es mir entfallen ... Ich mag die Klassiker nicht, sie sind wie die Gymnasialarithmetik – ich mag sie weder in der Dichtung noch in der Malerei noch in der Musik ... Haben Sie schon einmal Skrjabin gehört? Bald wird mein Klavier aus Moskau hiersein, dann spiele ich ihn vor – Sie bekommen Skrjabin zu hören. Ich lade Sie ein. Besuchen Sie mich.«

Die Gymnasiasten besuchten Valentina Alexandrowna, als die

goldenen Nachtfröste durch wochenlangen Regen abgelöst wurden. Das Klavier aus Moskau war noch nicht eingetroffen. Über das Sofa in Valentina Alexandrownas Zimmer, das auch als Bett diente, war kariertes ukrainisches Tuch gebreitet. Auf dem Tisch lagen neben den Schülerheften für Französischarbeiten Bücher über französische Malerei. An der Wand hing ein Goya-Bild. Valentina Alexandrowna brühte den Kaffee selbst und reichte dazu leicht angetrocknete Moskauer Petits fours. Sie nahm die Gymnasiasten wie wichtige Gentlemen auf, sie freute sich über ihren Besuch.

»Möchten Sie einen kleinen Likör?« fragte sie sogar und wurde verlegen.

Die Gymnasiasten wurden ebenfalls verlegen und sagten sehr geschmeichelt nein. Andrej sah sich ihre Bücher an und redete in einem fort.

»Sega müßte das sehen, diese Bücher wären sein Tod«, sagte er.

Valentina Alexandrowna und Andrej rezitierten wechselseitig Gedichte zeitgenössischer Poeten. Nach dem Kaffee hüllte Valentina Alexandrowna den Lampenschirm in ein hellblaues Kopftuch und schuf so ein Halbdunkel. Sie erzählte von Moskau. Sie war in Petersburg im ›Streunenden Hund‹ gewesen, hatte Blok mit eigenen Augen gesehen. Ihr Hauptgesprächspartner und höchst aufmerksamer Zuhörer war Andrej, doch ihre Zuwendung galt offenkundig Iwan, dem schweigsamen und zerstreuten Nietzscheaner und vornehmen Herrn von siebzehn Jahren.

Am nächsten Morgen inszenierte Osska Schiller, der ältere der beiden Brüder, gegen Iwan und Andrej eine ›Pfimfe‹: Als sie das Klassenzimmer betraten, polterten die Gymnasiasten mit den herunterklappbaren Tischplatten und heulten ›iiich‹ – klapperten noch einmal und heulten ›liiiebee‹ – klapperten wieder – ›Siiie‹, – klapperten – ›Valentina‹, klapperten – ›Alexandrowna!‹ Die Klasse erlaubte sich einen freundschaftlichen Jux.

Die Gymnasiasten waren zwei-, dreimal bei Valentina Alexandrowna. Für Andrej war die Bekanntschaft mit Valentina Alexandrowna etwas Ehrerbietig-Heiliges. Die Welt Valentina Alexandrownas erschien außergewöhnlich, beispiellos, extraordinär – es schien, als bemerke sie, ihr Dasein in Kamynsk fristend, die Stadt gar nicht und lebe in der Welt der Franzosen von Matisse und Gauguin bis Picasso, von Baudelaire bis Valéry – der Russe Balmont war für sie bereits veraltet, die russische Malerei begann für sie erst mit Wrubel, den Weg bahnte der russischen Malerei

Natalja Gontscharowa, die eben erst an die Öffentlichkeit trat und noch völlig unbekannt war. Valentina Alexandrowna hatte eine Vorahnung des Futurismus.

Das erste Quartal ging zu Ende.

Iwan Iwanowitsch Kriworotow kam hin und wieder als Arzt auf einen Sprung in die Apotheke zu Naum Solomonowitsch Heifez als Pharmazeuten. Naum Solomonowitsch sagte einmal:

»Was in dem Gymnasium vor sich geht, Iwan Iwanowitsch, das begreife ich nicht ... Bei uns hat die Französischlehrerin Mademoiselle Gogolewa ein Zimmer gemietet. Meine Jungs sind auf einmal so ordentlich, waschen sich und putzen sich die Zähne, das ist gut, aber sie gehen nicht ins Gymnasium, ehe sie nicht ihr Zimmer verläßt, und sie begleiten sie wie Kavaliere, sie sind ja auch nicht viel jünger ... Ihr Andrjuscha und Wanjuscha Koschkin gehen zu ihr zu Besuch wie Erwachsene, trinken Kaffee, rezitieren Gedichte und hecheln über andere Lehrer ... Sie sind doch als Elternvertreter Mitglied des Pädagogischen Rates, Iwan Iwanowitsch?«

»Ja, leider«, antwortete Doktor Kriworotow.

Das Quartal ging zu Ende, die Gymnasiasten hatten zu pauken. Iwan kam zu Andrej, um für ihn Licht in den Dschungel der Algebra zu bringen. Die beiden Gymnasiasten saßen in Andrejs Kammer. Iwan Iwanowitsch saß hinter der Wand im Wohnzimmer und legte eine Patience. Andrej, der zwischen den algebraischen ›a‹ und ›b‹ die Orientierung verlor, sagte:

»Nach dem Quartal gehen wir am Freitag zu Valentina Alexandrowna, hat sie gesagt.«

Iwan Iwanowitsch spitzte die Ohren über seiner Patience.

»Büffel ordentlich ...«, sagte Iwan. »Und pauk französische Grammatik. Sie hat gesagt, daß es morgen auf jeden Fall eine Arbeit gibt.«

»Wo hast du sie denn gesehen?«

»In der letzten Pause ...«

Iwan Iwanowitsch betrachtete sich als geradlinigen Menschen. Der Pädagogische Rat trat zusammen, und auf der Sitzung hielt Iwan Iwanowitsch unter dem Punkt ›Aktuelle Fragen‹ eine Rede –

»Meine Herren«, sagte Iwan Iwanowitsch. »Ich möchte eine heikle Frage ansprechen ... Wie Sie sich leicht vorstellen können, kommen zu meinem Sohn Schulkameraden, und ich höre ihre Gespräche, weil mein Sohn mir nahesteht und keine Geheimnisse vor mir hat, andererseits unterhalte ich mich auch mit anderen Erziehern, zum Beispiel mit Naum Solomonowitsch Heifez ...« Iwan Iwanowitsch seufzte und wandte sich an Valentina Alexandrowna: »Valentina Alexandrowna, ich und viele hier anwesende Erzieher sind viel älter als Sie und könnten Ihre Eltern sein – hören Sie deshalb auf den freundschaftlichen Rat eines Älteren. Gott bewahre, daß ich an die Sitten in Pomjalowskis ›Bursa‹ erinnern möchte, das liegt mir völlig fern!« Iwan Iwanowitsch zog die Schultern hoch und wandte sich an alle: »Aber mir sind Fakten bekannt, daß bei Valentina Alexandrowna Gymnasiasten der obersten Klasse zusammenkommen, kritische Gespräche führen über die restlichen Erzieher und sich durch sie – unter offenkundiger Ausnutzung ihrer Unerfahrenheit – Informationen verschaffen, vor allem wann Klassenarbeiten geschrieben werden ...«

»Das ist eine Lüge!« flüsterte Valentina Alexandrowna, und in ihre Augen traten zwei magere Tränen.

»Wenn das eine Lüge ist, dann will ich mich ganz präzise äußern«, sagte Iwan Iwanowitsch mit eisiger Höflichkeit. »Mein Sohn Andrej und Sergej Iwanowitsch Koschkins Sohn Iwan gehen zu Valentina Alexandrowna und rezitieren dort Gedichte von Balmont. Isaak und Jossif Schiller rasieren sich fast täglich und begleiten Valentina Alexandrowna vom und zum Gymnasium, und sie sind bereits junge Männer im entsprechenden Alter ... Außerdem habe ich vorgestern mit eigenen Ohren gehört, daß Iwan Koschkin meinem Andrjuscha Bescheid sagte, am nächsten Tag würde eine Arbeit geschrieben, und sich dabei auf Valentina Alexandrowna berief, von der er es in der letzten Pause erfahren hätte ...«

»Und trotzdem ist das alles im günstigsten Falle Lüge«, sagte Valentina Alexandrowna, die sich vom ersten Schlag der ›Pfimfe‹ erholt hatte, ihre Lippen waren gealtert, sie sprach mit der eisigen Stimme des Abscheus. »Und trotzdem ist das alles Lüge. In der Tat habe ich vorgestern in der letzten Pause Iwan Koschkin gebeten, allen in der Klasse auszurichten, am nächsten Tag werde eine Arbeit geschrieben und sie sollten ihre Hefte mitbringen. In der Tat sind die Gymnasiasten Schiller, die ohne Eltern leben, sehr nachlässig und achten jetzt durch meine Gegenwart mehr auf Ordnung, was ich als positiv ansehe. In der Tat gehen sie mit mir zum Gymnasium, da ich im gleichen Haus wohne, und natürlich werde ich nach den heutigen Informationen Doktor Kriworotows von dort ausziehen, wonach die Gymnasiasten Schiller, wie Doktor Kriworotow es gern hätte, aufhören werden sich zu rasieren ... In der Tat ist Doktor Kriworotows Sohn dreimal bei mir gewesen, und wir haben Gespräche über Literatur geführt, in der sich die Gymnasiasten in Kamynsk leider besser auskennen als ihre Eltern, und ich habe Gymnasiasten zu mir eingeladen, weil ich in der Tat der Ansicht war, daß die ›Bursa‹ in unserem Gymnasium überholt sei. In der Tat habe ich Andrej Kriworotow einige Bücher zu lesen gegeben, und er brachte mir ›Noa-Noa‹ von Paul Gauguin, ein Buch, das ich in Moskau vergessen hatte und unbedingt lesen wollte, das Andrej besaß und, wie er mir, seiner Lehrerin, erzählte – nach den Gesetzen der ›Bursa‹ – vor seinem Vater unter der Matratze versteckte ...«

Das Ganze geriet in der Tat zur ›Pfimfe‹, und davon betroffen war nicht Valentina Alexandrowna, sondern Iwan Iwanowitsch. Der Doktor geriet in Verwirrung. Valentina Alexandrowna erwies sich trotz ihrer Jugend als gewieft. Der Pädagogische Rat überging den ›Vorfall‹ und wandte sich anderen ›aktuellen Fragen‹ zu ...

Iwan Koschkin berichtete Andrej nicht immer, wenn er Valentina Alexandrowna traf. Am Tage des Pädagogischen Rates stand er seit elf Uhr abends an der Ecke gegenüber dem Gymnasium im Regen, der Schatten einer Laterne verbarg ihn vor den Blicken der Passanten. Kurz nach elf Uhr traten die Lehrer aus dem Tor und gingen auseinander. Valentina Alexandrowna bog allein in die Gasse, wo sich im Schatten der Laterne Iwan verborgen hielt. Iwan trat vor, lüftete die Mütze, verneigte sich ehrerbietig.

»Guten Abend, Valentina Alexandrowna!«

Sie nickte ihm im Vorbeigehen nur knapp zu. Iwan folgte ihr, hielt sich dabei im Schatten. So passierten sie die Hälfte der Gasse. An der dunkelsten Stelle drehte sich Valentina Alexandrowna jäh um und sagte heftig, wie in Fortsetzung eines Gesprächs:

»Wissen Sie, was heute Doktor Kriworotow getan hat!? – Sie brauchen mich nicht mehr in Gassen abzupassen! ... Er hat vor den Pädagogischen Rat gebracht, als prinzipielle Frage, daß Sie mich besuchen. Und all das unter Berufung auf die Worte Ihres Freundes Andrej ...!«

Iwan stand vor Valentina Alexandrowna ehrerbietig, doch nicht erschrocken. Kurz darauf setzten sie ihren Weg fort, nun nebeneinander gehend, durch finstere Gassen, nach dem Ziegenberg hin.

Überirdische Mächte hatten Andrej vor Zweien im Quartal bewahrt. Mehr verlangte er nicht von sich. Viertel vor neun betrat er am nächsten Morgen das Klassenzimmer. Iwan stand am Fenster. Andrej streckte ihm die Freundeshand hin. Iwan verbarg die Hand hinter dem Rücken und schaute durch Andrej hindurch. In seinem pomadisierten Haar spiegelte sich das Fenster. Seine Augen blickten klar.

»Provokateuren gebe ich nicht die Hand«, sagte Iwan.

Dahinter bauten sich die Schiller-Brüder auf, stachlig wie die Igel.

»Dich verprügeln wär zu wenig, du Denunziant!« sagte Jossif. »Boykott hast du verdient. Was hast du angerichtet, du Verleumder!?«

Isaak hielt Andrej die Faust vor die Nase. Iwan trat beiseite, zu den Bänken.

»Weißt du, was ihr beide angerichtet habt, du und dein Vater?« sagte Jossif.

»Der Vater geht uns nichts an«, sagte Iwan von seiner Bank her. »Was uns angeht, ist der Verrat eines ehemaligen Freundes.«

Andrej hörte sich die Sache mit dem Pädagogischen Rat stumm und erbleichend an. Als Jossif mit seinem Bericht zu Ende war, wandte Andrej sich um und verließ das Klassenzimmer. Er konnte sich danach nicht erinnern, wie er das Gymnasium verlassen hatte, mit dem körperlichen Gefühl der Katastrophe, er konnte sich auch nicht an den Nachhauseweg erinnern. Der Vater war noch nicht fort in die Klinik. Finster – sicherlich noch vom gestrigen Pädagogischen Rat – trank der Vater, sorgsam den Zucker verrührend, im Speisezimmer Tee. Der Sohn blieb in der Tür stehen. Seine Lippen waren wie taub.

»Du ... du bist ein Verräter und Schwätzer!« flüsterte der Sohn, mühsam mit den Lippen die Worte formend, und knallte mit aller Kraft die Tür des Speisezimmers zu.

Wutentbrannt fuhr der Vater hoch. Er fand den Sohn in dessen Kammer. Die Tür war zugehakt. Der Vater merkte nicht, wie er den Haken aus der Verschraubung herausriß. Der Sohn lag teilnahmslos auf dem Bett. Seine Augen waren trocken.

»Was war das, sag das noch einmal!« schrie der Vater drohend, aber nicht sehr selbstsicher.

»Ich habe gesagt, daß du ein Provokateur, Schwätzer und Wichtigtuer bist, immer warst und bleibst«, antwortete Andrej ruhig und scharf akzentuiert. »Scher dich weg!«

Iwan Iwanowitsch riß die Augen auf und starrte lange den Sohn an, die Decke in dem ungemütlichen kammerartigen Zimmer des Sohnes, die Wände, den Tisch, als sähe er alles zum erstenmal. An der Wand über dem Tisch sah er das Foto Olja Werejskajas. Er riß es ab und warf es unter den Tisch. Der Sohn regte sich nicht, blieb teilnahmslos auf dem Bett liegen.

»Ich finde«, sagte Iwan Iwanowitsch, »daß es dann schon besser ist, wenn du dich wegscherst ...«

Andrej erhob sich langsam von seinem Bett –

»Bitte schön, das sollst du gleich haben!« sagte er gleichmütig.

Und er rannte aus dem Zimmer, aus dem Haus, auf die Straße, um die Ecke.

Wie Andrej im ersten Gymnasialjahr, wenn ihn Traurigkeit überkam, jedesmal das Bedürfnis verspürt hatte, seine Hosen aus Vorgymnasialzeiten anzuziehen, so suchte er jetzt, da das Universum seine Leere zeigte wie das erste Gymnasialjahr, Zuflucht in der Kindheit. Er ging nach Tschertanowo. Wie zuvor lagen an der Brücke die vergessenen Prellsteine. Wie zuvor stand da der Salzspeicher. Andrej ging in die Ruine des Speichers hinein. Regen tröpfelte. Die Fenster und Türhöhlen waren mit Holunder zugewachsen. Im Speicher war es dunkel und trocken. Eine halb verrottete Eichentreppe führte in den Keller hinab. Andrej setzte sich auf einen Stein, der ihm, von der Zeit abgeschliffen, noch aus der Kindheit in Erinnerung war, er dachte darüber nach, daß seine Zeit in zwei Hälften zerfiel: mit dem Gymnasium und dem Zuhause war es vorbei, weder nach Hause noch ins Gymnasium führte ein Weg zurück – ein neues Leben mußte begonnen werden, und es begann jetzt, hier im Speicher ... Der Vater hatte sich – und er glaubte schon immer so von ihm gedacht zu haben – als Schwätzer und Verräter entpuppt. Zu Valentina Alexandrowna zu gehen, seine Schuldlosigkeit zu erklären und nichtsdestoweniger um Verzeihung zu bitten erschien sinnlos, da das Leben in zwei Teile zerrissen war. Iwan, sein Kindheitsfreund – wenn er dazu imstande war, ohne sich seine Erklärung anzuhören, wenn er jede Erklärung ablehnte, was war er dann für ein Freund? – obwohl er natürlich recht hatte, Iwan ... Heute noch würde Olja von allem erfahren ... Wennschon! Ihr Foto war sowieso zerrissen. Ein neues Leben mußte begonnen werden, und darüber war nachzudenken. Was tun? Als Maurer gehen? als Vagabund ...? Die Gedanken fügten sich nicht zueinander.

Von einem zerfallenen Fenster, unter Holunder hervor sahen

Andrej zwei Katzenaugen an. Andrej hatte nicht gehört, wie die Katze auf das Fenster geklettert war, er hatte nicht nach dem Fenster gesehen, er hatte den fremden Blick verspürt. Andrej wandte sich um. Die Katzenaugen erstarrten. Die Katze brauchte lange, um sich auf den reglosen Andrej einzustellen. Sie sprang lautlos in den Speicher, blieb eine Weile stehen, stieg die halb verrotteten Stufen in den Keller hinab. Es war eine alte und verwilderte Katze. Sie blieb lange im Kellerloch. Sie kam wieder zum Vorschein, betrachtete Andrej lange und kam mutig auf ihn zu, umschmeichelte ihn, schmiegte sich an sein Knie, machte den Rücken krumm, schnurrte. Von Zärtlichkeit erfüllt, streckte Andrej die Hand aus, um die Katze zu streicheln – die Katze sprang zurück, preßte zornig die Ohren an den Kopf, flüchtete sich ins Kellerloch. Sie verließ es nicht mehr. Ein paarmal kam sie auf die oberste Stufe, betrachtete Andrej – aus dem Kellerdunkel leuchteten die grünen Lichter der Katzenpupillen auf. Ihm wurde es unheimlich vor der Katze, die ihm für einen kurzen Moment etwas von der Zärtlichkeit gebracht hatte, deren er so bedurfte ... Draußen goß es. Andrej spürte ganz real, wie kalte Tropfen dem Vagabunden hinter den Kragen rannen ...

Um fünf Uhr nachmittags, bereits im Dunkeln, erschien Andrej in Nikita Sergejewitschs Haus, bei Anna. Lange stand er vor Annas Fenster in der Dunkelheit des Hofes. Anna war für ihn ein Denkmal der Kindheit. Bei Anna war alles geradlinig, ehrlich und sauber – wie sehr brauchte Andrej Sauberkeit und Ehrlichkeit! – er dachte nicht darüber nach und stellte sich nicht die Frage, weshalb er ausgerechnet Anna jetzt sehen wollte.

»Hast du nichts über mich gehört?« fragte Andrej. »Nein? Na, das kommt noch. Gib mir Klims Adresse, ich will zu ihm.«

Anna fragte ruhig:

»Was ist passiert? Phantasierst du wieder mal?«

»Du erfährst es schon noch«, antwortete Andrej. »Lach nicht über meine Einfälle, ich kann nichts dafür. Gib mir Klims Adresse, es fällt mir schwer, darüber zu sprechen ... Ist bei dir alles in Ordnung? Kummer hast du keinen? ... Wenn du über mich reden hörst, dann sollst du wissen, daß es ein Zufall war, daß ich kein Verräter bin ... Bitte, gib mir doch die Adresse ... Wie? Napolnaja-Straße 17? ... Vor mir haben selbst Katzen Angst, eine kam zu mir ran, rieb sich an meinem Bein und riß aus, als ich die Hand ausstreckte ... Du sollst keinen Kummer haben ...!«

»Phantasierst du wieder?« fragte Anna.

»Nein!« rief Andrej und rannte aus Annas Zimmer, aus Nikita Sergejewitschs Haus.

Nach acht – in Tschertanowo, am äußersten Ende des Dörfchens – klopfte Andrej an das Schulhausfenster des Lehrers Grigori Wassiljewitsch Sosnin. Alles der Reihe nach erzählte er Grigori Wassiljewitsch. Grigori Wassiljewitsch hörte schweigend zu, aufmerksam, ohne ihn mit Fragen zu unterbrechen, dann sagte er:

»Gut. Bleib hier.«

»Und Sie geben mir Ihr Wort, daß Sie niemandem – auch meinem Vater nicht – sagen werden, daß ich bei Ihnen bin?«

»Ja. Kannst in der Bibliothek wohnen, Bücher lesen, nachdenken. Jetzt essen wir Abendbrot, dann versorgen wir Kuh und Pferd zur Nacht.«

Grigori Wassiljewitsch sprach mit deutlicher Artikulation des unbetonten o, bedächtig, ruhig. Sie bereiteten zusammen das Abendbrot, wärmten Buchweizengrütze mit Schweinegrieben auf – Grigori Wassiljewitsch sagte:

»Weißt du nicht, wie man Grieben macht? Schau her, immer auf der Pfanne umrühren, morgen kannst du selber welche machen.«

Mit Laterne und Eimern gingen sie zusammen auf den Hof, holten im Regen Wasser vom Brunnen und Heu vom Heuboden, tränkten die Tiere, warfen ihnen Futter vor, Grigori Wassiljewitsch setzte sich zur Kuh, begann sie zu melken, sagte:

»Kannst du nicht? Versuch's, üb dich – schmier dir Vaseline an die Finger ...«

Sie legten sich schlafen. Andrej richtete sich in der Schulbibliothek ein, im großen Zimmer, auf dem Sofa am Ofen. Zwei Wände des Zimmers gingen nach dem Feld, und die ganze Nacht rauschte draußen, vom Wind umblasen, der Regen über die Wände – unvertraute Geräusche für Andrej. Der Morgen nahm einen ungewohnten Anfang. Andrej begann ein neues Leben und fühlte sich ihm bereits zugehörig. Gleichberechtigt mit Grigori Wassiljewitsch versorgte er das Vieh, heizte den Ofen, trank Tee, schälte Kartoffeln für die Suppe zum Mittagessen. Alles war klar. In der Schule hatten sich die Dorfkinder versammelt, Grigori Wassiljewitsch ging ins Klassenzimmer. Nachdem sich Andrej in der Bibliothek ein Dutzend Bücher zum Lesen bereitgelegt hatte, setzte er sich, allein geblieben, munter an den Tisch, um einen Brief an Klimenti zu schreiben. Er schrieb ›lieber Freund‹ und strich es wieder durch – ›Freund meiner Kindheit‹ – ›lieber

Freund meiner Kindheit‹ – einfach ›Freund‹ – einfach ›Klim‹ ... – Draußen war das leere nasse Feld. Wie in der Nacht rauschte der Regen über die Holzwände ... Andrej bemerkte nicht, wie die Tinte an seiner Feder längst getrocknet und das Papier feucht geworden war von seinen Tränen. Über ›Freund Klim‹ gedieh der Brief nicht hinaus ...

Iwan Iwanowitsch Kriworotow erwartete seinen Sohn bis zehn Uhr abends zu Hause, in grausamer Strenge gegen den Sohn, in der festen Absicht, ihn hart zu bestrafen – er wußte sogar den ersten Satz, mit dem er den Sohn begrüßen würde – ›ah, da bist du also, du Milchbart!‹ ... Um zehn war die väterliche Geduld erschöpft. Der Doktor schickte Nastja zu Koschkin und rief selbst, sich für die späte Stunde entschuldigend, bei den Schmutzochs an – Andrej war weder hier noch da. Dreiviertel elf machte sich der Doktor persönlich auf die Suche. Der Sohn war nicht auffindbar. Gegen zwölf war der Zorn des Doktors verraucht, machte der Verwirrung Platz. Um zwölf telefonierte Vater Iwan Iwanowitsch aus der Apotheke, bei Naum Solomonowitsch, mit dem Gymnasialdirektor Walde, entschuldigte sich, bat um ein dringendes Gespräch und wurde nach Mitternacht vom Direktor empfangen. Die ganze Nacht schlief Iwan Iwanowitsch nicht – die ganze Nacht durch dachte er darüber nach, was ihm doch, Teufel noch mal, für Taktlosigkeiten passierten, trotz aller edlen Absichten und seines gutartigen Charakters ... Am Morgen halb neun war Iwan Iwanowitsch ein zweites Mal beim Direktor – in der Aula, nach dem gemeinsamen Gebet, teilte Direktor Walde den Schülern mit, seit gestern früh sei der Gymnasiast Kriworotow verschwunden und über Nacht nicht nach Hause gekommen und wenn jemand seinen Aufenthaltsort kenne, so sei er verpflichtet, dies im Lehrerzimmer zu melden, wo sich im Moment der Vater des Gymnasiasten Kriworotow, Doktor Iwan Iwanowitsch, aufhalte.

Jossif Schiller flüsterte Iwan Koschkin zu:

»Na bitte – hätten wir ihm ein paar in die Fresse gegeben, dann wäre alles in Ordnung, aber du mit deinem ›Boykott‹! ... Vielleicht hat er sich ertränkt?«

Iwan erwiderte nichts, seine Augen sahen Jossif mit klarem Blick an.

Halb eins wurde in der Tschertanowoer Schule zu Mittag gegessen, Andrej hatte Bratkartoffeln zubereitet. Um zwei machte sich Grigori Wassiljewitsch auf den Weg in die Stadt, Zeitungen holen, in den Laden, in die Stadtverwaltung. Andrej bat ihn sehr, sich zu beeilen, Grigori Wassiljewitsch versprach, bis vier zurück zu sein. Andrej legte sich mit Büchern auf das Sofa – und las nicht; er dachte über den Brief an Klimenti nach – und begriff nicht, weshalb er damit nicht zu Rande kam; in Gedanken gelang ihm der Brief so, daß er darin als Held dastand, doch Klimenti mochte Prahlerei ebensowenig wie Anna, als Held fühlte er sich auch nicht im geringsten, und er begriff nicht, wie er im Brief als Held dastehen konnte ...

Nachdem Grigori Wassiljewitsch tatsächlich auf der Post gewesen war, um Zeitungen zu holen, ging er zu Doktor Kriworotow, dem Kurator der Schule, sagte ihm guten Tag, sprach mit ihm im Speisezimmer über das Wetter, bat ihn, ins Arbeitszimmer zu gehen, und sagte ohne Hast:

»Ich habe Andrej mein Ehrenwort gegeben, daß ich niemandem sagen werde, wo er sich befindet. Ich tat es, nachdem ich mir seine ganze Geschichte angehört hatte und ihm keine Schuld geben konnte, ebensowenig wie ich seinen Freunden aus dem Gymnasium Schuld gebe ...«

Iwan Iwanowitsch sog die Luft pfeifend ein und stieß sie durch die Nase wieder aus, trommelte mit den Fingern auf sein Knie, schlug die Beine übereinander, gab noch ein pfeifendes Nasengeräusch von sich und sagte ironisch:

»Demnach bin also ich schuld! ...«

»Ja.« Grigori Wassiljewitsch ließ sich mit der Antwort Zeit. »Ebendeshalb habe ich Andrej mein Wort gegeben, und Sie werden sicherlich einsehen, daß es mir als Volkslehrer nicht ansteht, unpädagogisch zu handeln. Und mir helfen.«

Grigori Wassiljewitsch verstummte. Auch Iwan Iwanowitsch schwieg.

»Was erwarten Sie von mir? Daß ich mich bei meinem eigenen Sohn entschuldige?« fragte Iwan Iwanowitsch nur noch mit einem Rest von Ironie. »Wo hält er sich denn versteckt?«

»Ich denke, sich entschuldigen ist eigentlich eine veraltete Form ... Nicht heute, aber morgen – damit Andrej Zeit zum Überlegen hat – sollten Sie sich mit ihm treffen und sich aussöhnen, indem Sie Ihren Fehler eingestehen, und Sie sollten dafür sorgen, daß es die Klasse erfährt, denn der Klasse gegenüber trägt er keinerlei Schuld ...«

Grigori Wassiljewitsch verstummte. Auch Iwan Iwanowitsch schwieg.

»Sie meinen – morgen? Geht es nicht schon heute?« fragte Iwan Iwanowitsch bereits ohne jede Ironie und wehmütig. »Wo ist er denn?«

»Nein, besser morgen, damit die Klasse vorher Bescheid weiß. Er ist bei mir. Und Sie sollten wie zufällig bei mir vorbeikommen.«

»Gut. Ich komme ...«

Am Abend dieses Tages kam Anna zu Grigori Wassiljewitsch. Sie war bei Grigori Wassiljewitsch wie zu Hause. Sie säuberte sein Zimmer, machte Speckgrieben und heizte den Samowar. Sie wunderte sich nicht, Andrej hier anzutreffen – als er sie sah, war er verwirrt und sehr froh.

»Hast du an Klim geschrieben?« fragte sie.

»Nein ...«

»Ich habe geschrieben, ich habe gehört, was mit dir war.«

Anna fragte nach nichts, sie redete, als wäre nichts geschehen. Andrej blieb unklar, ob sie ihn verurteilte oder nicht.

»Ich schreibe ihm noch, und ich fahre zu ihm, ich werde mit ihm zusammen arbeiten ...«

Anna antwortete nicht gleich.

»Kaum«, sagte sie. »Grigori Wassiljewitsch meint, das hat keinen Zweck, aber ich finde, vielleicht wäre es nicht verkehrt hinzufahren.«

Sie aßen zu Abend und tranken Tee als gleichberechtigte Mitglieder einer Familie. Andrej wunderte sich, wann denn Anna Zeit gefunden hatte, mit Grigori Wassiljewitsch über ihn zu sprechen – und beriet sich Grigori Wassiljewitsch denn mit ihr? Den Tee goß Grigori Wassiljewitsch ein. Anna und Grigori Wassiljewitsch verstanden einander ohne viele Worte. Anna kam hierher, um ein bißchen zu sitzen und neue Bücher zu holen. Beim Weggehen, im Flur, sagte sie zu Andrej:

»Weißt du, Andrej, beim Menschen muß – wie soll ich es dir sagen –, Klarheit muß bei ihm herrschen, und er muß wissen, was nebensächlich ist, muß sich mäßigen können ... Bei dir ist immer nur ich und ich und was ist mit mir. Das ist aber nicht die Hauptsache. Denk mal darüber nach und denk auch an die anderen, wo du doch im Gymnasium bleibst.«

»Ich habe gar nicht die Absicht zu bleiben.«

»Das sind doch Phantastereien, du wirst schon bleiben ...«

In der Nacht warf sich nur der Wind gegen die Balkenwände, heulte unter dem Dachvorsprung – Regen fiel nicht, es hatte sich abgekühlt. Die Lampe leuchtete nicht das ganze Zimmer aus. Das Sofa in der Ecke und er selbst darauf kamen Andrej sehr klein vor. Wehmütig wurde ihm der Unterschied zwischen diesem Sofa und seinem Bett zu Hause bewußt. Am Morgen wachte er mit dem Gefühl auf, er müsse sich anziehen und sich beeilen, seine Lehrbücher zusammensuchen und ins Gymnasium gehen. Draußen war das leere Feld. Der Tag, der vor ihm lag, war wie das Feld. Andrej überlegte, er könne ja nicht ewig bei Grigori Wassiljewitsch bleiben. Würde er denn wirklich auf den Bahnhof gehen und sich eine Fahrkarte nach dem Ural kaufen müssen? Schrecklich, daran zu denken. Oder würde er nach Hause zurückkehren und sich dem Willen seines Vaters unterwerfen müssen? – und als Lump, den die anderen boykottierten, ins Gymnasium gehen, um sich zu Schmutzochs auf die Bank zu setzen – das war ihm ja so vertraut.

In der Dämmerung kam der Vater angefahren – dieser Schwätzer und Spießer. Und alles lief ganz anders ab, als Andrej es sich hätte vorstellen können: der Vater brach in Tränen aus, als er seinen Sohn sah, mit flehentlicher Gebärde streckte er die Hände aus, und der Sohn stürzte los, um den Vater zu umarmen – diesen alten, unglücklichen, natürlich sehr geliebten, einzigartigen Vater, an dem ihm selbst die Fehler lieb waren ... Vater und Sohn fielen sich weinend in die Arme. Der Vater sagte zum Sohn, daß er, der Vater, sich im Unrecht fühle und alles tun werde, um die Beziehungen des Sohnes zu seiner Klasse in Ordnung zu bringen. Der Sohn fühlte sich beschützt. Der Vater sagte zum Sohn, er, der Sohn, möge noch einen Tag bei Grigori Wassiljewitsch bleiben, der Vater erklärte nicht, weshalb, doch der Sohn vertraute ihm, daß es gerade so sein mußte, und gehorsam blieb er. Der Vater fuhr davon. Andrej und Grigori Wassiljewitsch bereiteten gemeinsam das Abendessen zu, verrichteten das Notwendige auf dem Hof, doch ein Sinn lag nicht mehr darin, die Speckgrieben machte Grigori Wassiljewitsch. Am Morgen, vor Beginn des Unterrichts im Gymnasium, fuhr an der Tschertanowoer Schule die Schmutzochssche Kalesche vor, in der Kalesche saßen Leopold Schmutzochs, Jossif Schiller und Anton Kazaurow – sie kamen Andrej abholen, Andrej trat ihnen als froher Einsiedler entgegen. Die Klasse empfing ihn mit Willkommensgeheul, Händedrücken, Schulterklopfen – alle bis auf Iwan Koschkin. Iwan reichte Andrej nicht als erster die Hand, Andrej reichte Iwan nicht als erster die Hand – sie begnügten sich mit einer Verbeugung ohne

Lächeln. Die Lehrer witzelten wohlwollend über Andrej – alle bis auf Valentina Alexandrowna. Zu Hause gab es Apfelkuchen. Über dem Tisch in Andrejs Zimmer hing Olja Werejskajas Foto am alten Fleck. Der Vater bot eine Schachpartie an … Auf dem Heimweg hatte er Olja Werejskaja getroffen, sie ging mit ihrem Vater, dem Fürsten, spazieren – Andrej hatte sich verbeugt, dabei zweimal seine Mütze korrigierend, was ›warte auf ein Zeichen‹ bedeutete. Olja hatte ihre Lippen berührt, was ›achte auf die Lampe‹ bedeutete. Um sechs lief Andrej für eine halbe Stunde aus dem Haus und ging am Fürstenhaus vorbei – im Zwischengeschoß stand die Lampe mit dem weißen Schirm im mittleren Fenster, was ›bin morgen im Kino‹ bedeutete. Der Vater bot noch eine Schachpartie an. Alles war in bester Ordnung …

In der Nacht, in seinem Bett, zufrieden mit allem, überkam Andrej plötzlich das Gefühl, daß er irgendwo doch ein Schuft war und ringsum Schuftigkeit herrschte. Andrej überlegte – worin liegt diese Schuftigkeit? woher kommt sie? – und fand es nicht heraus. Er ging in seinem Gedächtnis diese vier Tage durch. Die Katze im Speicher hatte auf einmal Ähnlichkeit mit Iwan Koschkin – beide waren gleichermaßen unheimlich. Valentina Alexandrowna – großmündig, gepudert – erschien ihm plötzlich wie ein Frosch, mit Froschblut, obgleich sie stockdürr, wie sie war, in Wirklichkeit einer Krähe ähnelte. Keine Schuftigkeit war lediglich in der Umgebung zweier Menschen – Grigori Wassiljewitschs und Annas. Andrej wußte nicht den Grund, doch ihm war klar, daß er sich irgendwo und irgendwie bessern mußte – etwas mußte grundlegend verbessert werden, sonst würde es ihm schwerfallen, Anna unter die Augen zu treten. Ihm fiel ein, daß sie – Iwan Koschkin, Leopold und er – sich ihres Gewissens hatten entledigen wollen – und Scham befiel ihn.

Zehn Tage danach traf Andrej auf der Straße Anna. Anna sagte:

»Du hast Klim also doch nicht geschrieben, und bei Grigori Wassiljewitsch und mir hast du dich nicht einmal blicken lassen. Schade.«

»Woher willst du wissen, daß ich nicht geschrieben habe? Und zu euch will ich ständig.«

»Ich habe Klim von dir geschrieben und wie man dich sogar zum Helden gemacht hat. Klim hat mir geantwortet, er meint, es ist nicht gut, daß es in deinem Leben so wenig Hindernisse gibt …«

»Ich bin überhaupt kein Held.«

»Natürlich nicht«, sagte Anna schlicht.

Im Gymnasium sprach Andrej nicht mit Iwan, und Iwan sprach nicht mit Andrej. Das zweite Quartal war vorüber, überirdische Mächte hatten Andrej vor Zweien bewahrt. Man genoß die Freuden der Weihnachtszeit. Das dritte Quartal begann – ›die Sonne schon sommerlich, der Winter noch frostig‹ –, die Tage nahmen deutlich zu, und die Arbeitszeit verkürzte sich dadurch. Die Begriffe von Freundschaft gewannen nach den herbstlichen Ereignissen für Andrej an Größe. Freundschaft war nach Andrejs Normen eine ritterliche Eigenschaft, anerzogen von Ostap Bulba, Taras' Sohn. Und auf dem Otkos, als die Gymnasiasten einmal in einer Freistunde spazierengingen, um die Mittagszeit, bei fröhlichem Februarfrost, sagte Leopold, den Blick auf die Felder hinter dem Podol gerichtet, auf jene verschneiten Weiten, an denen man sich die Augen schneiden konnte, zu Andrej:

»Weißt du, Andrjuscha, ich werde mich wahrscheinlich bald erschießen.«

Es war in einer Freistunde nach der großen Pause.

Erregt drang Andrej in Leopold.

»Was ist los, Leo? – wie kommst du auf die Idee!? erklär mir das doch ...!«

Leopold sagte kein Wort mehr, hüllte sich in Schweigen. Andrej war empört. Sie mußten zurück ins Gymnasium. Nach dem Unterricht blieben sie jetzt immer noch zu Proben für die Aufführung zum Faschingsball. Der Tag hatte bereits um etwa anderthalb Stunden zugenommen – Leopold kam bei Sonnenuntergang nach Hause.

Die Mutter stand am Fenster im Wohnzimmer. Das Zimmer erfüllte dichtes Dämmerlicht, draußen ergoß sich dichte Bläue, golden leuchtete eine Wolke am Himmel. Im Zimmer lagerte die Stille geheizter Öfen und der Ruhe. Das Gesicht der Mutter war nicht zu sehen, lediglich ihre Silhouette. Sie sah zum Fenster hinaus, ohne das Kommen des Sohnes bemerkt zu haben. Der Kopf war geneigt, die Schultern unter einem schweren Plaid herabgesunken. Leopold lief auf die Mutter zu und schmiegte den Kopf an ihre Brust.

»Mama, Mama, wie ist es doch schrecklich – das Leben! ... Verzeih mir, ich beobachte dich. Jeder Tag, jede Stunde ist dem Menschen gegeben, daß er sie lebt. Danach kommt der Tod. Du stehst morgens auf, um mich und Papa zu verabschieden, und du hast so lange Tage vor dir, einer wie der andere. Wie soll ich es ausdrücken ... Wir alle, wir alle müssen sterben – und jede deiner Minuten ist ein Schritt auf den Tod zu ... Ich weiß, warum du Englisch lernst und dich genierst, mit mir Englisch zu sprechen, weil du die Wörter nicht aussprechen kannst – du tust das nur, um die leere Zeit auszufüllen, du hast ja nichts zu tun ... Das ist gräßlich – leere Zeit! Darum liest du meine Bücher, darum gehst du mit mir Schlittschuh laufen – das alles interessiert dich gar nicht, du schlägst die Zeit tot. Ich finde nicht die rechten Worte, das ist gräßlich! ... Wenn ich für dich sterben könnte, Mama ...«

An diesem Abend war die Mutter aktiv. Sie ging allein zum Otkos, spazierte lange über den frostigen Otkos, entschlossenen Schrittes, in der Mondesstille. Herr Schmutzochs war nicht zu Hause. Das heftige Gefühl der Einsamkeit verursachte ihm wieder einmal Schwermutsanfälle, und an diesem Abend war er zu Werejski Wint spielen gefahren – zur Butterwoche hatte er vor, nach Moskau zu fahren. Leopold saß in seinem Zimmer, über den Hausaufgaben und danach mit einem Buch. Das Haus atmete Stille und Wärme, wie der Kater auf dem Ofen ruhte es sich aus im Dunkel der nicht entzündeten Lampen.

Herr Schmutzochs telefonierte:

»Mariechen, ich spiele Wint beim Fürsten. Laß das Pferd anschirren, komm auch her. Hier gibt es leckere Sachen aus Petersburg, von Jelissejew. Wir erwarten dich!«

»Ja, ich komme«, antwortete Frau Schmutzochs – und ging den ganzen Abend im dunklen Wohnzimmer hin und her, ohne Licht zu machen, in die Decke gehüllt. Der Sohn blieb die ganze Zeit in seinem Zimmer.

An diesem Abend hatte Andrej auf der Probe im Gymnasium zu tun, man ließ ihn nicht weg, ihn trieb es zu Leopold. Leopold hätte ins Gymnasium kommen müssen und war nicht gekommen. Um zehn wurde bei den Schmutzochs das Tor verschlossen.

Den Morgen nahm Leopold im Zeichenunterricht bedächtigen Auges Maß am Zeuskopf, um ihn aufs Papier zu bringen, er war ruhig und schweigsam. In der zweiten Stunde – in Physik – steckte Leopold Andrej unter der Bank sein Tagebuch zu, in dem auf einem extra Blatt geschrieben stand:

› ... es gibt Dinge, die jeder für sich allein entscheiden muß, denn diese Dinge betreffen nur eines – auf eigene Art über Liebe und Tod zu entscheiden ... Mit diesen Dingen bestimmt der Mensch sein Verhältnis zu einem anderen Menschen. Und dann werden die Leiden, die Zukunft des Menschen, ja selbst seine Umgebung völlig bedeutungslos ...‹

»Was hat das zu bedeuten?« flüsterte Andrej auf seiner Bank.

Leopold gab keine Antwort.

In der fünften Stunde hatten sie Unterricht bei Valentina Alexandrowna. Andrej schützte Krankheit vor und verließ das Gymnasium vor der fünften Stunde. Er ging zu Frau Schmutzochs. Er war endgültig verwirrt – er merkte gar nicht, daß er fast genauso wie sein Vater handelte, der mit seinem Bericht in den Pädagogischen Rat gekommen war, Andrej war sich lediglich unsicher, ob er ihre Freundschaft verriet oder nicht. Ohne Vorrede sagte er:

»Wissen Sie, Maria Adolfowna, gestern bin ich mit Leo auf dem Otkos spazieren gewesen, und er hat mir wortwörtlich gesagt – ›weißt du, Andrjuscha, ich werde mich wahrscheinlich bald erschießen‹ ... Auf meine Fragen schwieg er. Und heute gab er mir einen Auszug aus seinem Tagebuch, eine Philosophie, von der ich nicht begriffen habe, worauf sie hinausläuft. Ich habe meine Erfahrungen gemacht, und alles im Leben ist nichtig, wie das mit der Französischlehrerin. Aber das Nichtige kann zur Katastrophe werden.«

Ins Zimmer drangen Frost und Licht durch die Schachtelhalme voreiszeitlicher Epochen an den Fenstern, im Zimmer war weißes, sehr grelles Licht. Der Frost an den Fenstern erschien kalt und leer. Alle Fältchen an den Augen und den Schläfen von Frau Schmutzochs traten plötzlich sehr deutlich hervor. Das Umschlagtuch fiel ihr von den Schultern. Frau Schmutzochs schrie auf wie eine Köchin:

»Finden Sie heraus, was mit ihm ist! – auf der Stelle! – finden Sie es heraus, koste es, was es wolle! – gehen Sie! finden Sie es heraus!«

Einen Augenblick lang kam Andrej sich wie ein Mushik vor. Frau Schmutzochs hatte sich wieder in der Hand, lyrisch ließ sie sich auf das Sofa sinken.

»Andrjuscha, mein Guter, Sie sind sein Freund, er ist mein einziger ... Andrjuscha, mein Guter, finden Sie heraus, was mit ihm ist, tun Sie es um der Liebe einer Mutter willen ...«

Leopold kam an diesem Tage nach dem Unterricht gesammelt und bedächtig nach Hause wie immer. Die Mutter sah durchs Fenster, wie er, vom Schlitten steigend, die Hand an den Mützenschirm legte und sich vor dem Kutscher Iwan verbeugte. Die

Mutter begrüßte den Sohn in der Diele. Der Sohn legte bedächtig ab.

»Guten Tag, Mama«, sagte er.

Er ging in sein Zimmer, die Mutter folgte ihm. Die Mutter schloß die Tür hinter sich, das Plaid glitt ihr von den Schultern. Sie streckte dem Sohn die Hände entgegen, sie legte ihm die Hände auf die Schultern, mit zusammengekniffenen Augen sah sie in die Augen des Sohnes. Die Mutter schien kraftlos und entschlossen. Der Sohn umarmte die Mutter. Der Sohn begann mit seinen Lippen die Lippen der Mutter zu suchen. Der Sohn stammelte:

»Mama, Mama, liebste, liebste ...«

Und der Sohn stieß die Mutter fort, faßte sich an den Hals, drückte seinen Hals mit den Händen zusammen, ging wie ein geprügelter Hund zum Bett, fiel mit dem Gesicht aufs Kissen.

Der Sohn schrie auf:

»Geh weg, Mama! Mama, geh weg, geh weg, ich bitte dich, Mama!«

Die Mutter ging nicht. Frau Schmutzochs deckte ihren Körper über den Kopf des Sohnes, um ihn zu schützen wovor auch immer. Und Frau Schmutzochs schrie, wieder wie eine Köchin:

»Was willst du, Leo, mein Sohn, mein geliebter Sohn, was willst du? – Ich tue alles für dich! Sag mir doch, so sag mir doch, was mit dir ist, ich tue alles, was du willst!«

Leopold machte seinen Kopf frei von der Mutter, um bequemer atmen zu können. Er schwieg, er sagte:

»Aber du darfst es nie Papachen sagen, kein Wort. Schwöre es!«

»Ich schwöre es!« sagte die Mutter.

Die Mutter machte sich bereit, ihn anzuhören. Aus dem Munde des Sohnes kamen nur wirre Satzbrocken –

»Ich kann dir nichts erzählen, Mama. Ich kann es nicht, versteh mich. Geh weg, sofort. Gleich kommt Papachen. Ich werde nichts gegen deinen Willen tun, das verspreche ich dir. Geh weg, Mama.«

Der Vater war tatsächlich eingetroffen, die Mutter ging ihm ohne Plaid entgegen. Der Gatte betrat das Speisezimmer, er rieb sich die Hände vor Kälte und im Vorgenuß des Essens. Der Sohn küßte dem Vater die Hand, der Vater küßte den Sohn auf die Stirn.

Andrej hatte an diesem Tag das Haus der Schmutzochs nach

dem Gespräch mit Leopolds Mutter verlassen, wie der Septemberwind weht – ohne Sinn und Richtung. Zu Hause, in seinem Zimmer, flogen die Bücher vom Tisch in die Ecken – damit er ungehinderter nachdenken konnte. Bald saß Andrej am Tisch, den Kopf in die Hände gestützt, bald legte er sich mit Schuhen aufs Bett, bald rannte er, energisch ausspuckend, im Zimmer hin und her, bald setzte er sich, um eine Tagebucheintragung zu machen – das Tagebuch hatte er sich nach den Herbstereignissen zugelegt. Andrejs Haare starrten nicht mehr nihilistisch, sondern wie bei einem Stachelschwein. Andrej litt unverkennbar. Es klingelte am Haupteingang, jemand hatte am Strick gezogen, im Flur schellte das Waldaiglöckchen. Die verwunderte Nastja sagte:

»Andrjuschka, die Schmutzochssche Herrin möchte dich sprechen, sie will zu dir.«

In der Tat, Frau Schmutzochs war gekommen, sie stand, ohne abzulegen, in der Tür von Andrejs Kammer. Sie war voller Demut, Frau Schmutzochs. Wie einen Erwachsenen und Verschwörer bat sie Andrej, alles aus Leo herauszubekommen. Sie verschwor sich mit Andrej – sie wollte für den Abend mit ihrem Mann zu Direktor Walde zu Besuch fahren, damit Leo allein blieb und Andrej mit ihm offen reden konnte. – Die Mutter hatte inzwischen die Tagebucheintragung des Sohnes über den Tod an sich gebracht und gelesen.

Andrej wollte nicht so verfahren, wie es während der Herbstereignisse Iwan Koschkin mit ihm getan hatte. Zur vereinbarten Zeit machte er sich auf den Weg zu Leopold – um kategorische Fragen der Freundschaft zu stellen und seine Rechte als Freund einzufordern. Das Gespräch fand statt. Leopold stand am Ofen, Andrej rannte im Zimmer hin und her, stürmte auf Leopold ein. Das Haus verharrte in Stille und Wärme, draußen knackte es ab und an frostig, in der Küche sang der Hausmeister gemächlich seine Lieder, da die Herrschaft nicht zu Hause war. Andrejs teufelartiger Schatten huschte über die Wände und die Decke.

Und Leopold erzählte seine Geheimnisse.

»Ja, ich will mich erschießen«, sagte er, »denn mir ist eine schreckliche Sache passiert, die ich nicht erklären kann und gegen die ich nicht ankomme. Ich liebe meine Mutter. Nein, Moment. Du liebst Ljolja Werejskaja, die das nicht einmal weiß, aber du liebst sie als Ideal – und du machst dich an euer Stubenmädchen Nastja heran. Ich habe niemals irgendwelche Ljoljas geliebt, ich habe mich niemals an Frauen herangemacht, weil ich das widerlich finde und völlig darauf verzichten kann ... Also, genauso wie du Ljolja und dein Stubenmädchen liebst und wie Iwan Koschkin Dirnen aus dem Puff liebt, liebe ich meine Mutter, bloß weitaus stärker. Ich liebe sie mehr als mein Leben, mehr als alles auf der Welt und weitaus mehr als mich selbst. Ich empfinde Scham und Pein. Ich bete meine Mutter an wie einen Gott, das Beste, was es nur geben kann, ist sie für mich, doch wie oft bin ich wie zufällig ins Bad gegangen, wenn sich Mama wusch – sie genierte sich nicht vor mir, ich tue es nicht mehr, denn ich habe Angst, es könnte mir das Herz zerreißen ... Und ich könnte meinen Vater umbringen vor Eifersucht und Haß – und ich würde ihn umbringen, wenn ich nicht wüßte, daß er vom Marfin Brod bis Moskau überall seine Mätressen sitzen hat und meine Mutter in Ruhe läßt ...«

Leopold stand reglos am Ofen, sprach, als beantworte er eine Unterrichtsfrage, weinte. Sein erstarrter Blick war aufwärts gerichtet, und über seine Wangen flossen Tränen. Andrej lief im Zimmer auf und ab und wischte sich ebenfalls mit den Fäusten die Augen, damit ihn die vermeintlichen Tränen nicht störten. Von Zeit zu Zeit verfielen die beiden Gymnasiasten in langes Schweigen. Andrej umarmte von Zeit zu Zeit Leopold, von Zeit zu Zeit lief er in der Küche Wasser trinken, saß lange rittlings auf seinem Stuhl, den Kopf auf die Lehne gelegt, niedergedrückt von Kummer und der Unglaublichkeit des Gehörten.

»Halt, Moment, laß uns vernünftig darüber reden!« rief Andrej manchmal und fand nicht die rechten Worte. »Du ... ich ...« – und er lief durchs Zimmer, seinem Schatten nachjagend und den Kopf schüttelnd, als wolle er seine Gedanken abwerfen. »Du ... – du kannst doch aufhören, sie zu lieben ... Ach, Unsinn! ... ich ...«

»Ich muß mich erschießen«, sagte Leopold, »denn etwas anderes will mir nicht einfallen. Ich kann nicht meine Mutter beanspruchen wollen, ich kann nicht meinen Vater umbringen ... Aber vielleicht kann ich doch beides tun, denn ich träume davon, meine Mutter zu besitzen und meinen Vater umzubringen. Ich dachte, ich verstehe überhaupt nichts ... Mein ganzes Leben stand mir meine Mutter am nächsten, und jetzt kann ich ihr nichts sagen, weil ich es nicht fertigbringe, ihr Schimpf anzutun ... Und ich tue ihr Schimpf an, weil ich sie nicht als meine Mutter, sondern wie eine Geliebte küsse! ...«

Andrej schüttelte Gedanken von seinen Haaren ab und sagte: »Halt, Moment mal, laß uns vernünftig darüber reden. Wir müssen darüber reden. Das widerspricht doch der Natur – seine Mutter lieben. Ich kann das nicht begreifen. Entschuldige, das ist doch scheußlich und überhaupt abstoßend, selbst ästhetisch betrachtet, außerdem widerspricht es der Natur ... Das ist ja schon Supernietzscheanismus ... Ach, Unsinn! ... ich ...«

»Ich muß mich erschießen«, wiederholte Leopold immer wieder und weinte.

Am Haupteingang läutete mit geübter Hand Herr Schmutzochs. Der Verabredung mit Frau Schmutzochs entsprechend, durfte Andrej dem Hausherrn nicht unter die Augen kommen – durch die Küche machte er sich eilig auf den Heimweg. Zum Abschied küßte er Leopold, wischte sich die Augen und flüsterte im Gehen:

»Halt, Moment mal ... Gib mir dein Wort, daß du dich nicht erschießt, bevor wir alles richtig beredet haben ... Ach, Unsinn! ... Gib mir eine Woche zum Überlegen.«

Andrej lief davon.

Herr Schmutzochs betrat das Zimmer des Sohnes.

»Du schläfst nicht, wie ich sehe.«

»Nein.«

»Bei dir war jemand da, wie ich sehe.«

»Niemand war da.«

»Was ist das für eine Art zu antworten – weshalb die Tränen?«

»Die Art, die ich für nötig halte! die ich für nötig halte, hören Sie!« schrie Leopold. »Die ich für nötig halte! ...«

Leopold stürzte zum Bett und ließ sich mit dem Gesicht aufs Kissen fallen.

Am nächsten Morgen fuhr Herr Schmutzochs nach Moskau.

Bevor er zu Bett ging, sagte er im Schlafzimmer, während er sein langes deutsches Nachthemd anzog, mit Bedacht und halblaut zu seiner Frau:

»Ich denke, Mariechen, für unseren Jungen wird es Zeit ... nun, gestatte mir, mich in der Fabrik nach einem gutgebauten und hübschen russischen Mädchen umzusehen, man kann sie zur Untersuchung zu Doktor Kriwotorow schicken – und dann mag unser Junge ... es wird Zeit für ihn ...«

Frau Schmutzochs bekam einen hysterischen Anfall wie soeben der Sohn.

Verwirrt von Leopolds Eröffnung, war Andrej, nachdem er den Freund verlassen hatte, über den Otkos gegangen, um wieder einen klaren Kopf zu bekommen. Der Mond goß sein Licht über die Weite, der Frost streute Diamanten über den Schnee, der unter Andrejs Schritten knirschte. Sein Schatten huschte Andrej wie ein verwaistes Hündchen um die Beine, ebenso verwaist wie seine Gedanken. Andrej begriff nichts und quälte sich. Der Tod des Freundes erschien ihm real, er wollte den Tod des Freundes nicht, körperlich fühlte er, wie der Tod in seine nächste Umgebung eindrang, und er verspürte eine Todesangst, die ebenso grauenhaft war wie sein abendliches Gespräch mit Leopold. Das war unheimlich wie die Katzenaugen im Speicher. Sein gesunder Körper, die Schauer, die ihn überrieselten, vermittelten ihm das Gefühl der Widernatürlichkeit und Scheußlichkeit. Die Stille in Leopolds Zimmer, die Gespräche – hier, auf dem Otkos – erschienen ihm grauenhaft wie die Tropfen des Herbstregens, die dem Vagabunden hinter den Kragen rannen. Andrej hatte Leopold geküßt – und mit seinem gesunden Körper hatte er gespürt, daß es ihm Widerwillen bereitete, diesen hübschen jungen Mann zu küssen, als wäre Leopold innerlich faul. Es war schlimmer, als Valentina Alexandrowna zu küssen, diesen gepuderten Frosch. Neben allem übrigen fühlte Andrej seine Verantwortung für den Freund – und er hätte gern den Helden gespielt, was ihm freilich nicht bewußt war.

Andrej stand lange auf dem Otkos, schaute auf den Schnee hinter dem Podol und wiederholte laut:

»Er muß sich erschießen. Nein. Er muß sich erschießen. Nein ...«

Andrej schlief in seiner Kammer ein, ohne sich auszuziehen, und erwachte am Morgen mit Kopfschmerzen, gedrückter Stimmung, mit einem Gefühl von Unheimlichkeit und Unsauberkeit, besser, man wachte gar nicht auf – mit den gleichen Gefühlen wie am ersten Morgen in der Schule von Tschertanowo. Er erwachte mit einer Entscheidung wie damals in Tschertanowo über sein neues Leben – ja, mochte Leopold sich erschießen, doch im Unbewußten fühlte er, wie in Tschertanowo, daß das nicht kommen würde, auf ihn hörte ja keiner, und die Freundschaft – mit der Freundschaft war es vorbei, es bereitete ihm ein Ekelgefühl, Leopold zu sehen, und doch war er sehr neugierig darauf, mit ihm noch einmal über so ungewöhnliche Themen zu reden. Mit Frau Schmutzochs war vereinbart, gestern schon, als sie zu Andrej gekommen war, daß er heute früh nicht ins Gymnasium gehen würde, Herr Schmutzochs fuhr mit dem Zehnuhrzug nach Moskau, und er, Andrej, wollte halb elf bei Frau Schmutzochs sein, wenn niemand zu Hause war. Andrej ging sich waschen, er wusch sich mit kaltem Wasser, glaubte so, seinem Denkapparat die nötige Frische zu verschaffen. Den Eltern erklärte er, daß er krank sei, der Vater, Doktor Iwan Iwanowitsch, sah sich seine Zunge an, fühlte seinen Puls und befand:

»Ja, ein leichter Belag auf der Zunge. Nimm Rizinusöl.«

Halb elf erschien Andrej, auf dem Umweg durch Hintergäßchen, damit ihn nicht zufällig die Gymnasialaufseher bemerkten, bei Frau Schmutzochs. Er hatte sich seine Worte zurechtgelegt – und sprach ganz anders als gedacht. Plötzlich erzählte er zu seinem Entsetzen alles, wie es wirklich gewesen war – er sprach und war entsetzt darüber, was er sprach, war entsetzt und wütend, weil er entsetzt war, verhedderte sich und erzählte zusammenhanglos, alles der Reihe nach.

Ärgerlich schloß er:

»Ich verrate meinen Freund, ich kann mich jetzt nicht mehr mit ihm treffen, ich habe ihm mein Ehrenwort gegeben, daß alles ein Geheimnis bleibt. Er muß sich erschießen, etwas andres bleibt ihm nicht, soll er ruhig. Um Sie geht es dabei. Ich weise jede Mitschuld an seinem Tod von mir. Er liebt Sie als Frau, er hat Sie heimlich im Bad beobachtet, er ist eifersüchtig auf Karl Gottfriedowitsch. Leben Sie wohl! Sie müssen sich auch erschießen. Leben Sie wohl. Er muß sich erschießen! ... Soll er! ...«

Andrej stand mitten im Zimmer, als er das sagte.

Er rannte hinaus, schniefend versuchte er die Schuhe in die Galoschen zu stecken und bekam sie nicht hinein. Frau Schmutzochs hatte nicht bemerkt, wie Andrej davongerannt war. Sie kam zu sich, als Andrej die Tür am Haupteingang zuschlug. Sie lief ihm nach und holte ihn an der Pforte zur Straße ein, sie schrie ihn an wie eine Köchin:

»Sie werden es nicht wagen, jemals jemandem davon zu erzählen ...!«

Sie gewann die Beherrschung wieder, sie gab sich einen Ruck, sie sagte lyrisch:

»Ja, ja, Andrjuscha, das ist sehr schlimm. Sprechen Sie niemals darüber, zu niemandem ... Sie sollen wissen, ich bin Ihr Freund, selbst wenn Sie Leos Freundschaft verlieren ...«

Frau Schmutzochs zog den Kopf ein, ihre Schultern sanken herab. Sie lächelte, wie man im Traum lächelt. Ihre Brauen rutschten kraftlos weg – und zogen sich sofort wieder in Strenge und Entschlossenheit zusammen. Nachdenklichkeit löste das

Lächeln ab – und wieder kam das Lächeln, wie im Traum. Andrej hatte plötzlich den Eindruck, Frau Schmutzochs sei völlig nackt, er rief:

»Maria Adolfowna! Es ist Frost, Sie haben nichts an, gehen Sie ins Haus!«

Frau Schmutzochs hob stolz den Kopf, stellte sich aus unerfindlichen Gründen auf die Zehenspitzen und rief beinahe übermütig:

»Niemals, zu niemandem, Andrjuscha ...!«

Und sie schlug mit einem lauten Knall die Pforte zu – Andrej blieb draußen auf der Straße, und er kam sich vor wie Kehricht, den man vor die Pforte gefegt hatte.

Nach Hause kehrte Andrej tatsächlich halb krank zurück und legte sich ins Bett. Er bat die Mutter, ihm wie in der Kindheit vorzulesen. Am Abend bedrängte er den Vater, mit ihm Schach zu spielen. Vor dem Schlafengehen bereitete die Mutter in der Küche den Teig für die morgigen Plinsen, Vater und Sohn wichen nicht von ihrer Seite. Doktor Iwan Iwanowitsch setzte der Köchin auseinander, daß es völlig einerlei sei, ob man ein Achtel Hefe nahm oder ein ganzes Pfund, denn Hefe sei nichts anderes als Pilze, die sich blitzschnell vermehrten. Am nächsten Morgen sagte Andrej im Gymnasium zu Leopold kein Wort, und Leopold sagte zu Andrej ebenfalls kein Wort.

Doktor Iwan Iwanowitsch fiel nach zwei Tagen auf, daß sein Sohn Andrjuscha offensichtlich abgemagert war – und in der Abenddämmerung setzte er sich zu Andrej, um mit ihm offenherzig zu reden. Er sprach über das Gymnasium und über das Leben allgemein – »das Leben ist Kampf«, sagte Iwan Iwanowitsch, doch das Leben sei auch ›fortschreitende Entwicklung‹, und danach kam er zur eigentlichen Sache –

»Mir fällt auf, mein lieber Sohn«, sagte Iwan Iwanowitsch, »daß deine Stimmungen mit dem Foto verbunden sind, das über deinem Tisch hängt ... Mit dem Foto von Fräulein Werejskaja ... Ich lasse beiseite, daß du der Sohn eines Arztes bist und den Stolz des russischen Rasnotschinzen besitzt, während sie eine feudale Fürstentochter ist, die feudal erzogen wird, daß ihr also nicht zueinander paßt. Ich möchte von etwas anderem reden, von der Liebe. Die Liebe ist ein natürliches Bedürfnis des Organismus. Wenn du nicht hungrig bist, willst du – eine ganz natürliche Sache – nicht essen, das heißt, essen willst du, wenn du dieses Bedürfnis spürst. So ist es auch mit der Liebe ... Sei mir nicht böse, mein lieber Sohn, ich würde dieses Foto lieber abnehmen, damit es dich nicht beunruhigt ...«

In der Butterwoche gab es Bälle, Aufführungen und Soireen. Am Ende der Butterwoche gewann Andrejs Neugier, was im Schmutzochsschen Haus vor sich ging, die Oberhand über alles andere – zu diesem Zeitpunkt ging auch die Woche zu Ende, die Andrej und Leopold als Bedenkzeit vor dem Selbstmord vereinbart hatten. Im Gymnasium wurde ein Ball gegeben.

Andrej hielt Leopold im leeren Gang an und sagte mit Verschwörermiene:

»Heute ist es genau eine Woche ...«

»Was für eine?« fragte Leopold.

»Nach unserem Gespräch ...«

»Was für einem?« fragte Leopold.

»Na, über den Selbstmord ...«

»Ach ja«, sagte Leopold und faßte Andrej unter. »Wir wollen nie mehr darüber reden – abgemacht? Es muß ein Geheimnis bleiben für alle.«

Leopold ging zum Tanzsaal.

An diesem Abend fegte der letzte Schneesturm vor Märzbeginn über Kamynsk hinweg, mit dichtem Schneegestöber, mit heulendem Wind, der Wege, Häuser, Straßen zuwehte. Der Ball ging um ein Uhr nachts zu Ende, die großen Fasten hatten bereits eine Stunde zuvor begonnen. Für Leopold kam der Schlitten mit Bärenfell, der Kutscher wartete in der Garderobe in einem Känguruhpelz.

In dem gutgeheizten Schmutzochsschen Haus heulte der nächtliche Schneesturm in Rohren und Dachboden. Dunkelheit umhüllte das Haus. Weinend, schreiend warf sich der Wind gegen Dach und Wände. Als Leopold zurückkam, lag das Haus bereits im Schlaf. Er ging rasch ins Bad und danach in sein Zimmer. Kein Laut regte sich. Aus dem Schlafzimmer, eine Kerze in der Hand, ohne Plaid, im Schlafrock, trat Frau Schmutzochs. Sie machte einen Rundgang durchs Haus, durch alle Zimmer, die Küche, warf einen Blick in die Kammer zu Kutscher und Hausmeister, in die Kammer der Dienstmädchen. Sie schloß die Türen von der Küche zum Flur, vom Flur zum Speisezimmer. Ihre Bewegungen waren zielgerichtet. In der Küche verlosch die Kerze. Auf der Schwelle zu Leopolds Zimmer knarrte eine Diele. Von Leopolds Bett her leuchtete das Feuer einer Papirossa. Das Papirossafeuer flog in die Ecke zum Ofen.

»Komm her, Mama ...«

Einen Tag vor dem Ball im Jungengymnasium war Ball bei den Gymnasiastinnen gewesen. Auf dem Ball waren sowohl Iwan Koschkin als auch Valentina Alexandrowna Gogolewa, die Französischlehrerin. Damals, nach der Geschichte mit dem Boykott gegen Andrej Kriworotow, als die Freundschaft zwischen Andrej und Iwan in die Brüche gegangen war, hatte sich die Freundschaft zwischen Iwan und Valentina Alexandrowna gefestigt. Der Boykottvorschlag kam von Iwan – vielleicht deshalb, weil er Valentina Alexandrowna so für sich allein behielt? ... Valentina Alexandrowna lebte wahrhaftig in harter Einsamkeit und führte wahrhaftig ein irreales Leben – jung und eigenwillig, wie sie war. Als Lehrerin für Grammatik und korrekte französische Aussprache strebte sie nach Poesie – selbst gewöhnlich, verlangte es sie, wie viele Intellektuelle jener Zeit, nach dem Ungewöhnlichen – einsam lebend, fürchtete sie sich nach den Gesetzen jener Zeit vor der Einsamkeit – häßlich, wie sie war, wünschte sie sich Schönheit wie jedermann und bemühte sich darum, so gut sie konnte, mit Schminke für ihre Lippen und mit Goya-Bildern – wie bei vielen damals glichen ihre Ehrbegriffe einem Koffer Bücher, die seinerzeit auf Anweisung der Eltern gelesen worden waren, jetzt aber nicht wieder gelesen und verarbeitet wurden, die unbenutzt im Koffer zusammenblieben – Nietzsche zum Beispiel. Und dennoch lebte Valentina Alexandrowna im realen Leben, und obgleich sie es verachtete, konnte sie nicht umhin, Realitäten zu wollen und sich mit ihnen zu begnügen. Sie war aus der Schillerschen Wohnung sofort nach der ›Pfimfe‹ des Pädagogischen Rates ausgezogen und hatte sich am Stadtrand in einem fünffenstrigen Haus einquartiert, wo der Vordereingang ihr allein gehörte, bei einer Kleinbürgerwitwe, deren Ohren in ihrer Witwenerfahrung nichts Überflüssiges hörten. Valentina Alexandrowna wußte natürlich, daß Doktor Kriworotow vor dem Pädagogischen Rat nicht so ganz unrecht gehabt hatte, aber sie wollte für sich ein freies Leben, wie sie es verstand, wie sie es im Petersburger ›Streunenden Hund‹ erlebt hatte. Aus Moskau hatte sie endlich das Klavier erhalten, bald nach der ›Pfimfe‹. Ihre zwei hellen Zimmer, mit separatem Eingang, die seinerzeit gebaut worden waren für ein kleinbürgerliches Gartenvierteldasein mit Ofenbank und Rasenbank am Haus, jetzt mit Goya und Matisse geschmückt – sie waren kein Kamynsker ›Streunender Hund‹ geworden und kein Ort, der Besucher anzog. Als einziger kam Iwan

Koschkin zu ihr. Er verstand es, so zu kommen – und daran hatte sich Valentina Alexandrowna gewöhnt –, daß niemand davon wußte. Im Gymnasium war Iwan ein ehrerbietiger Gymnasiast, den Valentina Alexandrowna nach der ›Pfimfe‹ ebenso kühl grüßte wie Andrej ... Es war Abend. Iwan kam so lautlos, daß ihn sicherlich nicht einmal die Wirtin hörte. Die Vorhänge waren zugezogen. Valentina Alexandrowna kochte Kaffee, und sie tranken zusammen ein Schlückchen Likör. Valentina Alexandrowna spielte Skrjabin – sie gehörte zu der Kategorie von Menschen, für die Musik wahrnehmbar ist wie Worte, wie Farben, wie Gegenstände – und für die Musik Gegenstände, Farben, Worte vernichtet. Valentina Alexandrowna spielte Iwan nicht zum erstenmal vor, und Iwan hörte ihr zu. Iwan saß auf dem Sofa, Valentina Alexandrowna saß auf einem Drehhocker am Klavier und spielte. Iwan trat von hinten zu Valentina Alexandrowna heran und berührte mit beiden Händen ihre Schultern – sie spielte weiter. Iwan drehte Valentina Alexandrowna auf dem Hocker mit dem Gesicht zu sich herum. Ihre Gesichter waren nun dicht beieinander. Iwans Augen blickten ruhig und klar, Valentina Alexandrowna erschienen sie grausam und brennend. In Valentina Alexandrownas Augen waren Entsetzen, Glück und Ergebenheit. Sie erhob sich von dem Hocker. Iwan umfaßte ihre Taille und zog sie an sich.

»Was tun Sie?« flüsterte sie ergeben, sie lächelte nicht und wurde sofort älter, aus ihren Augen sprach Schuldbewußtsein.

Iwan schwieg. Valentina Alexandrowna glaubte seine Augen aufglühen zu sehen wie die einer Katze in der Dunkelheit. Um Iwans Mund spielte ein feines Lächeln. Seine Lippen näherten sich den Lippen Valentina Alexandrownas. Iwans linker Arm glitt nach unten, er beugte sich vor – und plötzlich hob er mit der Geschmeidigkeit einer Katze Valentina Alexandrowna hoch, wie sie sicherlich seit ihrer Kindheit nicht hochgehoben worden war. Iwans Arme, vermeintlich kraftlos in ihrer Gepflegtheit, erschienen Valentina Alexandrowna plötzlich stählern.

Valentina Alexandrowna war noch ein Mädchen, als sie sich mit Iwan vereinigte. Iwan hatte bereits die Erfahrung vieler Mädchen und Frauen gemacht, als er sich mit Valentina Alexandrowna vereinigte.

Einen Tag vor dem Ball im Jungengymnasium war Ball bei den Gymnasiastinnen gewesen. Die Butterwoche brachte die Zeit und überhaupt jede Ordnung durcheinander – statt halb acht konnte man um zwölf aufstehen, und um zwölf mußte man Plinsen essen – zu seinen Schulkameraden konnte man statt bis acht noch um Mitternacht kommen, wenn in den Fenstern Licht war und Lärm durch die Wände brach, und nach Hause gehen konnte man statt abends um zehn erst früh um drei. Auf dem Ball im Mädchengymnasium waren sowohl Iwan als auch Valentina Alexandrowna. Wie stets im Beisein anderer amüsierte sich Iwan, ohne Valentina Alexandrowna zu beachten. Valentina Alexandrowna langweilte sich mit der Frau des Direktors Walde. Den ganzen Abend tanzte Iwan mit der hübschen Gymnasiastin Anna Gordejewa. Einmal sprach Valentina Alexandrowna Iwan aber doch an:

»Koschkin, warum fordern Sie mich nicht zum Walzer auf?« sagte sie und flüsterte, mit einer Miene wie im Unterricht tanzend:

»Der Direktor wollte mich nach dem Ball zum Abendessen einladen, aber Punkt zwölf gehe ich nach Hause. Ich erwarte Sie. Punkt zwölf ...«

Valentina Alexandrowna verließ den Ball Punkt zwölf. Koschkin tanzte mit Anna Gordejewa bis halb zwei, als das Licht im Tanzsaal gelöscht wurde und die Gymnasialleiterin rief:

»Nun, meine Herren, meine Herren Gymnasiasten, einmal muß Schluß sein!«

Iwan begleitete Anna Gordejewa und spazierte mit ihr lange über den Otkos, ehe er sie zu dem Waisenhaus brachte, in dem sie wohnte.

Und dann kam der Ball im Jungengymnasium. Auf den Plätzen und Straßen, an Häusern und Zäunen tobte an diesem Abend der Schneesturm, mit dichtem Schneegestöber, mit heulendem Wind, der Wege, Häuser, Straßen zuwehte. Auf dem Ball faßte Leopold Andrej unter und sagte:

»Ach ja! ... Wir wollen nie mehr darüber reden – abgemacht?«

Auf dem Ball tanzte Iwan die ganze Zeit mit Anna Gordejewa, und ein einziges Mal tanzte mit ihm Valentina Alexandrowna.

»Du bist gestern nicht zu mir gekommen«, sagte sie und wollte eine Miene aufsetzen wie im Unterricht, doch ihre Augen sahen Iwan schuldbewußt an. »Warum?«

Iwans Augen blickten klar. Der Lüster spiegelte sich in der Brillantine seiner Haare.

»Ich habe gestern Anna Gordejewa nach Hause gebracht«, sagte Iwan mit einem Kavalierslächeln.

»Ich gehe heute wieder Punkt zwölf. Gut? ... Du mußt kommen. Ja?«

»Wir können auffallen, Valentina Alexandrowna«, sagte Iwan mit seinem Kavalierslächeln und so, daß er tatsächlich gehört werden konnte.

An diesem Abend sprach Valentina Alexandrowna zum erstenmal seit der Boykott-›Pfimfe‹ Andrej außerhalb des Unterrichts an. Sie hielt ihn im Flur an und fragte ihn, warum er nicht tanze – er antwortete, er könne überhaupt nicht tanzen. Sie fragte, was für neue Bücher er gelesen habe – er antwortete, durch die Hausaufgaben für das Gymnasium komme er jetzt nicht zum Lesen. Sie trennten sich. Das war, nachdem Valentina Alexandrowna mit Iwan getanzt hatte.

Der Schneesturm heulte in Rohren und Dachböden, wehte Häuser und Straßen zu. Valentina Alexandrowna verließ den Ball Punkt zwölf. Gegen zwei verloschen die Lichter in den Gymnasialsälen. Gegen drei trat Valentina Alexandrowna auf die Vortreppe ihres Hauses, zum letztenmal, glaubte sie. Sie hielt Ausschau in den Schneesturm und ging ins Haus zurück. Wieder und wieder trat sie hinaus. Sie vermeinte außer dem Schneesturm auch Iwans Klopfen zu hören – und sie spielte Skrjabin.

Auf dem Ball ging es laut und fröhlich zu. Man konnte sich gegenseitig mit Konfetti überschütten. Die Musik schmetterte, und alle tanzten. Andrej tanzte nicht, er genierte sich. Olja Werejskaja fehlte auf dem Ball – sie war mit ihren Eltern für die ganze Butterwoche zu verwandten Gutsbesitzern gefahren. Weil Olja fehlte, war Andrej zu Beginn des Balls mit einer ihm unbekannten kleinen Gymnasiastin befaßt. Sie war mit ihrer älteren Schwester hier, die Andrej auch nicht kannte und nicht weiter beachtete. Das Mädchen, das Andrej mit solchem Interesse betrachtete, war etwa zehn. Sie trug ein altes Gymnasialkleid, war mager und häßlich. Klein, blaß, mit frostgeröteten Händen, weckte dieses Mädchen niemandes Aufmerksamkeit – mit ihrem Alter und damit, wie sie angezogen war, wirkte sie fremd auf dem Ball. Doch sie bemerkte das nicht, ihr war es gleichgültig, daß sie niemandem etwas bedeutete, daß sie Schuhe mit Pompons trug, die allerbilligsten, und ihre Strümpfe gestopft waren. Fröhlich, offen – und sehr liebevoll und aufgeschlossen – betrachtete sie die Leute. Ihre blauen Augen, so schien es Andrej, blickten ungemein treuherzig und liebevoll. Sie interessierte alles. Von ihr nahm keiner Notiz. Sie war mit ihrer älteren Schwester hier, der sie keine Ruhe ließ. Die Schwester war sechzehn, sie war hübsch, sie trug ein adrettes Gymnasialkleid, und ihre Strümpfe waren nicht gestopft – ortsfremd, eine zugezogene ›Ausländerin‹, wartete sie zuversichtlich darauf, daß sie zum Tanzen aufgefordert werde, und die kleine Schwester fiel ihr offensichtlich lästig, störte sie mit ihren unaufhörlichen Fragen. Die große Schwester gab unkonzentrierte Antworten, vielleicht schämte sie sich der Kleinen mit Pomponschuhen. An die Schwester trat Anton Kazaurow heran, knallte die Hacken zusammen, neigte den Kopf zur Seite, sagte schmachtend:

»Darf ich mich vorstellen? Anton Kazaurow. Darf ich bitten?«

Die Schwester gab der Kleinen ihr Konzertprogramm und hakte sich bei Anton ein. Die Kleine rief der Schwester nach:

»Komm aber bald!« Und biß sich lächelnd auf die Zunge.

Die Kleine blieb allein. Unbekannte Menschen gingen an ihr vorüber, die sie nicht beachteten. Die Schwester kam nicht wieder. Andrej las in dem Gesicht des kleinen Mädchens kurze Zeit Nachdenklichkeit, dann Angst – sie stand an der Wand, ohne zu lächeln.

Andrej ging zum Buffet, kaufte eine Flasche ›Laninskaja‹-Limonade und trank sie mindestens eine halbe Stunde, dabei überdachte er die Sache mit Leopold und beschloß, auf der Stelle Leopold ausfindig zu machen und mit ihm zu sprechen. Das kleine Mädchen stand noch immer in dem halbleeren Flur, das Programm in der Hand, allein. Andrej dachte nicht mehr an sie. Er fand Leopold im Tanzsaal und bat ihn auf den Flur. Der Flur war leer. Hinten am Fenster stand das kleine Mädchen. Andrej sagte mit Verschwörermiene:

»Heute ist es genau eine Woche ...«

»Was für eine?« fragte Leopold.

»Nach unserem Gespräch ...«

»Was für einem?« fragte Leopold.

»Na, über den Selbstmord ...«

»Ach ja«, sagte Leopold und faßte Andrej unter. »Wir wollen nie mehr darüber reden – abgemacht? Und das muß ein Geheimnis bleiben für alle.«

Leopold sprach mit einer fremd klingenden Stimme. Er sagte nichts weiter, ließ Andrej im Flur stehen und ging in den Tanzsaal zurück.

Der Flur war leer. Sie waren zu zweit auf diesem Flur – Andrej und das kleine Mädchen. Er ging vorbei an ihr, und als er bereits einige Schritte weg war, fiel ihm plötzlich ein, daß er in den

Augen des kleinen Mädchens mit Pomponschuhen Tränen gesehen hatte. Er machte jäh kehrt und ging nachprüfen, ob in den Augen der Kleinen tatsächlich Tränen waren – ja, unter den blauen und naiven Augen der Kleinen, an den naiven Wimpern hingen zwei riesige Tränen. Andrej bemerkte nicht, wie Tränen über seine Wangen flossen. Er streckte dem Mädchen die Arme entgegen und schrie, ohne sich bewußt zu sein, daß er schrie, ohne auch nur zu vermuten, daß er von sich selbst sprach:

»Das wird noch, das kommt noch, wenn's auch Zeit braucht! – Möchten Sie Limonade?! Kommen Sie, wir gehen tanzen! ...«

Andrej merkte nicht, wie das Mädchen erschrocken zurückwich. Er packte ihre Hand und zog sie hinter sich her. Das Mädchen fügte sich in stummer Hilflosigkeit. Andrej, der noch nie getanzt hatte und gar nicht tanzen konnte, stürzte zur Mitte des Saals und hüpfte los, das Mädchen an sich gepreßt, das ihm nicht einmal bis zur Brust reichte. Das kleine Mädchen entdeckte im Saal die Schwester, es weinte laut auf, schluchzend, wie Kinder weinen, riß sich von Andrej los und rannte zur Schwester. Die Schwester machte ein böses Gesicht. Ein paar Sekunden hüpfte Andrej allein, er weinte und preßte die Hand auf den Mund, um nicht laut loszubrüllen. Andrej stand allein mitten auf der Tanzfläche. Es war gegen zwei Uhr nachts. Der Direktor rief von der Bühne: »Mesdemoiselles Gymnasiastinnen und meine Herren Gymnasiasten – der Ball ist zu Ende!«

Andrej wurde ins Lehrerzimmer gebracht. Neben ihm ging, ihn stützend, Iwan Koschkin. Aus mehreren Gläsern und mehreren Flaschen wurde ihm Limonade angeboten. Andrej mochte nichts trinken. Er beruhigte sich sofort – wahrscheinlich erinnerte er sich nicht, was mit ihm gewesen war.

»Was ist mit Ihnen, Kriworotow?« fragte der Direktor.

»Ich gebe Ihnen mein Ehrenwort, daß mit mir nichts, gar nichts gewesen ist«, antwortete Andrej. »Mir tat dieses Mädchen plötzlich leid. Den ganzen Abend war sie allein. Ich fand es plötzlich schrecklich, daß sie so allein war – und ich wollte mit ihr tanzen ... und ich weiß nicht, warum ich dann geweint habe. Entschuldigen Sie. Ich möchte nach Hause ... Wo ist dieses Mädchen, damit ich mich entschuldigen kann.«

»Das ist die Tochter unseres Heizers, sie geht in Rogoshsk zur Schule – sie ist schon weg zum Nachtzug«, sagte der Direktor. »Sie können sich morgen bei ihrem Vater entschuldigen. Wenn Sie wirklich gesund sind und nach Hause möchten, dann lasse ich Ihnen ein Pferd besorgen, ich kann Sie nicht zu Fuß weglassen, draußen ist Schneesturm.«

»Ich möchte zu Fuß gehen und allein«, sagte Andrej hilflos.

»Ich habe zufällig ein Pferd hier. Meine Eltern haben mir einen Schlitten geschickt, damit ich am letzten Abend der Butterwoche mit meinen Freunden eine Fahrt unternehmen kann«, sagte Iwan Koschkin. »Ich kann Kriworotow nach Hause bringen ... Fährst du mit, Andrej?«

Andrej sah Iwan fest an und lächelte – sehr sanft.

»Du bist das, Wanja?« – er sprach Iwan mit seinem Freundesnamen an. »Du hast ein Pferd hier? ... und ich dachte, wir würden nie mehr Freunde sein ...«

»Fahren wir!« sagte Iwan und lächelte klar wie immer.

»Sie bringen ihn nach Hause?« fragte der Direktor. »Sehr gut. Dann brauche ich niemanden mitzuschicken. Ich würde Sie nur bitten, nicht den Haupteingang zu benutzen, wo noch Andrang ist, lassen Sie den Schlitten an meinem Eingang vorfahren.«

Von der Garderobe wurde Andrejs Mantel gebracht. Der Direktor führte Andrej durch seine Wohnung. Iwan entließ den Kutscher, im Schlitten fanden sich zwei Pelze, den einen zog Andrej an. Sie fuhren schweigend. Andrej schien völlig ruhig. Die Wege hatte es zugeweht, und das Pferd ging im Schritt.

»Wie kommt es, daß du heute plötzlich beschlossen hast, dich mit mir auszusöhnen? Wegen dieser idiotischen Tränen etwa?« sagte Andrej. »Ich danke dir.«

Iwan gab keine Antwort. Es war zu der Stunde, da Valentina Alexandrowna Gogolewa, die Französischlehrerin, auf die Vortreppe ihres mißlungenen ›Streunenden Hundes‹ trat und in den Schneesturm lauschte, weil sie glaubte, außer dem Schneesturm auch Iwans Klopfen an ihrer Tür zu hören.

»Wie kommt es, daß du plötzlich ein Pferd hier hast und zwei Pelze? Wolltest du noch wohin nach dem Ball, und habe ich dich dabei gestört?«

»Ich wollte eine kleine Fahrt machen mit Anna Gordejewa – zur Butterwoche ...«

»Und warum hast du sie dann nicht mitgenommen? Hättet mich nach Hause gebracht und wärt weitergefahren – oder wir hätten zusammen eine kleine Fahrt gemacht ...«

»Das hatte ich auch vor, aber der Direktor hat angeordnet, daß der Schlitten an seinem Eingang vorfährt. Ging nicht anders. Wir finden schon noch eine Gelegenheit für eine Fahrt.«

Sie verstummten. Andrej machte sich klein in seinem Pelz – wahrscheinlich fror er. Iwan bog vom kürzesten Weg ab, sie fuhren durch Gassen, zum Stadtrand.

»Hast du, na, nach dem Vorfall damals, nach dem Boykott«, sagte Andrej unsicher, »hast du auch aufgehört, dich mit Valentina Alexandrowna zu sehen, oder gehst du noch zu ihr?«

»Nein, ich geh nicht mehr.«

»Schade. Dumm, wie das damals gekommen ist. Du solltest mir trotzdem verzeihen ... Und Valentina Alexandrowna – sie hat ja niemanden, und leben möchte sie besser als wir alle. Sie kann einem auch leid tun ... Und Anna Gordejewa? bist du verliebt, machst du ihr den Hof?«

Iwan gab keine Antwort.

Iwan fragte streng, in freundschaftlichem Befehlston:

»Woher kam dein hysterischer Anfall? Doch nicht wegen dieser Heizerstochter?«

»Wegen ihr.«

»Glaube ich nicht.«

»Kannst du aber.«

»Und worüber hat Valentina Alexandrowna mit dir gesprochen? hat es nicht womöglich mit ihr zu tun? – Du bist doch ein Philosoph! ... Was hat sie gesagt?«

»Nichts weiter, was ich lese.«

»Hat sie das erstemal mit dir gesprochen nach ... na, nach dem Vorfall damals?«

»Ja.«

»Hat sie dich eingeladen?«

»Nein.«

Sie schwiegen. Andrej schien sehr müde.

»Aber woher die Hysterie? doch nicht etwa, weil Ljolja nicht da war?«

»Nein, nicht deswegen, aber vielleicht auch wegen ihr – jedenfalls werde ich ihr wahrscheinlich morgen ihr Foto zurückschicken, wenn, wenn ...« Andrej machte eine Pause. »Aber das kam überhaupt nicht davon, daß sie heute nicht da war.«

»Ich habe schon mit dir darüber gesprochen und sage dir die Regel noch einmal – das betrifft Ljolja und Anja und wen du willst. Ob du ein Mädchen oder eine Frau kennenlernst, das ist egal. Redest du davon, was für Leuchten, was für Ideale Tschechow oder Turgenjew oder Flaubert sind und sie natürlich eine Lisa Kalitina – und sie redet auch von Leuchten, von Tschechow und von Blumen – küssen wird sie sich in so einem Fall nicht lassen wegen der Distanz zu den Leuchten und Idealen ... Ich nähere mich diesem Mädchen und erzähle ihr nicht viel, um sie nicht mit Gedanken zu stören, sondern beweise ihr so nebenbei, mit den Augen, was für schöne Lippen, was für Knie, was für hübsche Beinchen sie hat, zu gern würde ich sie mal anfassen – ohne Leuchten und Literatur –, und nach einer Woche küsse ich ihre Lippen und fasse ihre Beinchen an, und nach drei Wochen gehören sie mir.«

»Auch die von Olja, auch die von Anja?« fragte Andrej gleichgültig und fröstelte im Wind.

»Auch die von Ljolja, auch die von Anja.«

Andrej fragte nichts mehr. Er schien sehr ruhig und sehr müde.

»Mit Ljolja, da habe ich natürlich Spaß gemacht«, sagte Iwan.

Andrej gab keine Antwort.

»Fahren wir nach Hause«, sagte er, »mir ist kalt.«

Iwan lenkte das Pferd um. Sie fuhren durch die Straße, auf der von weitem aus einer Nebengasse durch das Schneegestöber Valentina Alexandrownas Fenster leuchtete.

»Willst du denn nicht mehr zu Valentina Alexandrowna gehen, Andrej, wo sie doch als erste mit dir von Gedichten angefangen hat?«

»Nein, will ich nicht.«

»Schade. Mit Ljolja und Anja habe ich Spaß gemacht, aber bei Valentina Alexandrowna, glaube ich, verhält es sich exakt so. Nicht umsonst malt sie sich demonstrativ die Lippen an – du brauchst nur zu bitten und kriegst sie umsonst, und solche findest du nicht alle Tage, ist schließlich eine Lehrerin ...«

Andrej erwiderte nichts darauf. Er war völlig ruhig. Sie hatten sein Haus erreicht.

Der Schneesturm heulte die ganze Nacht. Das Morgenlicht traf Andrej in seiner Kammer an. Er saß am Tisch. Sein Kopf war auf das aufgeschlagene Schreibheft gesunken, in der herabhängenden Rechten hielt er den Revolver, den er dem Vater entwendet hatte. Die Lampe war heruntergebrannt und qualmte. Der Schneesturm hatte sich gelegt. Langsam brach ein schmutziggrauer Tag an. Andrej schlief. Auf der neu aufgeschlagenen Heftseite stand geschrieben:

›Ich erschieße mich, weil das Leben ein Graus ist.‹

Andrej schlief, den Revolver in der Hand, er hatte es nicht geschafft, sich zu erschießen.

Andrej erwachte, ohne zu merken, daß er geschlafen hatte.

Er schrieb in das Heft:

›Ich erschieße mich nicht, weil ich Angst habe, demnach ist nicht nur das Leben ein Graus, sondern auch ich bin zum Grausen.‹

Er nahm das Foto Olja Werejskajas von der Wand, schlug es in Papier ein, klebte es mit Gummilösung zu, und in einem extra Kuvert schrieb er:

›Ich gebe Ihnen Ihr Foto zurück, weil ich seiner nicht wert bin.

Leben Sie wohl!‹

Die Uhr stand auf sieben – der Tag hatte bereits merklich zugenommen. Andrej zog sich aus und legte sich ins Bett. Halb neun erwachte der Vater und kam zu seinem Sohn. Der Sohn schlief, der Vater weckte ihn.

»Warum bist du nicht im Gymnasium?«

»Ich habe Kopfschmerzen.«

Der Vater sah sich im Zimmer um.

»Und wo ist das Foto, na, das von Fräulein Werejskaja?«

»Vernichtet.«

»Aha, so – das ist gut. Na, dann schlaf ...«

Vom hysterischen Anfall seines Sohnes im Gymnasium wußte der Vater noch nichts.

Um eins, als der Unterricht zu Ende war, erschien Andrej bei Iwan. Iwan saß an seinem Herrentisch mit einem neuen Buch, in lässiger Pose, ein Fruchtbonbon im Mund. Andrej trat ein, wie man mit einem ernsthaften Anliegen bei jemandem eintritt.

»Du erinnerst dich natürlich, Iwan – du, Leo Schmutzochs und ich, wir sind damals losgegangen, um unser Gewissen zu erschießen. Ich denke, das alles war ein nutzloses Unterfangen, denn zu erschießen gab es nichts. Oder? Aber das ist zweitrangig. Du hast mir gestern nacht gesagt, daß bei ein und demselben Mädchen ... wenn man ihr mit Leuchten kommt, dann antwortet sie auch mit Leuchten, und dasselbe Mädchen, wenn man zupackt ... Ist das deine ernsthafte Meinung, wie ist das zu verstehen, wie Nietzsches Peitsche? Mir ist es sehr ernst mit meiner Frage.«

»Nein, das sind einfach meine Beobachtungen.«

»Bei Gymnasiastinnen wie bei Stubenmädchen?«

»Wie bei Telefonistinnen und bei Gärtnerinnen ...«

»Für dich ist es mit den Händen bequemer als mit dem Gehirn, und dir ist es egal, ob du es mit einem Stubenmädchen oder mit Valentina Alexandrowna zu tun hast?«

»Nehmen wir's mal an.«

»Ich bin gekommen, um dir zu sagen, daß wir damals unnützerweise unser Gewissen erschießen gegangen sind. Das hat es nie gegeben. Ich weiß nicht, warum es so ist. Aber das alles sage ich auf dich bezogen, das heißt, du hast nie ein Gewissen gehabt. Jetzt wirst nicht mehr du mir, sondern ich werde dir nicht die Hand geben.«

Andrej verließ grußlos Iwans Zimmer.

Er ging zum Kreml, zum Haus Werejskis, klingelte am Haupteingang, übergab dem Stubenmädchen das Kuvert und das Päckchen und machte sich auf den Heimweg – zu Hause erwartete ihn das Gespräch über seinen hysterischen Anfall von gestern.

Das Stubenmädchen trug Päckchen und Kuvert in das Zimmer Ihrer Durchlaucht Olga Vitaljewna, wie sie die Fürstentochter der fürstlichen Anweisung entsprechend anredete. Olja weinte bitterlich, als sie Andrejs Brief las, sie fiel mit dem Gesicht aufs Kissen, sie weinte stumm. Grauen packte sie. Sie war anämisch wie der Vater. Sie lebte mit Gespenstern. Die Gespenster begannen bei den Vorfahren, nach deren Gesetzen das Haus zu leben hatte und sie Ihre Durchlaucht die Fürstentochter war, nach deren Gesetzen sie hinter schrecklichen – und ebenfalls gespenstischen – Mauern lebte, die aus der Zeit der Vorfahren stammten, wo man mit dem ersten Schimmer von Bewußtsein Musikunterricht bekam, doch lernen und das Leben erkennen durfte man nur zu Hause, für sich allein, und Tjutschew und Fet waren die Grenze, die die fürstlichen Eltern zuließen. Das Gespensterhaus war grauenerregend und nicht nur durch die eigentlichen Gespenster, sondern auch durch das reale Leben, das als Gespenst ins Haus kam. Gespenstisch war der Geburtsort – das alte Gut, das der Urgroßvater nach 1812 erbaut hatte, das 1905 gespenstisch abbrannte, angezündet von gespenstischen Bauern ... Gestern nacht, im Schneesturm, war Olja aus dem Dorf heimgekehrt, vom Gut von Mutters Bruder. Der Vater und Mutters Bruder, die Mutter und die Frau von Mutters Bruder hatten die ganze Butterwoche über von nichts anderem gesprochen als von Gespenstern – der Ahnen, der Staatsduma, des Staatsrats, der Stolypinschen Reform, die durchgeführt wurde, obwohl Stolypin selbst ermordet war und als Gespenst durch Papas Erzählungen ging ... Das Gut von Mutters Bruder bewachten Inguschen – und die Frau von Mutters Bruder, die mehr in Oljas als in Mutters Alter war, gebürtig aus Sankt Petersburg, fragte, während sie einen Inguschen in kaukasischem Filzüberwurf und Pelzmütze besah, der an der Vortreppe mit dem Stubenmädchen plauderte, sich von ihren Gedanken losreißend, nachdenklich zu Olja:

»Hat dich wirklich noch nie ein Mann geküßt?«

Und Olja vergoß in ihrem Zimmer bittere Tränen über ihrem Foto, denn im letzten Sommer, im Juli, zur Zeit der ersten Tabakblüte, war sie in ihrem Garten hinter dem Krocketplatz von Andrej Kriworotow geküßt worden, und nach diesem Kuß hatte er gesagt, sie sei das Teuerste in seinem Leben und das Reinste – an jenem Abend hatte der Vater sie gefragt, weshalb sie so erregt sei, und sie hatte die Wahrheit verborgen: Andrej hatte als einziger nichts Gespenstisches.

Zu Hause wußte Vater Doktor Iwan Iwanowitsch inzwischen vom hysterischen Anfall seines Sohnes im Gymnasium. Er erwartete ihn zu einem klärenden Gespräch. Der Sohn erschien und ging in sein Zimmer. Der Vater – in Hausschuhen, auf Zehenspitzen – schlich zur Tür des Zimmers seines Sohnes, klopfte einschmeichelnd – und in des Sohnes Schreibheft blieb von diesem Abend folgende Eintragung:

›Papa, der gute Papa! ... Er spricht und denkt, wie es ihm sein Gewissen eingibt, doch tut er, was sich aus seinen vom Gewissen diktierten Überlegungen ergibt, dann sieht das jedesmal ganz anders aus als bei jedem normalen Menschen, und jedesmal ist es mit großen Schwierigkeiten verbunden, vor allem für ihn selbst! ... Ich möchte niemanden verurteilen: ich habe kein Recht dazu – aber Papa, er möchte seinen eigenen Weg gehen und stolpert über den eigenen Sohn, weil es nicht darauf ankommt, seinen Weg allein zu gehen, sondern gute Wege für alle zu bahnen. Papa läuft genau wie ich mit verbundenen Augen durch den Wald, durch einen riesigen dunklen Wald! ...

Es war eine schlimme Zeit für Andrej, schlimme Monate. Er veränderte sich völlig, er schoß in die Höhe, er verstummte. Er schnitt sich die Haare kurz. Er wollte niemandem auffallen – niemandem von seinen alten Freunden. Er verbesserte sich in seinen schulischen Leistungen auf Fünf und wurde zum Vorbild für die Klasse, konkurrierte mit Koschkin und überholte ihn in den geisteswissenschaftlichen Fächern. Er las nur wenig. Er erschien auf dem Otkos häufig zu einer Zeit, da die Gymnasiastinnen nicht mehr spazierengingen, dafür aber diejenigen, die sich wer weiß wie aus kleinen in große Mädchen verwandelt hatten, die vor kurzem noch mit ständig aufgerissenen Händen herumgelaufen und den Winter über in den Häusern verschwunden waren, jetzt aber bis spätabends spazierengingen und sich zu Hause wer weiß womit beschäftigten. Die Klasse erreichten zweifelhafte Nachrichten. Isaak Schiller wußte zu berichten, Andrej Kriworotow habe von der Gymnasiastin Polotschanskaja eine Ohrfeige bekommen, weil er sie am dritten Tage ihrer Bekanntschaft ans Knie gefaßt habe. Anton Kazaurow und Ignati Mollas wollten mit eigenen Augen gesehen haben, wie Andrej Kriworotow auf dem Podol spazierenging und sich mit der Tochter des Gärtners Potapow in eine dunkle Gasse verzog ... Und der Tschertanowoer Dorfälteste Sidor Naumowitsch flüsterte Iwan Iwanowitsch Kriworotow, dem Kurator der Tschertanowoer Schule, als er ihn auf dem Markt traf, zu:

»Ich wollte dir schon lange einen Punkt melden, Iwan Iwanowitsch. In dem Haus bei uns, in dem früher in der einen Hälfte die Obuchows gewohnt haben, wohnen jetzt im ganzen Haus Eisenbahnerinnen, Fegerinnen – ist ja bekannt, die Frauenbaracke ... In dieser Baracke also amüsieren sich neuerdings die beiden Apotheker-Schillers, Anton Kazaurow, Mollas' Sohn und auch dein Andrej, Gymnasiasten, mit einem Wort, zusammen mit Freis Handwerksburschen – schleppen offenbar Wodka hin, die Dirnen grölen Lieder ...«

Andrej machte Tagebuchaufzeichnungen in seinem Schreibheft, zwischen den Unterrichtsmitschriften, und nicht eine schrieb er zu Ende.

›... Ich drehe der Kerze den Rücken zu und sehe an der Wand meinen Schatten. Verzerrt, zitternd, fremd und erbärmlich läuft er über den Fußboden und steigt zur Decke hinauf. Genauso ist mein Leben – verzerrt, fremd und erbärmlich, krampfig. Tagelang bin ich ruhig. Tagelang kann ich über alles mögliche sprechen, selbst über meine ehemaligen Apostel, über Haeckel und Metschnikow, tagsüber bin ich noch in Übereinstimmung mit ihnen ... Aber dann kommt die Nacht, und mir ist nicht nach Weltordnung. Nachts kommt die Schwermut. Aus den finsteren Ecken des Zimmers scheint sie hervorzukommen, umschlingt den Körper wie eine Schlange, kriecht mir in die Brust und breitet sich von da, aus dem abgeschnürten Herzen, über den ganzen Körper aus – wie ein Gifttropfen. Ich erinnere mich an Vergangenes und denke an Gegenwärtiges. Ich liebe das Vergangene und verachte das Gegenwärtige – und ich habe Angst, da ich die Zukunft nicht mag, da ich sie verachte. Ich liebe mein Vergangenes – meine ferne Kindheit, an der ich hänge, die niemand kennt, die niemand braucht ... Ich liebe mein Vergangenes und hasse, hasse es! – weil es mir Märchen gegeben hat. Das erste – große Märchen – handelt vom Leben. Das zweite von meinem Ich. Und das dritte von dem Mädchen, für das ich mir sogar einen Namen ausgedacht habe, einen Namen, der nur einmal auf der Welt vorkommt – Tella. Mit diesen klangvollen Märchen habe ich gelebt, ich habe ihnen geglaubt, sie gehegt und gepflegt, meine ganze Kindheit habe ich von ihnen geträumt. Diese Märchen gibt es nicht mehr. Sie sind zerstört. Und ich hasse die Vergangenheit, die mir diese Märchen gab! ... ‹

›Ich kann kein Verräter sein. Ich kann es rein körperlich nicht. Iwan Koschkin kann heute im Religionsunterricht genauso überzeugt sprechen wie in der Physikstunde – er kann etwas Fremdes unterschreiben und heute etwas aufschreiben, was das Gestrige völlig ausschließt, zum Beispiel kann er schreiben, daß ich ein Held und gleich darauf, daß ich ein Schurke bin. Ich kann rein körperlich nicht so handeln. Und ich verspüre ein körperliches Angstgefühl, weil ich weiß, daß ich nichts weiß. Ich weiß, daß ich Sauberkeit brauche, Sauberkeit, Sauberkeit – doch wo ist sie!?‹

›... Ich, ich, ich – wie befreie ich mich von diesem Ich?!‹

›Ich bin vom Weg des Lebens in eine Gasse abgebogen, noch ehe ich sie richtig kannte. Damals gab es noch keine Steine, aus denen ich eine Brücke baute, die den Abgrund zwischen Leben und Tod überwand. In meiner Schwermut weiß ich, daß ich jetzt, in meiner Jugend, bereits geschlagen und gebrochen bin, daß ich mein Leben verpasse, daß es irgendwo an mir vorbeigeht, das wahre Leben, in seinem reißenden Strom Freude und Glück davonträgt, Freude und Glück, die mir fehlen, weil ich nicht weiß, was ich mit meinem Hauptfeind machen soll – mit meinem Ich. Und das Verdikt für mein Ich steht fest – Freispruch für den Tod, Verurteilung für das Leben. Ich kann rein körperlich kein Verräter sein – und ich weiß nicht, ob mein Leben kein Verrat ist, denn unser ganzes Leben ist Verrat! ... Ich weiß gar nichts. Ich möchte Sauberkeit ... Wie gern würde ich lachen und mich freuen! Und wie gern würde ich die Sprache aller sprechen! ...‹

› ... Ich weiß gar nichts. Das Gewissen läßt sich nicht vernichten. Ich möchte Sauberkeit. Nur nicht unehrlich sein wie Iwan, ich möchte sein wie alle. Ich möchte sein wie alle, doch ringsum sind wurmstichige Visagen! ... und wieder – ich, ich, ich! ... ‹

›Wir leben, dann kommt der Tod, der Körper wird in andere Stoffe umgewandelt, die Seele – eine Ansammlung von Eindrücken – stirbt oder bleibt in dem erhalten, was der Mensch hinterläßt: in Briefen, Werken, Arbeiten ... Papa spricht vom Jahr fünf und von Doktor Haass. Doktor Haass lebte unter Nikolai I. und bewirkte unter seiner Regentschaft eine Menge guter Dinge. Im Jahr fünf wurde um die republikanische Staatsordnung gerungen, und Maxim Gorki schrieb die ›Stadt des Gelben Teufels‹ – da habt ihr eure Republikaner! ... Bei uns lebt und denkt man wenigstens, dort aber – gar nicht davon zu reden. Das Problem liegt darin, daß man sowohl bei einer konstitutionellen Verwaltung als auch unter einer Monarchie ein Schuft oder ein ehrlicher Mensch sein kann, gut zu sein, kann dir niemand verbieten. Wenn alle ehrenhafte Menschen wären, denen es um Selbstvervollkommnung und Redlichkeit zu tun ist, dann müßten alle Minister jetzt ausschließlich Gutes tun, ganz egal, ob sie Republikaner oder Monarchisten sind. Nicht von der Verwaltung, sondern von den Leuten hängt es ab. So sehen jetzt Vaters Überlegungen aus ... Wenn Fürst Werejski gut ist und Sidor Naumowitsch ebenfalls – mag Werejski dann also gut verwalten und Sidor gut hungern?! Damit bin ich nicht einverstanden! ... Ich weiß gar nichts! ... ‹

Diese Aufzeichnungen standen in Andrejs Schreibheft zwischen Rechenwegen, Notizen über Hausaufgaben und Sonstigem – Andrej schaffte es nicht, sich ein extra Heft für sein Tagebuch zuzulegen.

Auf den Frühling folgte der Sommer, die Gymnasiasten wurden in die achte Klasse versetzt. Im Frühjahr dieses Jahres – am 4. April 1912 – hatten auf den Goldfeldern der russisch-englischen Goldschürfgesellschaft ›Lena-Goldfields‹ – in der russischen Grabesstille – die Salven gekracht, fünfhundert Arbeiter waren von den Soldaten bei dem Blutbad an der Lena erschossen worden. Der Kamynsker Hochsommer brach an ... Alles war tatsächlich so gewesen – tatsächlich hatte die Gymnasiastin Polotschanskaja Andrej geohrfeigt, als er es bei ihr so machen wollte, wie ihn Iwan Koschkin gelehrt hatte, tatsächlich war Andrej auf dem Podol erfolglos der Tochter des Gärtners Potapow nachgelaufen, bis Potapow drohte, beiden, Andrej wie seiner eigenen Tochter, mit einem Holzkloben die Beine zu zerhauen. Tatsächlich hatte Andrej Wodka in die Eisenbahnerinnenkasernen von Tschertanowo getragen. Es war Hochsommer in Kamynsk. Und dann kam der Herbst.

Seit Andrej in den Tagen seines Weggangs aus dem väterlichen Haus bei Grigori Wassiljewitsch Sosnin gewohnt hatte, war er weder bei Grigori Wassiljewitsch noch bei Anna auch nur ein einziges Mal gewesen. Anna mied er. Doch an einem Herbstabend erschien Andrej bei Anna – gesammelt, sachlich, wortkarg, er kam ohne ein Anliegen, setzte sich, sprach über Unwichtiges, machte lange Pausen.

»Wie geht es dir?« fragte Andrej.

»Und dir?«

»Mir? So einigermaßen ... Wie geht es Grigori Wassiljewitsch?«

»Alles beim alten.«

»Wir könnten zu ihm gehen.«

»Na schön, machen wir, wann dachtest du?«

»Am besten gleich ...«

Anna war einverstanden. Sie gingen. In Grigori Wassiljewitschs Schule hatte sich im letzten Jahr nichts verändert. Anna fühlte sich hier immer noch wie zu Hause. Andrej redete einsilbig, erzählte nichts, schwieg sich aus, schien Grigori Wassiljewitsch und Anna zu beobachten, erkundigte sich jedoch aus eigenem Antrieb, ob er nicht Wasser und Holz holen, ob er vielleicht Heu aufschütten sollte – er machte Speckgrieben, füllte Petroleum in die Lampe, zeigte sich bemüht um Häuslichkeit und Unauffälligkeit. Grigori Wassiljewitsch war ganz der alte. Als Andrej mit Anna ging, fragte er:

»Darf ich wiederkommen und vielleicht auch ein paar Tage bei Ihnen wohnen? Ohne Aufsehen natürlich. Ich würde von Ihnen ins Gymnasium gehen, aber die Abende und Nächte bei Ihnen verbringen, und Anna könnte uns besuchen ... Mein Vater, ich bin überzeugt, wird nichts dagegen haben.«

»Komm ruhig«, sagte Grigori Wassiljewitsch.

Andrej ging mit Anna, brachte sie nach Hause und schwieg den ganzen Weg.

Am übernächsten Tag kam er wieder zu Anna, und sie gingen zusammen zu Grigori Wassiljewitsch. Wie beim erstenmal schwieg Andrej sich aus und trug Wasser herbei für das kleine Faß in der Küche. Er ging mit Anna.

Und wieder kam er am übernächsten Tag zu Anna, um mit ihr zu Grigori Wassiljewitsch zu gehen.

An diesem Abend war ihm deutlich Unruhe anzumerken. Er schwieg noch mehr als beim ersten und beim zweiten Mal, als er bei Grigori Wassiljewitsch gewesen war, aber das erste, was er sagte, war, daß er, wenn Grigori Wassiljewitsch es erlaube, heute in der Schule übernachten wolle, Anna brauche keine Sorge zu haben, er werde sie nach Hause bringen und unterwegs bei sich Bescheid sagen, damit sich seine Eltern seinetwegen nicht beunruhigten. Eilig trug er Wasser und Holz herbei und heizte den Herd. Und beim Abendessen, bei der Grütze mit Grieben und einem Glas Milch, kam Andrej plötzlich ins Reden. Das Gespräch ergab sich zufällig – zufällig kamen sie auf Pilze zu sprechen, und Grigori Wassiljewitsch, der davon erzählte, wie er als Kind gern Pilze gesammelt hatte, wozu er mit der Großmutter vor Tagesanbruch aufstand, stellte sich plötzlich selbst die Frage:

»Warum muß eigentlich ein richtiger Pilzsammler unbedingt im Morgengrauen aufstehen? – wahrhaftig, warum unbedingt im Morgengrauen, obwohl man auch ausgeschlafen Pilze sammeln kann ... wahrhaftig, woher rührt diese Tradition?«

Und auf einmal sagte Andrej, lauter, als es angebracht war für dieses Gespräch über Pilze beim Grützeessen, erregt:

»Ich bin nicht zufällig ein ganzes Jahr weder bei Ihnen, Grigori Wassiljewitsch, noch bei dir, Anna, gewesen, obgleich ich euch beiden sehr, sehr dankbar bin und die ganze Zeit an dieses Gefühl der Dankbarkeit gedacht habe ... Damals, an jenem Tag, als mich die Gymnasiasten abholten und ins Gymnasium fuhren und als man mich zu Hause mit Kuchen empfing, als ich mich hätte glücklich fühlen können und tatsächlich alle bemüht waren, mir nur Annehmlichkeiten zu bereiten und für mich alles angenehm war – zu Hause fühlte ich damals im Einschlafen plötzlich, daß ich irgendwo doch ein Schuft bin und ringsum Schuftigkeit herrscht, daß es vor allem schuftig ist von mir, froh von euch fortzugehen in mein altes Leben. Ich fühlte mich sehr wohl zu Hause – und schon das allein war Schuftigkeit. Und ich fühlte damals noch etwas, und zwar: Solange mich dieses Gefühl der Schuftigkeit nicht verläßt, ich keine Erklärung dafür finde, so lange kann ich euch nicht sehen – weder Sie, Grigori Wassiljewitsch, noch dich, Anna, darum habe ich damals auch nicht an Klim geschrieben. Das war mir völlig klar geworden. Und nun bin ich hergekommen und bitte um Entschuldigung. Obwohl, Entschuldigungen bringen ja auch nichts. Ich will nicht alles erzählen, was mit mir war, das ist unwichtig. Nur so viel – mein Hauptfeind bin ich selbst. Aber auch das ist unwichtig. Damals bekam ich nicht heraus, warum ich die Schuftigkeit fühlte und warum ich ein Schuft bin. Jetzt weiß ich Bescheid über die Schuftigkeit. Unser ganzes Leben ist das, alles, was dazugehört, alles. Sonst weiß ich nichts. Was soll ich tun? Nachdem mein Vater die ›Stadt des Gelben Teufels‹ gelesen hat, redet er wieder, wie vor der Revolution von 1905, vom neuen Typ der ›kritisch denkenden Persönlichkeit‹, daß jeder einzelne Gutes tun, für seine Selbstvervollkommnung sorgen muß, aber das ist auch Schuftigkeit! Ich habe das sehr deutlich am eigenen Leibe zu spüren bekommen. Und ich weiß, warum es mir peinlich war, zu euch zu kommen – ich habe das Leben akzeptiert, das Schuftigkeit war, ich floh in dieses Leben vor meinem Gewissen und vor meinem Gerechtigkeitssinn, die bei mir rein waren im Salzspeicher – wißt ihr noch, das mit der Katze? – und rein bei Ihnen im Bibliothekszimmer auf dem Sofa, wo sich der nackte Wind gegen die Wände warf ... Ich weiß nicht, warum das so gekommen ist. Mit Ihnen hat das wahrscheinlich nichts zu tun – ich hätte einfach hier ein neues Leben beginnen können nach meinem Gerechtigkeitsempfinden – und ich würde gern wieder allein bleiben auf Ihrem Sofa, auf den Wind lauschen und nachdenken, denn so, wie es in diesem Jahr war, so kann es nicht bleiben! ... Ich hatte das dringende Bedürfnis, euch das zu sagen. Jetzt oder nie muß ich endgültig entscheiden, wo ich bin, aber einstweilen weiß ich nur, daß ich nichts weiß ... Und Pilze – wahrhaftig, warum soll man Pilze bloß im Morgengrauen suchen? ...«

Anna hörte verwundert zu. Grigori Wassiljewitsch war bedächtig und ruhig wie immer. Er nahm sich seinen Grützerest vor und aß ihn bedächtig unter allgemeinem Schweigen auf.

»Nun ja ...«, sagte Grigori Wassiljewitsch nachdenklich. »Wir beide müssen tatsächlich miteinander reden, aber alle meine Gedanken auf einmal kann ich dir nicht auseinandersetzen ... Wir müssen all das nach und nach bereden. Bleib auf jeden Fall hier, wohn eine Weile bei mir. Wir reden ganz bestimmt – und viel.«

Der Abend verging mit zufälligen Gesprächen. Andrej brachte

Anna nach Hause, ging bei seinen Eltern vorbei und kehrte zu Grigori Wassiljewitsch zurück. Hinter den Wänden im Bibliothekszimmer brauste der Wind. Andrej legte sich auf das Sofa, an dessen Kopfende er eine Lampe gestellt hatte, schlug das Buch auf, las nicht, lauschte in die Stille. Vor dem Schlafengehen kam Grigori Wassiljewitsch zu Andrej herein, ein Buch in der Hand, setzte sich auf eine Sofaecke, schwieg zunächst.

»Kennst du dieses Buch?«

»Nein.«

»Lies es, bevor wir reden. Fang mit dem zweiten Kapitel an, danach kannst du das erste lesen. Fang gleich heute an ...«

Draußen brauste der Wind, der aus der Weite der Felder kam ...

... Fünfundvierzig Jahre vor 1912 – im April 1867 – schrieb Marx:

›Vorigen Mittwoch reiste ich nach London ab, per steamer, und erreichte unter Sturm und Ungewitter Hamburg Freitag nachmittags, um dort das Manuskript des ersten Bandes Herrn Meißner zu überliefern. Der Druck hat bereits Anfang dieser Woche begonnen, so daß der erste Band Ende Mai erscheinen wird ... Es ist sicher das furchtbarste Missile, das den Bürgern ... noch an den Kopf geschleudert worden ist.‹ –

– so schrieb Marx über ein Buch, auf das er einundzwanzig Jahre seines Lebens verwendet hatte, die er im Grunde genommen im British Museum verbrachte – morgens ging er dorthin los, und nach Hause kam er nach Schließung des Museums, wenn seine Kinder schon schliefen –, um für sein Buch alles Beste an Wissen zu verwerten, was es auf dem ganzen Erdball gab ... Seine Kinder nannten ihn Mohr – er wußte und studierte alles Beste, was es an Wissen auf der Welt gab, aber er sagte auch, die Kinder hätten die Aufgabe, ihre Eltern zu erziehen.

... Und drei Jahre vor 1912 – im Jahre 1909 – verabreichte in Solwytschegodsk, im Solwytschegodsker Gefängnis, die 1. Kompanie des Saljansker Regiments Verbannten und Inhaftierten Stockschläge nach den im Russischen Reich geltenden Gesetzen für die Bestrafung ehrlicher Menschen. Nach den Gesetzen hieß das ›Spießruten laufen‹ – die Soldaten bildeten, Spießruten in der Hand, eine Gasse, durch die der Betreffende zu gehen hatte (oder geführt wurde, wenn er sich sträubte, oder geschleppt, wenn er nicht weiterkonnte und zu Boden fiel), und jeder Soldat ließ der Reihe nach die Spießrute mit aller Kraft auf ihn niedersausen.

Und im Solwytschegodsker Gefängnis ging ein Verbannter, ein Mann mit ungeheurer Überzeugung, mit ungeheurem Willen und ungeheurer Verachtung für das Reich durch die Gasse der 1. Kompanie des Saljansker Regiments – langsamen Schrittes, mit einem aufgeschlagenen Buch, jenem Band, von dem Marx gesagt hatte, er sei

›sicher das furchtbarste Missile, das den Bürgern ... noch an den Kopf geschleudert worden ist‹.

Grigori Wassiljewitsch gab Andrej das ›Kapital‹ von Marx zu lesen. Das war Andrejs zweite Geburt. Alles bekam einen neuen Sinn und seinen Platz im Gefüge der Welt. Hinter den Balkenwänden der Schule brauste der Wind in der Nacht, in den Nächten, von den leeren Feldern, doch dort war keine Leere mehr und keine Dunkelheit – die Leere wurde nicht nur durch Wissen, sondern auch durch Bilder ausgefüllt. Natürlich war es nicht Iwans, Pjotrs, Sidors Sache, sich neue Pfade zu bahnen, alle alten Wege mußten vernichtet werden, damit alle Menschen neue beschreiten konnten. Das Ich, ich, ich, das Andrej bedrückt hatte, hing nicht mehr im luftleeren Raum, er hatte einen Genossen, einen guten Genossen – das große Proletariat, und folglich gab es ein Handeln, ein riesiges Feld für überzeugtes Handeln. Alles bekam seinen Platz – nicht nur er selbst, Andrej, nicht nur die Menschen und die menschlichen Beziehungen in Kamynsk und auf der ganzen Erde, sondern auch Zeit, Ehre, Pflicht und alles, was es anzupacken galt!

Andrej verbrachte bei Grigori Wassiljewitsch drei Wochen. Grigori Wassiljewitsch erreichte nur mit großer Mühe, daß Andrej bei seinem Tagesrhythmus blieb. Andrej hielt es kaum aus zu schweigen. Er hielt es kaum aus, nicht sofort zur Tat zu schreiten. Plötzlich konnte er wieder fröhliche Gespräche mit seinen Klassenkameraden führen – es waren zufällige Worte und Gespräche, doch sie wurden mit neuem Licht erhellt – und Jossif Schiller mit seiner unkomplizierten Art sagte einmal zu Andrej:

»Weiß der Teufel, weißt du, an wen du mich neuerdings erinnerst? – Und ich kann nicht mal rausfinden, wodurch.«

»Nein. An wen denn?«

»An Leonti Wladimirowitsch Scherstobitow ... Hat er nicht auch so freundlich-ironische Scherze gemacht?«

Andrejs Gestalt wirkte untersetzter.

An jenen Tagen, da Andrej sich vornahm, zu Anna und Grigori

Wassiljewitsch zu gehen, wollte er anschließend zu Olja Werejskaja gehen, um sich ihr Foto zurückzuholen. Er wußte jetzt, daß er nie zu Olja Werejskaja gehen würde: Ljolja umgaben keine Gespenster, Ljolja selbst war ein Schemen ... Damals, lange war es her, als Klimenti zu Andrej gekommen war, um sich zu verabschieden – Andrej hatte es eilig gehabt, weil er mit Olja verabredet war, und beide, Andrej und Klimenti, dachten sie damals, daß sie sich niemals mehr als Freunde wiedersehen würden – sie hatten sich geirrt.

Andrejs Wollen hatte ganz und gar feste Konturen angenommen.

Andrej war ein ganz und gar erwachsener Mensch geworden.

11

Ippolit Rasboischtschin kam zum Leben

Tagebuch führten in Kamynsk viele – die größte Gründlichkeit bewies dabei Ippolit Rasboischtschin. Wären diese Tagebücher über Ippolits ganzes Leben durchgehalten worden, er hätte Anspruch erheben können, der Schriftsteller von Kamynsk zu sein, so wie der Kleinbürger Polkanow der Maler von Kamynsk war. Geführt wurde das Tagebuch in stutzerhaften Wachstuchheften. Der ganze Stapel Wachstuchhefte war vollgeschrieben hauptsächlich mit dem Namen Ippolit Rasboischtschin oder einfach Polja sowie mit Gedichten, Hunderten von Gedichten, unter denen nur selten der Name des Dichters, aber stets der Name Rasboischtschin stand und Zusätze wie ›abgeschrieben aus dem Album von Mollas‹, ›abgeschrieben aus dem Album von Betsy Korowkina‹, ›gefällt mir, aber nicht übermäßig, kenne ich auswendig‹. Während sich Leopold Schmutzochs und Andrej Kriworotow für die Gedichte von Brjussow und Blok begeisterten, notierte Ippolit Gedichte von Koslow (an die zwei Dutzend), Lermontow (sämtliche Poeme von ihm), Krassowski, Shukowski, Puschkin (Abschrift des Dramas ›Russalka‹), Nekrassow, Nadson (sehr vieles), Minajew, Schablowski, Perzow, Maikow, Grinjowski, Tschirow, Slawin, Dmitrijew, Artamonow, Tschemissow, Batow, Korobow, Tschirkow, Oleg Leonidow – und sehr viele Gedichte ohne Angabe des Autors, mit dem Vermerk ›aus dem Abreißkalender‹.

Ippolit Rasboischtschin schrieb:

›Was einmal war und sich kaum wiederholen dürfte! ...

Meine Devise: Lebe wohl, mein Gestern – rasch vorwärts zum unerforschten Morgen! ...

Bei der Korowkina ....

Zwei Wochen sind es heute am zweiten Juli schon, daß ich alle Abende bei O. N. Korowkina verbringe ... Bei ihr sind Kinder, die ein Kinderstück aufführen – ich wurde auch zum Mitmachen aufgefordert, weil es hieß, ich würde ganz ordentlich spielen und vor allem niemals nein sagen ... Ich erklärte mich tatsächlich bereit, jedoch nur unter der Bedingung, daß man meinen Freund Fedja Nagorny ebenfalls dazunahm. Allein mit Betsys kleinen Freundinnen zu spielen, und wennschon mit Erwachsenen, dann mit lauter uninteressanten, hatte ich gar keine Lust. Und deshalb bat ich, Nagorny dazuzunehmen ....

Meine Bitte wurde berücksichtigt ....

Ich bin natürlich froh und zufrieden, nicht mehr der einzige zu sein ... es wäre ja sonst zum Ausreißen: ringsherum lauter kleine Mädchen – die unleidlichen Töchter des Polizeioffiziers Sampsonow, Soja und Lidka ....

Dieser Widerling, der Mischka Schmeljow – Maxim, mein Feind dazu ....

Man versteht gar nicht, wo man hingeraten ist, wenn man solche Typen sieht, die einen umgeben!!

Gott sei Dank wurde es mit der Zeit irgendwie besser .... als Kapellmeister nahmen sie Mischka Maxim dazu, als Bühnenbildner, auf meine Empfehlung Fedja Nagorny ... Kurz gesagt, die Sache wurde etwas manierlicher. Die Zeit verging, unmerklich freundete ich mich wieder mit Lidia Sampsonowa an, mit der ich während der Proben die Abende bei den Korowkins verbrachte.

Aber dieser Flirt war nicht von langer Dauer, es kam zu einem kleinen Krach zwischen uns und zwischen ihr und unserem komischen Regisseur Alex. Wass. Nagorny, Fedjas Vater.

1. Sie beleidigte mich irgendwie und wegen irgendwas.

2. Der Regisseur bat sie mehrmals, mit größerem Ernst an ihre Rolle heranzugehen und sich während der Proben besser zu be-

nehmen – sie spielte abscheulich!?! – und hundertmal schlechter benahm sie sich ....

Wegen dem ersten war ich ihr furchtbar böse ... Ja! und ehrlich gesagt, wie kam diese Vogelscheuche dazu, mich zu beleidigen?!? ...

Aber das ist nicht so wichtig wie das zweite ...... und zwar, alle Schauspieler(innen), wenn man unsere Laien und sogar einige von den Mädchen so bezeichnen kann, spielten mit Wut im Bauch und schwindelten ihre Eltern an, sie würde nicht mitspielen! So weit hatte sie es gebracht, die Freundinnen durften nicht mal mehr mit ihr zusammensein ....

Was soll man noch dazu sagen ....

Ja! der Regisseur bat sie also, sich während der Proben besser zu benehmen ... Auf alle diese Rüffel reagierte sie eher spöttisch – und stellt euch vor, nach den Vorhaltungen benahm sie sich noch unerträglicher. Das wäre halb so schlimm, aber diese ägyptische Mumie verleitete mit ihren Macken auch noch andre!!!

Und drei Tage vor der Aufführung baten wir sie, nicht weiter in unseren Zirkel zu kommen, denn keiner von uns (die Schauspieler, die Hausherrin selbst und die Schauspielerinnen) konnten sie länger ertragen. Sie ging ... mit ihr gingen ihre Freundinnen und einer von den Schauspielern ... Mollas. Mit ihrem Weggang, besser gesagt, mit ihrem Rausschmiß, schied überhaupt ihr ganzer Lotterhaufen aus, der mit L. S . (ihre Initialen) bezeichnet wurde ...

SO! Die Hälfte aus dem Zirkel war weg, übrig blieb nur eine Handvoll.

Mit dem Rest war die Aufführung nicht mehr zu machen – aber nicht deswegen, weil nur die Miesen übrigblieben, nein, nein, sondern weil es einfach zuwenig waren, wo doch viele gebraucht wurden ....

Nach dem Weggang der L.S.-Bande machten wir uns in der Stadt auf die fieberhafte Suche nach Schauspielerinnen(ern). Aber es waren keine zu finden, und wenn man welche fand, dann lehnten sie aus irgendeinem verflixten Prinzip ab ....

Das Prinzip war folgendes ....

Ich will versuchen, es kurz zu erklären – mir scheint, es wird verstanden werden ...

Diese Frau treibt's zu toll!!!!!

Nach dem Mord an ihrem alten Händlergatten war sie eine stadtbekannte Person in Kamynsk geworden .... Ihr Mann war ermordet worden – ihr Sohn Georges hatte die Nichte des Mörders von Lehrer aufgehängt – sie selbst hatte ein Kaufmann zur dritten Frau genommen, und er malträtierte sie .... und jetzt zeigte sie sich von ihrer allerschlechtesten Seite – alle ihre Verwandten hatte sie davongejagt, das Geschäft hatte sie geschlossen, sie lebte vom Kapital wie eine Aristokratin und stand im Ruf einer Trinkerin ...

Ja! Ja!

Da man also weiß, was diese Korowkina für ein Vögelchen ist und was ihr Haus darstellt, läßt natürlich keiner, keine anständige Familie ihre Kinder zu ihr .... SO WAR ES AUCH: die Mädchen, die sich an unserer Aufführung beteiligen wollten, hatten 1. Eltern, die die Korowkina nicht kannten, oder waren 2. so tollkühn, auf die Vorhaltungen ihrer Eltern zu pfeifen ...

Ja! Wir fanden keine Mädchen, die die ausgeschiedene L. S.-Bande hätten ersetzen können. Es blieb uns nichts übrig, als die Vorführung vom Peterstag auf den 11. Juli zu verschieben – den Namenstag der Hausherrin Olga Nikolajewna .... sie bat selbst darum ....

Alle waren einverstanden ... nicht einverstanden war nur unser Regisseur A. W. Nagorny-Latrygin, der komische alte Knopf, mit der Begründung, die Woche drauf sei er im Adelsklub beschäftigt, wo er das Bühnenbild malt und als Souffleur arbeitet.

‚Sososo, Sie arbeiten als Souffleur – dann bitten wir Sie, freundlicherweise Ihren Regisseursplatz frei zu machen', sagten wir Teilnehmer alle.

Ja! und uns Schauspielern(innen) tat es allen nicht leid um ihn, denn wir dachten an die allgemein bekannte Sofja Iwanowna Wolynskaja; letztere erklärte sich erfreut einverstanden, weil wir ihrem ritterlichen zivilen Gatten den Laufpaß gaben .... aus ihren Worten ergab sich als Ergebnis, daß sie bereit war mitzuspielen, da ihr Mann nicht die Regie führte. Sofja Wolynskaja brachte ein paar von ihren Schülerinnen mit ....

So. Tags darauf kamen wir zusammen und verteilten die Rollen – jeder bekam eine ab, und mehr brauchte es nicht, nur der Souffleur fehlte noch, aber den fanden wir am nächsten Tag .... Isaak Schiller, der sich schon selbst anbieten wollte.

So! Und wir fingen an. Alle machten sich an ihre Aufgabe!!! ...

Bei diesen Proben verging die Zeit ganz unmerklich. Wir kamen um sieben zusammen, fingen sofort an und waren gegen neun fertig. Zum Nachhausegehen war es noch zu früh – das junge Gemüse (das weibliche) ging heim, unsereiner blieb. Es begannen die abenteuerlichen Unternehmungen aller Schauspieler ....

1. In Sachen Schnaps (den man problemlos von der Hausherrin bekommt, sie setzt einem etwas vor und trinkt auch mit).

2. Natascha betreffend ... Ol. N. Verwandte und zugleich Stubenmädchen (sie verwaltet ebenfalls den Schnaps, wenn die Hausherrin abwesend ist) ... Große Sympathien genießt bei ihr der Gymnasiast Iwan Serg. Koschkin ....

Auf Draht ist auch die Hausherrin – ständig ist sie von zwei, drei Verehrern umringt – aber erwachsenen, zum Beispiel vom Offizier Gr. Fedotow und dem Gutsbesitzer Wachruschew, ihrem alten Geliebten und zugleich Repetitor ihres Sohnes Jegoruschka, ‚Georges' .... Häufig sind bei ihr auch andere Typen zu Gast, Beamte aus dem Schatzamt und solche, die ich bei Gott nicht kenne, aber ich muß schon sagen – das sind vielleicht Typen!!! Mit ihren Verehrern betrinkt sie sich, führt dabei pikante Reden, und manchmal, wenn sie in Stimmung ist, hält sie ihr Schäferstündchen im Garten ....

Überhaupt führt das ganze Haus ein lockeres Leben!!!! ....

Angefangen bei der Tochter Betsy. Sie ist zwölf Jahre, hängengeblieben in der zweiten Klasse des Gymnasiums ... hat schon Anton Kazaurow im Kopf, den ganzen Tag dreht sie sich aufgeputzt vor dem Spiegel, pudert sich und schmiert sich an und wiederholt in einem fort den Namen des heiligen Antonius. Wahrhaftig, ein Mädchen des 20. Jahrhunderts! oh und ach!!!

Ihr Bruder Georges, der Henker, sechzehn Jahre ist der Junge, geht in Moskau in die dritte Klasse einer privaten Handelsschule, ein ganz verkommenes Subjekt ist das ... ein Gauner, Dieb, Schuft, Säufer, wie man nicht viele findet ....

Da haben wir das ganze Korowkinsche Haus. Und alles liegt am Geld!!!!

Ja! wenn man unter solchen Verhältnissen lebt, vergeht die Zeit irgendwie unmerklich.

Es kam der Tag der Aufführung und zugleich auch der Namenstag unserer teuren von allen geliebten Hausherrin Olga Nikolajewna, mit den letzten Vorbereitungen ging Gott sei Dank auch die Qual zu Ende ...

Ich stand mit Fedja Nagorny vormittags um zehn auf, er hatte bei mir übernachtet, es war ein tüchtig langer Abend geworden, fast bis vier Uhr früh .... Wir standen auf und machten uns gleich ans Teetrinken, dabei lachten wir viel – wir probten unsere Rollen. Nach elf gingen wir in die Blumenhandlung ... einen Blumenstrauß besorgen, den ich Ol. Nikol. am Tage ihres Schutzengels zum Geschenk machen wollte. Ich berappte zwei Rubel für den Strauß, kam nach Hause, aß etwas und zog los zu den Korowkins – ich mußte mich beeilen, um bis zwei dort zu sein. Die Generalprobe war angesetzt ....

Ein wenig verspätete ich mich doch – und als ich eintraf, freuten sich alle – daß ich sie nicht lange hatte warten lassen, und vor allem interessierten sich alle dafür, was ich bei mir trug .... niemand kam darauf, daß es Blumen waren .... Sosehr sie mich bedrängten, ich zeigte ihnen nicht, was ich mitgebracht hatte. Keiner von den anderen Schauspielern(innen) war auf die Idee gekommen, der Hausherrin als Aufmerksamkeit ein Geschenk mitzubringen.

Nachdem ich den neugierigen Haufen losgeworden war, ging ich in Olga Nikolajewnas Zimmer .... wo ich ihr gratulieren und ihr die Blumen überreichen durfte. Ich gratulierte ihr wie es sich gehört und küßte sie dreimal mit den besten Glückwünschen ...

All das geschah in ihrem Boudoir, das Schutz bot vor fremden Blicken ... Nach der Gratulation begaben wir uns Arm in Arm dahin, wo sie ihre Flaschen stehen hatte .... sie kam von selbst drauf! Wir tranken vier Gläschen und trennten uns, um uns unseren Pflichten zuzuwenden, sie ging in die Küche, und mich erwarteten ungeduldig meine Kollegen – nicht ganz klar ...

Ich erfüllte ihre Bitte und kam zu ihnen. Zunächst sprachen wir wechselseitig Glückwünsche für unser teures Namenstagskind aus. ‚Na schön, gut!‘ sagte ich. ‚Was gibt's!?‘

Sie antworteten: ‚Wir könnten Hilfe gebrauchen beim Aufstellen der Kulissen!‘

Ich schnitt eine feindselige Grimasse und zog mich eilends unter Ol. Nikolajewnas Fittiche zurück. Ja! ehrlich gesagt – schön warm ist es bei ihr! .... Durch den Blumenstrauß oder einfach so stehe ich bei ihr in (höchster) Gunst – sie meint es gar zu gut mit mir. –

Interessant!!! Unsere Truppe arbeitete, während ich inzwischen mit ihr trank. Das merkten sie, und weil sie nicht auf den Kopf gefallen sind, kamen sie immerzu mit Sprüchen angelaufen ‚Olga Nikolajewna, was zu trinken wär nicht übel!‘ – und fügten hinzu ‚Sehen Sie doch mal, wieviel wir geschafft haben – und dafür kein Gläschen zu geben wäre eine Schande, Rasboischtschin hier kriegt es für umsonst!‘ Doch darauf versetzte Olga

Nikolajewna, während sie sich an mich schmiegte, mich hin und wieder umarmte und küßte: ‚Politschka, meinem künftigen Schwiegersohn, nichts zu geben, nein, das kann ja wohl nicht sein!' – und goß mir als erstem ein, damit ich trank …

Das ging von um zwei bis um sieben, das Ergebnis waren fünf Flaschen Ebereschenschnaps und eine Flasche Selbstgebrannter. Am interessantesten waren Nikolai Babenin und Isaak Schiller. Wirklich! – nachdem sie eine Bank gebaut hatten, kamen sie zu ihr und sagten: ‚Olga Nikolajewna, die müßte man begießen, sonst bleibt sie nicht stehen!' – und sie kriegten was.

Ich hielt mich zurück, weil ich Angst hatte, meine Rolle zu verhauen … Babenin und Schiller, kaum hatten sie einen Nagel eingeschlagen, kamen an, um ihn ebenfalls zu begießen … bei Gott, interessant!??

Aber endlich, es wurde halb sechs. Auf der Bühne war alles fertig. Es blieb nur noch, die Herrschaften Schauspieler(innen) zur Probe zu bitten! Und ich ging mit Babenin los sie suchen … Als erstes gingen wir in den Garten – hier stießen wir auf ein paar Pärchen – ohne Hemmungen jagten wir sie auseinander … Weiter hinten im Garten fanden wir auf einer Bank an einem Tisch Ol. Nik. selbst mit irgendeinem Typ … er war nicht von hier, aus Uwarowka wohl, ein guter Bekannter von ihr, der übrigens mächtig einen in der Krone hatte, d. h. betrunken war – die beiden saßen halb ausgezogen da und schmusten … Da ich und Nikolai sahen, daß wir störten, entschuldigten wir uns und zogen uns zurück … wonach wir uns halb tot lachten, wie sollten wir auch nicht lachen, es war zu komisch. Ein Bild – bei Gott!!!!!

Mit Ach und Krach hatten wir bis halb sieben alle zusammen. Nur Fedja Nagorny mußte noch ausfindig gemacht werden, wo der abgeblieben war, wußte keiner. Schließlich beschlossen wir, die Generalprobe ohne ihn anzufangen – aber zum Glück ließ er nicht lange auf sich warten, er erschien auf der Bühne mit leichter Schlagseite. Nach der Probe wollten wir wissen, wo er gewesen sei – er erklärte, er hätte ab drei auf dem Heuboden geschlafen, er war zu voll gewesen, die Hausherrin hatte es zu gut gemeint …

Die Probe war gegen acht zu Ende. Der Maskenbildner kam zum Schminken. Mit ihm kamen auch die ersten Zuschauer – und innerhalb einer halben Stunde hatte sich der Hof gefüllt (wir spielten im Hof). Ich sollte als letzter geschminkt werden – deshalb ging ich, um die Zeit nicht nutzlos zu vertrödeln, zum Tor nachsehen, was für ein Publikum das war …

Unsere Vorführung besuchten viele Mädchen, viele für mich interessante, zum größten Teil aber natürlich uninteressante ....

An der Einlaßkontrolle standen Nik. Babenin und Jossif Schiller, wir hatten am Tor viel zu lachen mit den Mädchen – ich wollte mich ein bißchen ablenken – ich war sehr aufgeregt vor der Aufführung ....

Der Zweck, warum ich am Tor stand, das war – nachsehen, ob vielleicht Olja Werejskaja kam – aber leider mußte ich erfahren, daß sie nicht kommen würde. Olja war krank – sie lag zur Operation im Krankenhaus, Appendizitis ... Als ich das erfuhr, bedauerte ich es lange, lange und erinnerte mich an mein Ideal meinen Traum – Margarita Schiller! sie war noch weiter weg als Olja – in Amerika!!! Ich wurde sehr traurig.

Endlich war das ganze Publikum da, das Tor wurde geschlossen, und ich ging zum Schminken. Lust hatte ich überhaupt keine.

Sie ist nicht da, sie kommt nicht!

Margarita fiel mir ein ... und wie mir vor meinem Auftritt zumute war, weiß Gott allein, sehr traurig war ich.

Aber Gott sei Dank nahm meine Qual ein Ende – Anton Kazaurow als Assistent sagte mir ‚mach dich fertig, gleich kommt dein Auftritt!' ... Ich nahm meine Kraft zusammen, machte mich fertig und trat hinaus. Aus dem Parkett war zu hören ‚das ist Rasboischtschin, Rasboischtschin, Rasboischtschin ....' Alle hatten ungeduldig auf meinen Auftritt gewartet! Meine Rolle – ‚Um ein Haar dem Tode entronnen' – war der Sohn des Kaufmanns Malobrjuchow, der mächtig einen sitzen hat. Meine Rolle kriegte ich großartig hin. Wurde viel herausgeklatscht. Nach der Vorstellung wurde mir heftig gratuliert und gewünscht, in Zukunft noch besser zu spielen und diese Kunst ja nicht aufzugeben. Betrunkene spielen liegt mir! Alle sind begeistert von meinem Spiel, alle sagen, keiner hätte besser gespielt, als ich ... Bloß ob das stimmt??????

Nach der Vorstellung gab es ein Konzertprogramm unter der Leitung von Mischka Schmeljow – von Maxim, dem Schlosser. Die ganze Schaffe dauerte bis zwölf Uhr nachts. Alle Schauspieler(innen) wurden von der Hausherrin ins Haus eingeladen, wo Olga Nik. einen Ball zu Ehren ihres Namenstages gab. Ein fabelhafter Zusammenfall mit dem Tag der Aufführung!!!

Nachdem wir abgeschminkt waren, ging es zusammen mit der Wolynskaja ins Haus ....

Hier gab es ein tolles Gelage. Die Alten und Älteren belegten zwei Zimmer und unsere Herrschaften Mitwirkende ein extra Zimmer, das vor den Blicken fremder Unannehmlichkeiten geschützt war. Kolka Babenin führte das Kommando.

Als wir uns gerade zu Tisch gesetzt und das erste Glas Klaren getrunken hatten, bat uns Sofja Wolynskaja ‚nicht so viel zu trinken'! ... ‚Geschenkt', denke ich mir .... Sie hatte mir ihr Wort gegeben, den ganzen Abend mit mir zusammenzusein und sie nach Hause zu bringen, wenn ich mich nicht betrank. Darauf gab ich ihr mein Ehrenwort. Die Gläser wurden andauernd gefüllt und augenblicklich geleert. Alles geriet außer Rand und Band, Singen, Lärm, Krach, Gläser gingen zu Bruch ... Kolka Babenin gab einfach keine Ruhe – immerzu muß getrunken werden, und zum Essen bleibt einfach keine Zeit. Der Organismus bittet schon, etwas weniger zu trinken.

Aus dem Haus brachten mich die Jungs in den Garten – wo sie mir Selterswasser gaben und mich allein ließen. Ich setzte mich auf eine Bank und sinnierte warum ich mich so betrunken hatte ... jetzt hatte ich mir alles vergiftet, den ganzen Abend, alles, alles .... Ich verfluchte Mollas – warum er mir so viel eingeflößt hatte. Überhaupt bedauerte ich schrecklich, daß ich mich betrunken hatte!!!!

Lange blieb ich nicht allein – Sofja Iwanowna kam selber zu mir – setzte sich neben mich, umarmte mich und begann mir Moral zu predigen, man darf nicht so viel Schnaps trinken, bis man sozusagen voll ist wie eine Haubitze ... Ich küßte ihre Hände, sagte in einem fort ‚verzeihen Sie mir, verzeihen Sie!' – und flehte sie an, mich nicht zu verlassen, ‚ich möchte mich nicht trennen – ich weiß, daß wir uns zum letztenmal sehen!!' fügte ich hinzu – bei diesen Worten versuchte ich mich loszureißen von ihr und Iwan Koschkin, letzterer war die ganze Zeit dabei. Sie wollte mich nicht weglassen, aber ich lief davon. Koschkin fing mich ein und setzte mich wieder neben Sonja ...

Sie sagte ‚Polja wenn du mich liebst, wirst du dir nicht das Leben nehmen – nicht wahr!?! ..' und setzte hinzu: ‚Was soll ich denn machen, wenn es dich auf der Welt nicht gibt ... ich werde leiden müssen. Nein, nein, du wirst das nicht tun! ...' Stürmisch schloß ich sie noch fester in die Arme und sog mich an ihren Lippen fest.

So viel Rausch, Verzweiflung, Raserei, Leidenschaft und solche hingebungsvolle Liebe lag in diesem Kuß, daß ich erfaßt vom Orkan der Leidenschaft nahe daran war, den Kopf zu verlieren. Mich von ihren Lippen losreißend sah ich ihr in die Augen und zog sie wieder an mich, überschüttete ihren Hals und ihre Hände mit Küssen. Ich erinnere mich, daß sich ihr ein dumpfes Stöhnen entrang, ‚ach, wie schade, daß du betrunken bist' ...

Ja, liebes Sonjalein, ich beging den Fehler, daß ich sie aus meiner Umarmung wegließ ... Minute verging auf Minute, und jede war eine Ewigkeit, und jede war voller Erinnerungen. Dann ging Sonja ins Haus tanzen, während ich im Garten blieb weil dieser verdammte Schnaps hatte mich zusammen mit diesen Küssen völlig fertiggemacht ....

Ja! mit diesen Küssen hatte sie mir eine wunderschöne Illusion von Glück gegeben – nur eine Illusion .... aber doch von Glück!!!! Ach! solche Illusionen hatte ich in meinen ganzen sechzehn Jahren nur zweimal erlebt! 1. mit Margarita Schiller, dem Gegenstand meiner Liebe, meinem Ideal ... aber das war lange her oder war vielleicht auch nie gewesen ... 2. mit Olja Werejskaja ... und 3. mit Sofja Iwanowna Latrygina (Wolynskaja auf der Bühne) ... Ja! Sie gab mir die wunderschöne Illusion des ersten und einzigartigen Mals, ihr verdanke ich viel ....

Mit Sofja Wolynskajas Weggang blieb ich allein und kombinierte in meinem Kopf, was geschehen war .... Kazaurow kam zu mir heraus, doch oh und ach, ich begann zu weinen und weinend rief ich schließlich – ich kenne Sie nicht mehr! ...

Auf mein Geschrei liefen unsere Jungs zusammen, weichten mir – auf Grund eigener Eingebung – den Kopf mit Selterswasser ein und beschlossen mich schlafen zu legen. Doch nein!!! den Teufel werd ich! ich wollte mit niemand gehen als mit S.Wolynskaja.

Sie fand sich bereit – führte mich untergefaßt zum Bett – legte mich hin ... und wollte gehen. Aber nichts war! Ich ließ sie nicht weg, betrunken sang ich ....

Geh nicht, bleib doch bei mir,
Mir ist so froh zumut, so leicht!?? ...

und so weiter. Sie hörte mir zu und wünschte mir beim Abschied ‚gute Nacht'. Allein geblieben, konnte ich noch ziemlich lange nicht einschlafen. Vor meinen Augen stand sie – ich sah ihre schöne pikante Figur, ich sah ihr dichtes, goldglänzendes Haar (des Chignons) ... die schneeweißen Zähne hinter den sinnlichen Lippen ... und mich durchfuhr es wie elektrischer Strom. Ja!

Das Glück war so nah gewesen, so nah, doch leider war es entflogen!!! …

Mitten in der Nacht wachte ich auf und ging nachsehen was sich tat. Die Uhr zeigte sechs Uhr früh – im Salon tranken die Jungs die Reste – wer umgefallen war, der schlief, wie es sich gerade ergab – in den Zimmern auf dem Fußboden, auf dem Hof, im Pferdestall – die Mädchen schliefen im Garten in der Laube, und neben der Laube im Gras schlief Kolja Babenin … Doch wer mich betroffen machte bis auf den Grund der Seele, das war unsere liebe Hausherrin Olga Nikolajewna!!!??? – mitten auf den Hof hatte wer weiß wer einen Phaeton gefahren, Olga Nikolajewna saß in dem Phaeton mit dem Gutsbesitzer Wachruschew, und ein betrunkener Kellner brachte ihnen fast auf allen vieren zu essen und zu trinken, und sie bildeten sich ein, sie würden in einem Schiff auf der Wolga fahren … ‹

Ippolit Rasboischtschin machte Aufzeichnungen über den Alltag:

›Jossif Schiller, Nikolai Babenin und Anton Kazaurow gewidmet:

Ein Verleumder ohn' Begabung,
Sucht den Stock er mit Gespür,
Täglich seine Kraft und Nahrung
Bringt ihm Lügen für und für!!!!! STIMMT!!!!

Notizen:

1. Lange schon ist uns die Liebe von Männern und die Freundschaft von Damen bekannt! …

2. Wir können nicht eine Seite aus der Geschichte unseres Lebens herausreißen, obgleich es leicht wäre, das Buch selbst ins Feuer zu werfen …

3. Bei wem im Herzen Klarheit fehlt, bei dem regnet es auch an einem klaren Tag …

4. Ich war glücklich, doch oh und ach, nicht einmal ihr Zettel ist mir erhalten geblieben, und sie selbst ist nach Amerika gefahren ….

Ich möchte sagen, wie ich die Großen Fasten hinter mich gebracht habe, ganz ohne es zu merken … Sehr, sehr schnell … Das ist leicht zu erklären …. weil ich fast den ganzen Tag in der verdammten Fabrik von Herrn Schmutzochs arbeite von früh um acht bis abends um sechs, und bis zum Marfin Brod ist es ja ein ganzes Stück. Die Zeit vergeht ganz unmerklich, darüber bin ich froh ....

Die erste Woche verbrachte ich zu langweilig. Alle Vergnügungsetablissements waren geschlossen, darum war es sehr schlecht, obwohl ich jeden Abend nach sieben auf den Otkos ging. Mit Ungeduld wartete ich auf die zweite Woche, um bald in den Großen Stummen gehen zu können.

Die zweite Woche kam, und ich besuche regelmäßig den Großen Stummen, sonst kann man ja nirgends hin ... In dieser Woche traf ich zweimal Olja Werejskaja im Kino – sie sieht noch genauso aus, erstaunlich, daß sie nichts von ihrer Schönheit einbüßt, eigentlich müßte sie es bei Andrej Kriworotow, den ich verachte ... Wir sehen uns und gehen aneinander vorbei, als würden wir uns überhaupt nicht kennen .... Abends kam zweimal Mischka Schmeljow = Maxim Karten spielen, aber das war wie immer, wir spielten Schafskopf mit Mutter ...

Die dritte Woche kam – eine genauso langweilige Zeit wie in der zweiten, alles wie gehabt, alles ein Schema, der Große Stumme, der Otkos.

Die vierte Woche kam, und die war noch langweiliger – weil der Große Stumme geschlossen war wegen der Kreuzverehrungswoche. Ohne den Großen Stummen ist es sehr langweilig, wenigstens kann man im Großen Stummen viele Leute treffen, sich Filme ansehen, Grammophon hören – und davon wird einem irgendwie besser .... Ist zwar ein kümmerliches Vergnügen, aber immerhin besser als auf dem Otkos herumstromern ...

Von den Filmen im Großen Stummen hat mir besonders der ‚Lahme Geiger' gefallen, wo er als widerlicher alter Knacker, aber mit einem für Liebe noch empfänglichen Herzen dargestellt ist. Und als er schließlich auf dem Weg zur Liebe auf ein Hindernis stößt, sucht er, durch seine jämmerliche Liebe den Kopf verlierend, den Tod! auf einer Meeresklippe ... Und zum letztenmal in seinem Leben trennt er sich nicht von seiner Geige, seiner treuen Gefährtin, zum letztenmal spielt er begleitet vom Wellenschlag ein schwermütiges Sonett. Außerstande länger den traurigen und klagenden Wellenschlag zu hören, stürzt er sich Vergessen suchend hinein ... wo der klapprige Alte die Gestalt eines schlanken hübschen jungen Mannes annimmt, der, umringt von prophetischen Nixen auf seiner Geige spielt, und von diesem Inhalt der Musik bekommen die Nixen beklemmende Glücksgefühle und geraten in Begeisterung .... und belohnen seine Wangen mit kalten Küssen ....

In dieser Woche war ich nur einmal in einem Vergnügungsetablissement zu einem Vortrag im Adelsklub – der Vortrag war zum Thema ‚Russische Dichtung im 20. Jahrhundert', und der Redner Grifzow sprach besonders viel von Dekadenz ... Aus diesem Vortrag habe ich viel Neues entnommen, was ich bisher nicht kannte. Ich war rundum zufrieden ... 1. mit diesem Vortrag ... 2. waren viele brauchbare Gymnasiasten(innen) da, obwohl ich mit letzteren kein Wort sprach und keine Annäherung suchte. Die ganze Zeit war ich mit Kazaurow und Nagorny zusammen ....

Nach dem Vortrag durfte ich lange durch die Straßen des gottbeschützten Kamynsk stromern und alles dort Gehörte kritisieren ...

Der zweite Vortrag gefiel mir nicht so – der Inhalt war uninteressant und auch der Redner – Doktor Iw. Iw. Kriworotow ... In diesem Vortrag ging es um Bakterien und Bazillen, um die Zusammensetzung des Wassers und um die Pest ... Interessantes erfuhr ich nur wenig .... obwohl aus einigem nahm ich doch Interessantes mit und sogar sehr Interessantes – das ist nur eins, und zwar sagte Kriworotow: ‚Der Marfin Brod ist das Tor für alle Infektionskrankheiten in Kamynsk' ... und der Grund ist das *Wasser*, das aus der Fabrik herauskommt, und was das für Wasser ist nach dem Waschen von Seide, das weiß jeder!!!!

Die fünfte Woche kam und verging wohl interessanter und unmerklicher als alle anderen. Übrigens möchte ich bemerken daß ich in dieser Woche einmal nicht zum Dienst gegangen bin ... Warum? das läßt sich schwer beantworten ... Es ist gar zu schön geworden draußen. Die Saatkrähen und die Lerchen sind da, sie erfüllen mit ihren Stimmen die Frühlingsluft .... überhaupt ist der Frühling eingezogen. Die Straßen sind fast trocken. So daß alles zusammen einem die Lust am Arbeiten nimmt. Im Dienst zieht es einen fast schon um vier weg, obwohl es bis sechs geht. Zum Arbeiten hat man nicht die geringste Lust ....

Aber zum Spazierengehen bleibt leider zuwenig Zeit. Von dieser verdammten Fabrik ist man nach sechs zu Hause, hat man seinen Tee geschlürft und was gegessen, ist es schon halb acht ... man beeilt sich wie ein Besengter ins Freie zu kommen .... wo man bis zehn oder elf herumstromert ... aber mit Jungs möchte ich bemerken, nicht mit Mädchen, die sind um die Zeit nicht mehr zu sehen, sitzen alle zu Hause über ihren Schulaufgaben ... Ihre Stromerzeit ist von vier bis sechs, wie ich an dem Tag feststellen konnte wo ich den Dienst schwänzte .... Von vier bis sechs kann man mit Sicherheit sagen, daß man alle Schnapsdrosseln zu sehen bekommt, aber nur von den Schülern. Von den Dämchen sind allerhand unterwegs, aber wer das ist sage und verrate ich nicht!!! spazieren geht auch Ljolja. Wer. mit ihrer Sklavenbande, mit Babenin (der ist aus dem Kadettenkorps rausgeflogen), Kriworotow und überhaupt allerhand Leuten von dieser Sorte ... dabei ist auch der ausgemachte Spitzbube und Dauerstromer Isaak Schiller .... Ach wie sie mich alle anöden!!! ....

Von 8 bis 10 Uhr abends wimmelt der Otkos von Menschen der Geschäftswelt d. h. die Schüler werden abgelöst von anderen Leuten, Leuten mit Dienststellungen und Beamten .... Ja! sehr viele müßig herumlungernde Typen, deren Devise lautet ‚als erster kommen – als letzter gehen'!!!! und wie nichtswürdig und widerlich alle diese Gestirne auf dem Otkos sind .... aber sie sind frei! frei! und ich!?!? ....

An einem klaren warmen frühlingshaften (durchaus) Abend dieser Woche entlud sich ein Gewitter d. h. ein Unglück über den Gymnasiasten, und zwar: ein gutes Dutzend von ihnen wurde von angetrunkenen Beamtentypen verprügelt .... und nicht bloß so, windelweich wurden sie verprügelt. Diesem Abend habe ich den Namen BARTHOLOMÄUS-Abend gegeben, stimmt zwar nicht, aber macht nichts, kann sein ... ein Vergleich: ähnlich wie auf die Hugenotten eingeschlagen wurde in der Bartholomäusnacht so wurde während der Großen Fasten auf dem Otkos auf die Gymnasiasten eingeschlagen ....

Die sechste Woche verging ohne irgendwelche Fakten. Wie ich aus verläßlichen Quellen hörte und mich selbst überzeugen konnte bemüht sich um O. W. in letzter Zeit N. Babenin sehr, der mir etliche Male selber gesagt hat, daß es sehr beschwerlich ist, den erwünschten Erfolg der Gegenseitigkeit zu erreichen – und das liegt an A. Kriworotow, in den sie verliebt ist wie eine Katze .... Kolja tut mir leid! ....

Zur Abendmesse vor Palmsonntag bin ich diesmal nicht gewesen .... Diese Abendmesse weckt eine Menge teurer noch immer frischer Erinnerungen ... Ja! was vor zwei Jahren an diesem Abend war .... Ich liebe O. Werejskaja ... Sie stand die ganze Messe durch in der Kathedrale und wir haben viel zusammen geredet ... Oh und ach! und das alles ... erstaunlich, wie sich zwei Jahre so völlig unterscheiden ... nur Träume bleiben von alldem .... O tempora! ...

Die Karwoche ....

Oh, diese Qual … Montag, Dienstag, Mittwoch und Donnerstag bis zwölf mußte ich in der Fabrik arbeiten genauer gesagt bloß zum Dienst antreten. Interessanterweise habe ich in allen diesen Tagen im Dienst keinen Finger krumm gemacht, ist auch lachhaft zu solcher Unzeit zu arbeiten?!? …

Na, Gott sei Dank, die Arbeit ist zu Ende – ehrlich gesagt habe ich es satt durch den Morast zu gehen und zu ermüden. Kaum habe ich zu Hause gegessen – da kommt Michail Schmeljow hereingeschneit Karten kloppen … Spielergebnis ich habe 4 Rubel gewonnen. Gut!!! Um sieben kommt Fedja Nagorny … In der Kirche werden die zwölf Evangelien gelesen und wir dreschen Karten, das ist nicht so gut, aber na schön!!!

Mischka ging nach Mitternacht, während Fedja über Nacht blieb …. vor dem Einschlafen redeten wir ausgiebig über Ljolja W., sie hatte sich bei Johannes dem Evangelisten auf das Abendmahl vorbereitet, außer ihr noch viele andere Gymnasiastinnen. Ach, wie schade, daß ich es nicht auch getan hatte …

Am Freitag und Sonnabend mußte ich Punkt zehn aufstehen – immerzu Störungen wegen dem Reinemachen vor dem Feiertag. Um zwölf verließ ich das Haus zu Einkäufen für das bevorstehende Fest …. gegen vier, zur ausgemachten Kartenspielzeit kam ich zurück und konnte gerade noch den Mantel ausziehen – wir legten los mit wahrem Feuereifer. Die Zeit verfliegt beim Kartenspiel unmerklich.

Dieses Spiel war für mich ein großes Erlebnis – während wir mit unseren Karten dasaßen, hörten wir, wie in allen Kirchen zum Schluß des einen und zu Beginn des nächsten Evangeliums geläutet wurde … ich wollte jedesmal los in die Kirche aber die Spieler ließen mich nicht sie sagten ‚Ach nein, hast gewonnen und willst ausreißen!!!‘ Mischka hänselte mich die ganze Zeit ‚brauchst dich nicht zu beeilen, Ljolja ist sowieso mit Andrjuschka Kriworotow zusammen‘ … Nein! Mich trieb es nicht darum in die Kirche und Schluß zu machen mit dem Spielen – ich wollte einfach so hin …. Ja! Wieviel unerklärliche Süße, Seligkeit und eigenartige Wehmut und Traurigkeit spürt man in jedem einzelnen sauber ausgeformten Schlag der Glocken, deren Echo in die Seele fließt und sie ausfüllt mit einer bezaubernden lieblich-teuren Begeisterung … Na! Zeit Schluß zu machen mit dieser düsteren Philosophie sonst schreibt man noch weiß der Teufel was zusammen!!!! …. Ich kann ein letztes Mal sagen, daß die Zeit so zu verbringen ein *Unding* ist!!! Ja! Ja!??!

2. April–20. April …

Die Zeit habe ich in dieser Zeit einigermaßen erträglich verbracht.

Bis um sechs bin ich natürlich im Dienst. Doch endlich nähert sich Gott sei Dank der Zeiger der 6 … Das Essen samt Tee steht bereit – nachdem ich auf die Schnelle gegessen habe, schlürfe ich zwei–drei Glas Tee und ziehe los zum Otkos …. Hin und wieder treffe ich Olja W. …. ach! käme nur bald die Zeit, daß sie ganz häßlich geworden ist?!!? …

Am 13. April bezog ein neuer Mieter ein Zimmer bei uns, er ist Veterinärhelfer und Lette, spricht schlecht russisch, obwohl verständlich. Er spielt Mandoline, Zither und mehr noch und am besten Geige … Das ist sein Lieblingsinstrument … Er wäre ein prima Bursche, aber o Jammer – raucht nicht, trinkt nicht, streunt nicht auf dem Otkos herum … Ein Mißverständnis und kein Mensch! … Bei diesem Karl Petrowitsch, wie er heißt, versammelt sich häufig genauer gesagt täglich eine kleine aber nette Gesellschaft. Die Zeit verbringen wir lustig zusammen. Karl Petrowitsch spielt Geige, Fedja singt, und wir alle tanzen und hauen beim Tanzen die verschiedensten Sachen raus, daß man gar nicht anders kann als lachen … eine Art Gesetz!!!! …. Einmal veranstalteten wir eine Weltmeisterschaft im französischen Ringkampf, aber Karl Petrowitsch legte uns alle aufs Kreuz, und wir ließen es sein …. Mein Leben hat sich mit Karl Petrowitsch etwas gebessert …. Warum? – na darum … die Zeit, die Zeit schlage ich jetzt fröhlicher tot ….

Am 20. April fand in Kamynsk ein Verkauf von Weißer Kamille statt, organisiert von Doktor Kriworotow auf der Grundlage des Kampfes gegen die Schwindsucht. Ich war als Verkäufer dabei ….

Ich verkaufte bis um fünf, dann gab ich die Büchse ab und ging mir ansehen, wie andere verkauften ich verfolgte einen Zweck d. h. durch die Straßen stromern und mir die hübschen Verkäuferinnen der weißen Blume ansehen …. Aber leider kam etwas anderes heraus als ich mir vorgestellt hatte! ich ging diesen Hübschen hol sie der Teufel ganz schön auf den Leim!!! … Die Verkäuferinnen, die mir auf der Straße begegneten, wurde ich nicht los, und nicht nur ich sondern alle …. nein zu sagen war irgendwie peinlich – ich steckte Geld in ihre Büchsen …. aus Sympathie für die Sache und einem warmen Mitgefühl und Mitleid mit den Schwindsüchtigen ….

In der Fabrik hätte ich mich auch nicht zu langweilen brauchen, wenn ich mich mit meiner Arbeit befaßt hätte, aber das war es ja, daß mir meine Arbeit eine Qual war – ich hatte es im wahrsten Sinne des Wortes satt zu arbeiten .... meine Seele wollte aus dieser stickigen scheußlichen Fabrik ausbrechen in die Freiheit und die Qual wurde von Tag zu Tag größer für mich.

Karl Gottfriedowitsch Schmutzochs stellte mir meine Papiere für den 1. Mai in Aussicht, und hiervon erfuhr ich nach der Vorschrift zwei Wochen vorher. Da ich wußte daß ich die Papiere bekommen würde beruhigte ich mich und freute mich sogar daß sich alles, Gott sei Dank günstig gefügt hatte .... Aber obwohl ich bald meine Papiere bekam, wurde ich angewiesen zur Erfüllung meiner Dienstpflichten zu erscheinen ... ich kam, aber arbeiten – Teufel noch mal es war lächerlich zu arbeiten, wenn ich meine Papiere bekam ... Das mußte man doch begreifen!?!? ...

Am 1. Mai .... nachdem ich wie gewohnt um sieben aufgestanden war machte ich mich zum letztenmal auf den Weg in die Fabrik (wegen der Papiere). Ich komme hin – aus Untätigkeit, genauer gesagt aus Langeweile setzte ich mich hin und schreibe das Buch (des Materialeingangs) ab .... gerade habe ich richtig losgelegt – da höre ich plötzlich das Telefon rasseln ... Mein Arbeitskollege geht ins Büro und nach fünf Minuten kehrt er zurück nimmt stramme Haltung an wie ein Soldat und ruft ‚Polja, du sollst dir im Personalbüro deine Papiere holen!‘ ....

Mir stockte das Herz ....

Ohne Hast ging ich los ... ich wurde bereits erwartet. Man händigte mir meinen Ausweis aus, gab mir meine Anweisung Nr. 337 für die Auszahlung des Geldes – bat mich zu unterschreiben und die Prozedur war beendet ... Ich möchte beiläufig bemerken, daß ich Zeuge wurde, wie man meinen Namen aus dem Verzeichnis des Buches der Herren Angestellten strich .... Wie ich mich erinnere ging mir ein Vergleich damit durch den Kopf – als ob ich aus dem Verzeichnis des Lebens gestrichen wurde ....

Und mir wurde so traurig zumute!!! .... traurig .... die Regeln, die das Offizielle vorschrieben, waren erledigt und ich frei ... Nachdem ich mich von allen Kollegen und von meinem Chef dem Rechnungsführer Bufejew verabschiedet hatte, möchte ich bemerken – ich habe bei der Trennung ihr herzliches Verhältnis zu mir gespürt und zweitens ihre allerbesten Wünsche ... Und mit dem Fabrikanten Schmutzochs war es das gleiche ...

Mit Iw. Jak. Bufejew das gleiche plus Moralpredigt. Erstens sagte er es wäre gut daß es so gekommen ist ... Schade, daß dein

Papa der von allen verehrte Afinogen Kornilowitsch so früh gestorben ist und du dadurch das Gymnasium aufgegeben hast, aber Verlorenes holt man nicht zurück, haut man den Kopf ab weint man nicht den Haaren nach ... Du wirst entlassen – und du brauchst es nicht zu bedauern – dein Platz ist nicht hier – für dich ist es besser, wenn du zum Semstwo gehst oder zur Eisenbahn als Zeichner, stütz dich natürlich vor allem auf den Ruf deines Vaters und auf Protektion, bitte deine Mutter zu seiner Durchlaucht dem Fürsten Werejski oder zu Oberst Zwetkow zu gehen .... du weißt ja wie schön es heutzutage ist eine Protektion zu haben und wie schlecht sie nicht zu haben, greif zu laß sie dir nicht entgehen .... mit deinem Kopf kann man kaum untergehen, natürlich wenn du etwas aus ihm hinauswirfst ... weiter hält er mir meine Nachlässigkeit und Sorglosigkeit vor Augen!!! – ich widerspreche, ‚Iwan Jak. Ja! Ich streite nicht stimmt ich war so, aber wenn es so ist, war ich denn unverbesserlich, habe ich meine Arbeit nicht immer termingemäß erledigt, als ich zu Ihnen kam als meinem Chef!‘

Iwan Jak. sagt: ‚Darum geht es ja nicht, Polja – das zeigt auch, daß du dich mit dem Dienst noch nicht auskennst. Es ist notwendig und unser Brotgeber verlangt daß alle seine Büroleute unermüdlich arbeiten ... und das machst du nicht ... hast du deine Arbeit erledigt sitzt du da, und das gefällt Karl Gottfriedowitsch nicht. Er hat mich wiederholt deinetwegen angesprochen – erfüllt denn Rasboischtschin wirklich alles was Sie ihm auftragen? Ich sage ja ... Er ist verwundert, und ich staune ja selber, was du für ein Köpfchen hast .... Ach! Polja! was für eine Kraft ich in dir hatte, nie mehr werde ich mehr so eine Kraft haben!!!!! ich habe große Hoffnungen in dich gesetzt und plötzlich ...‘

Ich frage ‚was plötzlich!? ...‘

Er antwortet ‚du wirst mir weggenommen weil du selber zu dem Fabrikanten keinen Zugang gefunden hast und er nicht zu dir ... dabei wollte er dir helfen in Erinnerung an deinen hochverehrten Vater ...‘

Ja! Iwan Jakowlewitsch! sagte ich zu ihm, Zugang finden zu so einem Menschen wie Karl Gottfriedowitsch ist sehr, sehr schwer, Zugang zu ihm finden und bei ihm arbeiten können – dazu muß man sich einschmeicheln und erniedrigen, ich kann das aber nicht und will es nicht, das ist gegen meinen Charakter ...

Recht hatte ein Wissenschaftler, der sagte: Seinen Dienst verrichten ist leicht, aber liebedienern ist schwer!!!

Als ich mich vom Direktor Karl Gottfriedowitsch verabschiedete, hätte ich gern ein Ding steigen lassen – aber als ich vor ihm stand, konnte ich nicht .... Womit ist das zu erklären!?!? ... Es muß an meiner guten Erziehung gelegen haben oder meiner edlen Gesinnung – weiß Gott ich weiß es nicht ... Trotzdem hätte ich einen Korken abschießen sollen, das heißt ihn an einem wunden Punkt treffen ... Das hat nicht geklappt – na ja pfeif drauf!!! Raus kam völlig unerwartet das genaue Gegenteil von dem was ich vorgehabt hatte ... Wir drückten uns wie Freunde die Hand und dazu nuschelte ich noch ‚gedenken Sie meiner nicht im Bösen!' .... Wozu ich das getan habe, ist mir völlig unklar, das war unnötig.

Jetzt ist Schluß mit der Fabrik. Ich bin froh darüber.

Die Frage ist bloß – ich erwarte von diesem Sommer ....

Was ich möchte ... die Zeit möglichst lustig verbringen (ich verallgemeinere), d. h. trinken, schlemmen, feiern, mich amüsieren usw. usf. ... aber Gott behüte, daß ich mich verliebe! Die durch lange Qual erkaufte Freiheit tausche ich um keinen Preis gegen die Liebe zu irgendeiner Gymnasiastin ein ... Behüte mich Gott davor!!!! Den vielleicht letzten Sommer wollen wir sorgenfrei verbringen, vom Leben muß man alles nehmen, selbst was es einem nicht gibt ... ‹

....

Ippolit Rasboischtschin machte Aufzeichnungen über Vorgänge, die keine direkte Beziehung zu Kamynsk hatten:

›*Ein paar Worte über die Bewohner Italiens und ihre Sitten ...*

Die jungen Italienerinnen sind sehr schön und ihre hauptsächliche Schönheit besteht in ihren wundervollen Augen, ihrem üppigen Haar und ihren dunklen zartgliedrigen Armen und Beinen ... Die alten und älteren Italienerinnen sehen im wahrsten Sinne des Wortes wie Hexen aus. Die Männer sind ebenfalls sehr schön mit ihren rasierten Gesichtern, den feingeformten Gesichtszügen ihres Profils, ihrer Leidenschaftlichkeit und der Biegsamkeit ihrer Gestalt ....

Italien ist das Land der Gedichte und des Gesangs und die Bewohner dieses Landes lieben ihre Kunst, die eine wesentliche Rolle spielt in ihrem inneren häuslichen Sein .... Wie Spanien das ‚Land des Tanzes' ist, so ist Italien das ‚Land des Gesangs'!!!!

Aphorismus des Italienreisenden.

Dem Italiener kann man Zigarren und Schokolade nehmen, der

Italienerin ihre Mantille und ihren Fächer – sie werden bekümmert und betrübt sein, aber nehmt ihnen die Möglichkeit, Sonette zu lesen und die Barkarole zu singen – sie werden sterben!??? ...

In den Liedern Italiens ist so viel Leidenschaft, so viel Leben, daß sie zu einer bildhaften Sprache geworden sind, mit der alle Lebensemotionen wiedergegeben werden, mittels Lautvibration, zuweilen weitaus ausdrucksvoller, als es die normale menschliche Sprache zu tun vermag .... Das verbreitete italienische Motiv ist die Canzone, ausgesprochen national, und stets ist es ein Liebeslied mit all seiner fieberhaften Emotion .... Italien ist die Heimat der Komponisten, der Sänger und der Sängerinnen .... Rossini, Puccini, Leoncavallo, Verdi und wer nicht alles! ... Die Bewohner Italiens sind in der Tat wie naturgeschaffen für das Lied. Die Männer sind schlank, feingliedrig, geschickt und geschmeidig. Die Frauen sind fabelhaft gebaut, dünn, mit natürlichen schmalen Taillen, mit üppigem dunklem Haar, mit kleinen exzellent geformten Füßen, mit natürlicher bildschöner Gestik, mit ausdrucksvollen Augen und einem lebhaften Gesicht ... Ja! es wird kein richtiges Fest, wenn keine italienische Sängerin oder Dichterin dabei ist! sagt ein Reisender ....

Das eleganteste Motiv der Barkarole wird ausschließlich in den Gondeln gesungen. Die eleganteste Form des Gedichtes ist das Sonett anders gesagt der besonders gereimte Vierzehnzeiler. Am Anfang dieses Sonetts steht eine getragene langsame Melodie, die Material liefert für träge schmachtende Posen und Körperbewegungen, dann folgt ein rascher, fast plötzlicher Übergang zu einem stürmischen Tempo voller Bewegung und Leidenschaft, dieses Sonett ist außerordentlich schön durch seine choreographische Faktur der Kontraste .... Die Terzine hat drei gereimte Zeilen. Ein außerordentliches Erlebnis ist es, wenn sie tanzend dargeboten wird .... Schultern und Arme der Vortragenden sind ergeben gesenkt, sie ist gleichsam in Ekstase, dann richtet sie sich urplötzlich auf, macht einen Sprung und deklamiert in schnellem Tempo zum klopfenden Rhythmus des nervös geschüttelten Tamburins ....

Der bevorzugte Tanz Italiens ist der Schwertertanz, zweifellos altrömischer Herkunft. Die beliebtesten italienischen Volksinstrumente sind die Okarina, die Mandoline, die Stradivari-Geige, die Cremona-Geigen. Bekanntlich hat Italien die Opera seria und die Opera buffa hervorgebracht .... Die Opera buffa galt in der Anfangszeit ihres Entstehens wegen der krampfhaften Körperbewegungen der Tänzerin als noch wollüstiger. Die Opera seria macht trunken – die Opera buffa entfesselt, sagt ein gelehrter Reisender .... Die Canzone ist die Schwester dieser beiden Opern und wurde anfangs stets mit Tanzbegleitung dargeboten, jetzt wird sie mit Gitarren- und Kastagnettenbegleitung getanzt ....

Schade nur, daß es in der um die Wahrheit zu sagen sehr armen Weltliteratur keine Forschungen über die Tänze Italiens – des Landes der Poesie – gibt ....

Ipp. Af. Rasboischtschin ....
8 Uhr abends. Draußen sind die Schritte eines lahmen Bettlers zu hören. Mutter und Marfa spielen in der Küche mit dem Hausmeister Schafskopf ....

I. Rasboichin! ...

Narr (Akrostichon)
Noch und noch hab ich bemüht mich
Auszuforschen, wie Ihr seid ...
Reingefalln zu Malen vierzig,
Ruf ich jetzt, ich weiß Bescheid ...

Anmerkungen über Schriftsteller .... als Gedächtnisstütze ....

Kuprin.

Kuprins Erzählungen stellen eine kleine Enzyklopädie dar (Allgemeinbildung des Menschen). Nicht nur Wissensvermittlung, sondern auch mit Ratschlägen und Entwürfen, die Studien in Politökonomie, Gesundheitswesen, Militärwesen erfordern. Kuprins Stärke liegt in der Beschreibung ... (s. P. Kogan, Russ. Liter., S. 49)

Arzybaschew.

Ein Dichter des Körpers, ein Erforscher der physischen Natur des Menschen. Sein Held ist zweifellos vor allem Sanin ...

Sologub.

Der Dichter dieser Teufelsmaskerade. Sein Held ist ‚Peredonow' aus dem ‚Kleinen Dämon'.

Saizew.

Ein Dichter der Freude. In allem sieht er vor allem helle und glückliche Töne ...

Der Tod eines Gesetzprojekts ...
Ort seines Tods eine Duma-Kommission,
Lang lag das Kerlchen schon hier ...
Lang hat ein Oktobrist kalten Herzens
Lustvoll es malträtiert ...
Kränkung, Geschimpf, Spöttelei und Vorwurf,
Schweigend ertrug es all das ...
‚Wills ja erdulden, nur rein in die Duma,
Hoffentlich reicht meine Kraft ... ‘

Gestern bettelarm, bin ich heute reich, grenzenlos, unermeßlich reich ... und wurde mir viel geschenkt? – nur ein einziger Blick, von Olja Werejskaja ....

Selbstmord in diesem traurigen Moment – du allein bist mir geblieben! ... Ausspruch eines römischen Weisen ....

Mein Gang dorthin und meine Gedanken ....

Aufgestanden bin ich wie gewöhnlich nach zehn ... trank dann Tee ... Wie ich so saß, befiel mich quälende Langeweile, ich beschloß, zu Babenin zu gehen, der ja genauso untätig dasitzt (sein Vater bemüht sich, ihn in Moskau als Polizeirevieraufseher unterzubringen, aus dem Korps ist er endgültig rausgeflogen) .... zu zweit langweilt es sich immerhin besser ... Im Gespräch erzählte ich ihm auch, wie mich unser Dienstmädchen Marfa heute beim Klauen erwischt hat ... Das passierte so ... Mutter war ins Dampfbad gegangen und von da zu den Korowkins Tee trinken. Die günstige Gelegenheit nutzend, schritt ich zur Tat. Durch die von mir (zum Teil) aufgebrochene Kommode drang ich in den nächsten Kasten vor, wo ich die Schlüssel entdeckte, und damit schloß ich eine von den Truhen auf. Ich nahm bloß ein Fläschchen ‚Maiglöckchen‘, zwei Kartenspiele und französisches Geld cinq Centimes. So gern ich es gewollt hätte, noch mehr mitgehen zu lassen, schaffte ich nicht ... dazu hätte es Zeit gebraucht, um alles durchzusehen und zu suchen. Als ich das oben Bezeichnete an mich nahm, kam unser Dienstmädchen Marfa, der Teufel soll sie holen mit lautlosen Schritten ins Zimmer herein und fand mich natürlich am Ort des Verbrechens .... Was konnte ich tun? Die Sache zugeben – aber diesmal hatte ich keine Lust, wir lagen miteinander im Streit ... Es sah ziemlich dumm aus, wenn Mutter kam, würde sie alles erfahren .... den Mund halten, das war nichts für unser Dienstmädchen ....

Das alles erzählte ich meinem Freund Kolja Babenin, aber leider zeigte er kein Mitgefühl, sondern schimpfte bloß mit mir in zwei Punkten ... 1. daß ich mich so leicht hatte ertappen lassen und 2. daß ich nichts Wertvolles abgestaubt hatte, um es in Wodka umzusetzen ....

Danach schwiegen wir lange und ließen uns endlich was einfallen ... Bei Kolja fanden sich 50 Kop. Ohne eine Minute zu verlieren zogen wir los zum Otkos dort besorgten wir uns von Schiller noch ein Fünfkopekenstück und machten uns auf in Koslows Schenke eine Karaffe trinken ...

Wir tranken sie mit einem ordentlichen Imbiß und bekamen Lust auf noch mehr, aber die Frage war wir hatten kein Geld ... Darum beschlossen wir, noch welches auf dem Otkos zu holen ... Wir waren noch keine dreißig Schritt von der Schenke entfernt, als uns ein Unbekannter anhielt, an seinem Anzug als Rekrut zu erkennen .... Von uns wollte er wissen, wie er ‚dorthin zum Podol‘ käme .... Wir wiesen ihm den Weg, fügten dabei hinzu auf sein Geld zu achten und nicht so viel zu trinken, er habe ohnehin schon ganz schön geladen .... Ich weiß nicht, vielleicht mit diesen Worten oder durch unser sympathisches Wesen nahmen wir ihn für uns ein .... Er konnte uns nicht genug danken und erzählte uns von seinem Unglück ... er war Rekrut, morgen ging es los nach Warschau, drum hatte er noch eine letzte freie Nacht, er hatte beschlossen, sie da zu verbringen, bedauerte beiläufig, daß er hier allein war ohne Freunde, nur mit seiner Mutter, einer Händlerin, von der er sich hatte freigeben lassen für die Nacht (um auszugehen) .... Nachdem er uns seinen Kummer erzählt hatte, lud er uns zu Koslow ein bißchen was trinken und von dort mit ihm ans Ufer fahren ... Wir sagten natürlich nicht nein und gingen mit ....

Wir tranken und fuhren gummibereift ans Ufer. Babenin traf eine Bekannte, mit der er uns bekannt machte, und wir gingen mit auf ihr Zimmer .... Kaum waren wir drin, wollte sie Bier vorgesetzt bekommen. Nun, wenn es sein mußte bestellten wir zwei Flaschen Bier, ein paar Minuten später erschien ihre Freundin Xenia, die auch Bier wollte, wir bestellten noch zwei Flaschen .... Unser Unbekannter war ganz hin beim Anblick Xenias. Nun, wie das so ist, nachdem er hier mit der Zimmerinhaberin den Kauf auf Zeit klargemacht hatte, ging er auf Xenias Zimmer. Kolka ging ebenfalls hinaus. Ich blieb mit Tanja allein .... wir kamen ins Gespräch, sie begann mir gleich Komplimente zu machen, was du für ein hübscher, netter Junge bist und fügte beiläufig hinzu, ich sähe ihrem letzten Liebhaber einem Realisten aus Kostroma sehr ähnlich. Sie bat mich, sie zu besuchen, und küßte mich zur Bekräftigung mit einem brennendheißen leidenschaftlichen langen Kuß.

Ich fand ein wenig Interesse an ihr, aber nicht als Prostituierte, nein, nein, keineswegs, sondern als weiblichem Wesen, und außerdem tat sie mir leid ....

Es war doch irgendwie schade!!! ... jetzt war sie noch so fröhlich und frisch, noch nicht verblüht, aber was erwartete sie???? Auf die Straße geworfen zu werden mit abgefressener Nase irgendwo unter einem Zaun, verfaulen und krepieren wie ein Hund ....

Ja! leid tust du mir Tanja – ohne ganz aufzublühen, verblühst du!!!???

Ach! diese Prostitution!? ...

Seit ich dort gewesen bin, sind vielleicht drei Tage vergangen, aber ich komme nicht davon los .... und ich habe beschlossen kurz das Dasein der Prostituierten zu beschreiben. Ja! ich weiß was ich mir damit auflade – und das Material ist riesig hier und größtenteils schrecklich ....

Und schrecklich ist gar nicht einmal das laute Gerede vom Handel mit Frauenfleisch, von den weißen Sklavinnen als zerstörerischen Geschwüren der Großstädte usw. usf. .... Die altbekannte Leier ... Schrecklich sind diese normalen bekannten Kleinigkeiten – dort bei ihnen auf den Zimmern, dieser Beruf, der Vertrag, die Abmachung, ein ehrlicher Handel fast, nicht schlechter und nicht besser als in irgendeinem Laden. Und wir alle gehen in unserem Leben daran irgendwie gleichgültig vorbei, wie die Blinden als würden wir nicht sehen, was uns vor den Füßen herumliegt .... Und vorbei gehen an all dem auch die ganzen Literaten und Schriftsteller und worüber sie schreiben das sind Detektive, Advokaten, Offiziere, wollüstige Damen, Baritone – und sie schreiben weiß Gott gut, klug, scharfsinnig und mit Begabung .... Eine seltsame Realität – alt wie die Menschheit selbst: die Prostituierte .... Und wir wissen nichts von ihnen. Was hat die russische Literatur herausgepreßt aus diesem ganzen Graus!?? – Katja Maslowa und Sonja Marmeladowa ....

Ja! mit einem anstößigen Beruf, mit betrunkenem freudlosem Äußeren – und dennoch lebt Sonja Marmeladowa ... Die Schicksale der russischen Prostitution – oh, was für ein tragischer, erbärmlicher, blutiger, lächerlicher und dummer Weg!!!

Am Leben der Prostituierten fasziniert und interessiert mich seine schreckliche entblößte Wahrheit. Mit seinen wie weggerissenen Schleiern ... Nichts von Lüge, Heuchelei, Scheinheiligkeit, nichts von Rücksichtnahme auf die öffentliche Meinung, weder auf die zudringliche Autorität der Vorfahren noch auf das eigene Gewissen ... nichts von Illusionen, nichts von Beschönigung ... Da habt ihr es das Freudenmädchen – zu mir kann jeder der will – du wirst nicht abgewiesen werden .... darin besteht mein ganzer Dienst. Doch für den Moment der Wollust wirst du bezahlen mit Geld, mit Schmerz, mit Scham.

Ipp. Razboichin ....

Enttäuschung

Alles wäre halb so schlimm, bloß eines, und zwar: ich erlebte eine herbe Enttäuschung .... weil .... nach dem neuerlichen Hausverkauf hatte ich auf etwas gehofft ... und plötzlich nichts ... absolut nichts!!! ... Ich hatte die ganze Zeit gehofft, daß Mutter das Haus verkauft, von dem sie sich schon lange trennen wollte, mich armen Teufel nicht leer ausgehen läßt ... daß sie mir auch etwas gibt (Geld) ...

Alles ist zusammengestürzt wie ein Kartenhaus ... Und ich hatte gehofft – Mutter verkauft das Haus, gibt mir einen kleinen Anteil – und damit kann ich so viel Nützliches für mich anfangen, und zwar bereite ich mich auf die Reifeprüfung vor, bestehe sie und zeige zum Staunen aller, was ich kann .... Aber Mutter hat mir nichts gegeben .... traut ihrem unglücklichen, bedauernswerten Sohn, der keine Freude im Leben hat, nichts mehr zu .... Nein! nein! Ich werde meine Träume doch nicht aufgeben!!!??? ...

Wer gern fährt, der darf auch gern einen Schlitten ziehen ...

Die Stimme des Schreibers verstummt, die aufgeschriebenen Buchstaben bleiben ... ich will mich kurz fassen. Und sage es offen. Ich habe mir bei Korowkins Dienstmädchen Natascha eine gewisse Kleinigkeit geholt. Eine nette Überraschung!!! ... Ein Sprichwort fällt mir ein, treffend gesagt .... Ich ziehe diesen verdammten Schlitten .... Die Krankheit ist nicht kompliziert, aber schrecklich anspruchsvoll .... So habe ich beschlossen, mich an den Arzthelfer aus der Veterinärklinik zu wenden, damit es keiner erfährt, den Letten Karl Petrowitsch .... Für den Arztbesuch mit seiner Arznei und für seine ‚Mühe' muß ich 50 Kop. berappen .... zwei Wochen lang werde ich jeden Tag hingehen müssen ... Ja! so muß man büßen! es bleibt einem nichts erspart! ... bloß gut, daß zu Hause keiner davon weiß ....‹

....

Ippolit Rasboischtschin machte Aufzeichnungen über Vorkommnisse:

Der Selbstmord Anja Gordejewas ...
Im Frührot eines unklaren Morgens
Trat sie hinaus auf ihren Lebensweg ...

Mich erreichte die traurige Nachricht vom Selbstmord Anna Gordejewas, Gymnasiastin aus der siebenten Klasse ... Vorgestern war die Gordejewa schon nicht mehr auf der Welt, sie hatte sich vor den Zug geworfen ... Die Nachricht von ihrem Selbstmord ging fast noch am selben Tag durch die ganze Stadt .... und wie immer in solchen Fällen kamen Fragen auf, warum, weshalb und wieso sie das getan hat ....

Doch was sie veranlaßt hatte diese Welt zu verlassen und sich in die kalten Arme des Todes zu werfen war leider nicht zu erfahren .... Man kann nur Vermutungen anstellen, obwohl unter mehreren kurzen Briefen einer war, in dem sie ihr Fortgehen unterstrich und zwar: ‚ich denke, daß ich im Jenseits keine Mathematik zu lernen brauchen werde' ....

Und so denken viele – daß der Grund die Mathematik war .... Nach Auffassung vieler ist dieser Grund nicht triftig und sogar lächerlich ... Doch wenn man streng analysiert, dann erkennt man vieles .... und dann erscheint ihr Fortgehen aus dem Leben nicht mehr so lächerlich ....

Die Aussichten mit einer Halbjahres-Zwei in Mathematik waren wenig rosig, sie konnte keine Zwei bekommen, nicht deswegen, weil das bei ihr ausgeschlossen gewesen wäre, sondern weil sie auf das Gymnasium mit Unterstützung von Privatpersonen ging, die sie um jeden Preis rechtfertigen mußte .... Aber rechtfertigen konnte sie sie wegen ihrer schlechten Gesundheit nicht ... trotzdem lernte sie, sie lernte unermüdlich, aber der Mathelehrer haßte sie wegen ihrer Armut und ihres Stolzes ....

Gehen wir weiter und sehen uns ihr Leben genauer an. Anja wohnte im Waisenhaus, ein Ort für Bettlerkinder. In der Zeit ihres Aufenthalts im Waisenhaus verflogen die Träume, erlosch aller Elan, starben lautlos alle Hoffnungen .... Ja! nicht mehr lange und die Jugend war vorbei – und vor ihr lag ein ödes Lehrerleben ohne jeden Lichtblick ...

Ja! wie viele erloschene Wünsche, wieviel vernichtete Kraft, wie viele begrabene Tränen gab es doch in diesem verfluchten Waisenhaus .... Oh, wieviel! .... und das alles kam von der Not. Sie totet alles in uns, angefangen bei der Jugend der Seele. Sie zieht uns in ihren Sog, erniedrigt uns, läßt uns gegen unser Gewissen handeln.

Den Abend vor ihrem Tod verbrachte Anja im Adelsklub. Von der Vorstellung ging sie ins Moldawski-Haus übernachten bei Anna Kolossowa, ihrer Herzensfreundin in der letzten Zeit .....

Als sie früh aufstand ging sie nicht ins Gymnasium ins Waisenhaus auch nicht ... Warum nicht? mir scheint deswegen, weil alles zu Ende war .... Um zwei Uhr nachmittags erschien sie im Waisenhaus, wo sie auf die Schnelle ein paar kurze Briefe schrieb und ohne sich zum letztenmal von den Freunden zu verabschieden ging sie los ....

Die ruhelose Seele trieb sie und verlangte nach Ausführung des Vorhabens ....

Ja! sie ging ....

Und sie ging nicht bei der Mutter Rat holen, nicht zu jemandem, der da war, Rat zu geben, nicht zu ihrem geistigen Vater – sie ging zur Bahnstrecke .... und warf sich am zweiten Werstpfahl hinter dem Bahnhof stolz und mutig vor den Zug ...

Das Ende war da ....

Sollte die Gordejewa der Kolossowa nichts gesagt haben oder hat die Kolossowa sie noch bestärkt, denn längst ist bekannt, daß die Kolossowa nicht an Gott glaubt und eine Marxistin ist??? ... wieso hat die Kolossowa sie nicht gerettet!!?? ...

> Erledigt ist des Lebens Frage,
> Des Liedes bedarf's nicht mehr und
> nicht der Klage ...

Man muß schon sagen, Anja hat viel Unklares mit ins Grab genommen, wieviel seelischen Zerfall, jenen Fluch, der auf der Jugend von heute mit ihren zerrütteten Nerven lastet ...

Die Tote wurde am zweiten Tag nach ihrem Tod in die Kapelle beim Krankenhaus gebracht. Es wurde gestattet, sie nach orthodoxem Brauch zu begraben ....

Ich ging hin sie mir ansehen ... Das Gesicht war fast unverändert, kaum verletzt bis auf Schrammen an der linken Schläfe .... Beide Beine waren unterhalb der Knie abgetrennt. Ich sah sie mir auch an .... nahm meinen Mut zusammen .... aber leider mußte ich für das Gesehene einen hohen Preis bezahlen. Ich konnte nicht einschlafen, drei Nächte habe ich halluziniert – andauernd sah ich Fleisch mit dem verkrusteten Blut ihrer Beine vor mir ...

Ja! sie ist tot! hat aufgehört zu leiden .... niemand kann sie mehr behelligen ... Verstoßen, ungeliebt hat sie diese Welt verlassen, wo sie ein kurzer Gast gewesen ist, und ist fortgegangen in eine andere geheimnisvolle Welt, aus der es keine Rückkehr gibt ....

Erbärmliche Menschen! diese Engherzigkeit!!!

Ich denke über meinen eigenen Selbstmord und über mein verkorkstes Leben nach ... Es wird Zeit einen Schlußstrich zu ziehen nach Anjas Beispiel ....

Im Frührot eines unklaren Morgens,
Trat sie hinaus auf ihren Lebensweg ...

In allen Zeitungen steht die Korrespondentenmeldung – auf den Goldfeldern an der Lena sind 500 Streikende und Familienmitglieder erschossen worden ... Alle reden nur davon, erinnern sich an 1905 und sagen – das dicke Ende kommt noch ... Mein Resümee: geschieht diesen Aufrührern ganz recht!!!!

Zum Glück ....

Lange habe ich nachgedacht und bin auf die Idee gekommen – nach Moskau zu fahren und an Kursen teilzunehmen ... Es reicht – dieses Essen, Trinken, Schlafen, Spazierengehen, Romanelesen und Nichtstun .... Was für einen schrecklichen Fehlgriff habe ich getan, als Vater starb und ich das Gymnasium und meine privilegierte Klasse sausenließ ....

Ich habe also beschlossen ....

Aber bevor ich nach Moskau fahre, mußte ich mich mit allen zu Hause zanken und allerhand Geschirr zerschlagen ... das ist bei uns immer so, wenn Ippolit Afinogenowitsch Rasboischtschin Krawall macht ... anders kann er einfach nicht (dauernd gehen ihm die Nerven durch), als irgendwelches Geschirr zu zerteppern ...

Der Grund des Streits ... man wollte mir kein Geld mitgeben. In einer Tour bekam ich zu hören, mit dem Lernen würde es sowieso nichts bei mir, hast du hier in Kamynsk schon nichts gemacht, wirst du in Moskau nie und nimmer was tun .... Übrigens wurde ein interessanter Vergleich angestellt ... hier waren der Otkos und Olja Werejskaja, ohne die ich nicht leben konnte nach ihren Worten – wie soll das in Moskau werden, dort sind die Twerskaja und der Kusnezki und noch viel tollere Mädchen als Olja .... ohne die du nicht auskommst ....

Ja! nichts zu machen, da ich einmal einen Fehler gemacht habe, ist es schon ziemlich schwierig, sie in ihrer Einstellung zu mir umzustimmen .... Sie wissen schon, was ich für ein Früchtchen bin.

So wie sie mich kennen, kenne ich meine Mutter, was ich in so einem Fall zu tun habe .... ich griff mir einen Strick, sagte, ich lege Hand an mich und begann alles zu zerschlagen was mir in die Finger kam und von den Sachen aus dem Geschirrschrank ....

Man braucht bloß ordentlich Krach zu schlagen und am nächsten Tag bekam ich von Mutter 100 Rubel .... nachdem ich mich endgültig mit meinen Leuten überworfen hatte, fuhr ich nach Moskau was lernen ....

Ich fuhr davon mit Aplomb. Von zu Hause nahm ich alles mit denn ich fuhr für immer ....

In Moskau kam ich bei Tante Valja Vaters Schwester unter. So gern ich woanders untergekommen wäre – jemand anders hatte ich leider Gottes in Moskau nicht .... Am Tag nach meiner Ankunft ging ich mich anmelden – das heißt ich fuhr mit der Straßenbahn, zu Fuß war es zu weit ....

Bei der Kursanmeldung erfuhr ich wenig Tröstliches für mich ....

Es gab viele Gründe, warum ich nach Kamynsk zurückfahren mußte ....

Lust hatte ich keine – aber was sollte ich machen!!???? ....

Seinem Kontor entflieht man nicht .... Aber wenn mich hin und wieder das Lebensfieber packt, kann ich mich einfach nicht mit dem Gedanken abfinden, daß das Leben dahingeht und wahrscheinlich weiter spurlos dahingehen wird, blaß, trübe ....

Oh! Wo ist mein großer Vorrat an Hoffnungen und Träumen!!??

Oh! Träume – kümmerlicher Luxus des Armen! ... ‹

....

Die letzten Aufzeichnungen Ippolit Rasboischtschins lauteten:

Für ganze zwei oder drei Tage nahm ich eine Apothekerlehre auf .... Und was jetzt? Jetzt bin ich im Schatzamt!!! ... Alles fügte sich für mich ganz unverhofft wie im Märchen .... Mutter bekam einen Schreck, daß ich einen Judenberuf erlerne und ging zum Leiter des Schatzamtes Porfiri Petrowitsch für mich eine Stelle erbitten .... Er ließ sich in Erinnerung an meinen Erzeuger erweichen ....

Ich bin sehr froh, daß ich endlich dort bin, wo ich mich so leidenschaftlich hingesehnt habe, aber ohne Dienstrang und mit welchem Gehalt ist noch ungewiß .... obwohl ich Uniform tragen darf und Mutter mir eine neue Uniform gestiftet hat ....

Mein Schwanengesang ist ausgesungen ...

Diese Notiz schreibe ich nach meinem Dienstantritt vor etwa drei Monaten ... Und was ich begriffen habe – daß ich von hier nirgendwo mehr hingehen werde .... Mein Leben wird verstreichen ohne Lichtblicke, ohne alle geistigen Ansprüche mit dem Mief des Alltags in ungemütlicher primitiver Atmosphäre ....

Mit dem Dienstantritt im Schatzamt hat sich mein Tagesablauf geändert .... Bis halb drei habe ich im Dienst zu tun. Nach drei mache ich mich bereits fertig zum Spazierengehen. Meist gehe ich bis vor die Stadt, auf meinem Weg liegt der Klosterhain .... dieser Park weckt stets in mir eine Menge froher Gefühle ... Ab und an lasse ich mich auf dem Otkos sehen – wo ich mich schon mit vielen Mädchen getroffen habe .... Aber was hätte ich noch davon???? Jetzt kann ich nicht mehr schwindeln, daß ich mich auf das Abitur vorbereite, und mit kleinen Schneiderinnen spazierengehen ist langweilig und peinlich. Oft sehe ich Olja Wer. – aber sie sieht mich nicht ... Ach, diese Begegnungen! warum muß ich jedesmal, wenn ich Olja sehe, an Margarita denken? ... beide sind sie der Traum meines Lebens, das Beste, was es darin gab ....

Ich habe lange nicht mehr nach dem Papier gegriffen – was sollte ich auch schreiben? ... alles tut weh und ist langweilig .... Neu ist nur eines – einmal spielte ich als professioneller Laie im Adelsklub ....

Schade, sehr schade, daß ich mit solchen Kümmerlingen zusammenarbeiten muß. Ihre Ansprüche sind gering und ihre Bedürfnisse fade ... Es heißt, die Zeit heilt Wunden – hier war es auch so. Seit zwei Monaten wird es besser. Ich habe mich in meinen Dienst hineingefunden ... in meiner Arbeit finde ich gewissermaßen Vergessen. Sehr wenig interessante Leute arbeiten mit mir im Schatzamt! ... Eine Gemeinsamkeit mit ihnen gibt es nur im Dienst, außerhalb des Dienstes meide ich sie .... aber manchmal gibt es auch andere Situationen – das ist einfach gesagt dann, wenn ich mit ihnen Wodka trinke .... Arbeitskollegen sind immer Partner ...

Der Wodka ist der Hebel im Schatzamt. Mit seiner Hilfe kann man viele Dienstfreunde haben, und vor allem bewirkt er viel .... Man braucht sozusagen bloß jemandem Klaren vorzusetzen und alles ist in Butter, z. B. ich selber .... Für eine Flasche habe ich eine Zulage von 5 Rubel bekommen und Sympathie .... Ja! Ja! Es tut weh, aber das mit dem Wodka muß man zugeben und der Wodka ist alles!

Damit können die Beamten alles vergessen .... Was man auch nimmt, Versetzung an einen anderen Tisch, Beförderung, zu jedem Anlaß gibt es Wodka .... Eine Unannehmlichkeit im Dienst, eine Rüge – wieder ein Besäufnis ... Ja! Für den Beamten scheint es keinen Tag zu geben, wo er keinen Grund zum Trinken hätte ... und Lust dazu hat er ständig ... Vor allem an Feiertagen. Die Spuren der Sonntage sind jedesmal aus allem deutlich ablesbar: zerknitterte Gesichter, gelbe welke Haut, Augenringe, Festtagsgespräche, Gähnen unausgeschlafener Zecher, allein schon der Atem der Beamtenseelen – alles zeugt davon, daß über ihnen gestriges Vergehen, gestriger Staub! ... liegt.

An die Arbeit habe ich mich gewöhnt, natürlich an die, die mir übertragen wurde. Übrigens ist das noch das Angenehmste hier im Schatzamt. Angenehm gemacht wird es auch dadurch, daß ich mit Timofej Wassiljewitsch Tkazki zusammensitze, wir arbeiten gleichermaßen, vielleicht sogar mehr, und das ist das beste .... Er ist zwar Schreiber, aber etatmäßig, deshalb besitzt er sozusagen wenig Möglichkeiten, sich einen ruhigen Tag zu machen und als Chef zu fühlen, obwohl er mein direkter Vorgesetzter ist ... den Chef kehrt er nicht hervor ...

Ich bin also bemüht, für das Schatzamt so wenig Zeit wie irgend möglich aufzuwenden ... und ich sehe, daß ich von ihnen wegkomme .... und was ist das Ergebnis? ich bin allein, und um mich ist keine lebendige Seele ... Und endlich entschied ich, daß es nicht so weitergeht, ich mußte eine Freundin finden .... in mir war Unruhe und Leere ...

Die Wahl fiel auf Lida Burkowa ... kennengelernt hatte ich sie schon vor einem Jahr über Isaak Schiller ... Unsere Bekanntschaft wurde für sechs Flaschen Bier geschlossen .... Isaak und Jossif Schiller wollten übrigens die ganze Zeit nach Amerika, wir lachten sie aus, nannten sie die Amerikaner – jetzt ist nun ein Brief gekommen, daß ihr Vater in Amerika gestorben ist .... Wie es wohl Margaritalein geht ....

Lida Burkowa kannte ich also nur flüchtig und .... es tut weh, davon weiterzuerzählen .... ich hatte mich ihr noch gar nicht genähert, da war alles schon vorbei .... ehe ich mir meine Illusion aufgebaut habe, entschwindet sie bereits ...

Ippolit Af. Rasboischtschin

Die Vorführung in Rogoshsk

Ein wenig will ich auf die Proben eingehen. Proben fanden nur drei statt, alles schwere Geburten, wie man so sagt ... Warum? – dafür gibt es viele Gründe ... vor allem wollte das Ganze irgendwie nicht klappen. Gut, besser gesagt, treffend hat sich Sofja Iw. Wolynskaja über die Proben geäußert – daß sie solche Kampfproben in ihrer langjährigen Praxis zum erstenmal erlebt ... Keiner hatte seine Rolle gelernt, außerdem hatte sie nicht jeder schriftlich. Räume fehlten – geprobt werden mußte in der Wohnung der Wolynskaja, immer zwei Proben gleichzeitig, die zweite konnte nur flüsternd vonstatten gehen, weil in dem Zimmer Sofja Iwanownas neugeborenes Töchterchen schlief, gezeugt mit Unbekannt, denn der Maler Nagorny hatte sie wegen ihrer Ausschweifungen aus seinem Turm gejagt ...

Aber Gott sei Dank nahmen unsere Qualen ein Ende. Der Tag der Abreise kam.

Zur festgesetzten Zeit erschienen alle auf dem Bahnhof am Zug ... Alle Schauspieler(innen) ließen sich zum Bahnhof kutschieren ... was sonst, war ja klar – mußten sich in Szene setzen!

17 nach 2 verließen wir Kamynsk und traten mit den besten Wünschen unserer Bekannten die Reise an. Auf der Station Gorlowo sollte in einen anderen Zug umgestiegen werden. In Gorlowo stieg eine Menge Gymnasiastinnen ein, die nach Rogoshsk ins Gymnasium fuhren zu ihrem Ball .... Hol sie der Teufel, konnten sich keinen anderen Tag aussuchen, das hat sich sehr auf unsere Vorführung ausgewirkt, haben uns ganz schön reingelegt ....

Also unter diesen Gymnasiastinnen, möchte ich ganz nebenbei bemerken, waren ein paar hübsche dabei – Schiller und ich drückten uns in ihrer Nähe herum, um Bekanntschaft zu schließen ... Aber leider wurde nichts daraus, sie waren gar zu schüchtern.

Während wir so von Wagen zu Wagen liefen und mit den Gymnasiastinnen Augenspiel trieben, erreichten wir unmerklich die Wunderstadt Rogoshsk. Ohne uns richtig umsehen zu können, zogen wir mit der ganzen Truppe zu den Kutschern los. Immer im Trio wurde Platz genommen. Ich, Schiller und Georges Korowkin hielten während der Fahrt gaffend Ausschau. Oh und ach! Ich persönlich fand die Stadt nicht gerade berühmt. Nichts Besonderes. Ein schmutziges Städtchen mit mickrigen Häusern, der Anblick eines privilegierten Dorfes ... Wie ich feststellen mußte, war auch das Publikum mickrig – Handwerker und Händler ....

Nur eins machte auf mich Eindruck – daß in so einer kleinen Stadt alle Kutscher gummibereift fuhren ... das hätte ich nie gedacht! ...

Nach dem beschwerlichen Weg kamen wir endlich im Klub an. Hier hatten wir auch einigen Grund, uns zu wundern. Alle waren beeindruckt von dem Gebäude ... Wirklich, man muß es ihnen lassen, ein bemerkenswertes Gebäude für Rogoshsk ... Parkettfußboden ... wunderbares Parkett, ein todschicker Salon .... Wir liefen eine ganze Weile, na nicht mehr als eine halbe Stunde durch das Gebäude und staunten ....

Die Generalprobe begann ... Es lief mäßig, besonders meine Rolle, aber in der Vorstellung spielte ich umgekehrt am besten von allen ....

Um 7 war die Probe zu Ende .... alle setzten sich hin, Tee trinken und etwas essen .... bloß ein Wodka fehlte noch ... Gegen all unser Gebettel, uns wenigstens ein Gläschen zu spendieren, blieb unser Anordner Georges Korowkin – auf der Bühne Lew Chrustalny –, der auch den Organisator machte und überhaupt das Sagen hatte, hart .... Er hatte Angst, daß wir Alkoholiker von einem Glas Wodka betrunken würden, wo uns eine Flasche oder eine halbe zuwenig ist .... Es wurde nichts – er versprach jedem bloß ein Glas vor dem Auftritt, und auch das sollte nur ein kleines sein ....

Einige verloren die Geduld und beschlossen, wenigstens auf eigene Kosten was zu trinken. Im Buffet empfing man sie mit offenen Armen, als Schauspielern wurde ihnen ein Vorzugspreis eingeräumt ... Zwei große Gläser mit einer heißen Pirogge bekamen sie fast umsonst ... Die Jungs ließen sich die Gelegenheit nicht entgehen und tranken zu diesem Preis jeder an die sechzehn Gläser .... Ein kleiner Betrag, aber ein ganz ordentlicher Inhalt .... Sie stürzten sich darauf wie die Teufel aufs Aas ....

An dieser Freude oder diesem Dessert, mit dem das Buffet sie überrascht hatte, wollten sie als Entdecker auch uns teilhaben lassen ... Sie baten uns, nicht zu vergessen, daß es dieses Manna fast umsonst gab .... Ihr Angebot schlug keiner aus ... alle machten ihr Geld locker ... es zog und lockte ...

Ohne lange zu überlegen, zogen wir ab ins Buffet ... doch leider erwartete uns eine Enttäuschung .... der Wodkapreis war um volle 100 Prozent gestiegen!!! Völlig verständlich, daß der Buffetier rasch und klugerweise auf den Trichter gekommen war, daß er bei solchem Verkauf schlecht fuhr ... bei solchen unersättlichen Bäuchen wie unseren konnte der Buffetier wirklich ruiniert werden .... Über die Preiserhöhung haben wir viel gelacht ... Nichts zu sagen!!! wir trinken ganz schön was weg!!??? ....

Lieber nicht den Herrgott erzürnen ... das Buffet suchten wir vor der Vorstellung öfter auf, und dann beim Tanz tranken wir schon aus Kummer ....

Die Vorstellung lief fabelhaft ab, besser ging es gar nicht .... Das Publikum zeigte sich zufrieden .... Mit dem Divertissement verdarben wir dann alles, aber auch alles!!!!???? .... wir standen betrunken vorn ....

Und da ging es los ...

Alle unsere Schauspieler führten sich ausgesprochen scheußlich auf – wie die Mushiks .... Die Zuschauer schrien ‚Gauner, Geld zurück!!! Rowdys!!! ...‘ Unsere ganzen Eseleien paßten bloß zu Mushiks .... unser Abgang war ein einziger Skandal ... Um ein Haar hätte uns das Rogoshsker Publikum verprügelt, fast 30 Mann drangen in unsere Garderobe ein und verlangten eine Entschuldigung, wie Lew Chrustalny, unser Georges Korowkin, dazu käme, das geschätzte Publikum zu beleidigen ....

Meine Erinnerungen an alles, was mit der Vorführung zusammenhängt, sind nicht gerade berühmt .... Einen schönen Eindruck haben wir in der Stadt hinterlassen!!! ... Besonders hat sich mir eingeprägt, wie wir aus dem Theater hinausgeworfen wurden .... wie wir auf der Station Rogoshsk fast drei Stunden im kalten Waggon saßen .... der Krach wegen der Fahrkarten zwischen Korowkin und Schiller .... wie wir den Tagesanbruch in Gorlowo erlebten, wo wir sechs Stunden auf den Anschlußzug warten mußten .... Ja! was kann man schon von Laien verlangen????? .... Großartig, wir Kamynsker Aufklärer!!! ...

Laie Rasboischtschin ...

Dreihundertjahrfeier des Hauses Romanow ....

Zu den Feierlichkeiten fuhr ich nach Moskau ...

Grund: leidenschaftlicher Wunsch, Väterchen Zar zu sehen ....

Zur 300jahrfeier kam der Herrscher mit seiner ganzen Familie nach Moskau ....

Den Einzug des Herrschers in die erste Residenzstadt der Zaren konnte ich nicht miterleben: weil ich zu spät ankam. Es war furchtbar ärgerlich. Diesen Festzug habe ich mir nun nicht ansehen können .... Dabei war er, den Zeitungsberichten und Kolja Babenins Erzählungen nach zu urteilen, wirklich wichtig .... Kolja hat durch Protektion seines Papis den Dienst bei der hauptstädtischen Polizei angetreten ....

Nachdem ich um neun aufgewacht war und meine morgendlichen Dinge erledigt hatte, bekam ich Lust, mir den Zaren anzusehen .... An diesem Tag sollte er nach dem Zeitungsprogramm um zwei vom Kreml auf die Warwarka zum Romanowschen Palais fahren!! ...

Doch ach, bevor wir gingen, mußte er, d. h. Babenin, bei dem ich übernachtet hatte, den Abschnittschef um Erlaubnis bitten .... Gott sei Dank!!! er bekam die Erlaubnis ...

Bis zwei bleibt viel Zeit .... was tun wo kann man hin???? nirgends .... Da beschlossen wir bei unserem ‚Verbannten' Wolodja Nagorny, dem ältesten Sohn Nagornys, dem Exrevolutionär des fünfer Jahres bei Moldawski, vorbeizugehen, trafen ihn aber nicht zu Hause an, er war noch in der Fabrik .... die Fabrik hatte ihre Leute nicht einmal aus Anlaß des Zarenbesuchs weggelassen!!! Als ob dieses Ereignis die Arbeiter nichts anginge????! ...

Halb so schlimm, gingen wir eben zu den anderen ‚Verbannten', Koljas Schwestern Deka und Rodeka – zu Hause trafen wir sie auch nicht an, sie hatten bis 12 bei Mure & Mérilise zu tun .... Wir beschlossen, ihnen zu Mure entgegenzugehen ... holten sie ab und gingen mit in ihre Wohnung, wo ich mich etwas wunderte und staunte über ihre Lebensverhältnisse .... die Verhältnisse waren in jeder Hinsicht mäßig .... bei so einem Leben hätte ich längst das Weite gesucht ....

Um zwei sind wir schon am Erlösertor ... Von Leuten wimmelt

es nur so auf dem Roten Platz, und vor allem von Spitzeln … Wir warten wie alle auf die Ausfahrt von Väterchen Zar …. Nach dem Programm soll sie um zwei erfolgen …. aber leider vergeht eine halbe Stunde, eine, zwei …. und endlich ist es so weit ….

In der ersten Kutsche fährt er mit seinen Töchtern, dahinter folgen in einer riesenlangen Kette die ‚hohen Tiere' ….

Na also!!! ich habe mein berühmtes Väterchen Zar gesehen …. meine Fahrt nach Moskau ist nicht umsonst gewesen …. darüber bin ich sehr froh!!! … Ich glaube, der Zar hat mir nicht besonders gefallen ….. Gefallen hat mir eins an ihm, daß er nicht wie andere so großen Wert auf sein Äußeres legt …. Alles an ihm ist schlicht und ohne Geckerei ….

Nicht gefallen (nicht sehr) hat mir sein Gesicht, ein richtiges Trinkergesicht, obwohl rein russisch …. obwohl ich sagen muß – wegen der Polizei konnte ich es nur schlecht erkennen ….

Seiner Majestät treuer Untertan Ippolit Razboichin‹

………………………………………………………………………

12

Die Generation kam ins Leben

Die Dreihundertjahrfeier des Hauses Romanow wurde im Mai 1913 begangen, und im Mai 1913, zum Jubiläum des ›rein russischen Gesichts‹ des Hauses Romanow entließ das Kamynsker Gymnasium die erste Kompanie derer, die ihre achtklassige Gymnasialbildung abgeschlossen hatten, in eine bessere Zukunft und eine bessere Lage.

Vor den jungen Burschen taten sich die Universitäten und das Leben auf.

Mit seinen ersten Erinnerungen, mit dem ersten Aufschimmern seines Bewußtseins hatte Ippolit Rasboischtschin, nunmehr Beamter des Schatzamtes, durch seinen Vater ein Gefühl dafür bekommen, daß es auf der Welt ›Mushiks‹ gab, die man nicht weiter als bis zur Schwelle lassen durfte. Bei Grigori Fedotow, nunmehr bereits Rittmeister, war das erste, was ihm im Gedächtnis haften geblieben war, der mit hochgerissenem Gesicht dastehende Bursche und der ihn anbrüllende Vater. Nikolai Babenin, nunmehr Polizeirevieraufseher, erinnerte sich, wie der Vater über seinem und der Schwestern Bett weinte, weil sie allesamt verlassen worden waren ... Sowohl Grigori Fedotow als auch Nikolai

Babenin und Ippolit Rasboischtschin merkten in ihrer Kindheit sehr bald, daß sie privilegiert waren …

Klimenti Obuchow hatte sich für immer das Geräusch des vorbeifahrenden Zuges eingeprägt, die Grenzenlosigkeit der Bewegung, des Raums der Gleise, wobei die Weiten der Gleise im Gegensatz zu den abschüssigen Räumen hinter dem Podol keinerlei Weiten der Einsamkeit waren – deswegen, weil sie die Räume vernichteten. Klimenti Obuchow lehnte es seit frühester Kindheit ab, erniedrigt zu werden.

… *Ich* wurde geboren, *ich* erblickte die Sonne … – als erste in dieser Generation, vor allen, sehr früh spürte Anjuta Kolossowa, daß sie durchaus nicht der Mittelpunkt war, daß alle ein ebensolches und weitaus gewichtigeres *Ich* besaßen, Anjuta Kolossowa, die Tochter einer Weberin, die nicht aus der Verbannung zurückkehrte, die in der Verbannung starb. Das war ganz anders als bei Andrej Kriworotow, der sich unter großen Schwierigkeiten über sein Ich klar wurde. – Ich wurde geboren, ich erblickte die Sonne, und ich bin überhaupt kein Mittelpunkt – das erkannte Anna in jenem Winter, als ihre Mutter abgeführt wurde ins Gefängnis und sie, Anna, allein blieb, ganz allein in Mischucha Ussatschows Gartenhütte. Mischucha wohnte nebenan, er kam zu Anna, er kümmerte sich um sie, aber er hatte auch eigene Pflichten. Zu Anna kam ein Freund, der teuerste Mensch für sie, Klimenti Obuchow – doch auch er konnte nicht die ganze Zeit bei ihr sein. In der Hütte war es dunkel und kalt, sehr kalt, der Winter nahm seinen Lauf. Anna heizte abends das Öfchen selbst und saß am Feuer, ohne die Lampe anzuzünden, denn sie hatte kein Petroleum, sie wärmte sich und beobachtete, wie das Feuer das Holz verzehrte, goldene Asche streute – Anna warf lange Span auf Span ins Feuer … Morgens bedeckte Rauhreif den Fußboden in der Hütte von der Schwelle bis zum Bett, und der Rauhreif stieg an den Ecken bis zur Decke hinauf. Die Wintermorgen waren sehr weitläufig. Sie war fast noch ein kleines Mädchen, Anna. Sie wohnte ganz allein in der Hütte. Morgens kam Mischucha Ussatschow mit einem Stück Brot und sagte:

»Ein Leben durchleben – das ist was anderes als ein Feld überqueren …«

Und Klimenti kam, manchmal mit leeren Händen, manchmal aber auch mit einem Stück Brot, mit Brot, das sich Klimenti vom Munde absparte, denn seit der Verhaftung des Vaters hungerte die Familie, und das deshalb Anna so teuer war – und immer sprach

Klimenti davon, was für ihn real, in Aktion begonnen hatte im Lokomotivdepot, als in der Dunkelheit der Ruf erklang ›Wozu noch die Reden! gebt das Pfeifsignal!‹ – als die Lokomotive pfiff und das begann, was nie zu Ende gehen und mit dem Sieg enden wird ...

Eines Morgens kam Mischucha Ussatschow zu Anna gesäubert, mit geschnittenen Haaren und in festlicher Pekesche – für Anna hatte er ein neues Tuch mit und sagte streng:

»Zieh dich gut an ...«

Sie gingen ins Gefängnis, um die Mutter zu sehen. Die Mutter sprach mit Anna durch ein Gitter. Das vergißt man nicht, und das junge Gehirn vergaß es nie, das kindliche Gehirn konnte es nicht begreifen: ein Mensch – die Mutter – hinter einem Gitter, ein Mensch von Menschen hinter dieses Gitter gesteckt, hinter ein richtiges, aus Eisenstäben, so wie im Zirkus in der Butterwoche Wölfe hinter Gittern sitzen – das kann man nicht vergessen – die Mutter – wie ein Wolf – hinter Gittern! ... das kann man nicht verzeihen! ... An diesem Tag sahen sich Anna und die Mutter zum letztenmal im Leben. Auf dem Heimweg las Anna auf dem Marktplatz an der Schiller-Apotheke Holzspäne auf, die nach der Instandsetzung der Apotheke hier im Schnee lagen: nicht weniger als Brot brauchte Anna Wärme, Feuer, um nicht zu erfrieren. Mischucha Ussatschow las auch Späne für Anna auf. Anna hatte sich das neue Tuch umgebunden. Sie kamen nach Hause. Die Hütte war mit Rauhreif überzogen. Mischucha Ussatschow und Anna legten das Holz am Öfchen ab. Anna warf das Tuch ab.

»Wo hast du es bekommen?«

»Was?«

»Das Tuch.«

»Auf dem Markt gekauft.«

»Du hast doch aber kein Geld?«

»Das ist natürlich mal so ... hab ich nicht.«

»Geh und bring es dem Händler zurück.«

»Was?«

»Du hast es mir doch gekauft, damit ich was fürs Gefängnis habe. Ins Gefängnis konnte ich auch mit bloßem Kopf gehen ... Verkauf's! ... und kauf Brot, aus gesiebtem Roggenmehl, fürs ganze Geld, die Hälfte nimm dir, und die andere Hälfte bringe ich Mama, Mama ißt das so gern, aus gesiebtem Roggenmehl ...«

In der Dämmerung ging Anna noch einmal zur Schiller-Apotheke und überhaupt durch die Straßen, um nach Holz zu suchen. Abends heizte sie den Ofen, erwärmte die Hütte, saß allein am Ofenlicht, wärmte sich, warf Späne ins Feuer. Mischucha kam, legte in der Dunkelheit ein Paket auf den Tisch und sagte:

»Ich habe es in drei Teile geteilt, das gesiebte, für Mama Klawdia, für dich und für mich ... Gleich kommt Klimka, ich heize den Samowar – gib ihm auch, von dem gesiebten!«

Dann kam Klimenti. Mischucha entfachte den Samowar, auf einem Stückchen Zeitungspapier hatte Mischucha Zucker und eine Prise echten Tee.

»Hast du sie gesehen?« fragte Klimenti.

»Ja.«

»Und?«

»Sie ist abgemagert. Steht hinter einem Gitter ... Lächelt, als sie mich sieht – lacht ...«

»Lacht! ...«

Alle drei aßen sie gesiebtes – auch das vergißt man nicht! ... Mischucha, Klimenti und sie – sie aßen gesiebtes, das ihre Mutter so mochte. Klimenti und Mischucha waren ihre Freunde, ihr Schutz, ihre Liebe. Sie gingen. Anna, allein geblieben, legte sich ruhig in ihr Bett in der erwärmten Hütte – und sie fühlte sich nicht allein ... Die Gärtner meinen, daß man Bäume nur im Frühjahr und Herbst verpflanzen kann, solange sie noch keine Blätter entwickelt haben oder die Blätter schon abgefallen sind – und das ist tatsächlich so, wenn der Gärtner die Wurzeln des Baumes, den er verpflanzen will, bloßlegt; wenn das Bäumchen jedoch mit Erde an den Wurzeln umgesetzt wird, braucht man kein Gärtner zu sein und nicht die Zeit abzuwarten, da die Blätter noch nicht entwickelt oder abgefallen sind ... Jetzt besaß Anna Kolossowa ein zweites Leben, neben dem, das sich in der Mathematik Nikita Sergejewitschs abspielte und in den natürlichen Gesprächen mit Funtik, welche Mischucha Ussatschow führte, ein alter Mann bereits, der den ersten Blätterfall erlebt hatte, den zweiten ... In diesem zweiten Leben gab es auch ein zweites Haus – bei Grigori Wassiljewitsch Sosnin, die Schule von Tschertanowo. Und in dicken Kuverts bewahrte Anna Klimenti Obuchows Leben auf. Anna machte in diesem Jahr als Externe ihren Abschluß im Gymnasium.

An einem Maivormittag gingen Ignati Mollas, Iwan Koschkin, Anton Kazaurow, Leopold Schmutzochs, Isaak und Jossif Schiller und die anderen zum letztenmal den Weg zum Gymnasium. Ignati kam mit Studentenmütze, Isaak und Jossif Schiller in Filzhüten. Leopold Schmutzochs und Iwan Koschkin hatten sich in zivile Schale geworfen. Achtundsiebzig Jahre zuvor hatte Karl Marx im Gymnasium von Trier in seinem Abituraufsatz geschrieben:

›Aber wir können nicht immer den Stand ergreifen, zu dem wir uns berufen glauben: unsere Verhältnisse in der Gesellschaft haben einigermaßen schon begonnen, ehe wir sie zu bestimmen imstande sind.‹

Keiner von den Absolventen des Kamynsker Gymnasiums kannte diesen Satz – keiner außer Andrej Kriworotow, der ebenfalls sein Diplom abholen kam.

Es war Mai, es war Frühling in der Natur und im Leben dieser Kamynsker Gymnasiasten. Gestern noch mußte man die Gymnasialuniform anziehen und die Papirossy im Ärmel verstecken – heute ließ Schmutzochs sein nagelneues Zigarettenetui deutscher Fabrikation schnappen und bot den Lehrern ägyptische Zigaretten an, ebenfalls aus deutscher Produktion. Direktor Walde hielt eine aufklärerische Rede zu dem Thema, daß das Leben Kampf sei, und setzte einen Tag an, an dem die ›Herren, die in diesem Moment aufhören, Gymnasiasten zu sein, und Studenten werden‹, sich mit den Lehrern und den ›Stadtvätern‹ zu einem Essen zu Ehren des ersten Jahrgangs des Kamynsker Gymnasiums zusammenkommen würden. Für die ›Stadtväter‹ sprach Fürst Werejski. Blumige und kurze Grußworte an die Studenten richtete Pawel Pawlowitsch Aksakow im Namen der alten Kamynsker Studenten, denen er sich zurechnete. Eine lange Rede hielt Vater Ioann, er bat, Gott nicht zu vergessen, und wies nach, daß dies vor allem für die eigene Seele notwendig sei, denn Gott vergesse die nicht, die seiner gedachten, und lasse ihnen seine Hilfe zuteil werden ... Der Inspektor teilte die Diplome aus. Direktor Walde – zum erstenmal in allen Jahren am Gymnasium, denn es widersprach den Regeln der Disziplin – drückte den Studenten die Hand.

Und die jungen Männer waren frei, das Gymnasium lag hinter ihnen.

Wie auf Kommando zündeten sich alle auf der Treppe zur Garderobe Papirossy an.

Draußen schien die Sonne.

Allen war sonderbar zumute, keiner wollte sich von den anderen trennen, man ging auf den Otkos. Hinter dem Podol lagen riesige Räume, über dem Podol und der Stadt lagen sonnenbeschienene blaue Himmelsräume nicht geringerer Ausdehnung. Auf den Bänken auf dem Otkos und in der Vorhalle der Kathedrale saßen in der Sonne strahlend Gymnasiastinnen, die auch gerade aus dem Gymnasium entlassen worden waren.

Die Generation stellte sich auf das Leben ein – ›aber wir können nicht immer den Stand ergreifen, zu dem wir uns berufen glauben‹ ... an diesem Vormittag dachte niemand daran, und jeder spürte es. Andrej Kriworotow war nicht mit den ›Abiturienten‹ im Kreml. Mollas wollte sich an der historisch-philologischen Universitätsfakultät bewerben. Die Schillers wollten die Judennorm umgehen und Ärzte werden. Iwan Koschkin, Geck und Schönling, Primus und Nietzscheaner, wollte sich am Verkehrsingenieur-Institut bewerben, Kazaurow wußte noch nicht, wo er sich immatrikulieren lassen würde – vielleicht am Juristischen Institut, vielleicht auch am Handelsinstitut, Leopold Schmutzochs wollte nach Deutschland abreisen, um eine deutsche Hochschulbildung zu erlangen und den deutschen Militärdienst abzuleisten.

Über den Otkos wehte Wind, es roch nach den ersten Wiesenblumen und nach Honig. Es war sehr schön in der Sonne – und allen war seltsam zumute, die zusammengerollten Diplome waren lästig für die Hände, es fiel schwer, nach Hause zu gehen und in die Einsamkeit.

Sie machten einen Schwatz mit den künftigen Kursistinnen. Ihnen – allesamt in langen Röcken – war ebenfalls sonderbar zumute. Mollas rückte fortwährend an seiner Universitätsmütze, die Schillers hatten sich den Hut auf die Nase gezogen. Iwan Koschkin hielt seine Linke in der unteren Westentasche wie Vitali Aristarchowitsch Werejski. Es war wie in den Ferien – es ist einem wie Feiertag, und man weiß nichts mit sich anzufangen ... Festlichkeiten lagen viele vor ihnen: das Essen im Gymnasium mit den ›Stadtvätern‹, das Essen bei Schmutzochs, das Essen bei Korowkin, der Ball im Mädchengymnasium, der Ball im Jungengymnasium, der Ball bei den Koschkins und außerdem sogar eine Hochzeit – ein Freund aus Kindheitstagen heiratete, Michail Schmeljow – Maxim ...

Iwan Koschkin sagte:

»Mein Vater hat mir hundert Piepen zum Verjubeln gegeben ...«

»Ich habe auch Geld mit«, sagte Schmutzochs.

»Vielleicht laden wir die Mädchen ein, machen eine Bootsfahrt oder gehen auf den Ziegenberg?« fragte Kazaurow.

»Die können uns mal!« sagten die Schiller-Brüder, und Jossif fügte hinzu: »Dann gehen wir lieber in Koslows Schenke, in ein Séparée!«

»Lieber nicht, das ist anrüchig und unästhetisch«, sagte Koschkin. »Wenn schon trinken, dann schlage ich vor, wir gehen zu uns in den Garten, in die Laube, was zu beißen kriegen wir da auch. Der Garten steht jetzt in voller Blüte.«

Sie gingen in Koschkins Laube, tranken, sangen ›Gaudeamus‹. Anton Kazaurow trug Bloks ›Unbekannte‹ vor. Vater Koschkin, Sergej Iwanowitsch, barfüßig in Pantoffeln, mit Weste und Zottelhaar, kam in den Garten, blieb eine Weile sitzen, schwieg, hörte zu, sagte:

»Wie sieht's aus, meine Herren Studenten, ist genug Kognak da? – sonst kann noch was rausgestellt werden – Wanja, kümmer dich, bewirte deine Kollegen ... Kognak mit Zitrone – der macht nicht betrunken, der putzt durch ...«

Sergej Iwanowitsch schwieg wieder. Anton trug Balmont vor:

Ich stieg hoch auf den Turm, und die Stufen erbebten,
Und die Stufen erbebten unterm Tritt meines Schritts ...

Sergej Iwanowitsch schwieg, hörte zu, schließlich sagte er:

»Ihr habt's immer mit dem weiblichen Geschlecht, stelle ich fest ... Jetzt gehört ihr zum Studentenvolk, da kann man über alles reden ... Seht euch vor damit! ... Ich, als ich jung war, obwohl, da war ich schon über dreißig und hatte meinen Hausstand – ich kam auf die dumme Idee, Flöße über die Wolga zu treiben, Flöße mit Holzwaren, und ich fuhr auf den Jahrmarkt nach Nishni Nowgorod ... Und da lief mir in Konawino so eine über den Weg ... mit diesem Weibsbild war ich in drei Wochen alle meine Flöße und Holzwaren los ...«

Die Studenten zeigten kein Interesse für dieses Gespräch. Sergej Iwanowitsch trank einen Kognak, schwieg, kratzte sich und ging.

Bis zum Abend waren die Studenten betrunken.

Seit jener Nacht, seit jenem Faschingsball im Gymnasium, nach dem die Mutter zu Leopold gekommen war, während Iwan Koschkin nicht zu Valentina Alexandrowna ging und Andrej Kriworotow nach Hause brachte – als Andrej aufgehört hatte, Iwans und Leopolds Freund zu sein, hatte sich auch Iwans und Leopolds Freundschaft erschöpft. An diesem Abend verließen Iwan und Leopold, zum erstenmal in ihrem Leben betrunken, zusammen Koschkins Garten. In Mischucha Ussatschows verwildertem Garten sangen die Nachtigallen, und es duftete aus dem Garten nach Flieder.

»Ich begleite dich?« sagte Iwan.

»Bitte.«

»Oder wir gehen vielleicht auf den Ziegenberg, setzen uns auf das Steilufer? ... wir sind lange nicht zusammengewesen.«

Iwan sprach sehr freundlich, mit klarem Blick wie immer, Leopold war auf der Hut.

Vom Fluß zog Nebel herauf, im Nebel schrien Wachtelkönige. Die rotstämmigen Kiefern standen lautlos. Ein Stern ging auf, ein zweiter. Aus Igumnowo klang Mädchengesang herüber.

»Du fährst nach Deutschland?«

»Ja.«

»Freust du dich?«

»Nein.«

Sie schwiegen, lauschten in den Abend.

»Das Gymnasium hätten wir also geschafft«, sagte Iwan, »die erste Lebensetappe liegt hinter uns, die Kindheit – jetzt bleiben noch Jugend, Reife und Alter. Bist du froh darüber?«

»Ich weiß nicht, nein ... Ich habe Angst vor dem, was kommt – und ich stelle fest, daß ich Angst gehabt habe vor allem, was gewesen ist ... Und du? ist dir manchmal auch so angst und bange? Du weißt nicht, wovon es kommt, aber dir ist bange ... – bange vor den Menschen, vor der Dunkelheit, vor dir selbst, vor deinem Zimmer ... kommt das bei dir vor?«

»Nein – und wahrscheinlich leider«, antwortete Iwan. »Wenn mir schon mal bange ist, dann nur deswegen, weil mir vor nichts bange ist. Und dein Deutschland finde ich gut ... Das ist genau das Richtige für dich, Schiller mit seinen Brüdern Moor ist natürlich längst tot, aber dieses ganze sogenannte junge Deutschland – Schiller, Goethe, Kant, Hegel, selbst Marx ...«

»Mir ist auch davor bange. Das Deutschland der ewigen Studenten, des Biers, der Philosophie und eines Hoffmann – dieses Deutschland gibt es seit achtundvierzig und einundsiebzig nicht mehr – geblieben ist das Deutschland der Hohenzollern, meines Papachens und der Marx-Enkel, der Sozialdemokraten ... Selbst Nietzsche ist im Jahre sieben zu euch nach Rußland übergesiedelt, ihm zu Ehren polierst du dir doch die Fingernägel, treibst Gymnastik und ...« Verlegen verstummte Leopold, ohne zu Ende zu reden.

»Und?« fragte Iwan.

»Und schon mit vierzehn, als du mit uns anfingst – weißt du noch, wir wollten einen Menschen ausrauben und gerieten an den Kontoristen aus Vaters Fabrik? ... Ich will sagen, Koschkin, daß du, nachdem du dich mit uns zusammentatst, um dein Gewissen loszuwerden, mit Hilfe deines Vaters, seit du vierzehn bist, Geliebte hast allein für die Gesundheit, und fürs Herz ... Wie viele Gymnasiastinnen haben durch dich gelitten? – und hat sich Anna Gordejewa nicht deinetwegen vor den Zug geworfen? ...«

»Na, und du?« fragte Iwan und lächelte sehr klar. »Du schweigst? ... Dann sprich von mir, ich habe ja gesagt, daß mir vor nichts bange ist ...«

Leopold gab keine Antwort.

»Ist dir wirklich nicht bange?« fragte Leopold flüsternd. »Heute um elf Uhr siebzehn habe ich extra auf die Uhr gesehen – unser selbständiges Leben hat begonnen – hast du eine Vorstellung davon?«

»Nein«, antwortete Iwan, »oder, ehrlich gesagt – eine sehr genaue – Ingenieur, Millionär, Schürzenjäger, Hundesohn und – polierte Fingernägel ... und – seidene Unterwäsche muß es sein ... Na, und du?«

»Ich habe schon geantwortet.«

»Das meine ich nicht ... Du hast von mir und der Gordejewa gesprochen – und du selbst? ... Fährt deine Mutter mit nach Deutschland?«

»Ja.«

»Was ist zwischen dir und deiner Mutter? – Hab keine Angst. Bei mir braucht dir nicht bange zu sein. Ich bin nicht Andrej Kriworotow. Und in unseren Gegenden gibt es kein Geheimnis, das nicht ans Tageslicht käme ... – Sprich von deiner Mutter.«

Der Nebel zog vom Fluß über die Wiesen. Kieferndanft wurde spürbar, durch die Wipfel der Kiefern ging ein leichtes Rauschen. Leopold schwieg.

»Du willst nicht sprechen?«

»Ich kann nicht. Deshalb ist mir auch so bange ...«

»So! ...« sagte Iwan. »Aber deshalb ist vielleicht auch mir bange, ich weiß alles. Sprich. Weißt du noch, damals, in der Butterwoche, als Andrej sich erschießen wollte ... Das hing mit dir zusammen, ich weiß es.«

»Bitte nicht davon ... ich kann nicht. Du darfst mir jedenfalls glauben, daß ich meinen Vater hasse – und noch mehr, unvergleichlich mehr hasse ich meine Mutter ... Deshalb ist mir auch so bange!«

Sie verstummten.

»Dann ist alles klar«, sagte Iwan ironisch, »jetzt ist nicht mehr deine Mutter deine Geliebte, sondern du bist der Geliebte deiner Mutter, nicht sie ist dir zu Gefallen, sondern du ihr – oder wie soll man das nennen? – nun, ihr ist das so angenehm, es gefällt ihr ...«

»Wie kannst du so reden!?« rief Leopold.

»Was soll man lange drum herum reden? Mir ist doch nicht mal bange, die Wahrheit auszusprechen, das ist alles!«

Leopold erhob sich, um nach Hause zu gehen. Die beiden Abiturienten kehrten schweigend in die Stadt zurück.

Am Schmutzochsschen Fichtenzaun sagte Iwan mit offenkundigem Hohn:

»Du erinnerst dich noch – Andrej Kriworotow wollte sich sogar erschießen, oder dich erschießen – es wäre schrecklich dumm gewesen! Doch nichts weiter als gut für die Gesundheit der bürgerlichen Familie! ... Also bitte sehr! Wovor hast du Angst? Warum ist dir so bange? ... Ich erzähle niemand was, keine Sorge. Das Ganze habe ich auch gar nicht von Andrej erfahren, er schweigt – ich weiß das durch meine Vermutungen. Papachen wird nichts erfahren – und wenn er es erfährt? Dann ist es erstens für ihn, wie für Mamachen, eine psychologische Belastung, aber vor allem pfeift er drauf, wenn es kein Fremder weiß! ... Mach's gut, komm vorbei Kognak trinken!«

Nachdem Iwan Koschkin sich von Schmutzochs getrennt hatte, ging er zum Otkos. Unterwegs traf er die Schiller-Brüder. Um diese Zeit war es auf dem Otkos bereits leer. Hinter der Kathedrale saß am ›heiligen Brunnen‹ in seiner Beamtenuniform, die Mütze in den Nacken geschoben, Ippolit Rasboischtschin und blickte zum Himmel. Zwei Schritt weiter lag im Gras unter einer Birke Jegor – auch Georges – Korowkin, auch Lew Chrustalny, die Augen beschattete er mit einem geckenhaften Strohhut. Die Mainacht war von Düften erfüllt. Die Abiturienten setzten sich auf die Steine am ›heiligen Brunnen‹.

»Was habt ihr vor?« fragte Jossif Schiller.

»Georges hat einen Fünfer, ich habe keinen«, anwortete Ippolit. »Hätte ich einen, würde ich für einen Rubel fünfundzwanzig bei Koslow Wodka trinken, für zehn Kopeken Papirossy kaufen, fünfzehn Kopeken dem Kellner Trinkgeld geben, für einen halben Rubel zum Freudenhaus im Podol fahren, drei Rubel der Puffmutter geben und schließlich völlig blank auf allen vieren zum Otkos gekrochen kommen, wieder die Sterne zählen und mich hier am Balken des heiligen Brunnens aufhängen ... aber einen Fünfer habe ich nicht, ich zähle einfach die Sterne und werde mich leider nicht aufhängen ... Georges, der will nicht mal was von den Sternen wissen!«

»Hier hast du einen Zehner, häng dich zweimal auf!« sagte Iwan Koschkin und holte eine Zehnrubelgoldmünze hervor.

»Meinst du das ernst?« fragte Ippolit mit freudigem Erschrecken.

»Völlig ernst. Dazu wird nur vorher ein Purzelbaum und hinterher tatsächliches Aufhängen verlangt.«

»Den Purzelbaum mach ich.«

»Mach deinen Purzelbaum und nimm das Geld.«

Rasboischtschin zog das Jackett aus, setzte die Mütze ab, breitete das Jackett auf der Erde aus, schlug darauf einen Purzelbaum und sagte ritterlich:

»Wenn es so ist, Mylords, dann kann ich einem von euch ein Programm auf meine Kosten anbieten, er wird sich vor mir aufhängen und ich nehme Anschauungsunterricht bei ihm, wenn aber einer von euch noch einen Zehner lockermacht, können wir zu fünft eine römische Quadriga bilden und die römischen Thermen durch ein russisches Haus des Duldens ersetzen!«

Jossif Schiller sagte:

»Wir beide können einen Fünfer aufbringen, Wanja, leg drauf – gehen wir!?«

Koschkin kam nicht mit.

Die Schillers, Rasboischtschin und Korowkin gingen fröhlich davon. Iwan Koschkin saß lange allein auf der Schwelle des ›heiligen Brunnens‹ und betrachtete die Sterne, als wolle er sie tatsächlich zählen.

Und für den nächsten Tag, um damit vor den Petersfasten zurechtzukommen, war die Hochzeit Michail Schmeljows – Maxims, des Rennfahrers und Gitarristen, angesetzt. Zur Hochzeit waren alle Freunde aus Kindheitstagen eingeladen, die gesamte Generation.

Mit den Schmeljows hatten sich in diesen Jahren Wunder vollzogen. Großvater Artjom Schmeljow, der jeden Sonntag, wenn er auf allen vieren aus der Teestube der Gesellschaft für Abstinenz nach Hause ging, unter den Fenstern Koschkins und Kriworotows ›wartet, ihr gottesfürchtigen Leute, wartet, es kommt die

Stunde des Jüngsten Gerichts!‹ vor sich hin gemurmelt hatte – Großvater Artjom war im Jahre 1908 gestorben. Im gleichen Jahr starb auch Vater Kusma Artjomowitsch. Als Erben des Schildes ›Verzinne, löte‹ blieben Mischucha, sein älterer Bruder Nikolai und seine Mutter zurück. Sie waren es, die die Wunder vollbrachten.

Das erste Grammophon hatte Sergej Iwanowitsch Koschkin in Kamynsk vorgeführt – die ersten Fahrräder in Kamynsk waren bei Sofja Wolynskaja und Jelisaweta Sorina-Schiller zu sehen gewesen – und plötzlich, nachdem Großvater und Vater gestorben waren, rissen Nikolai und Michail Kusmitsch Schmeljow das Schild ›Verzinne, löte‹ ab, holten Maurer herbei, machten zwischen zwei Fenstern im Erdgeschoß einen Mauerdurchbruch zur Straße, um ein sogenanntes venezianisches Fenster, das erste in Kamynsk, einzusetzen – machten eine breite Tür in die Wand zur Straße – ließen Stukkateure kommen, die das Haus innen und außen mit Stuck versahen – holten Maler herbei, die das Haus anstrichen, außen Marmor-, innen Himmelsimitation – asphaltierten den Bürgersteig vor ihrem Haus – hängten in das venezianische Fenster und an den Haupteingang Gaslampen wie in der Apotheke. Und brachten ein neues Schild an – rote Buchstaben auf weißem Grund, kurz und verblüffend – ›*Maxim*‹.

Im venezianischen Fenster nahmen – sämtlich nagelneu – ein Fahrrad, ein Grammophon, eine Singer-Nähmaschine, an den Seiten Gitarren, Mandolinen und Balalaikas ihren Platz ein.

Am verschlossenen Haupteingang hing ein zweites Schild, ebenfalls mit roten Buchstaben auf weißem Grund:

VERTRETUNG
der Londoner Fahrrad-Firma Dux
der New Yorker Nähmaschinen-Firma Singer
der Łódźer Grammophon-Firma Jericho
der Moskauer Musikinstrumente-Firma Jorgenson
Preiswert, akkurat, mit Garantie
Maxim

Hinter dem Fenster war ein Büro mit Plüschsesseln zu sehen, wie auf einem Foto – die Werkstatt war in den Hof verlegt, in Großvaters Kuhstall, der ebenfalls mit Stuck versehen worden war und der Helligkeit wegen einen Wanddurchbruch erhalten hatte. Samoware wurden nicht mehr verzinnt. Der ältere Bruder Nikolai

Kusmitsch ging jeden Abend mit Spazierstöckchen und mit Zelluloidkrägelchen zum Kino ›Der Große Stumme‹, wo er im Amt des technischen Direktors stand.

Mischucha war nicht aufs Gymnasium gegangen. In dem Jahr, als das Schild ›Maxim‹ auftauchte, war Mischucha von Kopf bis Fuß neu eingekleidet worden: auf seinem Kopf saß eine Schirmmütze, wie sie noch keiner in Kamynsk gesehen hatte, seine Beine herab hingen breite knielange Hosen. Seine Waden umspannten Socken, die nach Frauenstrümpfen aussahen, seine Füße steckten in völlig ausgefallenen gelben Schnürschuhen mit buchdicker Sohle. Und Mischucha hatte völlig aufgehört, zu Fuß zu gehen: er fuhr auf einem Fahrrad der Firma Dux. Das Fahrrad stellte eine Raritätensammlung dar – es hatte nicht nur eine Klingel, sondern auch eine Hupe, nicht nur eine Fuß-, sondern auch eine Handbremse und verschiedene Gänge. Michail organisierte als erster in Kamynsk Radrennen und holte sich stets die ersten Preise. Michail brachte als erster einen Fußball nach Kamynsk und sorgte dafür, daß an die Stelle des Schlagballspiels das Fußballspiel trat. Er holte die Laienmusiker in den Streicher- und den Bläserzirkel und spielte auf allen Instrumenten, Trompete, Balalaika, Gitarre, Mandoline, selbst auf der Geige, selbst Klavier.

Und jetzt wollte er – nicht mehr Mischucha, sondern Michail Kusmitsch, längst nicht mehr Schmeljow, sondern Maxim – heiraten. Eine Braut hatte er sich in der Gouvernementsstadt gesucht – Tochter des Gouvernementsagenten der Versicherungsgesellschaft ›Rossija‹, mit sieben Klassen Gymnasium. Die Trauung war für drei Uhr angesetzt, und zwar – der Spazierfahrt wegen – im Lushnezki-Kloster. Michail Kusmitsch ging seit früh in Gehrock und gestärkter Hemdbrust, in bodenlangen, gestreiften Hosen umher. Die Speisen für das Hochzeitsmahl waren aus dem Gouvernement bestellt worden und mit der Braut eingetroffen, sogar Treibhauserdbeeren waren mitgekommen. Als Brautführer von seiten Michail Kusmitschs zu fungieren war Andrej Kriworotow angetragen worden. Andrej erschien in einem gestickten Hemd, womit er die Festlichkeit störte. Die übrigen Abiturienten kamen in Jacketts und Studentenuniformen. Den Weg zum Lushnezki-Kloster trat man mit fünf Troikas an. Die alte Maxim-Schmeljowa fuhr mit einer Ikone in der ersten Troika, sie trug auf dem Kopf einen spitzenbesetzten Kapotthut und war mit einer schwarzseidenen Mantille bekleidet. Die Braut in weißem Schleier und mit Fleurs d'orange achtete darauf, daß sie den kleinen Teppich vor dem Analogion zugleich mit dem Bräutigam betrat, um der Gerechtigkeit im künftigen Leben willen.

Um fünf, aus dem Kloster zurückgekehrt, nahm man an der Hochzeitstafel im Hof Platz – aus Gründen der Geräumigkeit und der frischen Luft. Das von Michail Kusmitsch persönlich aufgebaute Laienblasorchester spielte unter der Leitung von Georges Korowkin. Die Tische standen hufeisenförmig, und das Brautpaar saß in der Mitte des Hufeisens. Man trank, aß, unterhielt sich, rief ›bitter‹, hörte Musik. Bis Mitternacht waren alle betrunken und vergaßen Bräutigam und Braut. Brautführer Andrej Kriworotow, der sehr viel gescherzt hatte, ging lange vor Mitternacht.

Um Mitternacht brachten die Mütter die Braut ins Schlafzimmer und kleideten sie aus; sie befreiten sie von dem Korsett, das sie den ganzen Tag nicht hatte atmen lassen. Das Schlafzimmer lag im ersten Stock, am anderen Ende des Hauses, mit Zugang vom Wohnzimmer. Der erste Stock lag leer, halb dunkel und lautlos. Aus dem Schlafzimmer führte eine zweite Tür – durch das Zimmer der Alten zur Küche. Kurz nach der jungen Frau begab sich der junge Ehemann in das Schlafzimmer. Dicht hinter ihm folgte der betrunkene Leopold Schmutzochs. Im Hause war es still. Auf dem Hof plärrten das Orchester – den Walzer ›Auf den Kuppen der Mandschurei‹ – und die betrunkenen Sänger – das Stenka-Rasin-Lied – durcheinander. Schmutzochs fiel auf den Fußboden im Wohnzimmer gegenüber der Tür zum Schlafzimmer, in das Michail hineingegangen war. Schmutzochs kniete, den Kopf wie im Gebet zu Boden gesenkt. Schmutzochs weinte, das Schluchzen unterdrückend, flüsterte er:

»Das ist ein Wunder, das ist ein Wunder, Wanchen, das ist ein Wunder ... gesegnet sollst du sein, gesegnet, Wanchen, und glücklich sollst du sein, glücklich!«

Schmutzochs weinte. Der gestrichene Fußboden war sauber gewischt.

Michail Kusmitsch betrat das Schlafzimmer, beugte sich über seine Frau, zauste ihr Haar, küßte sie auf die Stirn, füllte sein Zigarettenetui mit einem neuen Papirossy-Vorrat und sagte zärtlich:

»Bist du müde, Kleines ? ... Ich gehe zu unseren Gästen, haben sowieso schon den Überblick verloren ... Gute Nacht, Kleines, schlaf gut!«

Durch das Schlafzimmer der Mutter und durch die Küche kehrte Michail Kusmitsch in den Hof zurück. Im Wohnzimmer wurde Schmutzochs von Weinkrämpfen geschüttelt.

Den ganzen Tag und den ganzen Abend, solange seine junge Frau sich nicht entfernt hatte, war Michail nüchtern, fröhlich und ein sehr höflicher Held des Abends gewesen. Nach Mitternacht betrank er sich nun doch. Die Gäste waren gegangen oder lagen bis Tagesanbruch flach. Bei Tagesanbruch saßen im Garten auf dem Gras Mischucha und Anton Kazaurow, zwei Freunde aus Kindheitstagen. Vor ihnen im Gras standen ein Teller mit Hering, eine Schüssel mit Erdbeeren und eine Flasche Wodka. Sie tranken abwechselnd aus der Flasche und aßen dazu Erdbeeren und Hering.

»Das Leben hat also angefangen«, sagte Michail-Maxim.

»Übermut! ...«

»Was – Übermut?«

»Na alles, alles Übermut! ... sehr lustig. Wie beim Rennen oder beim Fußball. Wie im ›Großen Stummen‹ unter der technischen Leitung von Herrn Maxim ... Ich habe mich um meine Braut weniger gekümmert als um mein Mamachen, damit sie zur Hochzeit einen Hut aufsetzte, und habe ihr mit diesem Hut sicherlich mehr angst gemacht, als ich mein Leben lang meiner Frau angst machen werde ... Du auch – du bist aufs Gymnasium gegangen, und was bringt dir das? ... Sergej Koschkin, unser Nachbar und Geschäftsmann, der ist mit allen Wassern gewaschen wie mein Bruder, wenn er jetzt seine Karriere angefangen hätte, wäre er schon längst irgendein Serge Kotowrassow – sein Sohn, Wanjuscha, hat einen Haufen Bücher gelesen, ans Ingenieur-Institut will er und wird mal Verkehrsminister werden, das wirst du sehen, die Schauspielerinnen werden durch die Küche zu ihm angelaufen kommen und ihm die Hand küssen, während du im Opernorchester auf der Klarinette spielst ... Ist doch nichts! ... Du wirst Geschichte studieren an der Philosophischen Fakultät, und mein Bruder und ich unterzeichnen einen Vertrag mit der Firma ›Harley-Davidson‹, wir werden das ganze Gouvernement mit Motorrädern beliefern – kannst damit das ganze Gouvernement abknattern! ... Deine Zeiten sind passé, über euch soll schon Karl Marx geschrieben haben: in fünf Jahren wird die Intelligenz bei uns zum Diener gemacht, alle möglichen Sozialrevolutionäre – und Wanja Koschkin begreift das ... Mein Bruder Nikolai hat recht gehabt, als ich unbedingt aufs Gymnasium wollte und er mich nicht ließ. Koschkin – in die Hauptstadt, und wir – im Gouvernement ...«

»Du warst nicht auf dem Gymnasium, weißt über den Unterrichtsstoff nicht Bescheid«, sagte Anton schläfrig, »und darum hast du keine Ahnung von der Bedeutung geistiger Interessen.«

»Von wegen! habe ich! ... taugt doch nichts ... Dir ist ja auch alles schnurz! ... Sag schon – ist dir alles schnurz oder nicht?«

»Na schön, ist es ...«

»Eben! Du fährst zum Studium – mit einem Fünfundzwanziger pro Monat von deinem Vater, während ich mir mit meinem Motorrad in zwei Wochen fünfhundert Rubel hole.«

Die Vögel im Garten sangen, was das Zeug hielt. Der Wodka wirkte nicht mehr. Das Geschmacksgemisch von Wodka, Erdbeeren und Hering erschien normal. Die Sonne ging noch nicht auf.

... Iwan Koschkin hatte das Haus der Maxims kurz nach Mitternacht verlassen ... Er schlug den Weg zum Otkos ein vorbei an Nikita Sergejewitsch Moldawskis Haus – die Pforte stand offen, in der Tiefe des Hofes leuchtete Anna Kolossowas Fenster. Iwan ging lange auf dem Otkos umher. Er nahm den gleichen Weg zurück. Verstohlen betrat er Nikita Sergejewitschs Hof. Verstohlen klopfte er an Annas Fenster.

»Wer ist da?«

»Ich, Iwan Koschkin. Anna, ich bitte Sie, kommen Sie doch mal raus in den Garten.«

»Wozu?«

»Ich bitte sie, es ist sehr wichtig ...«

Anna stieg die Terrasse herab bis zur unteren Stufe, als fürchte sie, sich die Füße zu beschmutzen, ja sich an der Luft zu beschmutzen. Sie war weiß gekleidet, groß und stark.

»Was wollen Sie von mir?«

»Entschuldigen Sie, Anna, es ist mir sehr peinlich ...«

»Was wollen Sie von mir?« wiederholte Anna.

»Anna, heute sind wir alle, Sie und ich, aus dem Gymnasium entlassen worden – vor uns liegt das Neue ... und natürlich wirft man einen Blick zurück auf das Alte ... Ich möchte wissen, wie das mit Anna Gordejewa ...«

»Sie wissen doch alles besser als ich, Iwan.«

»Ich möchte wissen, wie das war mit ihrem Tod ...«

»Auch das wissen Sie. Sie haben sich an Anja herangemacht, und Sie haben sie im Stich gelassen, weil Sie der Meinung sind, Sie wären ein Nietzsche oder was? ... – Anja aber erwartete ein Kind von Ihnen.«

»Warum hat sie mir denn nichts gesagt?«

»Weil sie Sie für einen Schuft hielt.«

»Und sie ... sie erwartete wirklich ein Kind?«

»Ja.«

»Sie haben es gewußt, warum haben Sie mir nichts gesagt?«

»Weil auch ich Sie für einen Schuft halte. Ich dachte bloß nicht, daß Anja sich vor den Zug werfen würde.«

»Entschuldigen Sie, Anna!« Iwan lächelte mit seinem üblichen klaren Lächeln. »Das bedeutet ja wohl, daß ich ein Mörder bin ... Sie haben das jetzt zu mir gesagt, und wahrscheinlich kommt das von Ihnen, was jetzt in der Stadt gemunkelt wird, obwohl Anja vor einem Jahr gestorben und längst vergessen ist ...«

»Ja, ein Mörder. Und zwar ein doppelter, denn außer Anja haben Sie noch ein Kind umgebracht, Ihr Kind. Leben Sie wohl! ...«

»Nein, Moment, Anna.« Iwan sagte es in sanftem Befehlston und mit einem Anflug von Drohung. »Ich habe es nicht nötig, Ihnen nachzuweisen, daß ich schuldlos bin, denn ich war frei in meinen Gefühlen, oder wir sind gleichermaßen schuldig, Sie und ich, weil wir einen Zufall nicht verhindert haben und Sie sogar mehr als ich, weil Sie wußten, was mir unbekannt war ... Wieso also wurde das Gerücht in Umlauf gesetzt, Anja wäre wegen mir gestorben, wenn niemand außer Ihnen davon wußte, nicht einmal ich ...«

»Sie drohen mir, Koschkin? – was wollen Sie von mir?«

»Ich will, daß es kein Geklatsche gibt, das für uns beide gefährlich ist.«

Anna stieg die Terrassenstufe herab und ging auf Iwan los, daß er zurückwich, Anna sah Iwan voller Verachtung in die Augen, Iwans Augen begannen zu flackern. »Sie drohen mir? möchten Sie, daß ich Ihnen und allen tatsächlich die Wahrheit erzähle? ... Scheren Sie sich weg, Sie Lump! Ihre Haut brauche ich nicht.«

Anna ging ins Haus.

Hinter den Bäumen standen am Himmel blasse und ferne Sterne.

In der Tür knirschte hinter Anna zweimal das Schloß.

In Annas Zimmer standen auf dem Tisch und in den Fenstern riesige Fliedersträuße, in Glasgefäßen und in Eimern. An dem Tisch, an dem seinerzeit Andrej Kriworotow mit Leonti Wladimirowitsch Scherstobitow das Einmaleins gebüffelt hatte, saß jetzt wieder Andrej, als Koschkin geklopft hatte. Anna kehrte zu Andrej zurück, als Koschkin gegangen war.

»Hast du mitgehört?«

»Ja.«

»Was für ein Schuft!«

»Nicht der einzige ...«

Anna war beim Schreiben gewesen, als Koschkin kam, Andrej saß daneben und ruhte sich aus. Zurückgekommen, schrieb Anna weiter, einen Brief an Klimenti Obuchow – zu dieser Stunde war Klimenti auf dem Weg in die Verbannung, vielleicht war er auch schon angekommen – letztes Weihnachten war Andrej nach Jekaterinburg gefahren, um ihn zu sehen. Am 4. April des vergangenen Jahres – 1912 – waren die Salven an der Lena über das Rußland der Arbeiter gepeitscht. Es hatte mit einer jener grausamen und ironischen ›Zufälligkeiten‹ begonnen, hinter denen sich Gesetzmäßigkeiten verbergen. In einer Wohnbaracke der Andrejewski-Goldmine entdeckte die Frau des Arbeiters Sawalin in ihrem Korb statt des im Betriebsladen gekauften Rindfleisches das Geschlechtsorgan eines Pferdes, das ihr der Kommis statt Fleisch hineingetan hatte. Es war Mittagszeit, die Leute waren beim Essen – die Leute hörten auf zu essen, manchen wurde es schlecht, Pferdefleisch – und zwar verdorbenes Pferdefleisch – fand sich in vielen Körben. Das bildete den Anfang der ›Zufälligkeiten‹. Der Arbeiter Okunin nahm das ›Fleisch‹ und ging damit durch die Arbeiterbaracken. Außer in der Andrejewski-Mine wurde am gleichen Tag auch in der Iljinski-, der Alexandrowski-, der Fedossjewski-, der Utjossisty- und der Nowo-Wassiljewski-Mine sowie in Nishni Stan die Arbeit niedergelegt – die Nadeshdinskije-Werkstätten schlossen sich an, wenige Stunden später auch die Konstantinowski-Mine. Die ganze nähere Taiga stand im Proteststreik. Die Arbeiter schrieben Forderungen an die Obrigkeit – bescheidene Forderungen, sie wollten menschenwürdig leben, arbeiten und essen. Alles kam in der Erinnerung hoch. Man erinnerte sich der jährlichen Herbstentlassungen und der ›Neueinstellung‹, während der man, vor den Kontorschaltern Schlange stehend, wochenlang nichts bezahlt bekam. Man erinnerte sich des Elfstundenarbeitstags und des ›Weckers‹, d. h. des Polizisten, der umherging und die Arbeiter mit der Peitsche zur Arbeit hochtrieb. Und der Strafen. Und des Bleistifts des Verwalters Beloserow – ›wenn der Bleistift gut gespitzt ist, schreibt er einen ordentlichen Tarif auf, ist er abgebrochen, schreibt er gar nichts auf‹. Und der Bezugsscheine natürlich, denn mit keinem Rubel Geld, sondern ausschließlich mit Bezugsscheinen – für den Betriebsladen – bezahlte die Direktion. Und der Lohnbücher, die es nicht gab. Und der Maulschellen der Chefs, die es gab. Und des Leids der Frauen, daran, daß man Verheiratete überhaupt nicht einstellen wollte, und wenn man es tat, dann unter der Bedingung:

»Schick deine Frau her, wir sehen sie uns mal an!«

Wenn die Frau hübsch war, wurde der Mann eingestellt, und die Frau hatte dem ledigen Chef die Wäsche waschen zu gehen. Man erinnerte sich der Frau des Arbeiters Leshajew; schwanger, lag sie im Krankenhaus; krank, verlor sie das Bewußtsein; als der Puls nicht mehr fühlbar war, brachte man sie in den Eiskeller und legte sie auf Eis; in der Nacht kam sie auf dem Eis zu sich und brachte ihr Kind zur Welt, bestimmt schrie sie, ohne daß jemand sie hörte, sie wickelte das Kind in ihr Kleid, kroch aus der Grube heraus und zur Tür; die Tür war verschlossen; am Morgen fand man sie mit dem Kind erfroren ... Die Leute wollten menschenwürdig leben und nicht dazu arbeiten, um Strafen abzubüßen, sie wollten keine Bezugsscheine und kein Aas zu essen bekommen ... Die Verwaltung verlangte die Auslieferung der Anstifter, um sie zu verhaften – die ›Anstifter‹ wurden nicht ausgeliefert. Der Streik dauerte über einen Monat. Der Minister für Handel und Industrie telegrafierte am 7. März an den Chef des Militärbezirkes Irkutsk:

› ... führender Betrieb der Goldindustrie, und zum Schutz der Arbeitswilligen bitte ich Euer Exzellenz, ob Sie es nicht für möglich erachten könnten, das Militärkommando zu verstärken ... ‹

Der Direktor des Polizeidepartements Seine Exzellenz Belezki telegrafierte an den Leiter der Irkutsker Gendarmerieverwaltung:

› ... fordern Sie Rittmeister Treschtschenkow auf, unverzüglich mit dem Streikkomitee Schluß zu machen ... ‹

Das Streikkomitee der Arbeiter an der Lena setzte sich aus verbannten Bolschewiki zusammen. Des Streikkomitees wurde man nicht habhaft. ›Arbeitswillige‹ gab es nicht. Die russisch-englische Goldschürfgesellschaft ›Lena-Goldfields‹ als Eigentümer der Goldminen bediente sich nicht mehr der ›patriarchalischen‹ Methoden wie Landamtmann Maschkewitsch und Polizeioffizier Lewkojew, die Alexej Nikolajewitsch Schirokich hatten auspeitschen lassen. Und die Arbeiter waren auch nicht mehr die alten. Die Telegramme des Polizeidirektors Belezki und Seiner Exzellenz des Ministers Timaschew verlangten keine Beweise. Rittmeister der Gendarmerie Treschtschenkow, der die Arbeiter in den Goldminen ›schützte‹, erteilte am Morgen des 4. April, als die Arbeiter mit einer Petition auf dem Weg zu dem neuernannten Staatsanwalt waren, den Befehl ›Feuer!‹ ... Geschossen wurde in eine unbewaffnete Menge. Zweihundertsiebzig Menschen fanden den Tod. Zweihundertfünfzig wurden verwundet. Rittmeister Treschtschenkow gab die Anordnung bekannt:

›Hiermit setze ich die ehemaligen Arbeiter der Lena-Gesellschaft davon in Kenntnis, daß jegliche Verhandlungen ab sofort beendet sind und daß ich als Polizeichef des Kreises Witimski-Olekminsk Gewalttätigkeiten jedweder Art, Plünderung von Geschäften, Brandstiftung, Zerstörung von Maschinen und diversen Geräten in keiner Weise zulassen und jeden Versuch in dieser Richtung mit aller Entschlossenheit unterbinden werde.‹

Daß fünfhundert Menschen niedergeschossen wurden, war für den Gendarmen keine ›Gewalttätigkeit‹ ...

Klimenti Obuchow und Dmitri Schirokich – ihrer verblieben nur wenige im Untergrund des Werkes und der Gruben. Man mußte arbeiten, sehr viel arbeiten – für sich selbst, um sein Stück Brot zu haben, und für alle, um nicht zugrunde zu gehen, nicht aufzugeben, nicht zurückzuweichen. Klimenti hatte sehr wenig Zeit – und besonders teuer waren ihm deshalb die Abende bei der Lampe, mit dem Buch, mit seinem Freund und Bruder Dmitri; Dmitri legte sich aufs Bett, die Arme unterm Kopf verschränkt, Klimenti las vor; das war eine heilige Handlung – der Wissenserwerb, Klimenti bemerkte nicht, daß ihm mehr Wissen als die Bücher das Leben vermittelte, das Wissen um die menschlichen Beziehungen, das Wissen, wie man sich sein Stück Brot erwirbt und was es für den Menschen bedeutet, das Wissen um die menschlichen Charaktere und was der Antrieb dieser Charaktere ist.

Es war an einem dieser Abende, an denen Klimenti Dmitri vorlas. In Klimentis Fenster brannte als Erkennungszeichen die Lampe, und der Vorhang war herabgelassen, so daß ans Fenster geklopft werden konnte – mit etwa den gleichen Worten wie er, Klimenti, als er hierhergekommen war, bei Foma Talyschkow geklopft hatte. Und es klopfte an das Fenster – ein Genosse aus Jekaterinburg. Es war schon sehr spät. Der Genosse berichtete von dem Blutbad an der Lena. Die Wälder, die an der Lena und im Ural wuchsen, glichen sich – die Weltabgeschiedenheit und die

Abhängigkeit vom Unternehmer waren an der Lena keineswegs geringer als im Ural, tausend Werst zu Fuß, und dennoch wurden durch den Bericht des Genossen die Räume vernichtet. Sie gingen hinaus, der Genosse aus Jekaterinburg, Klimenti und Dmitri. Es war Tauwetter, der Schnee war weich und gab unter den Füßen nach. Die Nacht war schwarz. Klimenti klopfte an das Fenster gegenüber – im Fenster erschien ein ungekämmter Kopf, ein Streichholz flammte auf. Dmitri klopfte an das Nachbarfenster. Da und dort wurde es hell in den Fenstern. Klimenti stieg allein zur Napolnaja-Straße hinauf, unten in den Häusern gingen die Lichter an, auf Dmitris und Klimentis Weg gingen die Lichter auf den Bergen an. Durch die Iwosnaja-Straße bog Klimenti ab zum Direktionskontor. Auf dem Platz stand ein riesiges Bronzedenkmal Demidows, des Fürsten San Donato. Durch die Straßen näherten sich dem Platz und dem Denkmal einzeln und in kleinen Gruppen schweigsame und ernste Menschen – am Denkmal sammelte sich eine tausendköpfige und stumme Arbeitermenge. Die Nacht war ganz schwarz und frühlingshaft feucht. Unten im Werk und oben auf den Bergen bei den Gruben heulten die Sirenen auf – Alarm. Der Genosse aus Jekaterinburg entdeckte Klimenti; Klimentis Hände steckten in den Taschen, die Fäuste haßerfüllt geballt, und jeder Schritt Klimentis war so, als müsse er die Füße von der Erde losreißen, mit den Stiefeln schwere Gewichte heben – einen Raum gab es nicht, Klimenti sah ganz real das Blut seiner Genossen von der Lena, das über den tauenden Schnee floß. Der Genosse aus Jekaterinburg sagte:

»Also dann, Klim, ich klettere auf das Denkmal, erteil mir das Wort, ich möchte sprechen.«

In jener Nacht wurde in den Gruben und im Werk aus Protest gegen das Reich die Arbeit niedergelegt.

Klimenti schlief weder in jener noch in den beiden folgenden Nächten und war in dieser Zeit nur wenige Minuten zu Hause, nachts, zu zweit mit Dmitri, als sie den Hektographen aus dem Versteck hervorholten und in zwei kleinen Wjatsker Koffern die Druckerei in die Berge trugen, um sie in einer Forsthütte zu verstecken …

Zwei Tage darauf kam Klimenti in der Dämmerung nach Hause. Das Zimmer war ausgekühlt. Klimenti ließ den Vorhang so herab, daß niemand bei ihm klopfte. Er hatte Holz mitgebracht und heizte den Ofen nicht. In seinem Festtagsjackett, mit Halbstiefeln, eine alte Zeitung unter die Füße gebreitet, legte er sich aufs Bett und lag mit geöffneten Augen. Ohne zu klopfen, von hinten, möglicherweise sogar über den Zaun, erschien, sobald es dunkel geworden war, dennoch Dmitri. Klimenti lag im Dunkeln.

»Werd nicht ärgerlich, ich komme nur auf einen Sprung ... Haben wir auch nichts vergessen? Vielleicht gucken wir lieber noch mal – sie filzen alle der Reihe nach, jetzt ist Durchsuchung bei Kondakows und bei Danilows, sie scheuen nicht mal das Tageslicht – wer kann bloß der Verräter sein? ... Es sind noch mehr Gendarmen gekommen, aus Jekaterinburg.«

»Ich werde nicht ärgerlich, aber geh. Geh und halt dich zu Hause bereit – wir müssen abwarten, bis sie weg sind ... Goldsucher, Schweinehunde!« Klimenti schmunzelte. »Geh nach Hause – weißt du noch, du kannst prima Boote aus Holz schnitzen – geh und bastel meinetwegen ein Boot für die Jüngeren, in einer Woche geht die große Schmelze los ... Und denk dran« – Klimentis Stimme klang jetzt fröhlich, munter, tatendurstig – »wir werden siegen, ja, siegen, selbst wenn sie uns beide einsperren!« Klimenti zündete die Lampe an. »Geh!«

Dmitri ging. Klimentis Augen behielten ihren fröhlichen Glanz, obwohl sie von Schlaflosigkeit übermüdet waren. Klimenti blieb noch ein wenig auf dem Bett liegen, dann erhob er sich fröhlich, ging in den Schuppen, entfernte mit dem Beil Rinde von Kiefernscheiten und, wieder in seinem Zimmer, machte er sich tatsächlich daran, mit dem Taschenmesser die Rinde zu kleinen Spielzeugbooten auszuhöhlen, fröhlich, mit offensichtlichem Vergnügen, für seine jüngeren Brüder, mit Masten und einem Spansteuer. Die Nachbarin – sehr vertrauenswürdig – klapperte mit den Eimern im Vorhaus, sie ging Wasser holen, kam zurück, verschloß und verriegelte zur Nacht die Pforte, wirtschaftete auf dem Hof, stellte die Eimer ins Vorhaus, rief leise durch die Tür:

»Artjomytsch, brätst du dir die Kartoffeln selber, oder soll ich sie braten? ich heize sowieso ... Du solltest bei dir heizen, sonst frierst du ein!« und flüsternd fügte sie in singendem Tonfall hinzu: »Unsre Straße sind grade zwei langgeritten, nicht von hier, die Mistkerle, zum Kontor sind sie.«

»Ich heize etwas später«, antwortete Klimenti. »Die Kartoffeln brat ich selber ... Wenn sie zu uns kommen, öffne ohne Widerrede, aber laß dir ein bißchen Zeit, wenn bei mir der Ofen brennt.«

Klimenti heizte den Ofen. Er setzte sich so an den Ofen und den Tisch, daß er mit einer Bewegung alles Nötige vom Tisch in den Ofen werfen konnte. Und Klimenti begann einen Brief an Anna. Seine Augen waren froh. Er schrieb darüber, was in den Gruben und im Werk in diesen drei Tagen gewesen war. Gleichzeitig briet er Kartoffeln. Am Ende des Briefes erinnerte sich Klimenti daran, wie er und Anna, noch in Kamynsk, in Mischucha Ussatschows Garten Kartoffeln gebacken hatten. Als der Brief fertig und das Kuvert zugeklebt war, ging Klimenti wieder in den Schuppen, lauschte auf die Geräusche ringsum und versteckte den Brief im Schuppen an einem geheimen Fleck hinter dem Kellereinstieg, in einem Zinkkasten, wo man ihn nur finden konnte, wenn man den ganzen Schuppen umgrub, und wo er auch Annas Briefe aufbewahrte.

Am Morgen ging Klimenti zu den Martinöfen in der Kupfergießerei, wo er als Gießer arbeitete. Bei dieser Verhaftungswelle waren weder Klimenti noch Dmitri gegriffen worden, doch die Partei in Wekschino war wieder zerschlagen, irgendwo in der Partei mußte ein Provokateur sein. Briefe waren in jenen Jahren für solche wie Klimenti – und besonders Klimentis Briefe an Anna nicht nur eine Nachricht für den anderen oder die andere, den Geliebten oder die Geliebte, nicht nur Kommunikation, sondern auch eine Stütze im Alleinsein, Vernichtung des Raums, ein Dialog des wachen Geistes, eine freie philosophische Akademie und eine Ergänzung der Erfahrungsbildung …

Was das Blutbad an der Lena für das Rußland der Arbeiter – und auch für das Russische Reich – bedeutete, wußten Grigori Wassiljewitsch Sosnin und Anna ebensogut wie Klimenti. Ende April – Grigori Wassiljewitsch grub den Schulgarten um – näherte sich zum erstenmal seit 1907 der Depotarbeiter Nikolai Woronow, der jüngere Bruder jenes Woronow, der nach dem Jahre fünf ums Leben gekommen war, dem Zaun, blieb stehen, sprach von diesem und jenem und sagte:

»Eine Maifeier wollen wir organisieren, den Ersten Mai zum Gedenken an die Genossen von der Lena begehen. Was denkst du dazu, Grigori Wassiljewitsch?«

»Eine notwendige Sache. Ich komme. Ich bin dabei.«

»Was meinst du, Grigori Wassiljewitsch – ob wir das ganze Depot mobilisieren, oder wie?«

»Seid ihr viele?«

»Wir? Wie soll ich es sagen – alle und keiner. Eine Organisation haben wir vorläufig nicht … Man muß es sich überlegen …«

»Das muß man. Siehst du die Birke da auf dem Feld – wenn es

dunkel ist, komm allein dahin, wir reden darüber ... Das ganze Depot, denke ich, sollte man nicht mobilisieren ...«

Am dreißigsten April goß es und wehte ein eisiger Wind, das Abendrot kündigte auch für den Ersten Mai Regen an – und in der Nacht vor dem Ersten Mai kamen elf Mann zusammen, um den Arbeitermai zu begehen. Wäre kein Regen gewesen und hätte eines der Kinder an der Brücke auf den Prellsteinen gesessen, dann hätte es wie seinerzeit Andrej Kriworotow sehen können, wie Leute einzeln zum Salzspeicher gingen, in der Dunkelheit verschmolz ihre Kleidung mit der Erde, aber ihre Köpfe hoben sich vom Himmel ab ... Neben den Arbeitern aus dem Depot waren im Salzspeicher zwei Arbeiterinnen aus der Schmutzochs-Fabrik, Grigori Wassiljewitsch Sosnin und Anna Kolossowa ... Und am Ersten Mai, im Morgengrauen, aus dem Salzspeicher zurückgekehrt, schrieb Anna an Klimenti.

Ende September erschien auf der Versammlung im Salzspeicher ein Neuer – der Gymnasiast Andrej Kriworotow. Seit Andrej in der Bibliothek der Schule von Tschertanowo Bücher gelesen hatte, die – ganz anders nun als das ›Gewitter‹ des Jahres fünf – wie ein wahres Frühlingsgewitter über ihm niedergingen und ihm eine zweite Geburt brachten – seitdem gab es keinen Tag, an dem er nicht mit Grigori Wassiljewitsch oder Anna zusammengetroffen wäre, aber so, daß keiner davon wußte. Mit den Gymnasiasten war Andrej ausschließlich in der Klasse zusammen. Weder im Kino noch auf dem Otkos sah ihn jemand, und selbst die Schiller-Brüder wußten nichts über ihn zu klatschen. Für Andrej gab es jetzt völlig neue Interessen und Menschen. Andrej hätte man sehen können auf dem Weg zur Eisenbahnstation, zur Stationssiedlung, in der die Arbeiter aus dem Depot wohnten, auf dem Weg zur Siedlung am Marfin Brod ... Um den Kremlplatz herum wohnten Hofrat Babenin, Fürst Werejski, Oberstleutnant der Gendarmerie Zwetkow – die ›Sieger‹, sie wachten über das Reich und fuhren durch die Dörfer mit Stolypinschen Landmessern, Herr Schmutzochs und der Geschäftsmann Koschkin wohnten hier, die Kamynsker Provinz lag in der Umklammerung des Winters und des ›Hofrats‹ Babenin, und in tiefer Illegalität betätigten sich der Arbeiter Woronow, der Arbeiter Schein, noch sieben aus dem Depot, der Wiegemeister Archip Semjonow und noch zwei Mann von der Zwischenstation Uwarowka, Jelisaweta Pronina und Lukerja Bobylewa aus der Schmutzochs-Fabrik, Grigori Wassiljewitsch, Anna, Andrej als einziger aus dem Gymnasium … Die Wege des revolutionären Untergrunds waren unerforschlich: manchmal kamen die Nachrichten vom ZK zuerst nach Samara, von da nach Tiflis, aus Tiflis wieder nach Samara, nach Simbirsk und von Simbirsk nach Moskau – die Räume bildeten ein Hindernis, und die Räume konnten kein Hindernis bilden. Andrej Kriworotow wurde plötzlich Klassenbester, ließ Koschkin hinter sich, und im Lateinunterricht bat an einem grauen Wintertag der Mustergymnasiast Kriworotow am Ende der Stunde den Latinisten und Direktor Walde ums Wort –

»In wenigen Monaten beenden wir das Gymnasium, und jeder von uns denkt natürlich über seine Zukunft nach. Ich will die Aufnahmeprüfungen am Bergbauinstitut ablegen, ich habe darüber Bücher gelesen, das ist sehr interessant. Aber weder Berge noch Hüttenwerke habe ich je gesehen. Und ich wollte Sie gern fragen, Jewgeni Jewgenjewitsch, ob Sie nicht an den Direktor des Jekaterinburger Gymnasiums schreiben könnten, weil ich niemanden in Jekaterinburg kenne, damit das Gymnasium oder jemand von den Gymnasiasten mir behilflich ist, die Jekaterinburger Werke zu besichtigen … Vielleicht möchte jemand von meinen Klassenkameraden mitfahren?«

Klassenkameraden, die nach Jekaterinburg fahren wollten, fanden sich nicht. Direktor Walde betrachtete Andrejs Gedanken als sinnvoll. Andrej wußte bereits, daß es in der menschlichen Welt zwei Welten gab – und er begriff nicht nur, er spürte den Sinn der Worte, die Leonti Scherstobitow seinerseits zu ihm gesagt hatte:

»Die Wahrheit – das stimmt, bloß ist die Wahrheit nicht für alle die gleiche. Einem Freund, einem Genossen, für den die Wahrheit dasselbe ist wie für dich, mußt du immer alles sagen, ohne etwas zu verbergen, sonst bist du ein Verräter. Einem Feind darfst du nie etwas sagen, sonst bist du wieder ein Verräter.«

Andrej fuhr, ausgesandt von seinen Genossen, aus dem Kamynsker Untergrund zu Klimenti Obuchow, um Verbindungen aufzunehmen. Auf dem Bahnhof in Kamynsk verabschiedeten ihn Grigori Wassiljewitsch Sosnin und Anna, neben seinem Vater, der sich sehr zufrieden äußerte, daß sein Sohn Klugheit bewies und sich der Wissenschaft zuwandte. Jekaterinburg lag unter einem schweren Himmel auf nicht übermäßig hohen Hügeln, ein großes Dorf mit steinernen Fabrikantenhäusern. Auf dem Bahnhof holten Andrej zwei Gymnasiasten ab, die Mäntel mit Känguruhpelzfutter trugen, der Sohn des Direktors der Katharinen-Schleiferei, eines der ältesten Betriebe in Jekaterinburg, und der Sohn eines Bergbauingenieurs, beide hergeschickt vom Direktor des Gymnasiums. Andrej mußte einen Waschbärpelzmantel anziehen, es waren minus zweiunddreißig Grad. Man fuhr ihn zur Wohnung des Direktors der Schleiferei, eines Generals a. D. und Bergbauingenieurs. Unterwegs erfuhr Andrej, daß ihn die Gymnasiasten am übernächsten Tag mitnehmen wollten zur Bärenjagd und daß die ganze Christwoche hindurch in Jekaterinburg und in den Betrieben der Umgebung ein Ball dem anderen folgen werde. Auf Andrej warteten eine Badewanne und ein separates Zimmer. Mitten in der Stadt war durch einen Damm ein jetzt vereister See angestaut worden. Andrejs Fenster gingen nach dem See. Hinter dem Staudamm, unter dem See, einige Stockwerke unter der Erde, befand sich die Schleiferei aus den Zeiten der Zarin Katharina. Sie bekam Andrej als erstes zu sehen, nach einem Frühstück mit frischen Gurken. Bebrillte alte Männer machten in den Fabrikkellern tiefe Verbeugungen vor dem Gymnasiasten, dem Direktors- und dem Generalssohn ...

Andrej und Klimenti trafen sich, wie bereits von Kamynsk aus vereinbart, auf dem Jekaterinburger Bahnhof, in der Menschenmenge, in der scheunenartigen und schmutzigen dritten Klasse – sie hatten sich fünf Jahre nicht gesehen.

Andrej begegnete einem hochgewachsenen, breitschultrigen Mann in einem soliden Mantel englischer Fasson und mit einer hohen Sealskinmütze, der Sicherheit und Ruhe ausstrahlte. Klimenti lächelte von weitem mit einem ungezwungenen und sehr ruhigen Lächeln, das gesunde und kräftige Zähne entblößte, streifte den Handschuh von der Rechten und lüpfte seine Mütze mit der Linken, in der er mit der Mütze auch den Handschuh hielt. Die schräg gescheitelten Haare, sehr hell, waren sorgfältig geschnitten. Klimenti reichte Andrej mit einer geschmeidigen, ungezwungenen und leicht übermütigen Geste die Hand. Schwielen waren nicht an seiner Hand, doch sie schien aus Stein, groß und weiß. Das Gesicht war großflächig, weiß, ruhig, klug, sehr beherrscht. Klimenti sah nicht aus wie ein Jugendlicher. Mit der Mütze schob er eine Haarsträhne hoch und setzte die Mütze auf.

Klimenti begegnete einem schmalschultrigen und nicht sehr gesunden Menschen, der auf seinen einst makellosen, nun aber vernachlässigten Mantel und seine zerknitterte Gymnasiastenmütze, die er zum Gruß abzusetzen vergaß, keinerlei Sorgfalt verwendete. Er vergaß zu lächeln, als er Klimenti sah. Seine Augen blickten konzentriert und sehr sanft. Er hatte ein hageres und brünettes Gesicht, und vor der Zeit hatte sich zwischen den Brauen eine Falte eingegraben, die ihm einen leicht finsteren und leicht erstaunten Ausdruck gab. Andrej vergaß zu lächeln, doch seine Augen nahmen plötzlich einen zugleich sanften und übermütigen Ausdruck an. Er reichte Klimenti die Hand, indem er zunächst den Ellbogen weit zurückzog und dann die Hand eckig nach vorn warf. In Andrejs Augen trat wieder Vorsicht, und er sah sich mit einem ironischen Blick um.

Klimenti fing diesen Blick auf – er war genauso wie in ihrer Kindheit –, und er sagte:

»Weißt du noch, wie wir als kleine Jungs in die Gärten gestiegen sind Äpfel holen, du kletterst auf Koschkins Zaun und sitzt da, überlegst, wo du runterkriechen sollst, nach der Seite oder nach der, schaust du hierhin, ist dein Blick übermütig, schaust du dahin, ist er vorsichtig, wachsam, abwägend ...«

Andrej lachte auf und begriff, daß Klimenti nach wie vor der Überlegene war, und das empfand er als sehr angenehm, ihm von Kindheit teuer und jetzt sehr notwendig.

Sie traten hinaus auf den Bahnhofsvorplatz und in die Winterkälte. Klimenti rief einen Kutscher, und ein tiefer Schlitten klomm den Berg hinauf zu den einsamen Kiefern und den engen dreifenstrigen Arbeiterkaten am Stadtrand. In einem unbekannten gutgeheizten und leeren Haus, in einem unbekannten Eßzimmer mit tadellos gestrichenem Fußboden und hellen Gardinen vor den Fenstern, an deren mittlerem Fenster neben Efeu ein Käfig mit einem jungen Stieglitz hing, blieben Klimenti und Andrej allein.

Klimenti war unmittelbar nach dem Blutbad an der Lena nicht verhaftet worden, aber der Kreis seiner Genossen wurde immer kleiner, in seiner engsten Umgebung mußte ein Provokateur am Werk sein. Klimenti und Dmitri Schirokich waren in Wekschino fast als letzte davongekommen. Vor zwei Tagen hatte sowohl bei Klimenti als auch bei Dmitri eine Haussuchung stattgefunden – zufällig waren weder Klimenti noch Dmitri zu Hause gewesen –, die Druckerei befand sich in der Handgepäckaufbewahrung auf dem Jekaterinburger Bahnhof in zwei bemalten Köfferchen, wie sie die Wjatsker benutzen, wenn sie Reisen zu Erwerbszwecken unternehmen. Klimenti und Dmitri waren gestern in Jekaterinburg angekommen, von allen ihren Treffs war nur noch dieses Haus geblieben, in das Klimenti Andrej gebracht hatte, nachdem er gestern abend und heute früh feststellen konnte, daß hier keine Gefahr drohte. Der Provokateur war ganz nahe, ihm auf den Fersen.

»Also dann«, sagte Klimenti und lächelte mit einem breiten, ruhigen Lächeln. »Hier behelligt uns keiner. Wir können reden ... Verbindung herstellen? Aktionen abstimmen? Literatur bekommen? ... Gut. Ich spreche das mit den Genossen ab ... Du sagst, bei euch ist es am günstigsten, von der Straßenseite am ersten Fenster am Tor, in der Tschertanowoer Schule, zu klopfen und zu fragen: ›Lehrer, wie komme ich zum Bahnhof?‹ Gut ... Hier hast du eine Adresse, wiederhole sie, präg sie dir ein, schreib sie nirgends auf – Moskau, Malaja Bronnaja 7, Zahnarztpraxis Schleifer, Zahnärztin Schleifer, ihr sagen, wenn man auf dem Stuhl sitzt: ›Zahnschmerzen habe ich nicht.‹ «

Theoretische Dinge wurden nicht beredet, auch keine Erinnerungen ausgetauscht. Klimenti verlor kein Wort darüber, daß vor zwei Tagen bei ihm Haussuchung gewesen war. Andrej wollte daran erinnern, wie sie sich das letztemal gesehen hatten – als sie in Kamynsk Abschied nahmen und beiden schien, es sei eine Trennung für immer – doch dafür ergab sich kein passender Moment. Klimenti sprach, nun ohne zu lächeln, leise und bedächtig über ganz konkrete Dinge, und die Falte auf Andrejs Stirn wurde immer tiefer, er neigte sich zu Klimenti vor, um zuzuhören. In der Tat war für Erinnerungen keine Zeit, und Andrej hatte nichts, was er über sich hätte erzählen können.

»Weiß der Teufel, welche Umwege man nehmen muß«, sagte Andrej, »bis nach Jekaterinburg, das schon zu Asien gezählt wird, hieß es fahren, um eine Adresse in Moskau ausfindig zu machen ...«

Klimenti lächelte – wieder mit seinem breiten Lächeln, doch für einen kurzen Augenblick wurde sein Blick abwesend. Er sagte langsam, nachdenklich und nach einer Lösung suchend:

»In der Tat, ja ... Folgendes, Andrej ...« Und er sprach fest und entschlossen weiter: »Du gibst mir oder dem, der auf dem Bahnhof an dich herantritt, eine Viertelstunde vor Abfahrt des Zuges deine Fahrkarte – ich schicke zwei kleine Kästen mit dir mit. Wenn dich deine Direktionsgymnasiasten verabschieden, kannst du ihnen sagen, aber das kannst du auch schon vorher, einen Tag vor der Abreise, du hättest dir als Andenken zwei Wjatsker Köfferchen mit einer Mineraliensammlung gekauft, so was ist auf dem Bahnhof zu haben, und du gibst sie als Reisegepäck auf ...

Versteck sie in Kamynsk, im Salzspeicher zum Beispiel ...« Und Klimenti lächelte wieder breit. »In diesen Kästen ist eine Druckerei. Ihr bekommt Bescheid, durch mich oder einen unserer Genossen, was damit zu tun ist, inzwischen kann sie euch vielleicht in Kamynsk gute Dienste leisten, du und Anna, ihr werdet selber damit drucken.« Zum erstenmal nannte er Annas Namen.

Klimenti erhob sich von seinem Stuhl, trat ans Fenster, warf einen Blick auf die Straße, strich sich aus Gewohnheit die Haare zurecht und sagte:

»Niemand, soviel ich weiß, kein Dichter und kein Erzähler, hat das Fenster zu seinem Thema gemacht – einfach das Fenster ... Dabei könnte man ein ganzes historisches Werk darüber schreiben. Lomonossow hat doch eine Ode über das Glas geschrieben – ich meine es ernst ...« Klimenti warf wieder einen Blick hinaus, und lockernd bewegte er die Schultern. »Alles klar. Komm, ich begleite dich. Küß Anna und Grigori Wassiljewitsch für mich und auch Nikita Sergejewitsch ... Meinst du, ich hätte keine Lust, dich über alles auszufragen? – einfach so zu reden, wie wir als kleine Jungs über Taras Bulba geredet haben? ... Große Lust hätte ich! – komm, wir wollen uns zum Abschied umarmen – du bist tatsächlich Leonti Wladimirowitsch ähnlich geworden, Anna hat mir darüber geschrieben ... Ich bringe dich in die Stadt, du mußt zum Frühstück zu deinen Direktionsgymnasiasten. Bis zum Bahnhof sehen wir uns erst mal nicht mehr ...«

Tatsächlich warteten die Gymnasiasten in der Wohnung des Direktors und Bergbaugenerals auf Andrej mit dem Frühstück, um gleich danach mit der Troika von Jekaterinburg dreißig Werst zur Kupferhütte Wekschino zu fahren – nicht um das Werk und die Gruben zu besichtigen, sondern zum Ball des dortigen Direktors.

Klimenti hatte beschlossen, nicht nach Wekschino zurückzukehren, solange die Druckerei nicht abgeschickt war. Den Abend verbrachten Klimenti und Dmitri auf der Galerie des Theaters. In dem Haus, in das Klimenti am Morgen Andrej gebracht hatte, war das Übernachten bereits zu unsicher. Dmitri traf eine Witwe, die er kannte und die früher in Wekschino gewohnt hatte, ihr Haus war unverdächtig. Die Witwe machte ebenfalls einen Theaterbesuch, sie war ganz aufgeregt und durcheinander – aus dem Theater nach Hause gekommen, setzte sie Klimenti und Dmitri Wodka hin, am meisten trank sie selbst, sie saß Dmitri gegenüber, erzählte mit eigenen Worten den Inhalt des ›Gewitters‹ von Ostrowski nach, das sie soeben mit Dmitri im Theater gesehen hatten, sie sang unter Tränen und bildete sich ein, Katerina zu sein. In der Kammer nebenan schrieb Klimenti an Anna einen legalen Brief über Provokateure – er fand keine Worte für diese Leute, die schlimmer waren als Mörder, schlimmer als Diebe und Feiglinge, die für Geld ihre Genossen verkauften, die die gleichen Worte sprachen wie sie, mit ihnen Haus und Brot teilten, ihre Ideen und ihr Gewissen – und sie verkauften ... Nebenan sang unter Tränen eine vereinsamte Frau, eine Witwe, die sich als Katerina Kabanowa fühlte ... Dmitri sang zusammen mit der Witwe und dachte nicht weniger angestrengt als Klimenti darüber nach, wer wohl der Provokateur sein mochte – wer bloß?!

Die Druckerei wurde mit Andrej mitgeschickt.

Am Abend desselben Tages kehrten Klimenti und Dmitri nach Wekschino zurück, und in der Nacht wurden beide verhaftet. Sowohl im Verlies beim Polizeirevier auf dem Feuerwehrhof in Wekschino als auch dann im Gefängnis von Jekaterinburg waren sie mit Genossen zusammen. Provokateure findet man, abgesehen von allem übrigen, leicht bei Kreuzverhören heraus: sieben Mann wußten von etwas, und das ist herausgekommen, folglich war einer der sieben ein Provokateur; aber vier von diesen sieben wußten noch etwas Zweites, das nicht schiefgelaufen ist, hier war also kein Provokateur dabei; und fünf, von denen zwei zu den sieben gehörten, aber nicht zu den vier, wußten noch etwas Drittes, und dieses Dritte ist schiefgelaufen – vielleicht ist einer der beiden von den ersten sieben der Provokateur? – wo sind diese beiden gewesen, was haben sie gemacht, was haben sie gewußt, und hat es bei ihnen etwas gegeben? – der da ist mit dem zusammengewesen, und sie sind aufgeflogen, aber er war nicht mit jenen zusammen, und die sind davongekommen – der hier wußte das und das allein von Iwan, und Iwan sitzt ... Der Provokateur von Wekschino wurde gefunden – er hatte nicht nur in Wekschino, sondern auch in Jekaterinburg Leute verraten. – Im Gefängnis waren Genossen, aber auch außerhalb der Gefängnismauern waren Genossen, Briefe von Genossen kamen aus der Freiheit, und Briefe gingen zu Genossen in die Freiheit, in tiefster Illegalität natürlich. Und aus der Freiheit hatte an Klimenti ein Provokateur geschrieben, der sich als Bruder und Freund ausgab – der Provokateur erkundigte sich, wo die Druckerei sei, denn sie werde für die weitere Arbeit benötigt, und er, der Provokateur, bot seine Dienste an, als Drucker. Klimenti antwortete dem Provokateur: am

27. Mai, 10 Uhr abends oder gleich nach Ankunft des sibirischen Zuges, in Rußland, nahe der Zwischenstation Satischje, an der Straße in Richtung Rogoshsk, zwei Werst von der Station, rechts von der Bahnstrecke, in einer Schlucht an einer verfallenen Brücke – er, mit Strohhut, werde die Druckerei von einem Mann erhalten, den er vom Ansehen kenne ... Im Gefängnis waren Genossen – und außerhalb der Gefängnismauern waren ebenfalls Genossen, Briefe kamen aus der Freiheit und gingen in die Freiheit, in tiefster Illegalität.

Am 27. Mai war die Hochzeit Mischucha Schmeljows, der jetzt Maxim hieß. Andrej machte den Brautführer als Freund aus gemeinsamer barfüßiger Kindheit. Anna war nicht auf der Hochzeit. Zum Hochzeitsmahl blieb Andrej nicht. Auf dem Weg von der Hochzeit ging er bei Anna vorbei, sie war nicht zu Hause. Die Tür zu einem der Keller im Salzspeicher war endgültig eingestürzt und hatte den Eingang verschüttet: aus einem anderen Kellerraum führte ein getarnter Gang zu dem Teil, dessen Tür eingestürzt war; nicht ein Spalt ließ einen Lichtschein oder einen Laut in diesen Kellerraum hinein und aus ihm heraus. Hier war die Druckerei. Von zehn Uhr, als es dunkel geworden war, bis Mitternacht verbrachte Andrej die Zeit im Keller. Die Mainacht hatte sich mit ihrem ganzen Frühlingssegen über die Erde gebreitet. Nach Schlafen war Andrej nicht, er ging zu Anna, um sich auszuruhen und zu plaudern. Anna war nicht zu Hause, Mischucha Ussatschow sagte, sie habe versprochen, allerspätestens um zwölf zurück zu sein. Nikita Sergejewitsch hatte sich bereits in seinem Arbeitszimmer im Zwischengeschoß eingeschlossen – Andrej ging in den Garten und saß mit Mischucha Ussatschow zusammen. Der Flieder blühte, und der Garten duftete nach Flieder. Anna kam gegen ein Uhr nachts nach Hause, sie nahm den Weg durch den Garten, in einem Kleid – weiß wie Apfelblüte. Sie war sehr munter, ohne jede Spur von Müdigkeit nach den Prüfungstagen – um jede Stunde ihres Lebens schien es ihr leid zu tun, nichts wollte sie auch nur um eine Stunde verschieben. Andrej und Anna gingen in Annas Zimmer. Auf dem Tisch und in den Fenstern standen riesige Fliedersträuße, in Glasgefäßen und in Eimern. Anna setzte sich und legte die Hände auf den Tisch. Ihre Gedanken mußten wohl frisch sein wie der Duft des Flieders. Sie schüttelte fröhlich die Zöpfe.

»Ich möchte einen Brief an Klimenti schreiben, Andrej, darf ich es in deiner Anwesenheit tun?«

»Schreib nur, natürlich.«

Kurz darauf klopfte Iwan Koschkin. Andrej versteckte sich hinter der Gardine, damit Koschkin ihn nicht sehen konnte.

»Hast du mitgehört?« fragte Anna, als sie zurückkam.

»Ja.«

»Was für ein Schuft!«

»Nicht der einzige …«

Anna setzte sich an den Tisch, um weiterzuschreiben – und hielt inne, lehnte sich auf ihrem Stuhl zurück, legte die Hände, weit vorgestreckt, auf den Tisch, ihre Augen blickten in die Ferne.

»Weißt du, Andrej … Dieser Schuft ist zu mir gekommen, weil er ein Feigling und ein Mörder ist …« Anna verstummte, ihre Augen blickten weiter in die Ferne. »Und weißt du, ich habe heute einen Menschen getötet – mit dieser meiner Hand hier!« Und Anna sah zärtlich auf ihre große, starke Hand, ihren schönen bis zum Ellbogen entblößten Arm.

Halb sieben hatte Anna an diesem Tag das Haus verlassen und sich zu Fuß, in ihrem weißen Kleid, mit einem weißen Kopftuch, ein kleines Bündel in der Hand, auf den Weg zur Zwischenstation Satischje gemacht – vier Werst pro Stunde und eine halbe Stunde zum Ausruhen hatte sie eingeplant. Hinter den Feldern war sie in den Wald eingetreten und auf einem Waldweg weitergegangen. Dicht am Weg blühten Maiglöckchen, der Wald war von süßen Düften erfüllt, die Birken standen wie eine Wand. Sie durfte sich nicht verspäten, und sie schritt munter aus. Ein-, zweimal pflückte sie dennoch Maiglöckchen und Glockenblumen, die gerade aufgeblüht waren. Die Dämmerung setzte ein. Aus einem Kiefernhain schrie ein Kauz. Aus dem Wald trat Anna aufs Feld hinaus, wo die letzten Lerchen zur Ruhe gingen, zusammen mit der Sonne. Weiter weg auf dem Feld bei Satischje leuchteten Lichter auf. Vom Feld duftete die erste Kartoffelblüte. Am Himmel gingen die ersten Sterne auf. – Hierher, in diese kleine mit Espen bestandene Schlucht, sollte jener kommen … Nicht ein einziges Mal, nicht eine Sekunde lang dachte Anna darüber nach, daß sie mit diesem Revolver, der zusammen mit Brot und zwei hartgekochten Eiern in dem Bündel steckte, einen Menschen töten sollte, denn sie wußte, daß sie ein Scheusal niederzuschießen hatte, jemanden, der aufgehört hatte, ein Mensch zu sein. Sie hatte diesen Menschen nie gesehen – bis ins kleinste Detail konnte sie sich das Gesicht des Verräters mit Strohhut vorstellen.

In der Ferne kam ein Zug angekeucht und entfernte sich von

der Station. Anna nahm den Revolver aus dem Bündel. Zehn Minuten blieben ihr noch. Sie setzte sich ins Gras, unter eine Espe, davor wuchs Kamille, Anna nahm eine Blüte und riß die Blütenblätter ab. Hoch am Himmel leuchteten bereits zahlreiche Sterne. Ganz nahe auf dem Grund der kleinen Schlucht stimmte in den Espen völlig unerwartet eine Nachtigall ihr Lied an.

Den Hang herab in den Dunst der Schlucht zu den Kiefern stieg ein Mann mit Strohhut und Übergangsmantel. Das war er, der Provokateur, das Scheusal, der Abschaum. Anna lief von der Lichtung in die Schlucht hinab, zu den Erlen, zu der Waldbrücke – auf den Verräter zu. Er bemerkte sie und blieb stehen. Beide Hände steckten in den Taschen, fest an den Körper gedrückt. Anna begriff, daß in seiner Rechten der Revolver lag, daß jetzt alles von dem Moment abhing, wer zuerst schoß. Den Gedanken, der Tod könnte sie ereilen, ließ sie gar nicht aufkommen. Sie lief, ohne zu schießen. Der andere riß den Revolver aus der Tasche. Anna schoß. Der andere verzog das Gesicht zu einem schleimigen, erbärmlichen und schuldbewußten Lächeln und setzte sich auf die Erde, der Revolver entglitt seiner Hand. Anna schoß ein zweites Mal in das lächelnde Gesicht, und selbst aus dem Klang des Schusses glaubte sie Verachtung herauszuhören. Der Strohhut fiel zu Boden.

Anna ging davon, als fürchte sie, sich die Füße zu beschmutzen, ja sich an der Luft zu beschmutzen.

»Verstehst du das, Andrej? ... dieser, diese ... wieviel Genossen seinetwegen in die Katorga und in die Verbannung gegangen sind!«

»Warum hast du das nicht mir überlassen?«

Im Morgengrauen gingen Anna und Andrej aus dem Haus in den Garten. Auf der Erde schlug sich Tau nieder. Überschwenglich blühte der Flieder. Anna trug ein Kleid – weiß wie Apfelblüte. Sie ging den Weg zum Abhang mit ausgebreiteten Armen, ihre Hände berührten Apfelzweige, auf ihren Kopf fiel Tau. Vorn hinter dem Abhang kündigte sich der Tag an.

Und zur gleichen Stunde, einige tausend Kilometer östlich von Kamynsk, in Sibirien, stand die Sonne bereits hoch am Himmel. Die ganze Nacht hatte es heftig geregnet und gestürmt. Bei Tagesanbruch waren ein breiter und trübseliger Fluß, trübselige Berge mit Schnee in den Senken, ein kalter Himmel und ein schäbiges Flachboot am Ufer aus dem Dunkel getreten. Der wilde Fluß wälzte Wellen und Eisschollen dahin. Im Morgengrauen schrien Wildgänse über dem Fluß. Im Boot, am Heck und am Bug, standen, auf ihre Bajonette gestützt und im Stehen schlafend, Wachtposten. Auf dem Boden des Bootes, in Kälte und Regen zusammengekrümmt, schliefen liegend und sitzend ebenfalls Menschen, Männer und Frauen. Das steinerne Ufer sah aus, als habe es nie eines Menschen Fuß betreten. Die Jahreszeit war so, daß es bald schneite und regnete, bald die Sonne schien – der Frühling des Nordens. Gleich nach Tagesanbruch kam durch einen Spalt über dem Horizont, hinter bleiernen Wolken hervor die Sonne zum Vorschein.

Unter den Brettern am Heck des Bootes, die Schutz vor Regen und Wind boten, kroch ein Unteroffizier heraus, urinierte über Bord ins Wasser, stieß den Wachtposten in die Seite, der, auf das Gewehr gestützt, schlief, füllte seine Lungen mit Luft und schrie aus aller Kraft:

»Aufstehen!«

In den Bergen antwortete ihm das Echo.

»Zum Appell! zum Gebet!«

Vom Grund des Bootes erhoben sich vierzig Männer und sieben Frauen. Die Frauen standen gesondert, und sie waren am schlechtesten auf diese Gegend eingestellt, mit Hüten, manche mit Stadtschuhen – so, wie sie in dem schrecklich weit entfernten ›europäischen‹ Rußland festgenommen worden waren. Alle, nicht nur die Frauen, sondern auch die Männer, auch die Soldaten, zitterten in der feuchten Kälte.

Der Unteroffizier strich sich über den Schnurrbart, rückte seine Mütze zurecht, zog seinen Mantel glatt, zog unterm Ärmelaufschlag ein nasses und zerknittertes Blatt Papier hervor, füllte seine Lungen mit Luft und bellte:

»Aladin!«

»Hier.«

»Woskoboinikow! Wulf!«

»Ja. Hier«

»Obuchow!«

»Hier.«

»Schirokich!«

»Ja ...«

Der Unteroffizier füllte noch einmal seine Lungen mit Luft und raunzte, daß es von den Bergen zurückschallte:

»Zum Gebet! Stillgestanden!«

Am Heck des Flachbootes setzte der Singsang der Soldaten ein:

Vater unser, der du bist im Himmel ...

Die Verbannten schwiegen.

Die Soldaten sangen:

Schütze den Zaren Gott – der große Herrscher
der Orthodoxen ...

Die Verbannten schwiegen.

Jähes Sonnenlicht fiel auf das Flachboot und auf die Berge. Die Eisschollen auf dem Fluß erschienen rot in der Sonne. Am Ufer wurde auf Steinen Feuer entfacht, man aß nasses Schwarzbrot, wärmte und trocknete sich ...

Dann fuhr das Flachboot los. Minussinsk war bereits passiert. An einem Ruder saßen zu zweit Klimenti Obuchow und Dmitri Schirokich, Arbeiter aus dem Erzbergwerk Wekschino, die für ihre sozialdemokratische, bolschewistische Partei in die Verbannung am Jenissej gingen.

Klimenti ruderte fröhlich – und fröhlich fragte er Dmitri:

»Was meinst du, wird diese Gegend in dreihundert oder in zehn Jahren menschlich werden?«

»Ganz bestimmt in zehn!« antwortete Dmitri Schirokich ebenso fröhlich.

»Nun, in zehn vielleicht nicht, aber in zwanzig, fünfundzwanzig Jahren auf jeden Fall, durch unsrer Hände Arbeit und zu unseren Lebzeiten – hier werden Telegraphen- und Stromleitungen gezogen werden, hier wird es Städte und Betriebe geben, ein menschliches Leben! ... und menschlichen Frohsinn.«

Vom Heck rief der Unteroffizier:

»Was für Frohsinn noch!? Mund halten« ...

Karl Marx verlor mit der Auflösung des ›Bundes der Kommunisten‹ am 15. September 1850 in London die letzte Verbindung zum gesellschaftlichen Leben seiner deutschen Heimat – es begann das Leben in England, im Exil, und es dauerte dreiundzwanzig Jahre – Marx' letzte dreiundzwanzig Lebensjahre. Die deutsche ›Heimat‹ tat alles, was ihr zu Gebote stand, um den Namen Marx' aus dem Gedächtnis des deutschen Volkes zu tilgen. Er schien vereinsamt. Da kam die – einzigartige, unvergleichliche – Freundschaft zwischen Marx und Engels voll zur Geltung, sie war in der Tat ohnegleichen. Frei von menschlicher Beschränktheit, Denken und Schaffen der Kampfgefährten aufs engste miteinander verbindend, befreite sie beider Individualität und war ihrer eigenständigen Wesenheit förderlich. Im Grunde lebte Marx im British Museum, er ging morgens dorthin und kam nach Hause, wenn das Museum geschlossen wurde, wenn seine Kinder bereits schliefen. Die Kinder nannten den Vater Mohr, der Vater sagte, die Kinder hätten die Aufgabe, ihre Eltern zu erziehen.

Im April 1855 starb dem Ehepaar Marx der Sohn Edgar, der zu Hause Musch genannt wurde, der einzige Junge in der Familie. Marx schrieb an Engels:

›Der arme Musch ist nicht mehr. Er entschlief (im wörtlichen Sinne) in meinen Armen heute zwischen 5 und 6 Uhr. Ich werde nie vergessen, wie Deine Freundschaft diese schreckliche Zeit uns erleichtert hat. Meinen Schmerz um das Kind begreifst Du.‹

Im gleichen Frühjahr erkrankte auch Marx selbst, und er hörte bis zu seinem Tode nicht mehr auf zu kränkeln ... Manche seiner Jugendfreunde gingen unter die Minister, andere – die seine Ideen geteilt hatten – ins Grab, Weerth starb, Schramm starb – und viele, viele gingen unter die lebenden Leichname. Die lebenden Leichname stanken. Karl Vogt, Kampfgefährte in der Revolution von 1848, veröffentlichte ein Buch, in dem er Marx als Häuptling einer Bande von Räubern und Erpressern beschrieb – derlei wurde nicht zum ersten- und nicht zum letztenmal geschrieben ...

Am 28. September 1864 wurde in London in der Saint Martin's Hall die ›Internationale Arbeiterassoziation‹ – die I. Internationale – gegründet. Marx war das Hirn – der ›große Geist‹ der Internationale. Um die Welt gingen Gerüchte und Geschrei von den ›Millionen der Internationale‹ – im ersten Jahr ihrer Existenz belief sich das Budget der Internationale auf ganze dreihundertdreißig Pfund Sterling, weniger als dreitausenddreihundert Rubel, die von den Gründern aufgebracht worden waren – im Juli 1865 schrieb Marx an Engels, in den letzten zwei Monaten habe seine ganze Familie ausschließlich vom Geld der Pfandleihe gelebt. Die Zeitungen ereiferten sich über die ›geheimen Machenschaften der Internationale‹ – Bismarck, preußischer Kanzler und mit höchster Klugheit gesegneter königlicher, später kaiserlicher Beamter in Europa, Bismarck schickte seine Leute aus, die Marx kaufen sollten – Bonaparte stellte die französischen Mitglieder der Internationale vor Gericht – der spanische König regte über seine Diplomaten die Bildung einer europäischen Koalition gegen die Internationale an. Die Internationale wurde als ›Ausgeburt der Hölle‹ bezeichnet – die Baseler Fabrikanten schickten wahrhaftig einen ›Gewährsmann‹ nach London, der geheime Nachforschungen über die Geldmittel des Generalrates anstellen sollte – und die Katholiken erkundigten sich beim Papst, ob nicht Gebete gegen die Internationale eingeführt und diese mit dem Bann belegt werden sollte. ›The Times‹ verglich die Sektionen der Internationale mit den ersten christlichen Gemeinden, und Marx scherzte über die Baseler Fabrikanten:

›Hätten diese guten orthodoxen Christen in den ersten Zeiten des Christentums gelebt, sie hätten vor allem des Apostel Paulus Bankkredit zu Rom nachgespäht.‹

Marx schrieb am 13. Februar 1866 an Engels:

›Gestern lag ich wieder brach ... Hätte ich Geld genug ... und wäre mein Buch fertig, so wäre es mir völlig gleichgültig, ob ich heute oder morgen auf den Schindanger geworfen werde, alias verrecke. Unter besagten Umständen geht das aber noch nicht.‹

Und eine Woche später:

›Die Ärzte haben ganz recht, daß *übertriebene Nachtarbeit* die Hauptursache dieses Rückfalls. Aber ich kann den Herren doch nicht die Ursachen mitteilen – was auch ganz zwecklos wäre –, die mich zu dieser *Extravaganz* zwingen.‹

Marx arbeitete in der Internationale und am ›Kapital‹ – und im April 1867 schrieb er:

›Vorigen Mittwoch reiste ich von London ab, per steamer, und erreichte unter Sturm und Ungewitter Hamburg Freitag nachmittags, um dort das Manuskript des ersten Bandes Herrn Meißner zu überliefern. Der Druck hat bereits Anfang dieser Woche begonnen, so daß der erste Band Ende Mai erscheinen wird ... Es ist sicher das furchtbarste Missile, das den Bürgern ... noch an den Kopf geschleudert worden ist.‹

Bei Sonnenuntergang erreichte das Flachboot ein abgeschiedenes Dorf auf wildem Gestein unter Kiefern, unter einem grauen Himmel. Am Ufer versammelte sich eine Menschenmenge. Vom Ufer klang es weithin über das Wasser:

Feindliche Stürme durchtoben die Lüfte ...

Der Unteroffizier am Heck krächzte und sagte nicht sehr laut: »He, leise dort!«

Vom Flachboot klang der zweite Takt des Liedes zum Ufer:

Mag uns auch Schmerz und Tod nur erwarten ...

Boot und Ufer vereinigten sich zum Chor.

Der Unteroffizier stand krächzend am Heck, kratzte sich ein paarmal im Nacken, winkte ab und kroch unter die Bretter am Heck, um sein Köfferchen zu packen – von ihm nahm auch gar keiner Notiz.

Das Flachboot legte am steinigen Ufer an. Die Ausgestiegenen und die auf den Steinen Wartenden drückten einander die Hände und umarmten sich, zwar sahen sie einander zum erstenmal, doch sie waren Genossen. Der Name des Dorfes war Schuschenskoje.

Klimenti sprach ein blauäugiger Mann an:

»Genosse, sind Sie nicht aus dem Dörfchen Tschertanowo bei Kamynsk?«

Klimenti sah den Blauäugigen an –

»Da bin ich auch gewesen.«

»Klim Obuchow?«

Klimenti sah den Blauäugigen an und rief wie ein kleiner Junge:

»Wanjucha!? Wanjatka Nefjodow!?«

Iwan antwortete stolz:

»In eigener Person. Bist du allein oder mit noch jemand? kommt mit zu mir, wir haben hier eine Kommune und Universität – besser noch als bei Nikita Sergejewitsch!«

Auf einem Berg, auf dem von Lärchen und Zirbelkiefern gesäumten Gestein standen geräumige holzgedeckte Häuser mit Fenstern hoch über der Erde. Iwan Nefjodow, Klimenti Obuchow und Dmitri Schirokich gingen in eines der Häuser. Die Wände in dem Haus waren sauber geweißt, auf dem Fußboden lagen selbstgewebte bunte Läufer, über den Fenstern hingen Tannenzweige.

Sie stellten an der Tür ihre Köfferchen ab und zogen die Mäntel aus. Iwan heizte den Samowar – mit stolzer Feierlichkeit zeigte Iwan Klimenti seine Bücher, ein Deutsch-Lehrbuch, ›Die Entwicklung des Kapitalismus in Rußland‹ von W. Iljin, ›Das Kapital‹ von Marx ...

Sechsundvierzig Jahre zuvor, vor 1913, im Frühjahr ›unter Sturm und Ungewitter‹, hatte Karl Marx die Reinschrift des Manuskripts des ersten Bandes des ›Kapital‹ mit dem Schiff von London nach Hamburg gebracht – und im Herbst desselben Jahres erschien das Buch – zum erstenmal wurde der Menschheit das

Wort, der Begriff ›Kapitalismus‹ gegeben ... Und dreizehn Jahre zuvor, vor 1913, an der Jahrhundertwende, wurde hier, in dem Dorf Schuschenskoje, das zweite Buch, das Iwan Klimenti gezeigt hatte, in seine Endfassung gebracht – ›Die Entwicklung des Kapitalismus in Rußland‹, Prolog des Untergangs des Kapitalismus in Rußland, geschrieben von Wladimir Iljitsch, der hier in Schuschenskoje, in der Verbannung, das neunzehnte Jahrhundert verabschiedete und dem neuen Jahrhundert entgegenlebte ...

Iwan Nefjodow ging mit den Genossen wieder hinaus. Gegenüber stand ein Haus, das nichts Besonderes an sich hatte, abgesehen davon, daß der Zaun dicht mit Hopfen bewachsen war.

»In diesem Haus hat mit seiner Frau und mit der alten Mutter seiner Frau Wladimir Iljitsch gewohnt«, sagte Iwan. »Siehst du, auf den anderen Zäunen ist kein Hopfen? er hat diesen Hopfen gepflanzt, der hat den Zaun überzogen, in der Pflanze hat er eine Spur von sich hinterlassen ... Und gelebt hat er wie? Außer den Einheimischen und den auf Lebzeit Angesiedelten, das heißt den Kriminellen, die die Katorga hinter sich hatten, lebten damals hier er mit seiner Frau und zwei Arbeiter, der polnische Mützenmacher Promiński und der finnische Metallarbeiter Engberg aus Piter ... Und wie lebte er!? Morgens saß er da, las in allen Sprachen, und was er brauchte, das übersetzte er ins Russische – nachmittags schrieb er seins und überarbeitete es – abends las er wieder, lernte selbst und lehrte seine Genossen, alle Philosophen las er, und Nadeshda Konstantinowna erklärte dem Finnen Engberg das ›Kommunistische Manifest‹ in Deutsch, gab ihm Erläuterungen zum ›Kapital‹, das ich euch vorhin gezeigt habe ... wir haben hier das Buch, das ihm gehört hat. Die Post wurde im Winter mit der Schlittenkutsche hergebracht, Bücher und Briefe, Wladimir Iljitsch schrieb Briefe, dick wie ein Heft! Außerdem arbeitete Wladimir Iljitsch für die Bevölkerung – gab Ratschläge, schrieb Papiere, Sossipatytsch lebt hier, ihr kriegt ihn noch zu sehen, ein Einheimischer – der war Wladimir Iljitschs bester Freund, ein einfacher, armer alter Mann, aber ein Dichter und Jäger wie unser Mischucha Ussatschow, sie hatten zusammen einen Hund, er und Wladimir Iljitsch, Shenka hieß er. Fröste gibt es im Winter in dieser Gegend – das Quecksilber gefriert im Thermometer, und keiner weiß, wieviel drunter es ist. Der Jenissej gefriert bis zum Grund, das Wasser fließt über dem Eis. Wladimir Iljitsch vergräbt sich in dieser Zeit in seinem Papier, Sossipatytsch steckt wer weiß wo, Shenka schläft unter der Ofenbank ... Und im Frühjahr – ganze

Wolken von Wildgänsen, Schwäne, Birkhähne, Kraniche. Shenka ist ganz aufgeregt, Sossipatytsch, im Haus seit Tagesanbruch, ist ebenfalls aufgeregt, Wladimir Iljitsch reinigt das Gewehr, Promiński ist auch dabei, ebenso von Unruhe erfaßt. Der Frühling ...! Nadeshda Konstantinowna brät unter Anleitung Sossipatytschs für alle Flugwild. Der Frühling ist in voller Entfaltung – und Wladimir Iljitsch in vollem Einvernehmen mit ihm. Auf den Inseln hier im Fluß vermehren sich die Hasen in richtigen Rudeln, wenn Wladimir Iljitsch und Sossipatytsch auf Jagd fahren, bringen sie das Boot voll nach Hause ... Die Nächte sind hier im Sommer kurz, Schreiben, Bücher und Posterledigen haben ihren festen Platz wie immer, und nachts, erinnern sich die Alteingesessenen, steht Wladimir Iljitsch auf den Steinen am Fluß, allein oder mit Nadeshda Konstantinowna – die Abendröte geht in die Morgenröte über, und er steht und lauscht auf den Fluß, schaut in die Ferne ... Wie er auf das kommende Leben wartete, wie furchtlos er dem Leben gegenüber war! ... Im letzten Jahr, die Alteingesessenen erzählen, er sei im Februar 1900 von hier weggefahren, im letzten Jahr des alten oder im ersten Jahr des neuen Jahrhunderts also – und mit Sommerbeginn im Juni, wo die Abendröte in die Morgenröte übergeht, begann er sich auf das Leben vorzubereiten, den ganzen Herbst, den ganzen Winter bis Februar brannte die Nacht hindurch in seinem Fenster Licht, er schlief nicht, magerte ab, wurde gelb, bereitete sich auf das Leben vor ... Im Jahre fünf hat er mit dem Zaren abgerechnet – wir werden noch einmal mit ihm abrechnen ... Wladimir Iljitsch ist damals von hier weggefahren. Steine sind hier, Wasser und Wald – eine majestätische Gegend. Als er wegfuhr, blieb der Hopfen zurück, der Hopfen blüht ... Damals lebten hier er und seine Frau und die Mutter seiner Frau, die ihnen freiwillig gefolgt war, Promiński und Engberg, die diese majestätische Gegend nicht verlassen durften, jetzt aber sind wir hier neunundvierzig Mann und ihr beide – einundfünfzig statt dreien. Ich habe dir schon gesagt, Klim Artjomowitsch, Wladimir Iljitsch hat hier einige Bücher dagelassen – das ›Kapital‹, das ich dir gezeigt habe, hat ihm gehört, viele Hände haben hier nach diesem Buch gegriffen ...«

Die Genossen standen auf einem Hügel über dem Fluß. Weit im Westen – über dem ›europäischen‹ Rußland – schimmerte das Abendrot. Weder Klimenti noch Iwan wußten, daß in den gleichen Tagen, in denen Klimenti in Schuschenskoje eintraf, ein Revolutionär in die Verbannung geschickt wurde, jedoch nicht in die Gegend von Minussinsk, sondern von Turuchansk, noch weiter nach Norden, bis dicht an den Polarkreis, ein Mensch mit ungeheurer Überzeugung, mit ungeheurem Kampfeswillen und ungeheurer Verachtung für das Reich – jener Mensch, jener Bolschewik, der im Gefängnis von Solwytschegodsk das Spießrutenlaufen mit einem aufgeschlagenen Buch von Marx über sich ergehen ließ. Man brachte ihn tatsächlich bis fünfundzwanzig Kilometer vor den Polarkreis, und nicht in ein Dorf, sondern in eine Überwinterungsstation, die ganze drei Häuser zählte. Sie hieß Kurejka. Ein halbes Jahr dauerte hier die Nacht. Stündlich sah ein Gendarm nach ihm. Um nicht zu sterben, wie es das Reich wollte, baute er sich eigenhändig eine Harpune, um Fische zu erbeuten, und ein Beil, um das Eis zu zerhauen. Ganze Tage mußte er damit verbringen zu jagen, Fische zu fangen, Holz zu schlagen und zu hacken, bei grimmiger Kälte und Polarnacht den Ofen zu heizen, um etwas zu essen zu haben und nicht zu erfrieren, nicht vor Hunger und Kälte zu sterben. Die Gendarmen beobachteten, wie der Mann nicht starb. Das Reich wollte ihn durch die Arktis umbringen – er, der schon mehrfach aus der Verbannung und aus Gefängnissen entkommen war, wollte leben, um die Revolution zu machen, und auf sich allein gestellt, besiegte er die Arktis …

Sechsundvierzig Jahre vor 1913 brachte Karl Marx ›unter Sturm und Ungewitter‹ den ersten Band des ›Kapitals‹ von London nach Hamburg. Einer der ersten, der über das ›Kapital‹ schrieb, hieß Eugen Dühring, dem die Verurteilung des Marxschen Buches nicht scharf genug sein konnte.

Universitätsfachleute schrieben, Marx als ›Autodidakt‹ habe nicht das Recht gehabt, solch ein Buch zu schreiben. Einer von Marx' ehemaligen Freunden, Ferdinand Freiligrath, schrieb höhnisch:

›am Rhein viele junge Kaufleute und Fabrikanten sich für das Buch begeistern. In diesen Kreisen wird es seinen eigentlichen Zweck erfüllen –, für den Gelehrten wird es nebenbei als Quellenwerk dienen.‹

Das Buch wurde totgeschwiegen und verleumdet. Eine Übersetzung ins Englische – in die Sprache seiner ›zweiten Heimat‹ – erlebte Marx nicht, in der ganzen riesigen, gigantischen englischen Literatur erschien zu seinen Lebzeiten in Englisch eine einzige Zeitschriftennotiz, zwei Dutzend Zeilen, in denen die Art der Darstellung gebilligt und billigend mitgeteilt wurde, daß –

›der Reiz, den er auch den trockensten Fragen der politischen Ökonomie verleiht ...‹

Die erste Übersetzung des ›Kapitals‹ kam fünf Jahre nach seinem Erscheinen in Deutsch heraus – es handelte sich dabei um eine Übersetzung ins Russische ... In Iwan Nefjodows Haus lag in der schönen Ecke auf einem Bord ein Band des ›Kapitals‹. Der Einband trug die Aufschrift:

›Das Kapital. Kritik der politischen Ökonomie. Werk von Karl Marx. Übersetzung aus dem Deutschen. Erster Band. Buch I: Der Produktionsprozeß des Kapitals. St. Petersburg. Herausgegeben von N. P. Poljakow. 1872.‹

Das Exemplar hatte Wladimir Iljitsch Lenin gehört. Klimenti blätterte lange in dem Buch – unter den zahlreichen Randbemerkungen waren also auch welche von Lenin. Es war Frühling, es war Mai. Die Abendröte ging noch nicht in die Morgenröte über, doch die grünen nördlichen Nächte waren bereits auf nördliche Weise grün und weiß. Den ganzen Abend sprachen die Genossen über das, was sie bewegte – über die Zukunft natürlich vor allem – Klimenti und Iwan tauschten Erinnerungen an Kamynsk und Tschertanowo aus. Die Vergangenheit – seit der eine in den Ural und der andere nach Moskau gefahren war – erschien einfach und klar. Nach den Gesetzen der Industriellen ist der Arbeiter schuld, wenn es ihm schlecht geht. Klimenti war im Januar 1908 in den Ural gekommen. Schon seit 1907 wurden in den Gruben und im Werk die Lohntarife gedrückt und die Lohnauszahlungen verzögert. 1908 ging die Direktion zur Bezahlung mit Bezugsscheinen über, die Begründung lautete, der Betrieb arbeite mit Verlust. Auf dem Platz vor dem Direktionskontor stand ein imposantes Bronzedenkmal Demidows, des Gründers der Werke. In einer Nacht auf einen Sonntag hing plötzlich über der bronzenen Schulter des Denkmals ein Bettlersack, vor den bronzenen Füßen lagen eine Brotrinde und drei kupferne Kopeken, und unter dem Schultersack hing ein Zettel –

›Wir hätten mehr hingelegt, aber es hat lange keine Bezugsscheine gegeben!‹

Sonntag früh versammelte sich vor dem Denkmal eine Menschenmenge, die ganze Siedlung. Das Denkmal war groß und imposant – die Werkleitung ließ vor den Augen der Versammelten vom Feuerwehrhof eine Leiter bringen, um dem verelendeten Bronzedemidow, der sich auch Fürst San Donato nannte, den Schultersack abzunehmen. Umgehängt bekommen hatte er ihn von Klimenti und Dmitri.

Etwa zur gleichen Zeit, als Demidow den Schultersack umgehängt bekam, blieben sowohl die Früh- wie die Mittags- und die Spätschicht der Arbeit fern – am nächsten Morgen rückten alle vor dem Kontor an wie im Jahre fünf. Die Direktion beeilte sich, die Löhne auszuzahlen – ›vom Erlös eines Petersburger Hauses‹, wie sie erklärte.

Dann zahlte das Kontor wieder drei Monate lang nichts – und gab schließlich Bezugsscheine aus. Die Arbeiter schrieben an die Staatsduma. Fjodor Kusmitsch Danilow fuhr mit einer Petition nach Petersburg, in die Duma eingebracht wurde die Petition von dem Dumamitglied Nikolai Maximowitsch Jegorow, Bolschewik aus dem Ural – die Duma schob die Behandlung der Petition auf die lange Bank. Fjodor Danilow ging zum Minister für Handel und Industrie Seiner Exzellenz Herrn Timirjasew. Timirjasew sagte:

»Ihr Kupfer wird mit Verlust verkauft. Deshalb hat Demidow kein Geld, und Subventionen wird er von uns keine mehr bekommen, weil er ohnehin bereits große Schulden hat. Deshalb zögert er die Auszahlung hinaus.«

Fjodor Kusmitsch Danilow sagte:

»Wenn denn Herr Demidow durch uns solchen Ruin erleidet, dann könnten wir vielleicht die Gruben und Werke übernehmen, wir zahlen Ihnen die Subventionen zurück, und den ›Verlust‹ teilen wir unter uns auf, ein reiches Leben werden wir führen.«

»Das ist eine Idee«, sagte Timirjasew. »Ehe Sie wieder zu Hause sind, wird die Anweisung ergehen …«

Und in der Tat – Fjodor Kusmitsch Danilow wurde auf der Heimfahrt verhaftet …

Gegen die Partei wurde bereits seit 1907 mit allen Mitteln vorgegangen, sie mußte sich tief in den Untergrund zurückziehen – Polizei und Fabrikbesitzer frohlockten, beschützen ließen sie sich nicht mehr von Kosaken, die ›unzuverlässig‹ geworden waren, sondern von Inguschen, die kein Russisch sprachen. Und dennoch richtete die Partei im Untergrund eine Kasse der gegenseitigen Hilfe, eine Krankenkasse, eine Versicherungsgesellschaft, Bildungskurse ein. Nach der Verhaftung Fjodor Kusmitsch Danilows erweckte die Partei den im Jahre fünf entstandenen und im Jahre sechs eingegangenen Bergarbeiterbund zu neuem Leben. Das waren nicht mehr die Arbeiter des vorigen Jahrhunderts. Keiner erniedrigte sich vor der Obrigkeit, keiner fuhr Heu und Holz zu den Steigern und Einteilern, um sich mit ihnen gutzustellen, die Kinder der Arbeiter hüteten ihre Kälber nicht ...

Gestreikt wurde im Jahre zehn – ein Vertreter der Arbeiter nahm fortan teil an der Festlegung der Lohntarife, der Lohn betrug mindestens achtzig Kopeken pro Tag. Gestreikt wurde ab 1. Mai 1911 – drei Monate wurde gestreikt, der Streik ging schief: der Besitzer verkündete die Aussperrung, verwehrte den Arbeitern den Zutritt zu den Gruben, schloß das Werk. Als die Arbeiter wieder arbeiten kamen, wurden dreizehn von ihnen als Initiatoren des Streiks ›per Zirkular‹ aus dem Werk entlassen – mit Wolfspaß, mit Verbot, irgendwo in einem Bergwerk zu arbeiten, und diese Arbeiter mußten vor der Polizei fliehen – manch einer floh bis Wladiwostok.

Klimenti und Dmitri kamen davon.

Ihrer blieben nur wenige im Untergrund des Werkes und der Gruben. Man mußte sehr viel arbeiten, arbeiten für alle, um nicht zugrunde zu gehen, nicht aufzugeben, nicht zurückzuweichen. In Klimentis Fenster brannte die Lampe, und als Erkennungszeichen war der Vorhang herabgelassen, an das Fenster klopften Leute, die aus Jekaterinburg, aus Moskau kamen – etwa mit den gleichen Worten, mit denen er selbst, Klimenti, als er hierher gekommen war, bei Foma Talyschkow geklopft hatte.

Und am 4. April 1912 peitschten über das Rußland der Arbeiter die Salven an der Lena – in jener Nacht klopfte es an Klimentis Fenster.

Die Arbeiter im Hüttenwerk waren nicht mehr jene, die der Landamtmann und der Polizeioffizier hatten auspeitschen lassen. Zusammen mit dem gesamten Rußland der Arbeiter mußte einfach Protest erhoben werden. Gleich am Morgen jenes Tages wurde als Zeichen entschiedensten Protestes die Arbeit in den Gruben und in der Kupferhütte niedergelegt. Zehn Monate später wurden Klimenti und Dmitri verhaftet.

Beide wollten ehrlich bleiben und dachten nicht daran, sich mit dem Reich auszusöhnen, das war alles – und sie wußten, daß die Zukunft ihnen gehörte.

»Und du?« fragte Klimenti Iwan Nefjodow.

»Und ich? wir sind ja alle aus dem gleichen Holz geschnitzt. Natürlich konnte ich meinen Vater und das Jahr fünf nicht vergessen, und eigene Erinnerungen habe ich ja auch, wie mir infolge der bäuerlichen Armseligkeit die Lippe gespalten wurde. Vater zündete das Gutshaus an, ich stand im Gebüsch und betrachtete den Feuerschein – nie werde ich ihn vergessen! … – und dann ging ich mit Vater nach Hause, Vater war ein glücklicher Mensch … Das zweitemal war Vater ein glücklicher Mensch, als er alle Brandstiftungen im Kreis auf sich nahm – es bedeutete ihm Glück, ein Opfer zu bringen für die Dorfgemeinschaft. Und ich weiß noch, wie sie den Wallach von unserem Hof wegholten, wegen dem mir die Lippe gespalten worden war – der Wallach war fast zwanzig Jahre alt … Und dann kam Moskau. Es fing mit dem Hemd an. In Samoskworetschje am Daniil-Markt beschlug ich Fässer mit Reifen – meine Mutter schickte mir zu Ostern ein Hemd aus rotem Kattun, Mutter lebte nicht viel anders als eine Bettlerin im Dorf, ihr Letztes hatte sie mir geschickt – ich ziehe das Hemd zum Feiertag an, mein Herr sieht es und fragt: ›Was ist denn das‹ – ›Ein Hemd‹, sage ich. – ›Warum ist es rot!? sofort ausziehen den Scheiß!‹ Ich sage ›Meine Mutter hat mir das Hemd aus der Heimat geschickt, das ist mütterliche Liebe und kein Scheiß!‹ – ›Runter von meinem Hof, du rotes Aas!‹ Ich kannte welche bei Goujon, da bin ich hin – Und dann … siehst ja, wo wir beide gelandet sind!«

Die Abendröte ging nicht in die Morgenröte über. Sehr langsam verlosch der Westen. Und eine Stunde nachdem sich die Genossen schlafengelegt hatten, stieg Klimenti zu den Steinen am Ufer hinab. Er war gesund und jung, hübsch und breitschultrig. Er stand auf einem Gesteinsblock dicht am Wasser. Unter ihm floß, Eisschollen dahintragend, der wilde Fluß. Klimenti sah nach Westen – dort war Rußland. Klimentis Blick war munter und fröhlich. Er lächelte – mit einem fröhlichen, breiten, fast übermütigen Lächeln. Vom Fluß kam weiträumige Kühle. Im Halbdunkel schrien irgendwo in der Nähe Wildgänse. Die Natur kannte keinen Schlaf.

Auf den Berg zurückkehrend, trat Klimenti an den Zaun des Hauses, in dem Lenin gewohnt hatte. Die Hopfenknospen waren prall zum Aufblühen …

13

Epilog

Den Berechnungen des amerikanischen Generals Lee zufolge führte die Menschheit in den letzten dreitausendvierhundert Jahren genau zweihundertvierunddreißig Tage keine Kriege.

Am 18. Januar 1871 starb bei Paris, im Palais de Versailles, im Spiegelsaal Ludwigs XIV. das Deutschland Goethes, Kants und Hegels – geboren wurde das Reich der Hohenzollern, als Wilhelm I. im Spiegelsaal die Krone des Kaisers der Deutschen aufsetzte, Symbol der Macht des Reiches des Imperialismus, der Kanonen, des Eisens, des Stahls, der Steinkohle, der Bierfässer, der Bohnensuppe, des Schweinefleischs, des Brots, des Kattuns, des Leders.

Das Reich geschaffen hatte Kanzler Bismarck. Dann starb Wilhelm I., und der zweite Hohenzoller, Wilhelm II., schickte, nachdem er sich des alten Bismarcks entledigt hatte, Transvaals Präsidenten Krüger eine Depesche, mit der er ihn zu einem Sieg über die Engländer beglückwünschte und wortreich seiner kaiserlichen Freude Ausdruck verlieh, daß die Buren mit ihren Feinden fertiggeworden seien, ›ohne an die Hilfe befreundeter Mächte zu appellieren‹. Das war an der Schwelle des Jahrhunderts. In allen

Kanzleien der Außenministerien wurde die Depesche als Herausforderung Englands aufgefaßt. England schwieg und schlug auf die Buren ein. Ein gutes Jahr danach, immer noch im vorigen Jahrhundert, erklärte Wilhelm plötzlich bei einem Aufenthalt in Damaskus, als er sich unvermittelt des Padischahs Saladin erinnerte, der seinerzeit die Kreuzritter bekriegt hatte, an die Adresse der ganzen Welt und insonderheit aller Muselmanen sowie selbstverständlich aller diplomatischen Kanzleien gerichtet:

›Möge der Sultan und mögen die 300 Millionen Mohammedaner, die, auf der Erde zerstreut lebend, in ihm ihren Kalifen verehren, dessen versichert sein, daß zu allen Zeiten der deutsche Kaiser ihr Freund sein wird.‹

Die Mohammedaner lebten jedoch hauptsächlich unter englischer und russischer Herrschaft.

Kaiser Wilhelm II. ist in die Geschichte eingegangen als der Kaiser, der so viele Reden gehalten und so viele Dummheiten gesagt hat wie keiner je vor und nach ihm, selbst andere Kaiser nicht. Über seine Zeit wurde von den Deutschen selbst vermerkt, wer die Geschichte der Dummheiten deutscher Politik seit der Entlassung Bismarcks schreibe, der schreibe leider die Geschichte der deutschen Politik.

Doch hinter dem Kaiser stand das Reich der Imperialisten und standen die Kaufleute des sich imperialistisch gebärdenden Kapitalismus – und hatte der Kaiser seine Karriere mit Scherzen gegenüber den Buren und den Mohammedanern begonnen, so wurde zu Beginn des Jahrhunderts bereits bekannt, und am Ende des ersten Jahrzehnts stand es bereits völlig außer Zweifel, daß der deutsche Kaufmann und Industrielle bis in die äußersten Winkel des Erdballs vorgedrungen war mit allem, was man sich nur denken konnte, vom Manschettenknopf bis zur Kanone, von der Stecknadel bis zum Elektroofen und bis zum Dieselmotor – selbst ins englische Indien, selbst ins englische Australien und Kanada – ja direkt bis nach England auf die Britischen Inseln – England wurde eingeholt und überholt – in bezug auf alles, nicht nur Feuerzeuge und Dieselmotoren, selbst die Qualität der Kriegsschiffe – nur ein, zwei, fünf Jahre noch, und man konnte sich mit den Seestreitkräften des ›Beherrschers der Meere‹ messen. Deutschland war dabei, England die See- und damit jegliche Herrschaft streitig zu machen. Der Kaiser hielt neuerliche Reden. Das schlug

Deutschland in keiner Weise zum Vorteil aus. Die Engländer hatten davon keinen Schaden. Während der Kaiser Reden hielt, brachte das Deutsche Reich der Kaufleute und Offiziere immerhin Land im ›schwarzen‹ Afrika in seinen Besitz, die Deutschen bauten die Festung in Jin-Dao, im ›gelben‹ China, in herzlicher Freundschaft mit Abdul Hamid XIII. bauten die Deutschen die Eisenbahn nach Bagdad, machten damit den russischen Traum von den Dardanellen zunichte, arbeiteten sich zum englischen Indien vor ...

Als Wilhelm in Kapstadt für die Engländer Hindernisse aufrichtete, gefiel das dem Russischen Reich, und das Lied ›Transvaal‹ wurde von der russischen Zensur nicht verboten – als die Deutschen um die Hagia Sophia Fuß faßten, mißfiel das dem Russischen Reich. Als Wilhelm von seinen dreihundert Millionen mohammedanischer Freunde sprach, gefiel das dem französischen Außenminister Monsieur Delcassé – als Wilhelm nach Tanger kam und dort eine Rede hielt über die Unabhängigkeit der Marokkaner unter der Herrschaft des marokkanischen Sultans, mißfiel das der französischen Republik, und Monsieur Théophile Delcassé trat schleunigst zurück.

Kaiser Wilhelm gab nur ein einziges Mal etwas Gescheites von sich, übrigens ohne es im geringsten zu ahnen, denn er wollte lediglich ironisch die Schuld für den Weltkrieg von sich auf einen Toten abwälzen – er sagte über den englischen König und Begründer der ›Entente‹ Edward VII.:

»Edward ist nach seinem Tode noch stärker als ich, der ich lebe.«

Und er hatte recht, der Wilhelm – nicht nur deshalb, weil Tote mitunter Lebenden tatsächlich Fesseln anlegen wie der Kapitalismus der Menschheit. England mag es nicht, wenn ihm jemand etwas vor der Nase wegräubert, es kauft nicht gern Gestohlenes – lieber hat es selbst in seinem Besitz, was gestohlen werden kann ... Der Kaiser hielt Ansprachen an die Mohammedaner – bitte schön, die Meere betrifft das nicht. Doch der Kaiser baute die Eisenbahn nach Bagdad – das sieht nach Diebstahl der Türkei aus, danach folgen Persien und womöglich sogar Indien!?

England mied seit der Zeit Napoleons I. angesichts seiner maritimen und überseeischen Interessen die europäischen Angelegenheiten. Rußland war schon anderthalb Jahrhunderte der Auffassung, daß ›der Engländer Gemeinheiten‹ begehe, und beging den Engländern gegenüber nach Kräften ebensolche ›Gemeinheiten‹, in China, in Persien, an der afghanischen Grenze. Frankreich sah England seit den Zeiten Napoleons als seinen ›Erbfeind‹ an, nicht minder als Deutschland seit den Tagen von Sedan … Na und! … Na und, vielleicht wurde man sich sogar mit seinem Neffen Wilhelm am leichtesten einig, trotz seiner Reden – schließlich besaß er das stärkste Heer in Europa –, einig auf Kosten Rußlands und Frankreichs, war es nicht egal, wer Algerien, Tunesien oder die Ukraine beherrschte, da die Herrschaft nicht bei England lag? Aber – ›heute du und morgen ich‹ – Frankreich wird, nach den großen Zeiten Napoleons, niemals mehr eine kriegerische Auseinandersetzung mit England riskieren. Rußland hat es noch nicht geschafft, seine ›Mushiks‹ mit Schuhen auszustatten und seine ganzen Ländereien umzupflügen … Und Deutschland? – Die deutschen Nadeln und Garne sind nicht nur nach China und Indien, sondern sogar bis Manchester vorgedrungen!

Und in den nebligen Herbsttagen des Jahres 1903 traf – ohne Reden, still und leise, sei es, um sich mit der französischen Regierung zu treffen, sei es, um die Pariser Nächte zu genießen – King Edward VII. in Paris ein. Keine Reden, kein Aufsehen in der Presse, keine Festlichkeit – der King war da und fuhr aus dem nebligen Paris zurück in das nicht weniger neblige London. Und vom Aprilhimmel des Jahres 1904 krachte über Europa – nach hundertjähriger Stille –, in alle diplomatischen Kanzleien hinein der Donner des Entstehens der ›Entente‹ – des ›Einvernehmens‹ zwischen Frankreich und England. Frankreich gewann durch das ›Einvernehmen‹ alles, es erhielt Genugtuung für alle Kränkungen, die es durch England hatte ertragen müssen, Frankreich brachte riesige neue Kolonien in Marokko, in Senegal, in Niger, auf Madagaskar in seinen Besitz – England erwarb durch das ›Einvernehmen‹ scheinbar so gut wie nichts.

Wilhelm II. und Nikolai II. – Vettern – waren miteinander befreundet und nannten sich Willy und Nicky. Nicht erst seit den Zeiten Napoleons, sondern seit der Zeit Katharinas II. war das Russische Reich der Ansicht, daß ›der Engländer Gemeinheiten beging‹ – in der Türkei, in Persien, in Mittelasien, im Fernen Osten. Im Russisch-Japanischen Krieg beging der Engländer tatsächlich dem Russischen Reich gegenüber Gemeinheiten, wo er nur konnte. King Edward VII. fuhr nicht einmal in das neblige Sankt Petersburg, und Nikolai II. fuhr nicht in das neblige London. Am 31. August 1907 wurde das englisch-russische ›Abkommen‹ unterzeichnet. Das Russische Reich, das soeben von den Japanern geschlagen worden war und eine Revolution hinter sich hatte, erhielt durch das ›Abkommen‹ mehr, als es von England selbst im Falle eines siegreichen Krieges gegen England hätte fordern können. Ohne einen einzigen Tropfen Blut zu vergießen, erhielt das Russische Reich wesentlich mehr, als es soeben im Fernen Osten verloren hatte. Zu seiner vollen Bereicherung erhielt es das ganze nördliche Persien, zwei Drittel des persischen Territoriums – und es erhielt die reale Aussicht auf die Hagia Sophia. England erhielt durch das ›Abkommen‹ scheinbar so gut wie nichts.

Der erste englische Marinelord Admiral Fisher schlug im Jahre 1908 dem englischen Ministerkabinett vor, gegen die deutsche Kriegsflotte während ihres Manövers in der Nordsee heimlich, ohne Kriegserklärung, einen Überraschungsschlag zu führen und sie komplett, mit Mannschaften und Geschützen, auf den Meeresgrund zu schicken. Edward VII. mochte keine Reden, er sagte halblaut zu dem Marinelord:

»Nicht der rechte Zeitpunkt. Warten wir ab. Soll Wilhelm noch mehr Reden halten und uns überfallen. Wir sind für Frieden und Zivilisation ...«

King Edward VII. starb vor Ausbruch des Weltkriegs – mit dem Bewußtsein, sein Werk getan zu haben. Wilhelm hatte recht, als er von King Edward sagte:

»Edward ist nach seinem Tode noch stärker als ich, der ich lebe.«

Nirgends wurde ausgesprochen, daß der Hauptfeind des englischen Imperiums das Deutsche Reich war und der Hauptfeind des Deutschen Reichs das Englische Imperium.

Im Frühjahr 1912 erschoß das Russische Reich Arbeiter auf den Goldfeldern an der Lena, in Rußland erhob sich eine neue Welle von Arbeiterprotesten – zu Beginn des Sommers 1914 bauten die Petersburger Arbeiter in den Vororten Barrikaden, über dem Reich bliesen wieder die Winde des Jahres fünf. Im Frühjahr 1914 brach im Vereinigten Königreich – in Irland – ein Aufstand aus, und Bergarbeiterstreiks dauerten seit 1912 an. Frankreich hatte soeben Marokko ›unterworfen‹, in Marokko und Tunesien nahmen die Aufstände gegen die Franzosen kein Ende ... Der deutsche Stratege von Schlieffen besaß längst einen bis ins letzte Detail ausgearbeiteten und in höchstem Maße überzeugenden Plan für einen sicheren militärischen Sieg – über ganz Europa zuvörderst und über die ganze Welt in der Endkonsequenz, der Plan galt als so präzise wie ein Uhrwerk; nach diesem Plan war vorgesehen, zunächst gegen die Franzosen loszuschlagen und über Belgien in Frankreich einzumarschieren.

Im Juni 1914 fuhr ein englisches Geschwader zu Besuch nach Kronstadt und machte auf dem Rückweg einen Besuch bei den Deutschen in Kiel, um zusammen mit ihnen den Bau des Kieler Kanals zu feiern. Wilhelm kam nach Kiel, um den Engländern höchstpersönlich seine Huld zu erweisen und eine neuerliche Rede zu halten. In das Russische Reich begab sich zu einem Treffen mit dem russischen Imperator – ebenfalls auf dem Seeweg – der französische Präsident Poincaré. Der Sommer atmete Hitze und Frieden, die Rüstungsbetriebe arbeiteten Tag und Nacht …

Auf dem Höhepunkt der von Herzlichkeit geprägten Kieler Feierlichkeiten und Bankette kehrte Wilhelm, ehe er seine Rede hatte halten können, eiligst nach Berlin zurück: in Sarajevo in Bosnien hatte der Serbe Gavrilo Princip den österreichischen Thronfolger Erzherzog Franz Ferdinand und dessen Frau ermordet, er tat es aus grimmigstem Haß der Serben auf jene, die sie seit Jahrhunderten knechteten, nebenbei bemerkt, ermordete er den Falschen, nicht den, der Gavrilo Princips Prinzipien entsprechend hätte ermordet werden müssen, denn Franz Ferdinand, der ein schlechtes Verhältnis zu seinem Vater Franz Joseph hatte, beabsichtigte, nach seiner Thronbesteigung das ›zusammengeflickte‹ Österreich-Ungarn in eine Föderation umzuwandeln. Übrigens trauerte niemand Franz Ferdinand nach. Wilhelm kehrte nach Berlin zurück. Wilhelm war im Begriff, zur Beisetzung seines Verwandten nach Wien zu reisen, doch er wurde gewarnt, serbische Schützen könnten auch in Wien sein. Wilhelm erboste sich und fuhr nicht nach Wien. Deutschland ›erboste sich‹ wesentlich mehr als Österreich. Von England war natürlich keine Rede – man ›erboste sich‹ über Serbien. Als von Tschirsky, der deutsche Botschafter am Wiener Hof, Kaiser Wilhelm berichtete, Graf Berchthold, der österreichische Außenminister, halte es für notwendig, den Serben ›einen Schlag‹ zu ›versetzen‹, die Grafen Tisza und Conrad verhielten sich jedoch sehr vorsichtig, weil sich Serbien – am Zugang zu den Dardanellen – unweigerlich Rußland schützend an die Seite stellen werde, und er, der deutsche Botschafter in Wien von Tschirsky, habe Berchthold geraten, alle Umstände abzuwägen, schrieb Kaiser Wilhelm auf den Rand des Botschafterberichts:

›… das ist sehr dumm! geht ihn gar nichts an … Tschirsky soll den Unsinn gefälligst lassen! Mit den Serben muß aufgeräumt werden …‹

Wilhelm ließ zu sich zum Frühstück – in sein nahegelegenes Kaiserdorf Potsdam – den österreichischen Staatssiegelbewahrer Graf Hoyos und den österreichischen Botschafter Graf Szögyény kommen und hielt ihnen eine Rede des Inhalts, sie könnten –

›... nach Wien melden, daß Seine Majestät ... auf die volle Unterstützung Deutschlands rechnen kann ...‹

Berchthold hatte damit freie Hand. Österreich wurde aktiv. Um den Anschein zu wahren und die Welt zu täuschen, fuhr Wilhelm auf seiner Yacht vor die Küste Norwegens frische Luft schöpfen, was den Grafen Conrad zu dem Ausspruch veranlaßte, es gehe darum, friedliche Absichten zu simulieren.

Waldersee, Chef des deutschen Generalstabes, berichtete dem Außenminister, er sei auf alles gefaßt, alle Vorbereitungen seien getroffen.

Graf Berchthold, der österreichische Außenminister, dachte zwei Tage lang darüber nach, welche Forderung er in dem Ultimatum stellen sollte, damit Serbien sie auf keinen Fall annehmen konnte ...

Der alte österreichische Kaiser Franz Joseph sagte, nachdem er das Ultimatum gelesen hatte, das bedeute einen allgemeinen Krieg ...

Der alte Mann wurde beruhigt – so wolle es Wilhelm.

Zwei Stunden nachdem Poincaré Kronstadt verlassen hatte – um sechs Uhr abends des 23. Juli europäischen Stils oder des 10. Juli russischer Zeitrechnung –, in dem Moment, als der serbische Ministerpräsident zu seinem Landhaus abgefahren war, übergab die österreichische Regierung Serbien das Ultimatum. Das Ultimatum bedeutete für Serbien eine glatte Souveränitätsberaubung. Zur selben Stunde teilte die deutsche Regierung über ihre Botschafter in Petersburg, Paris und London wohlwollend mit, die Forderungen Österreichs seien

›billig und maßvoll ...‹

Und fügte ›wohlwollend‹ hinzu, daß

›jedes Eingreifen einer anderen Macht ... unabsehbare Konsequenzen nach sich ziehen würde‹.

Zwei Minuten vor Ablauf der achtundvierzigstündigen Frist des Ultimatums überreichte Serbien dem österreichischen Gesandten seine Antwort. Serbien tat vor Österreich einen Kniefall.

Ohne sich erst nur die Mühe zu machen, die serbische Antwort zu lesen, verlangte der österreichische Gesandte einen Sonderzug für seine Abreise aus Belgrad. Drei Stunden später wurde für die österreichische Armee die Mobilmachung verfügt. Wilhelm schrieb an den Rand der serbischen Antwort:

›Ein großer moralischer Sieg für Wien.‹

Plötzlich brach England sein bisheriges Schweigen – und es äußerte sich verschwommen. Es bat die deutsche Regierung, England gegenüber Österreich zu unterstützen – um die Verlängerung des Ultimatums und die Einschaltung Deutschlands, Frankreichs, Italiens und Englands als Vermittler zu erreichen. Wilhelm bemerkte dazu:

›Das ist eine ungeheuerliche britische Unverschämtheit …‹

›Serbien ist eine Räuberbande, die für Verbrechen gefaßt werden muß.‹

Die englische Note sandte Wilhelm an die Österreicher weiter, in seinem Begleitschreiben erklärte er:

›Die Deutsche Regierung versichert auf das bündigste, daß sie sich in keiner Weise mit den Vorschlägen identifiziere, sogar entschieden gegen deren Berücksichtigung sei und dieselben nur weitergebe, um der englischen Bitte Rechnung zu tragen … Sie gehe dabei von dem Gesichtspunkt aus, daß es von der größten Bedeutung sei, daß England im jetzigen Momente nicht gemeinsame Sache mit Rußland und Frankreich mache.‹

England ließ den Vorschlag Greys fallen.

Dem alten Franz Joseph wollte nicht in den Kopf, was diese ganzen Reibereien eigentlich sollten. Serbien bat doch um Gnade, wozu Krieg? Um Franz Joseph die Unterschrift unter die Kriegserklärung abzuluchsen, log ihm sein Minister Berchthold vor, Serbien habe bereits – als Angreifer – die österreichischen Truppen überfallen …

Der russische Außenminister Sasonow schickte überallhin Telegramme. Imperator Nikolai schickte Telegramme an Wilhelm, bat ihn, ›im Namen unserer alten Freundschaft‹ auf England einzuwirken, um ›Unheil‹ zu verhüten – er unterschrieb mit ›Nicky‹. Wilhelm antwortete mit Belehrungen über die Notwendigkeit, daß Monarchen gemeinsam Königsmörder bestraften, und unterschrieb mit ›Willy‹. Die österreichischen Truppen rückten auf

Belgrad vor. Lichnowsky, deutscher Botschafter in London, fragte bei Grey an, ob England die Absicht habe, Serbiens wegen Krieg zu führen. Grey schwieg. Wilhelm legte das Schweigen so aus, daß England von einem Krieg Abstand nahm, seiner Ansicht nach konnte England sich wegen des Irischen Aufstandes keinen Krieg erlauben. Frankreich schwieg.

Generalstäbe sind eine Institution.

Die russischen Generäle argumentierten, wenn Österreich mobilgemacht habe, dann müsse auch Rußland mobilmachen, dazu seien sie als Generalstäbe da – womöglich verliere man unnötig Zeit, denn für die Mobilmachung würden in Rußland mindestens drei Wochen benötigt. Im russischen Generalstab wurden zur Unterzeichnung durch den Imperator zwei kaiserliche Erlasse verfertigt – für die Mobilmachung in vier Militärbezirken und für die allgemeine Mobilmachung. Der Generalstab bestand auf dem zweiten Erlaß – Nikolai unterzeichnete den ersten und ließ wissen, daß bis zum Abend auch der zweite unterzeichnet sein werde. Der Erlaß wurde eilends bekanntgemacht. Sogleich erschien bei Sasonow der deutsche Botschafter Pourtalès mit einer Note des Inhalts, daß –

›... weiteres Fortschreiten der Mobilisierungsmaßnahmen Deutschland zur Mobilisierung zwingen würde, dann europäischer Krieg kaum noch aufzuhalten sein werde.‹

Zwischen neun und zehn Uhr abends ging eine Depesche Wilhelms an Nikolai ein – Willy wäre sogar bereit gewesen, die Funktion des Vermittlers zwischen Österreich und Rußland zu übernehmen, wenn Nicky nicht mobilgemacht hätte. Um elf Uhr abends erklärte Nikolai, daß es keinen Befehl über die allgemeine Mobilmachung geben werde, und telegrafierte hierüber an Willy – die Generäle aus dem Generalstab waren entsetzt. Die Generäle belagerten die Telefonleitungen zum Landsitz des Imperators – der Imperator versteckte sich vor den Telefonen. Zu später Stunde bewegten die Generäle Sasonow, zum Imperator auf seinen Landsitz zu fahren und ihm die Unterschrift unter den Mobilmachungsbefehl abzuringen. Sasonow fuhr hin. Sasonow überzeugte den Imperator. –

›Fast eine ganze Stunde lang suchte der Minister nachzuweisen, daß der Krieg unvermeidlich geworden sei ... Ohne davor zurückzuschrecken, daß wir durch unsere Vorbereitungen den Krieg herausfordern, sei es daher besser, wenn wir uns sorgfältig mit diesen Vorbereitungen befassen, anstatt aus Furcht, einen Vorwand zum Krieg zu geben, unvorbereitet von ihm überrascht zu werden.‹

Nikolai zeigte größte ›innere Spannung‹ …

Sasonow eilte in den kaiserlichen Vorraum und rief in Sankt Petersburg den Chef des Generalstabes General Januschkewitsch an, um ihm den ›allerhöchsten Befehl‹ über die allgemeine Mobilmachung mitzuteilen, und die Willensschwäche des Imperators einkalkulierend, schloß er mit dem weisen Satz:

»Jetzt können Sie Ihr Telefon zerbrechen.«

Das tat Januschkewitsch auch, er war telefonisch nicht mehr erreichbar.

Viertel drei Uhr nachts, als die Befehle über die allgemeine Mobilmachung bereits durch ganz Rußland gingen, telegrafierte Nikolai abermals an Wilhelm:

›Es liegt uns fern, einen Krieg zu wünschen. Solange die Verhandlungen mit Oesterreich wegen Serbien andauern, werden meine Truppen keinerlei herausfordernde Handlungen unternehmen.‹

Und unterzeichnete nicht mehr mit ›Nicky‹, sondern mit ›Nikolai‹.

Das Telegramm erreichte Wilhelm nicht – von wem, von welchen Stäben es unterschlagen wurde, ist unbekannt. Um Mitternacht vom 31. Juli auf den 1. August europäischer oder vom 18. auf den 19. Juli russischer Zeitrechnung überreichte der deutsche Botschafter Pourtalès dem Russischen Reich ein auf zwölf Stunden befristetes deutsches Ultimatum: entweder Rücknahme der Mobilmachung oder Krieg. In der siebenten Abendstunde des 19. Juli, da ihn in seiner Botschaft keine Antwort erreicht hatte, begab sich Pourtalès zu Sasonow, um die Antwort einzuholen.

›… stellte der Botschafter zum dritten Male dieselbe Frage, und der Minister erklärte noch einmal, daß er keine andere Antwort habe …‹

Der Botschafter übergab daraufhin die Note mit der Kriegserklärung.

›… nach Überreichung der Note trat Graf Pourtalès, der jede Selbstbeherrschung verloren hatte, zum Fenster, faßte sich an den Kopf, brach in Tränen aus …‹

England und Frankreich hüllten sich weiter in tiefes Schweigen. Generalstäbe sind Institutionen. Lange vor 1914 hatte der deutsche Stratege General Graf von Schlieffen einen Plan für die deutsche Eroberung Europas entworfen. Dieser Plan sah vor, zunächst Frankreich zu überfallen, unter Umgehung der französischen Festungen, über Belgien, Paris zu nehmen, Frankreich zu vernichten und danach dann Rußland anzugreifen. Von Schlieffen starb vor Beginn des Weltkriegs, aber sein Plan blieb in Kraft. Der Krieg war Rußland erklärt worden. Frankreich und England schwiegen. Wilhelm sagte zu Moltke junior, dem Chef des deutschen Generalstabes:

»Also wir marschieren einfach mit der ganzen Armee im Osten auf!«

Moltke junior widersprach dem Kaiser.

›Ich erwiderte Sr. Maj., daß das unmöglich sei. Der Aufmarsch eines Millionenheeres ... sei das Ergebnis einer vollen, mühseligen Jahresarbeit und könne, einmal festgelegt, nicht geändert werden.‹

In seinem Tagebuch vermerkte Moltke, ihm sei zumute gewesen, als ob ihm das Herz brechen wollte.

Der Generalstab und Moltkes Herz bewiesen größere Stärke als der Kaiser: am 3. August erklärte Deutschland Frankreich den Krieg, marschierte jedoch nicht in Frankreich, sondern in Belgien ein, dem es nicht den Krieg erklärt hatte.

Erst jetzt erhob England seine Stimme: entweder Deutschland zieht unverzüglich seine Truppen aus Belgien ab – oder Krieg mit Deutschland.

Um Mitternacht vom 4. auf den 5. August europäischer Zeitrechnung trat England mit Deutschland in den Kriegszustand.

Am 6. August erklärte Österreich Rußland den Krieg.

Am 7. August traten Frankreich und England mit Österreich in den Kriegszustand.

Generalstäbe sind ... Der russische Generalstab brauchte drei Wochen für die Mobilmachung – und das Heer mußte an die Grenzen gebracht werden. Der deutsche Generalstab brauchte den Überfall auf Belgien, um die französischen Festungen zu umgehen, im Sturmangriff Paris zu nehmen – diese Taktik befolgten die Deutschen auch, in zehn Tagen hatten sie Belgien passiert und standen vor Paris. Am siebenten Tag des Krieges zwischen Deutschland und Frankreich wurde aus Paris nach Petersburg telegrafiert:

›Die französischen Armeen dürften kaum noch in der Lage sein, in Bälde zum Angriff überzugehen ... Der gesamte Kriegserfolg hängt jetzt voll und ganz von unserem (das heißt dem russischen) Handeln in den nächsten Wochen und von der Verlegung deutscher Truppen an die russische Front ab ...‹

Die Mobilmachung der russischen Truppen war noch nicht abgeschlossen – der französische und der englische Botschafter wichen nachts nicht aus dem russischen Außenministerium und flehten:

»Schneller! schneller!«

Die Botschafter stellten Geld in Aussicht und baten, keine Mittel zu scheuen.

Selbst General Januschkewitsch schloß die Möglichkeit einer russischen Offensive aus. Der französische Botschafter Paléologue flehte und bettelte – und erreichte sein Ziel: am 31. Juli russischer Zeitrechnung ›erbarmte‹ sich der Oberkommandierende, der Imperatorenonkel Nikolai Nikolajewitsch, und teilte Paléologue mit –

›Morgen früh bei Tagesanbruch‹

würden die russischen Armeen in Ostpreußen einmarschieren.

Sie marschierten los, die russischen Soldaten. Nach von Schlieffens Plan und nach dem gesunden Menschenverstand war das Wahnsinn – Moltke junior vergaß Napoleons Ausspruch, gefährlich sei beim Feind nicht der kluge, sondern der dumme General, denn was sich ein kluger General ausdenkt, das kann man sich vorstellen, was aber einem dummen General einfällt, darauf kommt man nie ... Die Deutschen zogen Truppen von der französischen Front ab. Paris war gerettet. Der russische Außenminister Sasonow teilte Maurice Paléologue mit:

›Samsonows Armee ist vernichtet.‹

Die besten Einheiten des russischen Heeres waren noch vor Abschluß der russischen Mobilmachung durch die Deutschen vernichtet. Mit der Vernichtung von hunderttausend russischen Menschenleben wurde gegen den Plan von Schlieffens gehandelt. Paris wurde mit russischen Soldatenknochen gerettet. Der französische Botschafter Maurice Paléologue vermerkte in seinem Tagebuch:

›... hat es schon sehr viel zu bedeuten, daß sich der Kampf hinzieht, damit die britischen und französischen Armeen Zeit gewinnen, sich hinter der Frontlinie aufs neue zu sammeln, um dann wieder vorzudringen.‹

Im Weltkrieg wurden vierzehn Millionen Männer getötet oder zu Krüppeln gemacht. Im Russischen Reich wurden zweieinhalb Millionen Männer getötet oder zu Krüppeln gemacht. In den Jahren des Krieges wurden im Russischen Reich sechzehn Millionen Männer eingezogen – achtundneunzig Prozent aller Männer des Reiches im Alter zwischen achtzehn und fünfundvierzig Jahren. Fünfundzwanzig Millionen Menschen des russischen Reichs – ›Flüchtlinge‹ – wurden von ihren Feldern, von ihren Straßen und aus ihren Häusern vertrieben, in der Hauptsache alte Menschen, Frauen und Kinder, ein Siebentel der Gesamtbevölkerung des Reichs – fünfundzwanzig Millionen Menschen – ergriff, alles zurücklassend, die Flucht, fuhr davon mit Zügen, schleppte sich fort mit Fuhrwerken, ging zu Fuß los ins russische Hinterland, ein Bild des Schreckens – Obdachlose, ›Flüchtlinge‹, Alte, Frauen, Kinder – Menschen ... Die Entente hatte dem Russischen Reich bei einem Sieg über die Deutschen die Dardanellen versprochen ...

Epigraph:
Aber wir können nicht immer den Stand ergreifen, zu dem wir uns berufen glauben: unsere Verhältnisse in der Gesellschaft haben einigermaßen schon begonnen, ehe wir sie zu bestimmen imstande sind.

Karl Marx

Der Sommer des Jahres 1914 war ein heißer Sommer. Im heißen Juni fiel der Pistolenschuß Gavrilo Princips in Sarajevo. Im noch heißeren Juli, als um Kamynsk Waldbrände wüteten und sich ein roter Schleier vor die Sonne legte, brach der Krieg aus – und da lebte er auf, der Kamynsker Anglomane, der sich einen Nikolaitischen Soldaten nannte, General a. D. und militärisches Haupt Feodossi Lawrowitsch Fedotow, und zusammen mit ihm wußte Doktor Iwan Iwanowitsch Kriworotow vor Arbeit nicht, wo ihm der Kopf stand.

Die Kaserne der Kamynsker Wachkompanie stand genau gegenüber den ›Liebich-Klassen‹, die seinerzeit Margarita Schiller und Ippolit Rasboischtschin besucht hatten. Die Kaserne war eines der ältesten Häuser in Kamynsk, aus dem achtzehnten, wenn nicht gar aus dem siebzehnten Jahrhundert, unter Peter I., vor etwa zweihundert Jahren, aus einer Befestigungsanlage in die Kaserne umgebaut. Das Erdgeschoß der Kaserne, in der seinerzeit an Stelle des Generals gemessenen Schrittes der Bernhardiner hineingegangen war, aus Ordnungssinn und zugleich, um Frühstück, Mittag und Abendessen zu holen – das Erdgeschoß hinter dem Schild unter dem Doppeladler mit der Aufschrift ›Kamynsker Militärbehörde‹ war zum meistbesuchten Ort in Kamynsk geworden. Ringsum – in den Gassen – standen wochen-, monatelang, den ganzen Krieg halb ausgeschirrte Bauerngäule, und auf den Wagen (oder Schlitten) lagen hysterisch schreiende Mütter, Frauen, Schwestern. Auf dem Kasernenhof saßen auf der festgetretenen Erde mit Schultersäcken jene, die ›tauglich‹ waren. General Feodossi Lawrowitsch Fedotow und Semstwoarzt Iwan Iwanowitsch Kriworotow wechselten fast schon im Morgengrauen in das Erdgeschoß über, tranken hier Tee und aßen zu Mittag. In langer Reihe zogen – nackt, dicht an dicht – Hunderte, Tausende von Männern aus Tschertanowo, Werejskoje, Igumnowo, aus allen Dörfern an Feodossi Lawrowitsch und Iwan Iwanowitsch vorbei. Iwan Iwanowitsch sah ihnen in die offenen Münder, schaute in die Ohren, stupste den Finger gegen die Rippen, setzte das Hörrohr an die linke Brustwarze, nickte Feodossi Lawrowitsch zu, und Feodossi Lawrowitsch sagte kurz, aber bedeutsam:

»Tauglich!«

»Aus Werejskoje ... aus Lopatino ... aus Odinzowo ...«

»Tauglich! Tauglich!«

»... tauglich, tauglich, tauglich, tauglich, tauglich, tauglich, tauglich ...«

So ging es wochenlang, monatelang, den ganzen Krieg.

Und nach einem Monat – ebenfalls alle Monate und alle Jahre des Krieges, in besagtes Erdgeschoß, nur durch einen anderen Eingang – kamen Frauen zu den Militärschreibern, den Sekretären des Todes – und die Militärschreiber sagten zu den Frauen, nach der Dienstvorschrift in dicken Mappen wühlend:

»Aus Uwarowka ... aus Tschertanowo ... aus Odinzowo ...«

»Gefallen ... gefallen ...«

»Vermißt ...«

»Verwundet ...«

»Gefallen, gefallen, gefallen, gefallen ...«

›Vermißt‹ in der militärischen Terminologie – das bedeutet nicht, daß der Betreffende wirklich vermißt würde, das bedeutet:

eine Granate ist niedergegangen, und von dem Mann lassen sich weder Arme noch Beine, noch der Kopf auflesen, ›vermißt‹ – das bedeutet, die Granate hat den Mann zugeschüttet, wer sollte ihn ausgraben, ›vermißt‹ – das bedeutet, sie sind in die Moore und Sümpfe der Masurischen Seen getrieben worden und darin versunken, es gibt sie nicht mehr ... ›Verwundet‹ – das ist klar. Ein Bein abgerissen – das ist klar. ›Kontusion‹ – das bedeutet Gehirnerschütterung und Lädierung des Nervensystems – das ist klar. ›Gefallen‹ – auch klar.

»Aus Kamynsk ... aus Tschertanowo ... aus Igumnowo ...«

Dann, ein Jahr nach Kriegsbeginn und bis Kriegsende, zogen – auf Pferdewagen mit ihrer Habe, zu Fuß, auf den Dächern und den Puffern der Züge – ›Flüchtlinge‹ nach Kamynsk – und sie ließen sich mit den anderen mittreiben zum militärischen Haupt.

Im Juli vierzehn brannten die Wälder um Kamynsk, die Sonne ging im bedrohlichen Rauch der Waldbrände auf und unter – und die Brände erloschen weder im Herbst noch im Winter – jahrelang stand das Reich in Flammen. An Tschertanowo vorbei führten Eisenbahngleise. Mit Gebrüll und Geheul, mit Pferden und Artillerie eilten die Züge anfangs nach Westen. Dann begannen die Züge zu quietschen und verlangsamten ihre Fahrt, dann fuhren Leute auf Wagendächern, auf Puffern, auf Trittbrettern mit, hierhin und dahin. Dann waren Leute die Gleise entlang zu Fuß unterwegs, hierhin und dahin. Die Gleise entlang strömte das Reich, mit nächtlichen Feuern, mit Katorgaliedern – das Reich der Iwan Nefjodows und der Nefjod Iwanows, der Jewgraf Soskows, der Schmeljows, der Korowkins, der Kriworotows ... In Tschertanowo zurück blieben lauter Halbwüchsige und lauter Frauen, nur wenige alte Leute – zu ihnen hin zogen die ›Flüchtlinge‹, lauter Halbwüchsige und lauter Frauen, nur wenige alte Leute. Die ›Flüchtlinge‹ wußten nicht, was sie tun sollten. Die Tschertanowoer wußten auch nicht, was sie tun sollten. Außer den Männern hatten die Tschertanowoer dem Krieg und dem Reich ihre Pferde für die Kanonen und ihr Vieh fürs Fleisch hingegeben. Ohne Pferde und Männer waren die Tschertanowoer außerstande, ihre Äcker zu pflügen, obwohl sich auf manchen winzigen Schlägen die Frauen statt der Pferde selbst vor den Pflug spannten. Weder Brot noch Kartoffeln gab es noch genug. Das Silbergeld verschwand. Der Tee verschwand. Der Kattun verschwand. Die Stiefel verschwanden. Das Salz war knapp. Der Zucker war knapp. Das Petroleum verschwand. Das Holz mußte man aus dem Wald schleppen oder auf dem Handschlitten fahren. Und es gab keine Familie, in der nicht einer ›tauglich!‹ gewesen wäre und in der es keinen Gefallenen oder Vermißten oder Verwundeten gab. Die Gleise des Russischen Reichs entlang und in den Schluchten an den Gleisen versteckten sich im Russischen Reich außer den ›Flüchtlingen‹ anderthalb Millionen Deserteure. An den Gleisen und in den Schluchten hinter den Gleisen brannten Feuer, und von denen, die noch am Leben und unterwegs waren, wurde mancher vom Flecktyphus oder vom Hunger gefällt und mußte tatsächlich als vermißt gelten ...

Die Kaserne des Kamynsker Wachkommandos war ein altertümliches Gebäude gegenüber den ›Liebich-Klassen‹ – niemand wußte, wann es gebaut worden war, unter Alexej oder Peter, eine alte Befestigungsanlage ... Der Vater des Todes Feodossi Lawrowitsch Fedotow und Iwan Iwanowitsch Kriworotow hatten sehr viel Arbeit: nackt, dicht an dicht standen die Rekruten und jene, die schon zwei- und dreimal in den Schützengräben gewesen, die verwundet worden waren, ihre Wunden ausgeheilt hatten und wieder in die Schützengräben gingen. Sankt Petersburg – das waren Prospekte, strahlend wie ein Husarensäbel – dort lebten der Imperator, die Garde, Beamte, deutsche Bankiers. Die schnurgeraden Prospekte entlang krochen Nebel. Das Reich regierten die Zarin Alexandra und Grigori Rasputin, Vertrauter Gottes, ungebildeter Wüstling und Hypnotiseur. Die Zarin war eine reinblütige Deutsche, sie verzichtete auf die Dardanellen – Rasputin und sie bereiteten einen Separatfrieden mit Deutschland vor, sämtliche kapitalistischen Mitglieder der Staatsduma, die die Dardanellen, das heißt die Verlängerung des Krieges wollten, gehörten an Telegrafenstangen aufgehängt – die Zarin wollte sie an den Stangen jener russischen Gouvernements aufhängen, die sie als Dardanellen-Jäger in die Duma entsandt hatten – das war eine Verschwörung Rasputins, des Freundes der Deutschen, und Alexandras; die Duma-Mitglieder Miljukow, Lwow, Purischkewitsch und andere wollten zusammen mit England die Deutschen vernichten, und sie wollten die Dardanellen, sie hatten, wie die Franzosen, Angst vor der Zarin – Lwow, Miljukow, Purischkewitsch, der englische Botschafter Buchanan, der französische Botschafter Paléologue, und sie verschworen sich, Rasputin, Alexander und Nikolai zu ermorden, um gegen die Deutschen Krieg zu führen – das war eine kapitalistische Verschwörung.

Purischkewitsch ermordete Rasputin, um die Ermordung der

Zarin zu proben. Die schnurgeraden Prospekte Sankt Petersburg entlang krochen Nebel. Die Nebel trieben Phantasien in die Köpfe der feudalen Herrschaften, Rasputins und Alexandras, und in die Köpfe der Kapitalisten, der Herren Purischkewitsch, Lwow, Buchanan, Paléologue. In den Vororten von Sankt Petersburg und im gesamten riesigen Russischen Reich lebten indessen reale Menschen, in erster Linie Arbeiter und Bauern, die in den Schützengräben saßen, die Gleise entlangzogen, die sich als Frauen vor den Pflug spannten ... In den Vororten Sankt Petersburgs gab es sehr viele Arbeiter, und überall in Sankt Petersburg gab es sehr viele Bauern, die den Soldatenmantel hatten anziehen müssen.

Klimenti Obuchow saß in der Verbannung. Aus der Verbannung schrieb er Anna einmal einen legalen Brief:

›... Du fragst nach dem Ende Petschorins im ‚Helden unserer Zeit'? – schlechte Romanschreiber, die nicht wissen, was sie mit ihrer Gestalt anfangen sollen, bringen sie um, und das ist schlecht für den Roman. Für Lermontow gilt das nicht. Das Schicksal einer Romangestalt muß durch ihre gesetzmäßige Entwicklung und folglich auch durch die zwangsläufige Entwicklung des Romans statt durch einen Zufall entschieden werden. Der Tod Petschorins ist kein Zufall. Doch laß mich meinen Gedanken weiterführen, er kam mir gestern beim Holzfällen. Wenn ein Roman damit endet, daß seine Gestalten alle zusammen den Tod finden, sieht es nach einem mechanischen Ausgang aus. Du schreibst, daß das Schicksal vieler unserer Kamynsker einen sinnlosen Abbruch erfährt, Isaak Schiller, barmherziger Bruder, ist gefallen, Kazaurow, Offizier, ist gefallen, Mischa Schmeljow, Georgskreuzträger, ist ein Krüppel, die Tschertanowoer sind über die Welt verstreut ... Und dennoch will mir scheinen, daß es vielleicht so einen Roman geben muß, wo der mechanische Tod aller seiner Helden das gesetzmäßigste Ende sein wird. Das ist dann der Fall, wenn der Roman einer Epoche gewidmet ist, die gesetzmäßig dem Verderben anheimfällt. Ob nun der Romanschreiber seine Gestalten mit dem Wissen, daß sie in einer Situation lebten und eine Situation stützten, die verderbenbringend war, ausstattet oder nicht – das Sterben ist eine Gesetzmäßigkeit der Verderbnis der Situation. Dieser Gedanke kam mir gestern. Hier im Norden holzen die Bauern von Zeit zu Zeit die Wälder ab, roden die Stümpfe, verbrennen die Äste und pflügen den neuen Boden. Jetzt fehlt es hier, wie überall, an Männern, aber leben muß man, und wir Verbannten helfen, wo wir können. In dieser Woche habe ich Holz gefällt. Es gibt nicht einen Baum, der einem zweiten absolut entspräche. Bei den Bäumen in dieser endlosen und undurchdringlichen Taiga besteht das gesetzmäßige Schicksal darin, daß jeder Baum bis zu hundert Jahren wächst, seine Zapfen verliert, zu faulen beginnt, umstürzt, verrottet, den Boden düngt und an seiner Stelle ein neuer Baum wächst. Und plötzlich sind in den Wald dreiundzwanzig verbannte Männer gekommen, um den Bauersfrauen zu helfen. Jeder einzelne Baum – von der hundertjährigen Zeder bis zur kleinen Kiefer – stirbt unter unseren Äxten und Sägen, sagen wir es so – vor der Zeit. Aber wir holzen immer mehr ab – und das ist bereits eine Gesetzmäßigkeit. Das Schicksal eines einzelnen Baumes ist zweitrangig. Im Frühjahr wird die Sonne auf diesen Boden scheinen, den sie niemals erreicht hat, zusammen mit der Sonne werden Bauernhände kommen – und hier wird Getreide gedeihen … Bei den Tschertanowoern ist das anders, aber nicht sie sind ja die Romanhelden. Koschkin, Korowkin, Babenin, Aksakow, Werejski, die Väter und die Kinder, die Romanhelden – sie sind eine ‚Gesetzmäßigkeit' …‹

… Iwan Iwanowitsch Kriworotow war mit dem Krieg und dem Reich sehr unzufrieden – sogar aus einem ihn persönlich betreffenden Grund. Iwan Iwanowitsch, der sich als ›kritisch denkende Persönlichkeit‹ betrachtete und auf eine ›vernunftvolle Mehrheit‹ wartete, führte nichtsdestoweniger bei einem Gehalt von hundertsiebenundvierzig Rubel siebenundvierzig Kopeken abzüglich der Beiträge zur Emeritalklasse monatlich an das Schatzamt siebenundvierzig Rubel siebenundvierzig Kopeken ab, um 1920, nachdem er genügend Geld angesammelt hatte, einen kleinen Hof kaufen, Yorkshireschweine züchten und auf seine alten Tage ein völlig unabhängiges Leben führen zu können. Das war Iwan Iwanowitschs Lebenstraum. Und um die Verwirklichung seines Traums stand es eindeutig schlecht, ungeachtet der mehr als angespannten Arbeit Iwan Iwanowitschs im Dienste des Krieges – zur Rekrutenaushebung. Gleich nach Kriegsausbruch war im Schatzamt das Gold verschwunden. Iwan Iwanowitsch war sich des Unterschiedes zwischen klingender Münze und Papier wohl bewußt, er bat den Leiter des Schatzamtes, ihm sein Gold zurückzugeben – er wollte es in einer Büchse im Garten vergraben. Der Leiter des Schatzamtes, Porfiri Petrowitsch, sagte ihm im Vertrauen, weshalb er erstens nicht eher gekommen sei, andere hätten sich rangehalten und für sie hätte der Leiter aus guter Bekanntschaft sein Möglichstes getan, und zweitens sei das gesamte Restgold aus Kasan angefordert worden für den Ankauf von Waffen. Iwan Iwanowitsch versuchte, sein Kapital wenigstens in Silber zu bekommen, aber auch das Silber war verschwunden, ersetzt durch Briefmarken unterschiedlichen Wertes, gedruckt auf dickem Papier mit der Abbildung der Imperatoren. Iwan Iwanowitsch wurde allmählich klar – alle Lebensersparnisse, alles durch Arbeit Zusammengesparte war dabei verlorenzugehen, verloren ging sein Lebenstraum. Ihm kam die Ahnung, daß ihm bereits in seiner Jugend ein verhängnisvoller Fehler unterlaufen war – als er, Iwan Iwanowitsch, dem Zarenregime Vertrauen schenkte. Sein Sohn Andrej, der ihm völlig ›entglitten war‹, der nichts am Reich akzeptierte und ›nieder mit dem Krieg!‹ schrie – sein Sohn behielt recht, sosehr es den Vater auch befremdete. Der hatte den Sieg über die Deutschen erwartet, doch mit dem Sieg wollte es beim Zaren nicht klappen. In der wenigen Freizeit, die Iwan Iwanowitsch bei den Rekrutenaushebungen blieb, setzte er sich mit Bleistift hin und stellte Berechnungen an – es stellte sich heraus, daß er, würde er nicht gespart haben, jedes Jahr hätte in Urlaub fahren können auf die Krim, in den Kaukasus, in die Hauptstädte, ja selbst in die Schweiz – sein Sohn hätte Musik- und einen ordentlichen Fremdsprachenunterricht haben können, was der Vater einst für sich erträumt und was er seinem Sohn nicht zugestanden hatte, eben wegen des Sparens für die Zukunft, was den Sohn jedoch möglicherweise von den ›entsetzlichen Ideen‹ hätte retten können, die ihn ›vergifteten‹. Von seinen Berechnungen bekam er Kopfschmerzen und heftige Anfälle von Schwermut: kommen die Deutschen, ist alles verloren, kommt die Revolution, ist auch alles verloren, siegt der Zar, dann bedeutet das überhaupt den Untergang, ehe er sich auf die Dardanellen setzt, ist das ganze Land vor Hunger krepiert, und überhaupt – so was von Zar, verzeih's Gott …!

Unzufrieden mit dem Reich war sogar Sergej Iwanowitsch Koschkin. Wegen der Teuerung hatte er längst aufgehört, Kognak zu trinken, und trank Selbstgebrannten, den ihm seine Geliebte Maschucha in der Küche hinter dem Ofen braute. Keiner baute etwas, Holz aus dem Wald transportieren konnte er nicht – womit? Sergej Iwanowitsch kam zu Iwan Iwanowitsch und machte seinem Herzen Luft:

»Iwan, mein Mittlerer, mit Bildung, ist als Semstwohusar beim Allrussischen Städtebund untergekommen, ich habe ihn für Holz dorthin verkauft. So. Und Wassili, mein Ältester – ich wollte ihm mein ganzes Geschäft vermachen, den habe ich nicht geschafft unterzubringen, ihm eine Stelle zu kaufen, hat sich selber als Freiwilliger vorgedrängt, die Schulterstücke des Offiziers lockten ihn – gefallen ist er. So. Fünf Nächte hintereinander habe ich geheult wie ein Schloßhund – schließlich bin ich auch ein Mensch. Jetzt sehen Sie sich doch mal um, wonach es riecht – nach Leichen in Selbstgebranntem. So. Heute habe ich in den Laden geschickt – kein Tabak, keine Streichhölzer. So. Salz und Brot versteckt der eine vor dem anderen ... Wird das nicht 'n bißchen teuer, die Zarenliebe zu den Verbündeten und das mit den serbischen Brüderchen?! Du, Iwan Iwanowitsch, kommst zu mir, wir wollten uns grade zu Tisch setzen, Kohlsuppe mit Fettaugen – nicht bloß Maschka, auch Anna Potapowna, beide sagen wie aus einem Munde ›nehmen Sie's nicht übel, grad eben haben wir gegessen, der Duft ist noch nicht verflogen, ist alles alle!‹ Ich bin natürlich ein Knauser, war ich, bin ich, und werd ich immer sein ... Ich war in Moskau, verläßliche Leute haben mir gesagt: die Arbeiter wollen Revolution machen, dem Zaren einen Tritt versetzen. Saschka, die Zarin, und Rasputin möchten sich mit den Deutschen versöhnen. Miljukow will ein wichtiges Ministerium haben. Anzunehmen, daß es was geben wird. Anzunehmen – eine Revolution. Das ist doch das Ende der Welt. Und ich sage dir offen, Iwan Iwanowitsch – man muß sehen, wie man sich rettet, wenn die Revolution ausbricht, lauf ich nicht zu den Kadetten, wie früher, sondern zu den Sozialrevolutionären. Damit du's weißt. Und dir rat ich's auch. Wen ich mehr als den Teufel und den Deutschen fürchte – das sind die Bolschewiken ... Ach, dieser Hundesohn, verzeih's mir Gott, den Zaren mein ich – was dieser Hundesohn, verzeih's mir Gott, angerichtet hat! ... denn wenn man seinen Grips anstrengt: die Revolution kommt bestimmt! ... denn wenn man es offen sagt: das ist das Ende der Welt! ...«

In die allerschwierigste Lage war Karl Gottfriedowitsch Schmutzochs geraten – und dennoch bewies er vorbildlichen Optimismus. Sein Sohn Leopold war mit der Mutter zum Studium nach Deutschland gefahren und zur deutschen Armee eingezogen worden. Herr Schmutzochs befand sich in Kamynsk, als der Krieg ausbrach, und stehenden Fußes, ehe Babenin sich darauf besann, ihn als Feind des Vaterlandes zu verhaften – stehenden Fußes fuhr Schmutzochs nach Sankt Petersburg, sagte sich vom deutschen Vaterland los, erlangte die russische Staatsbürgerschaft und kehrte mit Militäraufträgen nach Kamynsk zurück – und er kehrte nicht aus Sankt Petersburg zurück, sondern aus Petrograd, nicht als Herr Schmutzochs, sondern als Herr Bykow. Bykow erklärte sich zum Nationalisten, es fehlte nicht viel, und er hätte Korowkins Stelle in der Kamynsker Filiale der Erzengel-Michael-Bündler eingenommen, mit Oberstleutnant Zwetkow stellte er ein sehr enges freundschaftliches Verhältnis her. Bykow rüstete seine Fabrik um, arbeitete für die Landesverteidigung, litt maßlos unter den Mißerfolgen des russischen Heeres, pries die wahrhaft russische Seele Rasputins ...

Rasputin wurde im Dezember 1916 ermordet. Die Zeitungen behaupteten in jenen Tagen, die Verbündeten seien dabei, neue Waffenkontingente zu schicken, und im Frühjahr würden die Deutschen geschlagen. Die männliche Einwohnerschaft Kamynsks hatte die Armeeuniform angezogen. Auf Urlaub kommende und verwundete Offiziere gingen, hysterisch ausgelassen, von Abendveranstaltung zu Abendveranstaltung in den Lazaretten bei den barmherzigen Schwestern, wo es rektifizierten Sprit und Zigeunergesang die Fülle gab. Der Wodka wurde in Koslows Schenke in Teekesseln verkauft. Die Zeitungen berichteten über Rasputins Tod verhalten, sie nannten ihn eine ›gewisse Person‹ und versteckten ihn hinter dem Buchstaben ›R‹. Der Dezember ging zu Ende, die Tage waren kurz, mit grauen Frösten. Kamynsk lebte mit flüsternd verbreiteten dumpfen Gerüchten und in Ungewißheit. In den Fenstern war abends wegen des Petroleummangels nur ein trüber Schein, der jedoch weit nach Mitternacht erlosch. Beinahe zum Sprichwort war Miljutins ›was ist das, Dummheit oder Verrat?!‹ geworden, und selbst Offiziere grüßten einander nicht mit ›wünsche Wohlergehen‹ sondern, witzig sein wollend, mit ›was ist das, Dummheit oder Verrat‹. Weihnachten, die Christwoche, Neujahr wurden mit überschwenglicher Fröhlichkeit verbracht – oder man bemühte sich, sie mit überschwenglicher Fröhlichkeit zu verbringen, mit medizinischem Spiritus als Notbehelf, mit selbstgebrautem Bier, auf Kostümfesten und Bällen: keiner, der nicht gespürt hätte, daß hinter der Finsternis der Nächte, hinter den verschneiten Räumen – von der Ostsee bis zum Schwarzen Meer, vom Schwarzen Meer bis zum Kaspisee – Schützengräben voll Blut lagen. Neujahr wurde im Adelsklub gefeiert. Den Ton im Adelsklub gab die junge Generation an, die Freiwilligen, der zweifache Georgskreuzträger, Offizier mit goldener Waffe, der mehrfach verwundete Held und Herzensbrecher, der Spaßvogel und Zecher

Rittmeister der Kavallerie Ippolit Afinogenowitsch Rasboischtschin. Der Silvesterabend wurde per Sammelliste – nicht für Geld, sondern für Naturalien – ausgerichtet. Das Krankenhaus, die Lazaretts, das veterinärmedizinische Ambulatorium, die Apotheke und die Polizei hatten sich um den Alkohol zu kümmern. Sergej Iwanowitsch Koschkin erbot sich, für hausgemachtes ›samtiges‹ Bier zu sorgen. Die Offiziere, allen voran Rasboischtschin, tranken und tanzten. Die Stadtväter tranken, speisten und spielten Karten. Iwan Iwanowitsch Kriworotow spielte Préférence mit Fürst Werejski, Pawel Pawlowitsch Aksakow und Nikolai Jewgrafowitsch Babenin. Sergej Iwanowitsch Koschkin betrank sich mit seinem selbstgebrauten Bier, krakeelte, weinte und prophezeite die allgemeine Katastrophe.

Als er sich in der Nacht an der Kreuzung von seinen Offizierskollegen verabschiedete, sagte Ippolit Rasboischtschin:

»Heute bin ich hier, morgen bin ich an der Front, gefallen! ... Mir kann selbst der Teufel nichts. Nehmen wir an, ich habe mir die Syphilis geholt – was zum Teufel macht mir die Syphilis aus, wenn ich morgen tot bin ... und wenn ich mit dem Leben davonkomme – wenn ich mit dem Leben davonkomme, dann ist für mich in meiner Freude auch die Syphilis nur halb so schlimm!«

Als er sich in der Nacht an der Kreuzung von Pawel Pawlowitsch Aksakow verabschiedete, fragte Iwan Iwanowitsch feierlich:

»Was ist das, Dummheit oder Verrat?«

»Ich weiß es nicht«, antwortete Pawel Pawlowitsch.

Und um Mitternacht vom 9. auf den 10. Januar, am Jahrestag der Erschießung der Petersburger Arbeiter, nach den Festen der Christwoche, klopfte es an Iwan Iwanowitschs Küchentür. Iwan Iwanowitsch machte nicht gleich auf, überrascht lauschte er in die Stille – wer mochte da zu ihm über den Zaun gestiegen sein? – Auf der Schwelle stand sein Sohn Andrej, im Soldatenmantel, mit einem Bart, der ihn fast unkenntlich machte, völlig unerwartet.

»Du?«

»Ich.«

»Woher?«

»Von der Front.«

»Warum im Soldatenmantel?«

»Bequemer so.«

»Du ... du ... wie soll ich es dir sagen   kommst du legal oder illegal?«

»Illegal.«

»Warum dann von der Front? ...« Iwan Iwanowitsch hob die Schultern, rückte die Kerze weit weg, stieß den Atem pfeifend aus, sagte: »Erzähle! ... Was stehst du da, tritt ein ... Soll ich Mutter Bescheid sagen oder noch nicht?«

»Warte noch. Ließe sich vielleicht die Banja im Garten heizen? und vielleicht findest du irgendwelche alten Hosen und Wäsche von mir? ... Ich bin ganz verlaust.«

Während Iwan Iwanowitsch die Banja heizte, lauschte er ängstlich in die Stille. Das Wasser holte Andrej. Holz trug aus dem Schuppen Iwan Iwanowitsch auf Zehenspitzen herbei, sich nach allen Seiten umblickend. Ringsum war eine nicht sehr kalte Nacht, nicht sehr dunkel, aber auch nicht sehr hell. Iwan Iwanowitsch hockte neben dem Ofen, solange Andrej sich wusch.

»Nun, erzähle. Wo bist du denn gewesen? was war mit dir? ... warum nicht eine Zeile? ... nun ja, nun, mit einem Wort, wie soll ich es dir sagen? – ich verstehe schon ...« sagte Iwan Iwanowitsch.

»Und wie geht es dir?« fragte Andrej.

»Mir? schlecht. Hast du den Ausspruch von Miljukow gehört – ›was ist das, Dummheit oder Verrat?‹ ...?«

»Habe ich. Und ich will dir noch mehr sagen. Heute sind in Petrograd und in Moskau und an noch vielen anderen Orten, in Baku, in Nishni ... die Arbeiter auf die Straße gegangen mit revolutionären Liedern und mit roten Fahnen ...«

»Ach ja!? – Woher weißt du das? Ist das nun Dummheit oder Verrat?«

»Weder Dummheit noch Verrat, sondern gesunder Menschenverstand. Woher ich es weiß? Morgen wirst du es in der Zeitung lesen.«

Iwan Iwanowitsch warf zerknirscht ein Scheit in den Ofen, schüttelte den Kopf, holte pfeifend Luft:

»Du ... wie denn, bist du auf der Seite der Arbeiter?«

»Ja.«

»Aber das ist doch ein ungebildeter Haufen!«

»Das ist nicht wahr.«

»Und – wie denn, versteckst du dich die ganze Zeit vor dem Krieg? was hast du an der Front gemacht, wie hat es dich von Petrograd dahin verschlagen? ... hast du die Universität sausenlassen?«

»Vor dem Krieg verstecke ich mich nicht – wie du siehst, bin ich an der Front gewesen. Dort sitzen fünf Millionen Russen in den

Schützengräben in der Kälte und wärmen sich an ihren Läusen – ich habe sie dort besucht. Vor dem Krieg verstecke ich mich nicht, ich bekämpfe den Krieg, dazu bin ich auch an die Front gefahren. Das Studium bringe ich zu einer anderen Zeit zum Abschluß.«

»Versteckst dich nicht? – und wieso kommst du mitten in der Nacht über den Zaun nach Hause? und wirst dich morgen sicher nicht aus Mutters Zimmer rühren wollen, damit dich nicht einmal Nastja sieht …?«

»Nein, werde ich nicht. Morgen fahre ich weiter …«

»Ach, als ob ich dich so weglassen würde! wir verstecken dich schon irgendwie, können dich ja unauffällig aufs Dorf bringen, damit du was zu essen kriegst und dich ausruhst …!«

»Ich muß.«

»Wohin denn?«

»Nach Petrograd.«

»Wozu?«

»Ich habe dir doch gesagt, daß in Petrograd heute auf der Wyborger Seite und am Narwa-Tor in den Betrieben die Arbeit geruht hat … Ich trinke jetzt Tee mit dir, mit Mama, mit Nastja – und dann muß ich weiter. Ich will hier noch in ein Haus – und dann nach Petrograd! Wenn Babenin oder Zwetkow hier bei dir aufkreuzen, dann sag, du hast mich nicht gesehen, ich bin nicht dagewesen, und wo ich stecke, weißt du nicht.«

Im Morgengrauen brach Andrej wieder auf. Der Vater begleitete den Sohn bis zur Pforte, wollte mit ihm durch die Stadt gehen – der Sohn ließ ihn nicht. Der Vater umarmte den Sohn, legte ihm den Kopf auf die Brust, weinte, sagte:

»Weißt du, Andrej … Ich, Andrjuscha … wie soll ich es dir sagen, mit einem Wort – ich verurteile dich nicht. Ich selbst … ich verstehe überhaupt nichts! Ich und Mutter, wir, wie soll ich es dir sagen, wir … wir segnen dich … Hättest ein bißchen bleiben sollen …«

Andrej ging die Straße entlang, den Kragen hochgeschlagen und mit krummem Rücken, um nicht erkannt zu werden. Das Morgenlicht war grau, der graue Soldatenmantel löste sich in der Dunkelheit auf. Am 14. Februar demonstrierten in Petrograd die Putilow-Werker mit roten Fahnen – ›nieder mit der Selbstherrschaft! nieder mit dem Krieg!‹ – ›Brot!‹ Die Arbeiter auf der Wyborger Seite marschierten mit revolutionären Liedern über den Litejny Prospekt. In den Betrieben fanden Kundgebungen statt. Brot kam schon tagelang nicht nach Petrograd, die Brotschlangen bildeten sich ab Mitternacht, die Schlangen verlangten Brot. Es herrschte scharfer Frost, und es gab kein Holz. Am 15. fuhr an Kriworotows Haupteingang Babenins Schlitten mit Bärenfell vor. Iwan Iwanowitsch sah durchs Fenster, wie eilig zwei Gendarmen in den Hof traten. Am Haupteingang läuteten Babenin und Zwetkow. Sie traten mit strenger Miene und knappem Gruß ein und schwiegen. Iwan Iwanowitsch grüßte ebenfalls nur knapp und schwieg. Als erster verlor Hofrat Babenin die Beherrschung.

»Iwan Iwanowitsch!« rief er fast unter Tränen. »Wofür haben wir sie großgezogen!? was geht bloß vor? – wo ist Ihr Sohn!? – in der Universität ist er nicht, vom Militärdienst ist er desertiert ... Sagen Sie mir, was geht bloß vor auf Erden?!«

»Entschuldigen Sie, Herr Doktor«, sagte Oberstleutnant Zwetkow mit einem strengen Blick zu Babenin. »Ich muß bei Ihnen eine Durchsuchung vornehmen.«

»Bitte! Tun Sie es!« rief Doktor Iwan Iwanowitsch, damit Zwetkow es hörte, obwohl Zwetkow nicht taub war, und wandte sich an Babenin, fast unter Tränen wie dieser: »Wenn Sie mir doch sagen wollten, wo mein Andrej ist und was mit ihm ist! Wenn Sie mir doch sagen wollten, was auf der Welt los ist – Sie – bei mir – eine Durchsuchung!«

Die Haussuchung erbrachte nichts.

Iwan Iwanowitsch sagte zu Babenin:

»Vielleicht auf den Weg – ein Glas Wodka? Echter rektifizierter Sprit ...«

Babenin warf Zwetkow einen schrägen Blick zu, Zwetkow warf Babenin einen schrägen Blick zu. Wodka auf den Weg tranken sie, ein Glas, zwei, drei.

Am 16. Februar, ebenso unerwartet wie einen Monat zuvor Andrej Kriworotow, traf aus Petrograd der Sonderbevollmächtigte des Allrussischen Semstwoverbandes ein – Iwan Koschkin, so gut wie ein Oberst. Er suchte vom Bahnhof nicht den Schutz der stillen Gassen, er nahm einen Fuhrmann und fuhr durch die halbdunklen Kamynsker Straßen mit ihren ebenerdigen Häusern – doch er traf ohne Ankündigung ein, verließ die Station durch den Dienstausgang, ohne sich den Leuten zu zeigen, und begab sich nicht zum Haus seiner Frau, sondern zu seinem Vater. Vater Sergej Iwanowitsch, barfüßig in Filzstiefeln, saß mit Frau und Maschucha am Küchentisch, sie spielten Schafskopf, als der Sohn ankam. Aus den Vorzimmern breitete sich Kölnischwasserduft aus, der Vater trug ein Paket herein, kommandierte:

»Nun macht!«

Im Paket waren eine Flasche Kognak ›Deprez‹, eine Dose mit schwarzem Kaviar, Zitronen, Konservendosen, Brötchen, Fruchtbonbons. Der Vater schleppte eigenhändig einen Eimer heißes Wasser für das Waschbecken im Herrschaftsschlafzimmer herbei. Die Mutter fragte hinter der Tür:

»Sollen wir vielleicht deine Frau holen lassen?«

Der Vater antwortete hinter der Tür:

»Laß das!«

Durch die Zimmer schritt geschniegelt und gebügelt – ein richtiggehender Offizier, in voller Offiziersmontur, mit allen Offizierswaffen, sogar mit Sporen, von den Offizieren unterschied ihn lediglich, daß seine Schulterstücke silbern und nicht golden waren – der nach der damaligen Offiziersmode leicht gepuderte Semstwohusar. Er legte die Uniformjacke vor dem Waschbecken ab und zog zum Abendessen einen Morgenmantel an. Der Vater fragte zaghaft:

»Vielleicht sollten wir tatsächlich Olga Vitaljewna holen lassen?«

»Warten Sie, Papa, wir wollen allein bleiben ... und überhaupt, von unseren Gesprächen darf niemand etwas wissen. Jetzt ist es elf. Um eins fahre ich zu meiner Frau, die Züge verkehren sowieso ohne Fahrplan, und daß ich nicht zuerst zu ihr gefahren bin, bleibt unter uns. Wie geht es ihr? In Petrograd ist es so teuer, und ihr seid so knausrig mit dem Geld, daß ich sie zum Schwiegervater zu Besuch schicken mußte ... Was macht Seine Durchlaucht? – grüßt er euch immer noch kaum?«

»Bei uns hält er sich sehr zurück ...«

»Soll er.«

Sie setzten sich zu Tisch. Der Sohn goß dem Vater Kognak ein, füllte sein Glas. Die Finger mit den sorgfältig gefeilten Nägeln wirkten kraftlos.

»Wie geht es?« fragte der Sohn.

»Schlecht, klarer Fall, wer kauft jetzt schon Holz?« antwortete der Vater.

»Ich frage nicht nach dem Holz ... In der Tat, es steht schlecht. Ich komme natürlich geschäftlich«, sagte der Sohn. »Kann uns niemand belauschen?«

Der Vater stieß mit dem Fuß die Tür zum Flur auf, dort waren Maschucha und die Mutter. Der Vater befahl ihnen, sich in die Küche zu begeben und sich dort nicht vom Fleck zu rühren – die Tür zum Flur ließ er offen, um die Küchentür unter Kontrolle zu halten.

»Und überhaupt darf von unserem Gespräch niemand etwas wissen ... In Petrograd gibt es zwei Verschwörungen. Die Verschwörung der Zarin mit dem Ziel, die Staatsduma auseinanderzujagen und einen Separatfrieden mit den Deutschen abzuschließen. Und die Verschwörung der Kadetten mit den Oktobristen und den verbündeten Regierungen mit dem Ziel, die Dynastie zu stürzen, die Stellung der Staatsduma zu stärken und den Krieg fortzusetzen bis zum Sieg über die Deutschen ... Ich stand dem Fürsten Lwow näher ... Aber ... Vor zwei Tagen sind in Petrograd über hunderttausend Arbeiter auf die Straße gegangen, und auf ihren Fahnen stand ›Brot!‹ – ›nieder mit dem Zaren!‹ – ›nieder mit dem Krieg!‹ ... Haben Sie verstanden?«

»Habe ich, wie sollte ich's nicht verstehen ...«

»Ich arbeite im Semstwoverband – Brot gibt es in Petrograd nicht, Brot ist auch in nächster Zeit nicht zu erwarten ... und in den Schlangen, die auf Brot warten, das es nicht gibt, stehen nachts nicht mehr hunderttausend, sondern mehr ... Haben Sie verstanden, Papa?«

»Habe ich, wie sollte ich's nicht verstehen! ... Sie stehen in der Kälte, haben weiter nichts zu tun, führen Reden – wer wie und weswegen den Grischka Rasputin abgemurkst hat ... Und außerdem sitzen in der Kälte Millionen und aber Millionen Menschen verlaust in den Schützengräben ...«

»Ganz recht ... Und darum – wie steht es um Ihre Ersparnisse? ... was möglich war, haben Sie natürlich gespart und versteckt?«

»Worum geht's?«

»Das Geld, natürlich kein Papiergeld – Sie werden sich erinnern, ich hatte geraten ... Ich wollte Sie fragen – sind Sie auf Unvorhergesehenes vorbereitet? – und überhaupt, Papa, ohne Getrickse.«

»Ich trickse gar nicht.«

»Nehmen wir's mal an! – aber lassen wir das. Haben Sie die Hauptsache verstanden? Brot gibt es nicht und wird es auch nicht geben, die Arbeiter werfen die Arbeit hin und gehen auf die Straße mit Aufrufen – ›Brot!‹ – ›nieder mit dem Zaren und dem Krieg!‹ – das ist kein Lwow mehr und keine Zarin. Und ich frage Sie: Sind Sie vorbereitet? haben Sie verstanden? ...«

»Habe ich ...«

»Jetzt weiter. Ich bekomme einen Regierungsauftrag und fahre umgehend nach Amerika Einkäufe für den Städtebund und den

Semstwoverband tätigen, ich reise über Sibirien und Japan. Ich würde Ihnen raten, mir Ihre Ersparnisse zur Verwahrung zu übergeben, ich würde sie zinsbringend bei amerikanischen Banken deponieren. Leider gehe ich auf eine militärische Dienstreise und kann deshalb weder Sie noch meine Frau mitnehmen ...«

»Wir gehen also mit Volldampf unter!!! So! ... Och, Wanka, nach wem kommst du bloß mit deinen Ganovenmanieren? – ich bin ja ein durchtriebener Fuchs, bestreit ich nicht – aber so was wie du ist mir noch nicht begegnet. Das Schiff geht unter – und du, statt Hilfe zu holen, willst auch noch den Vater ausrauben!?«

Iwan lächelte mit einem klaren, leicht verächtlichen Lächeln und nahm sich ein Fruchtbonbon.

»Dem ist ganz und gar nicht so, Papa. Haben Sie nicht über die Französische Revolution gelesen? stellen Sie sich vor, man kommt zu Ihnen, durchsucht Ihr Haus und findet Ihre Büchse – was werden Sie tun, Papa? ... ich habe Ihnen doch gesagt, daß ich Einkäufe für den Städtebund und den Semstwoverband tätigen fahre, das heißt folglich, ich fahre mit Geld, und folglich, nun, wenn etwas Unvorhergesehenes eintreten sollte – ich habe das Geld des Städtebundes und des Semstwoverbandes mit mir.« Iwan lächelte mit einem klaren Lächeln. »Auf jeden Fall, wenn Ihnen meine Vorschläge nicht einleuchten und wenn Sie das Risiko eingehen wollen, dann möchte ich Sie bitten, Papa, mir den Teil zu überlassen, der mir als Erbe zusteht.«

Sergej Iwanowitsch schob das Kognakglas weg, betrachtete seinen Sohn wie eine Neuerwerbung, beinahe mit Entzücken, und sagte:

»Papa, Papa – wie bei gebildeten Leuten ... Och, Wanka! Och, nach wem kommst du bloß? – Papa, Papa, und in Wirklichkeit Räuberei am hellichten Tag, beraubst du außer mir auch den Verband?«

»Wie Sie wollen. Ich habe mit Ihnen als meinem Vater gesprochen. Haben Sie wenigstens noch Auslandsaktien? geben Sie zumindest die weg.«

Möglich, daß der Sohn mit Sergej Iwanowitsch tatsächlich als seinem Vater gesprochen hatte. Gegen ein Uhr nachts fuhr Iwan zu seiner Frau in das Haus seines Schwiegervaters, des Fürsten Vitali Aristarchowitsch Werejski. Geheiratet hatte Iwan vor zweieinhalb Jahren, gleich nach Ausbruch des Krieges, und er hatte auf unkonventionelle Weise geheiratet: zum erstenmal betrat er das Haus des Schwiegervaters bereits als Olenka Werejskajas

Mann, mit einem klaren Lächeln und in Demut – zum größten Entsetzen des fassungslosen feudalen Fürsten, der seine Tochter für einen ebensolchen Feudalen herangezogen hatte, wie er selbst es war; der Fürst jagte seine Tochter und ihren Mann aus dem Haus, doch dann verzieh er ihnen, und der Schwiegersohn nötigte ihm sogar Bewunderung ab, er machte Karriere auf eine den Traditionen des Fürsten entsprechende Weise, der Fürst half dem Schwiegersohn durch seine Petrograder Beziehungen, und das einzige, was den Fürsten bedrückte, das war der Vater des Schwiegersohns, Sergej Iwanowitsch Koschkin, den der Fürst kaum grüßte ... Das Haus des Fürsten war erleuchtet, als Iwan vorfuhr. Olenka flog ihrem Mann an den Hals. Im Wohnzimmer saßen Besucher – zwei hiesige Gutsbesitzer sowie Aksakow und Zwetkow. Iwan hielt eine Rede und wußte den Provinzlern über Petrograder Neuigkeiten zu berichten.

»Unsere Verbündeten haben endlich begriffen, daß es für sie ohne Rußland keinen Sieg geben kann, und wir bekommen jetzt von ihnen reibungslos materielle Hilfe. Ich bin insbesondere hergekommen, um mich von Olja zu verabschieden, denn ich werde nach Amerika geschickt, um die Aufträge für die Frühjahrskampagne zu übernehmen, für drei Monate muß ich die Heimat leider verlassen ... Die Stimmung ? ... Die Stimmung ist gut. Der Imperator ...«

Olenka war glücklich über den Besuch ihres Mannes, jetzt war er der einzige, der sie von den Phantomen befreite und ins reale Leben führte.

... Und die Revolution kam nach Kamynsk.

Epigraph:
... sie in einer Situation lebten und eine Situation stützten, die verderbenbringend war ... das Sterben ist eine Gesetzmäßigkeit der Verderbnis der Situation.

Aus einem Brief K.Obuchows

Bei riesigen Bergrutschen ist es so laut, daß das menschliche Ohr nichts mehr wahrnimmt und Stille einzutreten scheint. Die Bergbewohner wissen, daß man sich bei Bergrutschen reglos unter eine Felswand stellen muß, sonst ist man verloren. Bei Steppengewittern muß man sich auf die Erde legen, man darf dem Gewitter nicht in der Steppe davonlaufen wollen – der Blitz holt den Flüchtenden ein und erschlägt ihn. Nach Bergrutschen entstehen neue Flüsse, neue Seen, neue Wege. In Kamynsk gab es nicht einen Menschen, der nicht in der Stille seiner selbst verblieben wäre bei der Nachricht – Revolution! Die Revolution war erwartet worden, und dennoch ging sie für Kamynsk wie ein Bergsturz nieder. Aus der Stille wurden menschliche Stimmen geboren.

Die äußeren Ereignisse begannen in Kamynsk mit Zwetkow. Er erfuhr als erster in Kamynsk – durch ein verschlüsseltes Telegramm – von der Februarrevolution – und er verschwand, der Oberst der Gendarmerie Zwetkow, als hätte ihn die Erde verschluckt, ohne jemanden zu verständigen, nicht einmal seine Freunde, nicht einmal Werejski und Babenin. Am Morgen stand sein Haus leer, Türen und Fenster offen. Wie die Wanzen vor dem heißen Wasser, so suchten die Gendarmen das Weite, wohin es sich ergab ... Mag sein, daß Zwetkow immerhin einen Menschen in Kamynsk verständigte, Bykow-Schmutzochs versuchte wie Zwetkow, aus Kamynsk zu fliehen, bevor die Kunde von der Revolution Kamynsk erreichte – er wurde auf der Zwischenstation Uwarowka festgenommen, wo er sich unbemerkt in einen Zug setzen wollte. Schmutzochs-Bykows Koffer wurde geöffnet – Zwetkow hatte es nicht geschafft, alle Papiere zu verbrennen, ehe er floh: aus den Papieren Zwetkows, aus den Papieren Bykows ging nicht nur hervor, daß Bykow-Schmutzochs für die russische Geheimpolizei arbeitete, sondern daß beide, Schmutzochs und Zwetkow, Agenten des deutschen Geheimdienstes waren ...

Nachdem Babenin das Telegramm gesehen hatte, rannte er – wahrhaftig er rannte – zu Zwetkow, klopfte, fand das Haus leer, rannte weiter zu Werejski, klopfte, dort öffnete niemand, fuhr zu Aksakow in die Semstwoverwaltung, Aksakow war nicht in der Verwaltung, er fuhr zu Steuerinspektor Mollas, Mollas hatte der Köchin aufgetragen zu sagen, er, Mollas sei nicht zu Hause, Babenin fuhr zu Kazaurow, Kazaurow sagte durch die Lüftungsklappe, er, Kazaurow, könne den Polizeichef nicht empfangen. Babenin hetzte durch die Stadt – in Zivilmantel, aber in Polizeihosen, auf dem Kopf die Pelzmütze mit abgerissener Offizierskokarde. Babenins Augen blinzelten nicht. Babenin saß im Schlitten hinter dem Schutzmann, der Schutzmann hatte in seiner Verwirrung die volle Polizeiuniform anbehalten. Das Pferd war schweißnaß von der Hetzjagd. Für niemanden war feststellbar, was Babenin nach Igumnowo geführt hatte, und viele sahen es, doch niemand trat für ihn ein: Babenin wurde vom Schlitten gezogen, man schleppte ihn zum Fluß, schlug ihn, wie man eingefangene Wölfe schlägt, und warf ihn in ein Loch unters Eis. Babenin tat niemandem leid, und niemand gedachte seiner.

Werejski betete und weinte mit Frau und Tochter, gespenstische Bilder vor Augen, auf den Knien, vor den Ikonen hinter dem Sofa, er betete und unterdrückte sein Schluchzen mit einem parfümierten Tüchlein, zerbiß, sein Schluchzen unterdrückend, das Tüchlein: verloren gingen seine fürstliche Würde, seine Besitztümer, seine Macht, seine gespenstischen Bilder – alles ging verloren, nichts blieb, worüber er herrschen konnte.

Feodossi Lawrowitsch Fedotow, Vater des Todes, erschien, vierzig Minuten nachdem er von der Revolution erfahren hatte, in kompletter Generalsparadeuniform mit Orden in der Kaserne, ließ die Kompanie Genesender, die den Wachdienst versah, antreten und bellte:

»Stillgestanden!«

Vor den Augen der erstaunten Soldaten knöpfte er den Mantel auf, entfernte alle seine Orden und legte sie behutsam auf den Tisch, streifte den Mantel ab, riß die Generalsepauletten von seiner Uniform, riß die Generalsschulterstücke vom Mantel, zog den Säbel aus der Scheide, brach die Klinge durch, vergaß zu sagen:

»Rührt euch!«,

wandte sich um, verließ den Hof der Kaserne, ging nach Hause, stieg zu seinem Zwischengeschoß hinauf und schoß sich in die Schläfe.

Die Generation der Väter ging zugrunde.

Zugrunde ging der Maler und spätere Regisseur, der erste Ehemann der Baronesse Wrangel Nagorny-Latrygin – und niemand weiß, ob dieser Tod aus verzweifelter Freude oder einfach aus Verzweiflung geschah. In jenen Tagen sah man an allen Häusern rote Fahnen – eine riesige rote Fahne wehte über Nagornys Turm – Tag und Nacht, bis eines Nachts plötzlich Nagornys ganzes Haus in einer jähen roten Flamme aufloderte. Nagorny war – man konnte ihn nicht retten, er wollte sich nicht retten – in ritterlicher Pose auf dem Turm neben der roten Fahne zu sehen …

Zur gleichen Zeit ging auch der zweite Kamynsker Maler, der Kleinbürger Polkanow, zugrunde. Man hatte ihn vergessen. Er wurde zufällig gefunden – in seinem Haus im Podol, in seinem Bett – längst steif.

Die Generation zerbrach. Die Generation wurde von niemandem bedauert.

Aus Moskau kam, um ein verkäufliches Haus ausfindig zu machen, um sich irgendeine Arbeit zu suchen, um sofort Anschluß zu finden bei den Sozialrevolutionären, um nach Kamynsk überzusiedeln, der berühmte Moskauer Advokat Wantroba angefahren – Wantroba, der Fachmann für Arbeiter- und Bauernprozesse, derselbe, der mit seinen Söhnen Schriftwechsel auf Tapeten geführt hatte. Mit jedem zweiten Satz erinnerte er an seinen nach dem Jahre fünf ums Leben gekommenen Bruder Nil Pawlowitsch, den Kamynsker Statistiker. Ganz offenkundig war Wantroba dabei, auf irgendeine Weise zugrunde zu gehen, und ganz offenkundig suchte er Rettung in Kamynsk, machte allen begreiflich, daß er hier und sonst nirgends, des Bruders gedenkend, sein Leben lang zu arbeiten geträumt hatte und daß es in Moskau für ihn keine Arbeit gab. In Kamynsk saßen indessen der Akzisebeamte Kazaurow und der Steuerinspektor Mollas untätig herum – für sie gab es keine Akzise und keine Steuern mehr einzunehmen, und sie wollten weg nach Moskau.

Freude verspürte Iwan Iwanowitsch Kriworotow, als um drei Uhr nachts an seinen Haupteingang gewummert wurde, glaubte er doch, sein Sohn sei zurückgekehrt – nun schon legalerweise, aber am Haupteingang rief es:

»Telegramm!«

Und Befremden und Entsetzen fühlte Iwan Iwanowitsch, als er das Telegramm las, in dem ihn, Iwan Iwanowitsch, ein unbekannter ›Bevollmächtigter der Provisorischen Regierung, Revolutionskommissar‹ aufforderte, mit sofortiger Wirkung den Posten des Kreisrevolutionskommissars der Provisorischen Regierung zu übernehmen, die volle provisorische Machtausübung in Kamynsk und im Kreis. Seinen Sohn Andrej hätte er jetzt so sehr gebraucht, um sich Rat zu holen. – Und gar nichts mehr verstand Iwan Iwanowitsch in seinem Entsetzen, als er das zweite ›Regierungs‹-Telegramm las, das die Aufforderung enthielt, zum provisorischen Kriegskommissar Georgskreuzträger Ippolit Rusboischtschin zu ernennen. Und wahrhaftig gar nichts mehr verstand Iwan Iwanowitsch, als nachts, wie das Telegramm, zu ihm, dem Kreisrevolutionskommissar, durch die Küche Pawel Pawlowitsch Aksakow kam, demütig, mit einschmeichelndem Lächeln – ›der Vorsitzende Aksakow höchstpersönlich‹ –, als er kam und davon sprach, der Vetter seines Großvaters habe bereits als Slawophiler für die Revolution gelitten, das müsse Berücksichtigung finden, und er, Pawel Pawlowitsch Aksakow, möchte für sich von der Revolutionsmacht die Stelle eines Kreisrevolutionsingenieurs erbitten, wobei er noch hinzufügte, Vitali Aristarchowitsch, der ehemalige Fürst Werejski, möchte seinerseits in Kamynsk die Stelle des Kreisnotars übernehmen.

Koschkin kam zu Kriworotow zu später Stunde und nüchtern.

»Soskow, Jewgraf Karpowitsch, kennst du den? ... nicht mal auf Selbstgebrannten hat man Lust ... Zweitens. Zuerst habe ich nach der Partei der Sozialrevolutionäre gesucht, ich wollte bei den Sozialrevolutionären eintreten – jetzt laß ich mir Zeit ... Meine Leute kamen hier zu mir gelaufen, Mushiks, meine Verwandtschaft, die würden zu den Sozialrevolutionären passen – holzen, ohne zu fragen, meine Wälder ab, die Mushiks. Und andre kamen angelaufen und erzählten, die Mushiks würden in meiner Mühle Mehl mahlen, genauso ohne zu fragen, wie sie wollen und ohne jede Zehntablieferung. Das, sagen wir mal, ist das zweite. Und das erste? Weg mit dem Zaren, Freiheit. So. Und wer ist in der Provisorischen? – Gutschkow, Miljukow. Und wer führt Krieg? Alle Zarengenerale. Und wer ist mit ihnen? Der englische und der französische Botschafter. Immer noch diese Dardanellen. Immer noch dieser Krieg. An der Macht also alles wie gehabt, bloß ein schwächerer Aufguß. Aber wieder das erste – von meinen Mühlen. Du bist doch Kommissar – versuch mal, ihnen das zu verbieten! ... kannst du nicht, sie sind eine Kraft. Was will der Mushik? was zu essen, was anzuziehen und – ab nach Hause, Schluß mit dem Krieg, und in der Mühle im Wald will er machen, wie's ihm paßt, wie's für ihn am besten ist. Du bist Kommissar der Provisorischen Regierung, anzunehmen, daß sie wirklich bloß was Provisorisches ist ... Soskow, Jewgraf Karpowitsch, kennst du den?«

»Kenne ich«, antwortete Iwan Iwanowitsch leise.

»Und unsern Mushik, kennst du den?«

»Kenne ich ...«

»Woran erinnert sich der Mushik – der Hauptteil der Landbevölkerung? wie er im fünfer Jahr verprügelt worden ist und als Kanonenfutter in den Krieg geschickt, – soweit er zurückdenken kann, weiß er bloß, daß es nichts zu beißen gab und von den Herren Maulschellen ... Soskow ist mein bester Freund. Ich berate mich immer mit ihm. Er hat einen feinen Riecher, wie die Hunde – oder vielleicht denkt er mit dem Bauchnabel? ... Er kapiert mit seinem Bauchnabel alles genausogut wie ich. Gestern sagte er mir: »Früher oder später müssen wir uns sowieso aufhängen, sonst hängen die uns auf.« – Weder einen Landamtmann gibt es für Soskow noch einen Babenin, noch einen Adelsmarschall ... Wer ist um ihn geblieben? Dieser ausgepeitschte Mushik ... Woran erinnert sich der Mushik? was will der Mushik? – Soskow sagt: entweder sich aufhängen oder sich auf einen Kampf einlassen. Nun sitz ich da und denk über seine Worte nach. Vielleicht wollen Lwow und Guschkow doch bloß andre anschmieren? ... was soll ich mit den Sozialrevolutionären!«

Soskow, Jewgraf Karpowitsch, hängte sich tatsächlich auf.

Der rothaarige Jewgraf Karpowitsch Soskow – Amtsbezirksvorsteher, Wirtshausbesitzer –, es war für ihn eine Freude gewesen, wenn er nach Hause gekommen war, fünfzehn Glas Tee getrunken und fünfzehn Schweißausbrüche gehabt hatte, vor dem Schlafengehen unter das Vordach auf die hintere Vortreppe hinauszutreten, zu lauschen, ob alles still, ob niemand beim Räubern war, zu hören, wie die Kühe aufstießen und wiederkäuten, wie die Eber im Schlaf grunzten, wie sich die Schafe wetzten, wie die Hühner auf ihren Gelegen mit den Flügeln raschelten, wie die Gänse schliefen, weißen Schneeklumpen gleich – wie das alles roch, lebte, atmete, um zu lauschen und laut zu husten, damit all dies Getier seinen Herrn spürte, damit die Hähne erschrocken loskrähten, damit die Eber aufquiekten, damit der Zuchthengst den Herrn mit freundschaftlichem Wiehern begrüßte – damit all das verschlafen losscharrte, Harn ließ, losschmatzte. Der Herr hatte Freude an dem Gefühl: Mein, satt, lebt und atmet, also stinkt es! – Natur, Erde! ... meins! Das war also die ›Macht der Scholle‹ ... Auf den Februar folgte der März. Der Schnee, der vor drei Wochen einfach Schnee geheißen hatte, wurde jetzt zum Altschnee. Bäche flossen durch Schluchten zu Flüßchen hin, Flüßchen in den Fluß, in die Oka, die Wolga ... Um Jewgraf Karpowitsch waren tatsächlich nur die geblieben, die er nach dem Jahre fünf ausgepeitscht hatte – weder einen Landamtmann noch einen Adelsmarschall gab es für ihn und auch keine Kosakennagaika. Keiner fragte Jewgraf Karpowitsch, ohne Erlaubnis wußte jeder: Ist das mit dem Krieg erst mal geklärt, pflügen sie den ganzen Boden, auch den von Jewgraf Karpowitsch ... Und in einer Frühlingsnacht, als schon die Saatkrähen eingetroffen waren, in derselben Nacht, in der das Eis auf dem Fluß aufbrach, hielten es die rothaarigen Nerven Jewgraf Karpowitschs nicht mehr aus. An jenem Tag hatten die Mushiks seinen Brotspeicher ausgeräumt. Jewgraf Karpowitsch, Amtsbezirksvorsteher, hängte sich auf unter seinem Vordach, wo es, scharf wie Sprit, nach aufgetautem Dung roch, wo die Kühe schmatzten und die Schweine grunzten, die Eber aufquiekten, die Gänse losschnatterten und die ganze Nacht hindurch die verwirrten Hähne krähten. Der rothaarige Jewgraf Karpowitsch war dick, beleibt, schwer. Er röchelte, als er an den Zügeln hing, und der Zuchthengst schickte seinem Herrn ein freundschaftliches Wiehern nach.

… Es herrschte grimmiger Winter mit grimmigen Schneestürmen und Frösten, als die Nachricht von der Revolution das Dorf Schuschenskoje erreichte, doch sie waren nicht mehr hier – weder Klimenti Obuchow noch Dmitri Schirokich noch Iwan Nefjodow …

… Anna hatte keine Erinnerungen an ihren Vater, der an der Schmutzochsschen Brücke ertrunken war. Sie verlangte nicht, vom Vater auf den Arm genommen zu werden, als ihre ersten menschlichen Empfindungen keimten und der Vater dabei fehlte … *Ich* wurde geboren, *ich* erblickte das Licht, *ich* rief nach der Mutter – das *Ich* war der Mittelpunkt, von dem die Welt voranschritt, und daß hinter dem Haus ein Apfelgarten wuchs und an den Ästen des Apfelgartens Mischucha Ussatschow jeden Morgen herrenlose Hunde aufknüpfte und die Mutter immerzu über der Tochter ›schutzlos sind wir, ganz allein auf der Welt sind wir, bettelarm sind wir‹ sagte … – Als erste von der Kamynsker Generation erkannte Anna, daß das *Ich* keineswegs den Mittelpunkt bildete, in keinerlei Gegensatz zur Welt stand, sondern beigeordnet, abhängig, belanglos war. Danach war die Mutter in die Verbannung geschickt worden – allein deswegen, weil sie menschliche Menschen erlebt hatte. Die Mutter war in der Verbannung gestorben. Anna war von Mischucha Ussatschow aufgenommen worden. Anna hatte Klimenti Obuchow liebgewonnen, ohne jemandem außer Klimenti etwas davon zu sagen. Klimenti war fortgegangen – zunächst auf der Suche nach dem Recht auf Leben und dann für ebendieses menschliche Recht und für die Menschlichkeit in die Verbannung … Mischucha erzählte Jagdgeschichten, die sich wie Märchen anhörten. Klimenti schrieb Briefe, Klimenti besaß eine echte Welt der Ziele und des Handelns. Sein *Ich* lag tief versteckt – in seinen Verbanntenbriefen … Milliardenfach geschah es, daß die Empfindungen des menschlichen *Ichs* sich entwickelten und vergingen – und als erste in Kamynsk, stärker als alle anderen, mehr als jeder andere spürte Anna, daß die Revolution die Wiederherstellung ihres *Ichs*, ihres menschlichen *Ichs* bedeutete, des ihren und des von Millionen anderer! ... Unermeßliche Jahrtausende, unermeßliche Millionen menschlicher Leben waren dahingegangen, um das *Ich* einzubüßen – noch mehr würden nach der Revolution in Zukunft dahingehen, um das *Ich* zu gewinnen! Im Hause war es still, Anna suchte nach Worten für ein Telegramm an Klimenti. Der konsternierte Nikita Sergejewitsch hatte sich in seinem Zwischengeschoß eingeschlossen, um seine Gedanken über die Revolution zu sammeln; neben seinem Tisch hing in Augenhöhe ein Foto von Vera Figner. Mischucha war hinausgelaufen, zu den Menschen. Anna verließ das Haus, um das Telegramm aufzugeben. Über die unter Wasser stehenden Straßen strömten glückliche Menschen, wie Hochwasser. An der Post traf Anna den – bereits zum Greis gewordenen – Lehrer der Tschertanowoer Schule Grigori Wassiljewitsch Sosnin.

»Es ist Wirklichkeit geworden, es ist Wirklichkeit geworden!« schrie der Alte wie von Sinnen, ganz Kind vor Glück. Er umarmte Anna und tanzte mit ihr im Schnee. Aus dem Dörfchen Tschertanowo über die Brücke am Salzspeicher vorbei zog – Leute aus Tschertanowo, aus Igumnowo, aus Odinzowo – eine Demonstration in die Stadt – ›Frieden!‹ – ›Brot!‹ – ›Boden!‹.

... Fünfundsechzig Jahre zuvor, vor 1917, war bei Tetjuschi an der Wolga Vera Nikolajewna Figner geboren worden, deren Foto lange Jahre schon in Nikita Sergejewitschs Arbeitszimmer hing. Tochter eines Adligen und Gutsbesitzers, aufgewachsen im Alltag der Leibeigenschaft auf einem Gutshof, mit dem Kindheitstraum, Zarin zu werden, Absolventin des Instituts für adlige Töchter, sehr schön, ging sie mit achtzehn Jahren Naturwissenschaften und Medizin studieren, nicht den Traditionen des Adels entsprechende Disziplinen. Zwanzigjährig, als Professor Lesgaft von seinem Lehrstuhl an der Kasaner Universität verjagt wurde, fuhr sie ins Ausland studieren, in die Schweiz, nach Zürich. Sie kam im Jahre zweiundsiebzig nach Zürich. Zürich und Bern waren der Traum der revolutionären Denker. Vera Nikolajewnas Genossen arbeiteten bereits im russischen Untergrund und verloren ihr Leben. Mit zweiundzwanzig kehrte Vera Nikolajewna nach Rußland zurück. 1876 erarbeitete sie das Programm und war Mitgründerin von ›Semlja i wolja‹. Als Arzthelferin arbeitete sie unter dem Volk – im Gouvernement Saratow. Als ›Semlja i wolja‹ in ›Narodnaja wolja‹ und ›Tschorny peredel‹ zerfiel, wurde und blieb Vera Nikolajewna – ihre Genossen waren bereits gehängt – ständiges und letztes Mitglied des ZK der ›Narodnaja wolja‹. Ein Verräter gab sie preis. Vor Gericht hielt sie eine Rede, die sie auswendig gelernt hatte, ein Beispiel für Furchtlosigkeit. Ihr Foto in Häftlingskleidung war für viele Narodowolzen Schmuck ihrer Einsamkeit und ihres Lebens, es ließ dem Gewissen keine Ruhe und mahnte – jenes Foto, das neben dem Schreibtisch in Nikita Sergejewitschs Arbeitszimmer hing ... Das Gericht verurteilte Vera Figner in der Strafsache ›1. März‹ zum Tode. Alexander III. forderte ihre Akte an und ›erbarmte sich‹, ›begnadigte‹ sie, statt des Galgens wurde ihr die ewige Einsamkeit der Kasematte zuteil. Zwanzig Jahre saß Vera Figner in einer Einzelzelle der Festung Schlüsselburg, wo es für sie keinen Namen, sondern lediglich eine Nummer gab, die Nummer 26, damit ihr Name vom Antlitz des Reichs getilgt werde. Zwanzig Jahre saß sie in der Einsamkeit unter einer Nummer und ohne menschlichen Namen. Nach zwanzig Jahren Festung Schlüsselburg ›erbarmte‹ man sich Vera Figners ein zweites Mal: im September 1904 wurde sie von der Festung Schlüsselburg zur ewigen Ansiedlung an das Weiße Meer in das Dorf Nönoksa geschickt. Zwanzig Jahre Vera Figners waren außerhalb des Lebens verlaufen, zwanzig Jahre hatte sie außerhalb des Lebens gestanden – die russischen Narodniki hatten ihre revolutionäre Philosophie auf der russischen bäuerlichen Obschtschina begründet, und in den zwanzig Jahren war klargeworden, daß die russische Revolution, die Vera Figner vorangetrieben hatte, anderen Idealen folgte ... – Und plötzlich wurde bekannt, daß in den ›Gästezimmern‹ im ersten Stock über Koslows Schenke in Kamynsk Vera Nikolajewna Figner mit ihrer jüngeren Schwester Jewgenia Nikolajewna, die ebenfalls in der Verbannung gewesen war, und deren Mann Michail Petrowitsch Sashin, Teilnehmer an der Pariser Kommune, Quartier genommen hatte. Vera Nikolajewna zählte mittlerweile fünfundsechzig.

Nikita Sergejewitsch war zwischen 1907 und 1917 natürlich gealtert – und an seinem Haus hatten viele Winde genagt. Wie zuvor lebte Nikita Sergejewitsch nach strenger Zeiteinteilung, wie zuvor versammelte er Kinder um sich, wie zuvor stand sein Haus offen ... Doch über längere Zeiten herrschte Leere im Haus. Immer häufiger blieb Mischucha Ussatschow Nikita Sergejewitschs einziger Gesprächspartner. Wie zuvor war Nikita Sergejewitsch streng und gut zu den Menschen – ausschließlich streng war er zu sich selbst. Wie zuvor lag das neueste gute Buch bei ihm auf dem Tisch ... Doch seltener ging er mit den Kindern auf den Ziegenberg, und auf seinem Schreibtisch, neben dem neuen Buch, vor dem Foto der jungen Vera Figner, wuchs der Berg von Sammlungen einfachster arithmetischer Aufgaben und kompliziertester Integralrechenaufgaben immer höher, und oft überging Nikita Sergejewitsch bei der Lösung kompliziertester und völlig unnützer mathematischer Aufgaben feststehende Zeiten seines Tagesplans ... Zusammen mit Nikita Sergejewitsch alterte und verstummte sein altes Haus – und ohne diesem Altern im geringsten Rechnung zu tragen, entwickelte sich im Garten ein stürmisches, an Verwilderung grenzendes Wachstum ...

In derselben Stunde, da Nikita Sergejewitsch von der Ankunft Vera Nikolajewna Figners und der Sashins erfuhr, ging er zu den ›Gästezimmern‹. Der alte Mann mußte lange seinen Mut zusammennehmen, um an Vera Figners Tür zu klopfen. Eine kleine hagere Frau in schwarzem Kleid mit einem weißen Kragen um den Greisenhals und einem weißen Häubchen auf den grauen Haaren machte auf. Sie sah ihn mit dem wachen und sanften Blick junger, keine Müdigkeit verratender und strenger Augen an.

»Vera Nikolajewna, ich komme, um Sie zu mir einzuladen, Sie und Sashins – ich bitte Sie ...«

Nikita Sergejewitsch versagte die Stimme. Er sprach so, als würde jetzt, hier, an der Schwelle der ›Gästezimmer‹, sein Schicksal entschieden. Er sah Vera Figner mit liebevollen Augen an. Vor ihr stand ein hochgewachsener, hagerer, hinfälliger und hilfloser alter Mann.

Und Vera Figner sagte leicht befremdet:

»Danke. Bitte schön. Wann ist es Ihnen recht?«

»Wann es Ihnen recht ist!« anwortete Nikita Sergejewitsch, »jederzeit, wann es Ihnen paßt, heute, jetzt gleich, morgen ...!«

Vera Figner fand es passend, am nächsten Vormittag zu kommen.

Nikita Sergejewitsch stellte das Haus auf den Kopf. Er wischte die Fußböden, lüftete die Zimmer, heizte die Öfen. An Schlaf war wohl in dieser Nacht weder für ihn noch für Mischucha zu denken – über dem Saubermachen, der Aufregung und all den Verrichtungen. Am Morgen zog Nikita Sergejewitsch eigenhändig den Tisch aus, breitete persönlich eine Tischdecke darüber, putzte persönlich das Tablett für den Samowar, legte persönlich Servietten neben die Teller. Er war völlig verjüngt. Mischucha ging bei Tagesanbruch auf den Markt, Milch, saure Sahne und Eier holen. Seit dem frühen Morgen kochte der Samowar.

Nikita Sergejewitsch mahlte mit einer Handmühle Kaffee, als – um elf Uhr – Vera Figner und Sashins eintrafen. Michail Petrowitsch Sashin, ein aus riesigen Knochen bestehender Greis, machte die Pforte zum Hof weit auf und sagte, seiner Frau und Vera Nikolajewna den Vortritt lassend:

»Bitte einzutreten, die jungen Leute!« Und fügte, zu Nikita Sergejewitsch gewandt, hinzu: »Die jungen Leute, wir drei zusammen, kommen auf zweihundert Jährchen!«

Sie gingen in den Salon, Michail Petrowitsch scherzte.

Vom Salon gingen sie ins Eßzimmer.

Nikita Sergejewitsch schenkte Kaffee ein. Mischucha saß keinen Moment still, blaffte die Hunde an, die sowieso schon keinen Laut von sich gaben.

Und über dem Tisch erhob sich ein alter, dürrer, hilfloser Mann. Er begann zu sprechen – und er verjüngte sich, seine Stimme gewann an Festigkeit, an Festigkeit gewinnend, verjüngte sich der Blick seiner Augen, verjüngten sich seine Bewegungen. Es war ganz offensichtlich, daß er mit voller Hingabe von Herz und Hirn sprach.

»Vera Nikolajewna«, sagte Nikita Sergejewitsch greisenhaft und rief jugendlich: »Verotschka Figner! ... Wissen Sie noch, vor über vierzig Jahren hatten sie den freundschaftlichen Beinamen ›Vera, stampf mal mit dem Füßchen!‹ ... Vera – ›stampf mal mit dem Füßchen!‹. Verotschka Figner! ... entschuldigen Sie – nie in meinem Leben habe ich Sie so angesprochen, aber mein Leben lang habe ich Sie so genannt ... Sie erinnern sich nicht an mich – und das ist unwichtig, natürlich ist das unwichtig – ich bin ja kein Held ... Erinnern Sie sich noch? Ich erinnere mich genau. Vor einundvierzig Jahren und ein paar Tagen, am 5. Dezember 1876 an den Säulen der Kasaner Kathedrale? ... Jewgenia Nikolajewna, Vera Nikolajewna! Sie waren beide dort. Wissen Sie noch, Sie trugen beide graue Lammfellmützen. Als der junge Student Plechanow seine Rede beendet hatte und der Arbeiter Jakow Potapow die Fahne mit der Losung ›Boden und Freiheit‹ hochriß, als sich die Schutzmänner mit Gepfeife auf die Demonstration stürzten und die Demonstration sich zerstreute, gingen Sie den Newski entlang, Sie, Vera Nikolajewna, und Sie, Jewgenia Nikolajewna, und mit Ihnen der Arbeiter Jakow Potapow. Spitzel fielen über Sie her, Potapow wurde verhaftet, zwei Marineoffiziere retteten Sie und prügelten sich mit der Polizei ... Ich sah Sie damals zum erstenmal! ... Dann fuhren Sie aufs Dorf, ins Gouvernement Saratow – die Arbeit auf dem Dorf trieb Sie in den Untergrund ... Erinnern Sie sich an das Haus in Lesnoje, wo Sie mit Ihren Genossen illegal lebten? ... Erinnern Sie sich, im April einundachtzig, nach dem ersten März, als Issajew verhaftet wurde, der mit Ihnen die illegale Wohnung an der Himmelfahrtsbrücke geteilt hatte, und die Polizei Sie suchte – Sie lebten damals unter dem Namen Licharjowa, Sie hatten damals in Kronstadt bei Ihren Freunden Stromberger und Sawalischin, Marineoffizieren, Unterschlupf gefunden ... Sie erinnern sich natürlich an Suchanow, Luzki, Jung, Glasko, Prokofjew, Rasumow – an die Marinesektion der ›Narodnaja wolja‹? Verotschka – ›stampf mal mit dem Füßchen!‹ ... Ich war damals unter jenen Offizieren, ich stand den Revolutionären jener Jahre sehr nahe! ... Wie wunderbar Sie damals mit uns sprachen – Sie, die Sie sich gegen den Zaren erhoben hatten, Sie, deren Genossen bereits am Galgen hingen, Sie, auf die der Galgen wartete, so ruhig, bescheiden, sauber ... Sie erinnern sich an die Bestimmungen des Parteistatuts, die Sie ausgearbeitet, die Sie auf sich genommen hatten und nach denen Sie lebten – Sie waren nach dem Statut dazu verpflichtet, und Sie setzten all Ihre geistige Kraft für die Sache der Revolution ein, Sie waren dazu verpflichtet, und Sie vergaßen alle verwandtschaftlichen Bindungen und persönlichen Sympathien ... im Statut stand – ›wenn es erforderlich ist, auch sein Leben hinzugeben, ohne auf etwas Rücksicht zu nehmen‹, ›kein Privateigentum zu besitzen, nichts Persönliches, was nicht zugleich auch Eigentum der Organisation wäre‹, ›mit Einsatz der ganzen Person‹, ›sich dem Willen der Mehrheit unterwerfend ...‹ Sie erinnern sich daran, Vera Nikolajewna. Eine ganze Woche verbrachten Sie bei uns in Kronstadt. Der erste März war bereits verhallt, auf dem Semjonowski Platz hatte die öffentliche Hinrichtung Shceljabows, Perowskajas ... stattgefunden, und auch Sie wären erhängt worden, hätten Sie sich nicht bei uns versteckt ... Ich beobachtete Sie und dachte – was mag in ihr vorgehen, deren Brüder soeben erhängt worden sind? ... Sie fuhren nach dem Süden, nach Odessa, um an die Stelle des ums Leben gekommenen Trigoni zu treten ... Wir, ich und Jung, traten in jenem Frühjahr unterdessen eine Reise um die Welt an ... Ich kehrte nach Rußland zurück, als

Sie – vor Prozeßbeginn – in der Peter-und-Paul-Festung waren. Das Land war wie gelähmt von den Galgen. Sie wurden zum Tode verurteilt. Jung fiel bald darauf in der Schlacht bei Tsushima ... Und ich ...«

Nikita Sergejewitsch machte eine Pause.

Vera Nikolajewna sah Nikita Sergejewitsch die ganze Zeit an – sanft und streng zugleich, greisenhaft besorgt, ohne zu lächeln.

»Als Sie nach dem Prozeß in die Festung Schlüsselburg gebracht wurden, quittierte ich den Dienst und kam hierher nach Kamynsk, um mich in der Provinz zu vergraben, um mich zu verstecken – vor allem auf der Welt. Ich war Marineoffizier – ein starker Mensch bin ich nicht, Vera Nikolajewna. In der Stunde, da ich über die Schwelle dieses Hauses trat, begriff ich – die Jugend lag hinter mir, vor mir das Alter ... Doch ich erinnerte mich des Vermächtnisses, daß man seine ganze geistige Kraft einer besseren Zeit geben muß – und da beschloß ich, mit meinem ganzen Verstand und meinem ganzen Willen, soweit es mir meine Kräfte erlaubten, etwas dafür zu tun, daß sich dieses Vermächtnis erfüllt ... Verotschka – ›stampf mal mit dem Füßchen!‹ Ich war kein Held, ich überantwortete mich der Provinz und dem Alter. Aber ... zum erstenmal in meinem Leben in dieser Stadt spreche ich von dem, was mit mir vor dieser Stadt war, was mir selbst wie ein Traum erschien ... Doch nicht das ist es, was ich jetzt vor allem aussprechen möchte. Ich bin älter als Sie, ich erinnere mich an Bakunin und Netschajew, meine Altersgenossen ... Plechanow ging von ›Semlja i wolja‹ zu ›Tschorny peredel‹ – erinnern Sie sich, zu uns gehörte Sundelewitsch – er sprach als erster mit mir über Marx und über den Marxismus ... Sie waren in Schlüsselburg eingemauert ... Plechanow organisierte als erster die russischen Sozialdemokraten. Sie waren in der Festung ... Ich ... ich war in Kamynsk ... Und dann kam die erste russische Revolution. 1905 war das Jahr der Arbeiter – das Jahr Lenins, der die Revolution vorangetrieben hatte. So war es, so ist es, Vera Nikolajewna. Zwanzig Jahre, zwanzig Jahre waren Sie im Festungsgrab! ... und ich war in Kamynsk ... 1905 war das Jahr der Arbeiter. Es ging ganz dicht an mir vorbei – zum zweitenmal näherte ich mich der Revolution an. Ich glaubte, ich wäre an ihr beteiligt, sie ging durch mein Haus – und dann mußte ich damals im Jahre fünf, hier in diesem Haus, nachts, oben im Zwischengeschoß, mußte ich zu einem Menschen sagen, der mir teuer war wie Sie in der Jugend – ich sagte zu ihm: ›Sie und Ihre Genossen, Sie entfernen sich weiter und weiter von mir, aber ich würde Ihnen gern mit frischem Kopf, ganz sachlich über mein ganzes Leben erzählen …‹ Er antwortete mir: ›Nicht wir entfernen uns, nicht ich mich von Ihnen, sondern Sie entfernen sich von der Zeit.‹ – Das war drei Tage vor dem bewaffneten Aufstand in Moskau, er wußte von ihm, er sagte: ›Sie sind natürlich dagegen? Hören Sie: es beginnt – der bewaffnete Aufstand – der Arbeiter. Ich und meine Genossen, wir fahren nach Moskau. Damit ist alles gesagt …‹ Er hatte recht damals, als er sagte, daß nicht er sich von mir, sondern ich mich von der Zeit entfernte – und von der Revolution … Er war sehr müde in jener Nacht, er wollte vor dem Aufstand einfach ausschlafen – er fuhr nach Moskau und fiel. Er hieß Leonti Scherstobitow. Ich fand damals nicht die Zeit, ihm das wenige zu erzählen, das ich jetzt erzähle. Immerhin sagte ich ihm in jener Nacht, ich wolle mit ihnen fahren. Ich fuhr damals nicht nach Moskau, ich blieb in Kamynsk. Ich sagte ihm damals nicht, was ich jetzt Ihnen sagen möchte, Vera Nikolajewna, Ihnen, die Sie zwanzig Jahre außerhalb des Lebens gestanden haben. Ich hatte damals eine große Nähe zur Revolution – eine weitaus größere als in den siebziger Jahren durch die Berührung mit Ihnen …

Nikita Sergejewitsch machte eine Pause.

»Was ich aussprechen möchte, ist folgendes: Ich habe ein sehr langes Leben gelebt. Ich bin viel älter als Sie, Vera Nikolajewna, und Sie sind jetzt so alt wie Marx im Jahre seines Todes – ich bin älter als Michail Petrowitsch, und er war beteiligt an der Pariser Kommune, an der Sache von Marx … Alles Beste, alles Ehrliche, alles wahrhaft Menschliche, was es in meinem Leben gab – das lag in der Zeit, als ich mich der Revolution annäherte. All das macht ein Leben aus, all das ist im Gedächtnis unserer Generation. Ich sehe Sie an und denke an die siebziger Jahre zurück, nicht zufällig habe ich Sundelewitsch erwähnt – Leonti Scherstobitow hatte recht, als er sagte, nicht sie entfernen sich von mir, sondern ich entferne mich von der Zeit, er hatte keine Gelegenheit mehr, mir zuzuhören. Und heute, jetzt …«

… Klimenti Obuchow, Iwan Nefjodow, Dmitri Schirokich – sie waren aus Schuschenskoje fortgegangen in die grimmige sibirische Kälte, als es noch keine Kunde von der Revolution gab, sie waren fortgegangen, weil diese Kunde kommen mußte. Sie waren hinausgegangen in die grimmige Kälte des Reichs. In seiner Kindheit hatte Klimenti im März den Bächlein geholfen, sich unter aufweichendem Schnee hervorzukämpfen – er folgte den Bächen bis zur Brücke am Salzspeicher – die Bäche flossen weiter, in die Oka, die Wolga, in den Kaspisee … Jene riesigen Landschaften, die das Russische Reich bildeten, jene Millionen von Menschen in Dörfern, an Flüssen und Bahngleisen, in Städten, Vororten und Betrieben, an denen vorbei, mit denen und um derentwillen Dmitri, Iwan und Klimenti gingen – sie gehörten zum Leben, zum Frühling, zum Hochwasser, zur Freude. Mit einzelnen Kurejkas und Schuschenskojes, mit Hunderten und Hunderttausenden von Amtsbezirken und Kreisstädten flossen sie zu Millionen froher Flüsse zusammen und hinein in die menschliche Zukunft. Von den sibirischen Erz- und Eisfeldern, zu Fuß, auf Flüssen, über Eisenbahngleise, auf Fuhrwerken, auf Waggonpuffern kehrten jene in die Gerechtigkeit und das Leben zurück, die wegen ihres Eintretens für die Gerechtigkeit des Lebens vom Reich in die hintersten Winkel des Reichs getrieben worden waren …

Klimenti machte an der Pforte halt: zehn Jahre war er nicht über ihre Schwelle getreten, damals war er sechzehn gewesen. Zum erstenmal war ihm hinter dieser Schwelle bewußt geworden, was die Klasse ist und was die Revolution der Proletarierklasse. An der Schwelle dieser Pforte hatte er zum letztenmal in seinem Leben den Vater lebend gesehen. An der Schwelle dieser Pforte hatte er erfahren, daß er auf immer geliebt wurde, und es gab keinen Tag, daß Klimenti nicht an dieses Haus gedacht hätte: in ihm lebte seine Treue, denn Treue in der Liebe hielt Klimenti für ebensolche Treue wie Treue zur Sache, zur Idee, zum Wort – er tat es genauso wie Anna, von der ihm jeder einzelne Tag in allen diesen zehn Jahren bekannt war … Zehn Jahre – nein, nicht des Vertrauens und Wartens, sondern der Verrichtung gemeinsamer Dinge, des gemeinsamen Wissens, des gemeinsamen Menschwerdens. Treue! … Der Hof hinter der Pforte war leer. Klimenti wußte – gleich würde er Anna zu sehen bekommen, und seine Empfindung war: gleich würde er die zweite Hälfte seiner selbst zu sehen bekommen, eine wundervolle, die bessere, die er so küssen würde, wie er noch nie in seinem Leben geküßt hatte. Anna wußte nichts von seiner Ankunft.

In der Tür zum Eßzimmer stand Anna.

Im Eßzimmer saßen alte Leute. Der steinalte Nikita Sergejewitsch sagte wie ein junger Mensch glücklich:

»… Alles Beste, alles Ehrliche, alles wahrhaft Menschliche, was es in meinem Leben gab – das lag in der Zeit, als ich mich der Revolution annäherte. Das war zweimal so. Doch nie gehörte ich der Revolution ganz – mir schien, ich hätte nicht volles Gehör gefunden bei ihr, und das ist nicht wahr, denn ich hielt nicht Schritt mit ihr. Ich möchte leben! ... Und heute, jetzt ...«

Nikita Sergejewitsch hob den Kopf und sah in der Tür Anna Kolossowa und Klimenti Obuchow, die sich bei den Händen gefaßt hatten, und dahinter den Lehrer Grigori Wassiljewitsch Sosnin aus Tschertanowo. Nikita Sergejewitsch rief glücklich:

»Anna, Klimenti, Grigori Wassiljewitsch – habt ihr mich gehört?! – nur mit der Revolution, nur mit euch!«

Stadt der Schriftsteller
25. August 1937

Nachwort

> Alles beginnt mit ›Absoluta‹ 〈...〉 und endet mit der Zerstörung der Absoluta 〈...〉 Aus dem Nichtsein ist das *Ich* zum Mittelpunkt geworden, um den alles Sein kreist, – das *Ich* bildet den Mittelpunkt des Seins, das Sein geht vom *Ich* aus, das *Ich* ist erkannt, das *Ich* ist eingeordnet, das *Ich* bildet den Mittelpunkt. Und es kommt die Stunde, da diese bewußt gewordene Empfindung weicht, der Einsicht Platz macht: nein, das *Ich* bildet keineswegs den Mittelpunkt, ein ebensolches *Ich* besitzt jeder Mensch, das *Ich* steht in keinerlei Gegensatz – das *Ich* ist lediglich ein Element und hat sich um andere Elemente zu bewegen, bestenfalls ist es beigeordnet, bei der überwältigenden Mehrheit jedoch einfach untergeordnet.
> *(Boris Pilnjak, Der Salzspeicher)*

Den Weg des Menschen zu sich selbst, das Begreifen der eigenen Existenz als einer konfliktreichen Beziehung zwischen subjektivem Anspruch und objektiven Gegebenheiten ist für Boris Pilnjak auf unterschiedlichen Ebenen – national, soziologisch, individualpsychologisch – immer ein zentrales Moment künstlerischen Gestaltens gewesen.

Mitte der dreißiger Jahre spricht der Autor wiederholt von seiner Arbeit an einem Text mit dem Titel ›Generationen‹ – so der ursprüngliche Titel des Romans ›Der Salzspeicher‹. ›Was mich betrifft‹, heißt es am 26. November 1936 in einem Brief an Konstantin Fedin, ›so habe ich 〈...〉 einen halben Druckbogen fertig, und ich schreibe.‹ Im Protokoll einer Vollversammlung Moskauer Schriftsteller vom April des folgenden Jahres ist nachzulesen: ›Im November habe ich mich an den neuen Roman ›Generationen‹ gemacht, um in diesem Roman all mein schriftstellerisches Vermögen zu konzentrieren und bis an seine Grenzen auszuschöpfen. Es soll ein Roman werden, der leicht zu lesen ist und unserem Leser nützt, ein Roman, in dem ich die zwei sowjetischen Jahrzehnte resümiere und unseren sowjetischen

Menschen zeige, beginnend mit der vorrevolutionären Zeit, ein Roman, in dem ich darstelle, wer sie selbst waren, wie sich ihre Belange verändert haben und wie die Generation ist, die sie ablöst.‹

Dieser Anspruch erklärt, daß Pilnjaks letzter Roman nicht nur einer der umfangreichsten ist, sondern auch einen relativ großen Zeitraum, von der Jahrhundertwende bis zur Februarrevolution, umfaßt. Zugleich läßt der Umstand, daß der Roman dennoch in sehr kurzer Zeit – das Manuskript weist den 25. 8. 1937 als Zeitpunkt der Fertigstellung aus – geschrieben wurde, ahnen, daß Pilnjak eine langgehegte Idee realisiert. Tatsächlich hatte er schon um die Wende zu den dreißiger Jahren in einem unveröffentlichten Brief an Stalin erstmals den Gedanken geäußert, seine individuelle Weltsicht in einem ›großen‹ Roman Gestalt werden zu lassen: ›Meine Erfahrung als Schriftsteller und meine Empfindungen sagen mir, daß es Zeit wird, ein großes Gemälde in Angriff zu nehmen.‹ Wenn er jedoch dieses Vorhaben noch einige Jahre hinausschiebt, so liegt dies gewiß auch darin begründet, daß er wie andere Autoren zu Anfang der dreißiger Jahre stärker im dokumentarischen Genre, im Genre der Skizze, der ›Fakten Literatur‹, arbeitet, auch weil er der Ansicht ist, daß er in der ›neuen Wirklichkeit‹ unmittelbare Erfahrungen sammeln muß, denn ›jedem literarischen Werk (liegen) Empfindungen zugrunde‹.

Klarheit der Struktur und der Konzeption sowie von eigenem Erleben herrührende Sicherheit im Detail kennzeichnen den vorliegenden Roman, der vor dem Leser die Entwicklung des Mikro- und Makrokosmos der russischen Provinz zu Beginn des Jahrhunderts erstehen läßt. Ausgehend von der Auffassung, daß selbst die allerjüngste Geschichte, die Gegenwart im weiteren Sinne, der Historie zuzurechen sei, hatte Pilnjak seine umfangreichen Texte von jeher als ›historische Romane‹ bezeichnet. Die unmittelbare Gegenwart freilich ist als latente Bezugsebene stets präsent.

Fast durchgängig – und auf unterschiedlichen Ebenen – lebt der Roman von kontrapunktischer Gegenüberstellung; diese Polarisierung läßt sich allein schon aus den Kapitelüberschriften ablesen: Der Generation der *Väter* stehen die *Kinder* der Stadt Kamynsk gegenüber, *Krieg* als ›*natürlicher Zustand des Mannes*‹ kontrastiert mit ›*elementarer menschlicher Redlichkeit*‹, die ›*Revolution der Väter*‹ gilt der ›*Alten Welt*‹ und soll die

›*Neue*‹ schaffen, die Väter aber ›*stellen das Gleichgewicht wieder her*‹ usw. Die Polarisierung basiert aber nur scheinbar auf Generationsstrukturen: Sie beruht vielmehr auf einer Polarisierung im Werteverständnis.

Die Individualitätsentwicklung der jungen Generation vollzieht sich unter dem starken Einfluß des jeweiligen sozialen und ideologischen Milieus, was zur Folge hat, daß sich die Heterogenität der Generation der Väter – freilich modifiziert – auf ihre Nachfahren überträgt. Pilnjak versucht, das alltägliche Leben einer russischen Kleinstadt zu Beginn des 20. Jahrhunderts in all seiner Differenziertheit zu erfassen. Die intime Kenntnis und Verwurzelung des Schriftstellers in dieser Sphäre – er hatte von 1913 bis 1924 in Kolomna, reichlich einhundert Kilometer südöstlich von Moskau, gelebt – ist nur zu deutlich zu spüren. Dabei kollidiert das von russischer Landschaft und Natur sowie sakral-rustikaler Architektur vorgegebene harmonische Weltempfinden wiederholt mit den sozialen Erschütterungen jener Zeit.

Geboren 1894, verdichtet Boris Pilnjak in der Generation der Söhne und deren Verhältnis zu den Vätern eigene Lebenserfahrungen. Das Schicksal Andrej Kriworotows gleicht in einigen Konkreta dem des Autors: Pilnjaks Vater Andrej Wogau, wolgadeutscher Abstammung, war Semstwo-Veterinärmediziner; sowohl seine Bindung an das Ideengut der Volkstümler als auch seine auf ethische Integrität bedachte Haltung des russischen Rasnotschinzen ist in früheren Werken Pilnjaks wie z. B. ›Die Semstwo-Angelegenheit‹ (1916, später unter dem Titel ›Provinz‹, 1937), deren autobiographische Tendenz als verbürgt gilt, dargestellt. Das Erwachen der Individualität und ihre mehr und mehr bewußte Ausprägung unter den Lebensbedingungen der russischen Provinz vollzog sich zudem für den Autor wohl in ebenjenen Jahren, die den Romanbeginn bilden; er findet hier zu Beobachtungen von hoher emotionaler Intensität, die zumindest an den Stellen, die die Selbsterkenntnis des kindlichen Ichs in berührender Weise schildern, auch vom bewußten Erleben seines 1934 geborenen Sohnes Boris herrühren dürften.

Pilnjak setzt seine Aussageabsicht formal nicht nur in bezug auf eine kontrapunktische Gestaltung konsequent um: Die soziale Hierarchisierung des Lebens in Kamynsk spiegelt sich in der räumlichen Struktur der Stadt wider – zentral gelegen wohnt die Obrigkeit, Adel, Großgrundbesitzer, Fabrikanten; an unkonventionellen Orten siedelt das unkonventionelle ›dritte Element‹, die russische Intelligenz; nahezu überall hingegen findet sich der Kleinbürger. Repräsentanten aller sozialen Schichten und Verfechter verschiedener Philosophien erfahren eine ironische Betrachtung und geraten bisweilen zu Karikaturen eines Lebensstils, andere werden durchaus differenziert und plastisch gezeigt. Der Stadt Kamynsk ist das nahegelegene Dorf Tschertanowo gegenübergestellt, als räumliche Zwischenstation, vor allem aber als geistig-sittliches Refugium dient das Haus Nikita Moldawskis, eines Volkstümlers. Dieses wird, abseits der offiziellen Lebensformen, zum Ort der Begegnung für unterschiedliche Charaktere, für Menschen, die sich im Sinne des Philosophen Pjotr Lawrow als ›kritisch denkende Persönlichkeiten‹ begreifen – und, von Ausgrenzung bedroht, am Rande der reformbedürftigen Gesellschaft stehen: Künstler wie der Maler Latrygin verkehren in der Kommune ebenso wie die Lehrerin Gorzewa und die jungen Revolutionäre um Klim Obuchow. Hier erhobene Forderungen und daraus abgeleitete Wertvorstellungen machen diesen Ort für den Arztsohn Andrej Kriworotow nicht nur akzeptabel, sondern setzen seiner *vita contemplativa* ein Ende.

Die Vision des menschlichen Miteinanders, die Pilnjaks Figuren als ›dritte Revolution‹ (nach der sozialen und kulturellen), als ›Revolution der Ehre‹ seit dem Roman ›Die Wolga fließt ins Kaspische Meer‹ (1930) einfordern, führt um die Jahrhundertwende fast notwendig zur Begegnung mit marxistischem Gedankengut. Die Kommune gewinnt durch die dort obwaltenden Mechanismen harmonischen Miteinanders Symbolkraft und wird zum Stimulus für soziales Engagement: Von Kommune und Salzspeicher gehen konkrete Aktionen aus. Als visionäres Weltmodell behält der Salzspeicher seine Faszination zudem bis zum Ende der Handlung: ›Stell dir vor, alle Menschen, die ganze Menschheit fertigt lauter vernüftige und nützliche Dinge her, kein Pulver zum Beispiel und keine Pistolen, und bringt sich nicht gegenseitig um, die Menschen vermehren sich und machen Tische, Stühle, Hosen, Stiefel, Häuser, Pferdewagen, Straßen 〈...〉 und alles, was sie gemacht haben, bringen sie in solche riesigen Scheunen, hundertmal größer als euer Salzspeicher 〈...〉 wann wir die Scheunen bauen – das wird nicht so bald sein ... Doch wir werden sie bauen.‹

Andrej Kriworotows Anschluß an die bolschewistische Bewegung (die für ihn Scherstobitow und Klim Obuchow verkörpern) und der angesichts veränderter Verhältnisse aus der Resignation erwachende Moldawski stehen zeichenhaft für die Vielfalt der Kräfte, die die Revolution ob ihrer humanistischen Inhalte zu tragen bereit waren. Indirekt erfolgt so 1937 eine Konfrontation der Ziele der Revolution mit dem erreichten Zustand. Daß zum Ende des Romans, am Vorabend der Revolution, kein Bolschewik, sondern die Volkstümlerin Vera Figner (die Pilnjak übrigens, wie ein Brief an die Revolutionärin aus dem Jahre 1926 beweist, gekannt hat) auftritt und Moldawski seine Resignation überwinden läßt, ist in gleicher Weise bedeutungstragend und kommt gerade deshalb einem deutlichen Bekenntnis zum politischen Pluralismus gleich, weil wir in Rechnung zu stellen haben, daß Moldawskis Worte ›nur mit der Revolution, nur mit euch‹ eben den im Geiste der Kommune erzogenen jungen Bolschewiken um Klimenti Obuchow gelten.

Die zwar autobiographisch unterlegte, alles in allem dennoch fiktive Haupthandlung ist, an diesem Punkt ansetzend, auf den Hintergrund historischen Geschehens projiziert: die Anfänge der Arbeiterbewegung, Marx' Arbeit am ›Kapital‹, die Revolution 1905, der Beginn des Ersten Weltkrieges, das Leben russischer Revolutionäre. Gleichsam als Gegensatz zur lebendigen Schilderung von Marx' Dasein begegnet dem Leser in bezug auf letzteres viel Plakatives, dessen Intensität proportional zum zeitlichen Abstand vom Ursprung der Arbeiterbewegung wächst: Der namenlose Turuchansker Verbannte – Stalin – wird formelhaft als ›Revolutionär von ungeheurer Überzeugtheit, mit ungeheurem Kampfeswillen und ungeheurer Verachtung für das Reich‹, natürlich ›mit einem aufgeschlagenen Buch von Marx‹, skizziert – ein Versuch der Gestaltung des ›Großen Führers‹ als junger Revolutionär, geschuldet wohl offenbar der Wirkung des Dämonischen, der sich bekanntlich auch andere – man denke nur an Bulgakows verbotenes Stück ›Batum‹ – nicht entzogen haben, gleichzeitig wohl aber ein Ausdruck dafür, daß Pilnjak bewußt undurchdringlich gehaltene politische Führungsstrukturen eher intuitiv erfaßt.

In den genannten Passagen wird deutlich, was Pilnjak meint, wenn er von intensiven Recherchen, vom umfangreichen Studium historischer Quellen spricht. Zu einer Zeit, als das orthodoxe Geschichtsbild der dreißiger Jahre voll ausgebildet war und sich sowohl der historische Roman (Alexej Tolstois ›Peter I.‹ z. B.) als auch der Entwicklungsroman des Sozialistischen Realismus (Gorkis ›Mutter‹, Ostrowskis ›Wie der Stahl gehärtet wurde‹) als wesentliche Instrumente zu dessen Konsolidierung profiliert hatten, kam es einer Provokation gleich, Geschichte pur zu konsumieren, die Geschichte der proletarischen Bewegung gleichsam in ihrer ›Urform‹ abzurufen. Nicht nur der erhebliche Einfluß, den Nietzsche, z. T. vermittelt über die philosophischen Positionen des russischen Symbolismus, im Roman auf die Jugendlichen ausübte, widersprach den kanonisierten Vorstellungen von den Revolutionären der Erhebung 1905 und ihren jungen Sympathisanten, wie sie in Gorkis Roman Pawel Wlassow idealtypisch verkörperte. Auch der vorgeführte Pluralismus als Form der Koexistenz denkender Individuen in der Kommune polemisiert zumindest indirekt mit der fortschreitenden Monologisierung der Gesellschaft und deren Apologie durch die sanktionierte Literatur und Kunst. Es darf mithin bezweifelt werden, daß Pilnjak – wie der Verfasser des Nachworts zur DDR-Ausgabe von ›Das nackte Jahr‹ 1979 mit Bezug auf Kenner des Manuskripts wissen wollte – in seinem Roman ›das Rußland der vorrevolutionären Zeit auf parteiliche Weise (schildert)‹.

Gerade in der erklärten Absicht, die sowjetische Geschichte seit der Oktoberrevolution 1917 zu resümieren (›... ein Roman, in dem ich zwei Jahrzehnte sowjetischer Geschichte ... und unseren sowjetischen Menschen zeige ...‹), liegt die latente Polemik begründet: Es gibt im Roman kein Kapitel mit der Überschrift ›Die Revolution der Kinder‹. Die Handlung beschränkt sich vielmehr auf den Zeitraum bis zur Februarrevolution, gerade jene ›sowjetische‹ Phase wird als Handlungsgegenstand ausgespart.

Freilich kann Pilnjaks öffentlich verkündete Absicht auch deshalb nicht ungebrochen interpretiert werden, weil ihr jene Ambivalenz innewohnt, die den vom Schriftstellerverband – einem Gremium nicht zur Profilierung der Individualität, sondern zur Disziplinierung der sowjetischen Wortkünstler – eher erpreßten Bekenntnissen eigen ist. Letztere erweisen sich an ihrer Oberfläche nicht selten als verbale Affirmation (die sich u. a. in der damals verbreiteten ritualisierten Reue äußert), folgen in ihrem Wesen jedoch konsequent dem jeweiligen Wertesystem und gewinnen dadurch bisweilen nahezu subversive Wirkung. Publizistische und künstlerische Äußerung, zueinander ins Verhältnis gesetzt, scheinen nur auf den ersten Blick kontrovers; tatsächlich lassen sich viele, oftmals verdeckte Kongruenzen ausmachen.

Pilnjak ist offenkundig nicht willens, die im gesamten Text vorgegebene Denkrichtung weiter als bis zu jenem Punkt zu verfolgen, den er als den Wendepunkt russischer Geschichte in diesem Jahrhundert begreift und der gleichzeitig als Beginn einer Phase gilt, die der Verwirklichung der postulierten Ideale der neuen – seiner eigenen – Generation gewidmet sein sollte. Sein an gleicher Stelle formuliertes Ziel, mit dem Roman das Empfinden der ›jungen Generation‹ angesichts ›all des Guten und Vernünftigen, was in unserem Land geschah und geschieht‹, zu bestärken, erweist sich wohl eher als Indiz kryptographischer Negation eines großen Teils dieser Entwicklung. Werturteile und Lebensmaximen einzelner Figuren sind im Lichte dieser Äußerung ebenso vor dem Hintergrund der Jahre 1936/37 zu lesen, wie einzelne Situationen und Verhaltensweisen der Figuren Parallelen in der Entstehungszeit des Romans finden dürften. Gewiß nicht zufällig wählt der Autor die Formen, die das von ihm geschilderte zaristische System in Kamynsk annimmt: Verfolgung, Denunziation erweisen sich als signifikante Formen repressiver Systeme allgemein.

Das im ›Salzspeicher‹ symbolisierte Ziel einer demokratischen Gesellschaft wird angesichts des status quo 1937 von der zwei Jahrzehnte zuvor greifbar scheinenden Vision zur blanken Illusion. In diesem Kontext erscheint das Bekenntnis der Generation der Söhne, die politische Kräfte unterschiedlicher Couleur repräsentieren, in seiner besonderen Tragik: Es bedingte, wie in aller Konsequenz erst später offenbar wurde, die partielle Aufgabe eigener Prinzipien, es führte zunehmend in bedrängende moralische Konflikte. Pilnjak hat diese Zwangssituation erlebt. Wenn der Schriftsteller folgende fragmentarische Passage aus dem Brief von Klim Obuchow dem letzten Abschnitt des Romans als Epigraph voranstellt, reflektiert dies gewiß auch seine eigene Befindlichkeit: ›... sie in einer Situation lebten und eine Situation stützten, die verderbenbringend war ... das Sterben ist eine Gesetzmäßigkeit der Verderbnis der Situation‹.

Immer wieder – oft vorwurfsvoll – ist Pilnjak wegen seines um Objektivität und Distanz bemühten Blickwinkels inmitten der Wirren der Zeit als ›Chronist der Revolution‹ begriffen worden. Er selbst versteht sich 1937 polemisch als ›Beobachter‹ historischer Ereignisse und bekennt – getragen von vermeintlicher Naivität und trotzigem Nicht-Verstehen-Wollen ebenso wie von Verachtung und Nichtakzeptanz sozialer Tabus: ›Die Partei steht für sich allein. Ich stehe für mich allein.‹ Seiner Generation aber ist Beobachten allein nicht gegeben, und sie weiß darum: sie befindet sich objektiv im Epizentrum totalitärer Unterwerfung des Individuums.

Pilnjak gehört nicht zu jenen, die bereit sind, konjunkturelle Entwicklungen im Literaturbetrieb mitzuvollziehen und die Normative des Sozialistischen Realismus zu bedienen. Seine Werke sind nicht vordergründig affirmativ, besitzen aber aufgrund der Subjektivität auch nicht das entlarvende Potential der Texte eines Platonow, Bulgakow oder Samjatin.

Seine insgesamt prorevolutionäre Position basiert sowohl auf einem humanistischen Grundverständnis als auch auf tiefer, historisch gewachsener nationaler Bindung: ›Ich bekenne, daß mich das Schicksal der KP Rußlands weniger interessiert als das Schicksal Rußlands selbst; denn die KP Rußlands ist für mich nur ein Glied in der Geschichte Rußlands. Weil die Bolschewiki mit Rußland sind, bin ich mit ihnen.‹ (1923) Hatte er in den zwanziger Jahren die Ambivalenz von Bedrohung und Hoffnung Rußlands auf kulturkritischer Ebene und in eher metaphorischer Form (Maschinenrad kontra Kornblume, Fabrik kontra russische Folklore z. B. im Roman ›Maschinen und Wölfe‹) Gestalt werden lassen, so versucht Boris Pilnjak nun, die politische, soziale und psychologische Situation analytisch zu durchdringen und reale historische Phänomene in bezug auf früher postulierte Ideale zu hinterfragen. Einen entscheidenden Wertmaßstab bildet für ihn der Ehrbegriff der russischen *intelligenzija*, der in seinem Falle Stolz und Ehrlichkeit, Engagement und Barmherzigkeit ebenso impliziert wie ein ausgeprägtes Bewußtsein von Individualität. Dies blieb nicht unbemerkt; mit den kollektivistischen Postulaten der vom Schriftstellerverband verfochtenen Linie kollidiert Pilnjak so fast zwangsläufig. ›Wir brauchen den Typ Schriftsteller, der im Glied steht und diszipliniert die neue Funktion der Kunst ausfüllt‹, betont Wsewolod Wischnewski auf einer speziell zur Maßregelung Pilnjaks einberufenen Sitzung des Schriftstellerverbandes am 28. 10. 1936, bevor er Pilnjak prophezeit: ›Eine Schriftstellerindividualität zu sein, die irgendwelche Werke schafft, klappt heutzutage nicht. Die Zeit wird Sie zermalmen.‹

Die vielbeschworene ›Einheit des Sowjetlandes‹, die es in den dreißiger Jahren durch gezielte Demagogie und einen verschärften Klassenkampf in Form zahlloser Säuberungsaktionen und Schauprozesse zu erreichen galt, schuf, wie aus der historischen Distanz deutlicher denn je erkennbar ist, restriktive Rahmenbedingungen für Literatur, Kultur, Kunst, für Kreativität allgemein. So konnte nicht verwundern, daß Reflexionen über die eigene Position, den eigenen Stellenwert in der Gesellschaft, den *sozialen Auftrag* gerade um die Wende zu den dreißiger Jahren eine besondere Rolle spielen. Pilnjak plädiert in dieser Zeit wiederholt für ästhetisch innovative Literatur und die Verantwortung des Autors für das gewählte, ihm relevant scheinende Thema.

Sein Werk der dreißiger Jahre, auch heute noch häufig dem Vorwurf ausgesetzt, Produkt schriftstellerischen Konformismus' zu sein, ist umfangreich, gleichzeitig aber auch qualitativ heterogen. Neben publizistisch-literarischen Skizzen, hinter denen Pilnjaks Versuch zu spüren ist, durch unmittelbares Erleben der ›neuen Wirklichkeit‹ zur eigenen Position zu finden, stehen konzeptionell gewichtige, formal interessante Erzählungen. Letzteres gilt auch für den Roman ›Der Salzspeicher‹, der den Rückgriff auf eine Vielzahl bewährter Verfahren aus früheren Werken, aber keine unproduktive Wiederholung erkennen läßt. Die dichte Sprache erinnert an die ornamentale Prosa der zwanziger Jahre und Pilnjaks hohe Sensibilität für Klang, Rhythmik und Wortspiel (›Worte haben für mich dieselbe Bedeutung wie Münzen für den Numismatiker‹); die Verwendung ›sprechender‹ Namen (Rasboischtschin von ›rasbojnik‹ – Räuber, Kriworotow – Schiefmund, Koschkin von ›koschka‹ – Katze, Schirokich von ›schirokij‹ – breit, Schmutzochs, Babenin von ›baba‹ – Weib u. a.) relativiert die Substanz mancher Figur und den Sinn mancher Handlung.

Die fast komplette Einbeziehung einiger früher veröffentlichter Werke (z. B. ›Ohne Titel‹, 1926, ›Erzählung von der Oka‹, 1927, ›Der Otkos von Nishni Nowgorod‹, 1927) erinnert an Pilnjaks Faible für künstlerische Montagen. Die sich bereits in den besten Erzählungen der dreißiger Jahre andeutende psychologische Auslotung widersprüchlicher Charaktere wird im ›Salzspeicher‹ vervollkommnet. Die trotz assoziativ montierter Rückblenden für Pilnjak ungewohnt klare Komposition ist mit großer Wahrscheinlichkeit dem Wunsch des Autors geschuldet, all sein ›schriftstellerisches Vermögen zu konzentrieren‹ und die ideelle Konsequenz dieses bilanzierenden Œuvres transparent zu gestalten (›〈...〉 ein Roman 〈...〉, der leicht zu lesen ist und unserem Leser nützt‹).

Pilnjaks Werke der dreißiger Jahre bedürfen nach wie vor der Entdeckung nicht nur durch den deutschsprachigen Leser, auch wenn vereinzelte, verdienstvolle Vorstöße in diese Richtung in den letzten Jahren unverkennbar sind.

Sechsundfünfzig Jahre nach seiner Fertigstellung im Jahre 1937 findet ›Der Salzspeicher‹ nun zum deutschen Leser, drei Jahre nach dessen später Erstveröffentlichung in der Sowjetunion. Boris Pilnjak schrieb diesen Roman nicht nur ohne Hoffnung auf Veröffentlichung, sondern im Zustand permanenter physischer Bedrohung. Sein Sohn Boris weiß zu berichten, daß jedes fertiggestellte Kapitel in einem Koffer verwahrt wurde und so dem unmittelbaren Zugriff bei einer Haussuchung entzogen werden sollte. Daß das Manuskript überhaupt der Nachwelt überliefert ist, ist Pilnjaks erster Frau Maria Sokolowa zu danken, die den Roman nach der Verhaftung des Autors am 28. 10. 1937 über Jahre hinweg verborgen hielt. Teile daraus wurden erstmals 1964 in der Zeitschrift ›Moskwa‹ publiziert, das schroffe Ende des ›Tauwetters‹ und die Abkehr von der demokratisch-liberalen Kulturpolitik jener Jahre setzten den Bemühungen nicht nur um Pilnjaks Werk ein jähes Ende. Was Ilja Ehrenburg über das intellektuelle Klima in der Sowjetunion der fünfziger Jahre schreibt, hätte, wenn es nach der sowjetischen Kulturadministration gegangen wäre, in Grundzügen auch für die Jahrzehnte danach gelten können: ›Unsere Jugend wußte nichts von Meyerhold, hatte niemals Verse von Mandelstam oder Marina Zwetajewa gelesen, nie ein Bild unserer großartigen Künstler gesehen – Larionow, Chagall, Malewitsch ...‹

Dem nicht nachlassenden Bemühen der Nachkommen von Schriftstellern und Künstlern, dem intensiven Engagement einiger Außenseiter des akademischen Betriebes, der Courage einzelner Lektoren ist zu danken, daß dieser Teil der russischen Kultur – in den siebziger Jahren zaghaft und mit ›Fehler‹ und ›Verirrungen‹ der Autoren ›erklärenden‹ Vorworten, mit Beginn der Glasnost-Politik 1985/86 jedoch immer weniger durch Vorurteile belastet – zugänglich wurde.

Er harrt unserer Eroberung.

Dagmar Kassek

Kommentare

5 *Der steife Karrengaul* ...: F. Engels, Karl Marx: Zur Kritik der Politischen Ökonomie (Rezension). In: K. Marx, F. Engels. Werke. Bd. 13. S. 473. Im folgenden: Werke.

8 *Ulan*: Angehöriger der leichten Kavallerie (wurde 1882 in Dragoner umgebildet, 1907 wieder Ulanen).

Westnik Jewropy (russ., Europäischer Bote), hier: 1866–1918 von M.M.Stasjulewitsch herausgegebene akademisch-liberale Zeitschrift für Geschichte und Politik.

9 ›*Verstand schafft Leiden*‹: Komödie von Alexander Gribojedow (1824).

10 *Podol*: russ., eigtl. Saum, Rockschoß, unterer Rand; hier wird ein Ortsteil so bezeichnet.

Institut für adlige Mädchen: geschlossene Lehr- und Erziehungsanstalt für Töchter aus dem Adel; die erste derartige Einrichtung wurde 1764 in Petersburg eröffnet, später auch in einigen Gouvernementsstädten.

12 *Nikolai I.* (1796–1855): russischer Zar von 1825–1855.

Plewna: russische Bezeichnung für die bulgarische Stadt Plewen; die Schlacht im Jahre 1877/78 entschied den russisch-türkischen Krieg zugunsten Rußlands.

Semstwo: seit der Gouvernementsreform 1864 Organ der örtlichen

Selbstverwaltung in einigen europäischen Gouvernements des Russischen Reiches. Auf drei Jahre gewählte Vertreter der Adligen, Bürger und Bauern (wobei das Wahlrecht dem Adel die führende Position sicherte), entschieden über die Instandhaltung der Straßen und Brücken, Unterhaltung von Fuhr- und Postdiensten, über den Ausbau des Elementarschulwesens, über Einrichtungen des Gesundheitswesens. Die Semstwos auf Kreis- und Gouvernementsebene befanden sich in ständiger Rivalität zur staatlichen Verwaltung und wurden 1890 durch Gesetz in ihren Kompetenzen derart eingeschränkt, daß sie faktisch zur Bedeutungslosigkeit verurteilt waren.

13 *Freie Ökonomische Gesellschaft*: älteste ökonomische Gesellschaft Rußlands; 1765 in Petersburg gegründet.

Thünen-Ringe: nach Johann Heinrich Thünen (1783–1850), deutscher Agrarökonom; Theorie der Abhängigkeit der Grundrente von der Entfernung des landwirtschaftlichen Betriebes von seinem Markt.

Adelsbank: 1865 gegründetes staatliches Kreditinstitut für Grundbesitzer; geht auf die gleichnamige erste Bank Rußlands zurück (1754).

Simmentaler: in der Schweiz gezüchtete Rinderrasse zur Milch- und Fleischproduktion.

Mushik: russ., Bauer.

Vita sanctorum: auf die Monate des Jahres ausgerichtete zwölfbändige Sammlung von Heiligenlegenden mit Kommentaren.

Tolstoianertum: nach Moralpostulaten L. N. Tolstois (›Beichte‹, ›Kreutzersonate‹): religiös-utopische Strömung in Rußland Ende des 19./Anfang des 20. Jahrhunderts; eine Besserung der Gesellschaft sollte durch sittliche Selbstvervollkommnung des einzelnen und durch ›gewaltloses Widerstehen‹ erreicht werden.

Büchner, Ludwig (1824–1899): Arzt und Schriftsteller, Bruder von Georg B.; vertrat Darwins naturwissenschaftlichen Materialismus.

Alexander I. (1777–1825): Zar seit 1801.

14 *Karamsin*, Nikolai Michailowitsch (1766–1826): Dichter, Übersetzer und Historiker; hier wird auf sentimentalistische Werke wie ›Die arme Lisa‹ (1792) Bezug genommen.

Apuchtin, Alexej Nikolajewitsch (1840–1893): Dichter, dessen Romanzen große Popularität erlangten.

Fet, Afanassi Afanassjewitsch (eigtl. Schenschin; 1820–1892): Dichter, Übersetzer, Publizist.

Alexej Michailowitsch: gemeint ist Alexej I. (1629–1676), seit 1645 Zar.

Pugatschowtum: allgemeine Bezeichnung für anarchistische Bauernunruhen, nach Jemeljan Iwanowitsch Pugatschow (um 1726–1775), Donkosak; Führer des Bauernaufstandes 1773/1775 im Wolgagebiet.

17 *Aksakow*, Konstantin Sergejewitsch (1817–1860): verfocht in seinen Arbeiten (u. a. ›Über den inneren Zustand Rußlands‹, 1855) die These, die künftige Sozialstruktur Rußlands müsse auf der patriarchalischen Dorfgemeinde beruhen.

slawophil: gemeint sind Anhänger einer Bewegung in Rußland, die sich seit etwa 1830 um die Herausarbeitung des spezifischen russischen Volkscharakters in Geschichte und Gegenwart sowie um die Behauptung der kulturellen Eigenständigkeit des russischen Volkes gegenüber Westeuropa bemühten (Hauptvertreter: I. W. Kirejewski, A. S. Chomjakow, K. S. Aksakow, J. F. Samarin); seit dem Krimkrieg Übergang zu militantem Panslawismus.

Konstantinsches Institut für Markscheidekunde: eine der ältesten russischen Lehreinrichtungen, 1779 als Moskauer Geodätenschule gegründet; seit 1835 unter der genannten Bezeichnung (nach Großfürst Konstantin Pawlowitsch, Sohn Paul I.), seit 1845 Hochschule.

drittes Element: gemeint ist die Intelligenz.

Lawrow, Pjotr Lawrowitsch (eigtl. Mirtow, 1823–1900): Philosoph, Publizist; Theoretiker der Volkstümlerbewegung (›Semlja i wolja‹).

kritisch denkende Persönlichkeit: Forderung aus Lawrows ›Historischen Briefen‹ (5. Brief ›Das Wirken der Persönlichkeit‹), 1868/69.

18 ›*vernunftvolle Mehrheit*‹: aus Lawrows ›Historischen Briefen‹.

Michailowski, Nikolai Konstantinowitsch (1842–1904): Publizist und Literaturkritiker; führender Theoretiker der Volkstümler (›Was ist Fortschritt?‹, 1868).

Volkstümler: Bewegung russischer Intellektueller ca. ab 1860; hielten die bäuerliche Dorfgemeinschaft für die Basis sozialistischer Entwicklung und die Bauernschaft für die revolutionäre Hauptkraft; ihre Hauptmethode in der aufklärerischen Arbeit war der ›Gang ins Volk‹. Ab 1876 Aufspaltung in verschiedene Gruppierungen (›Semlja i wolja‹, 1876/79; ›Narodnaja wolja‹, 1879; ›Tschorny peredel‹, 1879/81), die nach dem August 1876 mit den Mitteln der Agitation und des Terrors den Sturz des Zaren, die Schaffung eines Parlaments, freie Wahlen und die Verteilung von Grund und Boden herbeizuführen versuchten.

Schtschedrin: gemeint ist der Satiriker Michail Jewgrafowitsch Saltykow-Schtschedrin (1826–1889).

Pirogow-Kongresse: nach dem Arzt N. I. Pirogow (1810–1881) benannte Kongresse der Mitglieder der Gesellschaft russischer Ärzte, die seit 1870 die dringende Notwendigkeit einer Verbesserung der medizinischen Betreuung der Bevölkerung anmahnten.

die Sechziger: Bezeichnung für die progressive russische Intelligenz um 1860.

19 ›*Russkoje bogatstwo*‹ (russ., Russischer Reichtum): Zeitschrift für Literatur, Politik und Wissenschaft (1876–1918); seit 1880 hg. von Schriftstellern aus dem Kreise der Volkstümler.

21 *Tarantas*: Reisewagen mit Verdeck.

22 *gemeinnütziger Dienst, Dienst an der Schuld*: aus Lawrows ›Historischen Briefen‹; diese ›Schuld‹ bestand für die russische Intelligenz darin, auf Kosten der Armen und Leidenden gelebt zu haben und so in der Lage gewesen zu sein, sich Wissen anzueignen, während die Masse ungebildet blieb. Daher der ›Gang ins Volk‹.

27 ›*Fauxpas*‹: frz., Taktlosigkeit, Verstoß gegen die gute Sitte.

28 *Krieg zwischen Engländern und Buren* (Buren: niederld., Bauern): nach bewaffneten Auseinandersetzungen von 1899–1902 wurden die Burenrepubliken Transvaal und Oranjefreistaat britische Kolonien.

Telegramm Wilhelms II.: an Paulus Krüger (genannt Ohm Paul, 1825–1904, Präsident von Transvaal 1883–1900) anläßlich der erfolgreichen Abwehr eines Überfalls britischer Freischärler; wurde von Großbritannien als Einmischung in innere Angelegenheiten betrachtet und führte zu einer Abkühlung der britisch-deutschen Beziehungen. Ging als ›Krüger-Depesche‹ in die Geschichte ein.

29 *Richard II.* (1367–1400): englischer König von 1377–1400; wurde aufgrund seiner Willkürherrschaft gestürzt.

30 *Kreml*: zentraler, befestigter Teil der russischen Feudalstadt.

Otkos: russ., Abhang, Böschung; hier wird ein Ortsteil so bezeichnet.

34 *Großfürst Konstantin Romanow* (1827–1892): zweiter Sohn des Zaren Alexander II.; 1865–1881 Vorsitzender des Staatsrates.

36 *Rus*: alte Bezeichnung für das Russische Reich.

Foie gras: frz., Gänseleberpastete.

Gardepallasch: schwerer Degen.

39 *Baschlik*: russ., Wollkapuze mit langen Enden.

42 *Artel*: russ., Form der Kollektivwirtschaft, Produktionsgenossenschaft.

44 *Banja*: russ., russisches Dampfbad.

51 *Lesgaftsche Frauenkurse*: nach Pjotr Franzewitsch Lesgaft (1837–1909), Pädagoge, Anatom, Arzt, der seit den 1870er Jahren akademische Kurse für Frauen leitete.

53 *Wolfspaß*: im zaristischen Rußland Ausweis mit einem Vermerk, der dem Besitzer das Wohnrecht an bestimmten Orten versagte.

Macht der Scholle: bezieht sich u. a. auf den 1881/1882 entstandenen, gleichnamigen Romanzyklus von Gleb Uspenski (1843–1902), in dem die Landarbeit poetisiert und die Bindung an den Boden als der wichtigste sittliche Faktor bäuerlichen Lebens interpretiert wird.

55 *die Zaren Iwan*: gemeint sind Iwan I. (gen. Kalita), Iwan III. (gen. d.

Große), Iwan IV. (der Schreckliche), russische Großfürsten und Zaren im 14.–16. Jahrhundert.
Romanow-Zeit: Herrschaft der gleichnamigen Zarenfamilie, die von 1613–1917 herrschte.
Bolotnikow, Iwan (?–1607): Führer des Bauern- und Kosakenaufstandes 1606/07, welcher eine Reihe von Bauernkriegen einleitete.
Iwan Martynowitsch Saruzki (?–1614): Anführer von Kosakenunruhen; 1612 Attentatsversuch auf Fürst Posharski (vgl. Anm. zu S. 127).
Pseudo-Demetrius: Thronprätendenten zu Beginn des 17. Jahrhunderts; P.-D. I. war 1605/06 der entlaufene Mönch Grigori Otrepjew, der sich als Sohn Iwan IV. ausgab (1606 ermordet), dann P.-D. II., der als der vermeintliche P.-D. I. den Zarenthron usurpieren wollte.
Rasin, Stepan Timofejewitsch (um 1630–1671, hingerichtet): Kosakenataman, Führer des Bauernaufstandes 1666/1667 im Wolga-Don-Gebiet.
Bulawin, Kondrati Afanassjewitsch (um 1660–1708): führte den Aufstand der Donkosaken 1707/1708 an.
das Jahr zwölf: gemeint ist der Krieg gegen Napoleon von 1812.
Bauernbefreiung: Aufhebung der Leibeigenschaft in Rußland 1861.
Juni-Aufruhr: Aufstand der unteren Schichten der städtischen Bevölkerung; hervorgerufen durch die Einführung einer Salzsteuer (›Salzaufstand‹); wurde niedergeschlagen.
Pskower Aufruhr von 1650: von Interessenkonflikten zwischen Feudalstaat und Handel- und Gewerbetreibenden hervorgerufener Aufstand, der mit der Wiedereinsetzung der Wojewodenherrschaft endete.
Kupfer-Revolte von 1662: seit 1654 war in großen Mengen Kupfergeld in Umlauf gebracht worden, was zur Entwertung des Silbergeldes, wirtschaftlichem Chaos und Steuererhöhungen geführt hatte, wogegen sich der Aufstand richtete.
Peter I. (1672–1725): legte als Zar (seit 1682) den Grundstein zu Rußlands Großmachtstellung.
Katharina II. (1729–1796): Zarin seit 1762.
der ›gesegnete‹ Alexander: gemeint ist Alexander I. (vgl. Anm. zu S. 13).
Paul I. (1754–1801): Sohn Katharina II., Zar von 1796–1801.
Nikolai der ›Prügler‹: gemeint ist Nikolai I. (vgl. Anm. zu S. 12).
Alexander II. (1818–1881): Zar seit 1855.
Nikolai II. (1868–1918, hingerichtet): Zar seit 1894.
Chodynka: auf dem Chodynka-Feld starben während eines Volksfestes anläßlich der Krönung Nikolai II. 1896 1389 Menschen im Gedränge, 1300 wurden verletzt.
Strelitzen: unter Iwan IV. gebildete Leibwache, deren Angehörige le-

bensläglich und erblich zu dienen hatten; soziale Isolierung und Deklassierung führten zu permanenter Bereitschaft zum Aufruhr. 1698 aufgelöst.

Sofja, Alexejewna (1657–1704): übernahm nach dem Tode Fjodor III. 1682 die Regentschaft für ihre minderjährigen Brüder Iwan V. und Peter I.; von letzterem 1689 gestürzt.

56 *Semlewolzen*: Mitglieder der Volkstümlergruppe ›Semlja i wolja‹ (vgl. Anm. zu S. 18).

Uljanow, Alexander Iljitsch (1866–1887): ältester Bruder Lenins; Mitglied der terroristischen Fraktion der Narodowolzen. Wegen des Attentatsversuches auf Alexander III. hingerichtet.

Pjotr Alexejew (1848–1891), *Stepan Chalturin* (1856–1882), *Andrej Sheljabow* (1850–1881), *Sofja Perowskaja* (1853–1881), *Vera Figner* (1852–1942): führende Mitglieder der Narodowolzen-Bewegung.

57 *Sobakewitsch*: Gestalt aus Gogols Roman ›Die toten Seelen‹.

59 *Obschtschina*: dörfliche soziale Struktur mit Gemeineigentum und partieller oder totaler Selbstverwaltung, v. a. als sich selbst verwaltende Bauerngemeinde.

60 *Sashen*: russisches Längenmaß, entspricht 213,35 cm.

72 *Kascha*: russ., Brei, Grütze.

76 ›*Bund des russischen Volkes*‹: 1905 gegründete monarchistische Organisation, die sich 1908–1910 in mehrere rivalisierende Gruppierungen aufspaltete.

77 *Plewe*, Wjatscheslaw Konstantinowitsch (1846–1904): verfolgte seit seiner Amtsübernahme 1902 eine repressive Politik; von Sozialrevolutionären bei einem Attentat ermordet.

›*Nowoje wremja*‹ (russ., Neue Zeit): konservative Zeitschrift für Literatur und Politik, hg. von A. S. Suworin von 1868–1917.

78 *Mayne Reid*, Thomas (1818–1883): irisch-englischer Schriftsteller, schrieb Abenteuerbücher für Jugendliche.

82 *Waldai*: 1770 gegründete Stadt im Gebiet Nowgorod, bekannt u.a. durch das Handwerk der Glockengießer.

86 *Papacha*: russ., hohe Pelzmütze.

87 *Wittesche Gleise*: nach Sergej Juljewitsch Witte (1849–1915), seit 1892 russischer Verkehrs- und Finanzminister; 1905/06 Ministerpräsident; entwarf 1905 das Oktobermanifest des Zaren.

88 ›*Zogst mir ein Los …*‹: deutsch von Marga Erb.

98 *Ataman*: russ., Stammes- und militärischer Führer der Kosaken.

105 ›*Vöglein kennt …*‹: Aus A. S. Puschkins Poem ›Die Zigeuner‹ (1824), deutsch von Arthur Luther.

109 *Putilow-Werke*: Petrograder Maschinen- und Metallurgiebetrieb.

Piter: umgangssprachlich für St. Petersburg.

109/110 *Großfürst Sergej*: Sergej Alexandrowitsch Romanow (1857 bis 1905), vierter Sohn Alexander II., von Sozialrevolutionären ermordet.

113 *Ukas*: russ., Verordnung, Befehl.

115 ›*Wperjod*‹ (russ., Vorwärts): erste illegale bolschewistische Zeitung, am 4. 1. 1905 durch W. I. Lenin gegründet.

Alexander III. (1845–1894): Zar seit 1881.

Graf Salias: Jewgeni Andrejewitsch Salias-de-Tournemir (1840 bis 1908), Verfasser historischer Romane; von 1901–1914 erschien eine 20-bändige Werkausgabe.

116 *Partei der Volksfreiheit*: so wurde bisweilen die Partei der Konstitutionellen Demokraten (Abk. KD, Kadetten) bezeichnet; gegründet im Oktober 1905, März–August 1917 Regierungspartei, durch die regierenden Bolschewiken 1917 für illegal erklärt.

Bulygin-Duma: nach dem russischen Innenminister Alexander Bulygin (1851–1919) benannter, 1905 entstandener Entwurf für eine verfassungsgebende Versammlung.

Duma: Name des russischen Parlaments von 1906–1917.

Nagaika: russ., kurze Riemenpeitsche.

119 *Katorga*: russ., schwere Zwangsarbeit.

120 *Schwarzhunderter*: ursprünglich Angehöriger monarchistischer Organisationen wie ›Bund des russischen Volkes‹, ›Bund des Erzengels Michael‹ u. a. sowie der paramilitärischen ›schwarzen Hundertschaften‹; verantwortlich für die Organisation von Pogromen; bestanden 1905–1907.

127 *Minin* (eigtl. Kosma Minitsch Sacharjew-Suchoruk, gest. 1616), *Posharski* (Dmitri Michailowitsch, Fürst, 1578–um 1642): organisierten die Befreiung Moskaus von den polnischen Interventen; ihnen ist das Denkmal an der Moskauer Basilius-Kathedrale gewidmet.

Rasnotschinzen: Bezeichnung für russische Intellektuelle aus ›verschiedenen Schichten‹ (rasnye tschiny), die Mitte des 19. Jahrhunderts progressives Gedankengut verbreiteten und gegen die zaristische Selbstherrschaft und die Leibeigenschaft kämpften.

133 *Dekabristen* (von dekabr, russ., Dezember): Teilnehmer am Offiziersaufstand gegen den Zarismus am 14. 12. 1825, der niedergeschlagen wurde.

140 *Heder*: althebr., Grundschule zur Lehre der jüdischen Religion.

147 ›*Revisor*‹: 1836 entstandenes Stück von Nikolai Gogol.

Tschazki: Zentralfigur aus der Komödie ›Verstand schafft Leiden‹.

160 *Leutnant Schmidt*, Pjotr Petrowitsch (1867–1906): Führer des Sewastopoler Aufstands 1905.

165 *Presnja*: Arbeiterviertel in Moskau.

178 *Seton-Thompson*, Ernest (1860–1946): kanadischer Schriftsteller und Naturforscher; schrieb Tiererzählungen für Kinder.

182 *Oktobristen*: Kurzwort für ›Verband des 17. Oktober‹; russische Partei, deren ursprüngliches Ziel die Verwirklichung der Verfassungsgrundsätze Nikolaus' II. war.

183 *Koschtschej der Unsterbliche*: Gestalt aus dem russischen Märchen.

188 *Mesen*: Verbannungsort im Gebiet Archangelsk.

189 *Leonid Andrejew* (1871–1919): Schriftsteller, ›Die sieben Gehenkten‹ wurde 1908 geschrieben.

Arzybaschew, Michail Petrowitsch (1878–1927): Schriftsteller; ›Sanin‹ entstand 1907.

Petschorin: Zentralfigur aus Michail Lermontows Roman ›Ein Held unserer Zeit‹ (1838–1840).

Mark Wolochow: Zentralfigur aus Iwan Gontscharows Roman ›Die Schlucht‹ (1869).

190 *Sozialrevolutionäre*, Abkürzung ›SR‹ (im Russ. ›èser‹ ausgeschrieben): Mitglied der 1901–1917 illegal existierenden ›Partei der Sozialrevolutionäre‹, die nach der Februarrevolution gemeinsam mit den Menschewiki die Mehrheit in den Sowjets innehatte und in der Provisorischen Regierung vertreten war.

Kuprin, Alexander Iwanowitsch (1870–1938): Schriftsteller, von 1919–1937 in der Emigration (Frankreich); ›Seekrankheit‹ wurde 1908 geschrieben.

›*Armseliger Mensch* …‹: deutsch von Geo Edward.

193 *Leiteisen*, G. D. (1874–1919): Mitarbeiter der Zeitung ›Iskra‹.

Bogdanow, Alexander Alexandrowitsch (eigtl. Malinowski, 1873 bis 1928): Philosoph, Soziologe, Arzt und Schriftsteller; seit 1903 Anhänger Lenins, später in dessen Schrift ›Materialismus und Empiriokritizismus‹ als ›Machist‹ scharf kritisiert.

Dubrowinski, Jossif Fjodorowitsch (1877–1913): einer der Führer des Moskauer Aufstandes von 1905.

Knipowitsch, Nikolai Michailowitsch (1862–1939): Bolschewik; 1913–1930 Professor für Zoologie in Petrograd.

194 *Über die Agrarfrage*: gemeint ist Lenins Arbeit ›Das Agrarprogramm der Sozialdemokratie in der ersten russischen Revolution von 1905–1907‹.

›*Aber wir können* …‹: Marx' deutscher Abitur-Aufsatz trug den Titel ›Betrachtungen eines Jünglings bei der Wahl eines Berufes‹ (1835). In: K. Marx, F. Engels, Werke. Bd. 40. S. 592.

195 *Bauer*, Bruno (1809–1882): junghegelianischer Philosoph, Arbeiten u. a. zur Geschichte des Christentums.

Köppen, Karl Friedrich (1808–1863): Publizist, Historiker.

196 *Arnold Ruge* (1802–1880): Publizist, Junghegelianer.

Max Stirner (eigtl. Johann Caspar Schmidt, 1806–1856): Philosoph und Schriftsteller.

›*Rheinische Zeitung*‹: die letzte Nummer erschien 31. 3. 1843.

›*In Deutschland* ...‹: Marx am 25. 1. 1843 an A. Ruge. In: Werke. Bd. 27. S. 415.

Deutsch-Französische Jahrbücher: 1844 in Paris herausgegebene Zeitschrift mit kommunistischer Tendenz, die am Zerwürfnis der Herausgeber Marx und Bauer scheiterte.

Louis Blanc, Jean-Joseph (1811–1882): französischer Sozialist, Journalist, Historiker.

Pierre Leroux (1797–1871): französischer Publizist, utopischer Sozialist.

Proudhon, Pierre Joseph (1809–1865): französischer Publizist, Soziologe, Ökonom.

Jacobi, Abraham (1830–1919): Arzt; angeklagt im Kölner Kommunistenprozeß 1852.

Bakunin, Michail Alexandrowitsch (1814–1876): Revolutionär; Ideologe des Anarchismus.

Guizot, François Pierre Guillaume (1787–1874): französischer Staatsmann, 1840–48 verantwortlich für die Innen- und Außenpolitik.

Börnstein, Heinrich (1805–1892): Mitbegründer und Redakteur des Pariser ›Vorwärts‹ (1844).

Bernays, Karl Ludwig (1815–1879): radikaler Publizist, u. a. im ›Vorwärts‹.

Im Jahr des belgischen Exils: Marx traf Engels zum erstenmal im November 1842 in Köln und lernte ihn Ende August/Anfang September 1844 in Paris persönlich kennen; der Briefwechsel zwischen beiden begann im Februar 1844.

197 *Josef Moll* (1812–1849): führendes Mitglied des ›Bundes der Gerechten‹ und der Zentrale des ›Bundes der Kommunisten‹.

›*Bund der Gerechten*‹: gegründet 1836, später ›Bund der Kommunisten‹.

›*Neue Rheinische Zeitung*›: erschien ab 1. 6. 1848.

Pseudo-Bonaparte: gemeint ist Charles Louis Napoleon, (1808 bis 1873), gelangte 1851 durch Staatsstreich an die Macht, seit 1852 französischer Kaiser.

198 *Badischer Aufstand*: im April 1848.

›*Seit einer Woche* ...‹: Marx 27. 2. 1852 an Engels. In: Werke. Bd. 28. S. 30.

199 ›*Ostern desselben Jahres* ...‹: aus den Erinnerungen von Jenny Marx, 1866.

›*Meine Frau ist krank* ...‹: Marx am 8. 9. 1852 an Engels. In: Werke. Bd. 28. S. 128.

200 *Bruder*: im Russischen sehr gebräuchlich für Bruder zweiten Grades.

204 *Jakow Swerdlow* (1885–1918): Revolutionär, führte seit 1905 die Arbeiterbewegung im Ural.

207 *Garin* (eigtl. Nikolai Georgijewitsch Michailowski, 1852–1906): Schriftsteller; ›Gymnasiasten‹ entstand 1893.

Pomjalowski, Nikolai Gerassimowitsch (1835–1863): Schriftsteller; ›Skizzen aus der Bursa‹ (unvollendet) entstand 1862/63.

Bursa: ursprünglich auf Staatskosten betriebenes Internat für mittellose Studenten an den Universitäten, später an geistlichen Seminaren.

208 *Butterwoche*: geht zurück auf das heidnisch-slawische Fest der Austreibung des Winters, entspricht dem Karneval; Vorfastenwoche, nach der die 40 Tage dauernden Großen Fasten begannen und in der noch Milch- und Butterspeisen genossen wurden.

210 *Balmont*, Konstantin Dmitrijewitsch (1867–1942): Dichter des russischen Symbolismus.

Lisa Kalitina: Hauptfigur aus dem Roman ›Das Adelsnest‹ (1859).

211 *Kulebjaki*: Pasteten mit Fleisch- oder Fischfüllung.

213 *Leutnant Glahn*: aus Knut Hamsuns Roman ›Pan. Aus Leutnant Thomas Glahns Papieren‹ (1894).

214 *Alexander Blok* (1880–1921): Dichter des russischen Symbolismus.

Brjussow, Valeri Jakowlewitsch (1873–1924): Dichter des russischen Symbolismus.

215 ›*Staryje gody*‹ (russ., ›Alte Jahre‹): Monatszeitschrift für Kunst von 1907–1916, herausgegeben von P. P. Weiner.

›*Russkaja mysl*‹ (russ., ›Russischer Gedanke‹): 1880–1918 erscheinende Zeitschrift für Wissenschaft, Literatur und Politik mit slawophiler Tendenz; gegründet von W. M. Lawrow.

›*Apollon*‹: literarisch-kritische Zeitschrift 1909–1917; stand dem Symbolismus, später dem Akmeismus nahe.

217 *Belinski*, Wissarion Grigorjewitsch (1811–1848): führender Theoretiker der ›Westler‹; Kritiker, Publizist.

Pissarew, Dmitri Iwanowitsch (1840–1868): Publizist; Mitarbeiter in der Zeitschrift ›Russkoje slowo‹.

Buckle, Henry Thomas (1821–1862): englischer Historiker und Soziologe, dessen positivistische, antimetaphysisch und milieutheoretisch unterlegte Darstellung der ›Geschichte der Zivilisation in England‹ (1856–1861) vor allem in Rußland starken Eindruck machte und als methodisch vorbildlich angesehen wurde.

222 *Anna Achmatowa* (eigtl. Anna Andrejewna Gorenko, 1889–1966): Dichterin, anfangs der akmeistischen Bewegung angehörend.

Igor Sewerjanin (eigtl. Igor Wassiljewitsch Lotarjow, 1887–1941): Dichter des russischen Symbolismus.

›*Ich stieg hoch auf den Turm* …‹: aus Balmonts Gedicht ›Im Traum fing ich die verfliegenden Schatten‹ (›In uferloser Weite‹, 1894), deutsch von Marga Erb.

Akmeisten: Vertreter einer Strömung in der russischen Lyrik um 1910, die auch als ›Neoklassizismus‹, ›clarisme‹, bezeichnet wird. Wichtige Vertreter: Nikolai Gumiljow, Ossip Mandelstam, Anna Achmatowa.

223 ›*Doch nicht gelöscht* ...‹: aus dem Gedicht ›Die Geige‹ (1908, später mit dem Titel ›Bogen und Saiten‹), deutsch von Marga Erb.

Innokenti Annenski (1855–1909): symbolistischer Dichter.

Ellis: (eigtl. Lew Lwowitsch Kobylinski, 1879–1945): Dichter und Theoretiker des russischen Symbolismus.

Skrjabin, Alexander Nikolajewitsch (1872–1915): Komponist und Pianist.

224 ›*Streunender Hund*‹: seinerzeit Künstlercafé in St. Petersburg.

Wrubel, Michail Alexandrowitsch (1856–1910): Maler.

225 *Natalja Gontscharowa* (1891–1962): Malerin, Grafikerin; Mitbegründerin des Rayonismus.

Futuristen: Anhänger einer frühen Strömung der europäischen Avantgarde, in Rußland ab 1913. Wichtige Vertreter: Welemir Chlebnikow, Wladimir Majakowski, Alexej Krutschonych.

227 ›*Noa-Noa*‹ (1892/93): Text, in dem Gauguin unter Bezug auf Arbeiten des Belgiers J. A. Moerenhout seine Werke analysiert.

238 *Jelissejew*: Delikatessenhändler in Moskau und Petersburg.

258 *Tjutschew*, Fjodor Iwanowitsch (1803–1873): Dichter.

260 *Metschnikow*, Iwan Iljitsch (1845–1916): Bakteriologe; einer der Begründer der modernen Embryologie; 1908 Nobelpreis Medizin.

262 *Doktor Haass*: gemeint ist offenbar der deutsche Arzt Friedrich Joseph Haas (1780–1853), der von 1806–1853 in Moskau lebte und dort als Stadtphysikus, Hofrat und Krankenhausleiter wirkte.

›*Stadt des Gelben Teufels*‹: in der 1906 entstandenen Erzählung schildert Gorki Eindrücke von New York, wo die Freiheit des Menschen die ›Freiheit blinder Werkzeuge in der Hand des Gelben Teufels, des Goldes‹ sei.

266 ›*Vorigen Mittwoch* ...‹: Marx am 17. 4. 1867 an J. Ph. Becker. In: K. Marx, F. Engels, Werke. Bd. 31. S. 541.

269 *Tagebuch*: Pilnjak hatte 1915 von einem Mann in Kolomna namens Iwan Uchow Tagebuchaufzeichnungen aus dem Jahre 1913 käuflich erworben. Teile daraus wurden in adaptierter Form in der Erzählung ›Vor den Türen‹ (1919) verwendet, 1924 kamen Pläne auf, die Aufzeichnungen des ›Jean Suchow‹ – illustriert von Juri Annenkow – unter Pilnjaks Namen gesondert zu edieren; die Zensurinstanz GLAWLIT allerdings verhinderte die Publikation. Annenkow bezeichnet es in seinen Erinnerungen (Dnevnik moich vstreč. Cikl tragedij.

Band 1/2. New York 1966) als ›in seinem Wesen einzigartigen Versuch‹ Pilnjaks, eine ›kleine Kostprobe menschlicher Plattheiten‹ zu veröffentlichen, welche in der Literatur, die sonst immer nur *über* dergleichen Geschmacksverwirrungen schriebe, ihresgleichen suche. In das Tagebuch sind des weiteren Segmente einer 1912 entstandenen Erzählung (›Mein Leben‹, später auch unter dem Titel ›Frühling‹) eingegangen. Zwar sind Textkoinzidenzen (die Zitate entstammen offenbar zum großen Teil dem Originaltagebuch) und ein variierender Grad der Adaptierung bzw. stilistischen Abwandlung einzelner Passagen nachweisbar, dennoch ist bisher keine definitive Aussage zur Autorschaft des Tagebuchs zu treffen. Vgl. hierzu vor allem die akribischen Untersuchungen von Kira Andronikaschwili-Pilnjak (Dnevnik Ippolita Razbojscina v romane B.Pilnjaka ›Soljanoj ambar‹, unveröffentlichtes Manuskript).

Koslow, Iwan Iwanowitsch (1779–1840): Dichter der russischen Romantik, Übersetzer.

Shukowski, Wassili Andrejewitsch (1783–1852): Dichter der russischen Romantik, Ubersetzer.

Nekrassow, Nikolai Alexejewitsch (1821–1887): revolutionärer Dichter und Publizist.

Nadson, Semjon Jakowlewitsch (1862–1887): populärer Dichter der 1880er Jahre, Übersetzer romantischer Dichtungen.

Minajew, Dmitri Dmitrijewitsch (1835–1889): offiziöser Dichter und Publizist.

Perzow, Pjotr Petrowitsch (1868–1947): Publizist und Literaturkritiker, Mitbegründer der symbolistischen Bewegung.

Maikow, Apollon Nikolajewitsch (1821–1897): Dichter; ab 1852 Zensor.

270 *Tschirkow*, I. I. (Pseudonym Rybazki, Iwan Nikolajewitsch, 1880 bis 1920): Dichter.

Schablowski, Grinjowski, Tschirow, Slawin, Dmitrijew, Artamonow, Tschemissow, Batow, Korobow, Oleg Leonidow: alle Genannten sind als historische Personen heute nicht mehr nachweisbar.

282 ›*Bartholomäus-Nacht*‹: 23./24. 8. 1572: die hugenottischen Gäste der Hochzeit des Heinrich von Navarra mit Margarete von Valois, der Schwester des französischen Königs Karls IX., wurden auf Veranlassung der Brautmutter, Katharina von Medici, von der fanatisierten katholischen Bevölkerung niedergemetzelt.

289 *Narr*: deutsch von Marga Erb.

Akrostichon: hintereinander zu lesende Anfangsbuchstaben (-silben oder -wörter) aufeinander folgender Verse, Strophen, Abschnitte und dgl., die ein Wort, Namen, Satz ergeben.

Sologub, Fjodor Kusmitsch (eigtl. Teternikow, 1863–1927): symbolistischer Schriftsteller; ›Der kleine Dämon‹, entstand 1907.
Saizew, Boris Konstantinowitsch (1881–1972): Schriftsteller, seit 1922 in der Emigration (Deutschland, Frankreich).

290 ›*Der Tod eines Gesetzprojekts* …‹: deutsch von Marga Erb.

292 *Katja Maslowa, Sonja Marmeladowa*: gemeint sind Figuren aus Lew Tolstois Roman ›Auferstehung‹ (1889/90) bzw. aus Fjodor Dostojewskis ›Schuld und Sühne‹ (1866).

307 *Pekesche*: auf Taille gearbeiteter Pelzüberrock mit Falten und Schnüren.

312 *dieses ganze sogenannte junge Deutschland*: tatsächlich 1834 geprägter Name für eine Gruppe von Schriftstellern (u.a. H. Heine, K. Gutzkow, L. Börne); Pasternak übersetzte in den 20er Jahren für eine Sammlung desselben Titels deutsche Expressionisten.

315 *Petersfasten*: vor dem Fest der Apostel Petrus und Paulus (29. Juni).

318 *Analogion*: grch., Predigerpult in der orthodoxen Kirche.
›*bitter*‹: mit diesem Ruf werden nach russischem Brauch Braut und Bräutigam aufgefordert, einander zu küssen.

325 *Demidow, des Fürsten San Donato* (eigtl. Anatoli Nikolajewitsch Demidow, 1812–1870): aus der Unternehmerfamilie der Bergbauindustrie Demidow, die seit Peter I. im Ural den Aufbau der metallurgischen Industrie vorantrieb; erwarb in Italien käuflich den Titel Fürst San-Donato.

328 *Stolypinsche*: gemeint ist Pjotr Arkadjewitsch Stolypin (1862–1911), Ministerpräsident und Innenminister seit 1906, der eine großangelegte Agrarreform begonnen hatte.

333 *Ode über das Glas*: gemeint ist Lomonossows ›Epistel über den Nutzen des Glases‹ (1752).
Ostrowski, Alexander Nikolajewitsch (1823–1886): Dramatiker.

334 *Katerina Kabanowa*: Zentralfigur aus dem Stück ›Gewitter‹ (1859).

340 ›*Der arme Musch* …‹: Marx an Engels am 6.4.1855. In: Werke. Bd. 28, S. 433.
Weerth, Georg (1822–1856): Dichter und Publizist.
Schramm, Konrad (1822–1858): führendes Mitglied des Bundes der Kommunisten.
Karl Vogt (1817–1895): ›Mein Prozeß gegen die Allgemeine Zeitung‹.

341 ›*Hätten diese* …‹: In: K. Marx, F. Engels, Werke. Bd. 16, S. 372.
›*Gestern lag* …‹: In: ebd. Bd. 31, S. 179.
eine Woche später: der Brief an Engels stammt eigentlich vom 10.2.1866. In: ebd. Bd. 31, S. 174/75.

343 *Schuschenskoje*: Wladimir Iljitsch Lenins Verbannungsort von 1897–1900.

›*Die Entwicklung des Kapitalismus in Rußland.* Der Prozeß der Bildung des inneren Marktes für die Großindustrie‹ (1896–1899): wurde unter dem Pseudonym ›Wladimir Iljin‹ von Lenin 1899 veröffentlicht.

Nadeshda Konstantinowna: gemeint ist Lenins Frau, N. K. Krupskaja.

345 *Turuchansk*: dorthin wurde Stalin verbannt.

nicht scharf genug: gemeint ist offenbar Eugen Dührings Rezension über ›Das Kapital‹ (In: ›Ergänzungsblätter zur Kenntniß der Gegenwart‹, Hildburghausen 1867). Im Gegensatz dazu hat Marx diese am 4. 7. 1868 an Sigfrid Meyer als ›scheu gehalten, im ganzen anerkennend‹ charakterisiert. In: Werke. Bd. 32. S. 550).

Ferdinand Freiligrath (1810–1876): Mitherausgeber der ›Neuen Rheinischen Zeitung‹, revolutionärer Dichter.

›*am Rhein* ...‹: am 3. 4. 1868 an Marx. In: Werke. Bd. 32. S. 803.

Übersetzung ins Englische: ›Das Kapital‹ wurde erst 1887 übersetzt.

346 ›*der Reiz* ...‹: im Original englisch: ›... the charm with which he investigates the driest problems of political economy‹. In: ›Review of Politics, Literature, Science and Art‹. 18. 1. 1868.

347 *Timirjasew*, Wassili Iwanowitsch (1849–1919): von Okt. 1905–Febr. 1906 und Jan.–Nov. 1909 im Amt des Ministers für Handel und Industrie.

349 *Goujon*, Juli Petrowitsch (1855–1918): frz.-russ. Aktionär.

350 ›*ohne an die Hilfe* ...‹: aus der Krüger-Depesche, vgl. Anm. zu S. 28.

351 ›*Möge der Sultan* ...‹: aus der Tischrede Wilhelm II. während seines Aufenthaltes in Damaskus am 8. 11. 1898. In: Reden des Kaisers. Ansprachen. Predigten. Trinksprüche Wilhelm II., München 1966. S. 81.

352 *Abdul Hamid XIII.* (1842–1918): von 1876–1909 türkischer Sultan.

Hagia Sophia (grch., ›Heilige Weisheit‹): Krönungskirche der oströmischen Kaiser in Konstantinopel, erbaut 532–537.

›*Edward ist* ...‹: Randbemerkung Wilhelm II. zu einem Bericht des deutschen Botschafters in Rußland, Graf Pourtalès, vom 30. 7. 1914. In: Die deutschen Dokumente zum Kriegsausbruch. Berlin 1927. Bd. 2. S. 120; im folgenden: Dokumente).

354 *von Schlieffen*, Alfred Graf (1833–1913): Generalfeldmarschall, 1891–1905 Chef des Generalstabes.

355 *Tisza*, István (1861–1918): ungarischer Ministerpräsident 1913–17.

Conrad von Hötzendorf, Franz (1852–1925): österreichischer Generalstabschef 1906–1917.

›*einen Schlag versetzen*‹: aus einem Bericht von Tschirsky vom 30. 6. 1914. In: Dokumente. Bd. 1. S. 13.

›*das ist sehr dumm* ...‹: Kommentar Wilhelms II. zu ebendiesem Bericht von Tschirskys.

356 ›*nach Wien melden ...*‹: Szögyény an Berchthold am 5. 7. 1914. In: Juli 1914. Die europäische Krise und der Ausbruch des Ersten Weltkrieges. München 1986. S. 52.

›*billig und maßvoll*‹, ›*wohlwollend*‹: der deutsche Reichskanzler am 21. 7. 1914 an die Botschafter in Petersburg, Paris und London. In: Dokumente. Bd. 1. S. 237.

›*jedes Eingreifen ...*‹: ebd.

357 ›*Ein großer moralischer Sieg ...*‹: Anmerkung Wilhelms II. zur Antwortnote der serbischen Regierung auf das österreichisch-ungarische Ultimatum. In: Dokumente. Bd. 1. S. 237.

›*Das ist eine ungeheuerliche ...*‹: Randbemerkung Wilhelms II. zum Schreiben vom 23. 7. 1915 des Staatssekretärs des Auswärtigen, Jagow, an den Kaiser. In: Dokumente. Bd. 1. S. 129/130.

›*Die Deutsche Regierung ...*‹: der österreichische Botschafter Szögyény an Graf Berchthold am 27. Juli 1914. In: Juli 1914. Die europäische Krise und der Ausbruch des Ersten Weltkrieges. München 1986. S. 230.

Grey, Edward (1862–1933): liberaler englischer Politiker; 1905 bis 1916 Außenminister.

›*Im Namen unserer alten Freundschaft*‹, ›*Unheil*‹: aus dem Telegramm Nikolais II. an Wilhelm II. vom 29. 7. 1914. Im Original engl.: ›To try and avoid such a calamity as an European war I beg you in the name of our old friendship to stop your allies going too far.‹ In: Dokumente. Bd. 2. S. 45/46.

358 ›*... weiteres Fortschreiten ...*‹: Pourtalès im Gespräch mit Sasonow am 29. 7. 1914. In: Dokumente. Bd. 2. S. 55/56.

›*Fast eine ganze Stunde ...*‹: Tagesaufzeichnung des russischen Außenministeriums. St. Petersburg 30. Juli 1914. In: Juli 1914. Die europäische Krise und der Ausbruch des Ersten Weltkrieges. München 1986. S. 316.

359 ›*innere Spannung*‹: ebd.

›*Allerhöchster Befehl*‹: ebd.

›*Jetzt können Sie ...*‹: ebd. S. 317.

›*Es liegt uns fern ...*‹: Nikolai II. am 31. 7. 1914 an Wilhelm II. In: Dokumente. Bd. 3 S. 5

›*Das Telegramm erreichte Wilhelm nicht*‹: hier bezieht sich Pilnjak auf inkorrekte Quellen: Das im Original englische Telegramm von Nikolai II. an Wilhelm II. ging nicht verloren, es kam am 31. 7. 1914, 14.52 Uhr an und war mit ›Nicky‹ unterzeichnet. In: Dokumente. Bd. 3. S. 5.

›*... stellte der Botschafter ...*‹: Aus den Tagesaufzeichnungen des russischen Außenministeriums vom 1. 8. 1914. In: Die Internationalen Beziehungen im Zeitalter des Imperialismus. Dokumente aus

den Archiven der Zarischen und Provisorischen Regierung. Reihe I. 5. Band: 23. Juli bis 4. August 1914. Berlin 1934. S. 251–252.
›*... nach Überreichung ...*‹: ebd.

360 ›*Also wir marschieren einfach ...*‹: Helmut von Moltke. Die ›Schuld‹ am Kriege. Betrachtungen und Erinnerungen über die Vorgänge vom Juli 1914 bis November 1914. Stuttgart 1919. S. 13–16. Zwischen 27. 7. 1914 und 29. 8. 1914 sind keinerlei Tagebuchaufzeichnungen nachweisbar.
Samsonow, Alexander Wassiljewitsch (1859–1914): Kavalleriegeneral; 1914 Kommandeur der 2. Armee, deren durch Versagen der Nachbararmeen provozierte Niederlage Samsonows Freitod zur Folge hatte.

361 ›*Samsonows Armee ist vernichtet*‹: In: M. Paléologue. Am Zarenhof während des Weltkrieges. Tagebücher und Betrachtungen. Bd. 1/2. München 1925, S. 99 (Aufzeichnung vom 30. 8. 1914).
›*hat es schon sehr viel zu bedeuten ...*‹: Aufzeichnung vom 29. 8. 1914. In: ebd., S. 98.

365 *Grigori Rasputin* (eigtl. Grigori Jefimowitsch Nowych, 1864/65 bis 1916, ermordet): Günstling des Zaren Nikolai II. und seiner Frau Alexandra; nahm seit 1907 erheblichen Einfluß auf die Politik des Zaren.
Miljukow, Pawel Nikolajewitsch (1859–1943): Historiker und Publizist; 1905 einer der Begründer der ›Kadetten‹-Partei; nach der Februarrevolution Außenminister der Provisorischen Regierung.
Lwow, Georgi Jewgenjewitsch (1861–1925): Fürst, Politiker; stand den Kadetten nahe; spielte nach 1904/05 eine wichtige Rolle in der Semstwo-Bewegung.
Purischkewitsch, Wladimir Mitrofanowitsch (1870–1920): monarchistischer Politiker; einer der Begründer des ›Bundes des russischen Volkes‹ (vgl. Anm. zu S. 76, 120).

366 *Georgskreuz*: von Katharina II. gestifteter militärischer Orden in vier Klassen für Offiziere und einer Klasse für Mannschaften.

368 *Allrussischer Städtebund*: 1914 entstandene Organisation liberaler Grundbesitzer.

370 *Herr Bykow*: von russ., ›byk‹, ›Stier, Bulle‹.

374 *Allrussischer Semstwo-Verband*: zur Hilfe für Kranke und Verwundete im Juli 1914 gegründet.

382 *Provisorische Regierung*: oberstes Staatsorgan nach der Februarrevolution 1917.
Gutschkow, Alexander Iwanowitsch (1862–1936): Großindustrieller; Führer der Partei der Oktobristen.

386 *Schlüsselburg*: Festung auf einer Insel am Austritt der Newa aus dem Ladogasee; diente seit dem 18. Jahrhundert als Staatsgefängnis.

388 *Plechanow*, Georgi Valentinowitsch (1856–1918): Narodowolze; später Wechsel zur proletarischen Bewegung; philosophische und literaturkritische Arbeiten.

389 *Stromberger*: muß richtig heißen: A. Stromberg (1854–1882), russischer Baron, Offizier, Volkstümler.

390 *Netschajew*, Sergej Gennadijewitsch (1847–1882): Anarchist; gründete 1869 den terroristischen Geheimbund ›Volksgericht‹. Erschoß 1869 den des Verrats bezichtigten Studenten Iwanow und entzog sich der Verhaftung durch Flucht ins Ausland, wurde aber ausgeliefert und zu 20 Jahren Festungshaft verurteilt.

Sundelewitsch, Aaron Isaakewitsch (1853/54–1923): russischer Offizier, Anhänger der Volkstümler; 1880 zu lebenslanger Haft verurteilt, nach der 1905er Revolution freigelassen.

393 *Stadt der Schriftsteller*: gemeint ist Peredelkino, eine Siedlung bei Moskau, wo der Schriftstellerverband an seine Mitglieder Häuser vermietete. Pilnjak wohnte – als Nachbar von Boris Pasternak – seit 1935 bis zu seiner Verhaftung am 28. 10. 1937 fast immer dort.